Edwards Milne, Adc

MW01674063

Annales des Sciences Naturelles; comprenant la Zoologie, la Botanique, l'Anatomie et la Physiologie, comparees des deux Regnes et l'Histoire des Corps Organises Fossiles-Botanique

Tome 14

Anatiposi

Edwards Milne, Adolphe Brongniart, J. Decaisne

Annales des Sciences Naturelles; comprenant la Zoologie, la Botanique, l'Anatomie et la Physiologie, comparees des deux Regnes et l'Histoire des Corps Organises Fossiles-Botanique

Tome 14

Réimpression inchangée de l'édition originale de 1860.

1ère édition 2023 | ISBN: 978-3-38270-004-1

Anatiposi Verlag est une marque de Outlook Verlagsgesellschaft mbH.

Verlag (Éditeur): Outlook Verlag GmbH, Zeilweg 44, 60439 Frankfurt, Deutschland
Vertretungsberechtigt (Représentant autorisé): E. Roepke, Zeilweg 44, 60439 Frankfurt, Deutschland
Druck (Imprimerie): Books on Demand GmbH, In de Tarpen 42, 22848 Norderstedt, Deutschland

ANNALES

DES

SCIENCES NATURELLES

QUATRIÈME SÉRIE

ZOOLOGIE

ANNALES

DES

SCIENCES NATURELLES

COMPRENANT

LA ZOOLOGIE, LA BOTANIQUE

L'ANATOMIE ET LA PHYSIOLOGIE COMPARÉE DES DEUX RÈGNES

ET L'HISTOIRE DES CORPS ORGANISÉS FOSSILES

RÉDIGÉES

POUR LA ZOOLOGIE

PAR M. MILNE EDWARDS

POUR LA BOTANIQUE

PAR MM. AD. BRONGNIART ET J. DECAISNE

—

QUATRIÈME SÉRIE

ZOOLOGIE

TOME XIV

PARIS

VICTOR MASSON ET FILS

PLACE DE L'ÉCOLE-DE-MÉDECINE

1860

ANNALES
DES
SCIENCES NATURELLES

PARTIE ZOOLOGIQUE

RECHERCHES
SUR LES
OSSEMENTS DES CARNASSIERS DES CAVERNES DE SENTHEIM
(HAUT-RHIN).

Par M. Joseph DELBOS,
Professeur à l'École des sciences appliquées de Mulhouse.

DEUXIÈME PARTIE.

ÉTUDES SUR LES OURS FOSSILES.
Suite (1).

CHAPITRE IV.

COLONNE VERTÉBRALE.

ART. 1er. — De la détermination des vertèbres.

§ LXV.

Ceux qui ne se sont pas occupés d'une manière spéciale d'ostéologie comparée supposent assez volontiers qu'il existe des moyens certains de déterminer l'espèce ou tout au moins le genre d'un Mammifère par l'examen d'une pièce quelconque de sa charpente osseuse. Si cette confiance dans la science est juste pour

(1) Voyez tome XIII, page 47.

certaines parties du squelette, elle est loin de l'être pour toutes, car nous ne sommes pas encore arrivés à l'époque où un paléontologiste pourra classer un animal par une de ses vertèbres ou de ses côtes.

Il va sans dire qu'il ne s'agit pas ici de ces déterminations empiriques auxquelles on est encore trop souvent réduit à avoir recours, et qui consistent à chercher dans les squelettes d'une collection l'analogue de l'os que l'on veut déterminer. Un tel procédé ressemble quelque peu à celui qu'emploierait un naturaliste qui, pour déterminer un oiseau par exemple, irait chercher son analogue dans une collection tout étiquetée. Il n'est pas nécessaire, en pareil cas, de faire un bien grand effort de savoir; le coup d'œil suffit, et l'on a bientôt fait de conclure à l'identité de deux choses qui se ressemblent.

On conviendra qu'une telle marche n'est guère scientifique. Où en serait la zoologie si l'on était réduit, pour classer un animal, à aller consulter les Musées de Paris ou de Londres? Où en serait la botanique si, pour étiqueter une plante, on n'avait d'autre ressource que de feuilleter l'herbier du Muséum?

A part la tête, les dents, les deux premières vertèbres cervicales, les grands os des membres et quelques os du carpe et du tarse, je ne sache pas que les autres pièces du squelette aient été l'objet jusqu'ici de recherches détaillées. Ces pièces sont-elles sans importance comme moyens de détermination? C'est ce que j'examinerai d'abord pour la colonne vertébrale.

§ LXVI.

C'est pour les vertébrés surtout que ces déterminations empiriques dont j'ai parlé plus haut ont été le plus généralement mises en pratique. Cuvier lui-même laisse entendre clairement qu'il s'en est contenté (1). Ainsi, lorsque cet auteur écrit qu'il a eu

(1) « Les paroles me manqueraient encore davantage, à moins d'une longueur excessive, pour indiquer les différences de toutes les vertèbres. Elles en ont cependant toutes, et, en recourant à une comparaison effective, on ne confondra jamais celle d'un genre avec son analogue dans un autre. » (*Ossem. foss.*, t. VII, p. 126.)

telle vertèbre d'Ours, d'Hyène ou de *Felis*, il est sous-entendu qu'il est arrivé à ces résultats par la comparaison directe avec les squelettes de ces animaux ; mais il ne nous dit pas en quoi une vertèbre d'Ours diffère de sa correspondante dans le Tigre ou dans l'Hyène. Cuvier pouvait s'en tenir là, il avait assez fait pour d'autres parties plus importantes du squelette ; mais il est possible d'aller plus loin en complétant ce qu'il a laissé inachevé. Par ses études sur les dents, il a fourni aux naturalistes les moyens de déterminer le genre d'un Mammifère sans avoir recours à la comparaison effective, ce qui n'était guère possible avant lui. Nous en sommes maintenant pour les vertèbres au point où l'on en était pour les dents avant la publication des *Recherches sur les ossements fossiles*.

Et cependant Cuvier n'hésite pas à déclarer que les vertèbres sont susceptibles d'être caractérisées comme les autres parties du squelette, et de fournir des caractères génériques : « Il suffit de dire, écrit-il, qu'il n'est pas une des vertèbres des quatre grands genres de Carnassiers, dont on ne puisse trouver le genre et la place dans le squelette par des caractères propres à être aperçus. » (*Ossem. foss.*, t. VII, p. 305.)

§ LXVII.

Si l'on veut s'en tenir aux procédés purement empiriques, la détermination d'une vertèbre fossile se réduit à la solution du problème suivant : Étant donnée une vertèbre provenant d'un gisement connu, trouver celle qui lui ressemble le plus par le volume et par la forme dans les squelettes analogues à ceux des animaux qui ont vécu à la même époque géologique. Ainsi, une vertèbre a été recueillie dans une caverne qui n'a fourni, parmi les ossements dont la détermination repose sur des données certaines, que des débris de Carnassiers ; si cette vertèbre est d'une grande taille, elle ne peut avoir appartenu qu'à un Ours ou à un grand *Felis* ; pour la classer, il suffit de chercher alors celle qui lui ressemble le plus dans les squelettes de l'Ours ou du Lion.

Cette méthode n'est pas fort rigoureuse, car il pourrait bien se faire que cette vertèbre eût appartenu à un Carnassier d'un autre genre, ou même à un Mammifère d'un autre ordre, dont on n'aurait pas rencontré de vestiges plus significatifs. Faute de savoir de quelle importance sont les diverses vertèbres dans la classification, on peut être conduit ainsi à des identifications erronées. Si d'ailleurs la vertèbre en question diffère trop de celles des grands Carnassiers pour leur être assimilée, il faudra bien avoir recours au dernier expédient, la confrontation directe avec les squelettes d'une grande collection. Dans tous les cas, ce n'est pas dans les ouvrages que nous possédons maintenant sur les ossements fossiles qu'on trouvera les moyens de résoudre la question.

Il faudrait que l'on fît pour les vertèbres ce que Cuvier a fait pour les dents, c'est-à-dire que l'on recherchât s'il ne serait pas possible de déterminer le genre d'un Mammifère par une des pièces du rachis, sans qu'il fût nécessaire de tenir compte de la provenance et du volume, ni d'avoir recours à la comparaison effective. Je ne saurais avoir la prétention de réaliser un pareil travail, qui sortirait du cadre que je me suis tracé, et pour lequel d'ailleurs je serais loin d'avoir à ma disposition les matériaux nécessaires. Je me bornerai donc à soumettre à une comparaison attentive les squelettes de l'Ours et du Lion, genres auxquels appartiennent les plus grands Carnassiers des cavernes, afin de décider si les vertèbres n'auraient pas une valeur réelle au point de vue de la classification.

§ LXVIII.

La détermination d'une vertèbre ne saurait être tentée qu'à la condition que les questions suivantes auront été résolues :

1° Une vertèbre isolée étant donnée, existe-t-il des moyens de déterminer exactement sa place dans le squelette?

2° Y a-t-il des différences spécifiques entre les vertèbres homologues des Mammifères appartenant à un même genre?

3° Existe-t-il dans les vertèbres ou dans certaines vertèbres des caractères propres à faire distinguer deux genres appartenant à un même ordre zoologique?

J'examinerai successivement chacune de ces trois questions.

ART. 2. — Des caractères propres aux différentes vertèbres.

§ LXIX.

La première difficulté qui se présente lorsqu'on a à déterminer une vertèbre isolée, c'est de reconnaître exactement son numéro d'ordre dans la région à laquelle elle appartient. Ce premier point est essentiel à décider, car lorsqu'il s'agit de chercher des caractères spécifiques ou génériques, on ne peut logiquement établir la comparaison qu'entre des vertèbres occupant le même rang dans le rachis. Malheureusement il n'est pas facile de triompher de ce premier obstacle. Dans certaines régions, les vertèbres voisines diffèrent à peine, leurs caractères ne se modifiant que par des passages presque insensibles. Cependant cette absence de caractères spéciaux n'est pas générale, et nous aurons déjà obtenu un résultat utile, si nous montrons que certaines vertèbres peuvent être distinguées par des caractères constants et d'une observation aisée.

§ LXX.

Il est extrêmement facile de reconnaître à laquelle des cinq grandes régions du rachis appartient une vertèbre ; c'est là un premier pas de fait. Chez l'Homme, les auteurs signalent en outre, comme ayant des caractères propres, les sept vertèbres suivantes : la première, la deuxième et la septième cervicale ; la première, la onzième et la douzième dorsale ; et enfin la cinquième lombaire (1). Il ne reste donc que 4 cervicales, 9 dorsales et 4 lombaires, dont on ne puisse indiquer exactement la place, c'est-à-dire 17 vertèbres sur les 24 dont se composent les trois premières régions, et encore cette place est-elle approximativement indiquée par l'exclusion de celles qui possèdent des signes caractéristiques.

§ LXXI.

Dans mes études sur l'ostéologie de l'Ours des Pyrénées, je me suis livré à un examen détaillé et minutieux de la colonne verté-

(1) Sappey. *Traité d'anatomie descriptive*, t. I, p. 84.

brale, dans le but de répondre à la question sur laquelle je reviens dans cet article. De ces études, il résulte que, sur les 33 vertèbres qui composent l'axe rachidien de l'Ours, à l'exclusion du sacrum, il en est 10 qui possèdent des caractères spéciaux très faciles à saisir, savoir : l'atlas, l'axis, la septième cervicale, la première, la deuxième et la onzième dorsale, la cinquième et la sixième lombaire, enfin la première et la sixième caudale. Restent donc 23 vertèbres qui ne portent pas de caractères absolus.

Ces 23 vertèbres ne sont pas cependant pour cela indéterminables, car j'ai montré que les cinq grandes régions du rachis pouvaient être subdivisées en dix régions secondaires possédant des caractères très précis. Les caractères absolument distinctifs ne manquent donc en définitive que dans les groupes suivants : les quatre premières vertèbres de la région cervicale postérieure, les huit dorsales moyennes, les trois dernières dorsales postérieures, les quatre premières lombaires, et les deuxième, troisième, quatrième et cinquième coccygiennes. Dans le cas le plus défavorable, c'est-à-dire lorsqu'il s'agit d'une dorsale moyenne, l'incertitude ne peut donc s'étendre à plus de huit vertèbres. Pour toutes les autres vertèbres, elle est restreinte entre des limites beaucoup plus étroites encore.

Mais si les vertèbres dont je viens de parler ne portent pas des caractères spéciaux propres à les distinguer de toutes les autres, elles possèdent encore des caractères relatifs, à l'aide desquels on peut reconnaître la plupart d'entre elles, et dont j'ai donné l'énoncé d'une manière détaillée dans la première partie de ces recherches. Ainsi les quatre premières cervicales postérieures peuvent être classées suivant leurs numéros d'ordre par la forme de l'anneau supérieur, par la longueur des apophyses épineuses et par la forme des apophyses transverses. Les trois dernières dorsales postérieures, les quatre premières lombaires et les quatre coccygiennes moyennes, ont aussi des caractères particuliers dont j'ai donné le détail. Ainsi, quoique la détermination de ces vertèbres soit moins rigoureuse et moins facile que pour les dix premières, elle est encore possible à l'aide d'un examen attentif.

La difficulté n'existe donc réellement que pour les huit dorsales moyennes, et encore il est possible d'assigner d'une manière très approximative leur place dans la région, par le volume du corps et l'inclinaison plus ou moins grande de l'apophyse épineuse. La forme de la partie supérieure de l'anneau passant du triangle au quadrilatère permet de subdiviser cette région en quatre autres : la première comprenant la troisième dorsale ; la seconde comprenant les quatrième, cinquième et sixième; la troisième comprenant les septième, huitième et neuvième ; enfin la quatrième correspondant à la dixième dorsale, dans laquelle l'anneau prend une forme franchement quadrilatère en dessus. La détermination peut donc être poussée ici à un tel degré, que les chances d'erreur soient limitées à un groupe de trois vertèbres au maximum.

§ LXXII.

En résumé, sur les 33 vertèbres libres qui entrent dans la composition du squelette de l'Ours, 10 peuvent être déterminées avec une certitude complète, 15 sont susceptibles d'être classées par des caractères moins absolus, mais encore appréciables, et 8 possèdent des caractères incertains, qui ne sauraient entraîner cependant l'hésitation entre plus de trois vertèbres à la fois.

ART. 3. — De l'importance des vertèbres au point de vue de la distinction des espèces.

§ LXXIII.

Si quelque partie du squelette porte en elle des caractères réellement spécifiques, c'est certainement dans la tête qu'il faut les chercher. Nous avons vu cependant qu'en général ces caractères n'y sont ni bien profonds, ni bien frappants, et qu'ils se réduisent pour la plupart à des différences dans les contours et dans les proportions. Mais il n'en est pas de même quant aux caractères génériques ; les relations des os, la situation des trous, le système dentaire, diffèrent profondément d'un genre à un autre, et fournissent des moyens certains pour les distinguer. En est-il de même pour les vertèbres ? C'est ce que je vais examiner.

J'ai cherché d'abord s'il n'existait pas dans la colonne vertébrale des animaux appartenant à un même genre, des différences propres à les distinguer. La comparaison la plus attentive ne m'a fait reconnaître entre les vertèbres des Ours fossiles et celles de l'Ours des Pyrénées que des différences dans le volume et d'autres qui ne sont bien certainement qu'individuelles, à tel point que toutes les descriptions que j'ai données du second peuvent s'appliquer intégralement aux premiers.

Comme je n'ai pu comparer directement le squelette de l'Ours brun avec ceux des autres Ours vivants, je ne saurais dire si la ressemblance est aussi complète entre eux. J'ai cherché alors à me renseigner sur la question dont je m'occupe en ce moment en comparant les squelettes du Lion et du Chat domestique, espèces plus différentes entre elles que ne sont les différents Ours, et qui appartiennent à un même genre éminemment naturel.

§ LXXIV.

Le Chat et le Lion ont 53 vertèbres, savoir : 7 cervicales, 13 dorsales, 7 lombaires, 3 sacrées et 23 caudales. Voici les différences que j'ai constatées :

1° L'atlas du Lion a le trou postérieur situé à la base de l'aile ouvert plus en dessus (1).

2° Les tubercules qui terminent les apophyses transverses des huit dorsales moyennes sont plus allongés d'arrière en avant dans le Chat, surtout dans les dernières. Ces tubercules sont terminés par une face triangulaire dans les sept premières dorsales moyennes du Lion, plus allongés dans la dernière, mais beaucoup moins que dans le Chat.

3° La dernière dorsale moyenne (10ᵉ dorsale) du Chat diffère essentiellement de celle du Lion : *a.* le tubercule terminal des apophyses transverses est prolongé en arrière en une forte pointe renflée au sommet, qui deviendra l'apophyse surnuméraire dans les dorsales postérieures ; *b.* une fossette profonde, située à la base

(1) Les trous des ailes de l'atlas peuvent manquer accidentellement ; ils n'existent pas en effet sur l'aile gauche d'un atlas de Chat domestique que j'ai sous les yeux.

externe de cette pointe, la sépare de la facette costo-transversaire ; dans le Lion, le tubercule est simplement renflé et plus large que haut, mais non terminé en pointe ; *c.* les facettes articulaires postérieures regardent en dehors, comme dans les dorsales postérieures, tandis que dans le Lion elles regardent en bas, comme dans les autres dorsales moyennes.

4° La première dorsale postérieure du Chat (11ᵉ dorsale) offre aussi des caractères très marqués : *a.* elle manque d'apophyses transverses articulées avec les côtes ; dans le Lion, ces apophyses sont terminées par un gros tubercule articulé avec la côte correspondante, et prolongé en arrière ; *b.* ses apophyses articulaires ressemblent à celles des deux dernières dorsales, et se terminent en arrière en apophyses surnuméraires ; *c.* ses facettes articulaires antérieures sont tournées en dedans, et non horizontales comme dans le Lion.

Dans le Chat, cette vertèbre tient plus des deux dernières dorsales que des dorsales moyennes ; elle a, en effet, les apophyses articulaires et supplémentaires des premières ; ses facettes articulaires sont disposées de même, et, comme elles, elle manque d'apophyses transverses.

Dans le Lion, elle forme la transition de la région moyenne à la région postérieure ; comme les dorsales moyennes, elle a de fortes apophyses transverses articulées avec les côtes, et ses facettes articulaires antérieures sont horizontales ; mais elle a ses facettes articulaires postérieures tournées en dehors comme celles de la région postérieure ; elle manque de même de facettes costales postérieures, et enfin ses apophyses transverses se prolongent postérieurement comme pour former une première ébauche des apophyses supplémentaires.

5° Les apophyses épineuses des vertèbres lombaires sont encore plus penchées en avant dans le Chat que dans le Lion.

§ LXXV.

A ces différences se réduisent tous les caractères spécifiques que j'ai pu constater. On voit par là que certaines vertèbres ont une importance réelle, puisqu'elles fournissent des caractères propres à distinguer les espèces. Sous ce rapport, la dixième et la onzième dorsale sont très caractéristiques dans le genre Chat ; les sept premières dorsales moyennes viennent au second rang ; l'atlas et les vertèbres lombaires ne fournissent que des indications plus vagues. Quant aux autres vertèbres, je n'ai pu constater que des différences si légères, qu'elles ne me paraissent pas de nature à être utilisées, et le volume est ici le seul indice auquel on puisse avoir recours.

ART. 4. — De l'importance des vertèbres au point de vue de la distinction des genres.

§ LXXVI.

Afin d'obtenir des notions certaines sur la valeur des caractères génériques fournis par les vertèbres, j'ai soumis à une comparaison attentive les squelettes de l'Ours et du Lion (1) :

1° L'atlas du Lion se distingue de celui de l'Ours : *a.* par l'échancrure située en avant et à la base de chaque aile ; *b.* par la présence d'un seul trou, au lieu de deux, sur la face supérieure : ce trou est situé au fond de l'échancrure, et donne directement dans le grand canal.

2° L'axis a son apophyse épineuse aussi haute en avant qu'en arrière, ses pédicules plus larges, et le trou antérieur situé plus bas (2).

3° Les cinq dernières cervicales ont les mêmes caractères généraux que celles de l'Ours ; mais elles offrent les particularités suivantes : *a.* la troisième (ou première de la région postérieure) porte, au lieu d'apophyse épineuse, une crête allongée d'avant en arrière avec un ressaut, ébauche de cette apophyse, sur la partie postérieure ; *b.* la quatrième a la lame de l'apophyse transverse plus dilatée en avant ; *c.* la sixième et la septième ont

(1) Je me suis servi pour cela d'un très beau squelette de Lion, dont la Société industrielle de Mulhouse a fait récemment l'acquisition pour son musée.

(2) Ces caractères de l'atlas et de l'axis ont été déjà signalés par Cuvier (p. 203 et 204).

leurs apophyses épineuses plus penchées en avant. Enfin, la sixième, qui est la mieux caractérisée, se distingue très facilement de sa correspondante dans l'Ours par la lame inférieure de l'apophyse transverse très dilatée d'avant en arrière, échancrée au milieu, et par conséquent fourchue. Ce caractère, déjà signalé par Daubenton (1), distingue cette vertèbre de celle de l'Ours et du Chien.

4° La portion dorsale de la colonne vertébrale se subdivise en trois régions, comprenant chacune le même nombre de vertèbres que chez l'Ours, à l'exception de la dernière, qui en renferme une de moins.

Les deux dorsales antérieures ont leurs apophyses épineuses moins penchées en arrière dans le Lion. Dans la deuxième, la partie supérieure de l'anneau est à peu près carrée ; dans l'Ours, elle est triangulaire.

Les huit dorsales moyennes diffèrent de celles de l'Ours par la forme de l'aire supérieure de l'anneau ; cette aire, presque carrée dans les premières, s'allonge dans les suivantes, et prend la forme d'un trapèze à angles postérieurs arrondis, parce que les apophyses postérieures s'y dessinent plus fortement ; elle n'est nulle part triangulaire comme chez l'Ours. Elles se distinguent encore par les faces antérieures des corps vertébraux elliptiques et non circulaires. Les deux premières de cette région (3e et 4e dorsale) ont leurs apophyses épineuses presque perpendiculaires à l'axe du corps ; dans les autres, elles s'inclinent de plus en plus en arrière, moins cependant que dans l'Ours. La dernière (10e dorsale) a son apophyse épineuse très oblique en arrière, amincie au bout, non tuberculeuse. Dans le Chat domestique, elle diffère davantage par ses apophyses transverses et ses facettes articulaires postérieures regardant en dehors et non en bas.

Les trois dorsales postérieures se reconnaissent facilement par l'absence de facettes articulaires costales sur la face postérieure du corps et par leurs apophyses épineuses. La première (11e dorsale)

(1) *Œuvres complètes de Buffon*, édit. de Lamouroux, 1824, *Mammif.*, t. III, p. 47.

est très caractérisée : elle forme en quelque sorte le point neutre, vers lequel semblent s'incliner les apophyses épineuses des régions situées en avant comme en arrière ; son apophyse épineuse est très courte, triangulaire, amincie au sommet, et presque verticale. Les deux dernières ont leurs apophyses épineuses inclinées en avant, saillantes, renflées au bout ; dans la douzième, cette apophyse est encore peu inclinée, atténuée à l'extrémité ; dans la treizième, elle est très penchée en avant et à peu près quadrilatère.

Ces trois vertèbres ne sauraient être confondues avec les dorsales postérieures de l'Ours. La face antérieure de leur corps est de forme semi-lunaire et non circulaire-cordiforme. La première (11ᵉ dorsale) se distingue de sa correspondante dans l'Ours par la brièveté de son apophyse épineuse. L'inclinaison de cette apophyse en avant suffit pour caractériser les deux dernières.

5° Les vertèbres lombaires diffèrent de celles de l'Ours par leurs apophyses épineuses quadrilatères inclinées en avant et non verticales, et par leurs apophyses transverses beaucoup plus saillantes, dirigées en avant et en bas, et non horizontalement et en dehors. Dans les cinq premières, ces apophyses vont en grandissant, à mesure qu'on approche de la région postérieure ; l'apophyse surnuméraire, très marquée dans la première, va en s'atténuant dans les autres, et se réduit dans la cinquième à un petit stylet à peu près sans fonctions. Les deux dernières ont leurs apophyses épineuses plus minces du bout, mais encore quadrilatères, et manquent d'apophyses surnuméraires ; leurs apophyses transverses sont très développées et très courbées en avant (1).

6° Le sacrum du Lion est composé de trois vertèbres, tandis que celui de l'Ours en comprend sept ; de plus, dans le Lion, les apophyses épineuses et celles qui représentent les apophyses articulaires sont infiniment plus saillantes.

(1) Dans le squelette du Lion, les apophyses transverses de ces deux dernières lombaires se soudent de chaque côté par leurs extrémités, de manière à circonscrire un trou ovale. En outre, du côté gauche, l'extrémité antérieure de la lame formée par ces deux apophyses réunies s'articule avec la cinquième lombaire par un osselet intermédiaire. Cette disposition est probablement individuelle : je ne la retrouve pas dans mon squelette de Chat domestique.

7° Les vertèbres caudales du Lion ne peuvent être confondues avec celles de l'Ours. Les cinq premières ont des facettes articulaires antérieures et postérieures conformées à peu près comme celles des vertèbres lombaires, et des apophyses transverses dirigées en arrière et en dehors, mais qui diminuent de volume, à mesure que les vertèbres deviennent plus postérieures. Dans la sixième, les apophyses articulaires postérieures manquent. Dans la septième et la huitième, les apophyses transverses se réduisent à des tubercules postérieurs assez forts ; les apophyses articulaires antérieures sont bien développées, mais sans fonctions comme pièces articulaires ; le canal vertébral existe encore, mais il devient très étroit dans la huitième ; de chaque côté du corps, en avant, au niveau des apophyses articulaires antérieures, il y a un tubercule. Les neuvième, dixième et onzième, n'ont plus de canal ; elles portent deux apophyses articulaires en dessus et en avant, deux tubercules de chaque côté et deux autres à la place des apophyses transverses ; le canal est représenté par un sillon compris entre deux mamelons. Les douze dernières vertèbres sont longues, renflées aux deux extrémités ; le pourtour de la face antérieure est entouré de cinq tubercules, celui de la face postérieure de trois ; ces vertèbres deviennent plus grêles, et leurs tubercules s'effacent à mesure qu'elles se rapprochent de l'extrémité de la queue. La dernière est très simple, presque cylindrique, et se coude en dessus vers le bout.

§ LXXVII.

Il résulte des recherches que je viens d'exposer qu'il n'existe pas une vertèbre qui ne fournisse des caractères génériques propres à distinguer les Ours des Chats.

Schmerling a figuré (pl. XXXIII) un certain nombre de vertèbres d'Ours. En appliquant les caractères que j'ai indiqués, on trouve que la figure 5 représente une troisième cervicale, la figure 6 une quatrième ou cinquième ; la figure 7 ne peut représenter une septième cervicale, puisque l'apophyse transverse est perforée à sa base : c'est probablement une cinquième ou sixième La figure 8 est bien une première dorsale, la figure 9 une dernière, la figure 10 une première lombaire, et la figure 12 une dernière. Enfin, la figure 13 ne saurait être une première caudale, à cause de ses apophyses transverses et de son canal médullaire; c'est plutôt une cinquième sacrée provenant d'un individu jeune, chez lequel la soudure avec la quatrième n'était pas encore effectuée.

Je me suis assuré, par l'examen des squelettes de la Fouine, de la Loutre, du Chien, etc., qu'il existe dans les vertèbres des autres genres de Carnassiers des différences du même ordre que celles que je viens de signaler; mais ce n'est pas dans ce mémoire que je puis entrer dans de pareils détails.

Art. 5. — Des vertèbres d'Ours fossiles.

§ LXXVIII.

On a retiré un grand nombre de vertèbres des cavernes de Sentheim. J'en ai eu plus de cinquante plus ou moins bien conservées, et provenant des trois régions antérieures du rachis, savoir : 16 cervicales, 22 dorsales et 14 lombaires, et en outre un très grand nombre de débris.

Il n'est pas rare de rencontrer des vertèbres qui ont perdu les épiphyses de leurs corps, et même des épiphyses détachées. Sur les 52 vertèbres que j'ai réunies, 13 étaient dans ce cas ; les 39 autres provenaient d'individus adultes. Lorsqu'une des deux épiphyses seulement vient à manquer, c'est toujours la postérieure. Cette loi ne paraît pas souffrir d'exceptions : sur les 13 vertèbres déjà mentionnées, 6 manquaient à la fois des deux épiphyses; dans les 7 autres, les épiphyses postérieures étaient enlevées. Il paraît donc que les épiphyses antérieures se soudent avant les postérieures.

1er *Atlas*. — Je n'en ai eu que deux très endommagés; ils paraissent avoir appartenu à des individus d'assez grande taille.

2° *Axis*. — J'en ai eu trois portions : deux corps et une

apophyse épineuse. Voici les dimensions des deux premiers débris :

Longueur de la face inférieure, y compris l'apophyse odontoïde	0,075	0,070
Distance entre les bords externes des apophyses articulaires antérieures	0,075	0,070
Diamètre transversal de la face postérieure du corps.	0,045	
Sa hauteur	0,022	0,028
Plus grande largeur du grand canal	0,035	0,025

Ces deux débris, dont l'un est un peu plus grand que l'autre, ont appartenu à des individus adultes ; ils sont d'un tiers à un quart environ plus forts que chez l'Ours des Pyrénées. Leur taille est à peu près celle du plus petit des deux figurés par Schmerling (pl. XXXIII, fig. 4, *B*).

Quant à l'apophyse épineuse, elle a 0m,075 de longueur sur son bord supérieur, 0m,045 de hauteur en arrière, et la distance entre les bords externes des facettes articulaires-postérieures est de 0m,055. Elle est de la même taille que celle figurée sous le n° 4 *A* par Schmerling. Elle est plus grande d'un quart que celle de l'Ours brun, mais elle en diffère par sa hauteur plus grande de près de moitié en arrière. Je ne puis dire, faute de matériaux en nombre suffisant, si cette différence n'est pas un caractère spécifique.

3° *Cervicales postérieures*. — J'en ai réuni 11, savoir : 1° deux troisièmes de la taille de la figure 6 de Schmerling ; 2° quatre quatrièmes, dont deux sans épiphyses et deux autres à épiphyses antérieures soudées ; 3° deux cinquièmes adultes ; 4° deux sixièmes dont une jeune ; 5° une dernière sans épiphyses.

Toutes ces vertèbres offrent les mêmes caractères que leurs correspondantes dans l'Ours brun vivant ; la face supérieure de l'anneau est seulement un peu moins échancrée en arrière.

4° ***Dorsales***. — Parmi les dorsales antérieures, je n'ai vu qu'une première adulte, identique avec la figure 8 de Schmerling, mais plus petite d'un quart. — Sur 11 dorsales moyennes, 7 provenaient d'individus adultes ; les autres avaient seulement leurs épiphyses antérieures. La troisième et la quatrième, dont je donne les mesures, s'articulent si parfaitement entre elles, que je ne doute pas qu'elles ne proviennent d'un même individu. Une dixième est d'une taille assez forte. — Enfin sur 10 dorsales postérieures, qui toutes avaient leurs épiphyses soudées, j'ai eu deux fois la onzième qui est particulièrement caractérisée. Une quatorzième est semblable à la figure 9 de Schmerling, mais seulement un peu plus petite, et à apophyses transverses plus dilatées en dehors.

5° *Lombaires.*— La région antérieure m'a fourni 12 vertèbres, savoir : 3 secondes adultes ; 3 troisièmes adultes de la taille de la figure 10 de Schmerling ; 6 quatrièmes dont deux jeunes : l'une qui a perdu ses deux épiphyses, l'autre qui possède l'épiphyse antérieure. De la région postérieure, la première (cinquième) s'est rencontrée deux fois avec tous les caractères de l'âge adulte.

6° *Sacrum.* — Les auteurs varient beaucoup d'opinion sur le nombre des fausses vertèbres qui composent le sacrum de l'Ours : Daubenton n'en compte que 5 (1) ; Blainville n'en signale aussi que 5, et 6 en y comprenant la première coccygienne (2) ; Cuvier en a vu 7 (3). Quant à moi, j'en ai compté également 7 dans mon squelette d'Ours des Pyrénées. Ces divergences tiennent sans doute à ce que les deux dernières vertèbres du sacrum ne se soudent que tard. J'ai adopté la manière de voir de Cuvier, et j'ai rapporté au sacrum toutes les vertèbres qui adhéraient entre elles dans l'Ours des Pyrénées.

Le gîte ossifère de Sentheim a fourni un sacrum presque entier, et qui a appartenu à un Ours adulte et de grande taille. Les fausses vertèbres y sont trop fortement unies pour qu'on puisse les compter directement, mais il n'y en a certainement que 6. Sur la ligne médiane, on voit six gros tubercules (ou apophyses épineuses) qui vont en grossissant d'avant en arrière ; il y a cinq paires de trous sacrés supérieurs ; les quatre dernières paires de trous inférieurs sont seules conservées. Une portion de l'os des iles gauches existe encore, et montre le commencement de la grande échancrure sciatique. La dernière vertèbre, séparée en dessus de la cinquième

(1) *Loc. cit.*, MAMMIFÈRES, t. V, p. 287.

(2) *Ostéographie.*

(3) Tome VII, p. 228.

par une ouverture comparable à celle qui existe entre la dernière lombaire et la première sacrée, porte supérieurement une sorte de tubercule qui se prolonge en arrière en une lame saillante ; le corps de cette vertèbre se termine postérieurement par une face articulaire elliptique. — Voici les dimensions de cette pièce :

	m.
Longueur totale.	0,250
Largeur en dessus, d'une suture iliaque à l'autre . . .	0,080
— au niveau de l'échancrure sciatique.	0,080
— à l'extrémité postérieure.	0,050
Diamètre transversal de la face articulaire postérieure . .	0,040
Sa hauteur	0,022

Je pense que si ce sacrum ne comprend que six vertèbres et non sept, comme celui de l'Ours Brun, cela provient de ce que la dernière, moins fortement articulée que dans celui-ci, s'en est détachée. Mais il y a encore d'autres différences : 1° les trois premières vertèbres sont articulées avec le bassin, tandis que cela n'a lieu que pour les deux premières seulement dans l'Ours des Pyrénées ; 2° les gouttières vertébrales sont plus profondes ; 3° la forme générale de la pièce est moins triangulaire, parce qu'elle est plus large en arrière dans sa partie libre. Je ne suis pas en mesure, faute d'un assez grand nombre d'échantillons, de me prononcer sur la valeur de ces différences.

La longueur de la partie du sacrum formée par les cinq premières vertèbres étant de 0m,120 dans l'Ours des Pyrénées, le fossile est plus grand de plus du double, mais il est en même temps relativement plus étroit entre les os des iles. D'après cela, l'animal auquel il a appartenu aurait eu deux fois la taille de l'Ours vivant, si ses dimensions étaient en rapport avec celles du sacrum ; il aurait eu par conséquent 2m,60 de longueur et 1m,44 de hauteur au garrot (1). Je doute cependant qu'on puisse admettre cette évaluation avec toute confiance, car les autres pièces dont il a été traité n'ont pas donné des résultats tout à fait aussi élevés, et il est possible que la grande largeur du sacrum ne soit en définitive qu'un caractère spécifique.

(1) La plus grande mâchoire nous avait conduit à 2m,21 de long sur 1m,22 de haut.

7° *Vertèbres caudales.* — Elles ont échappé jusqu'à ce jour aux ouvriers employés aux fouilles de Sentheim.

§ LXXIX.

Je donne sous forme de tableau les dimensions des principales vertèbres recueillies à Sentheim. La quatrième cervicale, la troisième et la quatrième dorsale n'étaient pas complétement adultes, car elles manquent de leurs épiphyses postérieures. La septième cervicale provenait d'un individu jeune, car ses deux épiphyses sont détachées.

J'ai déjà signalé la complète identité des vertèbres fossiles avec celles de l'Ours brun actuel. La comparaison la plus minutieuse ne m'a fait apercevoir aucune différence autre que dans les dimensions. Sous ce dernier rapport, je n'ai remarqué que de faibles variations entre les vertèbres fossiles de même sorte arrivées à leur entier développement ; mais l'inégalité de volume devient très apparente, lorsqu'on les met en regard des vertèbres homologues de l'Ours vivant. On s'en assurera aisément par l'examen comparatif du tableau qui accompagne cet article, et de celui que j'ai donné dans mes *Recherches sur l'Ours des Pyrénées.*

§ LXXX.

Les proportions des vertèbres ont une certaine importance, en ce qu'elles peuvent servir à fixer approximativement la longueur totale du tronc, et à vérifier ainsi les évaluations déduites des autres parties du squelette. Je choisis dans le tableau la troisième cervicale, la première et la quatorzième dorsale, enfin la troisième lombaire, qui toutes ont leurs épiphyses solidement soudées. En ne considérant d'abord que la longueur du corps mesurée sur la face inférieure, je trouve que la troisième cervicale est plus longue d'un quart que dans l'Ours vivant, et les trois autres d'un tiers. D'après cela, les individus qui ont fourni ces dernières vertèbres n'auraient eu que 1^{m},80 de longueur totale : c'est un peu moins de la taille qui a été calculée d'après le grand crâne complet (1^{m},90) et les plus petites mâchoires (1^{m},82). Quant à la troisième cervicale, elle correspondrait à une longueur de 1^{m},60 seulement.

Dimensions des vertèbres fossiles (en millimètres).

DÉSIGNATIONS.	CERVICALES.					DORSALES.							LOMBAIRES.			
	3e	4e	5e	6e	7e	1re	3e	4e	10e	11e	12e	14e	2e	3e	4e	5e
Longueur du corps dans le grand canal vertébral.	40	35	35	35	...	35	30	30	45	38	42	50	50	55	55	53
— sur la face inférieure. . . .	35	..	30	34	...	33	28	..	35	32	32	40	40	45	45	38
Diamètre transversal de la face articulaire antér.	40	35	45	42	50	55	34	35	50	42	40	55	55	60	55	70
Son petit diamètre.	28	28	28	28	35	32	36	30	40	37	35	45	42	50	42	45
Diamètre transversal de la face articulaire postér.	45	50	43	45	60	60	40	55	70	50	50	65	55	65	55	70
Son petit diamètre.	28	28	28	30	35	34	35	28	40	38	38	45	42	45	42	45
Grand diamètre du canal médullaire.	30	35	32	35	42	38	26	30	30	25	30	35	32	30	25	45
Petit diamètre.	22	25	25	20	25	22	25	25	30	26	30	25	22	25	22	20
Plus grande largeur du bord externe d'une apophyse articulaire antérieure à l'autre.	55	70	65	65	80	70	42	40	45	38	35	45	38	45	38	50
Plus grande largeur du bord externe d'une apophyse articulaire postérieure à l'autre	60	70	69	70	85	60	38	45	45	38	30	35	36	40	40	65
Longueur de l'apophyse épineuse.	..	..	...	...	40	...	80	50	..	..	..	..	43	..	50	
— des apophyses transverses.	..	..	35	35	40	45	38	40	..	26						
Distance entre les extrémités des apophyses transverses.	..	..	110	115	130	115	90	90	..	85						

Aucune des vraies vertèbres isolées n'indique des proportions aussi fortes que celles qui ont été déduites des plus grandes mâchoires inférieures; le sacrum cependant nous fait entrevoir l'existence d'individus encore plus grands que ceux auxquels ces grandes mâchoires ont appartenu. Il peut se faire que, jusqu'à ce jour, les cavernes de Sentheim n'aient pas fourni de vertèbres des plus grandes races, lesquelles sont beaucoup plus rares que les petites. Si toutefois on trouvait que la longueur du sacrum n'est pas en rapport avec le reste du rachis, ce qui ne me paraît pas probable, et qu'il n'existe pas de vertèbres plus fortes que celles que j'ai vues, il faudrait conclure que les grands Ours des cavernes ont eu une forme moins allongée proportionnellement que l'Ours brun. Je préfère cependant m'en tenir à la première supposition, et considérer les vertèbres que j'ai eues comme se rapportant aux individus de taille moyenne, dont les débris sont de beaucoup les plus abondants.

Il paraîtrait que Schmerling aurait trouvé dans les cavernes de la Belgique des vertèbres de ces grandes races. Ainsi la troisième cervicale, figure 5, a le diamètre de la face postérieure du corps plus grand d'un quart que celle que j'ai décrite. Les figures 8 et 10 accusent aussi des dimensions plus fortes que celles des vertèbres de même sorte que j'ai eues de Sentheim.

La longueur de la colonne vertébrale, calculée d'après quelques vertèbres isolées, ne saurait inspirer beaucoup de confiance. Il faudrait avoir un certain nombre de vertèbres en série pour que de semblables calculs offrissent quelque certitude. Malheureusement la dispersion des os dans le limon des cavernes est telle, qu'il n'y a guère de chance que l'on puisse y rencontrer des tronçons un peu considérables de la colonne vertébrale. Schmerling seul (page 152) paraît avoir possédé un certain nombre de vertèbres en série, savoir : dix dorsales formant ensemble une longueur de $0^m,49$, et dix lombaires mesurant réunies $0^m,42$ (1). La

(1) Mais encore ici, il ne paraît pas que ces vertèbres aient été trouvées rassemblées ; l'auteur les a rencontrées seulement sur un même point de la caverne et les a ajustées ensemble.

région lombaire aurait été ici à celle de l'Ours des Pyrénées comme 42 : 20, d'où la longueur totale des trois premières régions pour le fossile, de 1m,617, c'est-à-dire plus du double de l'Ours des Pyrénées ; et Schmerling dit encore que ces vertèbres ont appartenu à un individu jeune ! L'auteur évalue d'ailleurs autrement cette longueur, qui aurait été, suivant lui, de 1m,37 ; mais la manière dont ce chiffre a été déduit ne me paraît pas fort rigoureuse, et la seule conclusion que je tirerai des faits que je viens d'exposer, c'est qu'il existe des vertèbres fossiles beaucoup plus grandes que celles que les cavernes de Sentheim ont fournies jusqu'à ce jour.

Sous le rapport de l'épaisseur des corps vertébraux, voici ce que je trouve : 1° Le diamètre transversal des deux faces articulaires de la troisième cervicale est d'un tiers plus grand dans l'Ours fossile, ce qui compense la longueur du corps, un peu plus faible relativement que dans les autres ; 2° la première dorsale a la face antérieure d'un quart et la postérieure de moitié plus large ; 3° la quatorzième dorsale et la troisième lombaire ont leurs faces antérieures plus larges d'un tiers, c'est-à-dire dans le même rapport que la longueur du corps, tandis que les faces postérieures le sont seulement d'un quart. Ces divergences ne sont pas bien importantes ; elles peuvent être individuelles, et elles rentrent à peu près dans les relations déduites de la comparaison de la longueur des corps vertébraux.

Art. 6. — Résumé.

§ LXXXI.

1° Jusqu'à ce jour, les auteurs ne se sont pas occupés d'une manière suffisante des vertèbres au point de vue de l'ostéologie comparée.

2° Il est possible de déterminer exactement la place qu'occupent la plupart des vertèbres dans le rachis ; pour les autres, cette détermination peut se faire à un degré d'approximation assez grand.

3° Quelques vertèbres, mais non toutes, peuvent fournir des caractères spécifiques pour les espèces très différentes, comme le

Lion et le Chat domestique. Dans les espèces fort voisines, ces caractères disparaissent.

4° La plupart des vertèbres, sinon toutes, possèdent des caractères génériques appréciables et très marqués dans quelques-unes.

5° On rencontre des vertèbres de tous les âges dans les cavernes. La soudure des épiphyses commence toujours par l'épiphyse antérieure.

6° Les vertèbres des Ours fossiles ne diffèrent de celles des Ours bruns actuels que par les dimensions.

7° La plupart des vertèbres sont d'un tiers environ plus fortes que celles de l'Ours des Pyrénées, ce qui prouve que les Ours fossiles étaient d'un tiers plus grands. Cette déduction est conforme à celles que l'on a tirées des têtes et des mâchoires les plus fréquentes.

8° Quelques vestiges, notamment le sacrum, tendraient à prouver qu'il y a eu avec les Ours de taille moyenne une race plus forte, qui aurait été deux fois plus grande que l'Ours brun des Pyrénées actuellement vivant.

CHAPITRE V.

THORAX.

Art. 1er. — Côtes.

§ LXXXII.

Il est peu de parties du squelette qui se prêtent moins que les côtes à la détermination. La simplicité de leur forme, la difficulté que l'on éprouve à reconnaître exactement leur rang, réduisent leur signification ostéologique à une bien faible valeur. C'est ici surtout que l'on est obligé de tenir compte, plus que pour tout autre ossement, des indications empiriques déduites de la longueur, du volume, et des déterminations effectuées par comparaison directe. Je ne crois donc pas utile de traiter cet article avec beaucoup de développement.

J'ai indiqué, dans la première partie de ce travail, les caractères à l'aide desquels on peut reconnaître, avec plus ou moins d'exactitude, le rang qu'occupe une côte dans le squelette de l'Ours. En faisant usage de ces indications, on pourra assez facilement classer une côte dans une des cinq régions que j'ai distinguées. La première côte est la seule qui porte des caractères tout à fait spéciaux; les deux dernières se reconnaissent aussi assez facilement.

On chercherait en vain, je pense, des caractères spécifiques dans les côtes prises isolément. Du moins, je ne vois entre les Ours vivants et fossiles que des différences de taille.

Le Lion a neuf vraies côtes et quatre fausses. Toutes sont beaucoup plus courtes que dans l'Ours, les cartilages sterno-costaux étant beaucoup plus longs. Les six premières sont beaucoup plus dilatées à l'extrémité inférieure, et je ne vois pas sur les moyennes cette petite échancrure du bord postérieur que j'ai signalée chez l'Ours; en revanche, elles portent une surface plus déprimée et quelques rugosités s'étendant sur une longueur de 2 à 4 centimètres sur la face cutanée de la partie voisine de la colonne vertébrale. Ces caractères sont peu importants; ils peuvent cependant servir à distinguer les deux genres.

§ LXXXIII.

Les fouilles de Sentheim ont produit un nombre énorme de côtes plus ou moins brisées. Il est rare que l'on puisse en obtenir d'entières; beaucoup d'entre elles étaient déjà fracturées à l'époque de leur enfouissement, comme on peut le reconnaître aux cassures incrustées de limon, et la plupart ne résistent pas, en raison de leur fragilité, aux travaux de l'exhumation. Sur une grande quantité de débris, je n'en ai pu trouver que vingt-trois, qu'il m'a été possible de classer dans les cinq groupes que j'ai décrits dans mon premier travail.

Voici les dimensions de quelques-unes de ces pièces :

DÉSIGNATIONS.	1re.	2e, 3e.	9e, 10e.	11e.	12e.	13e, 14e.
Écartement de la tête et de la tubérosité	0,015	. . .	0,025	0,012	. . .	0,005
Largeur du corps au-dessous de la tubérosité	0,025	0,028	0,020	0,015	0,018	0,020
Son épaisseur	0,023	0,012	0,020	0,020	0,018	0,015
Largeur du corps au milieu	. . .	. . .	0,015	. . .	0,018	0,023
Son épaisseur	. . .	. . .	0,010	. . .	0,010	0,016
Diamètre en hauteur de la tête	. . .	. . .	. . .	. . .	. . .	0,022
Son diamètre transversal	. . .	. . .	. . .	. . .	. . .	0.015

La première est deux fois plus épaisse que dans l'Ours vivant, mais elle est moins large. Toutes les autres se font aussi remarquer par une épaisseur beaucoup plus considérable dans toutes leurs parties, ce qui indique une charpente plus robuste. A en juger par leur courbure et par leur longueur, la plupart ont dû aussi être plus longues d'un tiers en moyenne.

Art. 2. — Sternum.

§ LXXXIV.

Le Lion a une pièce osseuse de plus que l'Ours au sternum, huit en tout, parce que chez ce dernier l'avant-dernière pièce est restée cartilagineuse (au moins dans mon squelette d'Ours des Pyrénées). Le nombre des pièces sternales est le même dans les deux genres, si l'on ne tient pas compte de leurs degrés d'ossification.

J'ai eu quelques os du sternum d'Ours fossiles, notamment un deuxième qui avait 0m,040 de longueur sur 0m,028 d'épaisseur au milieu. Ces os, à cause de leur nature celluleuse, sont rarement bien conservés, et d'ailleurs leur forme est tellement simple, qu'on n'en peut guère déduire des caractères de quelque valeur.

CHAPITRE VI.

GRANDS OS DES MEMBRES ANTÉRIEURS OU THORACIQUES.

Art. 1er. — Omoplate.

§ LXXXV.

Cuvier a fait connaître les caractères excellents que fournit cet os pour la distinction des genres. L'omoplate des Ours se distingue aisément de celle des *Felis* par son bord postérieur concave et pourvu d'une expansion lamelleuse à sa partie supérieure, par sa cavité glénoïde non échancrée vers l'épine, par son acromion élargi et non aminci et bilamellé, enfin par l'absence totale d'apophyse coracoïde (page 112).

Quant aux caractères spécifiques, ils ne manquent pas non plus absolument. Ainsi, d'après Cuvier (page 226), l'omoplate de l'Ours polaire est plus étroite que dans les autres espèces ; dans l'Ours noir, l'expansion de l'angle postérieur se réunit au bord postérieur par une ligne moins oblique que dans l'Ours brun. Dans le Lion, l'angle antérieur est bien marqué, tandis qu'il est arrondi dans le Chat domestique (Daubenton, *loc. cit.*, Mammifères, t. VI, p. 124).

§ LXXXVI.

Quoi qu'en dise Schmerling, les omoplates d'Ours sont infiniment rares entières dans les cavernes, et il paraît en être de même pour celles des autres grands Mammifères. La fragilité de ces os est telle, que ceux qui ont résisté aux causes de destruction qui ont agi à l'époque de leur enfouissement ne résistent pas aux travaux d'exhumation ; aussi l'omoplate n'aura-t-elle jamais qu'une utilité fort limitée dans les recherches paléontologiques.

Cuvier n'a eu aucun vestige d'omoplates d'Ours fossiles, et, d'après lui, Rosenmüller et Karsten n'en ont pas eu non plus. Schmerling dit en avoir eu plus de cinquante portions ; mais celle qu'il figure (pl. xxii, fig. 1, *A*, *B*) est fort endommagée. Quant à moi, j'en ai obtenu dix des fouilles de Sentheim : six du côté droit et quatre du côté gauche; la plupart de ces fragments se réduisent à l'angle inférieur et à une partie plus ou moins étendue de l'épine, car c'est vers son articulation avec l'humérus que le scapulum offre le plus d'épaisseur et de solidité.

La cavité glénoïde est parfaitement intacte sur sept de mes échantillons ; cinq ont cette cavité longue de 0,070 sur 0,045 de largeur. Dans un sixième, la longueur est de 0,080 et la largeur de 0,050. Les premiers surpassent donc d'un quart environ l'Ours des Pyrénées, le dernier d'un tiers; mais la surface articulaire est relativement un peu plus étroite dans tous les débris fossiles. D'après ces mesures, les omoplates les plus communes auraient appartenu à la petite race qui a fourni les plus petites mâchoires et le crâne complet ; les plus grandes proviendraient de la grande race dont nous avons signalé déjà plusieurs restes.

Le morceau le moins incomplet que j'aie eu est exactement intermédiaire entre les deux sortes que je viens de décrire par les dimensions de sa cavité glénoïde. La saillie de l'acromion est de 0,055 ; et à en juger par l'épine, qui est presque entière, la longueur, mesurée de la fosse glénoïde à l'angle spinal, a dû dépasser 0,250.

Schmerling n'a pas eu d'omoplates d'une taille de beaucoup supérieure aux plus grandes de Sentheim, mais il en a eu de bien plus petites qu'aucune de celles que j'ai possédées à l'état fossile (pl. XXII, fig. 2); il les attribue à l'*U. priscus*.

ART. 2. — Humérus.

§ LXXXVII.

Cet os a toujours eu un rôle très important dans l'histoire des Ours fossiles, depuis que Cuvier en a signalé de deux sortes dans les cavernes. L'existence de deux espèces d'humérus fut certainement la raison dominante qui détermina ce savant à distinguer l'*U. spelæus* de l'*arctoïdeus;* mais aussi se prit-il un peu plus tard à douter de la valeur de ces deux espèces, lorsque l'*U. priscus* de Goldfuss lui fut connu (t. VII, p. 267).

Il est indispensable de résumer ici les diverses opinions auxquelles cet os a donné lieu.

Parmi les humérus fossiles que Cuvier a eus à sa disposition, les plus nombreux ne différaient pas sensiblement de ceux des Ours bruns et noirs actuels ; mais une deuxième espèce qu'il a connue par un échantillon entier en nature, par une gravure de Hunter et par un dessin d'Adrien Camper, s'est trouvée différer de la première par sa taille plus grande, et surtout par un trou percé au-dessus du condyle interne, comme chez les *Felis* (1). Comme par tous leurs autres caractères, ces humérus sont identiques avec ceux des Ours ; la présence de ce trou doit être un caractère spécifique.

Mais, d'un autre côté, ni les planches de Rosenmüller, ni les dessins de M. Karsten, ne figurent ce trou, quoique les humérus qui y sont représentés soient de tous points identiques par la forme et par la taille avec l'échantillon dont le condyle est percé. Cuvier suppose que la branche osseuse qui cerne le trou a été brisée, et, dans le cas où cela ne serait pas, il pense qu'il faudrait admettre une troisième espèce d'humérus dans les cavernes. Cuvier attache ici, comme on le voit, une très grande importance à la taille.

Quant à la répartition de ces humérus entre les têtes, Cuvier a pensé que ceux qui ont le condyle percé, et qui diffèrent par cela le plus des Ours ordinaires, doivent être rapportés aux crânes à front bombé qui s'éloignent aussi le plus de ces derniers (p. 279). Les humérus à condyle imperforé doivent alors appartenir à l'*U. arctoideus*.

Schmerling s'est vivement prononcé contre ces conclusions. Aucun des nombreux humérus qu'il a retirés des cavernes de la Belgique n'avait le condyle percé ; les gravures de Hunter n'indiquent pas non plus ce trou, contrairement à ce que dit Cuvier. Il pense enfin que ce caractère, observé sur trois échantillons, ne suffit pas pour en former une espèce particulière, et que ce n'est sans doute qu'un accident.

(1) Ce trou sert au passage de l'artère cubitale, d'après Cuvier ; au passage de l'artère brachiale et du nerf médian, d'après Blainville (*Ours*, p. 15).

D'un autre côté, MM. Croizet et Jobert (1) avaient déjà fait connaître, sous le nom d'*U. arvernensis*, un Ours fossile d'une taille un peu moindre que l'Ours brun. Cet Ours, qui a été trouvé dans les alluvions basaltiques de l'Auvergne, appartenant à une époque probablement antérieure à celle des cavernes, constitue une espèce distincte de toutes les autres, même pour Blainville (2), qui réunit en une seule espèce tous les Ours des cavernes et les Ours bruns, noirs et gris actuels. Or, l'*U. arvernensis* avait un humérus à condyle largement perforé.

Enfin il paraît que l'Ours actuel des Cordillères a aussi l'humérus percé au condyle interne (3). La perforation de l'épitrochlée serait donc un caractère propre à certaines espèces.

§ LXXXVIII.

Maintenant que faut-il donc penser de ces rares humérus à condyle percé décrits par Cuvier? Quoique cet auteur n'indique pas la provenance de celui qu'il a vu en nature, sa taille exclut toute idée de rapprochement avec l'*U. arvernensis*, et il faut bien qu'il appartienne à la faune des cavernes. D'autre part, il faut renoncer à l'attribuer avec Cuvier au grand Ours à front bombé, car cette espèce étant de beaucoup la plus commune, on ne pourrait expliquer l'extrême rareté de ses humérus, tandis que les autres, à condyle non troué, sont très abondants. Il faudrait donc adopter l'opinion de Laurillard, qui rapporte les humérus perforés à l'*U. arctoideus* (4), et dès lors cette espèce devrait être conservée, puisqu'elle offrirait un caractère précis. Mais encore n'est-il pas facile de comprendre ainsi comment les humérus de cette espèce ont été rencontrés si rarement, par exemple dans la caverne de Gayleureuth, qui, d'après les calculs de Goldfuss, a dû fournir plus de dix crânes d'Ours à front plat (5), et comment Schmerling n'en a retiré aucun des cavernes des environs de Liége.

(1) *Recherches sur les oss. fossem. du Puy-de-Dôme*, 1828, pl. 1, fig. 5.
(2) *Ostéographie*, fasc. 8, genre *Ursus*, 1841, p. 87.
(3) Laurillard, *Dict. univ. d'hist. nat.*, t. IX, p. 266.
(4) Id., *ibid.*, p. 266.
(5) Desnoyers, *Dict. univ. d'hist. nat.*, art. Grotte, t. VI, p. 390.

Il ne me paraît donc pas bien démontré que les grands humérus à épitrochlée trouée, dont on connaît à peine deux ou trois échantillons, doivent être attribués à l'Ours à front plat. Peut-être cette perforation n'est-elle qu'un fait accidentel ; nous avons vu en effet dans plusieurs parties de ces recherches que certains trous pouvaient manquer dans divers os ; leur constance n'est donc pas absolue. Schmerling dit avoir vu un humérus d'Ours ouvert au-dessus de la poulie articulaire, comme ceux de l'Hyène et du Chien (page 130).

§ LXXXIX.

Cuvier avait fait connaître deux sortes d'humérus; Schmerling a prétendu en distinguer cinq. Le plus petit a cela de remarquable que la largeur de la poulie articulaire y est, par rapport à la longueur de l'os, dans la même relation que chez l'Ours des Pyrénées (23 : 100); il a donc appartenu sans doute à l'*U. priscus*. Quant aux quatre premiers, ce rapport est exactement 19 : 100 ; il n'y a de différence entre eux que dans les dimensions absolues ; ces différences sont, il est vrai, assez marquées, puisqu'elles peuvent aller jusqu'à 1/3 en plus ; mais nous savons par les observations de Cuvier que la longueur des membres est sujette à de grandes variations dans les Ours de même espèce. La répartition de ces humérus entre les crânes et les mâchoires est assez arbitraire, et basée uniquement sur les dimensions. Il y a lieu de s'étonner seulement que Schmerling n'en ait pas attribué quelques-uns à son grand Ours à front plat. Il est vrai que la taille, seule considération sur laquelle il s'appuie, ne pouvait le renseigner sur ce point, puisque les grands Ours à front bombé et à front plat avaient à peu près la même stature.

Je ne trouve pas dans les descriptions de M. Marcel de Serres (1) des motifs suffisants pour considérer les humérus qu'il attribue à son *U. Pitorrii* comme différents de ceux que l'on rencontre le plus fréquemment dans les grottes. Se fondant sur les assertions de Cuvier, que les grands humérus rapportés à l'*U. spelæus* doi-

(1) *Loc. cit.*, p. 158.

vent avoir le condyle interne percé, M. Marcel de Serres pense que ceux qui atteignent une taille aussi forte, et qui n'ont point de trou à l'épitrochlée, doivent appartenir à sa nouvelle espèce. L'humérus de cette espèce se distinguerait alors de ceux que Cuvier assigne avec doute à l'*U. arctoideus* : 1° par sa taille plus forte; 2° par la lame saillante, qui couvre la fosse olécrânienne, moins élevée, et formant avec la ligne qui provient du condyle interne un angle plus aigu ; 3° par la cavité olécrânienne plus profonde et plus oblique ; 4° par la crête deltoïdienne descendant encore plus bas. Ces derniers caractères sont assez peu importants, et d'ailleurs d'une appréciation difficile. Quant à la taille, les recherches de Schmerling ont prouvé qu'il existe de très grands humérus dont le condyle n'est pas percé.

§ XC.

On a retiré des fouilles de Sentheim une douzaine de portions d'humérus, dont 7 ont appartenu à des individus adultes. Sept sont du côté droit et 5 du côté gauche. Aucune de celles, au nombre de cinq, qui possèdent encore leur extrémité inférieure, n'a le condyle interne troué.

Voici les dimensions de quelques-uns de ces fragments :

DÉSIGNATIONS.	I.	II.	III.	IV.
Diamètre antéro-postérieur de la tête supérieure	0,100			
Diamètre transversal de la tête supérieure	0,070			
Largeur de la tête inférieure	...	0,110	...	0,040
Largeur de la poulie articulaire	...	0,075		
Diamètre antéro-postérieur de la tête inférieure, dans son milieu	...	0,035		
Largeur de l'os, au milieu	0,040	...	0,053	0,020

Parmi les sept échantillons adultes, un seul, du côté droit, possède la tête supérieure intacte ; le tiers inférieur manque. La tête, les tubérosités et la coulisse bicipitale, sont exactement conformées comme dans l'Ours brun. Les proportions de cette pièce (n° I) sont celles de l'*U. leodiensis* de Schmerling. Sa longueur a dû être alors de 0,370, comme celle des petits humérus de Cuvier.

Un autre débris, du côté gauche (n° II), comprenant le tiers inférieur environ, est exactement identique avec les figures 2 A, B, de la planche XXIII de Schmerling (grand Ours à front bombé). Il est seulement un peu plus petit, et, par ses dimensions, il se rapporte exactement au petit Ours à front bombé. Sa longueur a dû être de 0,400. Deux autres portions, moins bien conservées, ont des dimensions un peu plus faibles ; elles ont appartenu sans doute à des individus moins âgés.

Deux humérus (n° III), l'un du côté droit, l'autre du côté gauche, dépourvus des extrémités articulaires, sont remarquables par leur grande épaisseur, et proviennent certainement d'individus très vieux. L'empreinte deltoïdienne y est énorme, et la section du corps en son milieu est à peu près carrée. Sur le deuxième, la portion plane de la face antérieure est limitée sur son bord externe par un gros bourrelet rugueux, et porte en outre une ligne saillante longitudinale sur son milieu. La largeur de ces os au milieu est de 0,050 à 0,053 ; dans la première pièce décrite plus haut, cette largeur n'est que de 0,040. La longueur de ces humérus doit avoir atteint 0,460 comme dans le plus grand qu'ait eu Cuvier, et comme dans ceux que Schmerling attribue à son grand Ours à front bombé. La comparaison avec la figure 2, planche XXIII de ce dernier auteur, justifie d'ailleurs cette présomption (1).

Il existe donc à Sentheim des humérus adultes qui ne dépassent pas la taille des plus petits qu'a décrits Cuvier, d'autres aussi grands que le plus grand qu'il ait eu, et d'autres enfin intermédiaires, et qui relient pour ainsi dire entre eux les deux extrêmes, montrant ainsi qu'ils ne constituent pas deux types spécifiques différents.

(1) Je ferai remarquer que Schmerling paraît avoir constamment forcé un peu les chiffres. Les figures qui accompagnent son ouvrage, et qui sont de grandeur naturelle, accusent toutes, en effet, des dimensions un peu moindres que celles qu'il indique dans le texte.

§ XCI.

En calculant la taille des individus d'après les longueurs de ces trois sortes d'humérus, je trouve que les plus petits auraient eu 1m,800 (1), les moyens 2 mètres, et les plus grands 2m,30 depuis le bout du museau jusqu'à l'extrémité de la queue. Les premiers iraient donc avec les vertèbres et les mâchoires les plus communes, les seconds avec le grand crâne, les derniers enfin avec les plus grandes mâchoires. Cette troisième sorte d'humérus indique même des proportions un peu plus fortes que celles que l'on a calculées d'après les plus grandes mâchoires. Du reste, Schmerling décrit un humérus encore plus grand (0m,500), et qui correspondrait à un Ours de 2m,50 de longueur. Le sacrum seul m'a donné un chiffre aussi élevé.

Je ne donne d'ailleurs ces évaluations qu'avec réserve, car elles sont toutes fondées sur cette hypothèse que les proportions des parties étaient les mêmes dans l'Ours fossile et dans l'Ours brun vivant. Nous verrons, en avançant dans ce travail, si elles sont ou non confirmées par les autres os.

§ XCII.

En comparant les dimensions de l'humérus, calculées en fonction de la longueur totale d'après les chiffres donnés par Cuvier et Schmerling ou déterminés par moi, j'ai obtenu les résultats suivants : 1° Le diamètre antéro-postérieur de la tête inférieure est à peu près le même dans les espèces fossiles et dans l'Ours des Pyrénées ; 2° le corps de l'os est un peu plus mince dans ce dernier ; 3° le diamètre transversal de la tête supérieure diffère peu, mais son diamètre antéro-postérieur est sujet à d'assez grandes variations ; 4° la largeur de la tête inférieure, et surtout de la poulie articulaire, est plus forte dans l'Ours vivant et dans l'*U. priscus.*

(1) D'après Cuvier, les plus grands Ours bruns ou noirs actuels ont leurs humérus longs de 0,360, ce qui correspond à 1m,70 de longueur totale. La petite race fossile n'aurait donc pas été beaucoup plus grande.

Je suis frappé surtout de la plus grande largeur de la poulie articulaire dans ces deux dernières espèces. Cette poulie égale en effet chez elles les 23/100" de la longueur totale de l'humérus, tandis que dans toutes les grandes espèces fossiles elle ne s'élève qu'à 19/100", et 20/100" dans l'*U. leodiensis* seulement (1). Il en résulte que les grands Ours fossiles auraient eu l'articulation du coude un peu plus étroite, les autres dimensions de l'humérus étant d'ailleurs à peu près dans le même rapport.

§ XCIII.

Les humérus d'Ours jeunes ne sont pas rares à Sentheim ; j'en ai eu 5, dont 4 du côté droit. L'un d'eux se rapporte bien à la figure 4, planche XXIV de Schmerling; les extrémités manquent, mais sa longueur a dû être environ de 0m,260. Deux autres ont des dimensions un peu moindres. Un quatrième, qui a perdu ses épiphyses, est encore plus petit, et provient d'un animal fort jeune ; la tête articulaire inférieure y a pourtant une assez grande largeur. Enfin un cinquième (n° IV), sans épiphyses, a appartenu à un individu d'une extrême jeunesse ; il est cependant trop grand pour être attribué à un Blaireau ou à un Glouton, d'autant mieux que sa substance est encore spongieuse et presque friable. La longueur de la diaphyse étant de 0m,1 environ, sa longueur totale n'a pas dû dépasser 0m,14 à 0,15 ; de sorte qu'en supposant que ce débris ait appartenu à la plus petite race, l'individu qui l'a fourni ne devait guère avoir dépassé le tiers de sa croissance (0m,60 à 0m,80 de longueur).

RÉSUMÉ.

§ XCIV.

1° Depuis les travaux de Cuvier, on a retiré des cavernes ossifères un grand nombre d'humérus d'Ours de très grande taille dont le condyle interne n'est pas percé. Contrairement à ce que

(1) J'ai vu cependant un humérus long de 0m,370, de la caverne de Gaylenreuth, dans lequel la largeur de cette poulie atteint 21/100es.

pensait Cuvier, la perforation du condyle n'est donc pas un caractère propre aux plus grands humérus.

2° Cette perforation de l'épitrochlée s'est vue si rarement, qu'elle est probablement un fait tout individuel. Dans tous les cas, les humérus qui en sont pourvus ne sauraient être attribués aux Ours à front bombé, car les crânes de ces derniers, étant de beaucoup les plus communs, doivent aller avec les humérus que l'on trouve le plus communément aussi, et dont l'épitrochlée est imperforée.

3° Ce trou du condyle caractérise cependant certaines espèces, telles que l'*U. arvernensis*, et, à ce qu'il paraît aussi, l'Ours des Cordillères actuel. Il est probable qu'il peut s'offrir accidentellement dans les espèces qui en sont habituellement dépourvues ; de même qu'il est possible qu'il puisse manquer aussi, comme cela arrive pour beaucoup d'autres trous, dans les espèces où il existe d'ordinaire.

4° Parmi les humérus trouvés dans les cavernes, les plus petits, très rares d'ailleurs, paraissent avoir appartenu à l'*U. priscus*. Ils semblent caractérisés par la largeur un peu plus grande de leur poulie articulaire.

5° Tous les autres humérus décrits par Schmerling, ainsi que ceux que M. Marcel de Serres a rapportés à son *U. Pitorrii*, et tous ceux qui ont été recueillis à Sentheim, ne doivent former qu'une seule espèce, car ils ont absolument les mêmes caractères; mais cette espèce devait comprendre deux races ou variétés différentes, dont la plus petite était de beaucoup la plus commune.

6° De ces deux races, la plus petite n'aurait pas dépassé beaucoup la taille des plus grands Ours bruns ou noirs actuels. La plus grande aurait eu 2^{m},30 de longueur, si l'on en peut juger par les humérus.

7° Entre ces grands et petits humérus, il y en a d'intermédiaires provenant d'individus adultes. Donc, ces deux races n'étaient pas absolument distinctes.

8° On a retiré des cavernes des humérus provenant d'individus de tous les âges, et dont quelques-uns n'avaient même pas atteint le tiers de leur taille.

Art. 3. — Radius.

§ XCV.

Cet os est un de ceux que l'on trouve le plus communément dans les cavernes. J'en ai eu 25, dont 15 du côté gauche et 10 du côté droit. Sur ces 25 échantillons, 8 proviennent d'individus jeunes. Je donne ici les dimensions des principaux :

DÉSIGNATIONS.	I.	II.	OURS des Pyrénées (1).
Longueur	0,290	0,340	0,255
Largeur de la tête supérieure	0,045	0,055	0,040
Son petit diamètre vers le crochet	0,035	0,045	0,025
Largeur de la tête inférieure	0,065	0,080	0,052
Largeur du corps au milieu	0,030	0,038	0,028

I. Un radius du côté gauche, parfaitement entier, dont je donne les dimensions ci-dessus dans la première colonne, est exactement de la taille de la figure 2, planche XXVII de Schmerling. Sa forme est la même; seulement l'extrémité inférieure est taillée moins obliquement par la face carpienne, de sorte que l'apophyse styloïde est un peu moins saillante, et le côté articulé avec le cubitus un peu plus. Schmerling rapporte son dessin à l'*U. priscus*; mais ce rapprochement me paraît douteux, car les radius les plus communs à Sentheim se rattachent précisément à ce premier type, quoique ce gisement n'ait fourni jusqu'ici aucune trace de crânes ni de mâchoires de l'*U. priscus*. Cet os présente vers le haut quatre fortes tubérosités rugueuses pour des insertions musculaires, disposées comme je l'ai indiqué dans mon premier mémoire sur l'Ours des Pyrénées; mais il n'y a pas de tubérosité sur la face antérieure.

(1) Dans mon premier mémoire, il y a quelques erreurs de chiffres dans les mesures du radius. Je les ai corrigées dans l'errata, mais je les rectifie de nouveau ici.

Au premier type se rattachent : 1° une portion comprenant les deux tiers supérieurs et une tête articulaire supérieure ; 2° deux portions inférieures ; 3° trois corps dépourvus d'extrémités.

Deux autres portions, comprenant la tête articulaire supérieure, ont une taille un peu plus forte. La largeur de la tête supérieure y atteint 0m,048.

Donc, sur 17 échantillons adultes, 11 se rapportent à ce premier type. Le diamètre de la tête supérieure y varie de 0m,040 à 0m,048 ; celui de la tête inférieure de 0m,055 à 0m,065 ; celui du corps de 0m,030 à 0m,035.

II. J'ai eu un radius du côté gauche parfaitement conservé, qui égale par sa taille les plus grands qui aient été décrits par Cuvier et Schmerling (col. II). Les trois tubérosités de la face postérieure y ont pris un tel développement, qu'elles ont fini par se confondre ; la tubérosité du bord externe seule, grande et presque quadrilatère, ne s'est pas réunie aux autres. Les callosités du bord externe sont très développées, ainsi que les insertions rugueuses du grand pronateur sur le bord interne. Cet échantillon se rapporte très bien à la figure 3, planche XXVI de Schmerling (Ours à front bombé).

Je rattache cinq autres portions à cette deuxième sorte de radius : deux extrémités supérieures, un corps encore un peu plus épais au milieu, un autre de même taille, et enfin un troisième un peu plus petit, de la taille de la figure 1, planche XXVII de Schmerling. Ce dernier débris est surtout remarquable par une énorme saillie rugueuse, sorte d'exostose de la face postérieure, qui s'étend sur une longueur de 0m,06 en remontant du milieu de l'os vers la partie supérieure, et qui est séparée de la crête rugueuse du bord externe par un sillon profond et irrégulier. Sur les radius ordinaires, il n'y a point de surfaces d'insertions dans cette région. Cette pièce diffère en outre du grand radius entier en ce qu'elle est plus mince, surtout inférieurement.

Dans ces échantillons, la largeur de la tête supérieure varie de 0m,035 à 0m,057, les autres dimensions restant à peu près les mêmes.

§ XCVI.

Sauf la taille, les deux sortes de radius que je viens de décrire ne diffèrent pas sensiblement, ainsi que le montrent les chiffres suivants des trois principales mesures, calculées en centièmes de la longueur totale :

DÉSIGNATIONS.	I.	II.	OURS des Pyrénées.
Longueur	100	100	100
Largeur de la tête supérieure	15	16	16
Largeur de la tête inférieure	22	23	22
Largeur du corps au milieu	10	11	12

La plus grande différence ne dépassant pas 1/10e, tous ces radius ont en réalité les mêmes formes. Les chiffres ci-dessus font voir encore qu'il n'y a pas de très grandes différences non plus entre les Ours fossiles et l'Ours des Pyrénées; celui-ci a seulement le corps du radius un peu plus épais au milieu.

Mais il paraît qu'il n'en est pas de même pour toutes les espèces actuelles. Le plus grand radius d'Ours vivant qu'ait vu Cuvier était en effet presque aussi long que notre plus grand radius fossile (0^m,320), mais il était beaucoup plus étroit vers le bas (0^m,055), la tête inférieure ne mesurant que les 17/100es de la longueur totale. Il y aurait donc, d'après cela, des Ours bruns ou noirs plus hauts sur jambes que l'Ours des Pyrénées, et à membres plus grêles en même temps. Il est vrai que les extrémités articulaires grossissent avec l'âge, comme le dit Cuvier (p. 281), et que dans la vieillesse ces variétés plus sveltes doivent alors se rapprocher davantage des autres.

§ XCVII.

Le plus petit radius de Sentheim correspondrait à un individu de 1^m,60 de longueur, le plus grand à un individu de 1^m,90.

Ces chiffres sont très remarquables en ce qu'ils accusent l'un et l'autre des proportions générales très inférieures à celles qu'on a déduites des humérus. Quelle peut-être la raison de cette singulière dissidence ? C'est, je pense, la brièveté de l'avant-bras dans l'Ours des cavernes.

Dans l'Ours des Pyrénées, la longueur de l'humérus est à celle du radius dans le rapport 100 : 98. Le plus grand humérus d'Ours vivant cité par Cuvier ayant 0^{m},360 de longueur et le plus grand radius 0^{m},320, le rapport est 100 : 88.

Les plus grands humérus fossiles vus par Cuvier et par moi ayant 0^{m},460 de longueur, et les plus grands radius 0^{m},340, le rapport est 100 : 73. Il suit de là que le radius dans l'Ours fossile est de 1/5e à 1/4 plus court relativement que dans le vivant.

Je ne pense pas que l'on puisse alléguer contre cette conclusion la possibilité de l'existence, dans les cavernes, de radius plus grands que ceux que l'on y a découverts jusqu'à ce jour. Ces os y sont trop communs et trop bien conservés en général pour que l'on puisse soutenir une telle conjecture. Alors que tous les naturalistes qui ont décrit la faune des cavernes ont signalé de grands humérus de 0^{m},460 et plus, comment se ferait-il qu'on n'eût rencontré, parmi les radius qu'on y recueille plus fréquemment encore, parce qu'ils paraissent avoir mieux résisté aux causes de destruction, aucun échantillon concordant avec eux ? Schmerling dit en avoir eu plus de cent entiers ; j'en ai eu dix-sept adultes. Cuvier, Rosenmüller, etc., en ont cité d'autres, et les plus grands ne dépassent pas 0^{m},340. Enfin on ne peut dire non plus que tous ceux qu'on a découverts proviennent de la race inférieure, car j'ai montré que la grande et la petite race ont également leurs représentants dans les radius de Sentheim.

Il faut donc admettre que l'Ours fossile avait l'avant-bras plus court que l'Ours vivant, d'où il suit qu'il était plus bas sur jambes. Je reviendrai sur cette conséquence en traitant du cubitus et des membres postérieurs, et nous la verrons se lier à une grande puissance des mains et des pieds. Ce sont là autant de caractères qui viennent s'ajouter à ceux qui ont été déjà indiqués comme distinguant l'*U. spelæus* des Ours actuels d'Europe.

§ XCVIII.

Parmi les 8 échantillons jeunes, il y en a 6 du côté droit et 2 du côté gauche. Quatre d'entre eux avaient presque atteint leur longueur définitive, mais leurs épiphyses n'étaient pas encore soudées. Les quatre autres étaient beaucoup plus jeunes ; deux d'entre eux ne devaient pas avoir plus de $0^m,12$ de longueur avec leurs épiphyses, c'est-à-dire qu'ils n'avaient pas même atteint la moitié ou le tiers de leur taille. Leurs tubérosités sont encore peu prononcées, et les bords à peine marqués de faibles rugosités.

J'ai cherché vainement des différences entre les radius de l'Ours des Pyrénées et des Ours de Sentheim. J'avais cru que les tubérosités de la partie supérieure du corps pourraient servir à les distinguer ; mais j'ai dû renoncer à cette idée, parce que leur nombre n'a rien de fixe et varie avec l'âge. Tout se réduit aux différences de taille et de proportions dont je me suis occupé dans cet article.

RÉSUMÉ.

§ XCIX.

1° Il y a deux sortes de radius dans les cavernes de Sentheim. Ils ne diffèrent que par la taille, les uns étant de 1/6e environ plus grands que les autres. Les plus petits sont les plus communs.

2° Ces radius ont, à très peu près, les mêmes formes que ceux de l'Ours des Pyrénées, mais il paraît que certaines variétés d'Ours bruns et noirs ont cet os beaucoup plus grêle. Ces différences s'atténuent d'ailleurs dans la vieillesse.

3° Il résulte de la comparaison des plus grands humérus et des plus grands radius que l'on ait trouvés dans les cavernes, que l'Ours fossile avait l'avant-bras plus court, relativement, de 1/5e et même de 1/4 que les Ours actuellement vivants en Europe.

4° Enfin, on trouve assez communément dans les grottes des radius fort jeunes, provenant d'individus qui n'étaient pas arrivés à la moitié ou au tiers de leur croissance.

Art. 4. — Cubitus.

§ C.

Le cubitus de l'Ours est très facile à distinguer de celui des autres carnassiers, et notamment des grands *Felis*, par son olécrâne tronqué derrière l'articulation, à tubérosité comprimée supérieurement, et offrant ainsi une crête qui commence par un petit tubercule placé à l'extrémité de la grande échancrure sigmoïde, en présente un deuxième plus petit, mais plus saillant, au delà de la moitié de sa longueur, et se termine par un troisième tubercule très gros.

Dans les *Felis*, l'olécrâne s'allonge au-dessus de la grande échancrure par une surface concave et rugueuse. La tubérosité commence par une surface creuse, relevée en deux tubercules vers les côtés, et se termine par un tubercule assez gros, mais peu saillant. L'apophyse coronoïde, tronquée en avant, forme un bec qui se recourbe vers le bord antérieur du cubitus. La petite échancrure sigmoïde est un peu plus large en avant qu'en arrière ; son bord inférieur est échancré vers son milieu. L'apophyse styloïde est aplatie, et terminée par une tubérosité articulaire allongée et non hémisphérique.

§ CI.

La collection provenant des fouilles de Sentheim comprend 16 cubitus d'Ours, 10 du côté droit et 6 du côté gauche. Cinq échantillons proviennent d'individus jeunes.

1° Il y a d'abord un cubitus entier dont je donne les dimensions plus loin (I A). Il se rapporte assez bien aux figures 2 et 3, planche XXV de Schmerling (O. à front bombé), mais il est plus large au-dessous de l'articulation humérale. Il est à peu près de la taille des plus grands qu'aient eus Cuvier et Schmerling. Les rugosités d'insertion au-dessous de la petite échancrure sigmoïde, au-dessous de l'apophyse coronoïde et au-dessous du bord interne de la grande échancrure, sont très fortement marquées.

Je rattache à ce premier type une extrémité supérieure (I B), comprenant environ le tiers de l'os; toutes les parties de l'articulation humérale y sont très bien conservées; cette pièce est d'une taille un peu plus forte que la première.

2° Un autre échantillon, plus petit (II A), est tout à fait semblable à celui que Schmerling attribue à l'*U. priscus* (pl. XXVI, fig. 1). La tête articulaire inférieure manque, mais la longueur totale de l'os doit avoir été de 0m,330.

Les pièces suivantes se rapprochent de ce petit cubitus : une portion supérieure du côté gauche ; trois autres un peu plus fortes; une extrémité inférieure (II B), de la taille de l'échantillon figuré par Schmerling.

3° Trois autres échantillons (III) sont à peu près intermédiaires entre les deux types qui viennent d'être décrits : ce sont trois portions supérieures dont l'une est un peu plus faible que les autres.

Voici, du reste, les dimensions de ces cubitus :

DÉSIGNATIONS.	I.		II.		III.	Ours des Pyrénées.
	A.	B.	A.	B.		
Longueur	0,380	. . .	. . .	. . .	. . .	0.300
Hauteur de l'olécrâne	. . .	0,090	0,070	. . .	0,070	0,050
Longueur de son bord supérieur avec le bec	. . .	0,090	0,070	. . .	0,070	0,055
Plus grande largeur au-dessous de l'articulation humérale	0,085	0,090	0,075	. . .	0,080	0,054
Corde de la grande échancrure sigmoïde	. . .	0,060	0,050	. . .	0,060	0,055
Largeur de la grande échancrure sigmoïde	. . .	0,040	0,030	. . .	0,030	0,020
Longueur de la petite cavité sigmoïde	0,050	0,050	0,035	. . .	0,040	0,030
Sa hauteur en dedans	0,025	0,020	0,020	. . .	0,020	0,018
Sa hauteur en dehors	0,018	0,010	0,010	. . .	0,010	0,008
Grand diamètre de la tête inférieure	0,058	. . .	. . .	0,045	. . .	0,035
Largeur de la tête inférieure	0,034	. . .	. . .	. . .	. . .	0,024
Épaisseur de l'os au-dessus de la tête inférieure	0,045	. . .	. . .	0,030	. . .	0,023

§ CII.

Dans le tableau qui suit, j'ai réduit quelques-unes de ces mesures en centièmes de la longueur totale, pour montrer les différences de proportions qui existent entre l'Ours fossile et l'Ours des Pyrénées. Pour les pièces incomplètes auxquelles se rapportent les colonnes II A et II B, j'ai supposé que la longueur totale était de 0,330, parce que les portions qui restent s'adaptent exactement à la figure d'un radius qui mesure cette taille dans l'atlas de Schmerling :

DÉSIGNATIONS.	I A.	II A.	II B.	Ours des Pyrénées.
Longueur	100	100	100	100
Hauteur de l'olécrâne	...	21	...	17
Longueur de son bord supérieur avec le bec.	...	21	...	18
Largeur au-dessous de l'articulation	22	22	...	18
Corde de la grande cavité sigmoïde	...	15	...	18
Largeur de la grande cavité sigmoïde	...	9	...	7
Grand diamètre de la tête inférieure	15	...	13	12
Largeur de la tête inférieure	9	...	...	8
Epaisseur de l'os, au-dessus de la tête inférieure	12	...	9	8

Ces chiffres montrent que les cubitus fossiles diffèrent de ceux de l'Ours brun actuel par leur épaisseur plus grande, surtout vers la tête inférieure. Ces derniers paraissent grêles, surtout du bas, lorsqu'on les compare avec des cubitus fossiles de même longueur, et cette disproportion se prononce encore plus dans les grands échantillons fossiles. En pénétrant dans les détails, on voit, par le tableau ci-dessus, que le fossile avait le bord supérieur de l'olécrâne plus long de 1/6ᵉ; que, dans les grands échantillons, la largeur de la tête inférieure était plus forte de 1/4, l'os plus épais de moitié vers le bas, etc.

§ CIII.

L'Ours fossile avait donc l'avant-bras proportionnellement beaucoup plus fort que l'Ours brun, mais il l'avait aussi relativement bien plus court; car, alors que l'on rencontre assez souvent dans les cavernes des humérus longs de 0,460 et même 0,500, on n'en a jamais retiré de cubitus dépassant 0,380 à 0,400. Les plus grands humérus d'Ours bruns, cités par Cuvier, n'ayant que 0,360, et les plus grands cubitus 0,380, on voit par là que ces derniers sont de la taille des fossiles, tandis que les premiers sont environ de 1/4 plus courts.

Dans les plus grands Ours bruns, la longueur de l'humérus est à celle du cubitus comme 100 : 105 ; dans le squelette de l'Ours des Pyrénées, ce rapport est 100 : 115. Le rapport entre les plus grands humérus fossiles et les plus grands cubitus est 100 : 82. Donc l'Ours fossile avait ce dernier os de 1/3 plus court, à très peu près, que l'Ours actuel.

Le rapport entre les plus petits humérus adultes et les plus petits cubitus est 100 : 89. L'Ours fossile aurait eu alors ce dernier os de 1/5e plus court que l'Ours vivant.

En généralisant ces résultats, on voit que l'Ours fossile avait proportionnellement l'avant-bras plus court, en moyenne, de 1/4 que les Ours bruns vivants, et même de 1/3 dans les plus grandes races éteintes.

§ CIV.

Mon plus grand cubitus, s'il était du même côté, s'adapterait parfaitement pour la taille à mon plus grand radius. L'un et l'autre sont à peu près plus longs de 1/4 que dans l'Ours des Pyrénées. Le plus petit cubitus irait aussi très bien avec le plus petit radius ; ici l'avant-bras est environ de 1/8e plus long que celui de l'Ours vivant. Il y a donc dans les grottes de Sentheim des radius et des cubitus de deux tailles différentes, correspondant aux deux races d'Ours distinguées par d'autres vestiges.

Les plus grands humérus fossiles sont presque une fois plus grands que ceux de l'Ours des Pyrénées; les plus petits sont plus longs d'environ moitié.

RÉSUMÉ.

§ CV.

1° Il y a dans les cavernes de Sentheim deux sortes de cubitus qui diffèrent par la taille, mais sont identiques par tous les autres caractères, et, en outre, d'autres d'une grandeur intermédiaire.

2° Tous ces cubitus sont plus epais en proportion, surtout vers le bas, que ceux des Ours bruns actuels, mais c'est la seule différence qui les en distingue.

3° Les plus grands humérus fossiles étant de près de 1/3 plus longs que ceux des plus grands Ours bruns, tandis que les plus grands cubitus des Ours fossiles et vivants ont à peu près la même longueur, il s'ensuit que l'espèce des cavernes avait l'avant-bras relativement plus court.

4° En comparant les dimensions des humérus et des cubitus dans l'espèce vivante et dans l'espèce fossile, on trouve que l'avant-bras de cette dernière était relativement plus court de 1/4 ou même de 1/3.

Art. 5. — Résumé sur les grands os des membres antérieurs.

§ CVI.

Les quatre grands os des membres thoraciques possèdent chez les Ours des caractères qui ne permettent pas de les confondre avec ceux des autres grands carnassiers. L'omoplate et l'humérus fournissent aussi des caractères propres à certaines espèces, mais en général les différences spécifiques ne portent que sur les proportions relatives des os.

Nous devons nous occuper surtout ici des relations qui existent dans la longueur de ces différents os chez les espèces vivantes et fossiles, car c'est en partie par cette comparaison que nous pourrons décider s'il y avait ou non analogie entre elles dans la longueur des membres, et, par suite, dans les proportions générales du corps.

Je résumerai d'abord quelques-unes des conclusions de ce chapitre. En supposant que l'Ours des cavernes et l'Ours des Pyrénées aient eu les mêmes proportions, c'est-à-dire que dans tous les deux la longueur de chaque os ait été dans le même rapport avec la longueur totale du corps, nous trouvons, pour la longueur totale de l'Ours fossile, les chiffres suivants, calculés d'après les différents os :

	m	m	m
Omoplate	2,000	1,900	1,800
Humérus.	2,300	2,000	1,800
Radius.	1,760	«	1,470
Cubitus.	1,650	«	1,430

On voit par là que les deux os de l'avant-bras donnent des chiffres fort inférieurs, d'où l'on est en droit de conclure que ces os étaient plus courts dans le fossile, car il serait difficile d'admettre que s'il en existe de plus grands, il ne s'en soit pas trouvé jusqu'à ce jour dans le grand nombre qu'on a retiré des cavernes.

§ CVII.

En faisant la longueur de l'os principal, l'humérus, égale à 100, on trouve les rapports suivants :

	Ours des Pyrénées.	Ours fossiles. Plus grands.	Ours fossiles. Plus petits.
Omoplate (cavité glénoïde). . .	19	17	18
Humérus.	100	100	100
Radius.	98	73	78
Cubitus	115	82	89

Les différences qui se remarquent ici pour le radius et le cubitus entre les grandes et les petites variétés fossiles ne sont pas comparables à celles qu'ils présentent avec l'espèce vivante. En appliquant à ces chiffres les procédés de calcul que j'ai employés pour la tête, je trouve que le radius de l'Ours vivant est plus grand de 1/3 que celui du fossile, et son cubitus de 1/2,4 (ou 2/5es) ; ou, en d'autres termes, que le radius du fossile est plus court proportionnellement d'environ 1/4 ou 1/5e, et son cubitus de 1/4 pour la petite race et d'un peu moins de 1/3 pour la grande (1). Nous

(1) On ne s'étonnera pas des écarts que présentent quelques-uns des chiffres ci-dessus, et de voir, par exemple, les résultats obtenus au moyen du radius un peu plus faibles que ceux fournis par le cubitus. Cela tient surtout à l'impossibilité où l'on est de réunir, parmi les os provenant des cavernes, ceux qui ont

pouvons donc admettre que les Ours fossiles avaient l'avant-bras plus court que l'Ours vivant, et, comme nous venons de le voir, la différence était comprise entre 1/4 et 1/3 en moins.

§ CVIII.

Une autre question se présente : La longueur des membres antérieurs était-elle dans le même rapport avec la longueur totale du corps chez les espèces vivantes et fossiles?

La longueur totale du corps, calculée d'après les débris fossiles serait, ainsi qu'on l'a vu dans le chapitre précédent :

	Longueur.		Hauteur au garrot.	
	Plus grands.	Plus petits.	Plus grands.	Plus petits.
Tête.	»	1,900	»	1,048
Mâchoire inférieure .	2,210	1,820	1,220	1,000
Colonne vertébrale (les 3 premières régions)	1,800	1,600	»	»
Sacrum.	2,600	»	1,440	»

Au lieu de prendre les dimensions calculées, cherchons maintenant la longueur totale du corps par la longueur mesurée directement des pièces fossiles :

	Plus grands.	Plus petits.	O. des Pyrénées.
Tête.	0,441	0,364	0,250
Colonne vertébrale (les 3 premières régions).	1,082	0,961	0,770
Sacrum.	0,250	0,204	0,140
Région caudale.	0,155	0,126	0,111
Sommes.	1,928	1,655	1,271

La longueur de la tête, pour la première colonne, a été calculée d'après celle des plus grandes mâchoires ; celle de la queue, dans les deux colonnes, d'après les proportions qu'elle offre chez l'Ours des Pyrénées ; celle du sacrum a été calculée aussi pour la petite

appartenu aux mêmes individus. De là, sans doute, ces inégalités dans les résultats ; elles sont peu importantes du reste, et il est même étonnant que ces résultats soient aussi précis.

race d'après les chiffres des têtes ; quant à la longueur de la colonne vertébrale, elle a été estimée d'après la troisième lombaire.

Mais je ferai remarquer que ces résultats, déjà un peu incertains pour les longueurs calculées de la queue et du sacrum, le sont plus encore pour celle de la colonne vertébrale. J'ai déjà montré qu'il était fort difficile d'obtenir des données certaines sur cette longueur ; mais, dans tous les cas, les chiffres portés au tableau précédent ne sont probablement que des minima. En traitant des vertèbres, j'ai exposé, en effet, les raisons qui me portent à penser qu'il en existe d'une taille supérieure à celles que j'ai recueillies à Sentheim. On serait peut-être plus près de la vérité en calculant la longueur des trois premières régions du rachis d'après celle de la tête, et en supposant, bien entendu, qu'il y a eu identité de rapports entre l'espèce actuelle et l'espèce éteinte. On trouverait ainsi 1m,350 pour la grande race, et 1m,100 pour la petite. Ce dernier chiffre vient ici à l'appui de l'opinion que j'ai émise, que les plus grandes vertèbres que j'aie vues doivent avoir appartenu à la race la plus commune, c'est-à-dire à la plus petite.

En faisant ces substitutions dans le tableau pour les dimensions de la colonne vertébrale, on trouve, pour la longueur totale du corps, 2m,196 pour la grande race, et 1m,794 pour la petite.

J'ajouterai que le chiffre 1m,35 calculé est d'accord avec celui que Schmerling a admis d'après un certain nombre de vertèbres qu'il a réunies, ce qui tendrait à prouver que son calcul approche de la vérité.

Je crois que l'on peut adopter, sans s'exposer à de trop grandes erreurs, le chiffre de 2m,20 pour la longueur moyenne des grands Ours des cavernes. Ce nombre est d'accord avec celui qui a été calculé d'après les plus grandes mâchoires, et il forme une moyenne entre ceux que l'on a obtenus par les omoplates et les humérus. Mais il est possible aussi que cette longueur ait été dépassée par quelques individus, comme semblent l'indiquer le sacrum de Sentheim et la série des vertèbres lombaires que Schmerling dit avoir rencontrée (1).

(1) Cette série donnerait, pour la longueur totale du corps, 2m,73.

Quant à la race la plus commune, sa longueur peut être fixée à $1^m,80$, d'après la tête entière, les mâchoires, les vertèbres, les omoplates et les humérus que l'on trouve le plus fréquemment ; elle n'aurait donc pas excédé par la taille les grands Ours vivants.

§ CIX.

Après avoir fixé, autant que cela est possible, la longueur totale du corps des Ours fossiles, il reste à déterminer sa hauteur, ce qui me conduit à m'occuper de la longueur des membres.

La longueur totale de la partie libre des membres antérieurs se mesure par la somme des longueurs de l'humérus et du radius. Pour les plus grands Ours vivants, cette somme est 0,68, pour l'Ours des Pyrénées 0,515. Pour les plus grands Ours fossiles, elle serait 0,80, et pour les plus petits 0,66.

Ces nombres se traduisent ainsi en centièmes de la longueur totale du corps, en supposant cette longueur égale à 2,20 pour les grandes races fossiles et à 1,80 pour les petites :

Ours des Pyrénées.	39
Grands Ours fossiles.	36
Petits.	36

On voit par là que les Ours des cavernes étaient un peu plus bas sur jambes que les Ours bruns des Pyrénées actuels.

Mais cette différence tenait surtout, comme on l'a vu, à la brièveté de l'avant-bras chez l'Ours fossile. En effet, en réduisant en centièmes de la longueur du corps les dimensions de l'humérus et du radius, on trouve :

	Ours des Pyrénées.	Grands Ours fossiles.	Petits Ours fossiles.
Humérus	20	20	20
Radius	19,6	15	16

D'où l'on voit que les humérus avaient la même longueur dans l'Ours vivant et dans les Ours fossiles, tandis que le radius était de 1/4 à 1/5e plus court dans ces derniers. Nous retrouvons ainsi les chiffres que nous avons déduits par un procédé plus direct.

§ CX.

Il ne reste plus maintenant qu'à rechercher la hauteur des Ours fossiles au garrot. L'humérus ayant la même longueur, la différence tient seulement au radius. Or, dans l'Ours des Pyrénées, le radius égale les 35/100es de la hauteur au garrot; le reste de cette hauteur mesure alors 65/100es. L'Ours fossile ayant le radius plus court de 1/4, à cette hauteur de 65 correspondrait un radius long de 26. Donc, la différence de hauteur au garrot entre les espèces vivantes et fossiles égale 9/100es ou 1/11e. Il faut donc retrancher des hauteurs calculées dans les précédents chapitres le 1/11e des nombres qui les représentent pour avoir la hauteur réelle. Je trouve ainsi, pour la grande espèce, 1^{m},09 au lieu de 1^{m},20, et pour la petite, 0^{m},91 au lieu de 1 mètre.

En admettant que le radius représente dans l'espèce fossile les 28/100es de la hauteur au garrot, je trouve, pour les plus grands et les plus petits radius, les nombres 1^{m},21 et 1 mètre, à peu près égaux à ceux que je viens d'indiquer (1).

On voit, par ce qui précède, que, si la brièveté de l'avant-bras donnait aux membres antérieurs des Ours fossiles un caractère facile à saisir, ce caractère ne se traduisait pas par une différence sensible dans la hauteur du train de devant, de sorte que les apparences générales des deux espèces devaient être à peu près semblables.

(1) En supposant le radius plus court seulement de 1/5e dans l'Ours fossile, ce qui est peut-être le cas le plus ordinaire, surtout pour la petite espèce, la longueur de cet os ne serait que les 30/100es de la hauteur, et l'on obtiendrait 1^{m},11 pour hauteur de la grande race et 0,93 pour celle de la petite, chiffres à peu près identique, avec ceux obtenus par la correction de la hauteur calculées et probablement plus rapprochés encore de la vérité.

CHAPITRE VII.

GRANDS OS DES MEMBRES POSTÉRIEURS OU ABDOMINAUX.

Art. 1er. — Bassin.

§ CXI.

Je n'en ai pas eu d'entier, mais j'en ai recueilli huit portions du côté gauche et trois du côté droit. La cavité cotyloïde était complète sur huit de ces morceaux.

Voici les dimensions de quelques-uns de ces fragments :

DÉSIGNATIONS.	I.	II.	III.	IV.
Largeur de l'os iliaque à la hauteur de la face auriculaire.	0,090			
Largeur de l'os iliaque à la hauteur de la grande échancrure sciatique. . .	0,060	. . .	0,055	
Largeur de l'os iliaque à la hauteur de la cavité cotyloïde	0,110	0,120	0,090	
Diamètre de la cavité cotyloïde . . .	0,070	0,080	0,060	0,055
Diamètre du trou sous-pubien.	0,070			
Largeur de la branche horizontale du pubis	0,040			
Largeur de l'ischion au niveau de l'épine sciatique	0,048	. . .	0,040	0,040
Plus grande épaisseur de la tubérosité de l'ischion, en haut.		. . .	. . .	0,050

Le morceau le plus entier (I) est du côté gauche ; il a perdu sa crête iliaque, ainsi que les extrémités du pubis et de l'ischion. Ses dimensions sont beaucoup plus fortes que celles de la figure 2, planche XXIX de Schmerling (*U. priscus*) ; elles concordent à peu près avec celles du petit Ours à front bombé de cet auteur, ainsi qu'avec les mesures données par Cuvier. En comparant cette pièce avec le bassin de l'Ours des Pyrénées, je trouve qu'elle est plus forte de près du double (1) (ou une fois plus grande). Elle répondrait à un animal long de 2m,37.

(1) Exactement : 10 : 17 ou 18.

Il y a pourtant des vestiges indiquant une taille plus forte encore, par exemple celui dont je donne les mesures colonne II. Celui-ci répondrait à un individu de 2^{m},47 de longueur.

Mais les débris les plus abondants proviennent d'une race plus petite (III et IV). Ceux-ci ne sont guère que de moitié plus grands que dans l'Ours vivant. La longueur des individus auxquels ils ont appartenu n'aurait pas dépassé 1^{m},85. Dans cette dernière race, la fosse cotyloïde n'était pas beaucoup plus grande que dans les plus grands Ours vivants mesurés par Cuvier ; la stature devait être à peu près la même. La grande race fossile, au contraire, avait le diamètre de cette cavité plus grand de près de moitié.

§ CXII.

Sur les huit échantillons qui portent la fosse cotyloïde entière, le diamètre de cette fosse s'est trouvé de 0,055 une fois, 0,060 deux fois, 0,065 trois fois, 0,07 une fois et 0,08 une fois. Ces deux derniers appartiennent évidemment à une très grande race ; les six autres ont en moyenne la fosse cotyloïde large de 0,065. On voit d'ailleurs que les chiffres extrêmes sont reliés entre eux par des intermédiaires, de sorte que ces deux races n'étaient pas aussi indépendantes qu'on pourrait le supposer.

M. Marcel de Serres (*loc. cit.*, p. 160) a rattaché les plus grands débris à l'*U. Pitorrii*, mais en se fondant uniquement sur cette conjecture que cette espèce atteignait une taille plus grande que l'*U. spelæus*. Quant au petit os iliaque décrit et figuré par Schmerling, je ne sais si ses petites dimensions sont une raison suffisante pour le rattacher à l'*U. priscus*. Du reste, je n'ai vu entre les os iliaques des Ours fossiles et vivants, sauf la taille, que des différences légères, et qui peuvent être individuelles. Quant aux caractères génériques, ils sont très prononcés, comme Cuvier l'a montré (page 119), et ne permettent pas de confondre les os des iles des Ours avec ceux des grandes espèces de *Felis*.

Art. 2. — Fémur.

§ CXIII.

Il ne paraît pas qu'on ait trouvé dans les cavernes des fémurs aussi grands relativement que les humérus et les autres grands os des membres. Les plus grands humérus, ayant 0,46 et même jusqu'à 0,5 de longueur, devaient correspondre à des fémurs longs de 0,55 à 0,59, si du moins le rapport a été le même que chez l'Ours des Pyrénées (26 : 31). Or les plus grands fémurs que Cuvier et Schmerling aient vus ne mesurent que 0,46 et 0,5, et encore paraissent-ils fort rares. C'est que des os d'une telle longueur offrent trop de prise aux accidents, et qu'il est bien difficile d'extraire, sans les briser, ceux qui ont été enfouis entiers dans le limon des cavernes.

J'en ai eu dix-huit de Sentheim, dont deux très complets. Neuf échantillons proviennent d'individus adultes, neuf d'individus jeunes. Dix sont du côté droit, cinq du côté gauche.

Les deux fémurs entiers sont l'un et l'autre du côté droit ; ils se rapportent exactement à la figure 3, planche XXX de Schmerling ; la longueur est la même ; le grand trochanter est seulement un peu plus saillant dans le dessin. Voici leurs dimensions : longueur, 0,4 ; largeur de la tête supérieure, 0,11 ; largeur de la tête inférieure, 0,09 ; largeur du corps au milieu, 0,045. Je possède encore une extrémité inférieure et deux corps de la même taille.

Trois autres pièces, dont les extrémités manquent, indiquent par leur longueur, leur solidité, l'épaisseur plus considérable au milieu (0,048), des individus plus âgés et plus grands. Elles paraissent se rapprocher des plus grands fémurs de Cuvier.

Parmi les neuf pièces provenant d'individus jeunes, je trouve : 1° quatre échantillons dépourvus de leurs têtes articulaires, sans doute par la chute des épiphyses, et à peu près de la taille du fémur de l'Ours des Pyrénées : la largeur du corps au milieu est 0,035 ; 2° une extrémité supérieure sans épiphyses ; 3° deux corps ou diaphyses ayant appartenu à des animaux très jeunes : l'un n'a que 0,025, l'autre que 0,018 d'épaisseur au milieu ; ce dernier est long de 0,15 sans les épiphyses.

§ CXIV.

Les fémurs trouvés dans les cavernes présentent d'assez grandes différences dans leurs dimensions relatives. Cuvier en a décrit de trois sortes ; Schmerling dit en avoir eu de cinq espèces. Afin d'apprécier exactement ces différences, j'ai construit le tableau suivant. Dans la première colonne, je donne les longueurs réelles ; dans les trois autres, les dimensions calculées en centièmes de la longueur :

DÉSIGNATIONS.		LONGUEUR.	LARGEUR (calculée) de la tête supérieure.	LARGEUR (calculée) de la tête inférieure.	LARGEUR (calculée) du corps au milieu.
Cuvier	(1)	0,460	«	22	9
	(2)	0,400	28	24	10
	(3)	0,425	30	27	11
Schmerling	(1)	0,500	27	22	9
	(2)	0,480	25	21	9
	(3)	0,445	23	19	9
	(4)	0,420	26	22	10
	(5)	0,395	25	21	10
Ours de Sentheim		0,400	28	22	11
Ours vivants	Plus grand Ours : Cuvier	0,430	23	18	8
	Ours des Pyrénées	0,310	22	22	9

Ce tableau montre d'abord qu'il existe des différences assez prononcées entre les Ours vivants de même espèce : le fémur du plus grand Ours mesuré par Cuvier est plus mince du bas, et par suite plus svelte.

Le premier fémur fossile de Cuvier se rapprochait de celui de l'Ours des Pyrénées, le deuxième était plus gros relativement et le troisième encore plus. Cuvier considère ces deux derniers comme appartenant à un même type moins svelte et plus commun que le premier. Les proportions calculées montrent pourtant que le troisième fémur diffère autant du deuxième que celui-ci du premier.

Les deux plus grands fémurs de Schmerling ne diffèrent que

peu du premier type de Cuvier ; le troisième est encore plus étroit aux extrémités ; le quatrième, plus court et plus gros, se rapproche un peu plus du deuxième de Cuvier ; mais le dernier, qui est le plus petit, reproduit encore la forme des deux plus grands. Ainsi les cinq sortes de fémurs de Schmerling appartiennent au type le plus svelte de Cuvier ; l'un d'eux le dépasse même en minceur, et aucun n'atteint l'épaisseur du second type ; de sorte que ce serait la forme que Cuvier a eue le plus fréquemment qui serait la plus rare dans les cavernes de Belgique.

Quant aux fémurs de Sentheim, ils se rattachent par leur taille et par leurs proportions à la deuxième sorte de Cuvier, et à la figure que Schmerling donne de son troisième fémur. Mais d'un autre côté, les mesures données par ce dernier auteur de ce troisième fémur ne sauraient s'appliquer aux nôtres, et c'est encore de la plus grande espèce que ceux-ci se rapprocheraient le plus par leurs proportions. Ainsi les dessins de Schmerling ne s'accordent pas exactement avec ses descriptions, et j'ajouterai que je ne puis saisir dans les planches de Cuvier de différences sensibles entre les deux types qu'il a fait représenter ; le plus petit, qui, d'après les descriptions, est le plus gros, fait au contraire l'effet d'être plus mince dans les dessins.

§ CXV.

Il ne paraît donc pas que l'on puisse déduire de bons caractères des proportions relatives des fémurs. On peut voir, en effet, par le tableau ci-dessus, que les chiffres extrêmes se relient entre eux par une série de termes intermédiaires ; il y a donc passage graduel d'une forme à l'autre. Tout ce que l'on peut dire, c'est que les Ours vivants ont d'ordinaire le fémur moins robuste, plus grêle dans toutes ses parties. Du reste, la longueur et la grosseur de cet os varient avec les races et avec l'âge; les extrémités se renflent avec le temps, etc.

Il y a dans les cavernes des fémurs d'Ours certainement adultes qui diffèrent beaucoup par leur longueur absolue. Les plus grands sont de 1/4 plus longs que les plus petits, et ceux-ci restent au-dessous des grands Ours actuels. Du reste, les différences de longueur peuvent dépasser 1/3 dans les individus d'une même espèce vivante. En prenant pour base les proportions du squelette de l'Ours des Pyrénées, on trouve que les petits fémurs fossiles auraient appartenu à des individus longs de 1m,67, les grands à des individus de 2m,09 ; mais j'ai déjà dit, en commençant cet article, que les plus grands fémurs trouvés jusqu'à ce jour ne répondaient pas pour la taille aux plus grands humérus, sans doute parce que ceux-ci présentent plus de résistance aux causes de destruction.

§ CXVI.

Je terminerai cet article par quelques observations sur les caractères que M. Marcel de Serres assigne aux fémurs des trois espèces d'Ours qu'il admet (*loc. cit.*, p. 159). Quoique Cuvier n'ait pas essayé de répartir ses deux sortes de fémurs entre ses deux grandes espèces d'Ours fossiles, M. Marcel de Serres regarde la première sorte, c'est-à-dire la plus longue et la plus mince, dont Cuvier n'a vu qu'un seul échantillon, comme appartenant au grand Ours à front bombé. M. Marcel de Serres attribue à son *U. Pitorrii* un fémur de la caverne de Sundwig : 1° parce qu'il est plus long de 0,018 ; 2° parce que le petit trochanter y est moins large, moins saillant, et moins porté en dehors ; 3° parce que la tête articulaire y est lisse et non entourée à son bord interne d'un bourrelet saillant. Je ne puis voir dans ces caractères autre chose que des particularités entièrement individuelles.

Enfin M. Marcel de Serres, admettant que les fémurs les plus courts et les plus gros proviennent de l'*U. arctoideus*, trouve qu'ils diffèrent des deux autres espèces : 1° par les trochanters placés presque sur une même ligne, tandis que le petit trochanter est plus saillant et placé plus haut dans les *U. spelæus* et *Pitorrii*, et par suite plus rapproché de la tête ; 2° par la poulie articulaire qui sépare les deux condyles, moins large ; 3° par la fosse trochantérienne moins profonde, moins étendue et moins oblique ; 4° par la ligne âpre, moins rapprochée du bord externe, plus écartée, et décrivant en quelque sorte une ligne courbe. Encore ici je ne vois que des différences de peu d'importance, et dont on retrouve certainement plus que les équivalents dans les diverses variations individuelles ou de race d'une même espèce actuelle.

RÉSUMÉ.

§ CXVII.

1° Le fémur, à cause de sa grande longueur, étant d'une conservation plus difficile que l'humérus, il est probable qu'on ne connaît pas encore le maximum de longueur qu'il peut atteindre dans les Ours fossiles. On peut expliquer ainsi comment les plus grands fémurs fossiles n'indiquent pas des Ours d'une aussi forte stature que ce dernier os.

2° Les proportions relatives du fémur, c'est-à-dire le rapport entre son épaisseur et sa longueur, varient dans une même espèce vivante. Elles ne présentent rien de constant non plus dans les Ours fossiles, et ne peuvent servir à distinguer des espèces.

3° Il paraît pourtant qu'en général les Ours vivants ont cet os relativement un peu plus long et plus grêle.

4° La longueur absolue du fémur varie beaucoup dans les Ours vivants (entre 0,31 et 0,43). Il en est de même dans les Ours fossiles ; on peut toutefois distinguer parmi ces derniers deux dimensions extrêmes (0,4 et 0,5) qui ont peut-être répondu aux deux races ; mais, du reste, il y a des intermédiaires entre ces deux longueurs.

5° Les trois sortes d'humérus distinguées par M. Marcel de Serres, et les cinq sortes admises par Schmerling, ne possèdent pas de caractères assez prononcés pour qu'on puisse les considérer comme provenant d'espèces distinctes.

ART. 3. — Tibia.

§ CXVIII.

Le tibia des Ours ressemble beaucoup à celui des *Felis*. Il en diffère cependant par sa brièveté et par sa grosseur ; par la crête antérieure et la tubérosité rotulienne moins saillante; par le condyle externe de l'articulation supérieure convexe dans le sens transversal, et plus étroit relativement; par la malléole interne moins saillante; par l'échancrure bien moins prononcée en avant de la tête inférieure; par la fosse astragalienne interne moins profonde; enfin par la présence d'une facette articulaire pour la tête du péroné sur le bord externe de la tête supérieure.

§ CXIX.

Parmi les onze tibias adultes que j'ai obtenus des cavernes du Haut-Rhin, il s'en est trouvé deux très entiers. J'en ai eu encore six provenant d'animaux peu âgés. Sur ces 17 pièces, il y en a 9 du côté droit et 8 du côté gauche.

DÉSIGNATIONS.	I.	II.	III.	IV.
Longueur	0,280	. . .	. . .	0,110
Largeur de la tête supérieure	0,090	0,100	0,075	0,050
Largeur antéro-postérieure au milieu	0,065			
Largeur de la tête inférieure	0,075	. . .	. . .	0,035
Largeur de l'os à l'endroit le plus mince	0,038	. . .	. . .	0,018

Le plus grand des deux tibias complets, du côté droit (I), est exactement de la taille de la fig. 3, pl. XXXI de Schmerling. Le deuxième, un peu plus petit, mais ayant les mêmes formes, se rapporte à la figure 4; il est du côté gauche; ses proportions sont les mêmes que celles du tibia complet décrit par Cuvier.

Au plus petit de ces deux tibias se rapportent par la taille deux extrémités inférieures et un corps sans têtes articulaires. Deux têtes supérieures (III) et deux corps ont des dimensions encore un peu moindres. Au plus grand se rattache une extrémité inférieure.

Cependant je possède une tête articulaire supérieure (II) d'une taille plus forte. Son diamètre est presque aussi grand que celui du plus grand tibia cité par Cuvier d'après Karsten. Cette dernière pièce doit avoir appartenu à la grande race, les autres à la petite.

Quant aux tibias jeunes, trois d'entre eux ont perdu leurs épiphyses, mais paraissent avoir atteint déjà les 2/3 au moins de leur taille. Les trois autres doivent provenir de très jeunes animaux, peut-être à peine âgés de quelques mois seulement; je donne les dimensions de l'un d'eux (IV); avec ses épiphyses, il n'aurait certainement pas eu la moitié de la longueur des plus petits échantillons adultes.

§ CXX.

Voyons maintenant s'il existe des différences notables dans la forme des tibias chez les espèces vivantes et fossiles. En procédant comme pour le fémur, je donne ici le tableau des dimensions calculées :

DÉSIGNATIONS.		LONGUEUR.	LARGEUR (calculée) de la tête supérieure.	LARGEUR calculée de la tête inférieure.	LARGEUR (calculée) du corps à l'endroit le plus mince.
Cuvier	(1)	0,260	32	26	14
	(2)	0,330	33*	22	«
Schmerling	(1)	0,320	33	28	13
	(2)	0,290	32	26	12
	(3)	0,270	28	25	11
Ours de Sentheim		0,280	32	26	13
Ours vivants	Ours des Pyrénées	0,240	27	20	10
	Ours noir (Cuvier)	0,260	32	26	11
	Ours brun (Cuvier)	0,330	21	18	

* Il y a sans doute dans Schmerling une faute d'impression, 180 pour 108.

En comparant les chiffres des trois dernières lignes, on voit qu'il existe de très grands Ours bruns dont le tibia est sensiblement plus mince que celui de la variété qui habite les Pyrénées. Le tibia de l'Ours noir est remarquable par sa grosseur, qui le rapproche beaucoup plus des Ours fossiles que des Ours bruns ; sous ce rapport, en effet, il est presque identique avec les Ours de

Sentheim, le premier Ours de Cuvier et le deuxième de Schmerling ; le corps est seulement un peu plus mince en son endroit le plus resserré. L'Ours des Pyrénées forme une sorte d'intermédiaire entre les Ours bruns à formes plus élevées et les Ours noirs à formes trapues.

Entre les tibias fossiles, on ne voit pas de différences beaucoup plus fortes qu'entre ceux des deux variétés d'Ours bruns. Il n'y a donc aucune raison pour y voir plusieurs espèces. Le plus petit tibia de Schmerling, qui était peut-être jeune ou bien se rattachait à l'*U. priscus*, est un peu plus mince que celui de l'Ours noir ; tous les autres sont aussi épais, ou même plus encore, et dans tous les cas beaucoup plus massifs que les tibias d'Ours bruns.

§ CXXI.

Il est digne de remarque que les plus grands tibias fossiles ne dépassent pas pour la taille celui du grand Ours brun de Pologne de Cuvier. J'ai déjà fait remarquer qu'il en était de même pour le radius et pour le cubitus. Comme on a trouvé assez souvent des humérus et des fémurs beaucoup plus longs que ceux des grandes variétés actuelles, il y a lieu de penser que la jambe était relativement plus courte, ainsi que l'avant-bras, chez les Ours fossiles.

La longueur du tibia est à celle du fémur dans l'Ours des Pyrénées comme 77 : 100; dans le grand Ours de Pologne comme 76 : 100. Le rapport du plus grand tibia au plus grand fémur fossile est 66 : 100. Et comme le tibia est certainement d'une conservation plus facile que le fémur, ce rapport n'est probablement pas encore l'expression de la vérité, car il est possible qu'il y ait dans les cavernes des fémurs plus grands que ceux que l'on en exhume d'ordinaire. Si ces grands fémurs ont atteint une longueur de 0,55 à 0,59 (voy. l'art. 2), le rapport ci-dessus deviendra 55 : 100, et dans ce cas la jambe de l'Ours des cavernes aurait été de 1/4 plus courte proportionnellement que celle de l'Ours brun.

Voici une observation qui vient à l'appui de cette conjecture, en montrant que les portions correspondantes des membres antérieurs et postérieurs, considérées en elles-mêmes, l'avant-bras et la jambe par exemple, offraient les mêmes proportions chez l'Ours fossile et chez l'Ours des Pyrénées. Dans ce dernier, la longueur du radius est à celle du tibia comme 100 : 96, et la longueur du cubitus est à celle du même os comme 100 : 80. Le plus grand radius est au plus grand tibia fossile comme 100 : 97; le plus grand cubitus au plus grand tibia comme 100 : 86. — Ces deux derniers rapports sont trop rapprochés des premiers pour être sans signification; ils nous autorisent à admettre qu'il y a eu une semblable harmonie entre le bras et la cuisse, et à fixer à 0,55 ou 0,59 la longueur des fémurs qui ont dû aller avec les plus grands humérus.

RÉSUMÉ.

§ CXXII.

1° Le tibia de l'Ours, quoique ressemblant beaucoup à celui des *Felis*, peut cependant s'en distinguer par de bons caractères.

2° Le tibia de l'Ours fossile s'éloigne de toutes les variétés de l'Ours brun actuel par sa brièveté et sa grosseur relatives. Sous ce rapport, il se rapproche davantage de l'Ours noir d'Europe.

3° Les différences que l'on remarque dans les proportions relatives entre les tibias fossiles, ne sont pas plus fortes que celles qui s'observent entre les différentes variétés d'Ours brun.

4° Les plus grands tibias fossiles n'excèdent pas pour la longueur ceux des plus grands Ours bruns vivants; il en est de même pour le radius et le cubitus.

5° Il suit de là que l'Ours fossile avait la jambe, comme l'avant-bras, plus courte de 1/4 ou au moins 1/5° que l'Ours brun.

6° Le rapport était à peu près le même chez les Ours bruns et les Ours des cavernes, entre la longueur de l'avant-bras et de la jambe d'une part, entre celle du bras et de la cuisse de l'autre. Mais ce rapport n'existait plus dans les proportions relatives des diverses parties d'un même membre, parce que chez les Ours fossiles l'avant-bras et la jambe étaient relativement plus courts.

Art. 4. — Péroné.

§ CXXIII.

Il n'est pas possible de confondre le péroné de l'Ours avec celui des Chats. Dans le Chat domestique, le corps est très mince et les extrémités fort larges et plates. L'extrémité supérieure offre deux gouttières, l'une à la face interne, l'autre, plus profonde, à la face externe, qui la divisent en deux parties, l'antérieure irrégulière, la postérieure pyramidale, avec des saillies en arrière. Elle ne porte pas de facettes articulaires (1). L'extrémité inférieure porte en dedans deux facettes superposées et contiguës, la supérieure pour le tibia, l'inférieure pour l'astragale, et en arrière de ces facettes, une dépression en forme de fossette; la face externe est déprimée au milieu et se termine en arrière par un tubercule bifide, ou en gorge de poulie, qui forme la face postérieure.

Le péroné de l'Ours a sa tête supérieure épaisse, tubéreuse, coupée obliquement au sommet par la facette qui s'articule avec le tibia. La malléole externe est aplatie et plus longue que large, sa face externe convexe, sa face postérieure non prolongée et non creusée en gorge de poulie.

§ CXXIV.

Quoique le péroné de l'Ours soit plus robuste que celui des *Felis*, on ne le retire pas aisément entier des cavernes. Je n'en ai trouvé que quatre portions, deux inférieures, une supérieure et un corps privé de ses têtes articulaires. La largeur de la tête inférieure est de 0,032 dans l'un de mes échantillons, de 0,028 dans l'autre, l'épaisseur du corps au milieu de 0,014. Le plus grand a à peu près la taille de la fig. 7, pl. XXXI, de Schmerling, il a dû avoir 0,25 de longueur, et alors il irait avec le plus grand tibia complet de Sentheim.

(1) Chez le Lion, la tête supérieure, tronquée en haut, s'articule avec le tibia par une large facette. Le tibia est pourvu d'une facette correspondante, qui n'existe pas chez le Chat domestique (voy. § CXVIII).

J'observe sur les deux extrémités inférieures un caractère important : c'est l'absence de facette tibiale; la facette astragalienne est presque circulaire, plane, un peu convexe en bas. Cette absence de facette pour s'articuler avec le tibia est peut-être un caractère spécifique, car cette facette existe chez l'Ours des Pyrénées, chez les *Felis*, etc.

Art. 5. — Résumé sur les grands os des membres postérieurs.

§ CXXV.

Le tibia, comme l'a dit Cuvier, est l'os qui caractérise le plus difficilement les genres des Carnassiers ; cependant il est encore assez facile de distinguer celui de l'Ours de celui des grands *Felis*. Le bassin porte aussi des caractères génériques précis, lorsqu'il est dans un état de conservation suffisant. Le fémur et le péroné sont les os qui certainement font le plus aisément distinguer l'Ours des autres genres.

J'ai montré dans ce chapitre que les différences spécifiques étaient tellement légères, qu'elles ne peuvent être que difficilement employées dans la détermination des ossements fossiles. Il est possible cependant que l'absence de facette tibiale à la tête inférieure du péroné soit un caractère de l'Ours des cavernes.

Les quatre grands os des membres postérieurs sont insuffisants pour distinguer les espèces fossiles des espèces vivantes, au moins si l'on demande des caractères précis. Les proportions même ne peuvent être que difficilement employées, car elles varient beaucoup dans les espèces actuelles.

§ CXXVI.

La taille de l'Ours des cavernes, calculée d'après les trois os principaux du membre postérieur, serait:

Bassin.	2,47	1,85
Fémur	2,00 ou 2,50	1,70
Tibia.	1,70	1,50

Il est inutile de développer ce tableau comme je l'ai fait dans le chapitre précédent pour les membres antérieurs. On y voit de même très nettement indiquée la brièveté relative du tibia, puisque les autres os indiquent des dimensions beaucoup plus fortes.

Si l'on suppose la longueur du fémur égale à 100, on trouve pour les autres os :

	Ours des Pyrénées.	Ours fossiles. Plus grands.	Ours fossiles. Plus petits.
Bassin (cavité cotyloïde).	13	24	15
Fémur.	100	100	100
Tibia.	77	66	65

Ce tableau montre qu'en prenant 0,5 pour longueur des plus grands fémurs, on reste probablement au-dessous de la vérité, car on arrive ainsi à un chiffre certainement exagéré pour le diamètre de la cavité cotyloïde, moins exagéré qu'on ne pourrait le croire cependant, car même en prenant 0,6 pour longueur des plus grands fémurs, on arrive à 0,20 pour diamètre de cette cavité. Il paraît donc que chez les Ours fossiles cette fosse était plus large que chez les Ours vivants, et, par suite, la tête articulaire de l'humérus plus forte en proportion. Dans les calculs fondés sur les plus petits os adultes, on trouve au contraire des résultats plus voisins de ceux que l'on tire de l'espèce actuelle.

§ CXXVII.

On voit encore que le tibia était relativement plus court que dans l'Ours brun, savoir, de 1/5e environ ; mais si l'on prend pour longueur des plus grands fémurs, 0,55 ou 0,6, on trouve pour longueur calculée de cet os 60 ou même 55, et alors la jambe serait plus courte relativement d'environ 1/4. Nous pouvons donc assigner des limites aux proportions du tibia, et dire avec quelque assurance que cet os était chez l'Ours des cavernes proportionnellement plus court de 1/4 à 1/5e que chez l'Ours des Pyrénées.

La partie mobile du membre postérieur, jusqu'au pied, a 0,76 de longueur chez les plus grands Ours bruns, 0,55 chez l'Ours des Pyrénées. Les plus grands Ours fossiles auraient cette même partie longue de 0,83, les plus petits de 0,66. Si la longueur du corps est 2,20 pour les grands Ours fossiles et 1,80 pour les petits, la longueur de la partie libre du membre abdominal est à celle du corps dans le rapport suivant :

Ours des Pyrénées	42	: 100
Grands Ours fossiles.	37	: 100
Petits Ours fossiles	36	: 100

D'où il suit que les Ours fossiles étaient un peu plus bas, sur le train postérieur, que l'Ours des Pyrénées, qui cependant se distingue de certaines variétés de la même espèce par ses formes trapues. Cette différence est peu sensible du reste, puisqu'elle se réduit à 1/11e ; elle devient même nulle pour la grande espèce, si l'on suppose qu'aux tibias de 0,33 ont répondu des fémurs de 0,6.

Il est inutile de répéter pour les membres postérieurs ce que j'ai dit dans le résumé relatif aux membres thoraciques. Il suffit d'avoir montré que la légère différence qui existe entre les Ours bruns vivants et les Ours fossiles des cavernes dépend surtout de la brièveté de la jambe et non de celle de la cuisse.

CHAPITRE VIII.

OS DU CARPE.

§ CXXVIII.

J'ai décrit en détail les sept os dont se compose cette partie du squelette, en traitant de l'ostéologie de l'Ours des Pyrénées. Les descriptions que j'ai données s'appliquent exactement aux Ours fossiles, et sans doute aussi à tous les Ours actuellement vivants. Je ne m'arrêterai donc point à chercher ici des différences spécifiques autres que celles qui se déduisent du volume.

Mais il n'est pas sans utilité de montrer que les os du carpe peuvent servir, comme la plupart des autres os, à caractériser les genres. Pour cela, je comparerai le carpe de l'Ours avec celui des *Felis*.

Chez le Lion, les os du carpe se classent ainsi d'après leur volume : 1° scaphoïdo-semi-lunaire, 2° grand os, 3° pisiforme, 4° unciforme, 5° trapézoïde, 6° trapèze, 7° pyramidal. — Chez l'Ours, c'est le trapézoïde qui est le plus petit, le grand os ne vient qu'au cinquième rang, le pyramidal vient au quatrième, et le trapèze est plus volumineux que le trapézoïde.

1° Le *scaphoïdo-semi-lunaire* des *Felis* se distingue très aisément de celui de l'Ours par la direction oblique de son apophyse et des fossettes articulaires de la partie antérieure. La face supérieure, irrégulièrement triangulaire, n'est pas échancrée sur son sommet antérieur. L'apophyse du bord interne de la face inférieure est bien moins prononcée, irrégulière, excavée en dessous et non renflée à son extrémité ; elle porte sur le côté interne de son extrémité une petite facette qui s'articule avec un os accessoire et qui manque chez l'Ours ; enfin, cette apophyse ne se dirige pas en bas de manière à former avec le bord de la face inférieure un angle presque droit ; elle se dirige obliquement en dedans, suivant la diagonale de l'os, formant ainsi avec sa face inférieure un angle très ouvert. Enfin, les fossettes des faces interne, antérieure et externe sont disposées très obliquement suivant le sens de l'apophyse, tandis qu'elles sont parallèles chez l'Ours à sa direction.

2° Le *pyramidal* des Chats est presque cubique et n'a point de facette scaphoïdienne. Une grande facette plane, articulée avec l'os crochu, forme toute la face interne ; la face inférieure, plane et allongée, s'articule avec le pisiforme. La face externe est plane et irrégulière, et il n'y a point de facette articulaire pour l'apophyse styloïde du cubitus. — Chez l'Ours, la face postérieure est étroite, semi-lunaire, et forme un biseau surbaissé avec la face externe articulée avec l'apophyse styloïde ; la face inférieure, taillée en biseau, s'articule avec le pisiforme ; la face interne concave s'articule avec l'unciforme ; enfin il y a une facette en demi-cercle qui s'unit au scaphoïdo-semi-lunaire et qui fait un angle droit avec la face interne (1).

3° Le *pisiforme* des *Felis* diffère peu de celui de l'Ours ; on le reconnaît cependant à sa facette supérieure plus oblique par rapport à l'axe de l'os ; la facette articulée avec le cubitus est plus allongée vers le côté interne.

(1) Cette facette a été omise dans la description de l'Ours des Pyrénées (p. 194).

4° Le *trapèze* a sa face supérieure irrégulièrement hexagonale; elle est trapézoïdale dans l'Ours. La face interne est une large facette plane articulée avec le premier métacarpien; chez l'Ours, cette face ne reçoit que des ligaments, et c'est la face antérieure qui s'unit au premier métacarpien. La face antérieure présente la forme d'un coin et s'articule par une facette externe avec le deuxième métacarpien. La face externe s'unit largement au trapézoïde.

5° Le *trapézoïde* a sa face supérieure plus large que longue; cette face est terminée en arrière par une ligne sinueuse, faisant saillie au milieu pour s'engager dans une dépression correspondante du scaphoïdo-semi-lunaire; en avant elle s'unit par une ligne courbe régulière au deuxième métacarpien. L'Ours a cet os aussi long que large en dessus; sa face supérieure se termine en arrière par une ligne droite, et la portion articulée avec le deuxième métacarpien est plus étroite.

6° Le *grand os* ne diffère pas beaucoup de celui de l'Ours, si ce n'est par son volume. Sa face interne est cependant bien plus profondément excavée; elle porte en haut, au-dessous du bord interne de la face supérieure, deux facettes formant un biseau, la postérieure articulée avec le trapézoïde, l'antérieure avec le deuxième métacarpien. La face externe est très légèrement concave.

7° L'*unciforme* a sa face supérieure grossièrement pentagonale, et non terminée en arrière en angle aigu; le bord qui s'unit au scaphoïdo-semi-lunaire est moins long, et forme à peu près un angle droit avec celui qui s'unit au pyramidal; chez l'Ours, ces deux bords forment un angle aigu.

§ CXXIX.

Les petits os du carpe sont rares dans les collections; je n'ai eu de Sentheim que deux pisiformes et un pyramidal. Le scaphoïdo-semi-lunaire m'a échappé jusqu'à ce jour, quoiqu'il soit d'un volume plus considérable.

Le pyramidal est du côté droit; la facette articulée avec l'apophyse styloïde du cubitus est plus plane que dans l'Ours vivant. La largeur de la face postérieure est de 0,035 ; la longueur de la face externe de 0,05. Cet os est des 2/3 plus volumineux que celui de l'Ours des Pyrénées.

Les deux pisiformes sont du côté droit ; leur tête supérieure est plus allongée en dedans que chez l'Ours des Pyrénées, et par suite la facette articulée avec le cubitus paraît placée plus en dehors. Le plus grand de ces os a 0,53 de longuenr ; le diamètre antéro-postérieur de la tubérosité est de 0,025 ; son épaisseur au milieu est de 0,025. Il est de moitié plus long que celui de l'Ours des Pyrénées, et une fois plus épais. Le deuxième est un peu plus petit ; sa longueur est de 0,048. Schmerling en a eu de 0,06 de longueur.

Le plus grand scaphoïdo-semi-lunaire figuré et décrit par Schmerling est de près des 3/4 plus grand que celui de l'Ours des Pyrénées (1), mais il a sa face postérieure relativement un peu plus étroite dans son petit diamètre (1/9) ; le plus petit a exactement le volume et les proportions de l'Ours des Pyrénées ; il a probablement appartenu à l'*U. priscus*.

§ CXXX.

La largeur du carpe, calculée d'après le plus grand scaphoïdo-semi-lunaire de Schmerling, aurait été 0,1, sa longueur 0,05. La longueur de mon plus grand pisiforme donne les mêmes résultats. D'une manière absolue, les plus grands Ours auraient eu alors le poignet plus fort des 2/3 que l'Ours des Pyrénées.

Mais c'est surtout par leur grosseur, bien plus que par leur longueur, que les os de la main des Ours fossiles se distinguent de ceux des Ours vivants. Nous en avons vu la preuve en parlant du pisiforme, mais les os du métacarpe ne laisseront aucun doute sur ce sujet.

(1) Cuvier (p. 293) a fait la même observation en comparant cet os fossile avec celui de son plus grand Ours brun.

CHAPITRE IX.

OS DU TARSE.

§ CXXXI.

Les sept os qui le composent se classent, d'après leur volume, dans l'ordre suivant chez les *Felis* : 1° calcanéum, 2° astragale, 3° scaphoïde, 4° cuboïde, 5° troisième cunéiforme, 6° premier cunéiforme, 7° deuxième cunéiforme. C'est à peu près le même ordre que chez les Ours, seulement chez ces derniers le cuboïde est plus gros que le scaphoïde.

1° L'*astragale* de l'Ours est facile à distinguer de celui des Chats ; son col est beaucoup moins long, le bord externe de la poulie est moins tranchant ; enfin, il est plus large que long, tandis que c'est le contraire chez les Chats. La gorge de la poulie est aussi moins profonde, la facette articulaire externe de la face inférieure est plus concave.

2° Le *calcanéum* de l'Ours a sa face cuboïdienne taillée beaucoup moins obliquement par rapport au grand axe de l'os que celui des *Felis*. Chez ces derniers, la partie antérieure de sa face supérieure est beaucoup plus longue, de sorte que la facette astragalienne interne est beaucoup plus éloignée de l'extrémité cuboïdienne ; cette facette est circulaire, tandis que chez l'Ours elle est fort allongée ; la face inférieure n'est pas évidée au milieu comme chez l'Ours, de sorte que la tubérosité inférieure et la grosse tubérosité postérieure sont bien moins prononcées ; la face externe ne porte pas en haut de crête marquée ; la face interne est encore creusée en gouttière, mais la petite apophyse est infiniment moins saillante. Dans son ensemble, le calcanéum est donc plus long et plus étroit chez les Chats, et la grande apophyse n'y est point dilatée en tubérosité aussi prononcée en arrière.

3° Le *scaphoïde*. Chez les Chats, la face postérieure, très concave, se relève fortement en bas en une apophyse saillante, qui est très peu marquée chez les Ours ; la face antérieure ne porte que deux facettes convexes un peu développées : une grande externe pour le troisième cunéiforme, une petite interne pour le deuxième; la facette destinée au premier cunéiforme est très petite et se confond avec la deuxième; la tubérosité inférieure de la face interne est beaucoup plus saillante. Enfin, dans son ensemble, cet os a une forme carrée chez les Chats, et est plus long que large; il est triangulaire et plus large que long chez les Ours.

4° Le *cuboïde* est, chez les Chats, plus long que large; sa face supérieure est un carré long et non un triangle comme chez l'Ours.

5° Le *troisième cunéiforme* (premier cunéiforme de Cuvier, p. 298) des *Felis* diffère extrêmement de celui des Ours; sa face postérieure, un peu concave, est presque triangulaire et non trapézoïdale; sa face antérieure, unie au troisième métatarsien, est très profondément échancrée sur ses côtes interne et externe par des fossettes ligamenteuses, et la portion au-dessus de ces échancrures est elliptique; chez l'Ours, cette face est trapézoïdale, et échancrée seulement du côté externe; la face supérieure est carrée (1); enfin la face inférieure porte une très forte apophyse renflée à son extrémité, qui manque chez l'Ours.

6° Le *deuxième cunéiforme* des Chats diffère de celui de l'Ours par sa face supérieure plus longue que large, et par sa face antérieure, articulée avec le deuxième métatarsien, étranglée au milieu.

7° Le *premier cunéiforme* (troisième de Cuvier) est presque cubique chez l'Ours; il est fort allongé chez les Chats; sa face postérieure, un peu concave, est obliquement placée sur l'axe de l'os; la face antérieure, plane, est échancrée du côté externe, et s'articule avec le rudiment du premier métatarsien; la face inférieure offre une gouttière qui n'existe pas chez l'Ours.

§ CXXXII.

On trouve fréquemment dans les cavernes le calcanéum et l'astragale. Les autres os échappent au contraire facilement aux recherches, à cause de leur petitesse. J'ai eu de Sentheim six astragales et dix calcanéums; les autres os m'ont manqué.

(1) Chez l'Ours, elle est plus large que longue.

J'ai trois astragales du côté gauche et trois du côté droit. Le plus grand a 0,065 de plus grande largeur, et 0,062 de plus grande hauteur ; il se rapporte à la deuxième espèce de Schmerling (pl. XXXII, fig. 6) et au plus grand de Cuvier. Les cinq autres ont de largeur entre 0,058 et 0,060, et de hauteur 0,052 à 0,055. Ils se rattachent donc au plus petit de Cuvier et à la troisième espèce de Schmerling (fig. 7).

Le rapport de la hauteur à la largeur est le même chez les Ours fossiles que chez les Ours vivants; il n'y a de différence que dans le volume; le plus grand astragale de Sentheim est de plus de moitié plus fort que celui de l'Ours des Pyrénées, les plus petits exactement de moitié. L'astragale du plus grand Ours vivant de Cuvier n'étant que très peu supérieur en volume à celui de l'Ours des Pyrénées, il paraît que l'Ours des cavernes est caractérisé par la force relative de cet os. Schmerling décrit et figure un astragale presque double en grosseur de l'Ours vivant.

Un de ces astragales, du côté gauche, offre une particularité que je crois accidentelle : c'est l'existence d'un trou qui fait communiquer la rainure de la face inférieure avec la face postérieure. Par tous ses autres caractères, cet os est identique d'ailleurs avec les autres.

§ CXXXIII.

Sur les dix calcanéums que j'ai ressemblés, il y en a huit du côté gauche. Le plus grand, égal au plus grand de Cuvier et à la deuxième espèce de Schmerling (pl. XXXII, fig. 2), est long de 0,110, et large en bas, vers la petite apophyse, de 0,070.

Les neuf autres sont plus petits; leur longueur est de 0,085 à 0,090 ; leur largeur en bas de 0,06 à 0,062; ils appartiennent à la petite espèce de Cuvier et aux troisième et quatrième de Schmerling (fig. 3 et 4). L'un d'eux m'a présenté une particularité analogue à l'astragale dont j'ai parlé plus haut : la rainure qui sépare les deux facettes astragaliennes de la face supérieure aboutit à trois trous disposés en triangle; c'est probablement un accident individuel, car ce calcanéum ne diffère pas autrement des autres.

Dans tous ces os, le rapport entre la largeur de la partie inférieure et la longueur totale est constant à de très minimes oscillations près ; mais ce rapport est un peu plus faible que chez l'Ours des Pyrénées (de 1/7e). Ce dernier paraît donc avoir le calcanéum un peu plus court relativement à sa grosseur.

Le calcanéum de l'Ours des Pyrénées n'ayant que 0,06 de longueur, les plus grands que l'on retire des cavernes sont presque doubles en dimension ; Schmerling en cite même un de 0,12, qui aurait été exactement une fois plus grand. Quant aux plus petits, ils n'excèdent le vivant que de moitié de leur longueur (: : 3 : 2).

Les cavernes de Sentheim recèlent donc des calcanéums d'Ours de deux grandeurs ; les plus rares ont appartenu à la plus grande race, les plus communs à la petite.

Les dimensions considérables de l'astragale et du calcanéum révèlent une grande force dans le tarse de l'Ours fossile. Nous verrons cette donnée confirmée plus directement encore par les métatarsiens.

CHAPITRE X.

OS DU MÉTACARPE.

§ CXXXIV.

Les métacarpiens de l'Ours vont en augmentant de grandeur du côté interne au côté externe de la main ; celui du pouce est le plus petit de tous. Chez les *Felis*, il y a aussi cinq os au métacarpe : le premier, ou l'interne, correspondant au pouce, est très court ; le troisième est le plus long ; le quatrième vient ensuite ; puis le deuxième ; et enfin le cinquième. Tous, à l'exception du premier, sont relativement plus grêles que chez l'Ours, et en outre plus fortement courbés.

Outre ces différences générales, il y en a de particulières à chaque métacarpien :

1° Le *premier* se distingue chez les *Felis* par son extrême brièveté, par la grande obliquité de son extrémité phalangienne, et par la position presque parallèle à l'axe de l'os de la facette irrégulière qui se joint au trapèze, cette facette formant la face externe de la tête carpienne, et non sa face postérieure comme chez l'Ours. Cet os ne s'articule pas, comme dans ce dernier, avec le deuxième métacarpien.

2° Le *deuxième* a chez les *Felis* son extrémité postérieure assez fortement coudée en dehors ; la face postérieure unie au trapézoïde est atténuée en dessous, pourvue d'une légère entaille sur le bord externe ; la face interne porte une seule petite facette pour le trapèze sur son angle supérieur ; la face externe excavée est pourvue d'un bord saillant qui recouvre le bord de la face postérieure du troisième métacarpien, et sans bande articulaire bien nette.

3° Le *troisième* se distingue de celui de l'Ours par les caractères suivants : face postérieure convexe, échancrée au milieu de son bord interne, séparée par un sillon profond d'une apophyse articulée avec le deuxième métacarpien ; face supérieure bifide ; face interne creusée d'une fosse rugueuse qui sépare la tubérosité supérieure articulée avec le deuxième métacarpien d'une autre plus petite située en dessous ; face externe bordée en arrière d'un bourrelet qui recouvre une partie de la face postérieure du quatrième métacarpien.

4° Le *quatrième* a sa face postérieure semblable au troisième, mais l'apophyse interne est moins forte, et n'atteint pas le même niveau ; de sorte que la face supérieure se termine en arrière par une ligne oblique, et n'est point bifide ; la face externe offre une fosse profonde, cernée en arrière par une bande plate, articulée avec le cinquième métacarpien.

5° Le *cinquième* métacarpien des Chats se distingue enfin de celui de l'Ours par sa face articulée avec le quatrième, laquelle porte une tubérosité entourée d'une bande articulaire, au lieu d'une fosse ligamenteuse.

Au moyen de ces caractères, il est assez facile de distinguer un métacarpien de *Felis* d'un métacarpien d'Ours. Quoique, dans ce dernier genre, ces os n'offrent pas tous entre eux des différences aussi grandes que dans le premier, on peut encore déterminer, sans trop de difficulté, leur numéro d'ordre à l'aide des descriptions que j'ai données dans mon mémoire sur l'Ours des Pyrénées.

Je me suis assuré d'ailleurs que toutes ces descriptions s'appliquent exactement aux Ours fossiles; il n'y a donc ici d'autres différences que dans les dimensions.

§ CXXXV.

Les os du métacarpe sont communs dans les cavernes. J'en ai recueilli 33 à Sentheim, savoir : 7 premiers (4 du côté droit); 8 deuxièmes, tous du côté gauche; 5 troisièmes, tous du côté gauche; 5 quatrièmes (3 du côté droit); 8 cinquièmes (5 du côté gauche). Ils proviennent donc de huit individus au moins. Quelques-uns avaient perdu leur épiphyse antérieure.

Je donne ici le tableau des dimensions extrêmes, en millimètres, que j'ai observées pour chacun d'eux.

DÉSIGNATIONS.	1er.	2e.	3e.	4e.	5e.
Longueur totale	65 60	80 65	85 70	85 75	95 78
Largeur de la tête postérieure	30 28	18 15	22 15	22 15	38 25
Largeur de la tête antérieure	20 16	25 20	30 25	32 25	35 28
Diamètre supéro-inférieur de la tête postér.	25 20	30 25	35 28	35 28	40 25
Largeur du corps à l'endroit le plus mince.	18 12	20 15	22 17	20 18	25 15

Ce tableau montre que la longueur des métacarpiens fossiles peut varier dans le rapport de 4 à 3, c'est-à-dire qu'il en est qui sont d'un tiers plus grands que les autres. Ces grands métacarpiens paraissent plus rares.

En comparant les longueurs à celles des os correspondants dans le squelette de l'Ours des Pyrénées, je trouve que les plus petits métacarpiens fossiles sont à peu près de la même taille que ceux de l'espèce vivante; les plus grandes différences ne vont pas au delà de 0,007 (cinquième métacarpien), c'est-à-dire à 1/10e environ.

Pour les plus grands, je trouve que le premier était plus long que chez l'Ours des Pyrénées d'un douzième, le deuxième d'un quart, le troisième d'un tiers, le quatrième d'un cinquième, et le cinquième d'un tiers. Du reste, ces différences sont peu importantes, et l'on trouverait aisément parmi les grands Ours vivants des individus à métacarpiens plus longs que les plus grands que l'on ait recueillis à l'état fossile. Cuvier a déjà fait remarquer que les métacarpiens fossiles qu'il a eus sont tous plus courts d'un sixième que ceux de son plus grand Ours brun d'Europe (p. 295).

§ CXXXVI.

Mais il ajoute qu'ils sont plus gros de près d'un quart. C'est par là, en effet, que le métacarpe de l'Ours des cavernes diffère surtout de celui de l'Ours vivant. On en voit la preuve dans le tableau suivant, où je donne les dimensions du premier, du troisième et du cinquième métacarpien, réduites en centièmes de la longueur totale pour l'Ours des Pyrénées et pour l'Ours des cavernes.

DÉSIGNATIONS.	I.		II.		III.	
	Viv.	Foss.	Viv.	Foss.	Viv.	Foss.
Largeur de la tête postérieure	31	46	20	25	26	40
Largeur de la tête antérieure	23	38	27	35	25	36
Largeur du corps à l'endroit le plus mince	16	23	15	24	18	26

Le premier et le cinquième métacarpien, à longueur égale, sont, d'après ces chiffres, plus épais de moitié chez l'Ours fossile que chez l'Ours des Pyrénées. Le troisième est relativement un peu moins large postérieurement (d'un quart seulement), parce que sa face tarsienne est plus étroite; mais son corps et sa tête antérieurs sont aussi plus forts d'un tiers ou de moitié; le quatrième métacarpien donne lieu aux mêmes observations.

Il suit de là que l'Ours des cavernes avait la main relativement beaucoup plus courte et beaucoup plus large que les Ours vivants, ainsi que l'avait remarqué Cuvier.

§ CXXXVII.

La plus grande longueur du métacarpe se mesure par celle du métacarpien externe ; sa largeur en arrière et en avant, par la somme des largeurs des têtes antérieures et postérieures des métacarpiens. On trouve ainsi :

	Ours des Pyrénées.	Ours fossile. Plus grand.	Plus petit.
Plus grande longueur du métacarpe. . .	0,071	0,095	0,078
Sa largeur en arrière.	0,076	0,130	0,098
— en avant.	0,084	0,142	0,114

En faisant la longueur égale à **100**, on trouve :

	Ours des Pyrénées.	Ours fossile, Plus grand.	Plus petit.
Largeur du métacarpe en arrière.	107	136	125
— en avant .	118	149	146

C'est-à-dire que, dans la grande espèce fossile, le métacarpe serait relativement plus large en avant et en arrière de deux septièmes, et dans la petite d'un sixième en arrière et d'un quart en avant, la longueur étant supposée la même. Et encore est-il probable que ces résultats ne sont que des minima, car les métacarpiens considérés isolément sont presque tous plus épais de moitié, à longueur égale, chez l'Ours fossile que chez l'Ours vivant.

Il faudrait, pour que l'on pût être sûr de ces résultats, que l'on trouvât le métacarpe complet à l'état fossile (1). Mais je pense qu'on ne se trouvera pas fort loin de la vérité en admettant que l'Ours des cavernes a eu le métacarpe relativement plus large d'un tiers, et peut-être même de près de moitié que l'Ours vivant.

Le métacarpe était, chez l'Ours fossile, plus long relativement à

(1) Les os du métacarpe reconstruit par Schmerling (pl. XXVIII, fig. 14) paraissent s'accorder assez bien entre eux. Sa longueur est de 0,90, sa largeur en bas est de 0,130 ; ces nombres se rapprochent beaucoup de ceux que j'ai trouvés, mais d'ailleurs je ne suis pas sûr que les os de cette pièce aient appartenu à un même individu. Quant à la figure 15, donnée comme un cinquième métacarpien d'*U. priscus*, elle ne me paraît représenter qu'un premier métacarpien de la grande espèce.

l'avant-bras. En effet, dans l'Ours des Pyrénées, la longueur du cinquième métacarpien est à celle du radius comme 20 : 100; dans l'Ours fossile, ce rapport, déduit de la comparaison du plus grand métacarpien externe et du plus grand radius, est 29 : 100. La différence est donc de près d'un demi en faveur du fossile; mais la longueur est à peu près la même relativement à la longueur totale de la partie libre du membre.

CHAPITRE XI.

OS DU MÉTATARSE.

§ CXXXVIII.

L'Ours diffère des Carnassiers digitigrades par son métatarse à peu près égal au métacarpe, et toujours composé de cinq os. Les *Felis* ont les métatarsiens deux fois plus longs que les métacarpiens, et le métatarsien interne leur manque, ou du moins est tout à fait rudimentaire; le troisième et le quatrième sont les plus longs et les plus gros, et le deuxième est un peu plus court que le cinquième. Chez l'Ours, les métatarsiens vont en augmentant de longueur et de volume du premier ou interne, au cinquième ou externe :

1° Le *deuxième métatarsien* des Chats diffère de celui de l'Ours par sa face postérieure coupée en forme d'équerre par une entaille sur le bord externe, par l'absence de facette articulaire sur la face interne, par sa face externe pourvue de deux fossettes articulaires profondes séparées par une arête saillante. Chez l'Ours, ces deux fossettes sont inégales et séparées par un creux.

2° Le *troisième* a sa face postérieure échancrée des deux côtés chez les Chats comme chez les Ours, mais la partie située au-dessous de ces échancrures est bien plus étroite; la face interne n'a pas chez les premiers de bande articulaire continue, mais seulement deux petites facettes profondément séparées; la face externe porte en haut une profonde cavité articulée avec le quatrième métatarsien, bordée en arrière par un bourrelet épais qui la sépare de la face postérieure; en bas, une facette allongée qui coupe la face postérieure.

3° Le *quatrième* a sa face postérieure légèrement échancrée sur son bord interne, et cernée sur son bord inférieur par un canal; la facette supérieure de la face interne se porte en avant et s'éloigne de la face postérieure; chez l'Ours, cette facette est contiguë à la face postérieure.

4° Le *cinquième métatarsien* des *Felis* a son extrémité postérieure comme bifurquée, parce qu'elle porte une sorte d'apophyse sur son bord externe; la facette articulée avec le cuboïde est arrondie et petite; la face interne s'articule avec le quatrième métatarsien par trois facettes, une postérieure écartée, et deux supérieures rapprochées; chez l'Ours, cette union ne se fait que par deux facettes, une interne et une supérieure.

§ CXXXIX.

De même que pour le métacarpe, je ne saisis aucune différence de forme entre les métatarsiens de l'Ours fossile et ceux de l'Ours vivant. J'ai montré, dans ma description de l'Ours des Pyrénées, que tous ces os se distinguent entre eux et de ceux du métacarpe par des caractères très précis.

J'ai eu 27 métatarsiens de Sentheim (13 du côté droit et 14 du côté gauche), savoir : 1 premier et 1 deuxième, 10 troisièmes, 9 quatrièmes et 6 cinquièmes. Ils proviennent au moins de sept individus différents. Voici leurs dimensions extrêmes en millimètres :

DÉSIGNATIONS.	1er.	2e.	3e.	4e.	5e.
Longueur totale	55	80	80 68	92 84	90 85
Largeur de la tête postérieure	25	22	22 20	20 15	32 28
Largeur de la tête antérieure	18	22	25 20	25 22	25 22
Diamètre supéro-inférieur de la tête postér.	28	32	36 26	35 30	35 28
Largeur du corps à l'endroit le plus mince	10	15	20 15	20 15	18 12

Les plus grandes variations de longueur, pour un même métatarsien, n'atteignent pas 1/6e (troisième métatarsien).

Le premier métatarsien est de la même longueur que celui de l'Ours des Pyrénées. Pour les plus grands, les deuxième, troisième et cinquième sont environ de 1/4, et le quatrième de 1/3 plus long. Pour les plus petits, le troisième est égal à celui de l'Ours vivant, le quatrième est de 1/5e et le cinquième de 1/6e plus long.

§ CXL.

Comparé au tibia, le métatarsien externe, chez l'Ours vivant, est dans le rapport 20 : 100 ; chez le fossile, 28 : 100. Il est donc de près de moitié plus long chez ce dernier ; mais relativement à la portion libre du membre postérieur, la proportion est à peu près la même dans les deux espèces.

Voici un tableau qui montre que les métatarsiens, comme les métacarpiens, étaient beaucoup plus gros dans l'espèce fossile ; les dimensions ont été calculées pour le premier, le troisième et le cinquième seulement. La longueur est supposée égale à 100.

DÉSIGNATIONS.	1er.		3e.		5e.	
	Vivant	Fossile	Vivant	Fossile	Vivant	Fossile
Largeur de la tête postérieure.	32	45	23	27	30	35
Largeur de la tête antérieure	25	32	24	31	21	28
Largeur du corps à l'endroit le plus mince.	18	18	16	25	15	20

Au milieu d'irrégularités plus fortes que pour les métacarpiens, et qui proviennent des tubérosités plus ou moins prononcées de la tête postérieure, il est facile de reconnaître qu'à longueur égale, les os du métatarse de l'espèce fossile l'emportent de beaucoup en volume sur ceux de l'Ours brun actuel. Pour la tête antérieure, la largeur est plus grande de 1/3 pour le troisième et le cinquième, et de 1/4 pour le premier; dans le troisième et le cinquième, la tête postérieure est seulement plus large de 1/6e; mais dans le premier elle est plus épaisse de près de moitié (2/5es), tandis que le corps n'est pas plus gros dans son endroit le plus mince. Enfin, dans le troisième, le corps est plus épais de moitié et dans le cinquième de 1/3. On peut donc conclure de ces chiffres que les métatarsiens de l'Ours des cavernes étaient, à égalité de longueur, plus gros, en moyenne, d'un tiers que ceux de l'Ours vivant.

§ CXLI.

Essayons maintenant de déterminer directement les dimensions du métatarse, comme nous l'avons fait pour le métacarpe.

	Ours des Pyrénées.	Ours fossile. Plus grand.	Ours fossile. Plus petit.
Plus grande longueur (5e métat.).	0,073	0,090	0,085
Largeur du métatarse en arrière. .	0,080	0,121	0,110
— en avant. . .	0,080	0,115	0,104

La longueur étant supposée égale à 100, on trouve :

	Ours des Pyrénées.	Ours fossile. Plus grand.	Ours fossile. Plus petit.
Largeur du métatarse en arrière. . .	109	134	129
— en avant. . . .	109	127	122

La grande variété fossile a donc eu le métatarse plus large de 1/4 environ en arrière, la petite seulement de 1/5e, que l'Ours vivant, la longueur étant supposée la même. Mais cette plus grande largeur est due, en partie, aux fortes tubérosités que portent sur leurs têtes postérieures les deux métatarsiens extrêmes. En avant, la largeur du métatarse est seulement de 1/6e à 1/8e plus forte comparativement dans le fossile.

Il paraît donc que l'Ours fossile, tout en ayant le métatarse plus large et plus court que l'Ours vivant; ne l'avait pas aussi fort relativement que le métacarpe. La main aurait été alors beaucoup plus forte que dans les Ours bruns actuels ; le pied, plus fort aussi, se serait toutefois moins écarté par ses proportions relatives de celui de l'Ours actuel. La comparaison des métacarpiens et des métatarsiens de même ordre le prouve du reste, les premiers étant à peu près constamment plus gros que les derniers.

CHAPITRE XII

PHALANGES.

§ CXLII.

Celles de la deuxième et de la troisième rangée possèdent chez les Chats des caractères très marqués, mais il n'en est pas de même de la première rangée. Je ne vois entre ces dernières et celles de l'Ours que des différences légères, savoir : la fosse glénoïde de la face postérieure aussi haute que large dans les *Felis*, plus profondément échancrée en dessous par un sinus qui sépare deux tubérosités prononcées et égales. Dans les Ours, cette fosse est plus large que haute, l'échancrure peu profonde, les tubérosités qu'elle sépare inégales, l'externe se rattachant par une convexité à la face externe, l'interne concave et cernée, en arrière, par une légère saillie tranchante.

§ CXLIII.

Il est à peu près impossible de distinguer les phalanges de la première rangée de devant de celles de derrière.

Je n'ai eu précisément de Sentheim qu'une dizaine de phalanges de la première rangée. Voici leurs dimensions :

	Plus grandes.	Plus petites.
Longueur.	0,050	0,037
Largeur de la tête postérieure	0,028	0,020
— — antérieure.	0,022	0,015
— du corps à l'endroit le plus mince.	0,020	0,013

Les plus grandes sont les plus communes. Elles sont d'un tiers plus longues que celles de l'Ours des Pyrénées, et de moitié plus épaisses. Les plus petites sont inférieures en longueur à quelques-unes de celles de l'Ours vivant, mais elles sont constamment aussi plus fortes. Elles appartiennent sans doute au doigt externe.

Les phalanges prouvent donc, comme les os du métacarpe et du métatarse, que les extrémités des Ours fossiles ont été proportionnellement plus larges que celles de l'Ours vivant (environ d'un tiers au moins pour la main).

CHAPITRE XIII.

RÉSUMÉ SUR LES MAINS ET LES PIEDS.

§ CXLIV.

J'ai montré, dans les chapitres qui précèdent, qu'il n'existe pas un seul os des mains et des pieds qui ne porte des caractères différents dans les deux genres *Ursus* et *Felis.* J'ai insisté sur ces caractères, parce que parmi les ossements de Carnassiers que l'on trouve dans les cavernes, les seuls qui, par leur volume, peuvent être confondus avec ceux des Ours, ont appartenu précisément à une très grande espèce de *Felis* dont les cavernes de Sentheim ne nous ont pas, jusqu'à ce jour, révélé de vestiges.

Les os des extrémités qui possèdent les caractères génériques les plus prononcés sont le scaphoïdo-semi-lunaire, l'astragale, le calcanéum, le troisième cunéiforme, les phalanges des deuxième et troisième rangées. Mais tous les autres, notamment les os du métacarpe et du métatarse, possèdent aussi des caractères spéciaux.

Dans l'Ours, les pieds de devant et de derrière sont sensiblement égaux ; dans les *Felis* et les autres digitigrades, le pied de derrière est beaucoup plus long, ce qui donne à ces animaux une grande facilité pour bondir. Cet allongement des leviers, très marqué surtout pour les os du métatarse, l'est aussi pour ceux du tarse, lesquels sont tous plus longs que larges.

Quant aux différences spécifiques, je les ai cherchées inutilement dans le genre Ours; du moins elles s'y réduisent à des inégalités de volume et de proportions. Tous les caractères positifs sont identiques entre les diverses espèces, et les légères déviations auxquelles ils sont soumis sont trop peu importantes pour qu'on puisse les considérer autrement que comme individuelles ou accidentelles.

§ CXLV.

Mais, sous le rapport du volume et des proportions relatives, il y a de très grandes différences entre les Ours bruns actuels et les Ours des cavernes.

Ainsi, les os du carpe sont souvent plus grands des deux tiers que leurs homologues dans l'Ours des Pyrénées; et ceux dont la forme est allongée, comme le pisiforme, sont beaucoup plus épais. Le calcul donne, pour longueur du carpe des plus grands Ours fossiles, 0,05, et pour largeur, 0,10, c'est-à-dire un excès de deux tiers sur l'Ours des Pyrénées.

Les plus grands métacarpiens fossiles, d'une manière absolue, n'excèdent pas en longueur ceux des plus grands Ours vivants, mais ils les dépassent beaucoup en épaisseur; le calcul montre, qu'à longueur égale, les premiers sont d'un tiers à un demi plus larges.

J'ai évalué la largeur du métacarpe en avant à 0,142 pour la grande race fossile, et à 0,114 pour la petite. On peut, d'après les données que j'ai discutées, admettre hardiment que l'Ours fossile a eu la main proportionnellement plus large d'un tiers au moins que l'Ours brun moderne. Les phalanges viennent à l'appui de ce résultat.

La largeur de la main est donc un des caractères de l'espèce éteinte des cavernes.

Quant à sa longueur, la main était tout aussi grande dans l'espèce fossile que dans l'Ours brun, pour des individus de même stature, mais elle était, chez la première, plus longue de moitié relativement à l'avant-bras.

§ CXLVI.

Le tarse conduit à des résultats à peu près semblables. L'astragale est au moins de moitié plus fort que dans les plus grands Ours vivants. Le calcanéum est aussi de moitié à une fois plus long. Du reste, les inégalités de taille observées entre les échantillons de ces deux os viennent bien confirmer l'existence de deux variétés ou races dont l'une aurait été beaucoup plus grande que l'autre. Le calcanéum paraît, en outre, un peu plus long, relativement à son volume, dans l'Ours fossile que dans l'Ours vivant, ce qui devait augmenter la puissance d'action des muscles extenseurs du pied.

Les métacarpiens sont environ d'un tiers, en moyenne, plus gros relativement dans l'Ours fossile que dans l'Ours vivant. La largeur du métatarse en avant a été estimée à 0,115 pour la plus grande race, à 0,104 pour la petite ; le pied était, par conséquent, plus étroit que la main. Il paraît donc que la disproportion dans la largeur n'était pas aussi forte pour le pied que pour la main entre les Ours fossiles et vivants. Le pied, dans les premiers, n'était, en effet, que d'un sixième plus large relativement.

Du reste, le pied avait les mêmes dimensions relativement à l'ensemble du squelette dans l'espèce vivante et dans l'espèce fossile ; mais, relativement à la longueur de la jambe, il était de près de moitié plus long chez les seconds.

Il faut donc admettre, comme conclusion générale, que l'espèce des cavernes avait le pied, et surtout la main, relativement beaucoup plus larges que l'Ours brun actuel.

CHAPITRE XIV.

RÉSUMÉ GÉNÉRAL.

§ CXLVII.

La première question à résoudre, dans un travail de la nature de celui dont je donne la récapitulation, était de savoir s'il existe des moyens de distinguer les os des Ours de ceux des Carnassiers de genres différents. Il s'agissait, par conséquent, de compléter les recherches de Cuvier. Or, comme il n'existe, parmi les Carnassiers dont les débris sont enfouis dans les cavernes, qu'une grande espèce de *Felis* dont les os égalent ceux des Ours par leur volume, c'est principalement entre ces deux genres que j'ai cherché à découvrir des caractères génériques pour les pièces du squelette qui n'avaient pas été antérieurement l'objet d'un examen spécial.

Le résultat de ces études a été qu'à l'exception d'un petit nombre d'os, d'une forme très simple, tels que certaines côtes et les pièces du sternum, toutes les parties du squelette possèdent des caractères positifs, que j'ai fait connaître en détail, et qui ne permettent pas de confondre celles qui proviennent de l'un ou l'autre de ces deux genres.

§ CXLVIII.

Une fois en possession de caractères propres à distinguer, par un os quelconque, les deux plus grands carnassiers fossiles des cavernes, la question beaucoup plus compliquée des espèces se présentait.

Pour asseoir cette nouvelle série de recherches sur une base certaine, j'ai dû soumettre les espèces vivantes à un examen préalable, afin que la portée des données fournies par l'ostéologie comparée au point de vue de la spécification ne fût plus un objet de controverse. Pour cela, il s'agissait de décider jusqu'à quel point ces données concordent avec les caractères spécifiques déduits des formes extérieures, et avec les autres caractères zoologiques.

J'ai pris pour point de départ quatre des espèces vivantes admises par Cuvier, savoir : l'Ours polaire, l'Ours noir d'Amérique, l'Ours brun et l'Ours noir d'Europe. Les naturalistes, il est vrai, varient de sentiment sur la valeur de ces espèces : les uns confondant les Ours noirs avec les Ours bruns ; les autres, au contraire, les subdivisant en plusieurs espèces. Il m'a semblé que Cuvier s'était tenu ici dans un juste milieu raisonnable entre les deux opinions extrêmes. Du reste, le genre *Ursus*, par l'inégalité des distances qui existent entre les quatre espèces que j'ai mentionnées, était particulièrement favorable aux études de la nature de celles auxquelles j'ai voulu le soumettre, l'Ours polaire, en effet, s'écarte beaucoup plus de toutes les autres espèces que celles-ci ne s'écartent les unes des autres, et l'Ours noir d'Amérique diffère plus des Ours bruns et noirs d'Europe que ceux-ci ne diffèrent entre eux. Les conséquences déduites de l'étude de ces quatre types peuvent donc être considérées en quelque façon comme indépendantes de toute doctrine sur la valeur des espèces. Enfin j'ai eu recours aussi à la comparaison de deux espèces appartenant à un même genre naturel, mais beaucoup plus différentes entre elles que ne le sont les diverses espèces d'Ours, le Lion et le Chat domestique, afin de reconnaître jusqu'à quel point les différences spécifiques peuvent se retrouver dans le squelette.

§ CXLIX.

Après avoir choisi les types que je devais soumettre à une étude attentive, je me suis occupé de la comparaison de leurs squelettes, afin de reconnaître si leurs différences extérieures se traduisent par des différences spéciales dans leur charpente osseuse. Mais cette comparaison ne pouvait être entreprise sans un travail préalable ; il fallait en effet reconnaître la valeur des caractères que l'on allait employer, s'enquérir des différences que le sexe, l'âge, les variations individuelles, peuvent occasionner dans une même espèce ; en un mot, fixer les limites des variations auxquelles les caractères sont sujets dans un même type spécifique.

Or, les pièces homologues de deux squelettes peuvent différer de quatre manières : 1° par leur configuration, 2° par leurs proportions relatives, 3° par leurs proportions relativement à d'autres parties du squelette ; 4° par le volume absolu. C'est sous ces quatre points de vue que j'ai eu à étudier les squelettes que j'avais à comparer.

1° Je dis que deux parties homologues du squelette sont configurées de la même manière, lorsque leurs apophyses, leurs trous, leurs crêtes, leurs surfaces articulaires, leurs surfaces d'insertion, sont en même nombre, et disposées de la même manière ; et de plus, quand il s'agit de pièces composées de plusieurs os, comme la tête, le sacrum et le bassin, lorsque le nombre de ces os est le même, et qu'ils ont entre eux les mêmes connexions.

Je me suis assuré qu'il n'existait pas la moindre différence sous ce rapport entre les individus ou les variétés d'une même espèce d'Ours ou de *Felis;* ou du moins les différences sont purement accidentelles (1).

2° Pour estimer les limites des variations d'une même partie du squelette quant à ses proportions relatives, j'ai calculé ces proportions en fonction d'une des dimensions, ordinairement la longueur, que j'ai prise pour unité. De cette manière, les plus grands écarts constatés entre les nombres qui expriment les autres dimensions indiquent les limites de leurs variations.

J'ai soumis principalement la tête à cette méthode d'observation. J'ai pu constater ainsi des oscillations assez prononcées dans les différentes proportions; celles qui m'ont paru offrir le plus de constance sont : la longueur relative du crâne et de la face, et la largeur des arcades zygomatiques; en second lieu, la largeur du front, la hauteur du point de réunion des crêtes temporales, de l'endroit le plus bombé, de l'endroit le plus enfoncé, du bord des narines. Toutes les autres dimensions sont soumises à des variations qui atteignent un tiers ou un demi.

Les grands os des membres présentent des variations semblables : ainsi nous avons vu, dans deux variétés d'Ours bruns, la largeur de la tête supérieure du tibia varier de près d'un tiers, celle de la tête inférieure du fémur de plus d'un cinquième, etc.

3° Les proportions de chaque pièce du squelette, relativement à d'autres et à l'ensemble, offrent aussi des oscillations de la même nature dans une même espèce. On sait, par exemple, à quel point la longueur des membres varie, dans les variétés du Chien domestique, relativement à l'ensemble. Chez les Ours, ces variations sont sans doute moins étendues, mais elles le sont encore assez : ainsi Cuvier dit formellement que la longueur relative des jambes varie sans rapport constant avec l'âge et le sexe, et que les individus issus des mêmes parents peuvent différer sensiblement sous ce rapport.

4° Quant au volume absolu, il y a aussi entre les individus de

(1) Ainsi la soudure avec l'os iliaque de l'apophyse transverse gauche largement développée de la dernière lombaire dans un Ours des Pyrénées, tandis que l'apophyse droite est normalement conformée · le nombre des trous mentonniers à la mâchoire inférieure. etc.

même espèce des différences assez prononcées. Ainsi, Cuvier a vu la taille varier notablement dans une même famille d'Ours, et des Oursons devenir en trois ans deux fois plus grands que leur mère, tandis que d'autres restaient plus petits. On voit, chez l'Ours brun, la longueur du crâne varier dans les différentes races dans le rapport de 4 à 5, celle de l'humérus dans le rapport de 3 à 4, celle du radius et du cubitus de 4 à 5, celle du fémur de 3 à 4, etc. La même partie du squelette peut donc offrir un volume d'un tiers plus grand dans certains individus ou dans certaines variétés que dans d'autres, et cela indépendamment de l'âge.

On voit, par ce qui précède, que les caractères ostéologiques sont susceptibles de variations assez étendues dans chaque espèce ; il n'y a guère, en effet, que les traits de configuration qui offrent une fixité absolue. Il était indispensable de fixer l'amplitude des écarts que l'on observe dans les proportions relatives ou le volume d'un même os, pour ne point être exposé, dans la comparaison des espèces, à considérer comme caractères spécifiques des différences qui peuvent ne dépendre que du sexe, de l'âge, de l'individu, etc.

§ CL.

Un travail, semblable à celui que je viens de résumer, a dû être ensuite entrepris relativement aux espèces. Il s'agissait ici de rechercher si, au milieu des variations individuelles, il n'existe pas des différences plus constantes et de nature à caractériser les espèces. Cette recherche était, sans contredit, une des plus délicates de celles que j'avais entreprises. J'ai pris pour sujets de comparaison les quatre espèces d'Ours que j'ai citées plus haut, et dans un autre genre le Lion et le Chat domestique.

1° Dans toutes les espèces d'Ours sur lesquelles j'ai pu me procurer des indications, les parties du squelette n'offrent à peu près aucune différence dans leur configuration. Les os de la tête ont les mêmes sutures, les mêmes connexions, les mêmes trous semblablement disposés. La colonne vertébrale, les extrémités, le thorax, la plupart des os des membres, ne m'ont présenté aucune différence. Les seuls caractères spécifiques que j'aie pu découvrir se bornent aux suivants :

Pour la tête, les crêtes temporales et sagittales. Elles n'existent pas ou sont très faiblement marquées dans l'Ours brun et l'Ours polaire ; très prononcées, au contraire, dans les Ours noirs d'Europe et d'Amérique.

Pour les dents, les différences sont très faibles ; leur nombre est le même dans toutes les espèces vivantes ; le talon interne de la première molaire persistante d'en haut est rudimentaire dans l'Ours blanc et l'Ours malais, plus prononcé dans les autres. Les petites fausses molaires, écartées dans la plupart des espèces, sont fortement serrées les unes contre les autres dans l'Ours de Java.

Pour l'humérus enfin, il y a un trou au condyle interne dans l'Ours des Cordillères, comme chez les *Felis;* ce trou manque dans les quatre espèces principales.

Les différences positives sont donc très peu nombreuses entre les diverses espèces d'Ours. La plupart des caractères spécifiques se déduisent des proportions relatives.

Mais ces différences spécifiques, quoique très faibles dans un même genre naturel, ne le sont pas toujours autant que chez les Ours. Ainsi, les deux premières molaires d'en bas ont trois lobes dans les Panthères et les Léopards, quatre dans le Guépard ; le Lynx manque de la petite molaire antérieure, etc. (Cuvier, t. VII, p. 440). Dans la colonne vertébrale, j'ai fait voir que la dixième et la onzième dorsale possèdent des caractères différents dans le le Lion et le Chat domestique, la dixième ayant chez le Chat les facettes articulaires postérieures tournées en dehors, tandis que chez le Lion elles regardent en bas ; la onzième ayant ses facettes antérieures tournées en dedans chez le premier, horizontales chez le Lion, et manquant, en outre, chez le Chat, d'apophyses transverses articulées avec les côtes voisines.

2° C'est dans les proportions relatives des parties correspondantes du squelette que se trouvent les caractères spécifiques les plus importants après ceux dont il vient d'être question. J'ai examiné principalement la tête sous ce rapport dans les quatre espèces d'Ours vivants.

Malheureusement, les écarts dans les dimensions relatives d'une même partie sont tellement grands dans une même espèce, qu'il devient fort difficile de discerner parmi eux les traits spéciaux à chaque espèce. Ainsi, j'ai trouvé que la plupart des mesures, réduites en centièmes de la longueur, tombent pour l'Ours noir, l'Ours polaire et l'Ours d'Amérique, entre les extrêmes observés chez l'Ours brun.

Cependant, si les variations individuelles sont assez nombreuses pour dissimuler presque complétement les différences spécifiques lorsque l'on compare dans un tableau les proportions d'un certain nombre de têtes, elles ne sauraient annuler ces dernières dans la pratique, et l'on n'aura pas sans doute beaucoup de peine à distinguer deux crânes d'espèces différentes à l'aide des caractères énumérés par Cuvier. J'ai cherché à arriver au même résultat, en prenant, pour chaque espèce, les moyennes des proportions réduites en centièmes de la longueur, et j'ai ainsi retrouvé, quoique un peu affaiblies, toutes les différences mentionnées comme caractéristiques par Cuvier.

Ces différences caractéristiques se réduisent d'ailleurs aux suivantes : la proportion de longueur du crâne à la face, la largeur de la tête, sa hauteur, la longueur des crêtes temporales, la forme plus ou moins conique du museau, la largeur du front.

Ainsi, on distinguera toujours avec Cuvier : 1° l'Ours polaire à l'allongement et à la forme cylindrique de sa tête, à son profil presque droit, à la dépression longitudinale qui existe sur le milieu du museau, à l'étroitesse des arcades, à la forme cylindrique du museau, au peu d'élévation du crâne au-dessus de la face; 2° l'Ours brun à sa face plus longue, à son front plus resserré, à la courbe prononcée et uniforme du profil, à son crâne bombé de toute part; 3° l'Ours noir d'Europe à son museau encore plus long, à la saillie de ses arcades, à l'aplatissement du front; 4° enfin l'Ours d'Amérique à la brièveté de son museau et à son front bombé.

Les différences dans les proportions relatives d'une pièce osseuse peuvent donc fournir des caractères spécifiques positifs, quoique d'un emploi assez difficile, parce qu'il faut se tenir en garde contre les variations individuelles auxquelles sont sujettes certaines parties.

3° Quant aux proportions relatives entre les différentes parties du squelette considérées entre elles ou par rapport à l'ensemble, on sait que l'Ours polaire diffère de toutes les autres espèces par la longueur de son cou, de son corps et surtout de sa main et de son pied. Ce dernier caractère est important, parce que nous aurons à l'appliquer dans la comparaison des Ours vivants et fossiles. Les données m'ont manqué pour les autres espèces.

4° Enfin, les dimensions absolues des parties du squelette ne diffèrent pas autant entre les quatre espèces principales qu'on pourrait le croire. Pour la tête, ces variations ne vont pas au delà d'un quart de la longueur en plus pour les individus adultes (: : 4 : 5). On trouve des différences tout aussi fortes dans les individus d'une même espèce. Dans d'autres genres pourtant, par exemple dans les *Felis*, la taille est un caractère d'une importance très réelle.

En résumé, nous voyons les espèces d'Ours actuellement existantes se distinguer entre elles par les caractères suivants : 1° par de légères différences dans la configuration des os (crêtes du crâne, dents, perforation du condyle de l'humérus); 2° par des proportions différentes dans les parties correspondantes du squelette, surtout dans la tête (longueur relative du crâne et de la face, largeur de la tête, hauteur du profil, etc.); 3° par des différences dans les proportions de certaines parties par rapport à d'autres (longueur du cou, du corps, des pieds chez l'Ours polaire); 4° quant à la taille, elle paraît être sans beaucoup d'importance, et tenir plutôt aux races ou aux variétés qu'aux espèces.

Si donc nous trouvons entre les Ours fossiles des différences de cette nature, nous pourrons considérer ces Ours comme appartenant à des espèces distinctes.

§ CLI.

Avec des données acquises sur les Ours vivants par les recherches dont je viens d'esquisser l'enchaînement, j'ai pu aborder l'étude des Ours fossiles. Mon premier soin a été de me rendre compte de la valeur des espèces décrites par les auteurs; pour cela, laissant de côté pour quelque temps toute comparaison avec les espèces vivantes, j'ai comparé entre eux les caractères assignés aux espèces fossiles. Je me suis occupé d'abord des trois espèces fondamentales adoptées par Cuvier.

La plus petite, *Ursus priscus*, ne saurait être confondue avec les deux autres; elle en diffère beaucoup plus que les espèces vivantes ne diffèrent entre elles. Dans l'âge adulte, elle possède des petites fausses molaires qui manquent chez celles-ci; la première molaire d'en bas a son éminence placée au milieu et non en avant, et elle a un tubercule de moins en dedans. Le front est déprimé et non relevé de bosses, la ligne du profil plus basse et en arc de cercle régulier. Enfin elle est constamment beaucoup plus petite.

Les deux autres espèces, voisines par la taille et par l'absence des petites fausses molaires, se distingueraient, d'après Cuvier, par la conformation de leur tête et par quelques caractères fournis par les grands os des membres.

L'*Ursus spelæus* a le front très proéminent au-dessus de la racine du nez et relevé de deux fortes bosses; les crêtes temporales se réunissent très près du front. A cette espèce Cuvier rattache de grands humérus à condyle interne troué, et les radius les plus longs et les moins épais.

L'*U. arctoideus* n'en diffère que par son front plus déprimé, par ses crêtes temporales plus longues, par ses canines plus faibles. Son humérus, plus petit que celui de l'espèce précédente, n'aurait pas eu de trou au condyle.

Les raisons qui ont décidé Cuvier à adopter ces deux dernières espèces sont, en résumé, les suivantes : 1° Il y a, dans les cavernes, des crânes qui diffèrent par les caractères qui viennent d'être énoncés; 2° parmi les autres os, on en distingue aussi de deux espèces.

Cuvier a d'abord décrit deux sortes de mâchoires, mais en faisant observer qu'il existe des différences semblables dans les Ours vivants de même espèce, puis deux sortes de radius, de fémurs et de tibias, les uns plus longs et plus grêles, les autres plus courts et plus gros. A ces différences de proportions se réduisent leurs caractères distinctifs. J'ai prouvé, aux articles consacrés à chacun de ces os, que ces différences ne sont pas plus marquées que celles qu'on observe dans les variétés d'une même espèce vivante, par exemple, entre l'Ours des Pyrénées et l'Ours brun de Pologne, ou même entre les individus appartenant à une même famille. Il n'y a donc, dans ces os, rien qui puisse rendre nécessaire l'adoption de deux espèces distinctes.

Reste l'humérus. La perforation du condyle, vue par Cuvier sur un très grand humérus, serait un caractère d'une importance très réelle, s'il était prouvé qu'il est normal et constant. Cuvier avait supposé à tort que ce caractère devait se retrouver dans tous les grands humérus; or, on a retiré, depuis, des cavernes, de nombreux humérus très différents par la taille, qui n'avaient, ni les uns ni les autres, le condyle troué. Ce trou n'a été, d'ailleurs, authentiquement observé que deux fois par Cuvier, une fois sur un os en nature; une autre fois sur un dessin de Camper. Il y a donc lieu de se demander comment il ne s'est pas retrouvé dans le grand nombre d'humérus qu'on a retirés des cavernes qui contenaient pourtant les deux sortes de crânes, des cavernes de Belgique par exemple. D'ailleurs, l'extrême rareté de ces os exclut toute idée de rapprochement avec l'*U. spelæus;* il faudrait les attribuer plutôt à l'*U. arctoideus* dont les vestiges sont plus rares. Rien ne démontre donc jusqu'à présent que cette perforation de l'épitrochlée n'est pas un fait accidentel.

Les deux grandes espèces de Cuvier ne reposent donc alors que sur les différences que présentent leurs crânes. Mais ces différences elles-mêmes sont bien peu importantes. En effet : les figures de Cuvier montrent que le front de l'*U. arctoideus*, quoique moins bombé, l'est encore plus que dans toutes les espèces vivantes; de plus, la saillie des bosses frontales dépend de l'ampleur des sinus, qui varient d'étendue suivant l'âge et suivant les individus. Le point de réunion des crêtes temporales se rapproche de plus en plus du front, à mesure que l'âge détermine l'allongement de la crête sagittale; enfin, Schmerling figure des têtes qu'il attribue à l'*U. arctoideus*, et où l'on voit ces crêtes se réunir très promptement. Quant au volume des canines, il varie beaucoup suivant les individus.

Il résulte de ce qui précède que les différences qui existent entre l'*U. spelæüs* et l'*U. arctoideus* sont trop faibles pour qu'on puisse les ériger en caractères spécifiques, et que l'*U. arctoideus* ne saurait être considéré que comme une simple variété ou race du grand Ours des cavernes.

L'espèce fondée sous le nom d'*U. Pitorrii* par M. Marcel de Serres ne saurait être conservée. Toutes les pièces qui lui ont été attribuées ne diffèrent de celles de l'*U. spelæus* que par des caractères sans importance, et que l'on voit varier dans les individus d'une même famille ou d'âges différents. Cette espèce correspond à une grande race ou variété de l'*U. spelæus*.

Les *U. giganteus*, *spelæus minor* et *leodiensis* de Schmerling ne peuvent non plus être adoptés. Ils ne reposent absolument que sur de légères différences dans la taille que l'on pourrait attribuer à l'âge ou au sexe. Le premier est identique avec l'*U. Pitorrii;* le deuxième ne diffère même pas pour la taille de l'*U. spelæus*, enfin le troisième forme une nuance à peine saisissable dans la variété des Ours à front plat, dont il ne diffère, en réalité, que par la taille un peu plus petite. J'ai donné des preuves, que je crois décisives, à l'appui des opinions que je reproduis ici.

En résumé, je n'admets que deux espèces d'Ours dans la faune des cavernes : l'*U. priscus* et l'*U. spelæus;* mais ce dernier présentait des variétés de taille ou de race dont l'*U. arctoideus* était une des plus prononcées.

§ CLII.

J'arrive maintenant au résumé de mes recherches sur les ossements d'Ours que l'on a exhumés des cavernes de Sentheim.

J'ai cherché d'abord, par la comparaison attentive des ossements, s'il existait entre eux des différences, et si ces différences pouvaient faire supposer que les grottes du Haut-Rhin renfermassent des débris des deux espèces fossiles. Or, aucun vestige attribuable à l'*U. priscus* n'ayant été rencontré jusqu'à ce jour, la question se trouvait de beaucoup simplifiée, puisqu'il ne s'agissait que de comparer entre eux des os de l'*U. spelæus*.

Cette comparaison m'a montré qu'il n'existe entre ces os aucune différence de configuration ; celles de proportions relatives sont peu prononcées, et restent dans les limites des variations dont les individus d'une même espèce sont susceptibles ; les seules différences notables portent uniquement sur le volume absolu, mais elles sont dignes de remarque.

Les os de la tête, et particulièrement les maxillaires supérieurs, m'avaient révélé l'existence de deux sortes d'individus, les uns qui, même dans un âge très avancé, n'atteignaient qu'un volume médiocre, d'autres, au contraire, qui, même jeunes, dépassent de beaucoup les premiers en grandeur. Ce premier aperçu fut complétement justifié par l'étude des maxillaires inférieurs.

J'ai distingué, en effet, quatre types principaux dans les maxillaires inférieurs que j'ai recueillis à Sentheim. Dans les deux premiers se rangent tous les maxillaires de dimension moyenne ; les deux derniers comprennent ceux qui atteignent de grandes proportions.

Le premier type est le plus fréquent ; il comprend des maxillaires à corps étroit, variant dans de certaines limites sans doute suivant l'âge, le sexe et les individus. Le deuxième a les mêmes proportions générales ; il n'en diffère que par le bord antérieur plus vertical de l'apophyse coronoïde, par son bord inférieur moins rectiligne, et par sa canine plus oblique. J'ai montré que ce deuxième type n'était que l'âge très avancé du premier. Tous deux surpassent de deux cinquièmes les dimensions de l'Ours des Pyrénées.

Le troisième type comprend des maxillaires qui dépassent de sept dixièmes celui de l'Ours des Pyrénées, mais le calcul des proportions montre que sa forme est à peu près la même que dans les deux types précédents. Dans le quatrième type, j'ai réuni des maxillaires remarquables par la hauteur de leur corps, la courbure de leur bord inférieur, par leur brièveté, par la grosseur de leurs molaires et par l'étroitesse de leur apophyse coronoïde. Ces maxillaires, malgré leur forte taille, ont appartenu à des individus peu âgés, et j'ai exposé les motifs qui m'ont conduit à admettre qu'ils ne sont que le jeune âge du troisième type. L'allongement de ces mâchoires serait alors le résultat de l'âge, ainsi que le redressement du bord inférieur; quant à la hauteur du corps, elle ne paraît, en réalité, un peu marquée que parce que la partie postérieure est relativement courte, mais elle deviendra de moins en moins apparente, à mesure que cette partie s'allongera.

En définitive, ces quatre types se réduisent à deux sortes qui ne diffèrent, d'ailleurs, que par la taille. Les maxillaires de la première sorte sont les plus communs; les autres, beaucoup plus rares, sont environ d'un cinquième plus grands, et leurs molaires sont absolument plus grosses.

On peut donc, d'après ce qui précède, admettre deux sortes d'Ours dans les cavernes de Sentheim; mais, comme elles ne diffèrent absolument que par la taille, je n'ai pu les admettre au rang d'espèces; je les considère comme deux races ou variétés, dont l'une, plus rare, aurait atteint une taille bien supérieure à l'autre.

Ces résultats sont confirmés par les autres parties du squelette. Ainsi, on trouve des canines et des molaires de deux grandeurs, mais la différence ne va pas ici au delà d'un sixième. Il y a des humérus plus longs d'un quart, des cubitus d'un sixième, des fémurs d'un septième, des tibias d'un sixième, des calcanéums d'un tiers, des métacarpiens d'un tiers et des métatarsiens d'un sixième, que d'autres qui sont évidemment adultes. La moyenne de toutes ces fractions est un cinquième; d'où il suit que la grande race fossile, beaucoup plus rare, du reste, que l'autre, a dû avoir moyennement une stature plus forte d'un cinquième.

Du reste, les inégalités que l'on remarque dans les rapports que je viens de donner ne permettent guère de considérer ces deux races comme constamment différentes, même quant à la taille. J'ai signalé, en effet, en traitant des os des membres, des pièces de dimensions intermédiaires entre les plus grandes et les plus petites; il y a donc eu des passages entre les deux races. Cependant je crois utile de les conserver dans les descriptions, car la grosseur des dents et le volume des mâchoires de la première, même dans le jeune âge, dénotent chez elles une prédisposition à atteindre une taille à laquelle la deuxième n'arrivera jamais, même dans la vieillesse la plus avancée.

§ CLIII.

L'unité d'espèce étant établie pour les grands Ours fossiles, je me suis efforcé de résoudre la question de savoir si, conformément à l'opinion de Cuvier, de Laurillard, de M. Owen, etc., ces Ours appartiennent à une espèce perdue, ou bien s'il faut, avec Blainville, les considérer comme une variété d'une des espèces encore existantes.

Pour arriver à la solution de cette question, j'ai comparé d'abord attentivement les ossements d'Ours fossiles avec ceux de l'Ours des Pyrénées. Les différences que j'ai constatées sont de quatre sortes; en voici le résumé :

1° *Différences de configuration.* — Le crâne de l'Ours des cavernes diffère de celui de l'Ours des Pyrénées *par la forte saillie* du front, par ses fortes *crêtes temporales et sagittale, et par la* forme de son profil plus abaissé vers la crête occipitale.

L'incisive externe d'en bas a, chez l'Ours fossile, son lobe externe beaucoup plus détaché de l'éminence principale.

L'incisive externe d'en haut a son cône plus échancré du côté interne, et, par suite, d'une forme plus crochue. Les petites fausses molaires n'existent que tout à fait exceptionnellement en haut comme en bas.

La première molaire persistante d'en bas a son cône principal placé en avant et non au milieu, et il y a deux tubercules, au lieu d'un seul, sur le bord interne; celui de ces deux tubercules qui est placé en avant manque dans l'Ours brun.

Les grosses molaires ont toutes des rides plus compliquées et plus nombreuses.

Les os des iles sont articulés avec les trois premières sacrées; avec les deux premières seulement chez l'Ours des Pyrénées.

Le péroné ne porte point, à son extrémité inférieure, de facette articulée avec le tibia.

2° *Différences dans les proportions des parties du squelette considérées individuellement.* — Le crâne de l'Ours fossile était beaucoup plus resserré vers sa base que celui de l'Ours des Pyrénées, ses fosses temporales plus profondes, la face relativement plus longue, les crêtes temporales plus promptement réunies, le plancher osseux du palais plus prolongé en arrière; le palais était plus étroit, le museau plus comprimé sur les côtés, plus droit, plus large du bout; le front plus étroit, plus proéminent, le profil moins courbe et les parties molles du nez plus développées. Tous ces résultats ont été obtenus par la comparaison des proportions calculées en centièmes de la ligne basilaire.

La première molaire persistante d'en haut a sa couronne plus longue d'un quart relativement à sa largeur.

L'antépénultième molaire d'en bas est un peu plus étroite en avant.

Dans la grande variété fossile, le maxillaire inférieur a sa branche horizontale un peu plus haute dans la jeunesse, plus étroite au contraire dans la vieillesse. Dans la petite variété, la forme de la mâchoire est absolument la même que chez l'Ours des Pyrénées.

L'apophyse épineuse de l'axis est relativement plus haute en arrière.

Le sacrum est plus étroit entre les os des iles, et sa forme, par suite, plus allongée, moins triangulaire.

La cavité glénoïde de l'omoplate est plus étroite.

La poulie articulaire de l'humérus est un peu moins large.

Le cubitus est plus épais, surtout vers le bas.

Le fémur est aussi plus gros en proportion. Le tibia est plus massif que dans toutes les variétés d'Ours bruns, et se rapproche, sous ce rapport, de celui de l'Ours noir d'Europe.

Le pisiforme est relativement plus épais; le calcanéum est au contraire plus long comparativement à sa grosseur en avant.

Tous les métacarpiens sont plus épais du tiers ou de la moitié de leur largeur, les métatarsiens du tiers environ. Toutes les phalanges sont aussi plus grosses.

3° *Différences dans les proportions relatives des parties du squelette.* — Ces différences sont surtout remarquables pour les extrémités. De la comparaison de tous les grands os des membres antérieurs trouvés jusqu'à ce jour, il résulte que l'espèce fossile avait l'avant-bras beaucoup plus court que l'Ours brun actuel; à un humérus de même longueur correspond, chez la première, un avant-bras plus court d'un quart ou même d'un tiers.

J'ai trouvé de même que la jambe devait être d'un cinquième à un quart plus courte relativement.

Il suit de là que l'espèce fossile devait être plus basse sur jambes que les variétés même les plus trapues de l'Ours brun. Cette différence devait être peu sensible du reste, car elle ne portait que sur les extrémités, et non sur la cuisse ou sur le bras ; j'ai calculé que la hauteur devait être moindre seulement d'un onzième dans l'espèce fossile.

En comparant la longueur du métacarpien externe avec celle du radius, j'ai trouvé que la longueur du métacarpe était de moitié plus grande dans l'Ours fossile que dans l'Ours vivant, mais qu'elle était à peu près la même dans les deux espèces relativement à la longueur totale de la partie libre du membre thoracique. La comparaison du métatarsien externe avec le tibia et avec la longueur de la partie libre du membre postérieur m'a donné absolument le même résultat.

Mais, à longueur égale, le métacarpe était plus large d'un tiers et même de moitié chez l'Ours fossile, et le métatarse d'environ un sixième. Tels sont du moins les résultats que nous avons déduits de la comparaison des proportions relatives dans lès deux espèces.

On peut conclure de ces recherches, qu'en supposant l'Ours fossile et l'Ours des Pyrénées de même taille, le premier aurait eu la jambe et l'avant-bras plus courts environ d'un quart, la main et le pied d'égale longueur, mais la première plus large de près de moitié, le second seulement d'un sixième. L'espèce des cavernes paraît donc avoir eu dans la main une grande puissance favorisée par la brièveté de l'avant-bras ; le pied n'aurait eu, au contraire, rien de bien insolite, mais l'énergie avec laquelle il pouvait s'étendre sur la jambe est indiquée par la longueur relative du calcanéum.

4° *Différences dans le volume absolu des parties du squelette.* — Elles sont très prononcées entre l'Ours fossile et l'Ours des Pyrénées adulte, mais de stature moyenne, dont j'ai décrit le squelette. La tête est d'un tiers plus longue. Pour la grande race, la mâchoire inférieure est plus longue de sept dixièmes, l'humérus de deux cinquièmes, le radius et le cubitus d'un quart, le fémur de moitié, le tibia d'un quart; le sacrum, le calcanéum, l'astragale et le pisiforme sont une fois plus longs; le métacarpe, d'un tiers et le métatarse d'un quart. On voit déjà dans ces chiffres l'indice des inégalités de proportions que j'ai essayé de calculer entre les deux espèces.

Pour la petite race, la mâchoire inférieure est plus longue de deux cinquièmes, l'humérus de deux septièmes, le radius et le cubitus d'un dixième, le fémur de deux septièmes, le tibia d'un sixième, le calcanéum de moitié.

Les différences sont encore plus prononcées sous le rapport de l'épaisseur des os, surtout pour ceux des membres et des extrémités. J'ai fait voir que, sous ce rapport, la charpente osseuse de l'Ours fossile est beaucoup plus robuste que celle de l'Ours des Pyrénées actuel.

Il existe pourtant encore, en Europe, de très grands Ours bruns qui se rapprochent davantage de l'Ours fossile par leur stature. Les plus grands crânes de ce dernier sont cependant plus longs de moitié. Dans la grande race des cavernes, l'humérus est plus long de deux septièmes seulement, tandis que le radius, le cubitus, le tibia, sont de la même longueur. Dans la petite race, l'humérus est de même longueur, tandis que le radius, le cubitus, le fémur et le tibia sont absolument plus courts d'un sixième à un dixième. Mais ce qui distingue ces grands Ours bruns vivants des fossiles, c'est que leurs os sont beaucoup plus grêles relativement; de sorte que, si la grande espèce de Pologne se rapproche plus de l'Ours des cavernes par sa taille, l'Ours des Pyrénées, dont la stature est bien moindre, lui ressemble davantage par ses formes plus trapues et par la solidité de ses os.

Il résulte encore de ces recherches que c'est bien moins par la grandeur de sa taille que par ses autres caractères que l'Ours des cavernes se distingue des Ours bruns actuels.

§ CLIV.

Après avoir déduit les résultats que je viens d'exposer de la comparaison des ossements d'Ours fossiles avec ceux de l'Ours des Pyrénées, il restait à montrer, en les généralisant, que ces résultats ont réellement la valeur de caractères spécifiques.

L'Ours fossile diffère des quatre espèces principales d'Ours actuellement vivantes par l'absence des petites fausses molaires, par un tubercule de plus à la première molaire d'en bas, par la forme plus allongée de la première d'en haut, et par l'étroitesse, en avant, de l'antépénultième d'en bas; par la saillie de ses bosses frontales au-dessus de la racine du nez, par la largeur relative de ses extrémités, surtout de ses mains.

De la comparaison des dimensions calculées dans toutes les têtes des quatre espèces vivantes et de l'espèce des cavernes dont j'ai pu me procurer les mesures, j'ai déduit les résultats suivants :

L'Ours fossile diffère de l'Ours brun par son museau plus long relativement au crâne, par ses crêtes temporales très promptement réunies et très prononcées, ainsi que la crête sagittale, par l'étroitesse de la base du crâne, par la largeur des arcades zygomatiques, par la plus grande hauteur de toute la ligne du profil au-dessus de la ligne basilaire, par le ressaut de cette ligne au-dessus du nez et par la forme peu convexe du crâne d'avant en arrière.

Il se rapproche de l'Ours noir d'Europe par la saillie de ses crêtes et la longueur du museau; mais les crêtes convergent plus rapidement, les arcades zygomatiques sont moins écartées, la ligne du profil est plus élevée; le front est bien plus saillant et bien plus convexe.

Il se distingue de l'Ours polaire par sa face plus longue, ses arcades plus dilatées, le profil plus élevé dans la partie du crâne, le museau plus effilé. L'Ours polaire est de tous les Ours vivants celui chez lequel le crâne présente le moins d'élévation au-dessus de la ligne du museau.

Enfin, il diffère de l'Ours d'Amérique par son crâne beaucoup plus court relativement à la face, ses crêtes temporales plus courtes, sa tête plus large et plus haute.

Tous ces caractères étant au moins aussi prononcés que ceux qui distinguent les quatre espèces vivantes, et ceux qui se déduisent de la dentition et de la saillie du front l'étant beaucoup plus, il en résulte que l'espèce fossile diffère de ces quatre espèces autant ou plus que ces dernières diffèrent entre elles, et qu'elle doit être considérée comme distincte. Elle devra porter le nom d'*Ursus spelæus* qui lui a été donné par Blumenbach, ou celui de *grand Ours à front bombé* qu'elle a reçu de Cuvier.

Pour les autres parties du squelette, j'ai montré que l'*U. spelæus* différait de tous les Ours bruns par les formes plus trapues, plus massives de son corps; par la grosseur plus considérable de ses os relativement à leur longueur; par la brièveté remarquable de son avant-bras et de sa jambe; enfin par la largeur de ses pieds, et surtout de ses mains.

Il se rapproche davantage de l'Ours noir par la grosseur du tibia.

Enfin, il s'éloigne plus de l'Ours polaire que de tous les autres par ses formes courtes et massives, et surtout par la brièveté de ses mains et de ses pieds.

§ CLV.

Je me suis occupé ensuite de l'*Ursus priscus* de Goldfuss, espèce beaucoup plus rare dans les grottes ossifères, et beaucoup plus voisine que la précédente des Ours de l'époque actuelle.

Sa tête se distingue facilement de celle de l'*U. spelæus* par l'absence de bosses frontales, par la présence constante des petites fausses molaires, par un tubercule de moins et par la position centrale du cône principal dans la première permanente d'en bas, par la moindre longueur de la couronne de la première d'en haut. Dans son ensemble, le crâne est beaucoup plus déprimé et moins haut verticalement; son profil est en courbe régulière et beaucoup plus convexe. J'ai cru trouver un autre caractère dans la largeur plus grande de la poulie de l'humérus. Enfin sa taille était inférieure à celle de l'Ours à front bombé, même de la petite race; car son crâne, dans l'âge adulte, était d'un tiers plus petit, et n'atteignait pas la longueur de celui du plus grand Ours de Pologne que Cuvier ait vu.

L'*U. priscus* étant une espèce authentiquement différente de l'*U. spelæus*, il reste à savoir si elle n'est pas identique avec quelqu'une des espèces actuelles. Or, comme elle diffère de toutes autant que celles-ci diffèrent entre elles, il est logique de la considérer comme formant un type distinct. Elle partage en quelque sorte leurs caractères, se rapprochant de l'Ours brun par son profil et ses arcades peu écartées, de l'Ours noir d'Europe par son front plat et la longueur du museau, enfin de l'Ours noir d'Amérique par la prompte réunion de ses crêtes temporales ; mais elle diffère de toutes par la largeur du crâne vers les tempes et vers l'occiput.

§ CLVI.

J'ai dû soumettre à la discussion quelques-uns des caractères signalés comme distinctifs entre les crânes des diverses espèces fossiles et vivantes : la forme du front, la saillie des crêtes et leur réunion plus ou moins prompte en crête sagittale, enfin la présence ou l'absence des petites fausses molaires.

On pourra objecter à ces caractères leur faible signification physiologique et les variations auxquelles ils sont sujets dans une même espèce. Ainsi les bosses frontales se renflent avec l'âge, les crêtes se prononcent de plus en plus, et la crête sagittale s'allonge avec le temps; enfin les petites fausses molaires, sans fonctions réelles, peuvent persister plus ou moins longtemps.

Sans doute, ces objections sont sérieuses, et j'en ai tenu compte ; mais les trois caractères que je viens d'indiquer ne sont pas les seuls qui distinguent les espèces, et j'en ai signalé de plus importants. D'ailleurs, je pense que ces caractères mêmes peuvent être employés très utilement, pourvu que l'on se tienne en garde contre les erreurs qu'ils pourraient entraîner. Voici pour quelles raisons :

1° La fixité d'un caractère peut contre-balancer son peu d'importance physiologique. Ainsi la saillie constante des bosses frontales dans l'Ours fossile, même très jeune, alors qu'elles manquent dans l'Ours brun, l'absence des petites fausses molaires, même dans la jeunesse, me paraissent des caractères d'une valeur positive, parce que dans les crânes adultes ils ne souffrent pour ainsi dire pas d'exception.

2° La constance avec laquelle un caractère se manifeste à un certain âge peut contre-balancer son défaut de permanence. Ainsi l'Ours brun n'a de fortes crêtes à aucun âge, tandis qu'elles se développent sans exception dans l'Ours fossile; les petites fausses molaires tombent de très bonne heure dans le second, et persistent chez le premier dans un âge très avancé.

J'ai rappelé le peu de différences que l'on aperçoit entre les têtes du Lion et du Tigre, du Lièvre et du Lapin, du Loup et de certains Chiens domestiques; elles reposent toutes sur des caractères peu stables de leur nature, et sans grande importance physiologique. Un paléontologiste hésiterait avec raison à s'en servir, et cependant elles répondent à des différences spécifiques réelles. Comme les différences que j'ai signalées entre les Ours sont beaucoup plus marquées et d'une constatation facile, il me semble donc impossible de leur refuser la valeur de caractères spécifiques.

§ CLVII.

J'ai essayé de déterminer avec autant de précision que cela est possible la taille à laquelle pouvaient parvenir les Ours fossiles lorsqu'ils avaient atteint l'âge adulte. Pour cela, j'ai employé deux méthodes :

1° Le calcul de la longueur et de la hauteur d'après les dimensions des pièces fossiles, en supposant que les diverses parties du squelette aient eu les mêmes proportions relatives de longueur dans l'*U. spelæus* et dans l'Ours des Pyrénées.

2° L'évaluation directe par l'addition des dimensions mesurées sur les os fossiles.

En appliquant la première méthode à la détermination de la longueur d'après les os les plus grands que l'on ait trouvés jusqu'à ce jour, j'ai obtenu les résultats suivants : par le sacrum, $2^m,60$;

par le bassin, 2m,47; par l'humérus, 2m,30; par la mâchoire inférieure, 2m,21; par l'omoplate et le fémur, 2m,00.

Pour la petite race, j'ai trouvé : par la tête, 1m,90 (1); par le bassin, 1m,85; par la mâchoire inférieure, 1m,82; par l'omoplate et l'humérus, 1m,80; par la colonne vertébrale, 1m,80 ou 1m,60 (2).

Le deuxième procédé est d'un emploi fort difficile, à cause surtout de la difficulté de déduire la longueur exacte de la colonne vertébrale de la longueur des vertèbres séparées. J'ai essayé de tourner la difficulté en calculant, pour la grande espèce, la longueur de la colonne d'après celle présumée de la tête, et en supposant qu'il y ait eu identité dans le rapport avec l'espèce vivante. J'ai obtenu ainsi 2m,196 pour la grande race. Quant à la petite, j'ai eu plus d'éléments, parce que je lui ai attribué la tête entière et toutes les vertèbres que j'ai recueillies; mais il m'a fallu ici calculer la longueur probable du sacrum et de la queue; j'ai trouvé ainsi 1m,776.

Comme ces nombres concordent avec ceux qui ont été obtenus par le premier procédé, on peut admettre pour longueur moyenne de la grande race 2m,20 dans l'âge adulte; quelques individus ont peut-être atteint une taille supérieure, comme l'indique surtout l'humérus. Quant à la petite race, sa longueur a été environ de 1m,80; elle n'a donc pas excédé celle des plus grands Ours bruns actuellement vivants.

J'ai employé les mêmes procédés pour la détermination de la hauteur au garrot, mais en faisant la correction que nécessite chez le fossile la brièveté relative de l'avant-bras. J'ai trouvé ainsi 1m,10 pour hauteur de la grande race, et 0m,92 pour la petite. La hauteur du train postérieur m'a donné des résultats semblables.

(1) Les plus grandes têtes trouvées, celle de Sentheim par exemple, me paraissent se rapporter à la race la plus commune plutôt qu'à la grande; elles indiquent en effet, comme on le voit, une stature moindre que les grands os des membres.

(2) J'ai exposé les raisons qui me font croire que les cavernes de Sentheim ne m'ont pas fourni de vertèbres de la grande race. Le second chiffre est déduit d'une troisième cervicale, sans doute exceptionnellement petite.

§ CLVIII.

Parmi les ossements d'Ours que j'ai recueillis dans les cavernes de Sentheim, j'ai reconnu quinze radius du côté gauche. On ne peut donc pas évaluer à moins de quinze le nombre des individus qui ont laissé leurs débris dans le limon de ces grottes. Mais ce nombre est certainement de beaucoup au-dessous de la réalité, car il faut tenir compte des os qui ont été brisés à l'époque de leur enfouissement, et de ceux peut-être plus nombreux encore qui ont subi le même sort dans les travaux d'exhumation, ou qui ont échappé aux recherches des ouvriers. Enfin, si l'on songe qu'un très petit espace a été fouillé, et que plusieurs cavernes n'ont encore été l'objet d'aucune exploration, on sera étonné du nombre des individus qui ont dû être réunis dans un espace aussi limité, et du temps qu'il a fallu à leurs générations pour peupler ainsi de leurs débris le gravier ossifère.

§ CLIX.

J'ai recueilli dans ce limon des restes d'Ours de tout âge. J'ai eu, par exemple, des maxillaires inférieurs dont les dents ont atteint un tel degré de détrition, qu'elles annoncent des animaux arrivés à une grande vieillesse, peut-être à l'extrême caducité, et qu'on serait disposé à admettre qu'ils ont péri sur place de mort naturelle. A côté de ces débris, on en trouve d'autres qui indiquent au contraire une extrême jeunesse. Ainsi j'ai recueilli un crâne dont les os, d'une extrême fragilité, sont à peine unis ensemble ; à cet âge, la tête était fort courte. J'ai eu aussi des vertèbres et des os des extrémités dont les épiphyses étaient tombées ; j'ai décrit des humérus, des radius, des fémurs et des tibias, d'une très petite taille, d'un tissu à peine consolidé, et qui ont appartenu à des individus qui n'étaient peut-être pas encore sortis de la période d'allaitement. Enfin j'ai montré que, dans les vertèbres, l'épiphyse antérieure se soude la première ; dans le métacarpe et le métatarse, la soudure commence par l'épiphyse de la tête postérieure qui s'articule avec le carpe ou le tarse.

§ CLX.

Le grand nombre des ossements d'Ours qui sont réunis dans les grottes de Sentheim, le mélange de débris provenant d'individus de tout âge, la découverte de coprolithes parmi les ossements, prouvent que, pendant une longue série de générations, ces cavernes ont été habitées. Que les eaux aient joué un rôle dans l'enfouissement définitif de ces débris en apportant le gravier et le limon qui ont en partie rempli ces cavités souterraines, cela me semble incontestable ; mais il me paraît démontré aussi que cet enfouissement ne s'est fait qu'après coup, et que de nombreuses familles d'animaux ont pendant de longues années vécu et péri sur place.

ERRATA.

I. — Supplément à l'errata de la première partie (*Ours des Pyrénées*, 4ᵉ série, t. IX).

Pages.	Lignes.	
163	20	en arrière, *lisez* en avant.
167	5	*en remontant*, apophyses transverses nulles, *ajoutez* excepté dans la première.
195	3	en avant..... en arrière....., *lisez* en arrière..... en avant.....
200		*deuxième cunéiforme*, n° 4 : face postérieure, *lisez* face inférieure.
215	12	0,015, *lisez* 0,045.
222		5ᵉ *tableau*, *métacarpiens*, *colonne* 1, *ligne* 3 : 0,024, *lisez* 0,014.
		— *métatarsiens* — 3 — 3 : 0,026, *lisez* 0,016.

II. — Errata aux trois premiers chapitres de la deuxième partie (4ᵉ série, t. XIII).

Nota. — De la page 58 à la page 78, toutes les quantités exprimées sous la forme de rapports doivent l'être sous celle de fraction (ainsi 1 : 10 devra être écrit 1/10). En mathématiques, ces deux notations sont employées indifférem-ment ; mais, au cas particulier de ce mémoire, il peut être bon de les distinguer, l'une éveillant surtout l'idée de rapport, l'autre l'idée d'une différence. Ainsi, je dirai qu'un os est à un autre dans le rapport de 1 : 3, mais je préférerai écrire que le premier est plus petit que le deuxième des 2/3. Les épreuves des trois premiers chapitres ne m'ayant pas été envoyées, je n'ai pu faire ces corrections en temps utile.

Pages.	Lignes.	
48	12	tient, *lisez* tenait.
—	26	être, *lisez* êtres.
50	7	trois, *lisez* deux.
—	—	*note, dernière ligne* : 1853, *lisez* 1833.
51	12	du crâne, *lisez* de crâne.
52	7	dû, *lisez* pu.
53	19	parfaitement, *lisez* profondément.

Pages.	Lignes.	
56	4	ces caractères, *lisez* des caractères.
—	10	d'unité, *lisez* d'unités.
—	12	la longueur, *lisez* les longueurs,
—	13	unité, *lisez* unités.
57	17	toute l'unité, *lisez* toutes l'unité.
58	23	côtes, *lisez* crêtes.
59		*tableau*, *col.* 1, *ligne* 24, 0,970, *lisez* 0,070.
		— *col.* 7, — 3, — 5 : 2, *lisez* — 5.
		— *col.* 7, — 21, 22, 23 *et* 25, *au lieu de* + 3, + 2, + 4, + 4, *lisez* — 3, — 2, — 4, — 4.
60	4	grand, *lisez* grande.
62	11	extrême, *lisez* du crâne.
63		*tableau*, *col.* 1, *ligne* 3 *en remontant*, 32, *lisez* 22.
		— *col.* 9, *ligne* 4 *id.* 39, *lisez* 30.
		(Pour les quatre dernières colonnes, voyez le troisième errata.)
64	1	La différence..... atteint, *lisez* Les différences..... atteignent.
65	3	par, *lisez* pour.
—	8	des têtes, *lisez* deux têtes.
—	15	du museau, *lisez* du crâne.
—	20	enfoncé du bord....., *lisez* enfoncé, du bord.....
65	23	l'endroit le plus enfoncé, *lisez* l'entre-deux des apophyses post-orbitaires.
		note, Lamoureux, *lisez* Lamouroux.
66	4	minimum, *lisez* maximum.
—	24	vraisemblablement, *lisez* raisonnablement.
67	4	la tête, *lisez* les têtes.
—	5	diffère..... entre elle, *lisez* diffèrent..... entre elles.
68	5	les mesures, *lisez* ces mesures.
69	2	constamment, *lisez* seulement.
—	4	contraire, *lisez* le contraire.
—	20	des crêtes, *lisez* ses crêtes.
70	10	proportions moyennes générales, *lisez* proportions de certaines parties.
—	20	le paragraphe, *lisez* l'article.
71	24	affaiblie, *lisez* affaiblis.
72	4	Guylenrenth, *lisez* Gaylenreuth.
—	27	admis, *lisez* admise.
75	23	par la portion, *lisez* pour la portion.
76	26	plus élevée, le front plus large et plus déprimé, *lisez* moins élevée, le front plus large et moins déprimé.
77	19	plus droit, *lisez* plus étroit.
		note, *deuxième ligne*, *au lieu de* :: 100 : 115. Différence = 1/12, *lisez* :: 100 : 125. Dans la petite :: 100 : 115. Différence = 1/12.
78	25	de reconnaître, *lisez* de faire reconnaître.
80	10	rapporter, *lisez* rapprocher.
81	5 et 6	elle, *lisez* il.
82	6	*en remontant*, celle-ci, *lisez* celles-ci.
83	16	*en remontant*, érodiée, *lisez* érodée.
84	10	des molaires, *lisez* ses molaires.
—	17	de la branche horizontale, *ajoutez* et sa moindre longueur.
85	6	0,2, *lisez* 2.

Pages.	Lignes.	
86	18	strie, *lisez* série.
—	24	pl. XVIII, *lisez* pl. XVII.
—	32	et, par sa forme raccourcie, il en diffère....., *lisez* et par sa forme raccourcie; il en diffère....
88	18	1,85, *lisez* 1,82.
89		*tableau, col. 2, dernière ligne*, 0, *lisez* 20.
		— *col. 3, ligne 1*, 0,230, *lisez* 0,280
		— *ligne 2*, les canines, *lisez* la canin .
91	12	*en remontant*, le nombre, *lisez* ce nombre.
92	2	n'ont guère, *lisez* ne vont guère.
—	25	plus considérables, *lisez* peu considérables.
94	9	*en remontant*, de la dernière molaire, *ajoutez* au condyle.
95	23	dans le n°, *lisez* sous le n°.
		note, première ligne, fig. 3, *lisez* fig. 2.
97	19	créature, *lisez* création.
—	21	les grands Ours, *lisez* ces grands Ours.
98	10	ne paraît, *lisez* me paraît.
99	7	pourront, *lisez* pouvant.
100		*tableau, col. 3, ligne 2*, 0,038 *lisez* 0,033.
103	9	sont, *lisez* les ont.
104	13	1854, *lisez* 1844.
		dernière ligne, entièrement, *lisez* extrêmement.
107	17	au crâne, *lisez* aux crânes.
—	21	la conclusion, *lisez* les conclusions.

III. — Rectification au tableau de la page 63.

Nota. — Les chiffres relatifs aux Ours bruns d'Europe ont tous été reproduits par erreur aux quatre dernières colonnes relatives à l'Ours à front bombé. Ces colonnes devront être remplacées par les suivantes:

DÉSIGNATIONS.	OURS A FRONT BOMBÉ.			
	Minim.	Maxim.	Différences.	Moyennes
Des incisives à la crête occipitale.	100	100		
Largeur entre les apophyses postorbitaires.	26	35	1/3	28
Longueur du crâne.	49	56	1/9	53
— de la face.	44	58	1/4	50
Distance des apophyses postorbitaires à la réunion des crêtes temporales.	19	38	1/2	27
Largeur des arcades zygomatiques. . . .	51	67	1/4	58
Hauteur de l'épine occipitale.	24	43	1/2	28
— du point de réunion des crêtes temporales.	29	36	1/5	34
Hauteur de l'endroit le plus bombé. . . .	32	37	1/7	34
— de l'entre-deux des apophyses postorbitaires.	28	33	1/7	32
Hauteur de l'endroit le plus enfoncé. . .	21	28	1/4	25
— du bord supérieur des narines. .	17	21	1/5	19

RECHERCHES

SUR

LES PROPRIÉTÉS PHYSIOLOGIQUES DES MUSCLES,

Par M. W. KÜHNE.

(EXTRAIT.)

Dans un travail adressé à l'Académie des sciences pour le concours de physiologie expérimentale de 1860, et publié récemment en Allemagne, sous le titre : *Myologische Untersuchungen*, M. Kühne a rendu compte d'une série intéressante de recherches faites en majeure partie dans le laboratoire physiologique de la Faculté des sciences de Paris, et portant sur la question de l'irritabilité musculaire et des changements que les muscles subissent soit pendant leur action, soit après la mort. L'auteur résume son travail dans les termes suivants.

Le *premier chapitre* contient des recherches sur l'irritation directe des muscles par des agents chimiques. J'agissais dans toutes les expériences seulement sur la coupe transversale d'un muscle, et j'obtins des contractions musculaires qui se manifestaient dans toute la longueur des fibres. Cette méthode nouvelle amenait à ce résultat, qu'il y a des excitations chimiques qui produisent de véritables contractions musculaires. En comparant ensuite les excitations des nerfs et des muscles, j'ai constaté qu'il y a :

1° Certains corps chimiques qui agissent aussi bien sur les nerfs moteurs que sur les muscles ;

2° D'autres corps qui n'agissent que sur le nerf ;

3° Des corps qui n'agissent que sur le muscle ;

4° Un petit nombre de corps qui n'agissent ni sur l'un ni sur l'autre.

On trouve les détails de ces expériences de même dans une publication faite à l'Académie des sciences dans les séances du 21 février et du 7 mars 1859.

Le *deuxième chapitre* contient l'examen sur l'excitation de la substance contractile seule, et sur celle des nerfs intra-musculaires.

Pour avoir un muscle dans lequel le nerf intra-musculaire ne jouait plus aucun rôle, j'ai soumis le nerf près de son entrée dans le muscle à l'action d'un courant constant électrique centripète. Je paralysais de cette manière la dernière terminaison du nerf dans l'intérieur du muscle. Voici les résultats obtenus par cette méthode :

1° Un certain nombre de substances chimiques appliquées sur la coupe transversale du muscle ne produisent plus de contractions ; mais les contractions commencent aussitôt qu'on enlève le courant électrique, qui paralysait le nerf.

2° Toutes les substances qui n'agissent que sur les muscles et pas sur les nerfs, continuent à faire contracter le muscle, même quand le nerf est paralysé.

3° Les substances qui agissent de même sur les nerfs que sur les muscles produisent de même des contractions, quand ce nerf est paralysé.

Le *troisième chapitre* contient des recherches sur la distribution et la terminaison des nerfs dans l'intérieur du muscle.

Examen microscopique :

1° Le nerf passe à travers le sarcolemme, il perd alors son enveloppe, et c'est le cylindre d'axe seul qui entre dans la véritable substance contractile.

2° On trouve dans le muscle couturier de la Grenouille, qui servait à tenter les expériences sur l'irritabilité, que la terminaison des nerfs a lieu dans le milieu du muscle, c'est-à-dire que les deux bouts du muscle ne contiennent plus de nerfs.

Examen par l'expérience :

1° Le nerf est plus excitable que le muscle, d'où il suit que le point du muscle qui contient des nerfs est plus excitable que celui qui n'en contient pas. Le muscle couturier de la Grenouille est beaucoup plus excitable au milieu qu'aux deux bouts.

2° Le muscle présente la même irritabilité dans toutes ses parties quand son nerf est paralysé.

3° Les substances chimiques qui n'agissent que sur le nerf seul n'agissent jamais sur les deux bouts du muscle, tandis qu'elles produisent des contractions, quand elles sont appliquées sur la coupe transversale faite au milieu du muscle.

Le *quatrième chapitre* traite de la terminaison d'une excitation dans le muscle :

1° Quand le nerf est excité, ce sont les nerfs intra musculaires qui transmettent l'état de l'excitation à différents points des fibres musculaires à la fois.

2° Quand c'est le muscle seul qui est excité à sa coupe transversale, c'est la substance contractile elle-même qui transmet l'excitation d'un point contracté à l'autre, dans tout le long de la fibre primitive.

3° Une fibre musculaire seule ne peut jamais provoquer la contraction d'une autre.

4° Une fibre nerveuse seule produit la contraction d'une grande quantité de fibres musculaires.

5° L'excitation du dernier bout périphérique d'une seule fibre nerveuse intra-musculaire produit de même la contraction de plusieurs fibres musculaires, d'où il suit d'une manière nette, que le nerf moteur possède une conductibilité en deux sens, l'une centrifuge, l'autre centripète. (Le mémoire contient un grand nombre d'expériences faites sur ce point.)

Le *cinquième chapitre* traite des changements de la contraction après l'épuisement des muscles :

1° L'irritabilité du muscle cesse peu à peu après la mort, d'autant plus rapidement que le muscle travaille davantage.

2° La vitesse de la transmission de la contraction d'un bout à l'autre diminue en même temps.

3° A la fin la contraction reste locale, correspondant à l'extension et à la grandeur de l'excitation elle-même.

Le *sixième chapitre* traite de la roideur cadavérique :

1° La roideur cadavérique n'est point une contraction musculaire.

2° Les phénomènes de la contraction et ceux de la roideur ne se ressemblent dans aucun point.

3° La roideur est due à la coagulation spontanée d'un liquide, qu'on peut exprimer et isoler, de sorte qu'on peut voir le liquide se coaguler sous les mêmes conditions qu'un muscle devient roide.

Le *septième chapitre* traite de la roideur musculaire produite par la chaleur :

1° La substance dont la coagulation produit la roideur cadavérique se coagule instantanément à 40 degrés (centigrades) chez la Grenouille, à 45 degrés chez les Mammifères, à 49 degrés chez les Oiseaux.

2° La coagulation de cette substance a lieu très lentement à une température basse, plus rapidement dans une température modérée, très rapidement ou instantanément aux températures indiquées.

3° Outre cette substance, on trouve dans les muscles un autre corps albuminoïde, qui ne se coagule jamais spontanément, mais qui se coagule chez les Grenouilles à 45 degrés, chez les Mammifères à 50 degrés, chez les Oiseaux à 53 degrés. On peut augmenter à l'aide de ces temperatures la roideur cadavérique, ou faire naître une autre roideur, quand la première a disparu par suite de la putréfaction.

4° Le liquide composé de ces corps coagulables, semblables à la fibrine du sang, est contenu dans lasubstance contractile. Toutes les expériences ont été faites sur des muscles privés du sang par une injection, d'eau salée dans les artères.

5° La fibre musculaire est formée par un tuyau (le sarcolemme) rempli d'un liquide qui contient une foule de petits corps solides arrangés de manière à former des stries. Dans le mouvement, ce liquide fait des ondulations; dans les muscles roides, il est coagulé. C'est ici que le sarcolemme renferme un caillot, tel que l'on en observe au microscope dans un muscle déchiré et mort.

Dans le *huitième chapitre*, l'auteur s'applique à prouver qu'il y a des muscles dans tous les animaux, même les Infusoires. En effet, il a constaté : 1° que les Infusoires sont excitables par les agents physiques et chimiques; 2° que les Infusoires sont tués par les poisons qui agissent sur les muscles, tandis qu'ils ne meurent pas dans ceux qui agissent sur les nerfs; 3° que les Infusoires deviennent roides après la mort, ou quand on les chauffe à 40 degrés.

SUR L'ANCIENNETÉ GÉOLOGIQUE DE L'ESPÈCE HUMAINE DANS L'EUROPE OCCIDENTALE,

Par M. E. LARTET.

(Note présentée à l'Académie des sciences, le 19 mars 1860.)

De toutes les découvertes qui tendent à faire remonter à une haute ancienneté l'apparition d'une race humaine dans la partie occidentale du continent européen, il n'en est pas, sans contredit, de plus concluante que celle des *silex ouvrés* recueillis par M. Boucher de Perthes, dans les alluvions erratiques ou *diluvium* de la vallée de la Somme. En interrogeant couche par couche, et souvent dans leur superposition directe, les traces de l'habitat successif de l'homme, en combinant avec une rare sagacité les lumières de l'archéologie avec des indications géognostiques d'une valeur incontestable, le savant antiquaire d'Abbeville est parvenu à reconstituer, sur le théâtre même de ses persévérantes recherches, une véritable stratigraphie de la période humaine.

La présence, dans les *bancs diluviens* de la vallée de la Somme, de nombreux silex taillés, offrant des formes définies et évidemment intentionnelles, est un fait aujourd'hui généralement accepté. Annoncée pour la première fois, en 1847, par M. Boucher de Perthes, reproduite plus tard, quant au gisement de Saint-Acheul, par le docteur Rigollot, cette découverte vient d'être récemment confirmée par les vérifications personnelles d'antiquaires et de géologues des plus éminents de l'Angleterre, et aussi par celles de quelques savants français. Cependant des doutes ont persisté, et l'opinion a été émise qu'une introduction moins ancienne des silex taillés, dans les couches déjà formées du *diluvium*, pourrait être le résultat de causes encore inaperçues. On a aussi objecté que le mélange actuel de ces objets attestant un travail humain, avec des restes d'espèces animales éteintes, ne suffit pas pour prouver la stricte contemporanéité de l'homme avec les animaux auxquels ces débris fossiles ont appartenu. Cette dernière objection est réellement fondée, car les matériaux entraînés par les courants dans leurs hautes crues, étant ramassés à des niveaux différents ou empruntés à des couches d'âges très divers, on ne peut, en bonne logique, conclure de leur association consécutive, ni communauté d'origine, ni synchronisme de préexistence.

Tous ces doutes disparaîtraient si l'on parvenait à constater des traces non équivoques d'une action humaine quelconque sur les os mêmes des animaux enfouis avec les silex travaillés de main d'homme; c'est ce que j'ai cherché à vérifier dans les collections du Muséum d'histoire naturelle, sur des pièces d'origine authentique, et particulièrement sur celles décrites ou mentionnées par Cuvier.

Plusieurs bois de Cerf (dont un d'espèce perdue), recueillis dans le *diluvium* d'Abbeville et dans d'autres dépôts aussi anciens, offrent des entailles visiblement produites par un instrument tranchant. On en voit de semblables, mais d'une évidence moins frappante, sur divers os de Rhinocéros provenant de ces *bancs diluviens*. Des empreintes du même genre, et plus significatives encore, se trouvent sur des vertèbres et sur des os longs d'Aurochs, découverts dans la forêt de Bondy, lors du creusement du canal de l'Ourcq (1). Sur un fragment de crâne du grand Cerf d'Irlande (*Megaceros hibernicus*) de ce dernier gisement, figuré par Cuvier (*Ossem. foss.*, in-4°, 1822, tome IV, pl. VI, fig. 9), on aperçoit les traces d'entailles pratiquées pour obtenir la rupture du merrain et d'un andouiller basilaire; on voit aussi à la base des cornes plusieurs coupures et excisions peu profondes que l'on pourrait supposer avoir été faites en détachant la peau de l'animal (2). Un autre tronçon de corne reçu d'Angleterre par

(1) Al. Brongniart, qui a donné (*Description des environs de Paris*, in-4°, 1822, page 567, pl. 1, fig. 10) la coupe de la tranchée ouverte dans le lieu appelé la *Butte au bois de Saint-Denis*, dit que les os se trouvaient à 6 mètres de profondeur, dans un atterrissement qu'il croyait être plus ancien que ceux des vallées. Outre des restes d'Aurochs et de Cerf d'Irlande, on y découvrit les débris d'une tête d'Éléphant (*El. primigenius*), des défenses et des dents molaires que Cuvier a figurées. Jusqu'à présent je n'ai pas observé d'empreintes humaines sur des os d'Éléphant, ni aucun morceau d'ivoire parmi les nombreux outils, poinçons, têtes de flèche, etc., faits d'os ou de bois de Cerf, qui ont passé sous mes yeux. Buckland a cité des ornements grossiers d'ivoire trouvés sur le squelette de femme de la caverne de Paviland, enseveli non loin d'une tête d'Éléphant fossile; mais il a eu soin de rappeler, d'après Strabon, que les anciens Bretons se procuraient de ces sortes d'ornements par leurs échanges avec les navigateurs phéniciens.

(2) J'ai plusieurs fois observé sur des têtes fossiles de ruminants, provenant des cavernes, de légères entailles au bas des cornes, vraisemblablement faites à travers la peau pour la détacher de cette partie du crâne où elle est très adhé-

Cuvier, avec une tête de ce même grand Cerf d'Irlande, montre aussi l'empreinte bien nette de trois coups frappés successivement sur le même point avec un outil bien affilé, et évidemment en vue de déterminer la fracture du merrain.

Sans pousser plus loin les citations, je ferai remarquer que la plupart de ces coupures de toutes sortes paraissent avoir été faites avec des outils à tranchant *rectiligne* et assez bien aiguisé (1); cependant, sur un tibia d'Aurochs provenant de la tranchée du canal de l'Ourcq, la fracture de l'os, obtenue par plusieurs coups très-énergiques, offre sur un point une surface d'excision ondulée et striée, comme si elle eût été produite par le biseau flexueux et finement ébréché de certaines haches simplement *taillées*, comme celles qui proviennent des *bancs diluviens* d'Abbeville et d'Amiens. Du reste, les diverses entailles dont il s'agit sont tellement nettes et unies, qu'il ne serait plus possible d'en produire de pareilles sur les mêmes os, dans l'état d'altération où ils sont aujourd'hui ; il semblerait même que des coupures aussi pénétrantes ne pourraient avoir été faites que sur des os frais et non dépourvus de leur matière gélatineuse ; mais on conçoit que des appréciations de cette nature ne doivent être risquées que sous toutes réserves, tant il est difficile, même à l'observateur le plus consciencieux, de se bien tenir en garde contre les entraînements de l'imagination.

Ces rapprochements proposés au point de vue paléontologique ne sont pas les seuls que puisse suggérer la présence bien avérée, dans le *diluvium*, de silex travaillés de main d'homme. Il est admis en géologie qu'antérieurement à tout souvenir historique ou traditionnel, le sol actuel de l'Angleterre a dû se trouver rattaché au continent. Cette ancienne relation de continuité résulte d'ailleurs implicitement de la présence

rente. Des empreintes de cette nature sont surtout visibles au pourtour de la base d'une corne d'Antilope trouvée par M. Alf. Fontan dans cette même grotte de Massat (Ariége) où il avait recueilli les curieuses têtes faites de flèche de bois de Cerf que M. Isid. Geoffroy Saint-Hilaire a présentées en son nom à l'Académie, il y a environ deux ans.

(1) Ceci ferait supposer qu'indépendamment des haches simplement *dégrossies* du *diluvium*, les hommes de ces temps primitifs étaient aussi possesseurs d'instruments plus parfaits et mieux appropriés à leurs besoins usuels. Ce serait également en contradiction avec l'opinion émise par M. Worsae (*Athenæum* du 31 décembre 1859), que ce qui caractérise les hachettes et autres outils afférents à la plus ancienne *sous-division* de l'âge de pierre, c'est d'être simplement *taillés et non polis*.

actuelle, des deux côtés de la Manche, d'un même ensemble d'espèces animales terrestres, dont l'intermigration originelle n'a pu s'effectuer que par terre ferme. M. d'Archiac, en s'appuyant principalement sur des considérations d'un ordre stratigraphique, a pensé que la séparation des îles Britanniques du continent avait eu lieu *après le dépôt des cailloux roulés diluviens et avant celui de l'alluvion ancienne* (1). En effet, le phénomène qui a produit le *loess* ou *alluvion ancienne*, dans le nord de la France et en Belgique, n'a laissé aucune trace en Angleterre. D'un autre côté, M. Élie de Beaumont a clairement indiqué des relations de causes à effets entre certaines dislocations du système des grandes Alpes et les alluvions erratiques du fond de nos vallées. Les conclusions que l'on pourrait tirer de ces deux hypothèses se présentent d'elles-mêmes : la race humaine qui a façonné les haches de silex du *diluvium* d'Abbeville et d'Amiens avait déjà pris possession de cette contrée dans un temps où les îles Britanniques étaient encore unies au continent, puisque la séparation de ces îles n'a eu lieu qu'après la formation des bancs diluviens où ont été entraînées ces haches : la formation de ces *bancs diluviens* étant une des conséquences des dernières dislocations alpines, la même race humaine aurait également existé avant que le centre de l'Europe eût reçu le complément de ses grands reliefs orographiques actuels. Ainsi, l'apparition de l'homme *dans les régions occidentales de l'Europe* daterait d'une époque où la surface, l'étendue et les contours géographiques de ce continent auraient été notablement différents de ce qu'ils sont aujourd'hui (2).

(1) D'Archiac, *Bulletin de la Société géol.*, 1re série, t. X, p. 220, et *Hist. des progrès de la géolog.*, t. II, p. 127, 151 et 170.

(2) Les recherches faites sous l'emplacement récemment découvert d'anciennes habitations construites sur pilotis, dans les lacs de la Suisse, ont permis aux antiquaires de ce pays de relier par gradations chronologiques les phases anté-historiques des *âges de fer*, *de bronze* et *de pierre*. Sous les habitations rapportées à l'âge de pierre, on a trouvé, outre les armes de silex et autres objets d'industrie caractéristiques de cette période, des ossements d'*Élan*, d'*Aurochs*, etc., et aussi de *Chèvre*, de *Mouton* et d'autres animaux qui paraissaient avoir subi un commencement de domestication. On y a également recueilli une certaine quantité de blé froment en partie carbonisé. En Danemark, les études, si bien faites au même point de vue par MM. Forchammer, Steenstrup et Worsae, ont porté sur les stations primitives d'aborigènes probablement beaucoup plus anciennes que celles de la Suisse, car avec les restes osseux de l'*Élan*, de l'*Aurochs*, du *Bos primigenius*, du *Castor*, etc., on y a retrouvé ceux du *Renne*, qui n'avait pas encore regagné ses latitudes actuelles. L'établissement de ces

Maintenant, entre cette phase géologique de la période humaine et celle où nous vivons, s'est-il réellement produit, dans *cette même partie de notre continent*, une grande et subite révolution, une catastrophe assez générale pour avoir interrompu la succession régulière des êtres organisés? En trouve-t-on quelque part des traces évidentes et rigoureusement démonstratives? Sans doute, il y a eu un moment où, dans l'Europe des derniers temps géologiques, le régime comparativement excessif des cours d'eau s'est élevé à une intensité torrentielle qui nous est attestée par la grande étendue de leurs alluvions erratiques, et aussi par le volume des matériaux qu'ils ont charriés; mais il n'est pas démontré que ces cours d'eau aient, dans leurs plus grandes crues, franchi les limites de leurs bassins hydrographiques actuels. Plus tard, une grande oscillation du sol ou toute autre cause inexpliquée, a pu déterminer l'immersion plus ou moins prolongée de certaines surfaces régionales recouvertes par le *loess* ou *alluvion ancienne des plateaux*, dans le nord de la France, en Belgique, etc.; mais il est toujours resté, dans le voisinage, de vastes contrées émergées où s'est perpétuée la population terrestre préexistante, laquelle s'y trouve encore aujourd'hui représentée par la presque totalité de ses formes spécifiques. Pour les Mollusques terrestres et d'eau douce, par exemple, sauf quelques extinctions locales et certains déplacements géographiques de peu d'importance, la répartition est à peu de chose près la même. Si, dans la classe des Mammifères, il y a eu disparition finale de quelques espèces (une dizaine au plus), l'observation plus rigoureuse des faits tend chaque jour à établir que cette disparition a été le résultat, non d'une destruction simultanée, mais plutôt d'extinctions successives qui paraissent également avoir été graduelles dans l'espace comme dans le temps.

Ainsi, comme j'ai déjà eu l'honneur, dans une autre occasion, de l'exprimer à l'Académie, on arrive inévitablement à cette conclusion, que la très grande partie de la population terrestre actuelle de notre continent a traversé toutes les phases prétendues critiques de cette longue période *quaternaire*, si diversement accidentée de phénomènes géologiques. Nous en trouvons une preuve irrécusable dans les îles Britanniques, où cette

peuplades dans les régions voisines de la Baltique datait aussi d'une époque antérieure à certaines oscillations du sol qui, d'après M. Forchammer, auraient entraîné la destruction d'une multitude de monticules ou sépultures de ces premiers âges, à la suite d'une grande invasion aqueuse venue de l'ouest. (Voyez Forchammer, *Quart. Journal of the Geolog. Society of London*, 1845, t. I, p. 380.)

population immigrée dès longtemps avant la séparation de ces îles du continent s'y est perpétuée jusqu'à nos jours, moins un petit nombre d'espèces, dont quelques-unes même se sont éteintes sous l'influence de l'homme. Si donc la persistance de l'espèce et la continuation de l'habitat sont restées possibles pour les animaux de toute sorte, ne peut-on pas supposer qu'il a dû en être de même à l'égard de l'homme, leur contemporain et placé dans les mêmes circonstances? Pourquoi, en effet, se serait-il produit une intermission biologique pour l'espèce humaine seulement, là où il est démontré qu'il n'y en a pas eu dans les races animales?

EXPÉRIENCES SUR LA TORPILLE,

Par M. Armand MOREAU.

§ I. — Note sur les conditions physiologiques nécessaires à la production de la décharge électrique par la Torpille (lue à la Société philomatique de Paris, le 20 octobre 1860).

J'ai l'honneur de présenter à la Société le récit d'expériences faites en vue d'expliquer le phénomène de la décharge électrique de la Torpille. Chaque expérience a été instituée d'après une idée préconçue en rapport avec les idées théoriques que l'on se fait actuellement sur cette question difficile.

La théorie la plus généralement proposée considère l'organe comme agissant à la manière d'une pile, et par conséquent la décharge électrique comme un phénomène lié à une réaction chimique. On suppose une sécrétion se faisant sous l'influence nerveuse; j'ai d'abord cherché à voir le rôle de la circulation dans cette fonction.

Dans une première expérience j'ai lié toutes les artères qui vont à un des deux organes électriques. Il faut pour cela placer la ligature sur les artères qui vont du cœur à la branchie du même côté; on supprime forcément un des organes respiratoires, mais il serait presque impossible d'atteindre sur l'animal vivant, dans l'épaisseur même des branchies, les origines des artères qui vont à l'organe électrique. Après avoir ainsi supprimé la circulation sanguine dans un des organes, j'ai excité les nerfs de cet organe, et j'ai constaté que les décharges électriques étaient encore aussi manifestes qu'avant la ligature.

L'expérience suivante, faite aussi dans le but de voir le rôle de la circulation dans le phénomène de la décharge, est plus concluante. Sur une Torpille vivante j'ai cherché, en arrière de l'estomac, le vaisseau dorsal : c'est, comme on le sait, l'analogue de l'aorte des Vertébrés supérieurs; mais au lieu de naître d'un cœur gauche, il résulte de la réunion des vaisseaux qui, sortant des branchies, portent le sang artérialisé. J'ai injecté dans le vaisseau dorsal, et du côté des branchies, du suif maintenu liquide à la faveur d'une température convenable et d'une petite quantité d'essence de térébenthine. La Torpille a péri aussitôt, et quelques minutes après, le suif, solidifié par le refroidissement, remplissait toutes les artères de l'organe électrique. J'ai ensuite excité les nerfs de l'organe et obtenu des décharges manifestes.

On ne peut, dans cette expérience, objecter, comme dans la précédente, que le cours du sang peut se rétablir par les anastomoses très petites qui existent entre les vaisseaux du côté droit et ceux du côté gauche de l'animal. En outre, dans des vaisseaux remplis de suif, les phénomènes d'exosmose ne sont pas possibles, comme on peut penser qu'ils le sont encore dans l'expérience bien connue, qui consiste à obtenir la décharge en excitant le nerf d'un morceau de l'organe électrique détaché de l'animal.

Il est donc établi que le sang qui circule dans les artères n'est pas immédiatement nécessaire au phénomène de la décharge électrique.

Je supposai ensuite qu'une sécrétion pouvait encore se faire sous l'influence nerveuse aux dépens des éléments liquides renfermés dans le tissu lui-même, de même que l'on voit dans des instants, très courts il est vrai, la sécrétion de la glande sous-maxillaire se produire encore quand on galvanise le filet nerveux qui part du lingual, après la ligature de l'artère de la glande; et, pensant que les réactions chimiques devaient se faire dans des milieux acides ou alcalins, j'espérai que l'expérience suivante me fournirait une indication importante relativement à la nature des liquides mis en présence.

Je choisis des Torpilles de grande taille et les sacrifie en enlevant rapidement les centres nerveux situés au-dessus de la moelle épinière. J'évite ainsi les décharges volontaires et répétées, qui épuisent l'organe. Je dissèque ensuite la peau de la face dorsale, afin de rendre bien apparente la surface supérieure des prismes. Ils sont alors très visibles et offrent des dimensions au moins égales à celles des alvéoles d'un gâteau de miel. Je transperce successivement, et sans en passer un seul, chacun des cinquante prismes les plus voisins de l'abdomen (ce sont les plus gros de l'organe), avec un poinçon; l'instrument les pénètre à travers le diaphragme supérieur et ressort en perçant la peau qui adhère au diaphragme le plus inférieur du prisme. Quand ils sont ainsi tous transpercés suivant leur axe, je fais passer successivement dans chacun d'eux un courant d'eau fortement acidifiée par l'acide sulfurique. Puis je coupe l'organe de façon à ne conserver que le département composé des prismes ainsi traversés par l'acide. La branchie voisine est laissée adhérente à l'organe et le nerf respecté, puis le tout est disposé comme il convient pour constater la manifestation ou l'absence de la décharge électrique. — J'excite alors le nerf, et trouve que la décharge se produit toujours.

Cette expérience fut répétée sur une autre Torpille, en substituant à l'acide sulfurique une solution de potasse. La décharge fut obtenue comme dans l'expérience précédente. — Je m'assurai, en faisant, aussitôt après la décharge obtenue, différentes sections dans l'organe, qu'en tous les points le papier de tournesol était fortement rougi ou bleui, suivant que j'avais agi avec l'acide sulfurique ou la potasse.

Il est nécessaire de prendre l'acide et l'alcali à un degré de concentration capable de réagir fortement sur le papier de tournesol, mais cependant bien loin encore du maximum de concentration; en effet, j'ai obtenu avec des solutions concentrées l'arrêt définitif de la fonction électrique.

En substituant à l'acide sulfurique l'acide nitrique, même très étendu, j'ai cessé immédiatement d'obtenir la décharge. L'aspect opalin que prend alors l'appareil m'a fait penser que la coagulation de l'albumine était la cause de cet effet, et non la nature acide du liquide. L'alcool et le tannin, qui tous deux coagulent l'albumine, ont donné le même résultat.

L'état physique du milieu paraît donc plus important pour la fonction que la réaction chimique acide ou alcaline.

Avant de tirer des conclusions, je désire multiplier et varier encore ces expériences, qui ont été subitement interrompues par des circonstances relatives à la pêche en mer, et que je ne puis pour cela offrir aussi précises qu'il convient.

Dans un prochain travail, je donnerai le degré de concentration des liqueurs employées.

§ II. — De l'action du curare sur la Torpille.

Dans une note lue à la Société philomatique, le 27 octobre 1860, l'auteur rend compte dans les termes suivants d'une série d'expériences sur l'action exercée par le curare sur la Torpille. Il a constaté que par l'action de cette substance toxique, les nerfs musculaires sont paralysés longtemps, avant que les nerfs électriques et les autres organes du système nerveux (centres nerveux et nerfs de sentiment) aient perdu leurs propriétés physiologiques. Les nerfs électriques ayant avec les nerfs moteurs une grande analogie, cette différence d'action de ce réactif physiologique offre quelque chose d'inattendu. M. Moreau, à l'occasion de ces recherches, ajoute:

Le curare est, on le sait, un réactif physiologique très puissant que les médecins essayent actuellement d'utiliser comme agent thérapeutique. Ainsi, ces jours derniers, à l'hôpital de l'Enfant-Jésus, un jeune garçon atteint de la rage a été soumis à l'action du curare. Cette médication ne peut être jugée d'après ce cas particulier, car elle a été interrompue de bonne heure et remplacée par une autre. Tout en reconnaissant que dans une maladie telle que la rage, qui n'a jamais été guérie, ce soit un devoir pour le médecin que de tenter des traitements nouveaux, on doit remarquer que le curare ayant pour action essentielle la propriété de paralyser les nerfs moteurs ou de diminuer leur excitabilité, son emploi est loin d'être indiqué dans la rage au même titre que dans d'autres affections.

Le tétanos, étant caractérisé par des contractions violentes et persistantes, offre l'exemple d'une affection dans laquelle l'excitabilité du système nerveux moteur est remarquablement exagérée. Aussi l'emploi du curare est-il rationnel et paraît-il devoir être profitable dans cette affection.

M. Vella (de Turin) a eu le mérite de l'employer le premier, et le bonheur de voir un de ses malades, un blessé de la campagne d'Italie, sortir guéri de l'hôpital. Dernièrement ce physiologiste a présenté à l'Académie des sciences de Paris un travail dans lequel il montre par des expériences que le curare doit être considéré comme l'antidote de la strychnine. Il précise avec soin les doses, et détermine les conditions dans lesquelles un animal empoisonné par la strychnine, et voué à une mort prochaine, est guéri par l'ingestion du curare dans les veines.

Si, dans ces expériences où il combat à l'aide du curare l'influence de la strychnine déjà absorbée, il peut arriver à affirmer que l'animal sera guéri où périra, suivant qu'on lui administrera ou non le curare, tout le monde comprend que cette précision est impossible à obtenir dans le traitement du tétanos, affection moins simple que celle qui résulte de l'ingestion de la strychnine dans l'économie, et qui exige, pour être bien traitée, des tâtonnements nombreux relatifs aux doses, et comporte sans doute aussi des indications thérapeutiques multiples en rapport avec sa complexité même.

Aussi cette question intéressante demande-t-elle encore de longues recherches cliniques.

M. Dareste, ayant fait remarquer que M. Matteucci a publié tout récemment des expériences sur ce sujet (*Nuovo Cimento*, août 1860), et ayant demandé si les résultats obtenus de part et d'autre sont concordants, M. Moreau a répondu que dans le travail cité, il est dit que les Torpilles soumises à l'action du curare ont offert les mêmes contractions que les Torpilles saines, quand on excitait la moelle épinière, et qu'en outre le pouvoir électromoteur a paru aussi le même. Or le premier effet du curare étant de paralyser les nerfs de mouvement, il est manifeste que les Torpilles n'étaient pas empoisonnées. La substance avait été placée sous la peau, et l'absorption est là moins sûre et moins prompte que dans les veines. C'est peut-être à cette circonstance et à l'emploi d'une dose trop faible qu'il faut attribuer l'absence des signes caractéristiques de l'intoxication par le curare, plutôt encore qu'à l'emploi d'un curare particulier et inoffensif. Sans doute on peut recevoir des pays étrangers des curares différents; il a vu M. Cl. Bernard essayer une substance désignée sous ce nom, et reconnaître que le principe actif était le même que celui de l'upas antiar. Les propriétés physiologiques de l'antiarine sont connues et bien différentes de celles du curare. Mais toutes les fois qu'un physiologiste parle du curare, il est certain qu'il parle d'une substance possédant la propriété de paralyser rapidement les nerfs de mouvement. J'ajouterai enfin, a dit M. Moreau, que le paragraphe relatif à l'action du curare ne m'a paru être qu'un détail dans le travail considérable que M. Matteucci publie sur le pouvoir électromoteur de l'organe de la Torpille; et pour cette raison, si une inexactitude s'est glissée dans ce travail, on voit qu'elle ne touche qu'à un point de détail abordé pour ainsi dire en passant par l'auteur, et qu'elle n'a pas rapport au sujet principal.

(Extr. de *l'Institut*, n° 1409.)

REMARQUES

SUR

LA MANIÈRE DONT LES TARETS PERFORENT LE BOIS

(EXTRAIT D'UNE LETTRE ADRESSÉE AU RÉDACTEUR),

Par M. HARTING.

Dans un des derniers cahiers des *Annales* (1), il a été rendu compte d'un travail sur le Taret, fait par la Commission académique dont je suis membre ; mais un des passages de cet article ne rendant pas bien ma pensée, je crois utile de donner quelques explications au sujet de la manière dont ce Mollusque perfore le bois. On lit dans cet extrait, que la planche 3 « montre une des valves fortement grattée, par suite de son action mécanique sur le bois. » Or, il résulte de mes observations que les valves sont très peu grattées par leur action sur le bois. En cela, je ne saurais que confirmer ce que MM. Deshayes, Quatrefages et d'autres naturalistes ont déjà observé depuis longtemps.

Aussi c'était là un des principaux arguments sur lequel on a toujours insisté, pour en conclure que le Taret ne se sert pas de sa coquille comme moyen mécanique pour perforer le bois.

Mais quoique le fait soit parfaitement vrai, la conclusion ne l'est pas. Elle ne serait vraie que pour le cas que le Taret se servirait de sa coquille comme d'une tarière ou d'un vilebrequin, en la faisant tourner sur son axe.

Or, ce n'est pas là la manière de forage qui résulte de l'examen anatomique de l'appareil et de l'inspection directe de l'action du Taret pendant son travail. Il se sert de sa coquille à peu près comme si les deux valves étaient deux mâchoires mobiles, ou les deux bouts d'une pince, seulement, avec cette différence que leur mouvement se fait successivement sur deux plans verticaux l'un par rapport à l'autre. Les petites dents sur les deux portions principales de chaque valve sont placées de la sorte qu'à chaque coup la substance du bois est tranchée en particules quadrangulaires d'une petitesse extrême. Ajoutons que le petit pied fait l'office d'un suçoir, attirant la coquille, de façon à la forcer à se mettre en contact avec le bois, et qu'il agit aussi comme un organe de locomotion et de tact.

(1) Voyez tome XIII, p. 309.

Voilà, en aussi peu de mots que possible, l'énoncé de la manière dont le Taret se sert de son appareil de forage. Les dents sont peu usées par ce procédé : d'abord parce qu'elles ne grattent pas le bois, mais qu'elles le coupent, comme le feraient autant de petits couteaux très aigus, et ensuite parce que chaque rangée de dents ne sert que pour un temps très limité, ainsi que l'indique la forme des valves, dont seulement les parties nouvellement produites peuvent participer à l'action forante, tandis que les parties déjà anciennes ont cessé d'y prendre part.

Le Taret n'exécute qu'un mouvement très lent autour de son axe, et ce mouvement n'a aucunement pour but d'exercer ainsi une action mécanique quelconque sur le bois, mais uniquement de changer de position, changement qui est nécessaire à l'animal pour donner au canal sa forme cylindrique.

La figure de la planche 3, qui est citée dans l'extrait sus-mentionné, montre la place occupée par les dents sur une coquille encore jeune. Dans la portion médiane de la valve, elles n'occupent que les bords supérieurs des lignes d'accroissement, la coquille étant placée de telle sorte (comme dans la figure), que l'ouverture est dirigée en haut. Le reste, c'est-à-dire la plus grande partie des bords des mêmes lignes d'accroissement, ne porte jamais de dents, et cette portion de la coquille est par conséquent toujours lisse.

Chaque ligne d'accroissement, et il y en a plus de quarante dans des coquilles appartenant à des individus âgés de plusieurs mois, indique un temps d'arrêt pendant lequel le Taret a cessé de travailler, pour ne recommencer son forage qu'après la réparation de son outil, c'est-à-dire après la formation d'une nouvelle rangée de dents.

HISTOIRE

DES

CRUSTACÉS PODOPHTHALMAIRES FOSSILES,

Par M. Alphonse MILNE EDWARDS.

INTRODUCTION.

CHAPITRE I.

CONSIDÉRATIONS GÉNÉRALES.

Jusqu'à présent les restes fossiles des Crustacés ont été relativement peu étudiés, et pendant que toutes les autres classes du règne animal étaient l'objet de recherches nombreuses et approfondies, on négligeait généralement tout ce qui se rapportait aux dépouilles que les Entomozoaires ont laissées dans la plupart des couches du globe. Aussi ce point de la science est-il loin d'être arrivé au même degré d'avancement que les autres branches de la zoologie. Quelques groupes seuls ont été l'objet de travaux importants : je veux parler des Trilobites et des Cypridiens ; depuis quarante ans, ces représentants inférieurs du type carcinologique ont été étudiés avec tant de persévérance et de succès, qu'aujourd'hui il serait téméraire de vouloir en traiter de nouveau. Mais pour les Crustacés supérieurs il en est autrement : on s'est borné à décrire quelques-uns des représentants les plus curieux de certaines familles, et pas un travail d'ensemble n'est venu relier entre eux les divers fragments de l'histoire paléontologique de ces animaux.

Dans la publication que je viens soumettre au jugement des naturalistes, je ne m'occuperai donc ni des Trilobites, ni des Entomostracés, et je n'étendrai mes investigations qu'aux Podophthalmaires, c'est-à-dire à la grande division zoologique qui renferme les Crabes, les Écrevisses et les Squilles, ainsi que tous les autres Crustacés, qui, par les traits fondamentaux de leur organisation, ressemblent à ces animaux.

Si l'histoire des Crustacés fossiles tient une place minime en paléontologie, ce n'est cependant pas que le nombre de ces animaux soit peu considérable, ou que leur importance géologique et zoologique soit insignifiante : tant s'en faut.

Dès les premiers âges du globe, les Crustacés se sont montrés en grande abondance ; c'étaient eux qui, en majorité, peuplaient les mers de cette époque. Mais ces espèces anciennes se rattachent toutes à l'un des ordres inférieurs de la classe qui nous occupe. Ce ne sont presque que des Trilobites, animaux dont les dépouilles peuvent à elles seules caractériser les diverses assises de tout un grand ensemble de terrains. Puis les représentants de ce grand groupe se sont tous éteints les uns après les autres pour faire place à des familles d'une organisation plus parfaite, et occupant un rang plus élevé dans l'échelle des êtres. Il n'est pas de couches où l'on n'en rencontre les débris ; quelquefois ils s'y trouvent même en quantité extrêmement considérable. Aussi, dès que l'on commença à examiner avec attention les corps organisés, dont les dépouilles sont accumulées au sein de la terre, on ne tarda pas à rencontrer divers représentants du groupe zoologique qui nous occupe ; mais pendant longtemps on se contenta de signaler l'existence des *Crabes* ou *Écrevisses pétrifiées*, sans chercher à les décrire, ni à les rapprocher des genres ou des espèces vivant encore aujourd'hui. On désignait ces fossiles sous les noms de *Cancer lapideus*, *Cancrites*, *Cancer petrefactus*, *Carcinites*, *Entomolithus Cancri*, *Astacolithus*, *Gammarolithus*, *Pagurus lapideus*, suivant qu'ils ressemblaient plus ou moins à un Crabe, à un Pagure ou à une Écrevisse ; les pinces isolées étaient souvent nommées *astacopodia;* enfin les pattes étaient désignées sous le nom de *bacilli ;* et encore aujourd'hui il est beaucoup de collections où tous les débris de Crustacés fossiles sont catalogués sous le nom général d'*Astracites*.

Si nous jetons un coup d'œil sur la marche des connaissances relatives aux corps *pétrifiés*, nous voyons que, dans les premiers temps, tous les groupes zoologiques, quels qu'ils soient, étaient également mal connus et mal caractérisés; puis, lorsque l'on commença à en faire le sujet d'études sérieuses, on négligea ce qui touchait aux Crustacés fossiles pour ne s'occuper que des Mollusques, des Polypiers, des Poissons ou des Vertébrés supérieurs. Aussi, tandis que ces derniers animaux sont bien connus, et qu'il est maintenant rare d'en rencontrer de nouvelles espèces, il n'en est pas de même pour les Podophthalmaires, et il n'est presque aucun terrain qui, examiné avec soin, n'en présente quelques représentants complétement nouveaux pour la science ou à peine entrevus par les paléontologistes.

Déjà dans l'antiquité les corps pétrifiés, qui, sur quelques points, se trouvent en grande abondance, frappèrent l'attention des naturalistes. Ces pierres, dont la forme retraçait, avec une exactitude scrupuleuse, les contours tantôt d'une coquille, tantôt d'un Poisson ou d'un Crustacé, donnèrent lieu à bien des suppositions. Tandis que quelques-uns ne voulaient y trouver que l'effet du hasard, d'autres, plus observateurs, et qui, en voyant les effets, voulaient rechercher les causes, pensèrent que la mer avait bien pu exister là où sont maintenant nos continents, puis s'être retirée, et avoir laissé enfouies dans ses sédiments les dépouilles des animaux qui jadis l'habitaient. Cette opinion remonte à une époque beaucoup plus reculée qu'on ne semble généralement le croire.

Ainsi en Grèce, Ératostène, Strabon, Hérodote, Xénophane, s'accordent pour voir dans nos continents le lit des anciennes mers.

Hérodote (1), par exemple, pensait que, puisque sur les plus hautes montagnes de l'Egypte, on trouve des coquilles pétrifiées, cette contrée devait avoir été anciennement immergée sous les flots.

Xénophane (2) professait une opinion analogue : il supposait que la mer dissolvait successivement les particules terreuses, qu'elle détruisait ainsi les continents; puis que, laissant déposer

(1) Voy. *Scriptorum græcorum Bibliotheca*, t. XIX : Herodotus, II, p. 75, § XII.
(2) Dans Origène, *Philosophorum*, chap. XIV, p. 99.

sur d'autres points ces sédiments, elle comblait ainsi elle-même son propre lit, et changeait successivement de place. Pour soutenir cette manière de voir, il s'appuyait sur ce que l'on rencontrait des coquilles, des Poissons, et d'autres débris d'animaux aquatiques, dans les couches qui maintenant sont complétement émergées.

Les Romains ne firent pas avancer les connaissances relatives aux corps organisés fossiles ; ils se contentèrent de répéter ce que les Grecs avaient écrit. Ainsi Pline, dans son *Histoire naturelle*, n'a que des idées très confuses sur l'origine des corps changés en pierre. Ovide, qui n'était pas naturaliste, mais dont l'esprit juste et observateur savait discerner, parmi les opinions régnant de son temps, celles qui méritaient confiance, et s'en rendait l'écho, ne manque pas de dire que l'espace des anciennes mers est maintenant occupé par des terres, et que dans leurs assises on trouve des coquilles :

. . . . . Vidi factas ex æquore terras ;
Et procul à pelago conchæ jacuere marinæ,
Et vetus inventa est in montibus anchora summis (1).

Aussi quand on a vu quelques auteurs anciens émettre des idées si justes sur l'origine des fossiles, est-on doublement étonné de trouver les théories les plus absurdes régner généralement pendant tout le moyen âge.

Aristote avait supposé que la nature pouvait, par un mode particulier de génération, produire de toutes pièces, dans le règne inorganique, les images fidèles des corps organisés. Cette hypothèse, commentée par différents auteurs, eut cours pendant les XIVe, XVe et XVIe siècles, et même au XVIIe, ainsi qu'au commencement du XVIIIe siècle, elle comptait encore quelques partisans. Du reste, cela ne doit pas nous étonner ; car, à cette époque, la plupart des naturalistes expliquaient par la génération spontanée l'existence de tous les animaux dont ils ne connaissaient pas l'origine. C'était, suivant eux, une *vertu lapidifique* qui produisait

(1) *Métamorphoses*, liv. XV, v. 263.

ainsi les pétrifications. Cette supposition, discutée dans les écoles, eut tour à tour des partisans et des adversaires; mais ces derniers ne la modifiaient que légèrement, et arrivaient seulement à dire que les graines ou les germes des plantes et des animaux pouvaient, quand ils étaient par une cause accidentelle transportés au sein des roches et des couches terrestres, se développer, et produire avec cette roche même l'image exacte de l'animal ou de la plante dont ils provenaient.

De pareilles explications ne devaient pas satisfaire les esprits sérieux et investigateurs ; aussi, même à cette époque d'ignorance, trouve-t-on dans les écrits de quelques auteurs une tendance à rejeter ces opinions erronées, pour rapporter soit au déluge, soit à la présence des mers, l'existence des Crustacés, des Coquilles et des Poissons, dont ils voyaient les images sur le sommet des montagnes et dans l'épaisseur des couches de notre globe.

Dans les *Dialogues sur l'histoire et sur l'antiquité de Vérone*, de Torelli Sarayna, à propos des pétrifications qui se rencontrent aux environs de cette ville, surtout des Crabes et des Poissons, on trouve consignées les opinions que le célèbre Fracastor se formait sur l'origine de ces corps. Sarayna interroge Fracastor sur la manière dont les corps pétrifiés, principalement les Crabes et les Poissons, passent sur les montagnes, et celui-ci répond qu'il y a à ce sujet trois opinions différentes :

La première attribue cet effet au déluge universel ; mais, dit-il, sans raison suffisante.

La deuxième met en avant une imitation ou un jeu de la nature, dans lequel une substance saline donne aux pierres une forme identique avec celle des animaux ; mais cette opinion doit aussi être rejetée.

La troisième suppose que nos montagnes sont nées dans la mer; que les corps marins après leur mort s'y sont entassés, et que, par le déplacement des eaux, il y a aujourd'hui des montagnes et une terre ferme là où étaient autrefois ces mers. C'est cette dernière supposition, ajoute-t-il, qui est la plus probable (1).

(1) Knorr, *Recueil des monuments des catastrophes que le globe terrestre a*

Cette manière de voir, qui date du commencement du XVIe siècle, devait nécessairement gagner des partisans, ce qui n'empêcha cependant pas, jusqu'au milieu du XVIIIe siècle, quelques auteurs de continuer à professer les idées d'Aristote et des scoliastes du moyen âge ; et lors même que l'on eut reconnu l'analogie de la plupart des fossiles avec les espèces vivantes, on continua à regarder ceux que l'on n'avait pu identifier comme provenant de sources plus ou moins bizarres et impossibles : les unes avaient été pondues par des Serpents ; les autres s'étaient formées sous l'influence de la foudre ; d'autres s'étaient développées dans la tête de certains Poissons, etc. Mais à mesure que les sciences avançaient, à mesure que l'étude approfondie des espèces vivantes permettait de rapprocher et de donner dans les cadres zoologiques une place déterminée à chacune de ces pétrifications inconnues, ces hypothèses disparaissaient pour faire place à des idées justes, basées non plus sur de stériles rêveries, mais sur l'observation exacte des faits.

Mais ce ne fut pas brusquement que cette partie des sciences se trouva ainsi constituée ; ce fut lentement et pas à pas. De différents côtés, en France, en Allemagne, et surtout en Italie, on publia les descriptions des pétrifications appartenant à divers musées, et il est rare que, parmi le nombre de coquilles, de Poissons, de Zoophytes, il ne se trouve pas quelques Crustacés ; mais le plus souvent ces derniers sont figurés sans aucune appréciation de leurs caractères zoologiques, et quelquefois les dessins sont tellement imparfaits, qu'il est impossible de reconnaître l'espèce que l'on a voulu représenter.

En 1565, Gesner (1), un des zoologistes les plus remarquables du XVIe siècle, époque que l'on peut appeler la *renaissance des sciences naturelles*, donna la figure d'un Crabe trouvé dans la terre aux environs de Bologne ; il ne le représenta que vu en dessous. Cependant, ainsi que je le ferai voir dans la suite de ce travail, ce Crustacé est parfaitement reconnaissable, et doit être rapporté à

essuyées, contenant des pétrifications, continué par J. E. E. Walch, 1777, p. 84.

(1) Gesner, *De rerum fossilium, lapidum et gemmarum*, 1565, p. 167.

une espèce assez commune dans nos collections, et désignée de nos jours par Desmarest sous le nom de *Cancer Boscii*. Gesner donna aussi comme un abdomen de Crustacé deux fossiles qui peuvent se rapporter aussi bien et même mieux à une tige d'Encrine, ou à un alvéole de Bélemnite, qu'à ce qu'il suppose avoir représenté.

Aldrovande (1) figura aussi le même *Cancer Boscii* vu en dessous. Il est à remarquer que l'individu qui lui a servi de type est plus beau, et dans un meilleur état de conservation qu'aucun de ceux que possèdent nos musées. Mais cet auteur ne donna aucune indication des caractères de ce fossile; il se borna à indiquer la localité dont il provenait, et le désigna sous le nom de *Pagure pétrifié*.

Nous trouvons le même Crabe représenté en dessous dans le *Musæum calceolarianum* (2), en 1622, et en 1656 dans le *Musæum Moscardi* (3).

Mercatus, en 1717, après avoir figuré deux individus du *Cancer Boscii* des environs de Vérone, ajoute que l'on trouve enfouis dans la terre des Crabes pétrifiés tellement parfaits, qu'il est impossible de douter qu'ils n'aient été vivants, et qu'ils doivent provenir, soit du déluge universel, soit d'un mouvement des terres (4).

En 1734, Seba donna quelques figures du *Macrophthalmus Latreillii* de Desmarest (5); mais elles sont très inexactes. Il représenta aussi une pince qui, probablement, se rapporte au *Portunus leucodon* de Desmarest.

Bourguet, dans son *Traité des pétrifications*, s'occupe beaucoup de la manière dont ces mêmes Crabes fossiles du littoral des mers de l'Inde ont pu se pétrifier. Mais il ne donne aucun de leurs caractères zoologiques; il s'efforce surtout de combattre une opinion que le père Martini, dans son *Atlas chinois*, avait émise sur

(1) Ulyssis Aldrovandi *Musæum metallicum*, 1640, p. 464.
(2) *Musæum calceolarianum veronense*, 1622, p. 429 et 430.
(3) *Musæum Moscardi*, 1656, p. 179.
(4) Mercatus, *Metallotheca vaticana*. Romæ, 1717, p. 306.
(5) Seba, *Rerum naturalium thesauri*, 1734, t. IV, pl. 107, fig. 28.

la foi de quelques écrivains de cette nation, que ces Crabes étaient vivants au fond de la mer ; mais qu'aussitôt hors de l'eau, ils se pétrifiaient. Enfin Bourguet en arrive comme conclusion à établir que les Crabes que l'on trouve aux environs de Vérone, et ceux qui viennent des côtes de l'océan Indien, ont subi un même mode de pétrification (1).

En 1757, dans une lettre insérée dans les *Transactions de la Société royale de Londres*, le père d'Incarville, jésuite missionnaire en Chine, raconte qu'aux environs de Peking, on trouve des Crabes parmi les pétrifications, et à ce sujet il rapporte que les lettrés du pays expliquent l'existence de ces animaux par le passage de la mer sur les lieux qui maintenant sont émergés (2).

Parsons, en décrivant quelques fruits et d'autres corps fossiles provenant de l'île Sheppey dans la Tamise, donna deux figures représentant, l'une un Crabe vu en dessus, l'autre la pince du même animal trouvé dans les couches argileuses de cette localité ; mais il est impossible de savoir à quelle espèce on peut le rapporter, tellement le dessin est grossier (3).

D'Annone, dans les *Actes de la Société helvétique*, consacra un article tout entier à la description des Crustacés fossiles de sa collection ; il en donna treize figures, se rapportant toutes à la même espèce, que nous verrons être le *Macrophthalmus Latreillii* ; il décrivit minutieusement chaque échantillon, mais s'attacha plutôt à dire s'il y manquait une patte, ou si la roche présentait telle ou telle particularité, qu'à bien fixer les caractères de l'espèce : aussi, quoiqu'il ait consacré à chaque exemplaire près d'une page de texte, il est impossible d'en extraire aucune donnée ayant réellement quelque importance zoologique (4).

Bonnani représenta un Crabe fossile des côtes du Coromandel,

(1) Bourguet, *Traité des pétrifications*, 1742 : Lettre à M. Garcin sur la pétrification de petits Crabes de mer sur les côtes de Coromandel, p. 113.

(2) Voyez *Philosoph. Transact.*, 1753, vol. XLVIII, p. 253.

(3) Parsons, *An Account of some Fossil Fruits and other Bodies* (*Philosoph. Transact.*, 1757, vol. L, p. 396, pl. XVI, fig. 20).

(4) D'Annone, *De Cancris lapidefactis musæi sui*, p. 265, pl. XV (*Acta helvetica*, 1758, vol. III).

qui, autant du moins que je puis en juger, me paraît se rapporter au *Macrophthalmus Latreillii* de Desmarest, et il fit remarquer que la mer devait avoir submergé autrefois ces montagnes et ces couches de terrains, où l'on trouve ainsi enfouis des Crabes, des Coquilles et des Poissons (1). A l'appui de cette manière de voir, il cite en particulier le mont Bolca près de Vicence, qui est encore aujourd'hui la principale source de tous les Poissons fossiles les plus beaux et les mieux conservés que possèdent nos collections, ainsi que de quelques espèces de Crustacés fort remarquables.

Je pourrais présenter une liste beaucoup plus longue des différents auteurs du XVIIIe siècle qui, de loin en loin, ont dit quelques mots des Crustacés fossiles; mais une pareille énumération deviendrait fastidieuse, sans avoir une utilité scientifique réelle. Aussi me bornerai-je à renvoyer aux ouvrages de Rumphius (2), de Scheuchzer (3), de Langius (4), de Bruckmann (5), de Kundmann (6), de Davila (7), de Guettard (8), de Wagner (9), de Lochner (10), de Bajer (11), de Lesser (12), de Richter (13), de Mylius (14), de Klein (15), etc., et je me hâte de passer au pre-

(1) Bonnani, *Historia rerum naturalium in musæo Kircheriano*, 1773, p. 198.

(2) Rumphius, *Amboinsche Rariteitkamer*, 1705, p. 335, pl. 60.

(3) Scheuchzer, *Piscium querelæ et vindiciæ*, 1708, pl. IV.

(4) Langius, *Historia lapidum figuratorum Helvetiæ*, 1708, p. 47.

(5) Bruckmann, *Epistola itineraria* XCII, 1740, p. 5.

(6) Kundmann, *Thesaurus subterraneus*. Brunswick, pl. 1, fig. 2.

(7) *Catalogue systématique de la collection de Davila*, par Romé de Lille, 1767, t. III, p. 207.

(8) Guettard, *Traité des fossiles de Vérone, minéralogie de l'Italie*, 1re partie, p. 347.

(9) Wagner, *Hist. nat. Helvetiæ*, 1715, p. 331.

(10) Lochner, *Mus. Besler.*, 1716, pl. 33, p. 95.

(11) Bajer, *Oryctographia norica*, 1730.

(12) Lesser, *Lithothéologie*, 1744, § 280, p. 584.

(13) Richter, *Musæum*, 1743, p. 252.

(14) Mylius, *Memorabilium Saxoniæ subterraneæ*, 1717, t. II, p. 85, fig. 2 et 3.

(15) Klein, *Circa Quadrupeda et Amphibia*, 1743, p. 36, fig. c.

mier travail où l'étude des Crustacés a commencé à prendre un caractère vraiment scientifique.

En 1777, dans l'ouvrage de Walch, faisant suite au *Recueil des monuments des catastrophes que le globe terrestre a essuyées, contenant des pétrifications*, par Knorr, nous trouvons un exposé complet de tout ce que l'on savait à cette époque sur ce qu'il appelle les *Écrevisses pétrifiées*.

Les divisions, alors établies dans l'ordre des Crustacés, étaient incomplètes ou entièrement artificielles. Ainsi Walch sépare d'abord les *Écrevisses* à queue courte et contractée sous le ventre (c'était notre groupe des Brachyures), des *Écrevisses* à cuirasse oblongue, à queue longue et le plus souvent étendue : Crustacés qui forment dans les méthodes modernes la division des Macroures.

Jusqu'à ce point, les groupes constitués par Walch étaient parfaitement naturels; mais ceux qu'il faisait ensuite dans chacune de ces grandes divisions étaient complétement artificiels. Ainsi les Brachyures étaient classés d'après les ornements de la carapace.

Le premier genre se composait des espèces dont la *cuirasse du dos* était unie et sans échancrures.

Le deuxième genre comprenait celles à carapace unie et échancrée.

Le troisième, celles à carapace, ou tuberculeuse ou striée, mais sans piquants.

Le quatrième, celles dont le dos était garni de piquants,

Et enfin le cinquième, celles dont la carapace était inégale, couverte de bosses et de creux.

Quant aux coupes établies parmi les Macroures, elles étaient basées sur le même système. C'était toujours d'après les ornements de la carapace et la forme des pinces que Walch formait les divisions en divers genres. On comprend facilement qu'une telle classification devait rapprocher des individus de types très différents, et en séparer d'autres d'une organisation similaire. Ce qu'il y a de vraiment utile et de remarquable dans l'ouvrage de Knorr, ce sont les planches qui l'accompagnent, tant par leur variété que par leur exécution. Pour les Crustacés, elles sont au nombre de dix, et contiennent trente-quatre figures, dont vingt-six de

Macroures et huit de Brachyures; il n'en est pas qui ne soit parfaitement déterminable, et quelques-unes ont été faites d'après des individus mieux conservés que nous n'en possédons aujourd'hui. Parmi les Brachyures, il figure le *Macrophthalmus Latreillii*, le *Cancer Boscii* et le *Cancer punctulatus* de Desmarest. Le nombre des espèces de Macroures est beaucoup plus considérable; mais quant aux rapprochements qu'il fait des différentes espèces, elles sont tout à fait incomplètes; aussi n'en restera-t-il rien comme description zoologique. Il faut arriver au commencement de ce siècle pour trouver une étude sérieuse et raisonnée des Crustacés fossiles.

A.-G. Desmarest le premier, après des recherches approfondies sur les Crustacés vivants, appliqua à la connaissance des fossiles une nouvelle méthode, que l'on a suivie jusqu'à nos jours en la modifiant légèrement (1). Comme presque toutes les dépouilles de Crustacés que nous avons à notre disposition sont plus ou moins incomplètes, et qu'en général la plus grande partie est tellement empâtée dans une roche dure et compacte, et qu'il n'y a souvent que la carapace de dégagée, Desmarest s'appliqua à chercher dans l'étude de ce bouclier dorsal de bons caractères de classification. Il reconnut que toutes les saillies que l'on y remarque présentaient parfois de grandes différences, mais étaient disposées d'une manière invariable suivant les espèces, souvent même suivant les genres, et que, comme ces inégalités étaient en quelque sorte moulées sur les organes internes, elles ne pouvaient manquer d'avoir une valeur considérable dans une classification méthodique.

L'application des principes posés ainsi par Desmarest a donné d'excellents résultats, et, à partir de cette époque, la détermination des espèces fossiles a pu se faire d'une manière plus sûre et plus exacte. Desmarest avait décrit trente-quatre espèces de Crustacés appartenant aux différents groupes de cette classe : c'était tout ce que l'on connaissait de son temps. Depuis, le nombre des espèces

(1) Desmarest, *Histoire naturelle des Crustacés fossiles (proprement dits)*, 1822.

s'est considérablement accru, et l'on en a signalé dans des terrains où l'on n'en avait pas encore rencontré. Mais l'œuvre de Desmarest doit être considérée comme le point de départ de tous les travaux entrepris depuis quarante ans sur cette branche de la paléontologie. Ces travaux, comme on va le voir, sont en assez grand nombre; mais la plupart ne se basent pas sur des études comparatives suffisantes, et laissent beaucoup d'incertitudes quant aux déterminations zoologiques.

Presque à la même époque où Desmarest publiait en France le résultat de ses recherches, Schlotheim, en Allemagne, venait grossir la liste des Crustacés fossiles déjà connus, en en décrivant quelques-uns, soit de Bavière, soit de l'île Sheppey, soit d'Égypte (1).

Peu de temps après la publication de cet ouvrage, M. van Resselaer, dans un mémoire spécial, signala quelques Crustacés macroures provenant des terrains tertiaires de la Nouvelle-Jersey (2).

En 1829, Roux, conservateur du musée de Marseille, fit connaître une nouvelle espèce de Xanthe fossile provenant des dépôts récents des rivages de la mer de Chine (3).

En 1837, M. Milne Edwards, dans une note lue à la Société philomatique, examina quelques-uns des Brachyures de l'île Sheppey, et résuma ce que l'on connaissait alors sur la répartition géologique de ces animaux (4).

En 1839, M. de Münster publia un travail important sur les Crustacés fossiles, principalement de l'ordre des Macroures, qui se rencontrent entre les plaques de calcaires fissiles à Solenhofen, à Daiting, à Eichstädt, à Kelheim, etc. (5).

En 1842, M. Deslongchamps ajouta quelques faits nouveaux à

(1) Schlotheim, *Nachträge zur Petrefactenkunde.* Gotha, 1822, t. II, p. 26, t. I, p. 36.

(2) *Ann. of the Lyceum of Nat. History of New-York*, 1824, vol. I, part. 2, p. 195, pl. XIV.

(3) Roux, *Description d'une nouvelle espèce de Crustacé fossile* (*Ann. des sc. nat.*, 1829, 1re série, t. XVII, p. 84).

(4) *Journal de l'Institut*, 1837, t. V, p. 255.

(5) De Münster, *Beiträge zur Petrefactenkunde*, 1839.

l'histoire des Crustacés du terrain jurassique (1). Déjà, en 1825, il avait publié la description de certaines espèces des mêmes couches.

M. Herman de Meyer a fait connaître un grand nombre d'espèces nouvelles, surtout parmi les Crustacés macroures. Parmi les Brachyures, je citerai en particulier un Crabe fort remarquable rapporté d'Égypte par le duc Paul de Wurtemberg. En 1842, ce paléontologiste publia une note sur quelques Crabes fossiles de Bavière; mais il se contenta de donner à ces derniers des noms spécifiques, sans faire connaître d'une manière suffisante leurs caractères distinctifs. Les notes que ce savant a fait paraître sur ces sujets se trouvent dans différents mémoires et recueils (2).

En 1846, M. E. Sismonda fit connaître quelques-uns des Crustacés des couches tertiaires du Piémont (3).

En 1849, M. Mac Coy, en Angleterre, décrivit un certain nombre de Brachyures de l'île de Sheppey (4).

La même année, Robineau-Desvoidy publia la description des Crustacés trouvés dans les terrains néocomiens de Saint-Sauveur en Puisaye, dans le département de l'Yonne (5).

En 1854, M. Reuss (6) étudia avec soin le Macroure déjà décrit par Mantell sous le nom d'*Astacus Leachii* (7). M. Bosquet, dans un mémoire important, décrivit quelques espèces de Crustacés supérieurs des terrains crétacés; mais la plus grande partie de son travail est consacrée aux Entomostracés (8).

(1) Voyez les *Mém. de la Soc. linnéenne de Normandie*, 1825, 1835, 1842.

(2) H. v. Meyer, *Zur Kenntniss des* Palinurus Sueurii (*Nova Acta Acad. nat. curios.*, 1833, t. XVI, p. 517). — *Beiträge zu Eryon* (*Nova Acta Acad. nat. curios.*, 1836, t. XVIII, p, 263). — *Neue Gattung fossiler Krebse*, 1848. — *Krebse in buntem Sandstein* (*Musæum Senckenbergianum*, 1834, 1er vol., p. 293). — Leonhard und Bronn, *Neues Jahrbuch für Mineralogie und Geologie*, 1825, p. 329; 1842, p. 589; 1843, p. 589; 1845, p. 456, etc. — H. v. Meyer und. Wil. Dunker, *Palæontographie*, 1851, t. I.

(3) E. Sismonda, *Descr. dei Pesci e dei Crostacei fossili nel Piemonte*, 1846.

(4) *Ann. and Magaz. of nat. Hist.*, 2e série, 1849, t. IX, p. 161.

(5) *Ann. de la Société entomologique*, 1849, 2e série, t. VII, p. 161.

(6) Reuss, *Ueber* Clythia Leachii (*Mém. de l'Acad. de Vienne*, t. VI, p. 1).

(7) Mantell, *The Fossils of the South-Downs*, 1822, p. 221.

(8) J. Bosquet, *Monographie des Crustacés fossiles des terrains crétacés du*

En 1856, un jeune géologue, qui est mort il y a peu d'années, victime de son zèle pour les sciences qui le passionnaient trop vivement, Paul de Berville, fit connaître le premier Crustacé brachyure que l'on eût encore signalé dans le calcaire grossier des environs de Paris (1).

En 1857, M. Thomas Bell (2), en Angleterre, publia la description des Crustacés fossiles de l'argile de Londres. On devait déjà à ce carcinologiste différents travaux sur les animaux de la classe qui nous occupe. Le 12 novembre de la même année, M. Reuss lisait à la Société des sciences naturelles de Vienne une communication dans laquelle trois des genres établis par M. Bell se trouvaient mentionnés sous des noms différents de ceux que ce dernier leur avait assignés dans les *Mémoires de la Société paléontographique*. Deux ans après (1859), M. Reuss fit paraître un travail très considérable, accompagné de planches magnifiques, représentant un assez grand nombre de Brachyures fossiles, tirés presque tous de la collection réunie au Musée de Vienne (3). C'est dans ce travail que ce paléontologiste distingué décrit complétement et figure les genres qui lui sont communs avec M. Bell : aussi, quoique sa première communication ait paru à peu près en même temps que la publication du travail de ce dernier zoologiste, je crois que l'on doit conserver les noms génériques de M. Bell, parce que, dès 1857, ils étaient accompagnés de bonnes figures et d'une description exacte; enfin, qu'ils ont été adoptés immédiatement dans tous les musées, à une époque où il était impossible, à l'aide de la notice de M. Reuss, de savoir quelles étaient exactement les espèces dont celui-ci voulait parler.

En 1857, M. Binkhorst fit connaître plusieurs espèces nou-

duché de Limbourg (extrait du IIe vol. des *Mémoires de la Commission pour la description et la carte géologique de la Néerlande*, Haarlem, 1856).

(1) *Bull. de la Société géologique de France*, 2e série, t. XIV, p. 108, 17 décembre 1856.

(2) Th. Bell, *Monography of the Fossil malacostraceous Crustacea of Great Britain : I. Crustacea of the London clay* (extrait des *Mémoires de la Société paléontographique de Londres*, 1857).

(3) Aug. Reuss, *Zur Kenntniss fossiler Krabben*. Wien, 1859.

velles des couches de la craie supérieure de Maëstricht; entre autres, quelques Corystiens très remarquables (1).

En 1858, M. Étallon (2) réunit tout ce que l'on connaissait d'intéressant sur les Macroures des couches jurassiques de la Haute-Saône et du Haut-Jura, et il augmenta la liste de ces Crustacés d'un nombre assez considérable d'espèces nouvelles.

Enfin, en 1860, dans une courte note insérée aux *Comptes rendus de l'Académie des sciences* (3), j'ai indiqué certaines espèces propres aux sables de Beauchamp, espèces dont on ne soupçonnait pas l'existence.

Les différents mémoires spéciaux que je viens de signaler ne sont pas les seuls écrits à consulter au sujet de la carcinologie paléontologique. Beaucoup d'auteurs se sont occupés incidemment des Crustacés fossiles, et en ont signalé l'existence dans les couches dont l'étude géologique les occupait. Je vais donner la liste de ceux qui ont ajouté quelques faits nouveaux à l'histoire de cette classe d'animaux.

En 1829, M. Marcel de Serres signalait dans les couches miocènes des environs de Montpellier l'existence de quelques Crustacés (4).

En 1837, M. Galeotti, dans son *Mémoire sur la province du Brabant*, indiquait l'existence d'un Brachyure dans les couches éocènes de cette contrée (5).

En 1841, M. Rœmer faisait connaître les Crustacés propres aux terrains crétacés de l'Allemagne (6).

En 1842, nous trouvons dans le *Voyage en Amérique* d'Alcide

(1) Binkhorst, *Neue Krebse aus der Maestrichter Tuffkreide. Verhdl. d. naturhist. Verein d. Preuss. Reinlande und Westphalens*, 1857, t. X, p. 107.

(2) *Bull. de la Soc. géol. de France*, 2e série, t. XVI, p. 169, 20 décembre 1859.

(3) Alph. Milne Edwards, *Note sur les Crustacés fossiles des sables de Beauchamp* (*Comptes rendus de l'Académie des sciences*, 1860, t. LI, p. 92).

(4) *Géognosie des terrains tertiaires*, 1829, p. 154.

(5) Galeotti, *Mém. sur la constit. géognost. de la province de Brabant*, 1837, p. 47, pl. 3, fig. 3.

(6) Rœmer, *Die Versteinerungen des Norddeutschen Kreidegebirges*. Hannover, 1841.

d'Orbigny l'indication d'un Crustacé fossile dont l'origine est inconnue, et qui n'est pas décrit (1).

En 1845, M. Reuss, dans son *Mémoire sur les fossiles de la craie de Bohême*, parlait des Crustacés qui se rencontrent dans ce terrain (2).

M. Geinitz, en 1849, traçait l'histoire de la formation crétacée d'Allemagne, et indiquait les Crustacés qu'elle renferme, sans en décrire cependant de nouvelles espèces (3).

MM. Bronn et Rœmer, dans leur *Lethea*, reprenaient, à propos de chaque couche géologique, les Crustacés qui y avaient été signalés, et en discutaient les caractères (4).

En 1851, M. Quenstedt, dans son travail sur les fossiles en général, rendait compte de l'état des connaissances carcinologiques ; il signalait les espèces connues, en figurait quelques-unes, et ajoutait plusieurs faits nouveaux à ce que l'on savait déjà sur ces animaux (5).

Je citerai également le grand ouvrage de *Paléontologie* que l'on doit à M. Pictet. Effectivement on y trouve non-seulement l'énumération de toutes les principales espèces de Crustacés connues des géologues, mais aussi l'indication des caractères génériques des groupes auxquels elles se rapportent (6).

Enfin, en 1854, MM. d'Archiac et J. Haime (7), dans leur beau travail sur les fossiles du terrain nummulitique de l'Inde, faisaient connaître deux espèces de Brachyures que l'on y rencontre.

(1) D'Orbigny, *Voyage dans l'Amérique méridionale*, t. V, p. 107, pl. 6, fig. 17.

(2) Reuss, *Die Versteinerungen der Böhmischen Kreideformation*, 1845, pl. v, fig. 52 ; pl. vi, fig. 57 ; pl. vii, fig. 26, 29 ; pl. xi, fig. 23.

(3) Geinitz, *Das Quadersandsteingebirge oder Kreidegebirge in Deutschland*, 1849, p. 96, pl. 2.

(4) *Lethea geognostica oder Abbildung und Beschreibung der für die Gebirgsformationen bezeichnendsten Versteinerungen*, 1851.

(5) Quenstedt, *Handbuch der Petrefacktenkunde*, 1851, t. I, p. 261, pl. 20 et 21.

(6) Pictet, *Traité de paléontologie*, t. II, p. 410 et suiv., 1854.

(7) D'Archiac et J. Haime, *Description des animaux fossiles du groupe nummulitique de l'Inde*, 1854, 2e livraison, p. 340, pl. 36, fig. 12 et 13.

Je termine enfin cette liste hérissée de noms et de citations d'ouvrages. Comme on le voit, elle est assez longue ; mais si l'on veut se rendre compte des progrès que les connaissances carcinologiques ont faites, on voit qu'ils ne sont pas en rapport avec le nombre des écrits que je viens de signaler, et cette anomalie apparente s'explique facilement : car le plus souvent ces travaux ont été faits sans matériaux suffisants. Presque toujours, pour la comparaison des espèces et des genres, on n'a pas pris pour point de départ l'étude indispensable des Crustacés vivants, les seuls sur lesquels on doive se baser dans un travail de cette nature. Très souvent les auteurs qui signalaient une espèce nouvelle n'avaient pu la comparer à aucune de celles que l'on avait déjà décrites, et d'ordinaire, plutôt que d'avoir à chercher dans quel genre actuel elle devait se ranger, ils lui donnaient de prime abord un nom générique particulier. Aussi qu'en est-il résulté pour ce point de la science ? Que la même espèce a souvent été publiée sous plusieurs noms différents, tandis que des espèces différentes étaient confondues sous le même nom. Quelques-unes étaient seulement mentionnées quelquefois sans descriptions, ni figures ; d'autres fois avec quelques lignes de texte indiquant plutôt le gisement que les caractères de l'espèce, de sorte qu'il est souvent complétement impossible de savoir à quoi elles doivent se rapporter.

Les travaux de mon père sur les Crustacés vivants m'avaient depuis longtemps familiarisé avec l'étude de ces animaux, et mon attention s'était principalement dirigée sur les fossiles, dont la collection du Muséum possède un grand nombre. En effet, j'y voyais plusieurs espèces qui n'avaient jamais été mentionnées, et d'autres dont les déterminations génériques n'étaient plus au niveau des progrès que les méthodes carcinologiques ont faits depuis près d'un demi-siècle.

Pensant qu'il pourrait être de quelque utilité de réunir et de former un seul tout des pages dispersées que l'on avait de l'histoire des Crustacés fossiles, je me suis attaché à étudier comparativement le plus grand nombre possible de ces animaux. J'ai parcouru successivement les différents musées de France, du nord de l'Italie et de la Suisse, recueillant partout les renseignements, et examinant les pièces qui s'y trouvaient. A Strasbourg, à Bordeaux, à Dax, à Montpellier, à Marseille, à Turin, à Milan, à Vicence, à Vérone, à Genève, à Berne, à Bâle, j'ai trouvé l'accueil le plus bienveillant, et tout ce que possédaient les musées de ces différentes villes a été généreusement mis à ma disposition. Je dois aussi remercier MM. d'Archiac, Grateloup, Marcel de Serres, Hébert, Raulin, Deshayes et Michelin, qui ont bien voulu me communiquer tous les Crustacés fossiles qu'ils avaient dans leurs collections particulières. Je me suis procuré de cette manière, ainsi que par mes propres recherches, un nombre considérable de ces fossiles, dont une grande partie n'était pas connue, et j'ai pu comparer entre elles presque toutes les espèces signalées dans les divers travaux dont j'ai parlé précédemment. J'ai reconnu alors la nécessité de reprendre d'une manière sérieuse l'étude des déterminations de la plupart de ces animaux. Dans ce genre de recherches, il est toujours utile et souvent même indispensable de se guider sur les Crustacés vivants, dont l'étude, trop négligée par les paléontologistes, peut seule nous faire bien connaître la valeur des caractères employés pour la détermination des fossiles. Il ne suffit pas que les débris laissés par ces animaux se soient trouvés dans des localités différentes ou dans des terrains différents, pour que l'on se croie en droit d'en faire des espèces différentes : or c'est ce qui est malheureusement arrivé trop souvent, et ce qui a contribué à mettre dans cette partie de la science un grand désordre. Enfin la multiplication des divisions génériques établies parfois presque au hasard, et rarement définies d'une manière comparative, a singulièrement augmenté les difficultés inhérentes à l'étude de cette branche de la paléontologie. Dans le travail dont je commence aujourd'hui la publication, j'ai toujours pris pour base de l'étude des Crustacés fossiles la connaissance du mode d'organisation des Crustacés vivants ; j'ai pensé qu'il fallait réunir tous ces animaux dans un seul et même système de classification, et mettre en évidence les rapports naturels qu'ils ont entre eux. Tout en me dispensant de traiter des espèces récentes, j'ai dû les prendre comme terme de comparaison, et signaler avec soin les particularités de structure qui les distinguent des espèces éteintes, où qui les en rapprochent à des degrés divers. Avant d'aborder la description de ces fossiles, il faut donc que j'expose brièvement la méthode zoologique suivant laquelle je me propose de les ranger.

CHAPITRE II.

DE LA CLASSIFICATION GÉNÉRALE DES CRUSTACÉS.

La classe des Crustacés, qui a pour type ou représentant principal, soit l'Écrevisse, soit le Crabe, comprend un nombre très considérable d'autres Entomozoaires, dont les formes s'éloignent souvent beaucoup de celles des animaux que je viens de mentionner.

C'est ainsi que l'on y a fait rentrer successivement les Cloportes et tous les autres Édriophthalmes, animaux que l'on confondait avec les Insectes ou avec les Arachnides; puis les Trilobites. Plus récemment on a rangé dans ce groupe les Lernéens qui, pour Cuvier, étaient des Vers intestinaux; enfin les Cirrhipèdes, que ce grand naturaliste avait placés dans l'embranchement des Mollusques.

Nous n'avons pas à examiner ici la valeur des faits qui ont conduit à ces résultats; il nous suffira de dire qu'aujourd'hui tous les zoologistes sont d'accord sur ce point, et que par conséquent ils considèrent comme appartenant à la classe des Crustacés non-seulement tous les animaux articulés à respiration branchiale, mais aussi ceux dont l'organisation, tout en étant plus ou moins dégradée, semble avoir été conçue d'après ce même plan fondamental.

Quelques auteurs ont été même plus loin : ainsi M. Dana, à qui l'on doit un des ouvrages de carcinologie les plus importants que nous ayons, fait rentrer dans cette grande division zoologique les animalcules microscopiques dont M. Ehrenberg a formé la classe des Rotateurs. Mais cette méthode ne me semble pas devoir être adoptée; en effet, les Rotateurs, tout en étant bien des dérivés du type des Entomozoaires, offrent un mode de structure, qui ne peut être ramené au tracé fondamental d'un Crustacé quelconque. Ainsi le système appendiculaire qui joue un si grand rôle dans l'organisme de ces derniers animaux, et qui constitue chez tous des leviers articulés servant à la locomotion, sinon pendant toute la durée de la vie, au moins toujours pendant le jeune âge, n'est représenté chez les Rotifères que par des tubercules non articulés comparables aux pattes charnues des Annélides. Mais ce n'est pas le seul point qui les éloigne des Crustacés, la constitution de l'appareil buccal est tout autre ; enfin il y a lieu de croire que le système nerveux n'offre pas les mêmes caractères essentiels.

Dans l'état actuel de la science, la classe des Crustacés me semble donc devoir comprendre tous *les animaux annelés à respiration branchiale ou cutanée, dont le corps est pourvu de membres articulés, soit permanents, soit transitoires.* Ainsi caractérisé, ce groupe se sépare nettement, d'une part, des Insectes, des Myriapodes et des Arachnides, dont la respiration est aérienne, et s'exerce à l'aide de trachées ou de poumons ; d'autre part, des différentes classes réunies sous le nom commun de *Vers* et n'ayant jamais de membres articulés. On peut ajouter que ce sont les seuls Animaux articulés chez lesquels la tête porte deux paires d'antennes, et chez lesquels la portion postcéphalique du corps, divisée en une région thoracique et une région abdominale, est pourvue de plus de quatre paires de pattes articulées. J'ajouterai que les Crustacés sont aussi les seuls Arthropodaires dont le thorax soit composé de plus de quatre anneaux, et j'insiste sur ce caractère, parce qu'il nous permettra souvent de rapporter sans hésitation, à la classe des Crustacés, des fragments fossiles sur lesquels on n'aperçoit aucune trace du système appendiculaire. Il est vrai que, chez quelques espèces dégradées, la segmentation du corps cesse d'être distincte ; mais partout où le nombre des anneaux thoraciques est de cinq ou davantage, et où il existe un abdomen distinct du thorax, on retrouve les caractères essentiels du type carcinologique.

Les dérivés de ce type fondamental affectent des formes très variées, et présentent dans leur mode d'organisation des différences dont l'importance est très grande. Pour que la classification de ces animaux soit naturelle, c'est-à-dire la représentation fidèle des affinités zoologiques et des différences organiques rangées conformément à leur valeur respective, il faut donner au système des divisions et des subdivisions plus de complication que pour beaucoup d'autres groupes du même rang. Il ne suffit pas d'établir dans cette classe des ordres, des familles, des genres et des espèces ; il est souvent nécessaire de réunir en un même groupe plusieurs ordres, qui tous dérivent évidemment d'un même type secondaire, et de faire dans ces sections, ainsi que dans les familles naturelles dont elles se composent, des coupes dont la valeur n'est pas uniforme. Ainsi on reconnaît souvent qu'un type secondaire ou d'un rang inférieur est représenté par un nombre plus ou moins considérable de formes génériques ou spécifiques, et se retrouve modifié d'une manière profonde dans d'autres espèces, qui ne peuvent être confondues avec les précédentes sans rendre artificiel le groupe composé par les premières. Ces espèces anomales constituent, ainsi que cela a déjà été établi, tantôt des groupes satellites, d'autres fois des groupes de transition, qui semblent relier entre eux des types évidemment bien distincts (1).

Le tableau qui représente la classification naturelle des Crustacés ne peut donc offrir la symétrie que beaucoup d'auteurs aiment à introduire dans les cadres zoologiques ; mais, d'après l'examen de l'ensemble de cette grande division du règne animal, il me semble possible de simplifier à certains égards cette classification, sans lui faire perdre son caractère essentiel, c'est-à-dire le cachet propre aux méthodes naturelles.

Je crois inutile de passer en revue les divers systèmes de classification employés par les naturalistes depuis l'établissement de la classe des Crustacés aux dépens de celle des Insectes de Linné, innovation due à Cuvier, et qui date de la fin du siècle dernier (2). Mais comme point de départ, il me semble nécessaire de rappeler brièvement la marche adoptée par les auteurs qui, dans ces derniers temps, se sont occupés de ce sujet de la manière la plus utile à l'avancement de ce point de la science.

(1) Voyez Milne Edwards, *Observ. sur les affinités zoologiques et la classification naturelle des Crustacés* (*Ann. des sc. nat.*, 3e série, 1852, t. XVIII, p. 109 et suiv.).

(2) Cuvier, *Leçons d'anatomie comparée*, t. I, *Tabl. gén. des classes des animaux* (an VIII).

Je ne m'arrêterai pas à discuter la valeur des divisions primaires que M. de Haan a établies dans la classe des Crustacés, et qui sont empruntées en partie au système de Ducrotay de Blainville. Il range ces animaux en cinq ordres de valeur égale, savoir : les Décapodes, les Stomatopodes, les Hétéropodes, les Tétradécapodes et les Xiphosures (1). Les considérations que j'aurai bientôt l'occasion d'exposer montreront assez tout ce que cette distribution a d'artificiel.

Dans un premier essai de classification naturelle publié par mon père en 1834, les Crustacés sont répartis en trois groupes primaires ou sous-classes, suivant que l'appareil buccal se compose de pattes-mâchoires seulement, ou d'appendices spéciaux disposés d'une part pour la succion, d'autre part pour la mastication (2).

Mais dans un travail plus récent, qui parut en 1844 (3), ce zoologiste modifia cette manière de voir, et n'admit que deux sous-classes, savoir : les Crustacés ordinaires, qui sont pourvus d'appareils buccaux propres, et les Xiphosures, dont les appendices circumbuccaux remplissent à la fois les fonctions de pattes et de mâchoires.

Chacun de ces groupes est ensuite divisé en légions, qui à leur tour sont subdivisées en ordres, ceux-ci en sections, comprenant chacune un nombre variable de familles, ainsi que cela se voit dans le tableau suivant.

CLASSE DES CRUSTACÉS.

Ire Sous-Classe. — CRUSTACÉS ORDINAIRES. — Un appareil buccal composé de plusieurs paires de membres distincts des organes locomoteurs.

1re Division. — PODOPHTHALMES. — Yeux pédonculés et mobiles. En général, des branchies proprement dites.

(1) De Haan, *Fauna japonica*, p. x.

(2) Milne Edwards, *Hist. nat. des Crustacés*, t. I, p. 201 et suiv.

(3) Milne Edwards, article Crustacés du *Dictionnaire universel d'histoire naturelle* de Ch. d'Orbigny, t. IV, p. 380 et suiv.

Une carapace. Tête en général soudée au thorax. Pattes thoraciques vergiformes.

1er ORDRE. — DÉCAPODES. — Branchies thoraciques et presque toujours cachées sous la carapace, quelquefois nulles. Appendices abdominaux bien développés, ne ressemblant pas aux pattes thoraciques et servant à la natation ou à la génération. Anneaux céphaliques antérieurs soudés entre eux. Appareil buccal composé de 6, de 5 ou de 4 paires de membres. Pattes thoraciques en général ambulatoires et au nombre de 5 paires.

1re *Section*. — BRACHYURES. — Abdomen reployé sous le thorax, peu développé, n'ayant pas d'appendices au pénultième anneau et ne servant pas à la locomotion. Orifice de l'appareil femelle situé sur le plastron sternal, qui est assez large entre toutes les pattes.

Fam. I, *Oxyrhynques*. — Maïens, Parthénopiens.

Fam. II. *Cyclométopes*. — Cancériens, Portuniens.

Fam. III. *Catométopes*. — Thelphusiens, Gécarciniens, Pinnothériens, Ocypodiens, Gonoplaciens, Grapsoïdiens.

Fam. IV. *Oxystomes*. — Callapiens, Leucosiens, Corystiens, Doripiens.

2e *Section*. — ANOMOURES. — Abdomen en général de grandeur médiocre et de forme anormale, tantôt lamelleux, tantôt membraneux et portant presque toujours des appendices sur l'avant-dernier segment, mais ne servant que peu ou point à la natation. Vulves occupant en général la base des pattes de la troisième paire. Pattes de la cinquième paire en général impropres à la locomotion.

Fam. I. *Aptérures*. — Dromiens, Homoliens, Raniniens.

Fam. II. *Ptérygures*. — Hippiens, Paguriens, Porcellaniens.

3e *Section*. — MACROURES. — Abdomen très développé, épais, terminé par une nageoire en éventail. Vulves occupant la base des pattes de la troisième paire. Pattes postérieures servant presque toujours à la locomotion.

Fam. I. *Macroures cuirassés*. — Galathéides, Eryons, Scyllariens, Langoustiens.

Fam. II. *Macroures fouisseurs*. — Cryptobranches, Gastrobranches.

Fam. III. *Astaciens*.

Fam. IV. *Salicoques*. — Crangoniens, Alphéens, Palémoniens, Pénéens.

Fam. IV. *Schizopodes*. — Mysiens, Leucifériens.

2

2e Ordre. — STOMAPODES. — Branchies abdominales et libres. Appendices abdominaux très développés. Anneaux céphaliques antérieurs mobiles. Appareil buccal composé essentiellement de trois paires de membres.

Fam. I. *Erichthiens.*

Fam. II. *Squilliens.*

3e Ordre. — PHYLLOSOMIENS. — Point de branchies. Membres abdominaux rudimentaires. Tête distincte du thorax. Corps lamelleux. (Ex. : *Amphion*, *Phyllosome*.)

2e Division. — EDRIOPHTHALMES. — Yeux sessiles et latéraux. En général point de branchies proprement dites, mais des portions membraneuses du système appendiculaire ordinaire qui en tiennent lieu. Tête distincte du thorax, point de carapace. Pattes thoraciques simples, vergiformes, ambulatoires, et en général au nombre de sept paires.

1er Ordre. — AMPHIPODES. — Abdomen bien développé et terminé par une nageoire ou un organe de saut composé des appendices des trois dernières paires. Appendices flabelliformes des pattes thoraciques transformés en sacs membraneux remplissant les fonctions de branchies.

Fam. I. *Crevettines.* — Crevettines sauteuses, Crevettines marcheuses.

Fam. II. *Hypérines.* — Hypérines gammaroïdes, Hypérines ordinaires, Hypérines anormales.

2e Ordre. — LÆMODIPODES. — Abdomen rudimentaire et sans appendices terminaux. Appendices flabellaires des pattes thoraciques intermédiaires branchiformes.

Fam. I. *Caprelliens.*

Fam. II. *Cyamiens.*

3e Ordre. — ISOPODES. — Abdomen bien développé, mais ne servant que peu ou point à la locomotion, et portant, en dessous, cinq paires de membres à lames terminales foliacées qui constituent l'appareil respiratoire.

1re *Section.* — Isopodes marcheurs.

Fam. I. *Idotéides.* — Idotéides arpenteuses, Idotéides ordinaires.

Fam. II. *Asellotes.* — Asellotes hétéropodes, Asellotes homopodes.

Fam. III. *Cloportides.* — Cloportides maritimes, Cloportides terrestres, Tylosiens.

2e *Section.* — ISOPODES NAGEURS.

Fam. I. *Pranisiens.*

Fam. II. *Sphéromiens.* — Sph. ordinaires, Sph. chélifères.

Fam. III. *Cymothoadiens.* — Cym. ravisseurs, Cym. errants, Cym. parasites.

3e *Section.* — ISOPODES SÉDENTAIRES.

Fam. I. *Ioniens.*

Fam. II. *Bopyriens.*

3e DIVISION. — TRILOBITES. — Animaux fossiles dont le corps est conformé à peu près comme celui des Isopodes, mais se fait remarquer par le grand développement des pièces latérales de l'arceau dorsal des anneaux thoraciques, et qui n'avaient probablement que des pattes foliacées, car on ne trouve pas de vestiges de ces organes.

4e ORDRE. — TRILOBITES PROPREMENT DITS.

Fam. I. *Isotéliens.*

Fam. II. *Calyméniens.*

Fam. III. *Ogygiens.*

5e ORDRE. — BATTOÏDES.

Agnoste.

4e DIVISION. — BRANCHIOPODES. — Pattes thoraciques lamelleuses et branchiales. Membres abdominaux en général nuls ou semblables à ceux du thorax. Appareil buccal conformé pour la mastication. Tête en général distincte.

1er ORDRE. — PHYLLOPODES. — Corps composé d'un grand nombre d'anneaux. Pattes thoraciques foliacées et au nombre de huit paires ou davantage.

Fam. I. *Apusiens.*

Fam. II. *Branchipiens.*

2e ORDRE. — CLADOCÈRES. — Corps composé d'environ huit segments. Pattes thoraciques subfoliacées et au nombre de quatre ou cinq paires.

Ex. : Daphnie, Sidie, Lyncée, Latone, Polyphème, Evadné.

5e DIVISION. — OSTRACODES. — Corps sans divisions annulaires distinctes et renfermé dans un test bivalve. Tête confondue avec le thorax.

Ex. : Cypris, Cythérée, Cypridine.

6e Division. — ENTOMOSTRACÉS. — Pattes thoraciques natatoires et biramées au moins dans le jeune âge, et en général au nombre de quatre paires. Point d'appendices paraissant être spécialement affectés à la respiration. Abdomen peu développé et dépourvu de fausses pattes. Œufs contenus dans des sacs ou tubes appendus sous l'abdomen.

1er Ordre. — COPÉPODES. — Pattes natatoires libres à leur base et bien développées chez l'adulte. Bouche conformée pour la mastication. Pattes-mâchoires foliacées ou peu développées.

Fam. I. *Pontiens.*
Fam. II. *Monocles.*

2e Ordre. SIPHONOSTOMES. — Bouche conformée pour la succion, pattes-mâchoires ancreuses et très développées. Pattes thoraciques en général courtes et réunies sur la ligne médiane vers leur base. Thorax composé de plusieurs articles distincts.

Fam. I. *Peltocéphales.* — Ergasiliens, Arguliens, Caligiens, Pandariens.
Fam. II. *Pachycéphales.* — Dichélestiens.

3e Ordre. — LERNÉENS. — Bouche conformée pour la succion. Thorax sans divisions annulaires. Pattes et pattes-mâchoires rudimentaires difformes ou nulles.

Fam. I. *Chondracanthiens.*
Fam. II. *Lernéopodiens.*
Fam. III. *Lernéocériens.*

IIe Sous-Classe. — XIPHOSURES. — Bouche entourée de pattes ambulatoires dont l'article basilaire fonctionne à la manière d'une mandibule. Membres abdominaux foliacés et portant des branchies (G. Limule).

Dans un autre mémoire (1) publié en 1852, le même auteur

(1) Milne Edwards. *Observations sur les affinités zoologiques et la classification naturelle des Crustacés* (*Ann. des sc. nat.*, 3e série, t. XVIII, p. 109).

a introduit quelques modifications dans cette classification, mais elles ne sont pas assez considérables pour qu'il soit nécessaire de nous y arrêter ici.

Vers la même époque, M. Dana, dans son beau travail sur les Crustacés recueillis pendant le voyage d'exploration fait par ordre du gouvernement des États-Unis dans les mers australes, adopta une marche totalement différente.

Il fonda ses divisions primaires sur l'existence ou l'absence de pédoncules oculaires mobiles, sur les différences dans le nombre des anneaux céphalo-thoraciques, et sur quelques autres caractères, comme on peut le voir dans le tableau ci-joint.

Ire Sous-Classe. — PODOPHTHALMIA, ou DÉCAPODES. — Anneaux céphaliques du céphalo-thorax, appartenant aux organes des sens et à la bouche, au nombre de neuf. Yeux pédonculés. Branchies ou foliacées, ou filamenteuses, disposées sur le côté du thorax, rarement abdominales, manquant quelquefois. Céphalo-thorax plus ou moins recouvert d'une carapace.

1er Ordre. — EUBRANCHIATA. — Branchies disposées sur les côtés du thorax et recouvertes par la carapace.

1re *Tribu.* — Brachyures. — Corps élargi. Abdomen reployé, exactement appliqué contre le sternum et dépourvu d'appendices. Branchies au nombre de neuf de chaque côté. Vulves ouvertes sur le sternum. Carapace présentant en dessous de chaque côté du corps une suture longitudinale rejoignant l'épistome en avant. (*Maioidea*, *Cancroidea*, *Corystoidea*, *Grapsoidea*, *Leucosidea*.)

2e *Tribu.* — Anomoures.— Corps large ou très allongé. Abdomen souvent semblable à celui des Brachyures, soit reployé et appliqué imparfaitement contre le sternum, soit allongé et non reployé, portant des appendices caudaux et rarement d'autres. Neuf branchies ou plus de chaque côté. Vulves ouvertes à la base des pattes de la troisième paire, comme chez les Macroures. Carapace marquée de chaque côté d'une suture longitudinale, comme chez les Brachyures.

Superiora : Dromidea, Bellidea, Raninidea.
Media : Hippidea, Porcellanidea.
Submedia : Lithodea.
Inferiora : Paguridea, Ægleidea, Galatheidea.

3e *Tribu*. — Macroures. — Corps très allongé. Abdomen ou droit ou peu recourbé, et garni d'une série d'appendices. Branchies en nombre ordinairement supérieur à neuf. Ouvertures des vulves à la base des pattes de la troisième paire. Carapace portant rarement une suture longitudinale.

Paguro-squillidæ: Thalassinidea.

Macroures normaux : Astacidea, Caridea, Penæidea.

2e Ordre. — ANOMOBRANCHIATA. — Branchies, soit disposées à découvert à la base des pattes thoraciques, soit suspendues aux appendices branchiaux, soit nulles.

1re *Tribu*. — Mysidea. — Corps presque semblable par sa forme à celui des Cardines, non déprimé. Pattes thoraciques et pattes-mâchoires jamais préhensiles, grêles, souvent palpigères, à palpe inséré près du thorax. (*Euphausidæ*, *Thysanopoda*, etc.; *Mysidæ*, *Cynthiæ*, *Mysis*, etc.; *Leuciferidæ*.)

2e *Tribu*. — Amphionidea. — Corps déprimé, souvent élargi, pattes thoraciques et pattes-mâchoires jamais préhensiles, palpigères et à palpe inséré loin du thorax. (*Phyllosoma*, *Amphion*.)

3e *Tribu*. — Squilloidea. — Corps très déprimé, quatre pattes et quatre pattes-mâchoires monodactyles et préhensiles. (*Squillidæ*, *Erichthidæ*.)

IIe Sous-Classe. — TETRADECAPODA. — Anneaux céphaliques du céphalo-thorax au nombre de sept. Appendices branchiaux très simples, appartenant, soit au thorax, soit à l'abdomen. Céphalo-thorax multi-annelé, manquant de carapace et garni d'une série de pattes. Abdomen pourvu le plus souvent d'une série d'appendices, mais quelquefois rudimentaire.

1er Ordre. — CHORISTOPODA. — Céphalo-thorax portant des pieds onguiculés dont quelques-uns sont parfois chéliformes. Chaque paire d'appendices appartenant à un seul anneau.

1re *Tribu*. — Isopodes. — Les pattes thoraciques antérieures au nombre de six et les postérieures au nombre de huit, dépourvues d'appendices branchiaux. Abdomen court, garni de dix appendices branchiaux, et de deux appendices postérieurs unguiformes ou lamelleux. (*Idoteidea*, *Oniscoidea*, *Cymothoidea*, *Spheromidea*.)

2e *Tribu*. — Anisopodes. — Les pattes thoraciques antérieures au nombre de six et les postérieures au nombre de huit, dépourvues d'appendices branchiaux. Abdomen assez court, garni de dix appendices branchiaux ou subnatatoires, et de deux appendices postérieurs, comme chez les Isopodes. (*Serolidea*, *Arcturidea*, *Tanaidea*.)

3e *Tribu*. — AMPHIPODES. — Les pattes thoraciques antérieures au nombre de huit et les postérieures au nombre de six, garnies en partie d'appendices branchiaux. Abdomen allongé, garni de six appendices natatoires et de six appendices styliformes. (*Caprellidea*, *Gammaridea*, *Hyperidea*.)

2e ORDRE. — TRILOBITA (affinités douteuses). — Céphalothorax garni en dessous d'appendices lamelleux et dépourvu de pieds unguiculés ; segments du corps dépassant souvent le nombre ordinaire.

IIIe SOUS-CLASSE. — ENTOMOSTRACÆA. — Six ou cinq anneaux céphaliques à la région céphalo-thoracique. Yeux souvent sessiles. Appendices branchiaux, le plus souvent absents. Abdomen ne présentant pas de série d'appendices. Céphalo-thorax garni d'une série de pattes, dont les huit ou dix postérieures, appartenant aux huitième, onzième et douzième anneau (s'ils existent), le plus souvent natatoires.

1er ORDRE. — GNASTOSTOMATA. — Bouche garnie de mandibules et de mâchoires normales, jamais tronciforme ni disposée pour la succion.

1re LÉGION. — LOPHYROPODA. — Segments et appendices du céphalo-thorax ne dépassant pas le nombre normal.

1re *Tribu*. — CYCLOPOIDEA. — Céphalo-thorax divisé en anneaux et dépourvu de carapace. Abdomen droit et non reployé. Appendices thoraciques mandibulaires et suivants, au nombre de seize à dix-huit. Appendices postérieurs natatoires au nombre de huit ou dix. (*Calanidæ*, *Cyclopidæ*, *Corycidæ*.)

2e *Tribu*. — DAPHNOIDEA. — Corps recouvert en partie d'une carapace. Abdomen plus ou moins replié. Appendices masticatoires et autres, au nombre de douze à seize, les postérieurs natatoires au nombre de six à huit. (*Penilidæ*, *Daphnidæ*, *Polyphemidæ*.)

3e *Tribu*. — CYPROIDEA. — Corps complétement recouvert. Appendices céphalo-thoraciques masticatoires et suivants au nombre de dix. Aucun appendice natatoire. (*Cypridæ*, *Halocypridæ*.)

2e LÉGION. — PHYLLOPODA. — Appendices et segments du céphalo-thorax dépassant le nombre ordinaire. Corps remarquablement annelé.

1re *Tribu.* — ARTEMIOIDEA. — Corps presque droit. Céphalo-thorax multi-annelé, recouvert d'une carapace ou nu ; la plupart des appendices du céphalo-thorax foliacés ; yeux pédonculés. Stylets de la queue presque comme chez les Cyproïdes. (*Artemiadæ, Nebaliadæ.*)

2e *Tribu.* — APODOIDEA. — Céphalo-thorax recouvert d'une carapace en forme de bouclier. Appendices postérieurs du céphalo-thorax lamelleux. Yeux sessiles. Abdomen multi-annelé, extrémité caudale d'une forme remarquable. (*Apodidæ.*)

3e *Tribu.* — LIMNADIOIDEA. Corps complètement enfermé de la tête à l'abdomen dans une carapace comme les Cyproïdes. Yeux sessiles. Extrémité caudale comme chez les Cyproïdes. (*Limnadidæ.*)

2e ORDRE. — CORMOSTOMATA. — Bouche tronciforme et suceuse à base souvent mobile.

1er SOUS-ORDRE. — PŒCILOPODA. — Forme du corps semblable en général à celle des Cyclopes, souvent clypéiforme ou subcylindrique, ou même vermiforme. Bouche inférieure.

1re *Tribu.* — ERGASILIOIDEA. — Céphalo-thorax annelé, non recouvert d'une carapace. Tronc buccal immobile et court, quelquefois dépourvu de mandibules. Huit pattes postérieures, six natatoires comme chez les Cyclopes. Œufs portés dans des sacs externes. Corps souvent non déprimé. (*Monstrillidæ, Ergasilidæ, Nicothoidæ.*

2e *Tribu.* — CALIGOIDEA. — Céphalo-thorax, soit annelé, soit recouvert d'une carapace. Tronc buccal mobile garni de mandibules. Huit pattes postérieures plus ou moins natatoires, souvent en partie réunies en lames. Œufs portés à l'extérieur dans des tubes allongés qui manquent rarement. Corps souvent déprimé et clypéiforme. (*Argulidæ, Caligidæ, Dichelestidæ.*)

3e *Tribu.* — LERNÆOIDEA. — Céphalo-thorax à peine annelé. Corps soit court et gros, soit allongé et vermiforme ; pas de pattes natatoires. Œufs portés à l'extérieur, soit agrégés dans des sacs, soit rangés en série simple dans des tubes. (*Chondracanthidæ, Ancorellidæ, Penellidæ.*)

2e SOUS-ORDRE. — ARACHNOPODA ou PYCNOGONIDEA. — Corps presque arachnéiforme, manquant presque d'abdomen ; céphalo-thorax court, annelé. Pieds longs, étendus. Bouche frontale et tronciforme.

Tribu. — PYCNOGONIDÆ. — *Pycnogonidæ, Nymphidæ.*

3e ORDRE. — MEROSTOMATA. — Mandibules et mâchoires remplacées par la base des pattes thoraciques.

Tribu. — LIMULOIDEA.

Vᵉ Sous-Classe. — CIRRHIPEDIA. — Cinq ou six anneaux céphaliques ; yeux sessiles ou nuls ; appendices branchiaux manquant. Pas d'abdomen. Animal fixé dans une enveloppe multivalve qui le cache complétement. Céphalo-thorax garni d'une série de pieds grêles et multi-articulés.

Vᵉ Sous-Classe. — ROTATORIA. — Corps microscopique, manquant de pattes et mû par des cils vibratiles. Abdomen présentant souvent deux ou trois anneaux fourchus au bout, d'autres fois manquant tout à fait. Anneaux céphaliques au nombre de quatre ou cinq.

Ce système de classification présente un double inconvénient : il réunit dans un même groupe des animaux qui diffèrent les uns des autres beaucoup plus que quelques-uns d'entre eux ne diffèrent de ceux des groupes voisins, et il assigne à ces divisions des caractères trop vagues. Ainsi il réunit dans la sous-classe des Entomostracés les Xiphosures aux Lernées, aux Branchipes, aux Pycnogonides et aux Cypris ; le groupe ainsi constitué a la même valeur zoologique que celui formé par les Décapodes et les Stomatopodes, ou celui qui comprend les Édriophthalmes et les Trilobites, ou bien encore celui composé des Cirrhipèdes. On y remarque aussi d'autres défauts que je signalerai par la suite.

Dans l'état actuel de la science, il ne me semble possible d'adopter complétement aucune des classifications que je viens d'exposer. Les découvertes récentes relatives aux premiers états de quelques Crustacés, les Cirrhipèdes entre autres, nécessitent des modifications assez profondes dans le mode de distribution de ces animaux adopté par mon père, et le système employé par M. Dana ne me paraît être ni suffisamment naturel, ni d'un usage commode.

La classe des Crustacés, comprenant les Anatifes, les Balanes, les Lernées, et tous ces animaux dégradés dont les affinités zoologiques ont été si longtemps inconnues, me semble devoir être d'abord divisée en deux groupes principaux : d'une part, les

Eleutheronotes (1), chez qui les sexes sont toujours séparés, et la partie dorsale du corps, toujours libre et de forme ordinaire, ne constitue jamais un pédoncule ou une base de sustentation propre à fixer l'animal aux corps étrangers ; d'autre part, les *Basinotes* (2), qui ont les organes mâles et femelles réunis sur le même individu, et dont la région dorsale du corps constitue un pédoncule ou une base de sustentation à l'aide de laquelle l'animal adulte se fixe pour toujours aux corps sous-marins.

La première de ces divisions primaires ou sous-classes comprend tous les Crustacés qui mènent une vie errante, ou qui, vivant en parasites sur d'autres animaux, s'y attachent, soit à l'aide de leur bouche, soit au moyen de leurs pieds ou pieds-mâchoires. Elle correspond par conséquent à la classe entière des Crustacés, telle que les zoologues la délimitaient avant que les observations de Thompson, de M. Burmeister, de M. Hesse et de quelques naturalistes, aient montré que les Cirrhipèdes dérivent du type carcinologique.

La seconde sous-classe se compose seulement de ces derniers animaux qui, tout en ayant dans le jeune âge de très grandes affinités avec divers membres du premier de nos groupes, s'en éloignent beaucoup quand leur développement est achevé, et présentent alors un ensemble de caractères spéciaux qui, dans une classification naturelle, doit nécessairement être représenté par une grande division particulière.

Les Éleuthéronotes, ou Crustacés dioïques, nous offrent deux plans d'organisation parfaitement distincts, et doivent, ainsi que cela a été déjà établi, être répartis en deux groupes caractérisés principalement par le mode de constitution de l'appareil buccal. Chez les uns, les organes masticatoires sont formés par l'article basilaire des pattes ambulatoires ; tandis que chez les autres l'entrée du tube digestif est toujours garnie d'un système d'appendices spéciaux qui ne servent en rien à la locomotion.

Les premiers forment le groupe naturel des *Xiphosures*, repré-

(1) De ἐλεύθερος, libre, et νῶτος, dos.

(2) De βάσις, base, et νῶτος, dos.

senté par le seul genre *Limulus*. Les seconds constituent, dans la méthode de classification de M. Milne Edwards, la division des Crustacés ordinaires, que je proposerai de désigner sous le nom commun d'*Eustomés* (1), c'est-à-dire, à bouche bien constituée.

On voit que jusqu'ici la classification que je me propose d'employer ne diffère pas notablement de celle admise par la plupart des auteurs les plus récents. Mais il n'en est plus de même en ce qui concerne les sections à faire dans le groupe des Eutosmés. En général, on distribue ces Crustacés en un nombre considérable de divisions secondaires, telles que les Podophthalmaires, les Édriophthalmes, les Branchiopodes, les Entomostracés, etc., qui à leur tour se subdivisent en plusieurs ordres. Mais afin de mettre cette partie de la classification en accord avec la valeur des différences que présentent ces divers types, il me semblerait préférable, tout en conservant la section des Podophthalmaires, de réunir en un second groupe de même rang tous les autres Eustomés. En effet, ils se ressemblent tous entre eux par le petit nombre d'appendices affectés à la constitution de l'appareil buccal, par l'absence d'organes respiratoires de création spéciale, et par une tendance à la dégradation de tous les grands appareils physiologiques ; des passages nombreux relient par des transitions insensibles les diverses formes secondaires qui en dépendent, et plusieurs des particularités de structure, qui se rencontrent toujours chez les dérivés du type Podophthalmaire, n'existent ici que d'une manière exceptionnelle. Ainsi les yeux sont presque toujours sessiles et immobiles. Enfin les anneaux du thorax sont toujours libres et complets en dessus, même quand ils sont cachés sous une carapace céphalique, disposition qui, du reste, ne se voit que très rarement. Je proposerai de désigner sous le nom d'*Oligognathes* (2) cette grande section, qui comprendra les Édriophthalmaires, les Branchiopodaires, les Copépodaires, ainsi que la petite famille des Ostracodes, dont les affinités naturelles, ne sont pas encore bien connues, etc. Les Trilobites paraissent devoir appartenir à la seconde de ces

(1) De εὖ, bien, et στόμα, bouche.

(2) De ὀλίγος, peu, et γνάθος, mâchoire.

divisions, mais se rattachent aussi, par beaucoup de caractères importants, à certains dérivés du type Édriophthalmaire. Enfin les liaisons entre les Copépodaires et les Branchiopodaires sont encore plus intimes, et les premiers se lient étroitement à certains Édriophthalmaires. Ces considérations m'ont conduit à attribuer à chacun de ces groupes beaucoup moins d'importance qu'on ne l'avait fait jusqu'à présent.

Dans ce moment, je ne m'étendrai pas davantage sur ces questions de classification générale, me proposant de ne m'occuper d'abord que des Podophthalmaires, en laissant de côté ce qui se rapporte aux Oligognathes, dont on a déjà étudié d'une manière approfondie quelques groupes, tels que ceux des Entomostracés et des Trilobites. Quant aux autres, leur importance paléontologique est jusqu'ici très minime, et pour le moment je n'aborderai pas leur histoire.

Le tableau ci-joint résume les principales bases de la méthode que je viens d'exposer :

Ire Sous-Classe.

ÉLEUTHÉRONOTES, ou CRUSTACÉS PROPREMENT DITS.

Sexes séparés. Individus libres ou parasites, et dans ce dernier cas fixés par la bouche ou par les pieds-mâchoires.

<table>
<tr>
<td rowspan="2">1re Section.
CRUSTACÉS ORDINAIRES,
ou
EUSTOMÉS.
Bouche armée d'appendices spéciaux.</td>
<td>1re Légion.
PODOPHTHALMAIRES.
Yeux toujours pédonculés et mobiles ; une carapace. Bouche armée de six paires d'appendices ou davantage.</td>
</tr>
<tr>
<td>2e Légion.
OLIGOGNATHES.
Yeux toujours immobiles et non pédonculés, rarement une carapace. Bouche garnie de trois ou quatre paires d'appendices seulement.</td>
</tr>
</table>

2e SECTION.

CRUSTACÉS AGNATHES, ou XIPHOSURES.

Bouche dépourvue d'appendices spéciaux et entourée de pattes-mâchoires seulement.

IIe SOUS-CLASSE.

BASINOTES ou CIRRHIPÈDES.

Sexes réunis. Individus adultes fixés, mais non parasites, et adhérant aux corps étrangers par un pédoncule dorso-frontal.

DES CRUSTACÉS PODOPHTHALMAIRES FOSSILES.

CHAPITRE I.

DE L'ORGANISATION DES PODOPHTHALMAIRES, ET DE LEUR DIVISION NATURELLE EN ORDRES ET EN SOUS-ORDRES.

§ I.

Le groupe naturel des Podophthalmaires, établi par Leach en 1814, comprend tous les Crustacés les plus élevés en organisation. Dans le type particulier dont dérivent ces animaux, il existe, comme je l'ai déjà dit, un appareil respiratoire de création spéciale, et non de simples branchies d'emprunt constituées par des pattes foliacées. Parfois ces organes peuvent manquer complétement, et la respiration devient alors cutanée ; mais les pattes sont toujours ambulatoires ou natatoires seulement(1). Chez les Podophthalmaires, le nombre des anneaux, ou zoonites distincts, dont se compose la tête, est plus considérable que chez les Oligognathes.

(1) Chez les Oligognathes, il n'existe pas de branchies de création spéciale. Les femelles de Jones font seules exception à cette règle ; d'ordinaire, la respiration s'effectue à l'aide d'appendices membraneux constitués par une partie ou par la totalité des pattes devenues natatoires.

Il existe toujours un anneau ophthalmique, visible à l'extérieur, ou reconnaissable quand la portion frontale de la carapace a été enlevée, et les yeux sont toujours portés à l'extrémité d'une paire d'appendices dépendant de ce premier segment céphalique. Il en résulte que ces organes sont toujours pourvus de pédoncules mobiles, mode d'organisation qui a valu à ces animaux le nom commun de *Podophthalmaires*, et qui ne se rencontre que d'une manière exceptionnelle chez les Oligognathes (1).

Les anneaux céphaliques post-buccaux, ou du moins les anneaux dont les membres concourent à la formation de l'appareil masticatoire, sont toujours au nombre de six paires, et quelquefois même on en trouve davantage (2). Chez les Oligognathes, au contraire, comme leur nom l'indique, ces appendices sont moins nombreux. En effet, les mandibules ne sont suivies que de deux ou trois paires de pieds-mâchoires.

Un caractère non moins saillant que celui tiré de la disposition des yeux est fourni par le mode de conformation du segment dorsal des troisième et quatrième anneaux céphaliques, qui, en se développant d'une manière excessive, chevauche sur les anneaux voisins, et constitue un grand bouclier appelé *carapace*, sous lequel la majeure partie de la tête et du thorax se trouve cachée.

Chez presque tous les Oligognathes, il n'existe rien de sem-

(1) Les Nébalies et les Branchipes sont les seuls Oligognathes dont les yeux soient portés sur un pédoncule mobile, mais il est à noter que chez ces Crustacés, les pattes sont foliacées et respiratoires. (Voy. *Règne anim.*, CRUSTACÉS, pl. 72, fig. 1 *a*, et pl. 74, fig. 2).

(2) Jusque dans ces derniers temps, ce caractère ne pouvait être appliqué à tous les Podophthalmaires ; car chez les Phyllosomes, la bouche n'est garnie que de quatre paires d'appendices comme chez les Oligognathes. Mais on sait aujourd'hui, par les observations de MM. Coste et Gerbe, que les Crustacés désignés sous ce nom ne sont que des larves de Langoustes, et que, par conséquent, à l'état adulte, ils doivent avoir, comme ces derniers, le nombre d'appendices buccaux normal dans l'ordre des Décapodes. J'ajouterai que je considère comme appartenant à l'appareil buccal des Squilliens tous les appendices préhenseurs qui, impropres à la locomotion, viennent s'appliquer sur la bouche ; ce qui porte le nombre de ces organes à huit paires, et réduit à trois paires le nombre des appendices thoraciques dévolus à la locomotion. (Voy. *Règ. anim.*, CRUSTACÉS, pl. 3, fig. 4, et pl. 56, fig. 1, etc.)

blable. Les anneaux thoraciques restent toujours distincts de la tête, et lorsqu'il existe une carapace, comme chez les Apus (1), les Limnadies (2), les Daphnies (3), les Nébalies (4), etc., elle paraît formée seulement aux dépens d'un seul anneau céphalique post-mandibulaire. Il est aussi à noter que, chez les Podophthalmaires, l'union de la carapace et des anneaux thoraciques qu'elle recouvre est beaucoup plus intime que chez les Oligognathes, qui sont pourvus d'un bouclier de ce genre. Chez ces derniers, en effet, les anneaux du thorax cachés au-dessous sont complets et libres, tandis que dans le groupe qui nous occupe ces anneaux sont dépourvus de pièces tergales, et sont complétés en dessus par la carapace qui y adhère.

Cette légion se divise en deux ordres, celui des Décapodes et celui des Stomapodes. Ce dernier ne se compose que de très peu d'espèces, tandis que l'autre comprend le plus grand nombre des Crustacés connus. Ils sont séparés par beaucoup de caractères importants, parmi lesquels je citerai en première ligne la disposition de l'appareil respiratoire. Chez les Décapodes, comme on le sait, les branchies sont thoraciques, et d'ordinaire cachées complétement dans l'intérieur de chambres particulières, pratiquées de chaque côté du corps sous la carapace. Chez les Stomapodes, il n'existe jamais de branchies thoraciques, et ces organes sont suspendus aux fausses pattes abdominales. Chez les uns et les autres, ces organes spéciaux de respiration peuvent disparaître complétement, et alors cette fonction ne s'effectue plus que par la peau. Mais dans tous les cas, les Stomapodes se reconnaissent au faible développement de la carapace, qui laisse à découvert les trois derniers anneaux du thorax ; tandis que chez les Décapodes, la totalité de la région thoracique est presque toujours cachée sous le bouclier dorsal, et entre son bord postérieur et la base de l'abdomen on n'aperçoit jamais plus d'un seul segment thoracique. J'insiste sur ce caractère, parce qu'il pourra être souvent d'un emploi sûr et utile pour

(1) Voy. *Règne anim.*, Crustacés, pl. 75, fig. 1 et 1 *a*.
(2) *Ibid.*, pl. 74, fig. 1 *a*.
(3) *Ibid.*, pl. 73, fig. 2 *a*.
(4) *Ibid.*, pl. 72, fig. 1 et 1 *a*.

les paléontologistes. Je pourrais citer encore de nombreux caractères distinctifs tirés, soit de l'organisation intérieure, soit de la structure du squelette tégumentaire; mais je crois inutile de m'y arrêter ici, comptant les exposer avec détails, quand je m'occuperai de chacun de ces ordres en particulier.

§ II.

Ordre des Décapodes.

Le corps des Décapodes se compose toujours de vingt et un segments ou anneaux, dont les uns sont libres et mobiles, les autres soudés entre eux, et quelquefois même unis d'une manière si intime, qu'il est difficile de les distinguer.

Ces anneaux forment toujours deux groupes principaux, dont l'un porte les organes des sens, l'appareil buccal et les pattes ambulatoires; tandis que l'autre ne donne naissance qu'à de *fausses pattes* ou pattes natatoires, et à des appendices affectés au service de la reproduction. Le premier de ces groupes constitue la portion *céphalo-thoracique* du corps; le second a reçu le nom d'*abdomen*, et, comme nous le verrons bientôt, présente dans sa conformation des différences considérables, suivant les types secondaires dont dérivent d'une part les Crabes, d'autre part les Écrevisses.

Les anneaux céphalo-thoraciques sont d'ordinaire tous soudés entre eux; quelquefois seulement le dernier, ou même les deux derniers jouissent d'une certaine mobilité (1).

Le premier de ces anneaux, ou anneau *ophthalmique*, porte les pédoncules oculaires; le second a reçu le nom d'anneau *antennulaire*, parce qu'il sert de base aux petites antennes ou antennes internes; le troisième est l'anneau *antennaire*, et, comme son nom l'indique, il porte les grandes antennes ou antennes externes, à la base desquelles se trouve toujours un petit tubercule, que l'on

(1) Exemples : les Lithodes (Milne Edwards, *Op. cit.*, *Ann. des sc. nat.*, 3e série, t. XVI, pl. 9, fig. 7); l'Écrevisse (*Règne animal*, Crustacés, pl. 49, fig. 2c).

considère comme faisant partie de l'appareil de l'ouïe, et qu'à raison de cette circonstance on appelle *tubercule auditif* (1) ; le quatrième, ou anneau *mandibulaire*, donne attache aux mandibules. Les cinq anneaux suivants portent les mâchoires et les pieds-mâchoires ; mais les deux derniers de ces segments appartiennent en réalité au thorax plutôt qu'à la tête. Enfin les cinq derniers anneaux thoraciques donnent insertion aux mains et aux pattes ambulatoires.

La carapace, formée, comme nous l'avons déjà dit, par la portion tergale des troisième et quatrième anneaux de la tête, recouvre la totalité ou la presque totalité de ce groupe de segments céphalo-thoraciques. Quelquefois l'anneau ophthalmique et le dernier anneau du thorax restent à découvert, mais cela est rare. Ce bouclier naît de la région dorsale du corps, et descend latéralement en chevauchant sur les flancs jusque sur la base des pattes en laissant entre sa face interne et les côtés du thorax un espace vide, qui constitue de chaque côté du corps la chambre branchiale ou respiratoire. La manière dont ces cavités sont closes en dessous peut varier, et fournir, comme nous le verrons bientôt, des caractères utiles pour la distinction des familles.

On sait que, chez quelques Décapodes, la carapace se compose de deux portions réunies entre elles par une membrane seulement, et qui ont été considérées comme se rapportant à deux anneaux distincts. La portion antérieure, qui recouvre le front, l'estomac et les parties antérieures du foie, a reçu le nom d'*arceau céphalique* de la carapace ; la portion postérieure, qui recouvre le cœur, ainsi qu'une portion de l'intestin, et qui constitue de chaque côté la voûte des chambres branchiales, a été appelée *arceau scapulaire* de la carapace (2) ; enfin le sillon qui sépare ces deux portions du bouclier céphalo-thoracique est appelé *sillon cervical*. L'arceau antérieur se compose presque toujours d'une seule pièce (3) ; l'arceau postérieur, au contraire, est très souvent

(1) Pl. 1, fig. 1^A, *m*.

(2) Milne Edwards, *Observations sur le squelette tegumentaire des Crustacés décapodes* (*Ann. des sc. nat.*, 3e série, t. XVI, p. 229 et suiv., pl. 8, fig. 1, etc.).

(3) La seule exception à cette règle nous est fournie par le Rhynchocynète, chez qui le prolongement frontal ou rostre est constitué par une pièce distincte

divisé en trois pièces, dont une médiane et deux latérales. On peut appeler la première *pièce tergale*, et les deux autres, qui doivent être considérées comme des épimérites, ont reçu le nom de *branchiostégites*. Il est encore à noter que la pièce tergale dont je viens de parler peut se diviser elle-même en deux parties mobiles correspondantes, l'une à la chambre cardiaque, l'autre à la portion thoracique de l'intestin (1). Enfin les branchiostégites peuvent aussi se fractionner ; mais ce mode de conformation est très rare, et il serait inutile de nous en occuper ici.

Dans l'immense majorité des cas, la carapace n'est pas divisée de la sorte ; mais il existe en général des sillons ou d'autres traces plus ou moins bien marquées qui correspondent aux lignes de jonction de ces différentes pièces ; et il en résulte à la surface de ce bouclier céphalo-thoracique des compartiments plus ou moins distincts qui correspondent aux différentes parties de la chambre viscérale, occupées par les principaux organes intérieurs de nutrition. Longtemps avant que l'on eût connaissance du mode de constitution de la carapace que nous venons d'indiquer, on avait remarqué l'existence de ces sillons, et, comme nous l'avons déjà dit, Desmarest les employa avec beaucoup de bonheur pour distinguer entre eux les Crustacés fossiles. Il appela *régions de la carapace* ces espaces interceptés par ces sillons, et il donna à chacun d'eux un nom particulier correspondant au principal organe situé au-dessous (2). Le système de nomenclature employé par Desmarest a été modifié par quelques carcinologistes plus récents (3). Pour le moment, je n'entrerai pas dans beaucoup de détails sur ce sujet ; mais comme les paléontologistes ont à chaque instant

et mobile. (Milne Edwards, *Note sur le Rhynchocynète*, dans *Ann. des sc. nat.*, 2e série, t. VII, pl. 4 *C'*, fig. 1).

(1) Exemple : le *Birgus latro* (voyez *Ann. des sc. nat.*, 3e série, t. XVI, pl. 8, fig. 2).

(2) Desmarest, *Hist. nat. des Crustacés proprement dits*, p. 72 et suiv., pl. 5, fig. 1 (1822).

(3) Milne Edwards, *Op. cit.* (*Ann. des sc. nat.*, 3e série, t. XVI, p. 235 et suiv.).— Dana, *Crustacea*, t. I, p. 28.—Bell, *A Monograph of the Fossil Malacostraceous Crustacea of Great Britain*, p. IV.

besoin de recourir aux caractères fournis par la conformation de ces régions, il est nécessaire d'en dire ici quelques mots, afin de bien préciser le sens dans lequel j'emploierai les noms qui y ont été donnés. En général, l'arceau céphalique de la carapace, circonscrit en arrière, comme je l'ai déjà dit, par le sillon cervical, est divisé supérieurement en trois régions principales par des sillons plus ou moins marqués (1) ; l'une de ces régions en occupe toute la portion médiane, et peut être appelée *région gastrique* (2). Desmarest a cru devoir la considérer comme formée de deux parties, et il leur donna les noms de *région stomacale* et de *région génitale ;* mais cette division, n'étant pas naturelle, n'a pu être admise. Les deux autres régions sont situées latéralement, et ont été désignées sous le nom de *régions hépatiques* (3), parce qu'elles correspondent aux lobes principaux du foie.

La conformation du segment postérieur de la carapace diffère considérablement dans les groupes secondaires de l'ordre des Décapodes, et je me bornerai à ajouter ici qu'on appelle *région cardiaque* (4) le compartiment médio-antérieur qui recouvre le cœur, et qui est divisé en un lobe cardiaque antérieur et un lobe cardiaque postérieur, ce dernier correspondant à la région intestinale de quelques auteurs. La portion latéro-postérieure, celle qui, de chaque côté du corps, forme la voûte des chambres respiratoires, est la *région branchiale* (5). Enfin j'appellerai *sillons branchio-cardiaques* les dépressions qui séparent les régions branchiales des régions cardiaque et intestinale.

Dans quelques cas particuliers, il est nécessaire de distinguer encore comme des régions distinctes des portions de la carapace qui sont repliées en dessous, et ne se voient qu'à la face inférieure du corps. Je reviendrai sur ces particularités en traitant des caractères de la subdivision des Décapodes brachyures.

(1) *Règne anim.*, CRUSTACÉS, pl. 6, fig. 1, et *Ann. des sc. nat.*, Zool., 3e série, t. XVI, pl. 8, fig. 3, 4, 6, 9 G, etc.

(2) Voy. pl. 1, fig. 1 *g*.

(3) Voy. pl. 1, fig. 1 *h*.

(4) Voy. pl. 1, fig. 1 *k*.

(5) Voy. pl. 1, fig. 1 *b*.

Il est aussi à noter que chacune des régions de la carapace peut être plus ou moins profondément subdivisée en plusieurs compartiments secondaires que l'on appelle des *lobes*, et que ceux-ci peuvent à leur tour se fractionner en *lobules*.

La carapace est presque toujours très solidement unie à l'arceau inférieur ou sternal des anneaux antennulaires, antennaires et mandibulaires, par la partie antérieure de ses bords latéraux. Il en résulte à la partie antérieure de la tête une espèce d'étui ou de cadre, dans lequel se loge l'anneau ophthalmique (1). En général, la portion frontale de la carapace, après s'être avancée au-dessus de ce dernier anneau, se prolonge en bas, de façon à aller rejoindre la portion médiane de l'anneau antennulaire, et à entourer ainsi, comme dans un manchon, le premier segment de la tête qui porte les pédoncules oculaires, et qui se trouve alors complétement caché. Ces derniers appendices sont toujours plus ou moins libres et mobiles; mais il arrive souvent que des prolongements de la carapace les entourent en dessus, en dehors et en dessous, de façon à constituer une fossette, appelée *orbite*, et destinée à les abriter. On nomme *sourcil* le bord supérieur de cette cavité (2), et *front* (3) la portion de la carapace comprise entre les deux orbites.

En arrière de l'anneau antennaire, les bords latéraux de la carapace circonscrivent une espèce de fosse, qui est limitée en arrière par le plastron sternal, et qui loge l'appareil buccal. En général, il existe entre cette cavité et les fossettes antennulaires une pièce transversale appelée *épistome* (4), qui est constituée par l'arceau sternal de l'anneau dont dépendent les antennes internes. Chez un grand nombre de Décapodes, la fosse buccale est séparée de l'épistome par une crête transversale, dite *labiale*. La partie antérieure de sa voûte, située entre cette crête et l'ouverture de la

(1) Voy. Milne Edwards, *Op. cit.* (*Ann. des sc. nat.*, 3e série, t. XVI, pl. 8, fig. 17, etc.).

(2) Voy. pl. 1, fig. 1 *s*.

(3) Voy. pl. 1, fig. 1 *f*.

(4) Voy. pl. 1, fig. 1A, *n*.

bouche, se nomme *endostome*(1), et concourt toujours à la formation de la partie terminale des conduits respiratoires.

Chez certaines espèces, on y remarque des crêtes longitudinales ou obliques qui limitent du côté interne l'espèce de gouttière appartenant à ces conduits (2), et cette disposition fournit des caractères très utiles pour la distinction de certains genres.

Les appendices buccaux sont au nombre de six paires, savoir : une paire de mandibules, deux paires de mâchoires et trois paires de pieds-mâchoires ou mâchoires auxiliaires (3). Je ne m'arrêterai pas à décrire tous ces organes, parce que, quel que soit l'usage utile que l'on en puisse faire pour la classification naturelle des Décapodes récents, il est en général impossible d'y avoir recours pour la détermination des fossiles. Les seules parties de cet appareil dont nous aurons à nous occuper sont les mandibules et les pieds-mâchoires externes.

Les mandibules sont toujours faciles à reconnaître, et leur forme varie dans les grandes divisions de l'ordre qui nous occupe. Mais il est très rare de les trouver isolées, et quand elles sont en place, il n'est jamais nécessaire de les prendre en considération pour arriver aux déterminations soit génériques, soit spécifiques.

Les pieds-mâchoires externes qui recouvrent toutes les autres parties de l'appareil buccal, et qui se montrent toujours à découvert, fournissent au contraire des caractères dont l'emploi est très fréquent. Presque toujours, chacun de ces organes se compose d'une branche principale et d'une branche accessoire (4) : cette dernière naît sur l'article basilaire de la précédente, et en occupe la partie externe ; la branche interne peut être comparée à une patte très raccourcie, dont les trois premiers articles sont en général élargis, et disposés de façon à remplir les fonctions de mâchoires, tandis que les trois derniers, presque toujours grêles et courts, constituent d'ordinaire un appendice palpiforme. Du reste, la

(1) Voy. pl. 1, fig. 1^A, *o*.

(2) Voy. pl. 1, fig. 1^A, *o'*.

(3) Voy. l'atlas du *Règne animal*, CRUSTACÉS, pl. 3, fig. 2 et 3, pl. 4, etc.

(4) Voy. pl. 1, fig. 1^F.

forme de ces pattes-mâchoires diffère beaucoup dans les différents groupes dont se compose l'ordre des Décapodes, et je me réserve d'en parler plus longuement lorsque je traiterai de ces divisions zoologiques.

L'arceau inférieur ou sternal de chacun des anneaux thoraciques se compose généralement d'une paire de pièces médianes appelées *sternites* (1), et d'une paire de pièces latérales en rapport avec la base des pattes, et nommées *épisternites* (2). Les premières sont tantôt séparées entre elles par une suture longitudinale, dite *suture médiane* (3), d'autres fois soudées entre elles. Elles concourent toujours à la formation du cadre articulaire destiné à recevoir la base des pattes; enfin elles sont souvent très développées, et, dans tous les cas, constituent la partie principale de l'arceau sternal. Les épisternites, au contraire, sont plus ou moins rudimentaires, refoulés à l'angle latéro-antérieur du sternite correspondant, et d'ordinaire en partie soudés à ces dernières pièces; ils complètent en avant l'échancrure qui reçoit le condyle articulaire inférieur de la hanche. Les divers arceaux ainsi constitués sont presque toujours tous soudés entre eux; mais dans la plupart des cas, les lignes correspondant à leur jonction sont marquées par une suture transversale, qui, de même que la suture médiane dont il a déjà été question, donne naissance à une cloison intérieure du thorax, que l'on désigne d'une manière générale sous le nom d'*apodème* ou *endophragme* (4). La réunion de tous ces anneaux sternaux constitue ce que les carcinologistes appellent le *plastron sternal*, partie du squelette tégumentaire, dont la forme diffère beaucoup dans les divers types secondaires de l'ordre des Décapodes, et fournit au paléontologiste d'excellents caractères pour la distinction de certaines familles, aussi bien que pour celle des divisions d'un rang supérieur.

Les Décapodes, comme leur nom l'indique, sont pourvus de cinq paires de pattes, dont quatre au moins servent essentielle-

(1) Voy. pl. 1, fig. 1^{C}, u^{1}, u^{2}, u^{3}, etc.

(2) Voy. pl. 1, fig. 1^{C}, u^{*}.

(3) Voy, pl. 9, fig. 1^{A}.

(4) Voy. Milne Edwards, *Op. cit.* (*Ann. des sc. nat*, 3e série t. XVI, pl. 9)

ment à la locomotion, l'autre étant ordinairement conformée de façon à constituer des organes de préhension, que l'on peut appeler des *pinces*.

Chacun de ces appendices se compose essentiellement d'une série de six segments ou articles principaux, réunis bout à bout par des jointures, et formant autant de leviers plus ou moins cylindriques. La première de ces pièces s'articule au sternum en dessous et aux flancs, ou pièces épimériennes en dessus ; elle constitue la base du membre, et peut être désignée sous le nom de *hanche* ou d'*épaule* (1), suivant qu'elle appartient aux pattes ambulatoires ou aux pinces. La pièce suivante est en général divisée en deux parties soudées entre elles ; mais elle n'offre que rarement un développement considérable, et elle sert surtout à compléter la jointure scapulaire. Pour la facilité de la description, nous l'appellerons *trochanter* (2). L'article qui s'insère sur ce dernier est en général très allongé, et peut porter le nom de *bras* ou de *cuisse*, suivant le membre dont il fait partie (3). J'appellerai *avant-bras* ou *jambe* (4) l'article qui succède au précédent, et que l'on a souvent désigné sous le nom de *carpe* ; le pénultième segment prendra le nom de *main* ou de *pied* (5), et le dernier, qui est le tarse de quelques auteurs, deviendra le *doigt* (6).

Quand ces appendices sont organisés pour la préhension, le pénultième article s'élargit, et se prolonge plus ou moins au-dessous du doigt, de façon à former une pince didactyle avec celui-ci. Dans ce cas, on désigne d'ordinaire le doigt mobile sous le nom de *pouce* (7), en donnant le nom d'*index* (8) à la branche immobile de cette main. Enfin la portion de cette même main, qui constitue la base de la pince, peut être appelée le *poignet* (9). Il est

(1) Voy. pl. 1, fig. 1 *e*.
(2) Voy. pl. 1, fig. 1 *t*.
(3) Voy. pl. 1, fig. 1 *c*.
(4) Voy. pl. 1, fig. 1 *j*.
(5) Voy. pl. 1, fig. 1 *p*.
(6) Voy. pl. 1, fig. 1 *d*.
(7) Voy. pl. 1, fig. 1B, *d*.
(8) Voy. pl. 1, fig. 1B, *p**.
(9) Voy. pl. 1, fig. 1B, *p'*.

aussi à noter que quelquefois la jambe peut se subdiviser en deux ou plusieurs articles (1), et que, dans quelques cas, le membre, au lieu d'être formé par une seule tige, porte une branche accessoire, qui s'avance plus ou moins parallèlement à la cuisse (2).

L'abdomen se compose de sept anneaux, dont les six premiers peuvent donner naissance chacun à une paire d'appendices, mais dont le dernier, qui porte l'anus, n'en possède jamais.

Quand ces anneaux sont bien développés, ils sont toujours mobiles les uns sur les autres; mais dans le cas contraire, deux ou plusieurs d'entre eux peuvent se souder ensemble.

Quant à la conformation de cette région du corps, il existe chez les divers Décapodes des différences extrêmement considérables, et ce sont même ces différences qui constituent les caractères les plus saillants des deux types secondaires principaux de cet ordre.

En effet, les premiers naturalistes qui se sont occupés de l'étude des Crustacés ont reconnu, parmi les animaux dont on compose aujourd'hui le groupe des Décapodes, deux formes principales : celle des Crabes et celle qui est commune aux Écrevisses, aux Homards, aux Langoustes et aux Salicoques. Chez les premiers, l'abdomen, plus ou moins rudimentaire, est presque foliacé, se reploie sous le thorax, et n'est jamais un organe locomoteur. Chez les seconds, au contraire, cette portion postérieure du corps prend un très grand développement, se termine par une large nageoire en éventail, et devient le principal instrument de la natation. Ces caractères coïncident avec d'autres particularités de structure d'une grande importance zoologique ; aussi, dans tous les systèmes carcinologiques, représente-t-on ces deux modes d'organisation par deux sections principales de l'ordre des Décapodes, désignées sous les noms de *Brachyures* ou Décapodes à courte queue, et de *Macroures* ou Décapodes à grande queue.

Mais les espèces qui offrent l'un ou l'autre de ces types nettement caractérisés ne sont pas les seules qui se rencontrent dans

(1) Par exemple, chez les Salicoques du genre *Stenopus* (voy. l'Atlas du *Règne animal*, CRUSTACÉS, pl. 50, fig. 2).

(2) Exemple : les Mysis et les Pasiphées (*Op. cit.*, pl. 54 *bis*, fig. 2, 2d, etc.).

le groupe des Décapodes; il en est un certain nombre qui présentent un mélange de caractères, et qui semblent être intermédiaires entre les Brachyures proprement dits et les vrais Macroures. Cette circonstance a conduit mon père à établir dans cet ordre une troisième section sous le nom de *Décapodes anomoures* (1). Cette innovation a été adoptée par tous les naturalistes qui, depuis trente ans, ont écrit sur l'histoire des Crustacés. Je n'ai point à examiner ici jusqu'à quel point elle peut être d'accord avec les modifications qui se rencontrent dans la structure intérieure de ces êtres; mais elle ne me semble pas indispensable pour conserver à la classification carcinologique son caractère de méthode naturelle, et elle offrirait pour les paléontologistes de très grands inconvénients, car elle n'est pas toujours en harmonie avec la forme extérieure de ces animaux.

J'irai même plus loin, et je dirai qu'en appliquant à la distribution méthodique des Décapodes les idées exposées par M. Milne Edwards dans une de ses dernières publications (2), il me semble possible de distribuer ces animaux d'une manière plus conforme à leurs véritables affinités zoologiques, en rattachant comme groupes satellites aux deux types principaux, dont dérivent les Brachyures et les Macroures, les espèces anormales dont on avait formé la section des Anomoures. Quoi qu'il en soit à cet égard, la division que je me propose d'adopter ici aura au moins l'avantage d'être d'un emploi facile dans l'étude des Crustacés fossiles.

Je diviserai donc l'ordre des Décapodes en deux grandes sections, composées chacune d'un groupe typique et d'un groupe satellite ou anormal.

La première de ces sections, celle des *Brachyures*, comprendra tous les Décapodes dont le pénultième anneau de l'abdomen est dépourvu d'appendices mobiles chez l'animal arrivé à son développement complet.

La seconde section, celle des *Macroures*, comprendra tous les

(1) Milne Edwards, *Recherches sur l'organisation et la classification naturelle des Crustacés décapodes* (*Ann. des sc. nat.*, 1832, t. XXV, p. 298).

(2) *Observations sur les affinités zoologiques et la classification naturelle des Crustacés* (*Ann. des sc. nat.*, 3e série, t. XVIII, p. 123).

Décapodes dont le pénultième anneau de l'abdomen porte, soit des nageoires, soit des appendices mobiles analogues, bien que modifiés pour remplir d'autres fonctions.

La section des Brachyures se compose, comme je l'ai déjà dit, d'un groupe typique qui correspond à la section des Brachyures proprement dits de M. Milne Edwards, et d'un groupe anormal correspondant à la famille des Anomoures Aptérures du même auteur.

Comparons d'abord entre eux les deux types principaux, c'est-à-dire les Brachyures proprement dits et les Macroures typiques. Le premier de ces groupes comprend presque tous les Crustacés connus sous le nom vulgaire de *Crabes ;* il est extrêmement homogène, et présente un ensemble de caractères tant extérieurs qu'intérieurs, dont l'importance est considérable. Chez tous, la portion thoracique du système nerveux est très concentrée, et ne forme jamais une chaîne ganglionnaire comme chez les Macroures. Les orifices de l'appareil génital femelle sont toujours pratiqués dans le plastron sternal qui porte les pattes de la troisième paire, et n'occupent jamais, comme c'est toujours le cas chez les Macroures, l'article basilaire de ces appendices. Les branchies manquent toujours aux deux derniers anneaux du thorax, et tous ces organes, à l'exception des deux antérieurs qui sont rudimentaires, constituent de chaque côté du corps une seule rangée horizontale. Chez les Macroures, au contraire, on trouve toujours des branchies sur le pénultième et souvent même sur le dernier anneau du thorax, aussi bien que sur les anneaux précédents, et d'ordinaire elles s'insèrent sur deux ou trois rangs superposés.

A ces caractères tirés de la structure des organes intérieurs viennent s'en ajouter beaucoup d'autres fournis par la disposition du squelette tégumentaire, et comme ces derniers sont pour nous d'un intérêt considérable, je crois devoir entrer dans quelques détails à ce sujet.

Chez les Brachyures proprement dits, la carapace est toujours courte relativement à sa largeur, les régions branchiales se développant beaucoup en dehors. Ce mode de conformation est nécessité par la position oblique des branchies qui sont couchées sur un plan très incliné formé par les flancs. Enfin, la voûte de la chambre respiratoire est presque horizontale, et occupe à peu près le même niveau que les régions cardiaque et stomacale. Chez les Macroures, au contraire, les branchies sont placées verticalement, et la région de la carapace, qui correspond à la voûte de la chambre respiratoire, se prolonge très peu en dehors, mais en général descend presque directement du sillon branchio-cardiaque, vers la base des pattes. Il en résulte que, chez les Brachyures, la portion dorsale de ce bouclier céphalo-thoracique est très large, et à peu de chose près horizontale; tandis que chez les Macroures, elle est étroite et ordinairement semi-cylindrique. Il est aussi à noter que, chez les Brachyures, les branchiostégites ou pièces épimériennes sont très étroites, et ne constituent qu'une petite portion des régions branchiales; elles ne se montrent jamais sur la face dorsale de la carapace, et sont refoulées en dessous près de la base des pattes. Chez les Macroures, au contraire, lorsqu'elles sont distinctes, elles recouvrent la totalité de chaque chambre branchiale, et souvent elles semblent même tenir lieu des pièces tergales, et se rejoindre sur la ligne médiane du dos, en arrière du sillon cervical. Chez la plupart des Brachyures, les régions hépatiques sont également très développées en largeur, et se prolongent en dehors, beaucoup au delà de l'angle externe des orbites, disposition qui ne se voit presque jamais chez les Macroures; enfin elles sont ordinairement assez distinctes de la région stomacale, tandis que chez les Macroures elles sont presque toujours confondues avec celles-ci.

Dans ce dernier groupe, l'anneau ophthalmique est en général libre au devant du bord frontal de la carapace, et recouvert seulement en dessus par un prolongement rostral de ce bord. Chez les Brachyures proprement dits, il est au contraire constamment caché dans une sorte de gaîne transversale formée par la réunion d'un prolongement médio-inférieur du front avec une portion avancée de l'anneau antennulaire. Les pédoncules oculaires s'insèrent par conséquent dans un cadre circulaire situé de chaque côté de la région frontale; enfin la portion adjacente de la carapace est, dans la plupart des cas, disposée de façon à former deux fosses profondes appelées *orbites*, dans lesquelles les yeux peuvent se loger plus ou moins complétement, disposition qui est extrêmement rare chez les Macroures.

Chez les Brachyures proprement dits, les antennes de la première paire, ou antennules, naissent chacune dans une fossette ménagée sous le front, et plus ou moins complétement séparée des orbites par la portion basilaire des antennes externes. Leur premier article est très large, mais peu saillant, et les deux articles suivants, courts, grêles et cylindriques, forment une petite tige coudée qui se termine par deux appendices rudimentaires, et se replie dans la partie supérieure de la fossette dont il vient d'être question. Chez les Macroures typiques, ces antennes sont toujours grandes, allongées, libres à leur base, et incapables de se replier sous le front, où il n'existe aucune cavité pour les recevoir.

Les antennes externes sont également très courtes chez les Brachyures proprement dits, et au contraire très grandes chez les Macroures. Chez les premiers, leur article basilaire est presque toujours enclavé entre l'angle externe du front et la partie interne d'un prolongement sous-orbitaire de la carapace; souvent même il se soude à ces parties, tandis que chez les autres ce premier article est libre et saillant en avant du front. Chez les Brachyures, la tigelle terminale de ces appendices est presque toujours plus ou moins rudimentaire, et le tubercule auditif qui occupe leur base est petit et discoïde. Chez les Macroures, cette tigelle est au contraire en général très longue, et le tubercule auditif est représenté par un trou à bords saillants.

Les pattes-mâchoires externes présentent aussi des différences très considérables dans ces deux divisions principales de l'ordre des Décapodes. Chez les Macroures, leur tige interne est toujours plus ou moins pédiforme; ses second et troisième articles sont grêles et prismatiques, et sa portion terminale, constituée par les trois derniers articles, est grande et allongée. Chez les Brachyures typiques, ces organes sont au contraire larges, courts et operculiformes; leurs second et troisième articles se dilatent, de façon à constituer une sorte de couvercle destiné à clore en dessous la fosse buccale, et leur portion terminale est plus ou moins rudimentaire et palpiforme.

Dans le groupe naturel formé par ces derniers Décapodes, le plastron sternal est large et bien développé ; il n'est linéaire entre la base d'aucune des paires de pattes, et son dernier segment n'est jamais mobile sur le pénultième, qui à son tour est toujours soudé aux autres anneaux du thorax. Chez les Macroures, le plastron sternal est souvent linéaire, et n'offre jamais une largeur considérable entre la base des pattes antérieures ; enfin il arrive souvent que son dernier segment est libre et mobile.

L'abdomen dans ces deux groupes ne diffère pas seulement, à raison de la grandeur et de la conformation de sa partie terminale ; on remarque aussi des dissemblances très grandes dans les caractères fournis par son système appendiculaire. Chez les Brachyures, il existe chez la femelle une paire de fausses pattes sur chacun des quatre premiers segments de cette région du corps, mais on n'en trouve jamais sur les anneaux suivants. Enfin, chez le mâle, le nombre de ces appendices est encore plus réduit, et il n'en existe que sur les deux premiers anneaux abdominaux, où ils constituent des organes copulateurs. Chez les Macroures, ces membres sont toujours disposés par paires ; mais ils ne manquent sur aucun des six premiers anneaux de l'abdomen, et ceux de la dernière paire, ainsi que je l'ai déjà dit, constituent avec le septième anneau une large nageoire caudale composée de cinq pièces, dont la médiane est formée par cet anneau, et les latérales, portées de chaque côté sur un article commun, sont les branches terminales des fausses pattes du pénultième segment.

Dans tout ce qui précède, il n'a été question que des représentants typiques des deux groupes secondaires de l'ordre des Décapodes. Mais, ainsi que je l'ai déjà dit, il existe à côté de chacune de ces grandes divisions un groupe satellite ou anormal, composé d'espèces dont l'organisation se trouve modifiée par dégradation et par des emprunts faits à d'autres types.

Ainsi on connaît un certain nombre de Décapodes dont l'abdomen ne constitue pas chez l'adulte un organe de natation, et dont la forme générale du corps se rapproche beaucoup de celle des Brachyures proprement dits, mais dont le mode d'organisation ressemble sous beaucoup de rapports à celui des Macroures. Chez ces Brachyures de transition, l'appareil génital de la femelle est dépourvu de poche copulatrice, organe qui, constant chez les autres Brachyures, manque toujours chez les Macroures. Les oviductes, au lieu de s'ouvrir au dehors par des orifices creusés dans le plastron sternal, se terminent dans l'article basilaire des pattes de la troisième paire comme chez les Macroures. Les branchies naissent sur le pénultième anneau thoracique, aussi bien que sur les précédents, et souvent elles se disposent en faisceaux sur plusieurs rangs, à peu près comme chez les Macroures. La concentration du système nerveux est moins grande que dans le groupe normal. Le plastron sternal est parfois linéaire dans sa moitié postérieure, et d'autres fois il reste incomplet, le dernier segment thoracique ne se soudant pas aux autres. La conformation de la région faciale se rapproche souvent beaucoup de ce que nous avons vu chez les Macroures. Enfin il existe aussi des particularités de structure remarquables dans la région abdominale : tantôt on y aperçoit chez l'adulte, entre le sixième et le septième segment, des pièces tégumentaires qui correspondent à l'article basilaire des appendices du pénultième segment, qui, chez ces animaux à l'état de larves, constituent une nageoire caudale en éventail comme chez les Macroures, mais qui s'atrophient par les progrès de l'âge (1). D'autres fois tous les appendices abdominaux disparaissent complétement chez le mâle, et ne se développent que d'un seul côté chez la femelle, de façon à être tous impairs (2).

Dans le groupe anormal du type Macroure, le pénultième segment de l'abdomen porte toujours une paire d'appendices bifides, mais il ne constitue jamais un organe locomoteur puissant, et ne se termine que rarement par une nageoire en éventail. Quelquefois la forme générale du corps se rapproche beaucoup de celle des Brachyures, et l'abdomen, aplati et médiocrement développé, se replie sous le plastron sternal (3) ; d'autres fois l'abdomen est

(1) Exemple : les Dromies (voy. l'Atlas du *Règne animal*, Crustacés, pl. 40, fig. 1''').

(2) Chez les Lithodes (voy. Milne Edwards et Lucas, *Description des Crustacés nouveaux du Muséum*, dans *Arch. du Muséum*, t. II, pl. 16, fig. 2).

(3) Ex.: Porcellane (voy. *Règne anim.*, Crustacés, pl. 46, fig. 2).

gros et allongé comme chez les autres Macroures, mais ses téguments restent presque entièrement à l'état membraneux; ses muscles sont atrophiés, et les fausses pattes de tous les segments qui précèdent le pénultième ne se développent que d'un seul côté du corps, ou manquent même complétement (1). Enfin il existe encore d'autres caractères d'une importance moindre, sur lesquels je reviendrai lorsque je m'occuperai spécialement de ces animaux.

CHAPITRE II.

Considérations générales sur les Décapodes brachyures, et sur leur division en familles.

§ I.

Les Décapodes brachyures forment, comme je l'ai déjà dit dans le chapitre précédent, deux groupes naturels : l'un comprenant les espèces typiques, et pouvant être désigné sous le nom de *section des Brachyures proprement dits;* et l'autre correspondant à la division des Anomoures aptérures de M. Milne Edwards, et constituant la *section des Brachyures anormaux*.

Je ne reviendrai pas ici sur les caractères communs de tous ces Décapodes à abdomen plus ou moins rudimentaire, ni sur les traits distinctifs propres aux deux groupes dont je viens de parler, et je passerai tout de suite à l'examen de la classification intérieure de la première de ces sections, qui est à la fois la plus importante et la plus nombreuse en espèces.

Pour mettre la classification des Brachyures normaux en harmonie avec la valeur des modifications de structure qui s'observent chez ces animaux, il me paraît nécessaire d'en former deux groupes principaux, caractérisés à la fois par la conformation générale du corps et par le mode d'organisation de l'appareil respiratoire.

Chez les uns, que j'appellerai les *Brachyures macrocéphalés*, la région faciale est toujours bien développée; les yeux sont gros et

(1) Exemple : *Pagurus* (voy. *Règne anim.*, Crustacés, pl. 44, fig. 2).

allongés; l'épistome est bien distinct; la fosse buccale ne présente de chaque côté qu'une seule gouttière respiratoire servant à la sortie de l'eau qui a baigné les branchies; et enfin il existe toujours au devant de la base des pattes antérieures un orifice inspirateur, qui loge un prolongement de l'article basilaire des pieds-mâchoires externes (1).

Chez les autres, que, par opposition aux précédents, on peut appeler les *Brachyures microcéphalés*, la région faciale est presque rudimentaire; les yeux sont d'une petitesse extrême; l'épistome est à peine distinct (2); la fosse buccale est creusée de chaque côté de deux gouttières parallèles, dont l'une sert à l'entrée de l'eau nécessaire à la respiration, l'autre à la sortie de ce liquide (3); enfin les chambres branchiales sont complétement fermées en avant des pattes antérieures, aussi bien qu'au-dessus de la base des pattes suivantes, et l'article basilaire des pattes-mâchoires externes ne présente pas en dehors un prolongement analogue à celui qui, chez les Brachyures macrocéphalés, sert à fermer l'orifice inspirateur. Cette division extrêmement naturelle, et dont tous les membres se ressemblent beaucoup par la forme globulaire de leur corps, est peu nombreuse en espèces, et ne constitue qu'une seule famille, celle des Leucosiens.

Les Brachyures macrocéphalés sont au contraire très nombreux, et leur organisation se diversifie davantage. Ils me semblent devoir être rangés en deux séries parallèliques, dont les différents termes se correspondent d'une manière remarquable, et peuvent être cités comme de nouveaux exemples à l'appui des vues de M. Is. Geoffroy Saint-Hilaire relatives aux méthodes zoologiques.

La première de ces séries comprend tous les Brachyures normaux, dont le cadre buccal est large en avant, aussi bien qu'en arrière, de façon à avoir une forme à peu près carrée. Je donnerai à ces Brachyures le nom d'*Eustomés*.

La seconde de ces séries, comprenant les espèces que je pro-

(1) Voy. *Règne anim.*, Crustacés, pl. 3, fig. 2 et 3.

(2) *Ibid.*, Crustacés, pl. 24 et 25.

(3) Milne Edwards, *Recherches sur le mécanisme de la respiration chez les Crustacés* (*Ann. des sc. nat.*, 2e série, 1839, t. XI, p. 129, pl 4, fig. 2 et 3).

pose d'appeler les *Oligorhynques*, se distingue des précédents par la forme triangulaire du cadre buccal, et sous ce rapport a beaucoup de ressemblance avec les Brachyures microcéphalés.

Les Brachyures Eustomés forment trois groupes ou tribus (1), savoir :

1° Les *Cyclométopes* (2), qui ont la carapace très large et régulièrement arquée en avant, tandis qu'elle se rétrécit beaucoup en arrière ; le front en général horizontal et élargi ; les orbites dirigées obliquement en haut et en avant ; les régions hépatiques très développées, et occupant presque toujours au moins la moitié de la portion latérale du bouclier dorsal ; l'épistome très court, beaucoup plus large que long, et n'atteignant pas à beaucoup près en avant le niveau du bord inférieur des orbites ; l'abdomen du mâle occupant toute la largeur de l'espace compris entre la base des pattes postérieures ; enfin les orifices de l'appareil mâle pratiqués dans l'article basilaire de ces derniers appendices.

2° Les *Catométopes* (3), dont la carapace est en général quadrilatère ou ovoïde ; les régions hépatiques rudimentaires ; le front rabattu, les orbites dirigées en avant ; l'abdomen du mâle souvent beaucoup moins large que la portion du plastron sternal comprise entre la base des pattes postérieures ; enfin les orifices génitaux mâles placés presque toujours sur ce plastron, ou se continuant avec une gouttière transversale creusée dans celui-ci, et renfermant les verges.

3° Les *Oxyrhynques* (4), qui ressemblent aux Cyclométopes par la disposition de l'abdomen et des orifices génitaux du mâle, mais s'en distinguent par la forme de la carapace qui se rétrécit antérieurement, et se termine presque toujours par un prolongement

(1) Ces divisions correspondent aux familles désignées sous les mêmes noms dans la classification de M. Milne Edwards (*Hist. nat. des Crustacés*, t. I, p. 263).

(2) Exemple : *Carpilius maculatus* (*Règne anim.*, CRUSTACÉS, pl. 11, fig. 2), et *Portunus puber* (*op. cit.*, pl. 10, fig. 2).

(3) Exemple : *Grapsus pictus* (*op. cit.* pl. 22, fig. 1, 1ª, 1ᵇ, 1ᶜ).

(4) Exemple : *Maia squinado* (*op. cit.*, pl. 30, fig. 2), et *Pisa armata* (*op. cit.*, pl. 28, fig. 1).

frontal en forme de rostre ; les orbites sont dirigées en dehors ; les régions hépatiques sont rudimentaires ; enfin l'épistome est très grand et carré.

Chacune de ces tribus se subdivise en deux familles : ainsi les Cyclométopes, suivant qu'ils ont les pattes postérieures organisées pour la natation ou pour la marche, constituent la famille des *Portuniens* et celle des *Cancériens*.

Les Catométopes présentent deux types principaux, celui des *Ocypodiens*, et celui des *Grapsoïdiens*, caractérisés par des différences dans la conformation du thorax, et par d'autres particularités de structure sur lesquelles je reviendrai avec détail dans le chapitre destiné à l'histoire de ces animaux.

Enfin, les Oxyrhynques peuvent être partagés en *Inachoïdiens* et en *Parthénopiens*, qui diffèrent entre eux par la disposition de l'article basilaire des antennes externes, la grandeur relative des pattes, etc.

A chacune des tribus des Brachyures Eustomés dont je viens de parler paraît correspondre un groupe de même valeur formé par les Oligorhynques : ainsi, dans cette dernière division, les *Corystiens* sont les représentants des Oxyrhynques, les *Calappiens* des Cyclométopes, et enfin les *Dorippiens* des Catométopes. Ces derniers ne forment qu'une seule famille ; mais la tribu des Corystiens et celle des Calappiens se composent chacune de deux petites familles qui paraissent être les termes correspondants des divisions dont je viens de parler comme existant chez les Oxyrhynques et les Cyclométopes : ainsi il y a des Calappiens marcheurs et des Calappiens nageurs, comme il y a des Cyclométopes conformés pour ces deux modes de locomotion, c'est-à-dire des Cancériens et des Portuniens. Chez les Corystiens, il y a aussi deux formes secondaires qui correspondent aux deux familles de la tribu des Oxyrhynques : en effet, les *Atélécycliens* sont comparables aux Parthénopiens, et les *Corystiens* proprement dits aux Inachoïdiens.

Lorsque je traiterai de la classification des Brachyures anormaux, je ferai voir que les diverses familles de la série des Oligorhynques ont aussi leurs représentants dans ce groupe satellite.

Dans le tableau ci-joint, je rappelle les principaux caractères extérieurs les plus apparents des coupes successives établies ainsi dans le sous-ordre des Brachyures, et conduisant aux familles naturelles dont l'étude va maintenant nous occuper. Ce tableau facilitera la détermination des espèces, et fera mieux ressortir le parallélisme des séries dont je viens de parler.

1° BRACHYURES MACROCÉPHALÉS.

Région faciale bien développée, yeux gros et allongés; épistome bien distinct; chambre branchiale ouverte au devant des pattes de la première paire.

SÉRIE DES EUSTOMÉS.

Cadre buccal ne se rétrécissant pas en avant.

1re Tribu. — Cyclométopes.

Carapace large, régulièrement arquée en avant, rétrécie en arrière; front en général horizontal et élargi, orbites dirigées en avant. Abdomen du mâle occupant toute la largeur du bord postérieur du plastron sternal.

1re Famille. — *Portuniens.*

Pattes postérieures natatoires.

2e Famille. — *Cancériens.*

Pattes postérieures ambulatoires.

2e Tribu. — Catométopes.

Carapace quadrilatère ou ovoïde; front rabattu, orbites dirigées en avant. Abdomen du mâle souvent beaucoup moins large que le bord postérieur du plastron sternal.

1re Famille. — *Ocypodiens.*

Thorax très élargi en arrière. Abdomen du mâle étroit, etc.

2e Famille. — *Grapsoïdiens.*

Thorax peu élargi en arrière. Abdomen du mâle large.

3e Tribu. — Oxyrhynques.

Carapace rétrécie en avant et terminée par un prolongement frontal en forme de rostre; orbites dirigées en dehors.

SÉRIE DES OLIGORHYNQUES.

Cadre buccal se rétrécissant en avant.

1re Tribu. — Hépatiens.

Carapace large et arquée en avant; antennes externes très petites.

1re Famille. — *Matutiens.*

Pattes postérieures natatoires.

2e Famille. — *Hépatiens.*

Pattes postérieures ambulatoires.

2e Tribu. — Dorippiens.

Carapace presque quadrilatère; antennes externes très grandes.

Une seule famille.

3e Tribu. — Corystiens.

Carapace allongée ou circulaire; antennes externes très grandes; front en général rostriforme.

1re Famille. — *Inachoïdiens.*

Article basilaire des antennes externes très grand ; mains lisses et presque cylindriques ; pattes ambulatoires souvent très longues.

2e Famille. — *Parthénopiens.*

Article basilaire des antennes externes très petit ; mains prismatiques et très tuberculeuses ; pattes ambulatoires courtes.

1re Famille.—*Corystiens proprement dits.*

Carapace étroite et allongée.

2e Famille. — *Atélécycliens.*

Carapace presque circulaire.

2° BRACHYURES MICROCÉPHALÉS.

Région faciale très petite, yeux presque rudimentaires ; épistome à peine distinct ; chambre branchiale complétement fermée au-dessus de la base de toutes les pattes et ne communiquant au dehors que par la fosse buccale.

Famille unique : *Leucosiens.*

§ II.

En examinant la distribution géologique des Crustacés, on aurait pu, au premier abord, se croire en droit d'y voir la confirmation de la loi du perfectionnement graduel des organismes, loi qui a été si longtemps admise, mais dont les recherches des naturalistes du XIXe siècle ont démontré le peu de fondement. En effet, si ce sont les Trilobites qui ont peuplé les mers des époques siluriennes, dévoniennes et même carbonifères, ce sont principalement les Brachyures qui ont vécu aux époques tertiaires, tandis que la formation secondaire était remarquable par l'abondance des Macroures. Il y a environ vingt ans, on croyait même que les Crustacés brachyures normaux étaient cantonnés dans ces couches tertiaires, et que, si on les retrouvait jusque dans les formations actuelles, ils ne descendaient pas plus bas dans la série des terrains, et que les assises de la craie, par exemple, n'en renfermaient jamais (1). Mais les découvertes les plus modernes ont fait voir que, pour

(1) Voy. Milne Edwards, *Note sur les Crustacés fossiles* (*Journal de l'Institut*, 1837, t. V, p. 255).

les Crustacés brachyures, il en était de même que pour les Mammifères, que l'on croyait aussi limités à l'époque tertiaire, et qui se sont montrés dans des couches de plus en plus anciennes. S'il est vrai que l'abondance des Brachyures ait été plus considérable pendant la période tertiaire, il n'est pas dit cependant que leur ancienneté ne soit pas plus grande, et qu'ils ne descendent pas dans les terrains secondaires. En effet, on en rencontre jusque dans les couches inférieures de la craie, et, même à cette époque, certaines familles, celle des Corystiens par exemple, s'y sont montrées en plus grande abondance peut-être que dans les mers actuelles.

Ainsi, à l'époque crétacée inférieure, dans les terrains néocomiens du département de l'Yonne, on a signalé l'existence d'un Crabe de la famille des Cancériens, et appartenant au genre *Xantho* (1). Jusqu'à présent, il paraîtrait être le premier représentant des Brachyures normaux qui se serait montré à la surface du globe.

Le gault abonde en Crustacés Oligorhynques : ainsi on y rencontre souvent des Corystiens ; mais j'ai pu aussi y constater l'existence de quelques membres de la série des Eustomés appartenant à la famille des Cancériens, et ayant une grande analogie avec quelques Zozymes vivants. On voit donc déjà que les Brachyures normaux, du moment qu'ils ont peuplé la surface du globe, n'ont pas été représentés seulement par leurs types les plus dégradés, puisqu'à côté des Corystiens, on trouve des Cancériens, qui se placent, comme perfectionnement organique, presque en tête de la classe des Crustacés.

La richesse carcinologique des couches les plus inférieures du terrain crétacé proprement dit a été comparativement assez grande. Indépendamment de nombreux Macroures, on rencontre des Corystiens, des Cancériens et des Grapsoïdiens, dans les assises des grès verts du Maine, qui sont, comme on le sait, à peu près de

(1) Voy. Robineau-Desvoidy, *Mémoire sur les Crustacés du terrain néocomien de Saint-Sauveur en Puisaye* (*Ann. de la Société entomologique*, 2e série, t. VII, p. 95).

la même époque que celles de la craie glauconnieuse de Rouen, du Havre, etc. Dans ces dernières couches cependant, on n'a trouvé jusqu'à présent aucun représentant bien constaté du type des Brachyures; il en est de même pour les dépôts de la craie marneuse et de la craie blanche de France; on y trouve bien quelques Crabes, mais jusqu'à présent ces animaux appartiennent tous au groupe des Brachyures anormaux, groupe qui, comme je l'ai déjà exposé, établit le passage entre le sous-ordre des Brachyures et celui des Macroures. La formation crétacée supérieure de Maestricht renferme quelques Corystiens remarquables par les ornements de la carapace; mais ils y sont relativement rares.

A l'époque tertiaire, au contraire, ces Crustacés deviennent beaucoup plus abondants, et peuvent quelquefois caractériser certaines couches. Il est des localités où l'on en rencontre en quantité remarquable, surtout dans les sédiments du terrain tertiaire inférieur ou éocène.

Depuis une époque déjà reculée, on connaît les Crustacés qui se trouvent dans les assises de l'argile de Londres, principalement à l'île Sheppey, près de l'embouchure de la Tamise, et aujourd'hui que l'on a exploité avec persévérance et attention cette couche remarquable par ses richesses paléontologiques, on voit que sa faune carcinologique se composait de nombreuses espèces appartenant à différentes familles des Brachyures normaux : on y trouve, en effet, des Portuniens, des Cancériens, des Corystiens. M. Th. Bell, à qui l'on doit un travail important sur ce sujet, décrit même un individu qu'il rapporte à la tribu des Oxyrhynques, à côté du genre *Mithrax*. Mais, d'après l'examen de la figure que le célèbre carcinologiste anglais en a donné (1), je suis tenté de rapporter ce Crustacé plutôt à la grande division des Brachyures Microcéphalés, et de le placer à côté des Leucosies. Les Oxyrhynques ne sont pas représentés à l'état fossile, et les Crustacés qui jusqu'à présent ont été donnés comme appartenant à cette tribu, se sont vus bientôt transportés dans d'autres groupes.

(1) Voy. Th. Bell, *A Monogr. of the Fossil Malacostraceous Crustacea of Great Britain*, part. I, pl. 5, fig. 10 et 11.

Le calcaire grossier des environs de Paris est au contraire très pauvre en Crustacés de cette section des Brachyures typiques. Jusqu'ici j'en connais seulement, je ne dirai pas trois espèces, mais trois individus se rapportant chacun à une espèce différente. Deux appartiennent à la famille des Cancériens : ce sont le *Pseudocarcinus Chauvini* que P. de Berville a fait connaître, et un Crabe que M. Hébert a bien voulu me communiquer, et qui se rapporte à un des genres si abondants dans l'île Sheppey, le genre *Xanthopsis* de Mac Coy. Enfin la troisième espèce appartient à la famille des Corystiens, et provient de la collection de M. E. Chevalier.

Il paraîtrait cependant que l'époque où se formaient les dépôts du calcaire grossier a dû être beaucoup mieux pourvue en Crustacés que l'on ne pourrait le croire au premier abord : car on trouve souvent dans le sable coquillier un grand nombre de débris de pinces, dont quelques-uns appartenaient évidemment à des Brachyures. Plusieurs, si l'on en juge par la grosseur de certains fragments, devaient être d'une taille considérable.

Les sables supérieurs aux calcaires grossiers, appelés *sables moyens* ou *de Beauchamp*, n'ont présenté jusqu'à présent que deux espèces du groupe qui nous occupe. L'une appartient à la famille des Portuniens, et a été désignée par Desmarest sous le nom de *Portunus Hericarti*. J'ai cru devoir la considérer comme le type d'un genre particulier, que j'appelle *Psammocarcinus*. L'autre appartient au groupe des Crabes quadrilatères, et forme un genre que j'ai désigné sous le nom de *Psammograpsus* (1). Ces deux espèces se rencontrent en très grande abondance sur certains points, surtout le *Psammocarcinus Hericarti*. On trouve aussi dans des dépôts analogues quelques débris de très grosses pinces qui devaient appartenir à une autre espèce.

Les couches du terrain nummulitique sont remarquables par leur richesse carcinologique ; à elles seules elles ont fourni la plus

(1) Voy. Alph. Milne Edwards, *Note sur quelques Crustacés fossiles des sables de Beauchamp* (*Comptes rendus des séances de l'Académie des sciences*, 1860 t. LI, p. 92).

grande partie des Brachyures typiques fossiles connus. Partout où ces couches se rencontrent, on y a signalé au moins quelques Crabes, et souvent ces animaux y sont plus abondants et plus caractéristiques que tous les autres fossiles que l'on peut y découvrir.

Ainsi en France, dans le département des Landes, près de Saint-Sever, on trouve, avec une abondance remarquable, une espèce de ce même genre *Xanthopsis*, dont nous avons déjà signalé l'existence dans les couches de l'île Sheppey. A cette espèce s'en trouve associée une autre qui est cependant beaucoup plus rare, et qui appartient aussi à la grande famille des Cancériens. Les environs de Dax, dans le même département, ont été signalés depuis longtemps comme renfermant quelques Crustacés fossiles ; l'espèce la plus abondante a été décrite par Desmarest sous le nom de *Cancer quadrilobatus*. On y rencontre encore quelques autres Crabes ; j'y ai constaté l'existence d'une espèce de Xanthe et de quelques autres Crustacés de la même famille, parmi lesquels je signalerai le *Cancer Boscii* de Desmarest.

Mais c'est surtout dans le nord de l'Italie que les Brachyures normaux sont abondants. Les environs de Vérone et ceux de Vicence sont connus pour leur richesse carcinologique ; on y rencontre en abondance le *Cancer punctulatus* de Desmarest, et même le *Cancer Boscii*, que nous avons déjà vu exister aux environs de Dax. Outre ces espèces, que je puis appeler *caractéristiques*, il y en a encore un grand nombre dont je ne parle pas ici, à cause de la rareté de leurs représentants.

Dans le Vicentin, à Salcedo et à Monte-Bolca, la faune est différente ; on n'y voit plus le *Cancer punctulatus*, ni le *Cancer Boscii ;* mais on y rencontre beaucoup d'espèces nageuses appartenant à la famille des Portuniens.

En Suisse, sur les bords du lac de Thun, le terrain nummulitique renferme en abondance le même *Cancer punctulatus* que l'on trouve à Vérone. Jusqu'ici cette espèce est la seule dont j'aie pu constater la présence dans ces couches.

En Istrie, en Dalmatie, dans l'île de Malte, les espèces sont les mêmes que dans le Véronais.

La faune carcinologique d'Italie, quoique présentant quelques espèces identiques avec celles du midi de la France, en possède d'autres qui lui sont propres, et l'on n'y a pas encore signalé certains Brachyures fossiles qui ont été rencontrés dans notre pays. Ainsi on n'a jamais trouvé en Italie ces Crustacés du genre *Xanthopsis*, que nous avons vus si communs dans l'argile de Londres, dans les couches marneuses de Saint-Sever, dont nous avons retrouvé les traces à l'époque du calcaire grossier, et que nous verrons exister dans le terrain nummulitique de Bavière. Et réciproquement, quelques-unes des espèces de Vérone n'ont pas été trouvées en France, le *Cancer punctulatus* entre autres.

Le terrain nummulitique du Kressenberg en Bavière a fourni différents Brachyures fossiles; on y a trouvé, comme je viens de le dire, une espèce du genre *Xanthopsis*, qui paraît ainsi avoir caractérisé un vaste horizon à l'époque éocène. Quelques espèces de ce genre auraient vécu alors sur les côtes d'Angleterre, de France et de Bavière, puis ce type aurait disparu, car on n'en trouve aucun représentant dans les mers actuelles.

En Égypte, les couches calcaires du terrain nummulitique sont assez riches en Brachyures, se rapportant tous à deux espèces, l'une spéciale à ce pays, l'autre commune à la France, à l'Italie, et peut-être aussi aux Indes : c'est le *Cancer Boscii*, ou du moins une espèce très voisine. Ce Crustacé n'est pas le seul qui se rencontre dans le nummulitique de l'Inde; MM. d'Archiac et J. Haime y ont encore signalé deux autres Brachyures appartenant également à la famille des Cancériens, et rangés dans le genre *Arges*.

En résumé, nous voyons que presque partout où le terrain nummulitique est bien développé, il présente un assez grand nombre soit d'espèces, soit de genres de Brachyures, et que presque tous se rapportent à la tribu des Cyclométopes : ce sont en majeure partie des Cancériens associés à quelques Portuniens. Les Catométopes y sont représentés, mais d'une manière moins considérable; enfin on n'y a jusqu'à présent rencontré aucun représentant de la tribu des Oxyrhynques. Les Corystiens, que nous avons vus exister presque seuls à l'époque secondaire, n'ont pas encore été trouvés dans le terrain qui nous occupe; il est cependant probable qu'ils y existaient, car on en a signalé la présence dans des couches à peu près contemporaines, c'est-à-dire dans le calcaire grossier et l'argile de Londres.

Jusqu'à présent on ne connaît que peu de Brachyures normaux de l'époque miocène, car la plupart de ceux que l'on avait donnés comme provenant de ce terrain dans le midi de la France appartiennent en réalité au nummulitique. Ainsi le *Cancer quadrilobatus* (Desm.), qui se rencontre aux environs de Dax, dans une marne bleuâtre, avait été considéré comme appartenant au miocène. Les marnes dans lesquelles il se trouve sont placées immédiatement au-dessous d'un banc de faluns, mais ne se rattachent pas à cette formation; elles font partie du terrain nummulitique, comme on peut s'en assurer en suivant cette assise sur une certaine distance, car alors on la voit se relier avec les couches mieux caractérisées et plus riches en fossiles, telles que celles que l'on rencontre aux environs de Saint-Sever. D'ailleurs, quoiqu'il y ait dans ces marnes de Dax très peu de fossiles, on peut, en cherchant avec soin, y trouver de petites Térébratules propres au terrain nummulitique..

M. E. Sismonda a fait connaître du terrain miocène du Piémont un certain nombre de Brachyures appartenant à la famille des Cancériens, tels que le *Platycarcinus antiquus*, le *Xantho Edwardsii*.

La colline de Turin a fourni aussi le premier Leucosien fossile bien caractérisé que l'on ait encore signalé dans la série des terrains; il ne peut rentrer dans aucun des genres vivants, mais à cause de sa ressemblance avec les *Myra*, je proposerai de lui donner le nom de *Palæomyra bispinosa* (1).

Il est très fréquent de rencontrer au milieu des coquilles des faluns de la Tourraine, de l'Anjou ou de Bordeaux, des doigts et des mains de Crabes, dont quelques-unes se rapportent au genre *Scylla*.

Aux environs de Montpellier, on trouve dans des marnes bleues

(1) Desmarest a décrit sous le nom de *Leucosia Prevostiana* un petit Crabe trouvé dans les marnes de Montmartre; mais comme il n'avait à sa disposition qu'un moule intérieur, sur lequel il n'avait pu observer ni le front, ni les orbites, il reste quelques doutes sur le genre auquel doit se rapporter ce fossile

marines, à peu près contemporaines des dépôts dont je viens de parler, des carapaces ordinairement aplaties appartenant à un Crustacé de la famille des Cyclométopes nageurs, c'est-à-dire à celle des Portuniens.

La faune carcinologique du terrain pliocène est jusqu'à présent assez mal représentée. Cependant dans les marnes subapennines de Sardaigne, on rencontre en assez grande abondance un Portunien du genre *Neptunus*. En Afrique, M. Deshayes a recueilli aux environs d'Oran, à la partie inférieure du pliocène, un magnifique Crabe ayant une grande analogie avec le *Platycarcinus Edwardsii* de M. Bell, actuellement vivant sur les côtes du Chili ; je désignerai cette nouvelle espèce sous le nom de *P. Deshayesi*.

Dans les couches du terrain quaternaire, on trouve peu de Crustacés. Cependant en Sicile, aux environs de Palerme, à la Starza di Pozzuoli, au pied du Monte-Pelegrino, on rencontre dans un dépôt arénacé pétri de coquilles dont la plupart vivent encore dans la Méditerranée, un assez grand nombre de débris de Crabes, appartenant à diverses espèces qui vivent encore aujourd'hui sur les mêmes plages, et c'est à peine si ces carapaces sont fossilisées; cependant elles ne paraissent pas dater de l'époque actuelle, car, depuis les temps historiques, les rivages de la Sicile n'ont pas subi de modifications aussi importantes que celles qu'il aurait fallu pour amener la mer jusqu'au Monte-Pelegrino, et pour émerger ensuite ce rivage.

Parmi les Crustacés qui proviennent de ces dépôts, j'ai constaté l'identité de quelques-uns de ces débris avec le *Maia squinado*, le *Xantho floridus*, le *Gonoplax rhomboides*, l'*Ilia nucleus*, la *Calappa granulata*, qui aujourd'hui habitent les mêmes régions (1). Il serait utile d'avoir des renseignements plus précis sur la position géologique exacte de ces couches.

Enfin de nos jours même paraissent se former des dépôts remarquables par la quantité de Crustacés brachyures qu'ils renferment. Sur divers points des côtes de la mer des Indes et de la

(1) Plusieurs de ces débris ont été rapportés de Sicile par M. Rutimeyer, et se trouvent dans le Musée d'histoire naturelle de la ville de Berne.

mer de Chine, c'est-à-dire à Tranquebar, dans la presqu'île de Malacca; sur les côtes de la Chine, du Japon et des îles Philippines, etc., on trouve, empâtés dans une argile calcaire bleuâtre et remarquablement dure, de nombreux Crabes appartenant à des espèces, les unes vivant encore sur les mêmes rivages, les autres dont on ne retrouve plus de représentants dans nos mers, et il est peu probable qu'on arrive jamais à les y rencontrer, car les individus fossiles de cette espèce sont trop nombreux pour que l'on puisse penser que si les vivants ont échappé aux recherches, c'est à cause de leur rareté. Dans la roche qui englobe ordinairement ces Crabes se trouvent souvent des coquilles quelquefois complétement intactes et parfaitement conservées, qui sont identiques avec celles qui habitent aujourd'hui les mêmes parages. Je n'ai encore pu constater l'identité de ces Crustacés fossiles avec les vivants que pour deux espèces appartenant l'une à la famille des Portuniens, l'autre à celle des Leucosiens. La première est la *Scylla serrata* que Desmarest et M. Reuss avaient prise pour une espèce particulière, et que le premier de ces auteurs avait décrite sous le nom de *Portunus leucodon;* la seconde est l'*Ixa canaliculata*.

Les espèces, dont on ne retrouve plus de représentants vivants, sont plus nombreuses, et appartiennent presque toutes à la division des Catométopes. La plus abondante de toutes est sans contredit le *Macrophthalmus Latreillei*, dont il n'est pas de collection qui ne possède au moins quelques individus; la plupart des autres espèces ont aussi été décrites par Desmarest.

Malheureusement nous n'avons aucun renseignement sur le gisement de ces fossiles; il serait très curieux d'étudier non-seulement leur stratigraphie, mais encore leur véritable position géographique, si les dépôts se trouvent sur le rivage même de la mer ou à quelque distance, quels sont les débris organiques auxquels ils sont associés, etc. Il est à espérer que d'ici à quelque temps cette lacune pourra être comblée. Avant de partir pour une longue exploration scientifique du nord et de l'est de l'Asie, MM. Meynier et L. d'Eichthal ont recueilli tous les renseignements nécessaires pour pouvoir étudier avec fruit ces dépôts, et ils m'ont fait espérer qu'ils feraient des recherches en vue d'éclaircir ce point encore obscur de l'histoire de la géologie.

CHAPITRE III.

DES CRUSTACÉS PODOPHTHALMAIRES DE LA SECTION DES DÉCAPODES BRACHYURES CONSTITUANT LA FAMILLE NATURELLE DES PORTUNIENS.

§ I.

DES LIMITES NATURELLES ET DES CARACTÈRES DE LA FAMILLE DES PORTUNIENS.

Le genre *Portunus*, établi en 1790 par Fabricius (1) pour recevoir un certain nombre de Brachyures nageurs, que Linnée plaçait dans son grand genre *Cancer*, est un groupe parfaitement naturel ; aussi la plupart des zoologistes de l'époque actuelle, tout en modifiant parfois ses limites, l'ont-ils adopté. Mais aujourd'hui on s'accorde généralement à reconnaître qu'il doit occuper un rang plus élevé dans la hiérarchie des divisions carcinologiques, et qu'il doit être considéré comme constituant une famille ou tout au moins une sous-famille particulière composée de plusieurs genres différents.

Ainsi, dans la classification des Crustacés proposée par mon père en 1834, nous voyons que le genre *Portunus* de Fabricius, associé à quelques petits groupes génériques dont l'existence était inconnue de ce dernier entomologiste, forme, sous le nom de *tribu des Portuniens*, la seconde section de la famille des Cyclométopes, et comprend tous les Brachyures à carapace arquée antérieurement, qui ont les pattes postérieures élargies et aplaties, de façon à constituer des rames natatoires (2).

Quelques auteurs ont donné à la division des Portuniens des limites plus étroites, et en ont exclu plusieurs Crustacés qui pré-

(1) *Supplementum entomologiæ systematicæ*, in-8, Hafniæ, 1798, p. 363 et suivantes.

(2) Milne Edwards, *Hist. nat. des Crustacés*. 1834, t. I, p. 432.

sentent les caractères indiqués ci-dessus, mais diffèrent des espèces typiques par certaines particularités de forme dont l'importance est secondaire. Ainsi, dans le système de classification employé par Dehaan, ce groupe ne comprend ni les Platyoniques, ni les Polybies, que ce zoologiste range dans la division des Corystiens (1) ; enfin dans le grand ouvrage dont M. Dana a enrichi la science il y a peu d'années, on ne voit aucune division qui corresponde à la tribu des Portuniens de M. Milne Edwards, et ce groupe se trouve remplacé par deux familles, dont l'une conserve le nom de *Portunidæ*, tandis que l'autre est désignée sous celui de *Platyonicidæ*.

Ce mode de distribution est moins critiquable que le système de Dehaan, car chacun des groupes ainsi formés est très naturel ; mais il me paraît avoir le grave inconvénient de faire disparaître de la classification carcinologique une division qui représente un mode d'organisation particulier et important à signaler, qui est d'un usage très commode, et qui est employée par la plupart des zoologistes, savoir la division des Cyclométopes nageurs.

Je suivrai donc ici la méthode adoptée en 1834 par l'auteur de l'*Histoire des Crustacés*, et je comprendrai sous le nom commun de *Portuniens* tous les Cyclométopes, dont les pattes postérieures sont organisées pour la nage, c'est-à-dire terminées par un doigt élargi en forme de rame.

§ II.

L'existence de pattes natatoires ne suffit pas à caractériser les Portuniens et un groupe dans lequel on réunirait tous les Brachyures, dont l'appareil locomoteur est disposé de la sorte, serait artificiel (2). En effet, une disposition analogue se rencontre chez divers Décapodes à courte queue, qui dérivent évidemment

(1) Dehan, *Fauna Japonica*, p. 3.

(2) C'est pour cette raison que la section des Pinnipèdes ou Crabes nageurs établie par Latreille dans la portion carcinologique de l'ouvrage de Cuvier sur le *Règne animal* n'a pu être conservée (*op. cit.*, 1re édit., t. III, p. 12, 1817, et 2e édit., t. IV, p. 30, 1829).

d'autres types familliques. Ainsi les pattes postérieures sont élargies en forme de palettes natatoires ou de rames chez les Varunes, qui sont des Grapsoïdiens chez les Matutes, les Orythies, et les Nautilocorystes qui sont des Oxystomes. Mais tous ces Brachyures nageurs s'éloignent des Portuniens soit par la disposition de leur appareil buccal, soit par la forme générale de leur carapace, forme qui dépend principalement, comme on le sait, du degré de développement relatif des différentes régions viscérales, et correspond par conséquent à des modifications plus ou moins considérables dans la structure des parties intérieures de l'organisme.

Chez les Portuniens, la région antennaire qui loge le cerveau est toujours bien développée; l'épistome est très large, et le cadre buccal n'est jamais triangulaire, ainsi que cela se voit chez les Matutes, les Orythies et les autres Brachyures du groupe des Oxystomes.

Ces particularités de structure, dont les paléontologistes n'ont pas tenu compte, peuvent en général se constater sur les fossiles tout aussi bien que sur les espèces récentes, et chez ces dernières on remarque aussi que la structure des pieds-mâchoires antérieurs est non moins caractéristique (1). Effectivement chez les Oxystomes dont je viens de parler, la branche interne de ces membres s'avance beaucoup plus que ne le fait la branche externe, et prolonge jusque dans le voisinage du front le canal expiratoire dont elle constitue le plancher (2). Chez les Portuniens, au contraire, la branche externe des pieds-mâchoires de la première

(1) Afin de ne pas trop multiplier les planches qui accompagnent ce travail, j'ai cru devoir ne pas représenter les parties dont la disposition, tout en étant caractéristique, ne peuvent être employées à la détermination des Crustacés fossiles ; mais pour bien fixer les idées au sujet de ces particularités de structure, il me paraît nécessaire de citer quelques figures qui les montrent d'une manière nette. En général, je puiserai mes exemples dans l'atlas de la grande édition du *Règne animal* de Cuvier, ouvrage qui se trouve dans toutes les bibliothèques publiques, et qui contient une série nombreuse de planches relatives à l'organisation des Crustacés publiées par mon père.

(2) Voy. le *Règne anim.*, CRUSTACÉS, pl. 7, fig. 1 b et 1 f, la branche interne de ces pieds-mâchoires est désignée par la lettre *a*.

paire dépasse ou tout au moins atteint le bord antérieur de la branche interne de ces organes (1). Il est aussi à noter que chez les Portuniens l'espèce d'opercule formé par la portion moyenne des pieds-mâchoires externes est toujours au moins aussi large en avant qu'en arrière (2), tandis que chez les Brachyures nageurs de la section des Oxystomes ces parties sont fort rétrécies antérieurement (3).

Le caractère organique essentiel qui sépare les Portuniens des autres Brachyures à pattes natatoires, dont il a été question ci-dessus sous le nom de *Varunes*, consiste dans le mode de terminaison de l'appareil génital du mâle. En effet, chez les Varunes, de même que chez les autres Grapsoïdiens (4), les canaux déférents s'ouvrent à l'extrémité d'une gouttière creusée dans le plastron sternal de chaque côté de la base de l'abdomen, tandis que chez les Portuniens, ainsi que chez les Cancériens et la plupart des autres Décapodes, l'orifice terminal de ces tubes est pratiqué dans la hanche ou article basilaire des pattes postérieures. Pour bien constater la position de ces ouvertures, il est nécessaire d'écarter l'abdomen du plastron sternal, et par conséquent il est rarement possible de l'apercevoir sur des individus fossiles; mais on peut suppléer à l'absence de ce caractère par l'examen du mode de conformation de la carapace.

Chez les Portuniens, le foie prend un grand développement, et s'étend beaucoup non-seulement en longueur de chaque côté de l'estomac, mais en arrière au-dessus des chambres respiratoires (5). Il en résulte que les parties de la carapace qui correspondent aux lobes latéraux de ce viscère, et qui constituent les régions hépatiques, sont aussi très grandes; par conséquent aussi ce bouclier céphalo-thoracique doit être très large, et se prolonger beaucoup de chaque côté au-dessus de la base des bras. Les bran-

(1) *Op. cit.*, pl. 9, fig. 1 d.

(2) *Op. cit.*, pl. 9, fig. 1 a et 2 a.

(3) *Op. cit.*, pl. 7, fig. 1 a et 1 b, pl. 8, fig. 1 a.

(4) Exemple : le *Grapsus pictus*, voy. l'Atlas du *Règne anim.*, Crustacés, pl. 22, fig. 1 l.

(5) Voy. *Règne anim.*, Crustacés, pl. 6, fig. 1, et ci-après pl. 1, fig. 1.

chies, au contraire, ne sont que médiocrement développées, et ne s'avancent pas dans la portion postérieure des chambres respiratoires. Les derniers anneaux du thorax sont en même temps peu développés latéralement, de sorte que les pattes de la dernière paire s'insèrent à peu de distance de la ligne médiane du corps, et il résulte de ces deux dispositions que la partie postérieure des régions branchiales de la carapace est beaucoup moins considérable que la partie antérieure, et que ce bouclier dorsal se rétrécit beaucoup dans le voisinage de la partie postérieure de la région cardiaque et de la base de l'abdomen. La carapace des Portuniens n'est donc jamais quadrilatère, ni arrondie postérieurement, mais tronquée obliquement de chaque côté dans la portion correspondant aux trois derniers segments du thorax et à la base des pattes qui dépendent de ces anneaux. La forme générale de ce grand bouclier peut être comparée à celle d'un hexagone allongé et un peu irrégulier, dont le grand diamètre serait dirigé transversalement, et dont les deux angles antérieurs seraient arrondis.

Chez les Brachyures nageurs qui appartiennent à la division des Catométopes, le foie est au contraire fort réduit; les branchies se prolongent obliquement dans la portion postérieure de la chambre respiratoire, et les derniers anneaux du thorax sont très élargis. Il en résulte que les régions hépatiques de la carapace sont rudimentaires, que les régions branchiales sont très développées postérieurement, et que la forme générale de ce bouclier se rapproche de celle d'un quadrilatère.

Les Portuniens ont plus d'affinité avec les Cancériens, et lorsqu'on ne peut constater le mode d'organisation des pattes postérieures dont le doigt est lamelleux chez les premiers, tandis qu'il est styliforme chez les seconds, il faut pour les distinguer recourir à des caractères d'une importance secondaire. Chez les espèces où les formes typiques sont bien prononcées, les différences sont nombreuses et saillantes; mais il existe dans chacune de ces familles naturelles des espèces où ces particularités de structure se perdent plus ou moins complétement, et si l'on faisait abstraction de l'appareil locomoteur, le classement de quelques-uns de ces Crustacés présenterait de l'incertitude. Ainsi les Carcins et les Platyonyques, parmi les Portuniens, les Pirimèles, ainsi que certaines Panopés, parmi les Cancériens, ont des formes intermédiaires, qui pourraient au premier abord en imposer sur leurs affinités zoologiques, si l'on ne voyait que chez les premiers, les pattes postérieures sont natatoires, tandis que chez les derniers ces appendices locomoteurs se terminent par un article styliforme.

Il en résulte que pour se former une idée nette du type dont dérivent les Portuniens, et pour bien saisir les caractères accessoires qui peuvent être utilisés pour la détermination de ce groupe, il faut d'abord laisser de côté les espèces dont je viens de parler et ne prendre en considération que celles où ce type est bien marqué.

§ III.

Ces Portuniens que l'on peut appeler typiques, les Portunes, les Neptunes et les Thalamites, par exemple, présentent dans presque toutes les parties du corps des caractères qui ne se rencontrent ni chez les Cancériens, ni chez aucune des espèces appartenant aux autres groupes de Brachyures et qui, en général, permettront aux paléontologistes de rapporter à cette famille naturelle des fragments même incomplets soit d'une carapace ou d'un sternum, soit d'une main ou quelque autre partie de l'organisme.

Ainsi, chez les Portuniens typiques, la carapace est à peine bombée en dessus et ses diverses régions, peu ou point distinctes entre elles, n'offrent jamais ni les bosselures, ni les sillons interlobulaires qui sont très développés chez un grand nombre de Cancériens. Cet ensemble de caractères existe chez toutes les espèces de cette famille, mais se trouve aussi chez certains Cancériens ainsi que chez quelques autres Brachyures, et par conséquent le paléontologiste pourra exclure de la division des Portuniens, tout fossile qui ne l'offrira pas, mais la réciproque ne serait pas également légitime, et la présence de ce mode de conformation ne suffira pas pour le déterminer à classer dans ce même groupe un Brachyure dont les autres traits caractéristiques ne seraient pas connus.

Chez tous les principaux représentants de ce type, la carapace, comme je l'ai déjà dit, s'élargit beaucoup vers sa partie moyenne et s'avance considérablement au-dessus de la base des bras et des pattes ambulatoires des deux premières paires, mais ne recouvre pas de même les autres pattes, et de chaque côté sa partie postérieure est déprimée aussi bien que rétrécie, de sorte que les pattes de la dernière paire en se contractant peuvent glisser au-dessus de la portion adjacente des régions branchiales, disposition qui est rarement bien marquée dans les membres des autres familles du même ordre, où la portion postérieure des régions branchiales est d'ordinaire renflée ou tronquée presque verticalement.

Chez les espèces où le cachet du type Portunien est moins prononcé, la carapace peut ne pas s'élargir autant, et quelquefois ce grand bouclier dorsal devient presque circulaire (1) ou même son diamètre longitudinal l'emporte sur son diamètre transversal (2); mais le mode de conformation des régions branchiales que je viens d'indiquer se retrouve toujours et donne à ces Crustacés un aspect particulier qui ne se voit pas ailleurs.

Il est aussi à noter que la portion dorsale de la carapace des Portuniens se réunit toujours à la portion latéro-inférieure de ce bouclier céphalo-thoracique sous un angle très aigu, de façon que le bord latéral de celui-ci est toujours mince et plus ou moins lamelliforme. Or, cette disposition est très rare chez les Cancériens qui ont presque toujours le bord latéral de la carapace épais et obtus ou garni soit d'une arête, soit de denticules qui s'en détachent brusquement plutôt que d'en être de simples prolongements (3); j'ajouterai que presque toujours les bords latéro-antérieurs de la

(1) Exemple: le *Polybius Henslowii* (*Règ. anim.*, Crust., pl. 8, fig. 2).

(2) Ex.: Le *Platyonychus latipes* (*Règ. anim.*, Crust., pl. 8, fig. 3).

(3) Les Cancériens qui sous ce rapport ressemblent le plus aux Portuniens, sont les Pirimèles (voy. le *Règne anim.*, Crust., pl. 12, fig. 1), et quelques espèces du genre *Panopeus*, telles que le *P. Herbstii*, Milne Edwards (*Cancer Panopeus* Herbst., *op. cit.*, pl. 54, fig. 5) et le *P. Chilensis*, Milne Edwards et Lucas. *Crustacés du voyage* de A. d'Orbigny, pl. 8, fig. 2. Mais il est à noter que chez ces Crustacés, la portion latéro-postérieure des régions branchiales est renflée plutôt que déprimée.

carapace des Portuniens sont divisés en un nombre considérable de grandes dents larges et aplaties, dont la dernière de chaque côté est au moins aussi saillante qu'aucune des autres et en général se prolonge davantage au-dessus de la base des pattes ambulatoires de la première paire. Ce dernier mode d'armature des régions branchiales, qui est très commun chez les Portuniens, se retrouve chez quelques Oxystomes (1), mais ne se voit jamais ni chez les Cancériens, ni chez les Catométopes. Je ne connais aucun Portunien où le bord latéro-antérieur de la carapace soit entier ou armé d'épines arrondies, ou de tubercules obtus.

Chez les Portuniens typiques les bords latéro-antérieurs de la carapace sont très développés et forment avec le bord fronto-orbitaire un segment de cercle ou ligne régulièrement arquée à grand rayon. Mais ce mode de conformation peut être altéré par suite de deux circonstances, savoir : 1° le développement très considérable de la région frontale qui, en s'élargissant, reporte les fosses orbitaires très loin en dehors, et détermine dans les bords latéro-antérieurs un raccourcissement correspondant à un changement de direction, par suite duquel ils deviennent presque parallèles à la ligne médiane et donnent à la moitié antérieure de la carapace une forme quadrilatère (2) ; 2° l'allongement excessif des pédoncules oculaires et des orbites qui peuvent envahir la majeure partie de la place occupée d'ordinaire par le bord post-orbitaire des régions hépatiques (3). La première de ces modifications détermine dans la carapace une forme qui se rapproche un peu de ce que l'on voit chez certains Catométopes ; mais la seconde ne change que très peu l'aspect ordinaire des Portuniens.

Je ferai remarquer aussi que chez les Crustacés, dont nous examinons ici les caractères, le bord latéro-antérieur est à peu près de même longueur que le bord latéro-postérieur de la carapace et qu'en arrière il ne dépasse jamais le niveau de la moitié ou

(1) Ex.: Les *Matutes* (*Règne anim.*, Crustacés, pl. 7, fig. 1). — Les *Mursies* (*Op. cit.*, pl. 13, fig. 1).— Les *Platymères* (Milne Edwards et Lucas, *Crustacés* du voyage de d'Orbigny, pl. 13).

(2) Ex.: Le *Thalamite admète* (*Règne anim.*, Crustacés, pl. 9, fig. 2).

(3) Ex.: *Podophthalmus vigil* (*Règne anim.*, Crustacés, pl. 9, fig. 1).

du tiers postérieur de la région gastrique postérieure, tandis que chez beaucoup de Cancériens il envahit davantage les régions branchiales et atteint le niveau du milieu de la région cardiaque (1).

Chez presque tous les Portuniens, les bords latéro-postérieurs de la carapace sont fortement échancrés en arrière pour recevoir la base des pattes postérieures qui sont ordinairement extrêmement élargies, tandis que chez les Cancériens, où ces membres sont grêles et styliformes, les bords latéro-postérieurs sont presque droits, ou ne sont que très peu échancrés.

Enfin, il n'est pas jusqu'aux détails du relief de la carapace qui ne présentent des particularités caractéristiques du type Portunien. Ainsi, lorsque les régions hépatiques ne sont pas confondues avec les régions branchiales, la ligne de démarcation qui les sépare est constituée par une petite crête ou par une série de granulations saillantes qui de chaque côté part de la partie antérieure de la dernière dent latérale et s'avance vers les angles latéro-antérieurs du lobe urogastrique, en décrivant une courbe, dont la convexité est dirigée en avant (2) ; tandis que chez les Cancériens, la même limite est d'ordinaire marquée par un sillon qui se porte obliquement en dedans et en arrière, ou par une petite élévation dont la direction est la même. Ainsi, avec un peu d'habitude on peut facilement reconnaître comme appartenant à la famille des Portuniens, certains fragments de carapace sur lesquels on distingue seulement la direction de cette ligne que pour la facilité de la description j'appellerai la *ligne épibranchiale*.

Le front des Portuniens typiques est également caractéristique. Jamais il ne se prolonge en manière de rostre comme chez les Maia et les autres Oxyrhynques (3) et, à moins d'être profondément échancré de chaque côté par suite d'un développement énorme des pédoncules oculaires (4), il ne se rabat jamais sur l'anneau antennulaire, comme cela a lieu chez les Grapses, les

(1) Ex.: *Cancer integerrimus* (*Règne anim.*, Crustacés, pl. 11 *bis*, fig. 1).

(2) Voy. pl. 1 fig. 1, *b'*, et pl. 7, fig. 2, *b'*.

(3) Ex.: Le *Maia squinado* (*Règne anim.*, Crustacés, pl. 30, fig. 2) et le *Leptopodia saggitaria* (*Loc. cit.*, pl. 36, fig. 1).

(4) Ainsi que cela se voit chez les *Podophthalmes* (*Loc. cit.*, pl. 9, fig. 1 et 1 a).

Ocypodes et les autres Brachyures de la division de Catométopes (1), mais il s'avance à peu près horizontalement au-dessus et au-devant des fossettes antennulaires, et de la base des antennes externes (2). Sous ce rapport le frônt des Portuniens ressemble à celui des Cancériens, mais on peut l'en distinguer par sa forme mince et lamelleuse, ainsi que par la disposition des divisions qui le terminent. Celles-ci constituent toujours des dents déprimées, des crénelures ou des lobes tronqués carrément, et n'affectent jamais la forme de tubercules épais, comme cela a lieu chez beaucoup de Cancériens (3).

Les orbites sont toujours grandes et largement ouvertes ; il est aussi à noter que presque toujours ces cavités ont le plancher mince, lamelleux et très saillant, qu'elles sont dirigées très obliquement en avant et en haut, enfin, que leur angle sous-orbitaire se prolonge en forme de dent aiguë (4).

§ IV.

La région antennaire et l'épistome dont les paléontologistes ont jusqu'ici négligé l'étude et dont l'examen est cependant presque toujours possible lorsqu'on dégage avec soin les parties de la roche qui les empâte, peuvent servir aussi à caractériser les Portuniens.

L'*apophyse antennulaire* ou prolongement médian de l'épistome qui, en se réunissant à l'apophyse sous-frontale formée par la carapace, constitue la cloison longitudinale par laquelle les deux fossettes antennulaires sont séparées l'une de l'autre, est toujours mince et lamelleuse (5), ou spiniforme (6) et ne présente jamais

(1) Ex.: *Ocypode cerulophthalmus* (*Loc. cit.*, pl. 17, fig. 1 et 1^{a}). — *Gecarcinus ruricola* (*Loc. cit.*, pl. 21, fig. 1 et 1^{a}). — *Grapsus pictus* (*Loc. cit.*, pl. 22, fig. 1, 1^{a} et 1^{b}).

(2) Voy. ci-après, *Scylla serrata*, pl. 1, fig. 1 et 1 .

(3) Ex.. *Xantho floridus* (*Règne anim.*, Crustacés, pl. 11 *bis*, fig. 3, etc., etc.

(4) Voy. ci-après, pl. 10, fig. 1_A, s' et 1_B.

(5) Ex.: *Portunus puber* (*Règne anim.*, Crustacés, pl. 10, fig. 2^{a}), et *op. cit.*, pl. 8, fig. 3^{a}), et ci-après, pl. 1, fig. 1^A, i'.

(6) Voy. ci-après, pl. 6, fig 1^B.

en dessous une surface large et plate comme cela se voit chez beaucoup de Cancériens (1). La fossette qui loge l'article basilaire de chacune des antennes internes et qui donne abri à la tigelle mobile de ces appendices, est toujours grande et ordinairement beaucoup plus large que longue, de façon que la tigelle dont je viens de parler, s'y reploie tout à fait transversalement ou obliquement, et non pas longitudinalement ainsi qu'elle le fait chez quelques Cancériens, dont la forme générale a beaucoup d'analogie avec celle de certains Portuniens, mais dont les fossettes antennulaires sont très étroites (2).

Du côté externe ces cavités sont fermées par l'article basilaire des antennes externes qui rejoint, presque toujours, la partie correspondante du front et concourt à former en dedans les parois de la fosse orbitaire; tandis que chez quelques autres Cyclométopes, il se trouve exclu de ces dernières cavités par suite de la jonction de l'angle sourcilier interne avec la dent sous-orbitaire correspondante (3).

Il est aussi à noter que l'article basilaire des antennes externes conserve toujours son individualité et n'est jamais soudé au bord sourcilier comme cela a généralement lieu chez les Oxyrhynques (4). Du reste, la conformation de cette portion de la région antennaire est à peu près la même chez beaucoup de Cancériens, et c'est seulement à raison des particularités propres à chaque groupe générique qu'on peut y avoir recours pour distinguer certains Portuniens des autres Cyclométopes.

Chez les Brachyures, dont l'étude nous occupe spécialement ici, l'épistome est toujours très large mais fort court (5), caractère qui suffit pour distinguer ces Crustacés de tous les Oxyrhynques (6).

(1) Ex.: *Cancer maculatus* (*Règne anim.*, CRUSTACÉS, pl. 11, fig. 2a).

(2) Par exemple les *Pirimèles* (voy. le *Règne anim.*, CRUSTACÉS, pl. 12, fig. 1a).

(3) Ex.: *Eriphia spinifrons* (*Règne anim.*, CRUSTACÉS, pl. 14, fig. 1a).

(4) Ex.: *Pisa armata* (*Op. cit.*, pl. 28, fig. 1).

(5) Ex.: *Portunus puber* (*Règne anim.*, CRUSTACÉS, pl. 10, fig. 2a. — *Loc. cit.*, pl. 11, fig. 3a).

(6) Ex.: *Maia squinado* (*Loc. cit.*, pl. 30, fig. 2).

de tous les Oxystomes (1) et de beaucoup de Catométopes (2). Sous ce rapport il ressemble à celui des Cancériens; pour l'en distinguer il faut remarquer que la crête épistomienne, ou bord antérieur du cadre buccal, vient rejoindre de chaque côté le bord saillant des fossettes antennulaires de façon à circonscrire un petit espace en forme de losange et à rendre la région épistomienne beaucoup plus courte que chez la plupart des Cancériens (3).

§ V.

Le cadre buccal des Portuniens est coupé carrément en avant où sa longueur est au moins aussi grande qu'à la base de l'appareil maxillaire, c'est-à-dire du côté du sternum (4), et il n'est pas notablement tronqué à ses angles latéro-antérieurs, particularité qui s'observe chez la plupart des Cancériens (5).

Les pieds-mâchoires externes ont un mode de conformation qui les distingue de ceux des Oxystomes et de beaucoup de Catométopes, mais je n'ai pu y découvrir aucun caractère qui soit commun à tous les Portuniens et qui ne se rencontre aussi chez beaucoup de Cancériens et d'Oxyrhynques; toujours la tigelle palpiforme de la branche interne de ces organes s'insère dans une troncature de l'angle interne, ou du bord interne du dernier article de la portion operculiforme et celui-ci est plus ou moins dilaté à son angle antéro-externe. Du reste la forme de ces pieds-mâchoires varie considérablement dans certains genres, et c'est en traitant de ces groupes que je me réserve d'en parler plus longuement.

(1) Ex.: *Calappa* (*Loc. cit.*, pl. 38, fig. 1a). — *Matuta victor* (*Loc. cit.*, pl. 7. fig. 1b).

(2) Ex.: *Grapsus pictus* (*Loc. cit.*, pl. 22, fig. 1b).

(3) Ex.: *Cancer integerrimus* (*Loc, cit.*, pl. 11 bis, fig. 1). — *Xantho floridus* (*Loc. cit.*, pl. 11 *bis*, fig. 3a).

(4) Ex.: *Thalamita admete* (*Loc. cit.*, pl. 9, fig. 2. — *Loc. cit.*, pl. 8, fig. 3a).

(5) Ex.: *Cancer maculatus* (*Loc. cit.*, pl. 11, fig. 2a. — *Loc. cit.*, pl. 11, fig. 1).

§ VI.

Les Portuniens sont reconnaissables à leurs pattes antérieures ou pinces aussi bien qu'à leur carapace. Les mains ne sont jamais conformées de façon à pouvoir s'appliquer exactement contre la région buccale, ainsi que cela se voit chez quelques autres Brachyures nageurs tels que les Calappes et les Matutes (1). Il est aussi à noter que ces organes présentent une forme qui est caractéristique de la famille. Le poignet ou portion basilaire de la main est presque toujours robuste, mais allongé et garni de crêtes longitudinales fort saillantes qui donnent naissance à de fortes épines (2). Les doigts sont allongés, mais d'ordinaire fort crochus vers le bout et armés sur leur bord préhensile d'une série presque continue de fortes denticulations sécatrices comprimées, et en général subdenticulées sur le bord. Elles ne sont jamais trapues et obtuses, ni cultriformes comme chez beaucoup de Cancériens, ni garnies seulement de tubercules arrondis. Le pouce est presque toujours creusé de sillons longitudinaux, disposition qui se retrouve aussi sur l'index ou doigt immobile.

L'articulation carpienne est très oblique, l'avant-bras est également spinifère, et presque toujours on y voit trois grosses pointes très acérées, dont une naît de la partie antérieure de son bord interne, une autre au-dessus de l'articulation carpienne et la dernière vers le milieu de la face externe. Enfin, le bras, de même que la main, est plus ou moins prismatique ; presque toujours son bord antérieur est armé de plusieurs épines fortes et très pointues. Son extrémité dépasse toujours de beaucoup le bord latéro-antérieur de la carapace (3).

Les pattes ambulatoires sont toujours longues (4), grêles, dépour-

(1) Voy. l'Atlas du *Règne anim.*, CRUSTACÉS, pl. 7, fig. 1, pl. 38, fig. 1 et 2.

(2) Voy. ci-après, pl 3, fig. 1^{B} et 1^{C}, et pl. 5 fig. 1^{D}.

(3) Voy. ci-après, pl. 1, fig. 1.

(4) Celles de la première paire ont en général plus d'une fois et demie la longueur de la carapace. Celles de la seconde paire (c'est-à-dire les antépénultièmes) sont ordinairement les plus longues de toutes.

vues, soit de crêtes, soit d'épines ou de denticulations et plus ou moins fortement comprimées. Quelquefois elles sont toutes natatoires, c'est-à-dire terminées par un doigt lamelliforme et cilié sur les bords ; mais ce mode de conformation est toujours plus prononcé pour celles de la paire postérieure que pour les autres et chez beaucoup de Portuniens, il n'existe même que dans cette dernière partie de l'appareil locomoteur. Il est aussi à remarquer que le pied ou pénultième article des pattes postérieures est comprimé et très dilaté en dessous, de façon à se prolonger en forme de lobe mince et arrondi en avant de l'articulation digitale ; que le genou est très gros et court ; enfin, que la cuisse correspondante est en général extrêmement trapue (1). Or, ces particularités de structure ne se rencontrent que chez les Brachyures nageurs et permettent de distinguer chacune des pièces dont je viens de parler, des parties constitutives des mêmes pattes qui appartiendraient soit à un Cancérien, soit à un Oxyrhynque, ou à un Catométope ordinaire.

§ VII.

Chez les Portuniens typiques, le plastron sternal, c'est-à-dire la portion du squelette tégumentaire qui se trouve entre la base des pattes et qui s'étend depuis le bord postérieur de la fosse buccale jusqu'à la base de l'abdomen, est large et en général il ne s'avance que peu entre la base des pieds mâchoires externes, de façon à avoir en avant une forme tronquée ; souvent le segment qui donne insertion au bras est porté très en avant et forme un angle fort marqué avec la région buccale ; mais les particularités que l'on y rencontre appartiennent principalement à certains genres et j'y reviendrai en traitant de ces groupes.

§ VIII.

L'abdomen ne présente rien d'important à noter, de même que chez les Cancériens et la plupart des autres Brachyures, les Cato-

(1) Voy. ci-après, pl. 1, fig. 1.

métopes exceptés ; il occupe toute la largeur du bord postérieur du sternum et il se reploie très exactement contre ce bouclier ventral. Il se compose comme d'ordinaire de sept segments, mais ordinairement les troisième, quatrième et cinquième anneaux sont soudés entre eux. Quant à sa forme, elle varie suivant les espèces et les sexes.

§ IX.

De la classification des Portuniens.

Aujourd'hui tous les zoologistes s'accordent pour considérer le groupe des Portuniens comme devant être subdivisé en plusieurs genres, mais ils sont partagés d'opinions au sujet du nombre de ces sections et des caractères d'après lesquels il convient de les établir. Ce nombre s'élève déjà à vingt et un, et l'étude que j'ai faite des espèces vivantes, aussi bien que des fossiles, me conduit à proposer l'établissement de trois genres nouveaux, mais toutes les divisions établies par quelques-uns des auteurs qui se sont occupés spécialement de ce sujet ne me paraissent pas suffisamment motivées et si on les admettait, il en résulterait non-seulement une complication inutile dans la classification de ces Décapodes, mais des difficultés insurmontables pour l'étude des espèces fossiles ; car beaucoup de ces divisions ne reposent que sur de légères modifications de forme dans des parties presque membraneuses de l'appareil buccal, que le paléontologiste n'aura probablement jamais l'occasion d'observer sur un Crustacé fossile quelconque, et de plus, elles ne coïncident avec aucune différence dans l'aspect général de ces animaux, ou dans la disposition des parties extérieures dont il est le plus souvent possible de tirer de bons caractères génériques.

Fabricius, en établissant son grand genre *Portunus*, c'est-à-dire notre famille des Portuniens, divisa ce groupe en quatre sections, suivant que la carapace était armée latéralement de deux, de cinq, de six ou de neuf dents.

En 1801, Lamarck (1) forma avec le premier de ces groupes

(1) Lamarck, *Syst. des anim. sans vertèbres*, p. 125, 1801.

secondaires le genre *Podophthalmus* (1), qui est caractérisé essentiellement par l'énorme développement des pédoncules oculaires, et qui doit évidemment être adopté dans toute classification naturelle des Brachyures.

Leach sépara aussi des autres Portuniens, sous le nom générique de *Lupa*, les espèces qui composent deux des sections établies par Fabricius et qui ont de chaque côté de la carapace plus de cinq dents ou épines dont la dernière est très allongée (2). Ainsi l'espèce qu'il cite d'abord comme type de ce genre nouveau, est le *Portunus pelagicus* de Fabricius et plus tard, après y avoir fait entrer aussi le *Portunus forceps* du même auteur, il en étendit les limites de façon à y comprendre des espèces dont la dent latéro-postérieure n'est pas plus grande que les dents qui la précèdent (3). Enfin, ce zoologiste en se fondant sur la structure du bord sourcilier et de l'orbite, ainsi que sur la forme des pattes divisa en trois genres la section des Portunes à cinq dents de Fabricius. Il réserva à l'un de ces groupes le nom de *Portunus* et donna au second celui de *Carcinus;* enfin, il fit du troisième le genre *Portumnus*. Mais ce nom ne différait pas assez du premier pour être adopté par les naturalistes (4), et quelque temps après Latreille (5) y substitua celui mieux choisi de *Platyonychus* (6).

En 1815 Leach ayant eu l'occasion d'étudier un Portunien de

(1) De πους pied et οφθαλμος œil.

(2) Art. *Crustaceology* (*The Edinburgh Encyclopædia*, t. VII, p. 390), dans le supplément à l'article *Carcinology* de l'*Encyclopédie* d'Édimbourg. Leach substitua à ce nom celui de *Lima* qui, appartenant déjà à un genre de Mollusques, ne pouvait être adopté dans les écrits subséquents.

(3) Leach, *A Tabular view of the external caracters of four classes of animals which Linnæus arranged under Insecta* (*Transactions of the Linnean Society*, t. XI, p. 319, 1815).

(4) En effet, les mots Portunus et Portumnus sont synonymes, ce sont deux manières d'écrire le nom de l'un des dieux de la mythologie que les Latins supposaient présider aux ports.

(5) Latreille, art. Platyonyque du *Nouv. dict. d'hist. nat.*, 1818, t. XXVII, p. 27.

(6) Leach, *Malacostraca Podophthalmata Britanniæ*, 1815, Explicat. de la pl. 90.

nos mers qui jusque alors avait échappé à l'attention des zoologistes, y reconnut un mode d'organisation particulier et le prit pour type d'un sixième genre auquel il donna le nom de ***Polybius*** (1).

En 1829, Latreille établit aux dépens du genre ***Lupa*** de Leach le genre *Thalamita* pour les espèces qui sont remarquables par la forme quadrilatère de la portion antérieure de leur carapace et la grande largeur de leur front (2).

Ces divisions génériques de la famille des Portuniens, telles que Leach et Latreille les avaient caractérisées, ne pouvaient pas recevoir un grand nombre d'espèces de ce groupe qui étaient déjà connues des carcinologistes, et lorsque mon père vint à son tour s'occuper de la classification de ces animaux, il reconnut qu'il fallait ou multiplier beaucoup les genres, ou les fonder sur d'autres caractères ; il trouva que cette dernière marche pouvait être suivie sans que la distribution méthodique des Portuniens cessât d'être naturelle, et par conséquent ce fut elle qu'il adopta, pensant que les classifications perdent une grande partie de leur utilité quand on multiplie, sans nécessité, les groupes dont tous les membres portent le même nom.

Dans sa méthode carcinologique, le groupe des Portuniens se compose donc de sept genres, savoir : les genres ***Carcinus***, ***Platyonychus***, ***Polybius***, ***Portunus***, ***Lupa***, ***Thalamita***, ***Podophthalmus***.

Vers la même époque un autre naturaliste dont les travaux carcinologiques ont une grande importance, W. de Haan avait publié l'esquisse sommaire d'une autre classification des Portuniens qui s'éloigne considérablement de la précédente, et qui bientôt après fut étayée d'un grand nombre d'observations précieuses, consignées par cet auteur dans les livraisons suivantes de son bel ouvrage sur les Crustacés du Japon (3). Dans ce nouveau système de classification, la famille des Portuniens, telle que M. Milne

(1) *Règ. anim.* de Cuvier (2ᵉ édit., t. IV, p. 33).

(2) Milne Edwards, *Hist. nat. des Crust.*, 1834, t. I, p. 433.

(3) *Fauna Japonica*, auctore Ph. Fr. de Siebold, *Crustacea*, elaborante W. de Haan, p. 3, 1834-1850.

Edwards l'admettait, ne se trouve plus représentée, et les Crustacés qui y restent forment onze genres. En effet, après avoir relégué parmi les Corystiens les genres : *Carcinus, Polybius et Platyonychus* de ses prédécesseurs, W. de Haan divisa les autres Portuniens de la manière suivante :

§ I. — Portuniens dont la branche externe des pieds-mâchoires antérieurs (trito-mésognathite) est tronquée au sommet.

Le troisième article des pieds-mâchoires postérieurs oblong.

Le lobe interne du trito-mésognathite arrondi ou ovale. (*G. Neptunus.*)

Ce lobe à bords parallèles. (*G. Achelous.*)

Le troisième article des pieds-mâchoires externes court et oblique. (*G. Amphitrite.*)

Ce troisième article carré. (*G. Pontus.*)

§ II. — La branche externe des pieds-mâchoires antérieurs, oblique. (*G. Portunus.*)

§ III. — La branche externe des pieds-mâchoires antérieurs, aiguë.

Le troisième article des pieds-mâchoires postérieurs, court et oblique.

La branche externe des pieds-mâchoires antérieurs, linéaire et à sommet :

Tridenté. (*G. Oceanus.*)

Bidenté. (*G. Charybdis.*)

Tridenté. (*G. Thalamita.*)

Très aigu et étroit. (*G. Podophthalmus.*)

La branche externe des pieds-mâchoires antérieurs, à lobe arrondi. (*G. Scylla.*)

Le troisième article des pieds-mâchoires postérieurs, arrondi en avant. (*G. Lupa.*)

Il est à remarquer que cette multiplication des coupes génériques n'avait été amenée par la découverte d'aucune forme nouvelle, et que les genres *Neptunus*, *Achelous*, *Amphitrite*, *Pontus*, *Scylla*, et *Lupa* sont de simples démembrements du genre *Lupa* tel que mon père l'avait délimité, et que les genres *Thalamita*, *Oceanus*, et *Charybdis* sont des subdivisions du genre *Thalamita* de ce dernier auteur. Quant aux genres *Portunus* et *Podophthalmus*, ainsi que les genres *Carcinus*, *Polybius* et *Platyonychus*, ils n'ont subi aucun changement, sauf le déplacement de ces trois derniers qui cessent d'être compris dans la famille des Portuniens pour prendre place à côté des Corystes, mode d'arrangement évidemment contraire aux affinités naturelles de ces Crustacés.

La classification des Portuniens employée par M. Dana se rapproche beaucoup plus de celle adoptée par M. Milne Edwards, il y a vingt-cinq ans. Il est vrai que les *Carcinus*, les *Platyonychus* et les *Polybius* sont séparés du groupe des véritables Portuniens, mais ils ne sont plus relégués parmi les Corystes et ils constituent, comme je l'ai déjà dit, une famille particulière. Les autres espèces des Portuniens connus à l'époque de la publication des ouvrages de MM. de Haan et Milne Edwards sauf les *Podophthalmes* (1), sont réparties en sept genres sous les noms de *Scylla*, *Lupa*, *Amphitrite*, *Thalamita*, *Carybdis*, *Portunus* et *Arènæus*. De nouvelles formes génériques, observées pour la première fois soit par MM. White et Adam, soit par M. Dana lui-même, donnèrent lieu à la création de trois autres divisions de même valeur, savoir les genres *Carupa*, *Lupocyclus* (2) et *Lissocarcinus*. Enfin, le genre *Platyonychus*, tel que Leach, Latreille et mon père l'avaient délimité, a été divisé par M. Dana en deux genres, dont l'un conserve ce nom et l'autre reprend celui de *Portumnus* (3). A cette longue liste de divisions génériques, dans lesquelles les successeurs de Fabricius ont cru devoir distribuer les espèces dérivées du type *Portunus*, il faut encore ajouter le genre *Xaiva* de Mac Leay et le genre *Portunites* proposé dernièrement par M. Th. Bell, pour recevoir une espèce fossile trouvée dans l'argile de Londres.

En résumé, nous voyons donc que, si l'on admet comme autant de genres, toutes les divisions dont je viens de parler et si l'on adopte les trois genres nouveaux, que je proposerai de désigner sous les noms de *Nectocarcinus*, d'*Enoplonotus* et de *Psammocar-*

(1) Le genre *Podophthalmus* paraît avoir été oublié par M. Dana, car je ne l'ai vu figurer nulle part dans les tableaux de classification donnés par ce zoologiste éminent.

(2) Mot hybride tiré du grec κύκλος, Cercle et Lupa, nourrice de Remus et de Romulus.

(3) Dana (*op. cit.*, t. I, p. 291).

cinus, genres dont deux ne me sont connus que par des espèces fossiles, la famille des Portuniens se composerait de vingt-trois genres, savoir: *Podophthalmus*, *Carcinus*, *Portunus*, *Xaiva*, *Nectocarcinus*, *Portunites*, *Lupa*, *Neptunus*, *Achelous*, *Amphitrite*, *Pontus*, *Scylla*, *Enoplonotus*, *Thalamita*, *Oceanus*, *Carybdis*, *Lupocyclus*, *Carupa*, *Lissocarcinus*, *Polybius*, *Platyonychus*, *Portumnus* et *Psammocarcinus*.

Examinons rapidement quels sont ceux de ces genres qui sont en réalité utiles pour représenter, dans le tableau méthodique des Portuniens, les divers types secondaires de cette famille et ceux dont l'adoption serait nuisible plutôt qu'utile à nos études.

§ X.

Le genre *Podophthalme*, comme je le montrerai plus en détail par la suite, diffère des autres Portuniens par des particularités d'organisation si remarquables, que non-seulement il est indispensable de le conserver dans une classification naturelle, mais qu'il me paraîtrait préférable de le voir séparé des Portuniens ordinaires. En effet, c'est plutôt un type satellite du groupe naturel des Portuniens ordinaires qu'un membre de cette grande agèle (1).

Le genre *Scylla* de W. de Haan correspond à la section des Lupées convexes de M. Milne Edwards, et il me paraît pouvoir être adopté avec avantage, car, ainsi que nous le verrons bientôt, il correspond réellement à un type secondaire bien distinct. Il a pour représentant principal le *Cancer serratus* de Forskal.

De Haan a réservé le nom de *Lupa* à un démembrement des Lupées de Leach qui ne se compose jusqu'ici que d'une seule espèce: le *Portunus forceps* de Fabricius (2), et qui se distingue de tous les autres Portuniens par la forme des pieds-mâchoires externes, dont le troisième article est très élargi et arrondi anté-

(1) L'expression Agèle a été employée, par M. Milne Edwards, pour désigner des groupes naturels qui sont des divisions de ce que j'appelle ici une famille et qui se composent eux-mêmes de plusieurs genres.

(2) *Suppl. Ent. Syst.*, p. 368.

rieurement (1). Au premier abord ce caractère peut paraître insuffisant pour motiver l'établissement d'un genre nouveau; aussi la plupart des zoologistes n'ont-ils pas adopté l'innovation proposée par le carcinologiste hollandais que je viens de citer. Mais après une nouvelle étude que j'ai faite des différentes parties du squelette tégumentaire de la *Lupa forceps*, j'ai acquis la conviction de la justesse de ces vues. En effet, ce Crustacé (2) présente une réunion de particularités zoologiques très remarquables, et s'éloigne de tous les autres Portuniens connus par la disposition des antennes externes et la structure du thorax, ainsi que par la conformation des mains et des pieds-mâchoires externes. L'article basilaire des grandes antennes se prolonge beaucoup en avant en dehors de la tigelle mobile de ces appendices, et se soude à l'angle sous-orbitaire interne, de façon à entrer dans la composition du plancher de l'orbite. Les pieds-mâchoires externes, au lieu d'aller s'appliquer simplement contre le bord postérieur de l'épistome, comme cela a lieu d'ordinaire, s'avancent sur la région antennaire de manière à la recouvrer et à dépasser le niveau du front. Il est aussi à noter que les articles constitutifs de leur portion palpiforme ne sont pas cylindriques comme d'ordinaire, mais lamelleux. Les mains, au lieu d'être robustes, prismatiques ou renflées comme chez les autres Portuniens, sont grêles, cylindriques et armées de doigts presque filiformes et beaucoup trop faibles pour servir à la capture d'une proie solide. Enfin, les apodèmes transversales de la portion postérieure du thorax, ne s'étendent pas jusqu'à la ligne médiane et les lignes de soudure qui y correspondent sur le plastron sternal s'arrêtent de plus en plus près de la base des pattes, de façon à laisser indivise toute la portion moyenne de ce bouclier ventral. Quant à la forme générale de la carapace, on n'y voit rien qui soit particulier à ce genre nouveau.

Les autres membres de l'ancien genre *Lupa* se ressemblent davantage entre eux, mais se rapportent cependant à deux formes principales, dont l'une nous est offerte par le *Portunus pelagicus*

(1) Voy. de Haan, *op. cit.*, pl. A.
(2) Voy. Leach, *The Zoological Miscellany*, t. I, pl. 54.

de Fabricius (1), et par le *Portunus sanguinolentus* du même auteur (2), l'autre par le *Portunus spinimanus* de Latreille (3). Dans le premier de ces types secondaires, la portion moyenne de la chambre viscérale occupée par les lobes latéraux du foie se prolonge beaucoup de chaque côté, et le bord latéro-antérieur de la carapace se termine par une énorme dent horizontale, qui s'avance au-dessus des pattes, et qui, pour la commodité de la description, peut être appelée *corne costale*. Dans le second de ces types, la carapace n'est pas élargie de la sorte ; il n'y a pas de corne costale, et la région hépatique se termine par une dent semblable à celles dont le bord latero-antérieur de la carapace est garni.

W. de Haan a établi pour la plupart des Portuniens qui offrent le premier de ces modes de conformation un genre particulier qu'il appelle *Neptunus*. Il me semble regrettable qu'il n'y ait pas laissé le nom de *Lupa*, car ce groupe constitue la division la plus importante de l'ancien genre *Lupa* de Leach et contient l'espèce que ce dernier zoologiste avait citée comme exemple dans ses premiers écrits sur ce sujet (4). Mais aujourd'hui il n'y a plus à revenir sur cette question de nomenclature, et du moment où l'on adopte la division générique fondée par de Haan, tout en modifiant légèrement les limites de ce groupe, il faut y laisser le nom de *Neptunus*.

Le même zoologiste a constitué, avec quelques-uns des Portuniens de l'autre type secondaire dont je viens de parler, le genre *Achelous*. Il existe des espèces qui établissent le passage entre ces deux formes, et si la séparation n'en avait pas été faite, je ne me serais pas cru autorisé à la proposer. Mais, puisqu'elle est déjà introduite dans la science, qu'elle a été adoptée par quelques carcinologistes, et qu'elle pourra nous être très commode pour la

(1) *Suppl. Ent. Syst.*, p. 367. Ce Portunien a été représenté par plusieurs auteurs. Mais je citerai ici de préférence la magnifique figure que Savigny en a donnée dans le grand ouvrage sur l'Égypte (*Hist. nat.*, Crustacés, pl. 3, fig. 1).

(2) Voy. *Règne anim.*, Crustacés, pl. 10. fig. 1.

(3) *Encycl. méthod.*, t. X, p. 188.

(4) Art. *Crustaceology* (*Edinb. Encyclop.*, t. VII, p. 390).

détermination des espèces fossiles, je crois devoir la conserver.

Il n'en est pas de même des genres *Amphitrite* et *Pontus* de ce zoologiste. Le genre Amphitrite, basé uniquement sur quelques légères particularités de forme dans le troisième article des pieds-mâchoires externes, a pour représentant principal le *Portunus dicanthus* de Latreille (1), qui, par l'ensemble de ses caractères, ne diffère pas notablement des *Neptunus*.

M. Dana a conservé cette division d'une manière nominale, mais en y assignant d'autres limites et en y faisant entrer diverses espèces, dont l'une se rapproche extrêmement des *Achelous* (2), et dont d'autres sont pourvues de grandes cornes costales, comme les *Neptunus*. Il se fonde en majeure partie sur la grosseur des yeux de ces Portuniens; mais cette particularité pourrait bien dépendre seulement du jeune âge des individus qu'il a eu l'occasion d'examiner, et, dans tous les cas, ne me semble pas être un motif suffisant pour nous faire accepter cette nouvelle subdivision des Lupéens. Quoi qu'il en soit, le nom générique d'*Amphitrite* ne pourrait être conservé pour la désignation de ces Crustacés, car il appartient depuis longtemps à des animaux d'une autre classe, et tout double emploi est contraire aux règles de nomenclature généralement adoptées aujourd'hui (3).

Le genre *Pontus* de M. de Haan n'est connu que par une courte phrase diagnostique, et ne paraît différer des *Neptunus* que par la forme plus quadrilatère du troisième article des pieds-mâchoires externes. Quoi qu'il en soit, on ne saurait, dans l'état actuel des choses, l'introduire dans une méthode carcinologique naturelle, faute de renseignements suffisants.

Le genre *Arenæus* de M. Dana (4) est aussi un démembre-

(1) *Crabe de l'Océan*, De Geer, *Mémoire pour servir à l'histoire des Insectes*, t. VII, p. 126, fig, 8.

(2) L'*Amphitrite speciosa*.

(3) En 1771, O.-F. Müller donna le nom de l'Amphitrite à un genre de vers, et en 1817, Cuvier l'employa de la même façon dans sa classification des Annélides ; il n'était donc pas disponible lorsque en 1834, W. de Haan l'appliqua aux crustacés dont il est question ci-dessus.

(4) Dana, *United-States Exploring Expedition of cap Wilkes. Crustacea*, p. 289.

ment des Lupées nageuses ou typiques de M. Milne Edwards. Il n'est réellement caractérisé que par l'absence des crêtes endostomiennes : or, dans les différentes espèces du genre *Portunus* proprement dit, nous voyons ces saillies marginales du canal respiratoire exister ou manquer, sans que ces variations de structure soient accompagnées d'aucune autre modification constante de l'organisme. Ce genre, qui ne comprend que le *Portunus cribrarius* de Lamarck (1), me paraît donc inadmissible.

Les subdivisions génériques établies par W. de Haan dans le genre Thalamite de Latreille me paraissent également être trop nombreuses. Le genre *Charybdis*, qui a pour représentant le *Thalamita crenulata*, le *T. natator*, et la plupart des autres espèces dont se compose la section des Thalamites hexagonales de la méthode de mon père, a été conservé par M. Dana, et ne me paraît pas inutile; mais le nom mythologique donné à ce groupe n'était pas disponible, et appartenait depuis longtemps à un genre de Médusaire établi par Péron et Lesueur; il ne pouvait donc être conservé sans inconvénient, et il me semble préférable d'y substituer un autre. Je proposerai donc celui de *Goniosoma* (2) qui rappelle la forme du corps de ces animaux. Quant au genre *Oceanus* qui ne comprend que le *T. crucifer*, et qui rentre dans la même section de l'ancien genre *Thalamita*, il ne me paraît pas avoir des caractères assez importants pour que je puisse me décider à l'adopter, car il n'est fondé que sur l'existence de quelques découpures plus nombreuses que d'ordinaire dans le lobe terminal et submembraneux de la branche moyenne des pieds-mâchoires antérieurs, disposition qui ne me paraît avoir aucune importance zoologique.

J'ajouterai qu'un Portunien fossile du terrain nummulitique, que je ferai connaître dans la suite de ce travail, ne me paraît pouvoir prendre place dans aucun des groupes naturels dont il vient d'être question. Tout en ayant beaucoup d'analogie avec les

(1) *Lupa cribraria.* Milne Edwards, *Hist. nat. des crustacés*, t. I, p. 452, pl. 17, fig. 1.

(2) De γονιος angle, et σωμα corps.

Lupées, il s'en distingue facilement par l'énorme développement des cornes latérales de la carapace, et le nombre considérable des denticules qui arment les bords latéro-antérieurs de ce bouclier céphalo-thoracique; je proposerai donc de le ranger dans une nouvelle division générique, que je désignerai sous le nom d'*Enoplonotus* (1).

Tous les Portuniens ordinaires dont j'ai parlé jusqu'ici se ressemblent par une particularité de la structure intérieure du thorax, qui se traduit au dehors par la disposition de la suture médiane du sternum. La cloison ventrale, qui divise en deux moitiés la cavité viscérale, s'étend du bord postérieur du thorax jusque sur l'antépénultième anneau de cette portion du corps, et la suture correspondante à cet apodème occupe par conséquent les trois derniers segments du plastron sternal.

Chez les Portuniens dont il me reste à parler, il n'en est pas de même, et, ainsi qu'on le sait, la suture médiane du sternum ne s'avance pas au delà du pénultième anneau thoracique (2).

Le genre *Portunus*, tel que Leach et tous les carcinologistes plus récents l'ont délimité, se compose des Portuniens ordinaires qui offrent ce dernier caractère, dont les pattes postérieures sont terminées par des rames larges et ovalaires, dont la tige mobile des antennes externes est insérée sous le front et non dans l'angle interne de l'orbite; enfin dont la carapace n'est pas armée latéralement de plus de cinq dents, y compris l'angle orbitaire externe. Mais d'après l'étude que j'ai faite de plusieurs espèces nouvelles de Portuniens dont je me propose de publier la description ailleurs, je suis porté à croire qu'il faudra limiter davantage ce genre, et n'y comprendre que les espèces dont le bord latéro-antérieur de la carapace présente de chaque côté cinq dents.

Les Portuniens qui, par la conformation générale, ressemblent aux précédents, mais qui ont seulement quatre dents à chaque bord latéro-antérieur de la carapace, me paraissent devoir constituer un

(1) De ενοπλος, armé, et de νωτος, dos.

(2) Ce caractère important a été signalé pour la première fois par mon père et a été utilisé aussi par M. Dana pour la distribution des *Portunidæ* d'une part, et des *Lupinæ* et des *Arenæinæ* d'autre part, *op. cit.*, t. I, p. 268.

genre particulier, pour lequel je proposerai le nom de *Nectocarcinus* (1). Le *Portunus integrifrons* (2), le *Portunus antarcticus* (3) et deux espèces nouvelles, que j'appellerai *Nectocarcinus melanodactylus* (4) et *N. tuberculosus* (5), se rangeront dans cette nouvelle division générique.

Je n'aperçois aucune raison suffisante pour séparer des Portunes proprement dits, le petit Crustacé, d'après lequel M. M'Leay a formé le genre *Xaiva* (6). Je ne le connais que d'après la figure et la description fort incomplète que cet entomologiste en a données, et il me semble être très voisin du *Portunus pusillus*. Il est seulement à noter que le dernier article des pattes postérieures est plus allongé, ce qui le rapproche du genre *Carcinus*. Du reste, M. Mac Leay n'expose pas les motifs qui l'ont déterminé à établir ce genre nouveau, et la manière dont il le caractérise ne peut suffire pour le faire distinguer.

Le genre *Lissocarcinus* de MM. Adams et White ne m'est connu que par la courte description, accompagnée de quelques figures, publiée dans la partie zoologique du voyage du *Samarang* (7), et

(1) De νηκτης nageur et καρκινος Crabe.

(2) *Portunus integrifrons*, Latreille, *Encycl. method.*, *Insect.*, t. X, p. 192, 1825; Milne Edwards, *Hist. nat. des crust.*, t. I, p. 445.

(3) *Voyage au pôle sud de Dumont-Durville*, *Crust.*, par MM. Jacquinot, Hombron et Lucas, pl. 5, fig. 1.

(4) Cette espèce, de très grande taille, se trouve dans la mer Rouge et se rapproche du *N. integrifrons* par la forme du front, mais s'en distingue par l'absence de poils sur la face supérieure de la carapace et par plusieurs autres caractères, tels que l'existence d'un prolongement quadrilatère de la couleur noire intense des doigts, sur la partie du poignet qui correspond à la base du pouce. Le Muséum en possède un bel exemplaire mâle.

(5) Cette espèce, non moins grande que la précédente, provient de la Nouvelle-Hollande et se fait remarquer par les nombreux tubercules subspiniformes, qui hérissent les parties antérieures des régions stomacale et branchiale, ainsi que les mains et les avant-bras, le front est divisé en deux lobes tronqués et à bords finement denticulés. Il en existe un individu mâle dans les collections du Muséum.

(6) *Illust. of the Zool. of South Af.* by A. Smith *Inv.* by W.S. M'Leay, p. 62, pl. 3.

(7) Adam et A. White, *Zoology of the Voyage of H. M. Samarang. Crustacea*, p. 45, pl. 11, fig. 5.

par les détails plus circonstanciés donnés subséquemment par M. Dana (1); mais il est si bien caractérisé, qu'il ne peut y avoir, ce me semble, aucune incertitude, quant à son admission dans la méthode carcinologique. En effet, les petits Crustacés qui y prennent place ressemblent aux Goniosomes par la structure du sternum et la disposition des antennes externes, mais se rapprochent des Platyonyques par la forme presque circulaire de leur carapace, la brièveté de leurs bras et par quelques autres caractères.

Le genre *Carcinus* de Leach établit le passage entre les Portunes typiques et les Cancériens. Il se distingue par la forme lancéolée du dernier article de ses pattes postérieures, et par quelques autres caractères que tous les zoologistes de nos jours considèrent comme suffisants. Il ne se compose jusqu'ici que d'une seule espèce, le *Carcinus Mœnas*, qui abonde sur nos côtes. La collection entomologique du Muséum en possède une autre variété encore inédite qui habite la mer Rouge.

Le genre *Portunites* de M. Th. Bell n'est encore que très imparfaitement connu. Mais, ainsi que nous le verrons dans la suite de cette monographie, les Crustacés fossiles qui le constituent, tout en ayant beaucoup de ressemblance avec les Carcins, s'en distinguent, ainsi que de tous les autres genres de Portuniens de l'époque actuelle, par les sillons profonds dont la carapace est creusée.

Les genres *Polybius* et *Platyonychus* se distinguent nettement de tous les Portuniens dont j'ai parlé jusqu'ici par la disposition de leurs antennes externes, et se laissent reconnaître aussi par la forme générale de leur carapace. Ici l'article basilaire des antennes externes, c'est-à-dire l'article qui repose sur le tubercule auditif, au lieu d'être élargi et solidement encastré dans l'hiatus orbitaire externe, de façon à être parfaitement distinct de la tigelle mobile formée par la portion suivante de ces appendices, ainsi que cela se voit chez les Portunes et mieux encore chez les Thalamites, est libre dans l'angle orbitaire interne, et fait partie de la tigelle mobile dont il vient d'être question. On remarque aussi que, dans ces deux genres, la carapace est beaucoup plus étroite que chez tous

(1) Dana, *United-States Exploring, Exped. Crust.*, t. I, p. 288, pl. 18, fig. 1.

les autres Portuniens, et présente la forme d'un disque orbiculaire ou ovalaire, dont le grand diamètre serait longitudinal.

Le genre *Polybius* est caractérisé aussi par la forme décidément natatoire de ses quatre paires de pattes proprement dites, et par diverses particularités de structure dans l'appareil buccal.

Le genre *Platyonyque*, que Leach a établi sous le nom de *Portumnus*, n'a pas les pattes si bien conformées pour la nage ; celles de la pénultième paire et même les précédentes sont terminées par un article digital styliforme, plutôt que foliacé. Les pieds-mâchoires externes, la région antennaire et le plastron sternal, présentent aussi des particularités plus ou moins importantes, dont j'aurai à parler plus longuement par la suite.

M. Dana a cru devoir démembrer ce petit groupe pour en former deux genres, pour l'un desquels il reprend le nom de *Portumnus*, que presque tous les zoologistes de nos jours s'accordent à abandonner comme n'étant pas suffisamment distinct de celui du *Portunus* dont l'emploi est plus ancien.

Ce zoologiste éminent base uniquement cette division sur la forme de la carapace, qui, chez le *Platyonychus latipes* dont il constitue son genre *Portumnus*, est plus allongée que chez le *Platyonychus punctatus* de W. de Haan et chez les autres espèces de l'océan Pacifique ou du Nouveau Monde, dont il compose le genre Platyonyque proprement dit ; mais je suis porté à croire que si M. Dana avait eu l'occasion d'étudier toutes les espèces de ce groupe qui se trouvent réunies dans les galeries du Muséum d'histoire naturelle, il aurait reconnu que les formes intermédiaires rendent parfois l'application de ce caractère tout à fait arbitraire. Dans l'état actuel de la science, il me semble préférable de conserver le groupe avec les limites qui y sont assignées dans l'histoire naturelle des Crustacés (1).

(1) Leach, en établissant ce genre, ne fit mention que du *P. latipes* (ou *P. variegatus*) et Lamarck y fit rentrer, non-seulement les autres espèces auxquelles M. Dana appliqua le nom de *Platyonychus*, mais aussi les *Polybies*. M. Milne Edwards maintint la première de ces adjonctions, mais n'admit pas la seconde et par conséquent il composa le genre *Platyonychus* de la manière indiquée ci-dessus (voy. *Hist. nat. des crust.*, t. I, p. 435).

Le genre *Lupocyclus* de MM. Adams et White (1) n'a été que très imparfaitement caractérisé par ces naturalistes ; mais d'après l'examen que j'ai fait d'un exemplaire du *Lupocyclus rotundatus* appartenant à la riche collection du Muséum, je crois devoir adopter ici ce groupe. Effectivement ce petit Crustacé tient des Goniosomes par la forme générale de sa carapace et par plusieurs autres caractères, tandis que, par la structure de ses antennes externes, il se rapproche des Platyonyques. Je dois ajouter cependant que l'individu dont j'ai eu l'occasion d'étudier la conformation est très jeune, et pourrait bien ne pas conserver à l'état adulte tous les caractères que je viens d'indiquer.

Le genre *Carupa* de M. Dana (2) établit à certains égards le passage entre les Thalamites et les Platyonyques, et présente une combinaison de caractères qui ne permet de le confondre avec des groupes naturels dont j'ai déjà fait mention ; en effet, l'article basilaire de ses antennes externes est étroit et libre comme chez les Platyonyques, tandis que la carapace se fait remarquer par sa forme presque quadrilatère, la grande largeur du front et l'existence de six dents de chaque côté.

Enfin des motifs, dont je rendrai compte dans une autre partie de ce travail, m'ont déterminé à proposer l'établissement d'un nouveau genre pour le petit Crustacé fossile des sables de Beauchamp, que Desmarest a fait le premier connaître sous le nom de *Portunus Hericarti*. En ce moment, je me bornerai à dire que ces Portuniens, tout en ayant seulement cinq dents de chaque côté de la carapace, comme les Portunes, les Polybies, les Carcins, etc., sont pourvus de grandes cornes latérales comme les Lupées, et que, par d'autres particularités de structure, ils se rapprochent beaucoup des Platyonyques. Cette nouvelle division générique pourra recevoir le nom de *Psammocarcinus* (3).

En résumé, nous voyons donc que, dans l'état actuel de nos connaissances relatives aux Crustacés de la famille des Portuniens,

(1) *Voyage of H. M. S. Samarang, Crust.*, p. 46, pl. 12, fig. 4.

(2) Dana, *United-States Exploring Exped., Crustacea*, t. I, p. 279, pl. 17, fig. 4

(3) De ψαμμος, sable, et καρκινος, Crabe.

ces animaux paraissent devoir être répartis en dix-huit genres. Mais, afin de rendre leur classification aussi conforme que possible, aux divers degrés d'affinités qui existent entre eux, il me semble utile de réunir plusieurs de ces genres en petits groupes naturels. Ainsi je proposerai non-seulement de séparer des Portuniens ordinaires, sous le nom de *Portuniens anormaux*, le genre Podophthalme, et de former avec les autres un Agèle particulier, caractérisé par l'existence d'un front horizontal, et d'yeux d'une longueur médiocre; mais aussi de diviser ensuite ce dernier groupe en quatre sections principales et en trois sections de transitions :

Savoir, les Lupéens, comprenant les genres *Neptunus*, *Achelous*, *Scylla*, *Lupa*.

Les Thalamitiens, comprenant les genres *Thalamita* et *Goniosoma*.

Les Carciniens, comprenant les genres *Portunus*, *Carcinus*, *Nectocarcinus* et *Portunites*.

Les Polybiens, comprenant les genres *Polybius*, *Platyonychus* et *Psammocarcinus*.

Enfin les Carupiens, les Lissocarciniens et les Lupocycliens, comprenant les trois genres dont ils portent les noms.

Afin de faciliter l'emploi de cette classification pour la détermination des espèces fossiles, je crois utile de réunir dans un tableau synoptique les principaux caractères qui, sans être toujours les plus importants, peuvent être employés pour la distinction empirique, soit des groupes dont je viens de parler, soit des divers genres de la famille des Portuniens.

§ XI.

Des Portuniens fossiles.

Les paléontologistes n'ont décrit que fort peu de Portuniens fossiles ; mais, ainsi que je vais le montrer, il en existe un nombre assez considérable, et aujourd'hui j'en compte une quinzaine d'espèces, dont une est généralement considérée comme appartenant à la division des Portuniens anormaux, et a été désignée sous le nom de *Podophthalmus Defrancei* par Desmarest. La plupart des Portuniens normaux qui ont été rencontrés à l'état fossile appartiennent au groupe naturel des Lupéens, et doivent prendre place dans les genres *Neptunus*, *Achelous*, *Scylla* et *Enoplonotus*.

J'aurai à faire connaître une espèce fossile du genre *Goniosoma*, et la section des Carciniens a fourni deux représentants, le *Portunites incerta* de M. Th. Bell et le *Portunus Peruvianus* de d'Orbigny.

Je rapporte à la section des Polybiens le *Portunus Hericarti* de Desmarest, espèce qui ne peut prendre place dans aucun des genres de l'époque actuelle, et qui constitue le type de la division des *Psammocarcins*.

Dans les études spécialement paléontologiques que je vais aborder maintenant, je n'aurai donc à m'occuper que des huit genres dont je viens de citer les noms. Il est aussi à noter que tous les Portuniens fossiles nettement caractérisés, découverts jusqu'ici, appartiennent aux formations tertiaires ou à des dépôts plus récents ; les plus anciens que je connaisse proviennent du terrain nummulitique.

Enfin je ferai remarquer également que ces Crustacés qui habitaient tous les mers tertiaires qui couvraient l'emplacement occupé aujourd'hui par la France et les pays voisins présentent des formes organiques très rares dans les mers actuelles des régions tempérées, mais qui abondent dans la zone torride.

AGÈLE DES PORTUNIENS NORMAUX.

Front horizontal et sans étranglement basilaire ; orbites et pédoncules oculaires de longueur ordinaire ; angles orbitaires externes se prolongeant en dehors, beaucoup moins que la portion suivante du bord latéral de la carapace et suivis d'une série de dents, dont la dernière se prolonge à une distance plus grande de la ligne médiane du corps que ne le font les autres.

GROUPE DES LUPÉENS.

Carapace très élargie et armée de neuf dents latéro-antérieures, ou davantage (y compris l'angle orbitaire externe); tigelle mobile des antennes externes insérée sur un grand article basilaire et se logeant dans l'hiatus interne de l'orbite; suture médiane du plastron sternal s'étendant sur les trois derniers anneaux du thorax; mains très allongées.

§ I.

Genre NEPTUNUS.

Syn. : Cancer (pars). Linné, *Syst. nat.*

Portunus, Fabricius, *Entomol. system.*, suppl.

Lupa (pars), Leach, Latreille, Milne Edwards.

Neptunus, Pontus et Amphitrite (pars), De Haan, *Fauna japonica.*

— White, *Liste of the specimens of Crustacea of the British Museum*, 1847.

Lupa et Amphitrite (pars), Dana, *Explor. Exped., Crust.*

Le genre *Neptunus*, délimité de la manière indiquée dans le chapitre précédent (1), se compose d'un nombre considérable de Portuniens remarquables par la forme générale de leur corps, ainsi que par plusieurs particularités de structure dans les antennes et leurs annexes, l'appareil buccal et les organes de la locomotion.

Pour définir brièvement ce groupe, il suffit de dire qu'il comprend tous les Brachyures platystomes à pattes natatoires, dont la carapace est arquée antérieurement et armée latéralement de huit dents médiocres suivies d'une grande corne costale.

Mais, pour donner une idée complète de ces animaux et pour pouvoir y rapporter tous les débris fossiles qui y appartiennent, il est nécessaire d'entrer dans un examen détaillé de diverses parties de leur squelette tégumentaire.

La forme de la carapace des *Neptunus* est tellement caractéris-

(1) Voy. p. 216.

tique que, en général, elle suffit pour faire reconnaître à première vue ces Portuniens. En effet, ce grand bouclier céphalo-thoracique est plus élargi que chez aucun autre Brachyure, et il est en même temps fort surbaissé et terminé latéralement par une grosse pointe, de sorte qu'il affecte une forme presque naviculaire et que son diamètre transverse a plus de deux fois la longueur de son diamètre antéro-postérieur. Cette forme se prononce de plus en plus par les progrès de l'âge, mais elle est déjà très bien indiquée chez les jeunes individus; ainsi que j'ai pu le constater chez de petits Neptunes qui n'avaient que quelques millimètres de long et qui, suivant toute probabilité, n'étaient sortis de l'œuf que depuis fort peu de temps.

Le front est toujours large, peu saillant, et plus ou moins profondément découpé en six ou huit dents plates et horizontales, dont les deux externes constituent les angles sourciliers internes; la disposition de ces dents varie et fournit d'excellents caractères pour la distinction des espèces.

Les orbites sont de grandeur médiocre et dirigées très obliquement en avant et en haut, leur plancher s'avançant beaucoup plus que leur bord sourcilier; celui-ci est divisé en trois lobes par deux scissures étroites mais profondes, et sa portion externe se prolonge en une *dent orbitaire externe* large et acérée.

Les bords latéro-antérieurs de la carapace sont toujours armés chacun de neuf dents plates, larges à leur base et terminées par une pointe aiguë qui se recourbe plus ou moins en avant. La première de ces dents est formée, comme je viens de le dire, par l'angle orbitaire externe; les suivantes ont à peu près les mêmes dimensions, si ce n'est la dernière qui est toujours beaucoup plus développée qu'aucune autre; elle constitue une corne costale qui s'avance latéralement au-dessus de la base des pattes. Les bords latéro-postérieurs sont concaves, et plus ou moins nettement divisés en deux portions, dont la postérieure est excavée et correspond à la base des pattes de la dernière paire. Enfin, il est aussi à noter que ces bords sont surmontés d'une ligne ou petite crête marginale qui souvent se continue avec une ligne semblable située au-dessus du bord postérieur de la carapace.

La face supérieure de ce grand bouclier céphalo-thoracique est comme chagrinée, on y remarque une multitude de granulations miliaires dont la grosseur varie suivant les espèces ; parfois elle est recouverte d'un duvet plus ou moins épais.

Les régions de la carapace sont peu marquées, mais en général leurs limites sont reconnaissables ; l'empreinte musculaire qui de chaque côté sépare le lobe urogastrique et la région cardiaque des régions branchiales, et qui peut être appelée l'*empreinte branchio-cardiaque*, est forte et constitue avec la dépression transversale, située entre ce lobe urogastrique et la région cardiaque, une figure qui a de l'analogie avec celle de la lettre H. Souvent on aperçoit sur la région stomacale une ligne transversale saillante, formée en général par des granulations régulièrement disposées et que j'appellerai la *ligne épigastrique* (1). Il n'est pas rare de trouver sur le lobe urogastrique une seconde ligne analogue que je désignerai sous le nom de *ligne hypogastrique*. Enfin, vers la partie postérieure de chacune des régions branchiales, il existe une autre ligne de même nature dite *épibranchiale* (2) qui s'avance jusqu'à l'extrémité de la corne costale et qui, après s'être recourbée plus ou moins fortement en avant, se dirige transversalement vers la partie postérieure de la région gastrique ; la saillie et la longueur de cette ligne varient suivant les espèces, et souvent elle n'est constituée que par une rangée de granulations plus fortes que celle dont les parties voisines de la carapace sont garnies.

La région faciale qui s'étend depuis le front jusqu'au plastron sternal, se relève de façon à devenir presque verticale quand l'animal repose sur la face ventrale de son corps, et à se dérober en majeure partie à la vue quand il est renversé sur le dos. La cloison interantennulaire, constituée aux dépens de la partie antérieure de l'épistome, se prolonge d'ordinaire en une petite corne médiane ou apophyse épistomienne, qui s'avance horizontalement et dépasse de beaucoup le niveau du bord frontal (3), mode d'organisation

(1) Voy. pl. 7, fig. 2.
(2) Voy. pl. 6, fig. 1, b'
(3) Voy. pl. 6, fig. 1[b] i'.

GENRES.

FAMILLE DES PORTUNIENS.

AGÈLE DES PORTUNIENS ...te la largeur de la carapace. Angles seulement d'une petite épine . . . . PODOPHTHALMUS.

Dents latérales de la carapace, au nombre de neuf seulement. Corne costale médiocre.
- Mains robustes et prismatiques. Pieds-mâchoires extérieurs n'arrivant pas sous le front. . . . . . . NEPTUNUS.
- Mains grêles et subcylindriques. Pieds-mâchoires extérieurs dépassant le front en avant. . . . . . LUPA.

Dents latérales au nombre de plus de neuf. Cornes costales énormes. . . . ENOPLONOTUS.

Carapace surbaissée. Épistome linéaire et incomplet. Mains allongées et prismatiques . . . . ACHELOUS.

Carapace bombée. Épistome bien développé. Mains trapues et renflées. . . . SCYLLA.

...fronto-orbitaire n'occupant pas plus ...formant un angle obtus avec les bords ...s de six ou sept dents chacun. . . . GONIOSOMA.

AGÈLE DES PORTUNI...

Front horizontal et sans é... Orbites et pédoncules ocu... dinaire. Angles orbitaires ... geant en dehors beaucou... suivante du bord latéral d... chacun d'une série de den... prolonge plus loin de la li... que les autres.

...t très large; bord frontal très grand ...presque toute la largeur de la carapace ...formant avec le bord fronto-orbitaire ...més chacun de quatre ou cinq dents . . . . THALAMITA.

...me dans les sections précédentes. An... ...rtie constitutive de la tigelle mobile). CARUPA.

...ononcé avec le bord fronto-orbitaire et ...ternes grêle, libre et entrant dans la ... Mains très allongées . . . . LUPOCYCLUS.

Régions de la carapace peu distinctes entre elles.
- Pattes postérieures à palettes ovalaires . . . . PORTUNUS.
- Pattes postérieures à palettes lancéolées. . . . . . . CARCINUS.

Régions de la carapace très distinctes entre elles et séparées par des sillons profonds . . . . PORTUNITES.

...rapace armés chacun de quatre dents . . . . NECTOCARCINUS.

...sternum et antennes externes comme . . . . LISSOCARCINUS.

Pattes de la pénultième paire natatoires comme les autres . . . . POLYBIUS.

Pattes de la pénultième paire à doigts styliformes . . . . PLATYONYCHUS.

...ne grande corne costale, horizontale, ...petite épine supplémentaire. . . . . PSAMMOCARCINUS.

(PAGE 228.)

FAMILLE DES PORTUNIENS.

- **AGELE DES PORTUNIENS ANORMAUX.** Front spatuliforme et infléchi. Orbites et pédoncules oculaires extrêmement longs et occupant presque toute la largeur de la carapace. Angles orbitaires externes se prolongeant beaucoup plus en dehors que la portion suivante du bord latéral, et suivis seulement d'une petite épine . . . .

- **AGELE DES PORTUNIENS NORMAUX.** Front horizontal et sans étranglement basilaire. Orbites et pédoncules oculaires de longueur ordinaire. Angles orbitaires externes se prolongeant en dehors beaucoup moins que la partie suivante du bord latéral de la carapace, et suivis chacun d'une série de dents dont la dernière se prolonge plus loin de la ligne médiane du corps que les autres.
  - **LUPÉENS** . . . . . Carapace très élargie et armée de neuf dents latéro-antérieures (y compris l'angle orbitaire externe) ou davantage. Tigelle mobile des antennes externes insérée sur un grand article basilaire et se logeant dans l'hiatus interne de l'orbite. Suture médiane du sternum s'étendant sur les trois derniers anneaux du thorax. Mains très allongées.
    - Régions branchiales de la carapace se prolongeant de chaque côté en une corne costale.
      - Dents latérales de la carapace, au nombre de neuf seulement. Corne costale médiocre.
        - Mains robustes et prismatiques. Pieds-mâchoires extérieurs n'arrivant pas sous le front. . . . . .
        - Mains grêles et subcylindriques. Pieds-mâchoires extérieurs dépassant le front en avant. . . . . .
      - Dents latérales au nombre de plus de neuf. Cornes costales énormes. . . .
    - Régions branchiales de la carapace ne se prolongeant pas en forme de corne; la dernière dent latérale étant semblable aux précédentes.
      - Carapace surbaissée. Épistome linéaire et incomplet. Mains allongées et prismatiques . . . .
      - Carapace bombée. Épistome bien développé. Mains trapues et renflées. . . .
  - **THALAMITIENS** . . Carapace très élargie, mais armée seulement de sept ou d'un moindre nombre de dents. Sternum et mains comme chez les Lupéens. Tige mobile des antennes externes exclue de l'orbite et naissant sous le front, sur un article basilaire très large.
    - Carapace hexagonale; son bord fronto-orbitaire n'occupant pas plus des deux tiers de sa largeur et formant un angle obtus avec les bords latéro-antérieurs; ceux-ci armés de six ou sept dents chacun. . . .
    - Carapace presque quadrilatère et très large; bord frontal très grand et occupant avec les orbites presque toute la largeur de la carapace; bords latéro-antérieurs formant avec le bord fronto-orbitaire un angle presque droit, et armés chacun de quatre ou cinq dents seulement . . . .
  - **CARUPIENS.** Carapace très élargie et armée de sept dents de chaque côté. Sternum et mains comme dans les sections précédentes. Antennes externes libres dès leur base (leur article basilaire étant grêle et formant partie constitutive de la tigelle mobile).
  - **LUPOCYCLIENS.** Carapace médiocrement élargie; ses bords latéro-antérieurs formant un angle très prononcé avec le bord fronto-orbitaire et armés chacun de cinq petites dents spiniformes. Article basilaire des antennes externes grêle, libre et entrant dans la composition de leur tigelle mobile, laquelle se loge dans l'hiatus interne de l'orbite. Mains très allongées . . . .
  - **CARCINIENS** . . . Carapace médiocrement élargie; ses bords latéro-antérieurs formant, avec le bord fronto-orbitaire, une courbure régulière, et armés seulement de quatre ou cinq dents. Suture médiane du sternum occupant seulement les deux derniers anneaux du thorax. Tigelle mobile des antennes externes naissant sur un gros article basilaire dans l'hiatus de l'orbite. Mains courtes.
    - Bords latéro-antérieurs de la carapace armés chacun de cinq dents.
      - Régions de la carapace peu distinctes entre elles.
        - Pattes postérieures à palettes ovalaires . . . .
        - Pattes postérieures à palettes lancéolées . . . .
      - Régions de la carapace très distinctes entre elles et séparées par des sillons profonds . . . .
    - Bords latéro-antérieurs de la carapace armés chacun de quatre dents seulement . . . .
  - **LISSOCARCINIENS.** Carapace très étroite, arrondie latéralement et peu dentelée. Suture médiane du sternum et antennes externes comme dans les Thalamitiens. Mains très courtes. . . . .
  - **POLYBIENS** . . . Carapace suborbiculaire ou même beaucoup plus longue que large, et armée latéralement de cinq dents bien développées (auxquelles s'ajoute quelquefois une épine rudimentaire). Suture médiane du sternum comme chez les Carciniens. Antennes externes comme chez les Lupocycliens; hiatus de l'angle orbitaire interne très large. Mains courtes.
    - Carapace dépourvue de cornes costales et armée seulement de cinq dents latérales de chaque côté.
      - Pattes de la pénultième paire natatoires comme les autres . . . .
      - Pattes de la pénultième paire à doigts styliformes . . . .
    - Carapace armée latéralement d'une grande corne costale, horizontale, qui porte près de sa pointe une petite épine supplémentaire. . . .

Hist. nat. des Crust., t. I, p. 228.

qui n'est jamais bien marqué chez les autres Lupéens, et qui est extrêmement rare chez les Crustacés des autres groupes; en sorte que son existence suffit presque pour caractériser la portion antérieure de la tête d'un *Neptunus*.

Les fossettes antennulaires sont ovalaires et disposées transversalement, de façon que la tige mobile des petites antennes se reploie presque horizontalement sous le front; en dehors elles sont complétées par l'article basilaire des antennes externes, qui est assez grand et se réunit à l'angle sourcilier du front par son angle antéro-interne, mais s'avance du côté externe dans l'hiatus de l'orbite.

Cet hiatus, compris entre l'angle sourcilier interne et l'angle interne du plancher de l'orbite, est étroit, mais loge la tigelle mobile de ces antennes, qui occupe par conséquent l'angle interne de la cavité orbitaire. Il est aussi à noter que l'article basilaire de ces appendices frontaux donne ordinairement naissance à une dent spiniforme située en dehors et au-dessous de l'insertion de la tigelle mobile et au-dessus ainsi qu'en dehors d'une autre dent beaucoup plus grosse et plus saillante qui arme l'angle adjacent du plancher orbitaire. Cette dernière, appelée dent sous-orbitaire interne, s'avance beaucoup plus que l'angle sourcilier interne et se termine en forme d'épine conique. La portion suivante du bord orbitaire inférieur s'avance presque autant que la portion adjacente du bord latéro-antérieur de la carapace, et se trouve séparée de l'angle orbitaire externe par une scissure plus ou moins large.

L'épistome est peu développé et de chaque côté le bord labial ou bord antérieur de la fosse buccale, s'avance de manière à se réunir au bord postérieur des fossettes antennaires. Il en résulte que le sillon transversal qui occupe le milieu de l'espace épistomien n'existe que dans le voisinage de la ligne médiane du corps, et ne se prolonge pas latéralement jusqu'aux tubercules auditifs, ainsi que nous le verrons dans le genre *Scylla*.

Les pieds-mâchoires externes sont trapus et leur portion operculaire ne se prolonge pas sur l'épistome, comme cela a lieu dans le genre *Lupa* proprement dit, où ces organes recouvrent toute la région antennaire et dépassent le niveau du front. La forme du troisième article de ces organes varie un peu, suivant les espèces, mais il est toujours à peu près aussi large que long et tronqué, ou échancré à son angle antéro-interne pour recevoir la base de la tigelle palpiforme.

L'endostome ou palais, c'est-à-dire la portion de la voûte de la fosse buccale compris entre le bord labial de l'épistome et la bouche proprement dite, est presque toujours partagé de chaque côté de la ligne médiane en deux parties par une crête longitudinale oblique qui limite du côté interne le canal expirateur. Ce caractère marque, il est vrai, chez le *Neptunus cribrarius*, et c'est à raison de cette circonstance que M. Dana a séparé génériquement ce Portunien des autres Lupéens sous le nom d'*Arenæus;* mais la ressemblance est d'ailleurs si grande entre tous ces Crustacés. que la particularité dont je viens de parler, ne me paraît pas suffire pour motiver cette séparation; j'ajouterai que les crêtes endostomiennes n'appartiennent pas exclusivement aux *Neptunus*, on les retrouve chez les *Scylla*, chez diverses espèces du genre Portune et chez plusieurs Brachyures qui appartiennent à d'autres familles.

Le plastron sternal des *Neptunus* est très large, presque orbiculaire (1), à peu près plan dans ses deux tiers postérieurs, mais un peu courbé vers le haut dans sa partie antérieure. Son premier segment qui porte les pieds-mâchoires externes, est court, mais très large, et il en est à peu près de même du segment suivant qui porte les bras. Les sutures qui séparent entre eux les autres articles sont presque parallèles, et se prolongent jusque vers la ligne médiane du thorax, caractère qui suffit pour faire distinguer ces Portuniens d'un autre genre de la même division, le genre *Lupa* proprement dit, où les sutures de la dernière paire sont extrêmement courtes et celles de la pénultième paire s'arrêtent à peu de distance de la base des pattes.

Les bras, ou pattes thoraciques de la première paire, sont très longs, mais robustes, et munis d'une pince puissante et fortement armée (2); les doigts qui constituent cette pince sont allongés, termi-

(1) Voy. pl. 3, fig. 1A: pl. 4, fig. 1A, 1B; pl. 5, fig. 1A, 1C; pl. 6, fig. 1A.
(2) Voy. pl. 3, fig. 1B, 1C; pl. 5, fig 1D.

nés par une pointe aiguë et recourbée, creusés de sillons longitudinaux en dedans aussi bien qu'en dehors, et garnis sur leur bord préhensible d'une série de grandes dents comprimées, pointues, alternantes et séparées entre elles par deux ou plusieurs denticules contre lesquels vient s'appliquer la pointe de la grosse dent opposée à chacun des groupes ainsi constitués.

Il en résulte que le pouce, en se rabattant sur l'index, ne laisse presque aucun vide entre les deux séries de pointes dont je viens de parler, et que les grosses dents de la rangée supérieure s'engrènent dans les intervalles laissés par les grosses dents de la rangée inférieure.

Le poignet, ou portion basilaire de la main, est presque prismatique et présente plusieurs crêtes longitudinales, dont la disposition varie suivant les espèces et dont deux ou plusieurs donnent naissance à des prolongements spiniformes. Une de ces grosses pointes se trouve toujours sur le bord supérieur de la main, au-dessus de l'articulation interne du pouce, et une autre sur la face externe en avant du tubercule articulaire de la jointure carpienne. L'existence de ces crêtes est d'un secours très puissant pour le paléontologiste, parce qu'elles peuvent lui permettre de rapporter au genre *Neptunus* des fragments de pinces isolées que l'on rencontre souvent dans certaines couches.

L'avant-bras est court et garni au moins de deux dents spiniformes situées, l'une vers le milieu de son bord interne, l'autre près de l'extrémité antérieure de son bord externe.

Enfin, le bras proprement dit est gros, allongé et armé aussi de plusieurs grosses dents spiniformes le long de son bord antérieur.

Les pattes ambulatoires sont toutes conformées pour la natation aussi bien que pour la marche ; elles sont très comprimées latéralement, et terminées par un doigt lamelleux ; celles de la deuxième paire sont ordinairement plus longues que les autres, et celles de la troisième paire sont notablement plus courtes que celles de la deuxième et de la première paire. La forme de ces trois paires de pattes est d'ailleurs à peu près la même : la cuisse est grêle, allongée et dépourvue de cils ; la jambe est étroite, mince, terminée en dessus comme en dessous par un bord tranchant et cilié, enfin creusée sur l'une et sur l'autre face d'un sillon linéaire longitudinal ; le doigt ou article terminal est très comprimé, cilié sur les deux bords et très aigu, mais sa forme varie suivant les espèces et tantôt il est lancéolé, tandis que d'autres fois il est presque styliforme.

Les pattes postérieures sont beaucoup plus robustes et ciliées sur leurs bords ; la hanche est tellement trapue qu'elle est souvent aussi large que longue ; la jambe est grosse, extrêmement courte et presque orbiculaire. Le pied ou pénultième article est au contraire allongé et très mince, quoique fort large, il s'articule avec la jambe par la partie adjacente de son bord supérieur qui est profondément échancré dans ce point ; au-dessous de son articulation digitale il se prolonge en forme de lame à bord arrondi ; enfin, le doigt est très grand, ovalaire et obtus au bout.

Quant à l'abdomen, il est toujours très large à sa base, mais sa forme peut varier suivant les espèces, et je n'y aperçois aucun caractère générique dont il soit utile de tenir compte ici, car les particularités offertes par les appendices copulateurs ne sont jamais déterminables chez les individus fossiles.

Il existe aujourd'hui un nombre considérable d'espèces du genre *Neptunus*. Un de ces Crustacés, le *Neptunus hastatus* (Linn.), habite la Méditerranée, mais la plupart d'entre eux sont propres aux régions tropicales et se trouvent soit dans la mer des Antilles, et sur les côtes du Brésil, soit dans l'océan Pacifique ou dans les mers d'Asie. Jusqu'ici les paléontologistes n'avaient fait connaître aucun représentant fossile de ce genre, mais, comme je vais le montrer, on en trouve plusieurs, surtout dans les couches du midi de la France ou de l'Italie.

NEPTUNUS MONSPELIENSIS, Nob.

Voy. pl. 4, fig. 1, 1^A, 1^B, et pl. 5, fig. 1, 1^A, 1^B, 1c, 1^D.

Cette espèce se rencontre dans les argiles bleues marines des environs de Montpellier elle y est assez rare et s'y trouve associée à plusieurs autres fossiles, parmi lesquels je citerai l'*Ostrea longi-*

rostris, les *Cerithium plicatum*, *cinctum*, *marginatum* et *sulcatum* (1), coquilles qui existent en grande abondance dans le terrain miocène du bassin de Paris aux environs d'Étampes. Ces argiles bleues, en effet, font partie du terrain tertiaire moyen. Presque toujours les Crustacés qui s'y voient sont écrasés et rarement bien conservés, cependant on peut sur le nombre en rencontrer d'assez complets ; le plus bel exemplaire que j'en connaisse appartient à la collection de M. Marcel de Serres (2). Souvent le test est conservé, mais d'une manière assez imparfaite. De même que les autres *Neptunus* fossiles que j'ai pu examiner, cette espèce n'atteint jamais une taille bien considérable.

Le bouclier céphalo-thoracique est régulièrement arrondi en avant, les régions stomacale et cardiaque (3) y sont bien indiquées, le sillon gastro-cardiaque est très profond et se prolonge latéralement, de façon à circonscrire de chaque côté deux petits lobes sur la partie interne de la région branchiale ; caractère que nous retrouvons d'ailleurs sur presque toutes les espèces vivantes de ce genre. Ces régions branchiales (4) sont bien développées et elles se renflent vers leur partie postérieure sur les côtes des petits lobes branchiaux internes, dont je viens de parler. Sur aucun des échantillons que j'ai pu examiner, je n'ai constaté la présence de la ligne épigastrique qui existe chez la plupart des espèces vivantes, mais il se peut que si cette crête était peu marquée, elle ait disparu sur les fossiles. Les lignes épibranchiales (5) devaient être bien indiquées, car on reconnaît leur existence, même sur les moules internes. Les cornes costales ne dépassaient pas beaucoup les huit autres dents du bord latéro-antérieur de la carapace. Il est ordinairement difficile de constater leur forme exacte, cependant elles étaient larges à la base et leur pointe se dirigeait en avant. De l'extrémité de chacune de ces cornes latérales partait une ligne finement

(1) Voy. P. G. de Rouville, *Description géologique des environs de Montpellier*, 1853, p. 66.

(2) Voy. pl, 4, fig. 1[b].

(3) Voy. pl. 4 et 5, fig. 1, g, k.

(4) Mêmes figures, b.

(5) Mêmes figures b'.

granuleuse, qui bordait la carapace en arrière et en dehors jusqu'au-dessus de la base des pattes de la dernière paire.

Le bord postérieur du bouclier céphalo-thoracique était également bimarginé; enfin, toute la surface du test était couverte de grosses granulations assez espacées et beaucoup plus marquées en arrière qu'en avant; aucune espèce de ce genre, actuellement vivante, ne présente, à taille égale, de granulations aussi grosses. Dans un genre voisin, chez l'*Achelous spinimanus*, nous trouvons une disposition analogue.

Le front (1), composé de six dents, ne présente pas une largeur relative très considérable. Les deux dents médianes s'avancent notablement plus que les autres; disposition très rare chez les espèces vivantes; en effet, le *Neptunus Sebœ* la présente seule ainsi qu'une espèce originaire du Chili que possède le Muséum et que je crois nouvelle. Chez le *N. cribrarius*, les dents médianes s'avancent presque autant que les angles orbitaires internes, mais le front y est d'ailleurs conformé d'une manière complétement différente. Enfin, chez notre fossile les deux dents latérales du front, quoique plus courtes que les médianes, dépassent les angles orbitaires internes qui constituent la dernière paire de dents de cette région. Il résulte de cette disposition que le bord frontal, au lieu d'être, ou complétement droit ou même un peu rentré vers sa partie moyenne, s'avance au milieu sur une ligne de beaucoup antérieure à celle qui joindrait les deux angles orbitaires externes.

Les orbites sont remarquablement larges, leur bord sourcilier est divisé en trois lobes par deux scissures, dont l'interne est la plus développée; le plancher de l'orbite s'avance beaucoup, et l'angle sous-orbitaire interne atteint presque le niveau des dents moyennes du front. Quant à la région antennaire, je n'ai jamais pu l'examiner; la région faciale, placée presque verticalement, est très petite; l'épistome se prolonge par une épine qui devait dépasser le front; les pattes-mâchoires sont ordinairement mal conservées.

(1) Voy. pl. 4, fig. 1, f, et pl. 5, fig. 1, f.

Le plastron sternal est très large. Ses deux premiers anneaux sont fortement bombés; le second présente une ligne transversale très saillante qui limite en avant la portion aplatie du plastron, et que j'appellerai *crête pectorale* (1).

Les pattes antérieures sont allongées et grêles. La main est plus longue que la carapace (2); elle présente une forme prismatique; on remarque sur sa face externe deux crêtes longitudinales, saillantes et non granuleuses, comme on le voit chez le *Neptunus pelagicus;* de plus, son bord inférieur est doublé d'une crête qui se continue sur la base de l'index; sa face supérieure offre aussi deux lignes longitudinales bien marquées et terminées antérieurement chacune par une épine; quant à sa face interne, je n'ai jamais eu l'occasion de l'examiner. Les doigts très peu courbés et assez robustes, sont garnis de dents fortes et s'engrènent exactement; ils n'offrent d'ailleurs aucune particularité à noter.

Le bras, de forme complétement prismatique, présente sur son bord antérieur trois épines proéminentes à pointe dirigée en dehors.

Les autres pattes devaient être larges et plates, autant qu'on en peut juger sur les pièces qui en présentent quelques articles toujours complétement écrasés.

L'abdomen du mâle (3) offre une forme régulièrement triangulaire et ne s'amincit pas brusquement, comme on le remarque chez quelques espèces vivantes, telles que le *N. Dicanthus*, qui présente ce mode d'organisation poussé à son plus haut degré. Les cinquième, quatrième et troisième anneaux sont soudés, le quatrième est remarquable par l'existence d'une crête transversale saillante et qu'il est rare de trouver aussi marquée chez les autres représentants de ce genre.

Quant à l'abdomen de la femelle, je n'ai pas encore eu l'occasion de l'examiner.

Si nous résumons les principaux traits caractéristiques de cette

(1) Voy. pl. 4, fig. 1_A y, et pl. 5, fig. 1_A et 1^C, y.
(2) Voy. pl. 4, fig. 1^B, et pl. 5, fig. 1^D.
(3) Voy. pl. 4, fig. 1^A et pl. 5, fig. 1^A et 1^C.

espèce, nous devons placer en première ligne la forme du front, puis l'existence de crêtes sur le deuxième article du sternum et sur le quatrième segment de l'abdomen, ensuite la disposition et la grosseur des granulations qui ornent la carapace.

C'est probablement au *Neptunus Monspeliensis* qu'il faut rapporter les débris de Portuniens que M. Marcel de Serres signale aux environs de Montpellier (1). « Nous avons reconnu, dit-il, la » présence de ce genre (le genre *Portunus*) dans nos terrains par » des pinces qui se rapportent à des Crustacés Brachyures fossiles, » plus rapprochées du *Portunus puber* que des autres espèces, avec » lesquelles nous les avons comparées ; par d'autres portions qui » se rapportent aux dentelures de l'intérieur des pinces à peu près » comme celles que M. Desmarest a figurées dans la planche IV, » fig. 3, et qui est relative au *Portunus Leucodon*. Seulement, les » dentelures de l'intérieur des pinces de nos espèces sont plus » aplaties et plus rapprochées que dans le *Portunus Leucodon*. Elles » signalent probablement une autre espèce, mais nous ne voyons » rien dans nos mers qui s'en rapproche. » Il me semble évident, d'après ce qui précède, que ces pinces ne diffèrent pas de celles que nous venons d'examiner, et ce qui confirme cette manière de voir, c'est que le gisement est le même.

Desmarest avait eu entre les mains quelques fragments de cette espèce, mais en si mauvais état, que leur étude ne put lui fournir aucun caractère suffisant pour leur classement méthodique, et qu'il se borne à en parler dans les termes suivants : « 1° Un Por- » tune en très mauvais état, de la collection de M. de Drée et » indiqué comme venant des environs de Bordeaux ; 2° Un crabe » trouvé dans des argiles verdâtres et sablonneuses des environs » de Béziers, et qui fait partie de la collection du Muséum d'his- » toire naturelle de Paris (2). » J'ai pu examiner ces débris, et je me suis assuré qu'ils appartiennent bien évidemment au *Neptunus Monspeliensis*.

(1) Marcel de Serres, *Géognosie des terrains tertiaires*, p. 154.

(2) Desmarest, *Crustacés fossiles*, p. 125.

NEPTUNUS LARTETI, Nob.

Voy. pl. 5, fig. 2 et 2A, 2B.

Cette espèce se rencontre dans le terrain nummulitique du Vicentin, mais je n'ai pu avoir exactement son gisement. La forme générale de la carapace est moins élargie que celle de l'espèce précédente, elle se rapproche un peu de celle d'un hexagone; la surface de ce bouclier dorsal, au lieu d'être couverte de grosses granulations espacées, est ornée de granulations fines et serrées (1). La disposition des régions ne présente rien de remarquable, si ce n'est la profondeur du sillon gastro-cardiaque. Le lobe des régions branchiales est fortement accusé en arrière.

On remarque l'existence d'une ligne épigastrique qui s'efface presque sur la ligne médiane et d'une ligne épibranchiale de chaque côté; cette dernière est bien marquée et va se perdre dans le sillon branchio-cardiaque. La crête qui, partant de l'extrémité de chaque corne costale, descend jusqu'au-dessus de la base de la cinquième patte, est extrêmement saillante.

Le front garni de six dents, présente la disposition que nous avons notée chez l'espèce précédente et que nous avons vue être très rare dans le genre *Neptunus;* c'est-à-dire que les deux dents médianes sont les plus grandes et que l'échancrure qui les sépare, est égale en profondeur aux échancrures des autres dents. Les deux dents latérales du front sont un peu plus courtes que les précédentes, mais dépassent de beaucoup l'angle sourcilier interne qui n'est presque pas spiniforme.

Les orbites sont moins larges que chez le *N. Monspeliensis*, et présentent sur leur bord sourcilier deux scissures profondes et bien marquées.

Le plastron sternal est surtout très différent de celui de l'espèce que nous venons d'examiner; comparé sur des individus de même sexe, il est notablement plus étroit et comparativement beaucoup

(1) Voy. pl. 5. fig. 2B.

plus long (1). La forme des deux premiers articles est tout à fait distincte; en premier lieu on n'observe aucun indice de cette crête pectorale si remarquable, dont j'ai signalé l'existence sur le deuxième segment sternal du *N. Monspeliensis;* ensuite, ce segment, de même que le premier, est remarquablement étroit et long; les articles suivants, dont la largeur est peu considérable, constituent, par leur réunion, un plastron plus bombé que ce que nous avons vu chez l'espèce précédente.

L'abdomen du mâle, que jusqu'à présent j'ai pu seul examiner, n'offre que cinq anneaux distincts, comme chez les autres Portuniens. Sa forme est à peu près régulièrement triangulaire, comme chez le *N. Monspeliensis*, mais il peut encore s'en distinguer, parce que son quatrième segment ne porte pas de crête transversale, à beaucoup près aussi marquée. Quant aux pattes, je n'ai pas pu les observer.

Cette espèce se distingue facilement de toutes les espèces vivantes par la forme de son front ; en effet, il est très rare d'en rencontrer dont les dents médianes dépassent les autres; cette disposition existe cependant chez le *Neptunus Sebæ*, mais chez ce dernier les échancrures qui séparent les angles sourciliers internes des dents latérales du front sont beaucoup plus profondes que les échancrures situées entre les autres dents.

Le musée de Milan possède un bon exemplaire de cette espèce, dont un moule se trouve dans les galeries du Muséum d'histoire naturelle de Paris.

NEPTUNUS VICENTINUS, Nob.

Voy. pl. 6, fig. 1, 1A, 1B.

De même que la précédente, cette espèce se trouve dans le terrain nummulitique d'Italie, dans le Vicentin, au milieu d'un calcaire dur et compacte. Par la forme générale de sa carapace, elle se distingue au premier coup d'œil du *Neptunus Larteti ;* en effet, ce bouclier dorsal, au lieu d'être presque hexagonal, est très large

(1) Voy. pl. 5, fig. 2A.

et court; les bords latéro-antérieurs sont plus fortement courbés, qu'on ne l'observe en général dans les espèces de ce genre. Les régions y sont beaucoup moins marquées; ainsi le sillon gastro-cardiaque est peu indiqué; la région cardiaque est plus large. Les échancrures qui se remarquent sur les bords latéro-postérieurs, et qui servent à recevoir la base des pattes de la cinquième paire, sont beaucoup plus grandes, de façon que la partie droite de ces bords qui s'étend de cette échancrure aux cornes costales est extrêmement courte. Dans l'espèce précédente, cette portion des bords latéro-postérieurs était comparativement grande. Le front, découpé en six dents, diffère aussi de celui de l'espèce précédente; les deux dents médianes sont beaucoup plus petites que les latérales. Quant à celles qui forment les angles sus-orbitaires internes, je n'ai pu les examiner. L'apophyse épistomienne se prolongeait au-devant du front, comme chez la plupart des Neptunes vivants (1). Le plastron sternal, au lieu d'être étroit, allongé et un peu bombé comme chez le *N. Larteti*, est plat et large, mais moins cependant que chez le *N. Monspeliensis*. Ses premier et deuxième segments sont courts et trapus, disposition inverse de ce qui existe dans l'espèce précédente. Entre ces deux articles, on ne voit pas de crête pectorale bien dessinée comme chez le *N. Monspeliensis;* il y en a cependant un rudiment, mais à peine visible. L'abdomen de forme triangulaire, et plus large que dans l'espèce que nous venons d'étudier, offre sur son quatrième segment une crête transversale, analogue à celle que nous avons trouvée chez le *Neptunus* du terrain miocène des environs de Montpellier.

Le Muséum d'histoire naturelle de Paris possède un moule en plâtre de cette espèce, fait sur un exemplaire appartenant au Musée de Turin.

(1) Voy. pl. 6, fig. 1B.

NEPTUNUS ARCUATUS, Nob.

Voy. pl. 9. fig. 2, 2^A et 2^B.

Cette petite espèce, originaire des couches nummulitiques de Salcedo, dans le Vicentin, présente, par sa forme générale, une certaine analogie avec le *N. sanguinolentus* des mers de l'Inde. Le bouclier céphalo-thoracique est remarquable par sa forme régulièrement arquée en avant ; en effet, les bords latéro-antérieurs et le front se continuent presque sans interruption, et constituent une ligne courbe s'étendant de l'une à l'autre des cornes costales. Celles-ci sont beaucoup plus grandes que les dents des bords latéro-antérieurs; elles se dirigent légèrement en avant. Ces dernières sont très aplaties, à base large, presque triangulaire, et leur pointe n'est pas inclinée en avant, ainsi que cela se voit chez beaucoup de *Neptunus* (1); la première, qui constitue l'angle orbitaire externe, devait dépasser les autres. Comme ces Crustacés sont toujours écrasés entre des plaques calcaires, on ne peut distinguer nettement la disposition des régions.

Le front, qui est remarquablement bien conservé (2), se compose, en y comprenant les angles orbitaires internes, de six dents : les deux médianes sont très rapprochées, et, quoique fort petites, se trouvent, à cause de la forme même du front, sur un plan antérieur aux autres ; les deux latérales, très éloignées des précédentes, constituent plutôt des découpures que des dents spiniformes ; elles regardent légèrement en dehors, et sont plus rapprochées des angles orbitaires internes que des dents médianes. Ces angles ressemblent aux dents précédentes par leur forme. Les orbites sont assez grandes, et devaient, autant qu'on peut en juger, être divisées en trois lobes par deux scissures.

Je n'ai jamais pu observer la face ventrale de ces Crabes ; ils paraissent avoir été enfouis pendant leur vie, et ils gardent leur position normale ; on les trouve ordinairement avec toutes leurs

(1) Voy. pl. 9, fig. 2^B.
(2) Voy. pl. 9, fig. 2^A.

pattes en place, quoique ces appendices soient écrasés, et que souvent il n'en reste qu'une vague empreinte. Le bras dépassait le bord latéro-antérieur de la carapace; son bord antérieur était garni d'environ trois épines à pointe dirigée en dehors. L'avant-bras présente aussi la trace de prolongements spiniformes, mais il est difficile de distinguer exactement leur position ; il en est de même pour la main. Les pattes suivantes étaient longues et larges; celles de la troisième paire dépassaient notablement les autres; celles de la cinquième paire étaient, de même que chez les autres *Neptunus*, disposées exclusivement pour la natation, et terminées par de larges palettes.

Le Muséum possède la photographie d'un de ces *Neptunus* dans un bon état de conservation, faite d'après un exemplaire appartenant au Musée de Vicence.

NEPTUNUS GRANULATUS, Nob.

Voy. pl. 3, fig. 1, 1ᴬ, 1ᴮ, 1ᶜ, et pl. 7, fig. 2, 2ᴬ et 2ᴮ.

Cette espèce, propre aux terrains tertiaires supérieurs, n'a jusqu'à présent été trouvée qu'en Sardaigne, près de Sassari. Le Muséum d'histoire naturelle de Paris en possède quelques individus parfaitement conservés. La collection de M. Michelin en contient également quelques-uns. Lorsque j'ai fait représenter cette espèce dans les planches citées ci-dessus, je n'en connaissais que des fragments assez imparfaits. Ce n'est que quelque temps après que j'ai eu entre les mains des individus assez bien conservés, pour que l'on pût y observer tous les caractères importants, tels que ceux tirés de la forme du front et des épines du bord latéro-antérieur, etc.; de telle sorte que pour la description de ce Crustacé, je ne pourrai pas renvoyer toujours aux figures.

Cette espèce de *Neptunus*, qui atteignait une taille assez considérable, puisqu'on en trouve dont le diamètre latéral est d'environ 10 centimètres, est remarquable par les granulations élégantes dont son test est garni (1). La région gastrique, très large en

(1) Voy. pl. 7, fig. 2 et 2ᴮ.

avant, est remarquable par l'existence d'un lobe mésogastrique linéaire qui, se confond en arrière avec le lobe urogastrique, mais s'avance jusqu'au front (1). On ne peut observer cette disposition que chez des individus bien conservés. Pour peu que le test ait disparu ou que le fossile soit un peu écrasé, les différents lobes de la région gastrique sont confondus (2). On remarque sur cette même région une ligne épigastrique formée par une série simple de granulations régulièrement espacées, et plus considérables que celles qui se voient sur le reste de la carapace (3). Cette ligne est presque droite, et ne forme pas une courbe à concavité antérieure, comme cela a lieu chez la plupart des *Neptunus* vivants.

La région cardiaque est bien développée (4) ; le lobe cardiaque antérieur est plus renflé que le postérieur, qui s'aplatit vers sa partie postérieure; les régions branchiales présentent une ligne épibranchiale très marquée, et couverte d'une série de granulations analogues à celles qui existent sur la ligne épigastrique. Cette ligne va rejoindre le sillon gastro-branchial, où elle s'efface. En arrière de cette ligne, de chaque côté du sillon gastro-branchial, se remarquent deux petits lobes analogues à ceux que nous avons déjà signalés chez les *Neptunus* vivants et chez quelques-uns de nos fossiles (5). L'échancrure, destinée à recevoir la base des pattes postérieures, est large et bien arquée.

Les parties saillantes de la carapace sont couvertes de granulations régulières analogues à celles qui existent chez le *Neptunus dicanthus*, et qui disparaissent dans les parties rentrantes.

Le front se compose de six dents : les deux médianes plus petites et très rapprochées, les latérales plus espacées et légèrement dirigées en dehors. Les angles orbitaires sont obtus, et également dirigés en dehors; les orbites présentent sur leur bord sourcilier deux scissures profondes; le plancher orbitaire s'avance beaucoup plus que ce bord.

(1) Voy. pl. 3, fig. 1.
(2) Voy. pl. 7, fig. 2 g.
(3) Voy. pl. 3, fig. 1, g'', et pl. 7, fig. 2, g''
(4) Voy. 3, fig. 1, et pl. 7, fig. 2, k k'
(5) Voy. pl. 7, fig. 2, b*, et pl. 3, fig. 1, b*.

Le plastron sternal (1), large et plat, porte sur son deuxième segment une crête pectorale bien marquée, quoique moins saillante que chez le *N. Monspeliensis*.

Les pattes antérieures sont robustes et allongées ; le bras est garni sur son bord antérieur de pointes spiniformes au nombre de trois ou quatre ; l'avant-bras présente en dehors, au-dessus de l'articulation du poignet, une épine acérée ; la main (2), ornée de crêtes longitudinales analogues à celles que l'on trouve chez tous les *Neptunus*, est terminée par des doigts robustes, armés de denticulations espacées, régulières, et s'engrenant exactement les unes dans les autres, comme cela se voit chez le *N. sanguinolentus* des mers d'Asie.

L'abdomen du mâle (3) n'est composé que de cinq anneaux, comme chez les divers genres de la famille des Portuniens ; sa forme ne présente d'ailleurs rien de remarquable ; il en est de même pour l'abdomen de la femelle (4).

De tous les représentants fossiles du genre *Neptunus*, c'est le *N. Monspeliensis* qui ressemble le plus à celui que je viens de décrire. Mais ils ne peuvent cependant pas être confondus, car l'espèce de Montpellier, comme nous l'avons vu, présente une carapace couverte de grosses granulations plates et irrégulièrement disposées, tandis que chez le *N. granulatus* ces ornements sont régulièrement espacés, petits, et forment des lignes continues sur les régions gastrique et branchiales.

Les ornements du test, combinés avec l'existence d'une crête pectorale, distinguent cette espèce de toutes celles qui se trouvent à l'état fossile ou qui habitent aujourd'hui nos mers.

(1) Voy. pl. 3, fig. 1[A], y, et pl. 7, fig. 2, y.
(2) Voy. pl. 3, fig. 1[C] et 1[B].
(3) Voy. pl. 3, fig. 1[A].
(4) Voy. pl. 7, fig. 2[A].

NEPTUNUS INCERTUS, Nob.

Voy. pl. 5, fig. 3.

Je ne présente ici cette espèce qu'avec doute ; je l'ai dessinée dans la collection Massalungo à Vérone. Son mauvais état de conservation ne m'a pas permis d'y retrouver les caractères nécessaires à une détermination spécifique certaine ; je suis cependant porté à croire qu'elle ne peut être rapportée à aucun des autres types du même genre. Ce *Neptunus* provient des couches nummulitiques de Salcedo dans le Vicentin.

Par sa forme générale, par la courbure de ses bords latéro-antérieurs, elle se distingue de toutes les espèces que nous avons rencontrées jusqu'à présent. Cependant il faudrait avoir sous les yeux des individus mieux conservés pour arriver à établir d'une manière plus positive ses caractères distinctifs.

§ II.

Genre ACHELOUS.

Syn. : Portunus (pars), Fabricius, *Entom. syst.*, suppl.

Lupa (pars), Leach, art. Crustaceology (*Edinb. Encyclop.*).

— Demarest, *Considérations sur les Crustacés*, p. 97.

— Latreille, *Règne animal*, 2e édit., t. IV, p. 33.

— Milne Edwards, *Histoire naturelle des Crustacés*, t. I, p. 445.

Amphitrite (pars), Dana, *Crustacea*, p. 275.

Achelous, de Haan, *Fauna japonica*, p. 8.

Le genre *Achelous* (1), établi en 1850 par W. de Haan, comprend tous les *Neptunus* dont la dernière épine des bords latéro-antérieurs est à peu près de la même longueur que les autres. Il se distingue donc au premier abord des *Scylla* par l'absence d'un sillon transversal entre le bord antérieur du cadre buccal et le bord

(1) Achélous, nom mythologique, fils de la Terre et de l'Océan.

postérieur de la cloison sous-antennulaire, par la forme générale du corps qui est toujours moins bombée, et enfin par la disposition des pattes antérieures, construites sur le même plan que celles des *Neptunus* et présentant par conséquent sur la main des crêtes longitudinales. En somme, la meilleure caractéristique que l'on puisse donner de ce genre peut se résumer ainsi : ce sont des *Neptunus* dont les épines du bord latéro-antérieur sont toutes à peu près égales. Peut-être ce genre est-il établi sur des caractères trop peu importants ; mais comme il est d'un emploi commode en paléontologie, où la forme extérieure doit jouer un grand rôle, je crois qu'il peut être utile de le conserver. Les espèces vivantes qui composent ce groupe habitent maintenant les mers d'Asie, les côtes du Brésil et d'autres régions dont la température est plus élevée que celle de nos côtes.

ACHELOUS OBTUSUS, Nob.

Voy. pl. 3, fig. 2.

Cette espèce, la seule de ce genre que l'on connaisse à l'état fossile, provient des calcaires de Salcedo, dans le Vicentin, qui, comme on le sait, se rattachent à la formation nummulitique. Par sa forme générale cet *Achelous* présente une certaine ressemblance avec l'*A. granulatus* (M. Edw.). De même que chez ce dernier, la carapace est presque aussi longue que large, et les bords latéro-antérieurs se prolongent beaucoup en arrière ; les neuf dents qui garnissent ce bord sont sensiblement égales entre elles, larges à leur base, aplaties et dirigées un peu en avant ; la première, qui constitue l'angle orbitaire externe, est un peu plus grande que les suivantes, disposition qui se voit aussi chez l'*A. granulatus*. La région gastrique, de même que le lobe cardiaque antérieur, est très rétrécie en arrière. On aperçoit très distinctement les traces de la ligne épibranchiale qui, partant de la dernière dent du bord latéro-antérieur, remontait un peu en avant et se perdait dans le sillon branchio-cardiaque. La surface de la carapace paraît avoir présenté de nombreuses inégalités, autant du moins que l'on peut en juger malgré l'écrasement des individus ; on n'y aperçoit pas de grosses granulations comme chez les *A. spinimanus* et *granulatus*, mais de fines ponctuations.

Le front est découpé en six dents : les deux médianes et les deux latérales sont petites, arrondies à leur extrémité, et égales entre elles ; les autres, qui forment les angles sourciliers internes, sont beaucoup plus petites et également arrondies ; cette disposition présente une certaine similitude avec ce qui existe chez l'*A. lobifrons* (M. Edw.), où il n'y a aussi que six dents au front, mais celles-ci sont beaucoup plus rondes, et ce sont plutôt des lobes, comme l'indique le nom que l'on a donné à ce Portunien. Chez l'*A. granulatus*, les deux dents médianes sont complétement rudimentaires, et enfin, chez l'*A. spinimanus* et l'*A. ruber*, le front, au lieu d'être découpé en six dents, présente huit de ces prolongements spiniformes.

Les pattes antérieures sont médiocrement développées ; le bras ne dépasse que peu le bord latéro-antérieur de la carapace. L'avant-bras porte des prolongements spiniformes acérés ; quant à la main, elle ne présente rien de remarquable et se rapproche par sa disposition générale de ce que l'on observe dans le groupe des Lupéens. Les pattes postérieures sont moins natatoires que chez quelques autres espèces du même genre ; leur dernier article, au lieu d'être très élargi, est ovale et allongé, à peu près comme chez l'*Achelous ruber*.

§ III.

Genre ENOPLONOTUS, Nob. (1).

Voy. pl. 7, fig. 1.

J'ai cru devoir proposer l'établissement d'une nouvelle division générique pour un Portunien fossile qui appartient au groupe des Lupéens, mais qui me paraît ne pouvoir être rapporté à aucun des genres actuellement existants. Ce crustacé est remarquable par

(1) De ἐνόπλιος, armé, et de νῶτος, dos.

l'énorme développement des cornes costales ou cornes latérales de la carapace, et diffère de tous les autres Lupéens par le nombre des dents qui garnissent les bords latéro-antérieurs de ce bouclier céphalo-thoracique.

Le seul échantillon d'*Enoplonotus* que je connaisse ne montrait pas la face inférieure du corps, et ne m'a pas permis de constater tous les caractères organiques que j'aurais désiré pouvoir comparer à ceux des autres Portuniens. Du reste, l'aspect général de ce fossile me paraît différer trop de tout ce qui est connu jusqu'ici, pour ne pas constituer un type générique particulier ; mais puisque je n'ai pas pu examiner les pièces de la bouche, il serait possible, quoique peu probable, que chez ce Crustacé le cadre buccal fût rétréci en avant, ce qui le rapprocherait alors des Matutes, des Mursies et des autres Crabes nageurs de la division des Oxyrhynques. Cependant chez ces derniers toutes les pattes sont terminées par des palettes pointues et triangulaires, de façon à permettre à l'animal de creuser le sable, ainsi que de nager avec rapidité, et dans le genre *Enoplonotus*, de même que chez les Portuniens, les pattes postérieures paraissent disposées pour la natation, car le dernier article est arrondi et ovalaire. Or, les types de la division des Oxyrhynques qui présentent cette structure s'éloignent beaucoup, quant à la forme générale, de ce que nous remarquons chez notre fossile ; aussi je crois devoir ranger sans hésitation ce Crustacé dans la famille des Portuniens, à côté des *Neptunus* et des *Lupa*.

ENOPLONOTUS ARMATUS, Nob.

Voy. pl. 7, fig. 1 et 1A.

Cette espèce remarquable se trouve dans les calcaires nummulitiques de Monte-Bolca; elle provient de la belle collection de feu M. Massalungo. J'ai pu l'étudier et la dessiner lors de mon passage à Vérone. La carapace est armée de chaque côté d'une corne costale énorme, comparativement à la taille de l'animal : en effet, sa longueur égale presque les deux tiers de la longueur de la carapace ; enfin cette corne est garnie en avant de dix dents régulières aplaties et élargies à leur base (1). Jusqu'ici nous ne connaissons rien de semblable dans les autres Crabes vivants ou fossiles. Le *Lupa forceps* présente une petite dent au-dessus de la base de la corne costale; le *Psammocarcinus Hericarti* porte sur cette même corne une et quelquefois deux dents, mais jamais chez aucun Crustacé on n'en a observé un plus grand nombre.

Les bords latéro-antérieurs sont découpés en cinq dents qui présentent des formes très particulières. Ainsi la dernière, au lieu d'être disposée en pointe, s'élargit vers son extrémité, qui, par conséquent, est plus large que sa base. La pénultième et la troisième, au lieu de se diriger en avant, sont dirigées en arrière. Enfin, la première qui forme l'angle orbitaire externe, est conformée d'après les règles ordinaires. Aucun Crustacé n'a offert jusqu'à présent cette disposition singulière.

Les orbites sont larges, et le bord sourcilier était probablement divisé en deux lobes par une scissure dont on aperçoit les traces.

Le front, large et peu avancé, est découpé en six dents dont la forme ne se distinguait pas d'une manière bien nette. Les régions de la carapace n'étaient pas distinctes à cause de l'écrasement qu'elles avaient subi; on pouvait cependant constater la présence du sillon gastro-branchial qui circonscrivait une région stomacale très élargie en arrière. Enfin, toute la surface du bouclier céphalo-thoracique était couverte de lignes de ponctuations régulières et disposées en séries linéaires.

La patte postérieure, dont une empreinte est bien conservée, paraît disposée exactement comme chez les autres Lupéens.

On voit donc que ce Portunien se rapporte à un type générique tout à fait particulier et n'ayant pas d'analogue dans l'ordre des Brachyures; l'existence de ces énormes cornes latérales dentées en avant, la direction des épines des bords latéro-antérieurs, sont des faits d'une grande importance zoologique, à cause même de leur rareté.

(1) Voy. pl. 7, fig. 1A.

§ IV.

Genre SCYLLA.

Voy. pl. 1 et 2.

Syn. : Portunus (pars), Fabricius, *Entom. syst.*, suppl.

— Ruppel, *Beschreib. und Abbild. von 24 Arten kurzschwänzigen Krabben*, p. 10.

Lupa (pars), Milne Edwards, *Hist. nat. des Crustacés*, t. I, p. 448.

Scylla, de Haan, *Fauna japonica*, Crustacés, p. 11.

Le genre *Scylla* de W. de Haan correspond au sous-genre des *Lupées* convexes de M. Milne Edwards, et ne diffère que peu des genres *Neptunus* et *Achelous;* il s'en distingue cependant par plusieurs caractères faciles à constater chez les fossiles aussi bien que chez les espèces récentes. Ainsi, le corps est beaucoup plus épais, la carapace plus bombée que chez les autres Lupéens. Les bords latéro-antérieurs, beaucoup plus obliques, sont également armés de neuf dents; mais la dernière est semblable aux précédentes, caractère qui se rencontre aussi chez les *Achelous*, mais qui distingue le genre *Scylla* des *Neptunes* et des *Lupées*.

Le front garni de six dents s'avance plus qu'on ne le voit en général chez les *Neptunus*.

La région faciale, qui s'étend du front au plastron sternal, se relève beaucoup moins que chez les *Achelous* et chez les *Neptunus*, où elle est presque verticale, puisque le bord antérieur de ce plastron et le front sont situés à peu près sur le même plan, de sorte qu'en plaçant ces Crabes sur le dos, on ne peut apercevoir les fossettes antennulaires. Chez les *Scylla*, au contraire, ces fossettes sont parfaitement visibles dans cette position.

La cloison interantennulaire (1) ne donne naissance à aucun prolongement spiniforme dépassant le front, comme nous l'avons vu chez les *Achelous* aussi bien que chez les *Neptunus ;* l'apophyse médio-antérieure de l'épistome est enchâssée dans la fossette que le front présente pour la recevoir et ne se prolonge pas au delà.

(1) Voy. pl. 1, fig. 1[A], i'.

Les fossettes antennulaires sont presque aussi larges que longues, elles sont complétées en dehors par l'article basilaire des antennes externes qui se réunit à l'angle sourcilier du front par une très petite surface de son angle latéro-antérieur. De même que chez les autres Lupéens, cet article basilaire donne naissance à une dent large et aplatie (1), située au-dessous de la tigelle mobile de l'antenne, et au-dessus de la dent sous-orbitaire interne; tandis que chez les *Neptunus* et les *Achelous*, ce prolongement dentiforme se dirige beaucoup plus en dehors au-dessus de l'angle sous-orbitaire, et se prolonge ainsi un peu dans la cavité de l'orbite.

Le premier article de la tigelle mobile de l'antenne externe est large, court, et occupe tout l'espace laissé libre entre le bord sourcilier et la dent basilaire de l'antenne; il sert ainsi à compléter en dedans la cavité orbitaire. Chez les *Achelous* et les *Neptunus*, cet article est beaucoup plus grêle et plus long, et ne s'enchâsse jamais d'une manière aussi parfaite entre le front et le prolongement de l'article basilaire de l'antenne.

Le plancher de l'orbite s'avance moins que chez les autres Lupéens, de telle sorte qu'en regardant la carapace en dessus, c'est à peine si l'on voit son bord antérieur.

Il est aussi à noter que la dent sous-orbitaire interne présente à sa base et en dedans un sillon longitudinal (2) qui la divise en deux parties: l'une externe, très grande et formant la dent proprement dite; l'autre interne, très petite, réduite à l'état de tubercule, et appliquée contre la base de l'antenne externe. Je n'ai vu exister cette disposition chez aucun représentant du genre *Neptunus* ou du genre *Achelous*.

L'épistome est bien développé (3); le bord labial, ou bord antérieur de la fosse buccale, est distinct du bord postérieur des fossettes antennaires, et il s'en trouve séparé par un sillon transversal qui se prolonge en arrière des tubercules auditifs jusqu'au bord

(1) Voy. pl. 1, fig. 1ᴬ, a'.
(2) Voy. pl. 1, fig. 1ᴬ, s*.
(3) Voy. pl. 1, fig. 1ᴬ, n, o.

interne de la portion sous-orbitaire de la carapace, mode d'organisation qui ne se rencontre chez aucun autre Lupéen.

Le plastron sternal (1) s'éloigne aussi par sa forme de ce que nous avons constaté dans les genres *Achelous* et *Neptunus* : au lieu d'être large, aplati et presque carré, il est au contraire bombé en dessus, plus étroit et comparativement plus allongé ; sa partie antérieure surtout est moins trapue et s'amincit graduellement entre la base des pattes-mâchoires externes. Ces différences sont dues surtout à la longueur relative des premier et deuxième segments, qui portent, l'un les pieds-mâchoires externes, l'autre les pinces, et dont la longueur est considérable, comparée à leur largeur.

Les bras, ou pattes thoraciques de la première paire, sont beaucoup plus courts et robustes que chez les autres Lupéens (2) ; la main est courte et forte ; ses deux faces sont régulièrement bombées et lisses, si ce n'est sur le bord supérieur, où l'on voit deux crêtes mousses et peu accusées terminées par des pointes spiniformes. Dans les genres *Achelous* et *Neptunus*, au contraire, la main présente, comme je l'ai déjà dit, une forme prismatique, et est toujours ornée de crêtes longitudinales bien marquées. La disposition des épines de la main n'offre rien de remarquable ; les doigts sont plus robustes, et, toutes choses égales d'ailleurs, plus courts et plus recourbés que chez les autres Portuniens du même groupe.

L'avant-bras est également privé de crêtes. Les bras sont très robustes, et ne dépassent que très peu les bords latéro-antérieurs de la carapace. Par les progrès de l'âge, ces caractères, tirés des pattes antérieures, se dessinent de plus en plus, et les pinces des vieux individus acquièrent comme grosseur un développement énorme, relativement au reste du corps. Chez les Lupéens, au contraire, elles restent toujours longues et grêles. Les autres paires de pattes sont moins comprimées et plus robustes que chez les autres représentants du même groupe.

L'ensemble des caractères que je viens d'exposer, en tête desquels je place ceux tirés de la disposition de la région faciale, suffit

(1) Voy. pl. 1, fig. 1_C, 1_D, 2_A ; pl. 2, fig. 1_B, 1^D.
(2) Voy. pl. 1, fig. 1, 1^B et 2.

pleinement pour autoriser la création d'un genre particulier; mais j'ai cru devoir en exposer avec quelques détails les principaux caractères différentiels, W. de Haan ne s'étant fondé pour l'établissement de cette division que sur la disposition des pieds-mâchoires (1), dont la forme chez les différents Portuniens varie notablement d'une espèce à l'autre.

Jusqu'à présent on ne connaît qu'une seule espèce de ce genre; elle habite les mers d'Asie, depuis la mer Rouge jusqu'au Japon, et s'y trouve en grande abondance : je veux parler de la *Scylla serrata* (Forskal) (2).

SCYLLA SERRATA.

Voy. pl. 1 et 2.

Syn. : § I. Individus récents.

Cancer serratus, Forskal, *Descriptiones animalium quæ in itinere Orientali observavit Petrus Forskal*, 1775, p. 90.

Cancer olivaceus, Herbst, *Versuch einer naturgeschichte der Krabben und Krebse*, 1794, t. II, p. 157, pl. 38, fig. 3.

Portunus tranquebaricus, Fabricius, suppl., 1798, p. 366.

Portunus serratus, Ruppell, *Beschreibung und Abdildung von 24 Arten kurzschwänzigen Krabben*, p. 10, pl. 2, fig. 1.

Lupa tranquebarica, Milne Edwards, *Hist. nat. des Crustacés*, 1834, t. I, p. 148.

Scylla serrata, de Haan, *Crust. Fauna japonica*, 1850, p. 44.

(1) Voy. pl. 1, fig. 1^F et 2_B.

(2) M. White (*List of the specimens of Crustacea in the Collection of the British Museum*, 1847, p. 26) considère comme une seconde espèce de ce genre l'*Achelous crassimanus* de Mac Leay (Mac Leay, *Annulosa of South Africa*, p. 61, dans l'ouvrage de Smith intitulé : *Illustrations of the Zoology of South Africa*, 1849), Crustacé de la côte est de l'Afrique ; mais les caractères que ce dernier auteur lui assigne sont tout à fait insuffisants pour qu'il soit possible de le distinguer de la *Scylla serrata*, et l'examen que j'ai fait de deux individus provenant des mêmes parages, et qui certainement ne différaient pas spécifiquement de cette dernière, me porte à croire que la *S. crassimana* n'est qu'une espèce nominale, et ne doit pas être distinguée de la *Scylla serrata*.

Syn. : ACHELOUS CRASSIMANUS? Mac Leay, *Annulosa of South Africa* (dans l'ouvrage de Smith intitulé : *Illustrations of the Zoology of South Africa*, 1849, p. 61).

SCYLLA CRASSIMANUS? White, *List of the specimens of Crustacea in the Collection of the British Museum*, 1847, p. 26.

SCYLLA TRANQUEBARICA, Dana, *Crustacea*, 1852, t. I, p. 270.

§ II. Individus fossiles.

CANCER PETREFACTUS, *Catalogue de la collect. de Davila*, par Romé de Lille, t. III, pl. 3, fig. 6.

PORTUNUS LEUCODON, Desmarest, *Crustacés fossiles*, 1822, p. 86, pl. 6, fig. 1, 2 et 3.

LUPA LEUCODON, Reuss, *Zur Kenntniss fossiler Krabben*, p. 58.

PLATYCARCINUS BERVILLEI, Girard, *Notices entomol.*, dans *Ann. de la Soc. entomologique de France*, 3e série, t. VII, p. 138, pl. 4, fig. 3 (1).

Depuis fort longtemps on connaissait dans les collections un grand Crabe fossile dont l'origine était douteuse, mais que l'on savait cependant se trouver sur les côtes de l'Asie, et en particulier de la Chine. De même que tous les autres représentants fossiles de la grande classe qui nous occupe, on le désignait sous le nom général de *Cancer petrefactus*. C'est sous ce nom que nous le voyons figuré dans le Catalogue de la collection de Davila, publié en 1767. Ce même Crabe avait été rapporté de Chine par le père d'Incarville, jésuite missionnaire, dont nous avons déjà eu l'occasion de mentionner le nom (page 136).

Seba représente aussi le sternum et la pince d'un Crabe pétrifié provenant des côtes de Ceylan ou du Coromandel, qui évidemment doit se rapporter à l'espèce que nous examinons (2).

Desmarest, qui rangea méthodiquement tous les Crustacés fossiles connus de son temps, plaça cette même espèce de Crabe dans

(1) Dans une nouvelle note, lue à la Société entomologique, dans la séance du 26 décembre 1860, M. Girard annonce qu'il s'est convaincu, par un examen comparatif avec des pièces mieux conservées, que le *Platycarcinus Bervillei* devait se rapporter au *Portunus leucodon* (Desmarets). M. Girard avait été trompé par le mauvais état de conservation du fossile qu'il avait entre les mains, et dont l'abdomen, ainsi que les bords latéro-antérieurs, brisés, n'offraient plus les traits caractéristiques des Portuniens.

(2) Seba, *Rerum naturalium thesaurus*, 1765, t. IV p. 127, pl. 107, fig. 28.

le genre *Portunus* de Fabricius, sous le nom de *Portunus leucodon*. Cette détermination fut adoptée par tous les naturalistes qui ont suivi Desmarest. Seulement, lorsque le genre *Portunus* fut subdivisé en plusieurs groupes, le *P. leucodon* changea de nom générique. Ainsi M. Milne Edwards reconnut une analogie intime entre ce fossile et la *Lupa serrata* (*L. tranquebarica* de cet auteur), et proposa de le ranger à côté de cette dernière espèce dans le sous-genre des Lupées convexes, à côté de la *Lupa serrata*. Ce rapprochement fut maintenu par tous les auteurs qui, depuis 1834, ont traité le même sujet; seulement le sous-genre des Lupées convexes étant devenu le genre *Scylla* de W. de Haan, le *Portunus leucodon* devenait la *Scylla leucodon*.

Ayant eu à ma disposition un grand nombre de ces fossiles, et à l'aide des différentes figures qui en ont été données, entre autres de celle qui se trouve dans le mémoire de M. Reuss, et qui représente un des plus beaux exemplaires fossiles de cette espèce, j'ai pu me convaincre que la *Scylla leucodon* n'était qu'une espèce nominale, et ne pouvait se distinguer de la *Scylla serrata;* et il est probable que, si Desmarest avait eu ce Crustacé récent sous les yeux, il n'aurait pas hésité à y rapporter le fossile qui nous occupe. Mais à l'époque où il écrivait son remarquable travail, les connaissances carcinologiques étaient peu avancées, les collections très pauvres en Crustacés exotiques, et il n'est pas étonnant qu'il ne connût pas la *Scylla serrata*, ou du moins qu'il ne l'eût jamais vue.

La *Scylla serrata* fossile se trouve sur les mêmes rivages qu'habite l'espèce vivante, c'est-à-dire dans les mers d'Asie, depuis la mer Rouge jusqu'au Japon, sur la plupart des plages continentales et sur celles des îles, telles que les Philippines, les îles Luçon entre autres, etc.; et elle s'y rencontre dans des dépôts que nous devons considérer comme presque contemporains de l'époque actuelle. Souvent, au milieu de la gangue qui empâte ces Crustacés, on voit des coquilles qui vivent aujourd'hui dans les mêmes mers. Ainsi le Muséum en possède un individu que Desmarest a figuré (1), et qui présente dans sa masse un assez grand nombre

(1) Desmarest, *op. cit.*, pl. 6, fig. 3 et 4.

de coquilles de la *Melanopsis atra* (Férussac) ou *Nerita atra* (Müller). Ces dernières sont parfaitement conservées; la bouche est intacte ; les couleurs peu altérées, et il ne peut y avoir aucun doute sur l'exactitude de leur détermination.

Le squelette tégumentaire de la *Scylla serrata* a été peu à peu transformé en calcaire, et c'est plutôt un Crabe pétrifié qu'un Crabe fossile. Presque toujours les individus ainsi conservés sont plus ou moins fissurés et brisés ; mais en en observant un grand nombre, il est facile d'étudier les détails des différentes parties. Ces Crabes sont empâtés dans une argile calcaire, d'un gris bleuâtre, extrêmement dure, et comme ils sont eux-mêmes très cassants, on ne peut jamais espérer les débarrasser de leur gangue ; il faut toujours se contenter d'observer seulement les parties que le hasard a mis à découvert.

Je vais indiquer les principaux caractères de cette espèce, en insistant surtout sur ceux qui sont les plus faciles à constater chez les fossiles.

La carapace, fortement bombée dans tous les sens, présente une forme beaucoup moins naviculaire que la plupart des autres Lupéens. Les bords latéro-antérieurs se prolongent beaucoup plus en arrière, et si l'on traçait une ligne droite réunissant les deux dernières dents, la portion postérieure ainsi délimitée serait beaucoup plus petite que l'antérieure, tandis que chez les *Neptunus* ces deux espaces sont sensiblement égaux. Le diamètre transversal est au diamètre antéro-postérieur comme 100 : 65, tandis que chez les *Neptunus* il est en général comme 100 : 35. Ces rapports peuvent être légèrement modifiés chez les fossiles, à cause de l'écrasement que la carapace peut avoir subi (1); mais dans la plupart des cas, ils s'en éloignent extrêmement peu. La carapace, d'une

(1) La déformation qui résulte de cet écrasement est quelquefois portée si loin, qu'elle change beaucoup l'aspect général du fossile. Ainsi un des deux échantillons décrits par Desmarest est devenu de la sorte si différent de l'autre, qu'au premier abord on pourrait être disposé à le considérer comme appartenant à une espèce distincte (voy. pl. 2, fig. 1) ; mais, par un examen plus approfondi, on ne tarde pas à reconnaître que tous les caractères organiques sont identiques.

couleur rouge olivâtre, dont on voit encore des traces sur la généralité des fossiles, est couverte de petites granulations extrêmement fines et serrées; de telle sorte que, vu de loin, ce bouclier céphalo-thoracique paraît complétement lisse. Chez les *Scylla* fossiles, il arrive souvent qu'une pellicule calcaire se dépose sur toute la surface de ce bouclier; dans ce cas, les granulations qui n'ont pas été recouvertes apparaissent au contraire comme de petites dépressions, au centre desquelles se trouve un petit tubercule (1). D'ailleurs il est facile, en frappant légèrement sur la carapace, de faire tomber cette espèce d'enduit, et de rétablir les choses dans leur état normal : dans ce cas, toutes les granulations conservées sous ce vernis calcaire apparaissent aussi intactes que chez les individus vivants (2); elles sont très serrées et très nombreuses au centre du bouclier céphalo-thoracique, mais s'espacent un peu plus à la base des dents latéro-antérieures.

Les régions de la carapace sont peu distinctes, à l'exception des régions gastrique et cardiaque. La première est indiquée non-seulement par un sillon, mais encore par une ligne de ponctuations blanches (3), au fond de chacune desquelles se voit un petit tubercule. Ces dépressions ne sont pas limitées au sillon gastro-branchial; on en aperçoit d'autres disposées d'une manière assez régulière, et très espacées les unes des autres tout le long des bords latéro-antérieurs de la carapace, à quelque distance de la base des dents. On remarque aussi sur la région stomacale une ligne épigastrique (4) légèrement convexe en arrière, et formée par une série de granulations plus grosses et plus serrées que celles qui ornent le reste du bouclier dorsal.

Les impressions correspondant à l'insertion des muscles du cœur sont profondes et linéaires; le sillon gastro-cardiaque est bien accusé. De chaque côté de cette dernière région, on aperçoit quelques rugosités disposées en croissant, dont la convexité est

(1) Voy. pl. 2, fig. 1G.
(2) Voy. pl. 2, fig. 1F.
(3) Voy. pl. 1, fig. 1, g.
(4) Voy. pl. 1, fig. 1, g''.

tournée en dedans et correspondant à l'insertion des muscles des flancs.

Les régions branchiales (1) sont bien développées, et séparées des régions hépatiques (2) par une ligne épibranchiale qui, partant de la dernière dent latéro-antérieure, se recourbe légèrement, et remonte un peu pour s'effacer bientôt complétement (3). Cette ligne, de même que l'épigastrique, est formée de grosses granulations régulièrement disposées ; le bord interne de la même dent se prolonge par une crête granuleuse, qui s'arrête en dessus de la base de la cinquième patte. En arrière, la carapace est bordée par une autre crête finement granuleuse, qui contourne l'échancrure destinée à loger la base des pattes postérieures, et se continue avec le bord interne des branchiostégites. Enfin la carapace se termine en avant par un front à six dents larges et plates, dont les deux externes constituent les angles sourciliers internes ; les dents du milieu sont en général un peu plus saillantes que les autres, et l'échancrure qui les sépare est un peu plus profonde (4). Le bord sourcilier est divisé en trois lobes par deux scissures, dont l'interne est très considérable, tandis que l'externe, placée à la base de l'angle orbitaire externe, est presque rudimentaire (5). Chez les *Neptunus*, nous avons vu qu'en général ces scissures étaient toutes deux également accusées.

On ne doit pas s'attendre à trouver cet ensemble de caractères réunis sur un même individu fossile ; presque toujours les exemplaires que l'on possède sont plus ou moins fracturés, et il est certaines régions que l'on ne peut étudier. Mais en examinant avec attention un certain nombre de pièces, on arrive à les compléter les unes par les autres, et à y retrouver jusqu'aux moindres détails, tels que ceux tirés de la disposition des lignes de granulations, des ponctuations blanches qui circonscrivent la région gastrique, etc.

(1) Voy. pl. 1, fig. 1, *b*.
(2) Voy. pl. 1, fig. 1, *h*.
(3) Voy. pl. 1, fig. 1, *b'*.
(4) Voy. pl. 1, fig. 1, *f*, et fig. 1A, *f*.
(5) Voy. pl. 1, fig. 1, *s*, et fig. 1A, *s*.

Le front est la partie qui est le plus souvent brisée. Aucune des *Scylla* fossiles que le Muséum possède ne présente cette région intacte, mais j'ai pu combler cette lacune par l'examen de la belle figure de M. Reuss. Sur l'exemplaire représenté dans le Catalogue du musée de Davila, le front devait être dans un bon état de conservation ; mais le dessinateur n'en a pas rendu les détails d'une manière satisfaisante.

Je n'insiste pas ici sur les caractères que l'on peut tirer de la disposition des orbites, de la région antennaire et de l'épistome ; en étudiant les traits distinctifs du genre *Scylla*, je les ai indiqués, et, à ma connaissance, on n'a jamais trouvé les orbites et les antennes intactes chez aucune *Scylla* fossile. Les pattes-mâchoires, dont le troisième article est fortement échancré en avant et se prolonge beaucoup en haut (1), se retrouvent quelquefois assez bien conservées chez les fossiles et avec une forme identique à celle des individus vivants. Je n'ai pas à revenir sur ce que j'ai déjà dit du plastron sternal (2), qui souvent est parfaitement conservé sur les pièces fossiles. Cette région ne présente pas les mêmes ornements que la carapace ; au lieu d'être finement granulée, on y remarque surtout sur le premier et deuxième segment de grosses ponctuations évasées et peu profondes, assez espacées, entremêlées d'autres ponctuations beaucoup plus petites et plus nombreuses. On peut observer les premières sur le plus grand nombre des fossiles ; quant aux dernières, elles ont souvent disparu.

Les pattes thoraciques de la première paire sont, comme j'ai déjà eu occasion de le dire, robustes et relativement assez courtes. La main (3) est disposée de manière à pouvoir déployer une grande puissance, et ses faces sont fortement bombées afin de pouvoir loger les muscles volumineux du pouce. La face externe ne présente ni crêtes ni épines ; on voit sur la face interne, au-dessus de la base de l'index, un tubercule spiniforme. La main est légèrement aplatie supérieurement, de façon à ne pas être limitée par un bord

(1) Voy. pl. 1, fig. 1^F, et fig. 2^B.
(2) Voy. pl. 1, fig. 1^D, 1^C, 2^A, et pl. 2, fig. 1^D, 1^B.
(3) Voy. pl. 1, fig. 1^B, et 2.

tranchant, mais par une face circonscrite par deux bords, dont chacun se termine en avant, au-dessus de l'articulation du pouce, par une épine aiguë; il en existe une troisième en arrière, au-dessus de la cavité glénoïdale, destinée à recevoir le condyle articulaire supérieur de l'avant-bras. Sur les fossiles, ces pointes sont le plus souvent brisées, mais on en voit toujours distinctement la base. Le pouce est fort recourbé; on y observe sur la face externe un sillon longitudinal, au fond duquel se voient de petites ponctuations; sur la face interne on remarque un sillon analogue, mais moins marqué.

Les dents qui garnissent le bord tranchant du pouce sont très remarquables. La première est énorme, c'est plutôt un gros tubercule mousse; elle est suivie d'une série de dents plus petites, au milieu desquelles en sont intercalées quelques-unes plus grandes, et enfin il se termine par une pointe aiguë. L'index est presque droit et ne se recourbe qu'à son extrémité; il présente aussi sur ses faces externe et interne une ligne de ponctuations; les dents dont il est armé sont disposées de manière à s'engrener avec celles du doigt mobile : les premières, très élargies, sont plates et quelquefois même un peu excavées, de façon à recevoir le gros tubercule du pouce; celles qui suivent sont alternativement grandes ou petites, et correspondent ainsi aux inégalités des dents antagonistes.

La couleur de cette main est la même que celle du reste du squelette tégumentaire, si ce n'est pour le bord tranchant et pour la pointe des doigts qui reste blanche, ainsi que souvent l'extrémité du prolongement glénoïdal du poignet destiné à recevoir le condyle externe du pouce. Sur les pinces fossiles dont la couleur n'a pas été altérée, on peut retrouver d'une manière exacte ces différences dans la coloration, et c'est en raison de cette particularité que Desmarest a donné le nom de *leucodon* à cette espèce. On ne retrouve pas constamment tous ces caractères de détail sur les jeunes individus dont la main n'est pas encore arrivée à son développement parfait; les dents sont alors moins grosses, et la coloration blanche du bord supérieur des doigts peut être masquée par quelques taches rougeâtres.

L'avant-bras, qui, comme je l'ai déjà dit, manque de crêtes longitudinales, est armé de trois dents spiniformes : l'une, grande et aiguë, placée à l'angle antéro-supérieur; les deux autres, notablement plus petites et souvent réduites à de simples tubercules, garnissent le bord externe un peu au-dessous du condyle articulaire supérieur. Le bras, de forme prismatique, est court et gros; son bord antérieur est armé de trois épines acérées régulièrement espacées; son bord postérieur n'en présente que deux beaucoup moins grandes, et placées, l'une sur le bord articulaire de l'avant-bras, l'autre un peu en arrière. Ces derniers caractères tirés de la disposition des épines se voient presque toujours très bien chez les fossiles, et donnent de bonnes indications pour la détermination de l'espèce.

Les autres paires de pattes sont robustes et en général beaucoup moins aplaties que chez les autres Lupéens. La cuisse, qui est ordinairement la seule partie que l'on puisse observer chez les fossiles, est complétement lisse et n'offre pas de sillon, comme on le voit chez certains Portuniens du même groupe. L'abdomen du mâle (1) est étroit et s'amincit régulièrement à son extrémité ; le septième et dernier anneau est petit et pointu, il manque souvent chez les fossiles ; le pénultième présente une forme allongée et presque quadrilatère, et il est un peu plus large en arrière qu'en avant ; les cinquième, quatrième et troisième segments sont soudés ; ce dernier est plus large que le deuxième, et le premier n'offre rien de remarquable.

Chez les femelles l'abdomen présente des modifications considérables de forme, suivant qu'on l'examine à différents âges. Ainsi chez les jeunes individus (2), les premiers et septième anneaux sont seuls libres, tous les autres sont soudés ensemble, et, considérée dans son ensemble, cette portion du corps présente une forme à peu près triangulaire ; enfin elle est relativement étroite. Ainsi le quatrième anneau ne cache pas les sternites du dernier segment thoracique.

(1) Voy. pl. 1, fig. 1E, et 2A.

(2) Voy. pl. 1, fig. 1D, et pl. 2, fig. 1B.

Si l'on examine au contraire une femelle arrivée à son complet développement (1), on voit que la forme de l'abdomen s'est considérablement modifiée, et si l'on ne pouvait suivre pas à pas toutes les transitions d'une forme à l'autre, on serait autorisé à les rapporter à deux espèces distinctes. Ainsi tous les anneaux, à l'exception du dernier, se sont beaucoup élargis, surtout les deuxième, troisième et quatrième ; ce dernier recouvre presque complétement les sternites du dernier segment thoracique postérieur, et la forme générale de l'abdomen a complétement changé. Ainsi, au lieu d'être régulièrement triangulaire, il est très arrondi jusqu'au pénultième article, qui présente la forme d'un demi-cercle légèrement échancré en avant pour l'insertion du septième segment. Les lignes de jonction des différents anneaux sont devenues beaucoup plus distinctes, et donnent à cette partie du corps la flexibilité indispensable pour exécuter quelques mouvements nécessaires à la reproduction de ces animaux. Cependant les segments ne sont jamais complétement séparés; sur la ligne médiane ils n'ont que très peu d'adhérence, mais sur les côtés ils sont toujours soudés.

Chez les individus fossiles on retrouve ces deux formes dans l'abdomen, seulement il est en général difficile de constater l'état des sutures, qui sont souvent brisées dans les phénomènes de la fossilisation.

En résumé, je crois qu'il ressort clairement des faits qui précèdent que, entre la *Scylla leucodon* de Desmarest et la *Scylla serrata*, il n'existe pas la plus petite différence, et que tout, jusqu'aux moindres détails, se retrouve identique chez le fossile et chez l'espèce vivante. Par conséquent, nous devons rayer de nos catalogues le nom de *S. leucodon*, pour le remplacer par celui de *S. serrata*, qui depuis plus longtemps appartient à l'espèce vivante. Du reste, ce rapprochement ne fait que donner un plus grand intérêt à ce Crustacé fossile, car il peut éclairer l'histoire d'un dépôt sur lequel on n'a absolument aucun renseignement, et qu'à certains points de vue, on pourrait supposer beaucoup plus ancien.

(1) Voy. pl. 1, fig. 1c, et pl. 2, fig. 1D.

SCYLLA MICHELINI, Nob.

Voy. pl. 3, fig. 3 et 3A.

Je ne connais jusqu'à présent que les pinces de cette espèce, qui ont été trouvées dans les dépôts miocènes coquilliers des faluns de l'Anjou. Par leur forme générale elles se rapprochent d'une manière frappante de celles de la *Scylla serrata*, mais doivent cependant se rapporter à une espèce différente. En effet, chez l'espèce des mers de l'Inde, on remarque sur la partie antérieure de la face supérieure de la main deux épines dirigées en avant, au-dessus de la base du pouce ; il est vrai que souvent chez les fossiles ces pointes sont brisées, mais la place qu'elles occupaient est marquée par un trou. Chez la *S. Michelini* la face supérieure de la main est lisse, arrondie, et l'on n'y remarque ni tubercules, ni prolongements spiniformes ; enfin, la face interne de la main (1) ne présente pas le tubercule que l'on remarque chez la *S. serrata* au-dessus de la base de l'index. Les doigts, au lieu d'être blancs sur leurs bords, comme chez cette dernière espèce, sont au contraire plus foncés, ce qui s'explique par la manière dont la fossilisation s'est accomplie, car le reste du test s'est complétement décoloré. Les contours marqués par la différence de coloration sont exactement les mêmes que dans l'espèce que nous venons d'examiner, avec cette seule différence que la partie éburnée, qui est blanche chez la *S. serrata* et jaune chez la *S. Michelini*, s'étend davantage chez cette dernière.

On voit donc que les différences qui existent entre ces deux espèces sont extrêmement minimes, du moins quand on compare les pinces entre elles ; mais il est probable que si l'on trouve la carapace entière de ce Crabe des faluns, on pourra constater d'autres caractères plus importants et qui permettront d'établir l'espèce qui nous occupe d'une façon plus complète. La pince que j'ai eue entre les mains et dont je donne la figure, provient de la collection de M. Michelin, et a été trouvée à Sceaux près de Doué.

(1) Voy. pl. 3 fig. 3A.

GROUPE DES THALAMITIENS.

Carapace très allongée et offrant de chaque côté une série de dents, dont le nombre ne dépasse pas sept. Tige mobile des antennes externes exclue de l'orbite, et naissant sous le front, sur un article basilaire qui est très large et se réunit à l'angle sourcilier interne. Sternum et mains comme chez les Lupéens.

§ I.

Genre GONIOSOMA.

Voy. pl. 5, fig. 4.

Syn. : Portunus (pars), Fabr., *Suppl. Entom. systém.*

Thalamita (pars), Latreille *Règne animal*, 2ᵉ édit., t. VII, p. 33 (1829).

Charybdis, de Haan, *Fauna japonica*, Crustacea, p. 10 (1835).

Ce genre, qui correspond au sous-genre des Thalamites hexagonales de M. Milne Edwards (1), a été établi par M. de Haan sous le nom de *Charybdis*. M. Dana, dans son grand ouvrage sur les Crustacés, adopta cette nouvelle division générique (2); mais, comme j'ai déjà eu l'occasion de le dire, le nom de *Charybdis* avait été employé précédemment par Péron et Lesueur pour désigner un genre de Médusaires. J'ai cru devoir, pour éviter ce double emploi, substituer au nom de W. de Haan le mot de *Goniosoma*, qui rappelle la forme du corps propre aux animaux de ce groupe (3).

Dans ce genre le front est beaucoup plus étroit que chez les Thalamites, et la carapace, au lieu d'être brusquement tronquée en avant, comme chez ces derniers (4), de façon à se terminer par une ligne sensiblement droite, présente en avant une forme arquée, ana-

(1) Voyez *Hist. nat. des Crust.*, t. I, p. 461 (1834).

(2) Dana, *Crustacea*, t. I, p. 285.

(3) De γωνία, angle, et σῶμα, corps.

(4) Voy. Atlas du *Règne animal*, Crustacés, *Th. admeta*, pl. 9, fig. 2.

logue à ce que l'on voit chez certains *Achelous*, l'*A. ruber* par exemple. Le bouclier dorsal se rapproche de la forme d'un hexagone(1) dont les six angles seraient presque égaux entre eux ; le diamètre transversal n'excède que d'environ un tiers le diamètre latéro-antérieur, tandis que chez les Thalamites la différence est beaucoup plus considérable. Les yeux des *Goniosoma*, à cause de la largeur modérée du front, sont peu écartés ; chez les Thalamites ils sont placés de chaque côté de la carapace. Enfin les bords latéro-antérieurs, qui, chez ces derniers, sont extrêmement raccourcis et presque droits, sont ici bien développés et obliques. Chez les uns et les autres le nombre des dents dont ces bords sont garnis varie de cinq à sept. Les orbites regardent directement en avant dans le genre qui nous occupe ; dans le genre voisin elles sont placées plus obliquement et légèrement tournées en dehors. Le bord sourcilier est divisé en trois lobes par deux scissures ; l'apophyse épistomienne ne dépasse jamais le front, comme cela se voit chez les *Neptunus* et les *Achelous* ; la tigelle mobile des petites antennes se replie complétement dans les fossettes creusées sous le front ; enfin, les antennes externes sont très remarquables, et c'est sur leur disposition qu'est fondé le groupe des Thalamitiens. L'article basilaire, très large, est soudé au front, sur toute l'étendue de son bord supérieur ; et la tigelle mobile, au lieu de s'insérer dans l'angle orbitaire interne, comme cela se voit chez les autres Portuniens, en est séparée par un prolongement de l'article basilaire de l'antenne, qui égale la partie sur laquelle s'articule cette tigelle (2). Chez les Thalamites ce prolongement est énorme et la tigelle mobile est très éloignée de l'angle orbitaire, et peut se replier dans une gouttière formée en haut par le rebord du front, en bas par le prolongement de l'antenne (3). Le bord antérieur du cadre buccal ne se confond pas avec le bord postérieur des fossettes antennulaires, comme cela a lieu chez les *Neptunus* et les *Achelous*. De même que chez la plupart des espèces de ces derniers genres, l'endostome présente

(1) Exemple : le *Goniosoma natator* (voy. Milne Edwards, *Hist. nat. des Crust.*, pl. 17, fig. 13).

(2) Voy. *Hist. nat. des Crust.*, pl. 17, fig. 14.

(3) Voy. Atlas du *Règne animal*, Crustacés, pl. 9, fig. 2ª.

des crêtes. Le plastron sternal est disposé d'une manière à peu près semblable, sa suture médiane s'étend sur les trois derniers articles.

Les pattes antérieures sont construites à peu près sur le même plan que chez les Lupéens, c'est-à-dire que les mains sont longues et garnies de crêtes longitudinales saillantes; souvent elles sont hérissées de grosses granulations, disposition qui ne se voit pas chez les autres représentants du même groupe.

Les autres paires de pattes, ainsi que l'abdomen, ne présentent rien de remarquable.

En résumé, nous voyons donc que le genre *Goniosoma* se sépare facilement des *Neptunus*, des *Achelous* et des *Scylla* par le nombre de dents qui arment les bords latéro-antérieurs de la carapace et par la disposition des antennes externes. Ce dernier caractère, uni à la forme du front, le distingue des Carciniens. Enfin, si l'on considère la position des orbites, la forme hexagonale de la carapace, la largeur du front, la brièveté comparative des prolongements de l'article basilaire des antennes externes, on ne peut confondre un *Goniosome* avec un *Thalamite*.

GONIOSOMA ANTIQUA, Nob.

Voy. pl. 5, fig. 4.

Je crois devoir rapporter à ce genre une espèce de Crabe trouvée à Salcedo dans les couches du terrain nummulitique; ce fossile se trouve dans la collection Massalungo, à Vérone. La carapace, de forme hexagonale, est garnie sur ses bords latéro-antérieurs de six épines, dont la dernière dépasse les autres, disposition qui se voit dans certaines espèces vivantes du même genre, telles que le *Goniosoma Callianassa* (1). Le front, médiocrement large, était découpé en dents, probablement au nombre de huit; mais elles étaient tellement écrasées, qu'il était impossible de les compter. Les mains, dont on ne pouvait distinguer les ornements, étaient assez longues. L'avant-bras portait des épines aiguës; mais il était

(1) Voy. Herbst, t. III, pl. 54, fig. 7.

difficile de bien préciser le plan qu'elles devaient occuper, à cause de la compression que ces parties avaient subie. Il serait à désirer que l'on rencontrât d'autres individus plus complets de cette espèce, la seule de ce genre qui ait encore été trouvée dans les couches géologiques.

GROUPE DES CARCINIENS.

Carapace médiocrement élargie; ses bords latéro-antérieurs formant avec le bord fronto-orbitaire une courbure régulière, et armés seulement de quatre ou cinq dents. Suture médiane du sternum occupant seulement les deux derniers anneaux du thorax. Tige mobile des antennes externes naissant sur un gros article basilaire dans l'hiatus de l'orbite. Mains courtes.

§ I.

Genre CARCINUS.

Syn. : Cancer (pars), Fabr., *Suppl. Entom. systém.*

Carcinus, Leach, *Malac.*, pl. 8.

Ce genre, qui semble relier les représentants de la famille des Portuniens à ceux de la famille des Cancériens, n'est plus conformé essentiellement pour la natation, comme tous ceux que nous avons successivement passés en revue. Non-seulement il peut vivre très longtemps hors de l'eau, mais ses pattes postérieures, au lieu d'être disposées en manière de palettes, ressemblent presque aux pattes précédentes, et servent autant à fouir dans le sable qu'à nager. Leur pénultième article est simplement plus lamelleux et la cuisse plus trapue; enfin l'article terminal ou doigt est acéré, aplati et cilié sur ses bords comme chez les autres Portuniens; mais il y a loin de là à la forme ovalaire de cet article chez les *Neptunus*, les *Scylla*, etc. Ces caractères, tirés de la disposition des pattes et d'une très grande importance zoologique, ne peuvent servir presque à rien dans les études paléontologiques, car presque toujours chez les fossiles ces appendices sont brisés, et il est extrêmement rare qu'on puisse y observer la forme des pieds postérieurs. Il nous faut donc chercher d'autres caractères qui, quoique d'une valeur réelle moindre, puissent, considérés dans leur ensemble, suppléer à ceux qui ne peuvent pas nous guider pour la détermination des fossiles, et dont l'application exacte permette de séparer les Carcins des Cancériens en général.

En effet, bien que le genre *Carcinus* forme le passage entre les Portuniens et les Cancériens, il présente dans son plan général d'organisation la plupart des caractères fondamentaux du type Portunien. La carapace, garnie en avant de cinq dents aplaties, élargies à leur base, minces sur leur bord, et dont la pointe est dirigée en avant, présente des régions peu marquées ; ce qui permet au premier abord de séparer ce genre des Pirimèles, qui, parmi les Cancériens, ont une carapace dont les bords latéro-antérieurs sont aussi découpés en cinq dents analogues. Chez quelques espèces des genres *Xantho*, *Zozymus* et *Cancer*, on remarque sur ces mêmes bords des découpures; mais elles ne peuvent être confondues avec les dents que nous venons d'examiner, car ce sont plutôt des lobes ou des tubercules arrondis que des prolongements spiniformes, et d'ailleurs ces différentes espèces de Cancériens sont en général remarquables par l'aspect mamelonné de leur bouclier dorsal. Le genre *Carcinus* peut aussi, au premier coup d'œil, se distinguer des *Portunus* et des *Platyonychus*, avec lesquels il présente une certaine analogie de forme. En effet, chez ces derniers les bords latéro-antérieurs se prolongent beaucoup plus en arrière, et par conséquent toute la portion de la carapace, placée en avant d'une ligne droite joignant les deux dents latéro-postérieures, est beaucoup plus considérable, ou au moins égale à la portion placée en arrière de cette ligne. Chez les Carcins, au contraire, la portion ainsi circonscrite en avant est la plus petite.

Les bords latéro-postérieurs de la carapace présentent en arrière une échancrure bien accusée, et destinée à recevoir la base des pattes postérieures : or cette échancrure, qui ne manque chez aucun Portunien, si ce n'est chez le *Psammocarcinus*, ne se remarque que rarement d'une manière nette chez les Cancériens, où les pattes postérieures, presque toujours grêles, n'ont pas besoin d'une excavation du bord latéro-postérieur pour recevoir leur article basilaire. Les orbites sont dirigées en avant, et leur bord sourcilier est divisé en deux lobes par une scissure; on en remarque encore une sur le plancher de l'orbite. Ce caractère qui existe chez tous les Portuniens, excepté chez le *Psammocarcinus*, se rencontre chez quelques Cancériens, mais très souvent n'y existe pas. Les fossettes antennulaires sont aussi larges que longues; l'article basilaire des antennules qui y sont logées est très gros. L'apophyse épistomienne ne se prolonge pas au devant du front comme chez les *Neptunus*, et n'est pas aplatie comme chez les Cancériens. L'article basilaire des antennes externes, assez étroit, remplit tout l'espace laissé entre l'angle sous-orbitaire interne et le front; sa tigelle mobile s'insère dans l'angle de l'orbite. L'épistome est large et bien développé; entre le bord labial et le bord postérieur des fossettes antennulaires, il existe un sillon transversal, comme chez les *Scylla*, les *Portunus*, etc. Le canal expirateur n'est pas limité du côté interne par une crête endostomienne, disposition qui existe chez un petit nombre de *Portunus* et chez les Platyonyques, mais qui ne s'observe pas chez les *Neptunus* (1), les *Scylla*, etc.

Les pattes-mâchoires externes sont longues et minces; leur troisième article, presque quadrilatère, est fortement échancré en dedans pour l'insertion de la tigelle mobile.

L'examen du plastron sternal donne aussi de bons caractères génériques. Cette région est, en effet, plus allongée et plus étroite que chez la plupart des autres Portuniens, à l'exception des Platyonyques; mais, toutes choses égales d'ailleurs, elle est beaucoup mieux développée que chez les Cancériens, où ce plastron est dans la plupart des cas, remarquablement comprimé latéralement, et dont la forme, au lieu d'être ovalaire, se rapproche beaucoup d'un quadrilatère allongé. Chez les Carcins, la suture médiane occupe les deux derniers segments, comme chez les *Portunus*, les *Platyonyques*, les *Psammocarcins*. Au contraire, chez les *Neptu-*

(1) Excepté chez le *N. cribrarius*.

nus, les *Achelous*, les *Scylla*, cette suture occupe les trois derniers articles du plastron sternal. L'abdomen, chez le mâle, de forme triangulaire, ne se compose que de cinq segments mobiles, les troisième, quatrième et cinquième étant soudés entre eux. Les pattes antérieures n'offrent aucun caractère générique important à noter; elles ressemblent beaucoup à celles des *Platyonyques*, des *Portunes* et des *Psammocarcins*. Quant aux pattes postérieures, j'ai déjà indiqué leurs principaux caractères.

CARCINUS PERUVIANUS.

Voy. pl. 8.

Syn. : PORTUNUS PERUVIANUS, d'Orbigny, *Voyage dans l'Amérique méridionale*, 1842, t. V, p. 107, *Paléontologie*, pl. 6, fig. 17.

PODOPILUMNUS PERUVIANUS, Mac Coy, *Ann. and Magaz. of Nat. Hist.*, 2e série, t. IV, p. 165.

Cette espèce a été rapportée d'Amérique par Alcide d'Orbigny, et fait partie de la collection qu'il a laissée, et qui appartient aujourd'hui au Muséum. Ce paléontologiste en fait mention dans son ouvrage; mais il ne la décrit pas, à cause de l'incertitude dans laquelle il était de son origine. En effet, il l'avait trouvée dans l'ancienne collection de l'archevêque de Chuquisaca (Bolivie), M. Majo; elle était sans indication de localité : peut-être, ajoute-t-il, appartenait-elle aux terrains crétacés de la Cordillère; peut-être avait-elle été rapportée du Mexique, où M. Majo était évêque avant d'habiter Chuiquisaca. En général, les auteurs qui ont parlé de ce Portunien le placent sans hésitation parmi les fossiles crétacés; mais rien n'est moins certain, je dirai même moins probable, car jusqu'ici on n'a rencontré dans ces couches aucun Crustacé de cette famille. D'Orbigny, qui, comme je l'ai déjà dit, n'avait pas décrit cette espèce, l'avait rangée dans le genre *Portunus*. M. Mac-Coy, qui ne connaissait de ce fossile que la figure de la *Paléontologie* du *Voyage dans l'Amérique*, figure qui laisse beaucoup à désirer sous certains rapports, avait rangé le *Portunus peruvianus* dans son genre *Podopilumnus* de la famille des Cancériens; mais ce dernier rapprochement est complétement inadmissible. J'ai pu examiner et dessiner ce Crabe dans la collection de d'Orbigny, et il est évident pour moi que M. Mac Coy a été trompé par le peu d'exactitude de la figure qu'il avait sous les yeux. Du reste, tout en reconnaissant que ce fossile appartient à la famille des Portuniens, je ne crois pas devoir le laisser dans le genre *Portunus;* par l'ensemble de ses caractères, par sa forme générale, il se range à côté des Carcins, et présente une grande analogie avec le *C. Mœnas* de nos côtes.

La carapace (1), d'une couleur brunâtre, et transformée en un calcaire dur et compacte, ne présente que d'une manière peu accusée l'empreinte des régions; cependant le test en est bien conservé, et sa surface finement granuleuse (2). Les bords latéro-antérieurs sont garnis de cinq dents parfaitement distinctes et détachées : or un des caractères du genre *Podopilumnus* est de n'avoir qu'environ trois dents obtuses. Ces mêmes bords, ainsi constitués par la réunion de la face supérieure de la carapace avec la face inférieure, sont minces et tranchants, comme chez les Portuniens. Dans le genre *Podopilumnus*, au contraire, ce bord est épais comme chez la plupart des Cancériens.

Si l'on tire une ligne droite joignant les deux dents postérieures, la portion de la carapace ainsi limitée en avant sera plus petite que la portion comprise en arrière. Nous avons déjà dit qu'il n'en était pas de même dans le genre *Portunus*. Les bords latéro-postérieurs sont renflés comme chez le *Carcinus Mœnas*, et beaucoup moins excavés que chez les Portunes, les Platyonyques, etc. Enfin ces bords présentent en arrière une échancrure destinée à loger l'article basilaire des pattes de la cinquième paire; cette échancrure offre les mêmes rapports de dimension avec le reste du bord latéro-postérieur que l'on remarque chez le *C. Mœnas*. Dans le genre *Podopilumnus*, le bord postérieur de la carapace se joint aux bords latéro-postérieurs par un angle presque droit, et l'on n'y observe pas d'échancrure analogue. Le front de notre fossile

(1) Voy. pl. 8, fig. 1.
(2) Voy. pl. 8, fig. 1c.

paraît découpé en trois lobes semblables à ceux du *C. Mœnas*, dont l'antérieur serait le plus proéminent; mais les orbites sont beaucoup plus étendues que dans cette espèce (1). Le bord sourcilier est divisé en deux lobes par une scissure. Le plancher de l'orbite présente aussi sur son côté externe une fente qui le divise en deux lobes. Les pédoncules oculaires étaient remarquablement longs.

La région antennaire et les pattes-mâchoires externes ne peuvent s'observer sur ce fossile. Ces parties, quoique existant, sont empâtées dans le calcaire; mais il me semble qu'on pourrait très facilement les dégager.

La forme du plastron sternal (2), quoique plus élargie que chez le *Carcinus Mœnas*, présente avec ce dernier une grande analogie; et il suffit d'y jeter un coup d'œil pour voir immédiatement les différences qui existent entre ce fossile et les Cancériens, où, comme on le sait, cette région est étroite et souvent quadrilatère; il est vrai que d'Orbigny n'avait figuré que la face supérieure de son Portune, et par conséquent M. Mac Coy n'a pu profiter des caractères importants que l'on tire de l'examen de la face ventrale. Le premier segment qui porte les pattes-mâchoires est coupé carrément en avant; le second, qui reçoit l'insertion des pattes antérieures, est, de même que chez le *C. Mœnas*, très allongé et un peu bombé, suivant sa longueur. Les autres segments sont plus élargis que dans cette dernière espèce, et leur ensemble offre une forme assez régulièrement ovalaire.

L'abdomen du mâle, considéré dans son ensemble, se rapproche beaucoup, par sa forme régulièrement triangulaire, de celui du *C. Mœnas;* mais on ne peut rien arguer de la disposition des soudures de ses différents articles, car dans la fossilisation tous ces segments ont été soulevés et disjoints. Les pattes de la première paire devaient être robustes et assez courtes. Le bras ne dépasse pas le bord latéro-antérieur de la carapace; sa plus grande partie est englobée dans le calcaire, de même que l'avant-bras, dont une

(1) Voy. pl. 8, fig. 1B.
(2) Voy. pl. 8, fig. 1A.

portion est brisée. Les autres pattes, dont les cuisses seules sont conservées, devaient être larges et robustes ; mais elles sont en très mauvais état, et l'on ne peut rien déduire de leur mode de conformation.

Cette espèce fossile présente donc la plus grande analogie avec le *Carcinus Mœnas;* elle ne paraît s'en distinguer que par la largeur plus grande des orbites, par les régions de la carapace qui sont moins bien indiquées, par la largeur relative plus grande, et la forme ovalaire du plastron sternal ; différences qui, comme on le voit, ne présentent pas une très grande importance, et sont tout juste spécifiques.

Holl (1) rapporte au *Carcinus Mœnas* un Crabe fossile du Monte-Bolca. C'est probablement sur la foi de Desmarest qu'il a fait ce rapprochement ; en effet, le premier de ces zoologistes dit, à propos de ces Crabes du Monte-Bolca : « Ils ont la taille du *Cancer Mœnas,* et la coupe de leur corps les en rapproche beaucoup, ainsi que la forme et la disposition de leurs membres. La collection du Muséum d'histoire naturelle en possède un dont les pattes sont surtout bien conservées (2). » J'ai justement eu entre les mains les pièces dont parle Desmarest, et il m'a été facile de me convaincre que ces Crabes, écrasés entre les feuillets du calcaire marneux du Monte-Bolca, ne se rapportent non-seulement pas à la famille des Portuniens, ni même à la tribu des Cancériens, mais doivent se placer parmi les Catométopes, à côté des Grapses. J'aurai l'occasion d'y revenir lorsque je m'occuperai de ce groupe.

(1) Holl und Choulant, *Handbuch der Petrefactenkunde*, 1830, p. 144.

(2) Desmarest, *Crustacés fossiles*, p. 125.

§ II.

Genre PORTUNITES, Th. Bell.

Voy. pl. 9, fig. 2, et pl. 3, fig. 4.

Bell, *Fossil Malacostraceous Crustacea of Great Britain*, part. 1re, *Crustacea of the London clay* (*Paleontographical Society*, 1856, p. 20).

Syn. : Leiochilus, Reuss, *Zur Kenntniss fossiler Krabben*, 1859, p. 56, pl. 18, fig. 7.

M. Thomas Bell, dans sa *Monographie des Crustacés fossiles de l'argile de Londres*, a établi ce genre pour un fossile dont les affinités zoologiques ne sont pas encore parfaitement connues, mais qui a cependant une grande analogie avec certains types de la famille des Portuniens.

M. Reuss, à la même époque, signala aussi l'existence de cette espèce, et la désigna sous un nom générique différent : il en forma le genre *Leiochilus*, qu'il ne décrivit complétement et ne figura qu'en 1859. Dans ce travail, la place assignée au *Portunites* de M. Bell est complétement différente : c'est à côté des Eriphies que M. Reuss range l'espèce qui nous occupe. Mais comme il est facile de s'en convaincre, le célèbre paléontologiste allemand a été trompé par le mauvais état de l'individu qu'il avait entre les mains, et dont le front et les bords brisés ne permettaient pas de distinguer la forme de l'animal.

Je crois en effet, avec M. Th. Bell, que c'est à côté des Portunes, des Carcins et des Platyonyques, que doit se placer ce nouveau genre fossile. En effet, la forme générale de la carapace le rapproche de ces derniers. Ce bouclier, plus large que long, présente sur ses bords latéro-antérieurs cinq dents, dont la dernière est la plus considérable. Les régions y sont bien indiquées, surtout la région gastrique, qui est elle-même profondément bilobée ; aucun Portunien vivant n'offre des lobes aussi accusés et disposés de cette manière. Parmi les Cancériens, nous savons que les Pirimèles présentent, de même que les Portunes, un bord latéro-antérieur découpé en cinq dents, et, en outre, que les diverses régions de la carapace sont profondément marquées. Nous pourrions donc rapprocher les Portunites de ce dernier genre ; mais cependant quelques particularités de structure que nous allons passer en revue empêchent ce rapprochement. Ainsi chez les Portunites les bords latéro-postérieurs de la carapace offrent en arrière une échancrure bien ouverte, destinée à loger l'article basilaire de la paire de pattes postérieures. Chez les Pirimèles, de même que chez les autres Cancériens, cette échancrure est à peine indiquée.

Chez les Pirimèles, de même que dans le groupe des Carciniens, la suture médiane n'occupe que les deux derniers segments du plastron sternal. Cette région est large et ovalaire comme chez les autres représentants de la même famille ; tandis que chez tous les Cancériens, et par conséquent chez les Pirimèles, cette partie du corps est étroite, et présente la forme d'un quadrilatère allongé. L'abdomen du mâle se compose de cinq articles, les troisième, quatrième et cinquième étant soudés, disposition analogue à celle qui existe chez les autres Portuniens. Chez les Pirimèles, tous les segments de l'abdomen sont distincts.

Les pattes des Portunites sont robustes et courtes ; celles de la cinquième paire pouvaient se relever, de façon à glisser au-dessus des lobes postérieurs de la région branchiale (1), comme cela a lieu chez tous les Portuniens, tandis que chez les Cancériens ce mouvement est presque toujours complétement impossible.

D'après l'ensemble des caractères que je viens d'exposer, il me semble, de même qu'à M. Th. Bell, qu'il est impossible de placer le genre qui nous occupe parmi les Cancériens, et qu'il doit faire partie de la famille des Portuniens ; il me paraît aussi qu'il doit se ranger à côté des Carcins, des Portunes, des Psammocarcins, etc., dans notre groupe des Carciniens..

(1) Voy. pl. 9, fig. 2.

PORTUNITES INCERTA, Th. Bell.

Bell, *op. cit.*, p. 20, pl. 8, fig. 1 à 5.

Syn. : LEIOCHILUS MORRISI, Reuss, *Zur Kenntniss fossiler Krabben*, p. 56, pl. 18, fig. 7.

Cette petite espèce paraît être très commune dans les couches argileuses éocènes de l'île Sheppey, à l'embouchure de la Tamise. Jusqu'à présent on ne l'a jamais rencontrée ailleurs. Il est très rare d'en trouver des individus bien conservés, presque toujours le front est brisé. Je n'ai jamais pu observer cette région, et je crois que M. Bell n'a pas été plus heureux. Les bords latéro-antérieurs sont le plus souvent incomplets, et ce n'est qu'à l'aide d'un grand nombre d'individus que l'on peut arriver à se former une idée juste de l'ensemble de ce Crustacé.

La carapace, dont la surface est garnie de fines granulations serrées et apparentes sur toutes les parties saillantes, rares ou nulles dans toutes les dépressions, est remarquable par le relief de ses différentes régions. La région gastrique (1) est subdivisée en plusieurs lobes. Les lobes antérieurs ou protogastriques sont élevés, arrondis, et séparés entre eux par le lobe mésogastrique (2), qui, étroit et presque linéaire en avant, se prolonge jusqu'au front, et en arrière se confond avec le lobe urogastrique ou gastrique postérieur.

La région cardiaque présente deux parties bien distinctes : l'une constituant le lobe cardiaque antérieur (3), très bombé ; l'autre formant le lobe cardiaque postérieur (4), plat, et même plutôt concave. Les régions branchiales sont limitées en avant par une ligne épibranchiale large et saillante (5), que l'on peut considérer comme représentant le lobe branchial antérieur ; le postérieur, dont toute la partie interne est bombée, est au contraire excavé en dehors,

(1) Voy. pl. 9, fig. 2 et 2^A *g*.

(2) Voy. pl. 9, fig. 2 et 2^A *g'*.

(3) Voy. pl. 9, fig. 2 et 2_A *k*.

(4) Voy. pl. 9, fig. 2 et 2_A *k'*.

(5) Voy. pl. 9, fig. 2 et 2^A *b'*.

de façon que la patte postérieure peut glisser dans l'espèce de sillon ainsi formé.

Les bords latéro-antérieurs de la carapace sont garnis, comme je l'ai déjà dit, de cinq dents : la dernière est la plus considérable, la seconde est au contraire la plus petite (1), disposition que nous constaterons aussi chez le *Psammocarcinus Hericarti*. Les orbites sont larges. Le bord sourcilier est divisé en trois lobes par deux scissures. Je n'ai pas eu l'occasion d'examiner la région antennaire.

Les pattes antérieures (2) sont robustes ; le bras ne devait pas dépasser le bord latéro-antérieur de la carapace : cet article est lisse. La main, courte et renflée, est légèrement rugueuse ; les doigts sont forts et trapus. Les autres pattes sont minces et longues ; ce qui tend à prouver que le *Portunites incerta* ne devait pas être aussi complétement nageur que les Portunes, les Platyonyques, etc., mais se rapprochait davantage sous ce rapport des Carcins proprement dits.

Le plastron sternal, dont la forme générale n'offre d'ailleurs rien de remarquable, présente sur son second article une dépression transversale plus considérable qu'on ne le remarque en général chez les Portuniens (3).

L'abdomen du mâle est court et triangulaire ; celui de la femelle est large et arrondi.

GROUPE DES POLYBIENS.

Carapace suborbiculaire, ou même beaucoup plus longue que large, et armée latéralement de cinq dents bien développées, auxquelles s'ajoute quelquefois une épine rudimentaire. Suture médiane du plastron sternal, occupant seulement les deux derniers segments du thorax. Article basilaire des antennes externes grêle,

(1) Voy. pl. 9, fig. 2^A et 2^B.

(2) Voy. pl. 3, fig. 4.

(3) Voy. pl. 9, fig. 2^C et 2^D, et pl. 3, fig. 4.

libre, et entrant dans la composition de la tigelle mobile de ces appendices, laquelle se loge dans l'hiatus interne de l'orbite; cet hiatus très large. Mains courtes.

§ 1.

Genre PSAMMOCARCINUS.

Voy. pl. 9, fig. 1, et pl. 10.

Syn. : Portunus (pars) Desmarest, *Crustacés fossiles*, p. 87, pl. 5, fig. 3.

Je crois devoir proposer l'établissement de ce genre, qui ne renferme encore qu'une seule espèce connue depuis déjà fort longtemps sous le nom de *Portunus Hericarti*. Lorsqu'en 1822 Desmarest décrivit ce petit Crabe, il le rangea dans le grand genre *Portunus*, tel que celui-ci avait été délimité par Fabricius; mais aujourd'hui que ce genre est devenu une famille subdivisée en groupes nombreux, le fossile de Desmarest ne peut rester dans le genre auquel le nom de *Portunus* a été réservé. Chez tous les représentants de ce dernier groupe, les bords latéro-antérieurs de la carapace sont garnis de cinq dents égales entre elles. Au contraire, chez le *Psammocarcinus Hericarti*, la dernière dent est non-seulement beaucoup plus longue que les autres, mais encore elle présente en avant, vers sa partie moyenne, une petite dent secondaire, et quelquefois même on y observe un second denticule presque rudimentaire. La forme générale de la carapace est beaucoup plus longue que chez les Portunes. C'est du genre *Platyonychus* que ce fossile paraît se rapprocher le plus; en effet, ces Crustacés présentent presque toujours une forme allongée portée à un très haut degré chez le *Platyonychus latipes* de nos côtes (1). Ce n'est cependant pas dans ce genre que doit prendre place le *Portunus Hericarti* de Desmarest; en effet, aucun *Platyonychus* n'offre de cornes latérales, et les dents qui garnissent les bords latéro-antérieurs sont toujours égales entre elles. Mais ce n'est pas tout; à ce caractère déjà très important viennent s'en ajouter d'autres d'une grande valeur. Ainsi tous les Portuniens que nous avons examinés jusqu'à pré-

(1) Voy. *Règne animal*, Crustacés, pl. 8, fig. 3.

sent présentent un bord sourcilièr divisé en un ou deux lobes par des scissures plus ou moins profondes. Dans l'espèce qui nous occupe, le bord sourcilier est continu, et n'offre aucune trace de division. Le front de cette dernière s'avance davantage que dans les genres *Portunus*, *Carcinus* et *Platyonychus*. La dent sous-orbitaire interne, très développée, atteint le même niveau que les dents latérales du front, et il résulte de cette disposition que les orbites présentent une profondeur considérable. Les bords latéro-postérieurs de la carapace, au lieu d'être échancrés en arrière pour recevoir la base des pattes de la cinquième paire, sont droits, et se réunissent carrément au bord postérieur. Jusqu'à présent nous ne connaissons pas de Portuniens dont le bouclier céphalo-thoracique se termine de cette manière; et si je n'avais pu observer un grand nombre d'articles de pattes disposés pour la natation, j'aurais été tenté de rapprocher le *Portunus Hericarti* de Desmarest du genre Pirimèle, de la famille des Cancériens. En effet, la *Pirimela denticulata*, par la disposition générale de la carapace, se rapproche de notre fossile (1). Le plastron sternal ressemble un peu par sa forme à ce que l'on voit ordinairement chez les *Neptunus* et chez les *Achelous*, c'est-à-dire que le segment correspondant à l'insertion des pattes antérieures est très large, et coupé carrément en avant. La suture médiane n'occupe que les deux derniers segments de ce plastron, comme chez tous les Carciniens (2). L'endostome (3) est dépourvu de crêtes comme chez les Platyonyques et chez quelques Portuniens; de même que dans ces derniers genres le bord antérieur du cadre buccal ne se réunit pas au bord postérieur des fossettes antennulaires, comme chez les *Neptunus*. Les pattes ne présentent aucune particularité remarquable.

Nous voyons donc qu'il est impossible de faire rentrer le *Portunus Hericarti* dans aucun des genres actuels de la famille des Portuniens. L'existence d'une corne latérale le sépare des Por-

(1) Voy. Atlas du *Règne animal*, CRUSTACÉS, pl. 12, fig. 1.

(2) Voy. pl. 9, fig. 1[A].

(3) Voy. pl. 9, fig. 1[B].

tunes, des Carcins et des Platyonyques. La forme de la carapace, le nombre des dents des bords latéro-antérieurs, le séparent nettement des *Achelous*, des *Neptunus*. Quant aux groupes des Thalamitiens, je n'insiste pas sur les caractères qui peuvent l'en éloigner ; ils sautent trop aux yeux pour qu'on ait même besoin de s'y arrêter. Je rappellerai seulement que, chez ces derniers comme chez les Lupées, la suture médiane de l'abdomen occupe les trois derniers segments de l'abdomen ; que le front est large et peu proéminent, etc.

Je proposerai donc de former pour ce petit Crabe fossile une nouvelle division générique sous le nom de *Psammocarcinus* (1), qui indique tout à la fois ses affinités zoologiques et la couche dans laquelle il se trouve. Ce genre doit se placer à côté des Platyonyques, des Carcins et des Portunes, car il emprunte à chacun de ces groupes quelques-uns de leurs caractères ; il forme une transition qui relie ces derniers aux *Neptunus* et aux *Enoplonotus*. Par ses cornes latérales, il se rapproche des premiers, et il présente une certaine analogie avec les seconds par l'existence de dents sur ces mêmes cornes.

En résumé, le genre *Psammocarcinus* peut se caractériser de la manière suivante :

Carapace au moins aussi longue que large. Bords latéro-antérieurs garnis de cinq dents, dont la postérieure se prolonge en forme de corne, et porte une petite épine accessoire. Angles sous-orbitaires internes se terminant par une pointe spiniforme très allongée. Bord sourcilier entier. Bords latéro-postérieurs de la carapace ne présentant pas d'échancrures. Épistome dépourvu de crêtes. Pattes postérieures bien conformées pour la natation.

PSAMMOCARCINUS HERICARTI.

Syn. : Portunus Hericarti, Desmarest, *op. cit.*, p. 87, pl. 5, fig. 5.

Cette jolie petite espèce se rencontre en quantité énorme dans certains gisements propres aux sables supérieurs au calcaire gros-

(1) De ψάμμος, sable, et de καρκίνος, crabe.

sier. Au Gué-à-Tresmes, près de Meaux, le sable est presque complétement composé de débris de Crustacés, parmi lesquels on remarque un grand nombre de carapaces de Psammocarcins. Mais ces parties ne sont pas les seules que l'on trouve ; les mains y sont très communes ; enfin, en cherchant avec un peu de soin, on y rencontre des pièces branchiostégiques (1), des avant-bras, des bras, de nombreux articles appartenant aux pattes suivantes, des fragments du plastron sternal, des endostomes intacts (2), et enfin jusqu'à des mandibules (3), dont toutes les parties, malgré leur petitesse, ont été parfaitement conservées. J'ai pu ainsi reconstituer presque tout l'animal, sauf l'abdomen et les appendices de la région faciale (4).

La carapace, dont la longueur varie entre quelques millimètres et près de 3 centimètres, ou même davantage, n'offre jamais ni granulations, ni ponctuations, et cependant son état de conservation est presque toujours des plus parfaits. Les régions, sans être extrêmement saillantes, sont très nettement indiquées. La région gastrique (5) est grande et divisée en lobes : les antérieurs, ou épigastriques, sont peu distincts ; mais les protogastriques, ou latéro-antérieurs, sont mieux marqués. Le lobe mésogastrique se confond en arrière avec les métagastriques ou lobes latéro-postérieurs, et se prolonge en avant par une crête saillante, qui présente ordinairement trois petits renflements. La région cardiaque est nettement indiquée par un sillon branchio-cardiaque profond (6). Les régions branchiales (7) présentent quelques traces de divisions en trois lobes, dont le postérieur est comparativement considérable. Les régions hépatiques (8) sont petites, mais assez bien caractérisées.

(1) Voy. pl. 9, fig. 1_A *w*.
(2) Voy. pl. 9, fig. 1_B et 1 *o*, *n*.
(3) Voy. pl. 9, fig. 1^D et 1^E.
(4) Voy. pl. 9, fig. 1 et 1_A.
(5) Voy. pl. 10, fig. 1^A *g*.
(6) Voy. pl. 10, fig. 1^A *k*.
(7) Voy. pl. 10, fig. 1^A *b*.
(8) Voy. pl. 10, fig. 1^A *h*.

Les dents des bords latéro-antérieurs sont garnies d'une ligne marginale très finement granuleuse, qui, après avoir suivi le bord interne de la corne latérale, se prolonge sur le bord latéro-postérieur de la carapace, jusqu'à sa jonction avec le bord postérieur; leur point de réunion est marqué de chaque côté par un petit renflement.

Le front, très proéminent, offre trois dents spiniformes : la médiane est la plus grande; les latérales se confondent presque avec l'angle sourcilier interne; celui-ci est constitué par un petit renflement en forme de lobe, qui se trouve à leur base du côté externe.

L'angle externe de l'orbite est très aigu, très saillant, et forme la première et la plus forte des dents latéro-antérieures; la seconde est la plus petite de toutes; enfin les deux suivantes, de taille intermédiaire, sont égales entre elles, et toutes sont dirigées en avant.

Je ne reviendrai pas sur la disposition des orbites ou de l'endostome, y ayant déjà insisté dans la discussion des caractères génériques de cette espèce.

La forme des pattes antérieures (1) présente une grande analogie avec celles des Portunes et des Carcins; en général, celle du côté gauche est plus faible que celle du côté droit. Le bras (2), court et gros, ne devait pas dépasser les bords latéro-antérieurs de la carapace; sa forme est celle d'un prisme triangulaire, irrégulier. On ne le trouve jamais en place; toujours il est isolé, et sa face supérieure est incomplète, parce que la pièce complémentaire, de forme triangulaire, qu'on remarque chez tous les Crabes, chez les Pagures, etc., où elle est imparfaitement soudée au reste du bras, manque toujours; je n'ai pas trouvé un seul bras qui l'eût conservée. Enfin cet article porte, vers la partie moyenne de son bord postérieur, une petite dent dont la pointe se dirige en avant.

L'avant-bras présente sur son bord supérieur et interne une

(1) Voy. pl. 10, fig. 1D.
(2) Voy. pl. 10, fig. 1F et 1E.

épine acérée qui se porte au-dessus de la main. Les bords de cet article sont finement cordonnés.

La main est, proportionnellement au corps, très volumineuse, et elle est légèrement courbée suivant sa longueur, de façon à pouvoir s'appliquer contre la région faciale. Le poignet, comparé aux doigts, est court et trapu. Sur sa face externe, près de l'articulation de l'avant-bras, on observe une ligne de petites dents qui se prolonge plus ou moins en avant. On remarque aussi sur cette face un grand nombre de petites granulations, dont quelques-unes, plus grosses, forment un rudiment de crête. Le poignet est aplati en dessus, et par conséquent, au lieu d'y présenter un bord, il se termine supérieurement par une face limitée en dedans comme en dehors par une crête de granulations. Sa face interne est lisse. Son bord inférieur est aigu et très granuleux. Les doigts sont remarquablement forts; l'index, comprimé latéralement, est dirigé un peu en bas, et ne se recourbe pas en haut même vers sa pointe; il présente sur son bord tranchant une série de dents, disposées de façon à s'engrener avec celles du pouce. Ce dernier article est très recourbé, aplati en dessus, et toute sa surface est garnie d'une multitude de granulations plus nombreuses et plus serrées sur les bords qui limitent sa face supérieure. Les dents dont il est armé sont alternativement grandes et petites comme celles de l'index, de façon que, quand les deux doigts sont rapprochés, il n'existe pour ainsi dire aucun intervalle entre les deux rangées de ces tubercules. Tous ces détails sur la conformation des pinces sont importants à connaître, parce qu'en général ces pièces se trouvent mêlées à des articles analogues provenant de Crustacés de groupes très différents, et il importe de pouvoir les reconnaître.

Les pattes des paires suivantes n'offrent aucune particularité remarquable à noter; elles étaient disposées pour la natation, ainsi qu'on peut en juger par la forme élargie de toutes les cuisses (1), et par la disposition en palette du pénultième article des pattes postérieures (2); mais cependant sous ce rapport elles devaient

(1) Voy. pl. 10, fig. 1_G, 1^I et 1^H.
(2) Voy. pl. 10, fig. 1^K.

être inférieures à ce que l'on trouve dans les genres *Portunus*, *Platyonychus*, etc., et se rapprocher davantage des Carcins.

Jusqu'à présent je n'ai rien vu qui puisse me faire présumer de la forme de l'abdomen; les pièces qui composent cette région sont si fragiles, que probablement elles n'auront pas pu échapper aux causes de destruction qui ont dû les entourer.

PORTUNIENS ANORMAUX.

Front spatuliforme et infléchi. Orbites et pédoncules oculaires longs, et occupant presque toute la largeur de la carapace. Angles orbitaires se prolongeant beaucoup plus en dehors que la portion suivante du bord latéral, et suivis seulement d'une petite épine.

GENRE PODOPHTHALMUS, Lamk.

Syn. : PORTUNUS (pars), Fabr., *Suppl.*, *Entom. systém.*
PODOPHTHALMUS, Lamk, *Système des animaux sans vertèbres*, p. 152.

Le genre Podophthalme, tout en présentant les caractères fondamentaux de l'organisation de tous les Portuniens, s'en sépare par des différences tellement remarquables, par une structure tellement particulière, qu'il ne doit pas être rangé à côté des genres précédents, mais former une section à part ayant à elle seule la même valeur zoologique que la section formée par l'ensemble de tous les autres Portuniens. Je désignerai sous le nom d'*agèle des Portuniens anormaux*, cette division qui ne comprend que le seul genre Podophthalme, lequel à son tour ne se compose jusqu'ici que d'une seule espèce récente, le *Podophthalmus vigil*, des mers de l'Inde.

Comme son nom l'indique, ce genre est caractérisé par la longueur énorme de ses pédoncules oculaires, qui égale la moitié de la largeur de la carapace; chez tous les autres Portuniens, au contraire, les pédoncules oculaires sont très courts. La carapace se termine en avant, non plus par un bord arqué, mais par un bord droit ou presque droit, formant tout entier les parois supérieures des orbites (1). Cette disposition donne au bouclier céphalo-thoracique un aspect anormal; il semble avoir été brusquement tronqué en avant, et l'on peut s'en former une idée assez exacte en supposant une carapace de *Neptunus* coupée suivant une ligne qui réunirait les deux cornes latérales. La famille des Portuniens n'est pas la seule dont quelques-uns des membres soient conformés de cette manière singulière. Parmi les Catométopes, on voit que les Macrophthalmes (2), les Gonoplax (3), les Gélasimes (4), présentent une structure analogue; parmi les Oxyrhynques, les Sténocinops sont dans le même cas (5).

La carapace offre de chaque côté, en avant, une épine très aiguë dont la pointe est dirigée en avant, et au-dessous de laquelle est logé l'œil proprement dit, lorsque cet organe est appliqué dans la gouttière orbitaire. En arrière de cette épine, on en distingue une autre plus petite. Les régions sont peu marquées, les hépatiques ne se distinguent pas; les régions branchiales sont traversées par une crête épibranchiale peu saillante qui, au lieu de partir de la corne latérale comme chez les *Neptunus*, prend naissance sur la petite épine qui est en arrière de cette corne. La région stomacale ne porte aucun indice de crête épigastrique. Le front, constitué par le bord antérieur de la carapace, offre à sa partie médiane entre la base des pédoncules oculaires, un prolongement presque linéaire qui s'élargit beaucoup au-dessous, de façon à former la paroi supérieure des fossettes antennulaires, lesquelles se trouvent ainsi situées sous la base des pédoncules oculaires, disposition très différente de celle qui existe chez les Portuniens normaux. La tigelle mobile de ces appendices est beaucoup plus longue que la fossette antennulaire et ne peut s'y replier. L'angle sous-orbitaire interne, au lieu d'être spiniforme, comme nous l'avons vu jusqu'à présent, est arrondi; l'article basilaire des antennes externes occupe tout l'espace compris entre cet angle et

(1) Voy. Atlas du *Règne animal*, CRUSTACÉS, pl. 9, fig. 1 et 1ª.
(2) *Ibid.*, pl. 16, fig. 2 et 2ª.
(3) *Ibid.*, pl. 16, fig. 1 et 1ª.
(4) *Ibid.*, pl. 18, fig. 1 et 1ª.
(5) *Ibid.*, pl. 31, fig. 1 et 1ª.

l'angle externe du prolongement inférieur du front contre lequel il s'appuie.

Les orbites sont formées par une gouttière, qui s'étend du prolongement frontal à l'extrémité de la corne latérale, et, par conséquent, elles occupent toute la largeur de la carapace; les pédoncules oculaires, extraordinairement longs et grêles, peuvent exécuter des mouvements très étendus. Le bord antérieur du cadre buccal est, comme chez les *Neptunus*, séparé du bord postérieur des fossettes antennulaires par un sillon transversal; l'endostome, fort large, mais comparativement très court, est dépourvu des crêtes servant à limiter, du côté interne, le canal efférent de la chambre branchiale; en cela les Podophthalmes s'éloignent des *Neptunus*, qui tous, sauf le *N. cribrarius*, sont pourvus de cette crête. Les pattes-mâchoires n'occupent pas toute la largeur du cadre buccal, et lorsqu'elles sont en repos, elles ne se joignent pas sur ligne médiane, comme cela se voit chez tous les Portuniens normaux. Leur article basilaire, très court, est élargi à sa base; le troisième article présente une forme presque triangulaire, disposition qui est due aux dimensions considérables de l'échancrure destinée à l'insertion de la tigelle mobile: cette dernière est formée d'articles remarquablement gros et longs.

Telles sont les particularités de structure propres à ce genre remarquable; quant aux autres parties, elles se rapprochent beaucoup de ce que nous avons vu chez les *Neptunus*. Les pattes antérieures sont conformées sur le même plan, il en est de même pour les suivantes; on voit aussi sur le plastron sternal, qui est très large et plat, la suture médiane occuper les trois derniers segments. L'abdomen ne peut être distingué de celui des *Neptunus*.

C'est donc de ce dernier type que le genre Podophthalme se rapproche le plus, et les points de similitude sont si nombreux, qu'on pourrait presque le considérer comme un *Neptunus* anormal.

§ 1.

PODOPHTHALMUS DEFRANCEI Desm.

Voy. pl. 5, fig. 5.

Syn. : Desmarest, *Crust. fossiles*, p. 88, pl. 5, fig. 6, 7 et 8.

Desmarest a rapporté au genre Podophthalme un Crustacé fossile provenant de la collection de Defrance, et dont le gisement était inconnu. Je n'ai pu malheureusement me procurer l'individu qui a servi aux observations de Desmarest, et c'est d'après les figures et la description que ce dernier zoologiste en a données que j'ai dû l'étudier. Il en parle dans les termes suivants :

« Ce Crustacé, dont nous n'avons qu'un moule intérieur de » nature calcaire assez détérioré et tout couvert de fentes et de » gerçures, nous paraît appartenir évidemment au genre Podoph- » thalme, bien cependant qu'il ne présente pas les deux pédoncules » des yeux, mais il en a tous les autres caractères, savoir : le test » déprimé et très large; les angles latéraux très aigus; son bord » antérieur non denté comme celui des Portunes, mais lisse et un » peu creusé en gouttière; le milieu du front un peu avancé en » forme de chaperon ; les bases des deux dernières pattes situées » très en arrière et relevées; les pièces sternales très larges et en » palettes, comme dans les Portunes. »

Malgré la grande autorité de Desmarest, je ne puis admettre cette espèce qu'avec beaucoup de réserve. Effectivement, à en juger par les figures que cet auteur en a données, la plupart des caractères qu'il indique comme spéciaux au genre Podophthalme se rapporteraient aussi bien au genre *Neptunus;* quant aux autres particularités, elles pourraient bien n'être que le résultat du mauvais état du fossile et d'une fracture de toute la portion antérieure de la carapace.

Je trouve en effet que le bord antérieur (1) est trop arqué pour

(1) Voy. pl. 5, fig. 5.

être celui d'un Podophthalme ; que le front (1) ne présente pas de gouttière longitudinale, mais semble être le résultat d'une cassure. Ces différentes considérations me font supposer que peut-être le *Podophthalmus Defrancei* n'est qu'un *Neptunus* très mal conservé ; il serait même possible que ce fût un *N. monspeliensis* : mais c'est ce que l'on ne pourra juger qu'en étudiant attentivement l'individu que Desmarest a représenté et que je n'ai pu me procurer.

§ II.

M. Reuss avait rapporté au genre *Podophthalmus*, sous le nom de *P. Buchii*, une espèce de Crabe (2) provenant des marnes du pläner de Bohême, que ce géologue considère comme un équivalent du gault, opinion qui n'est pas généralement admise, car l'on considère maintenant cette assise de marnes comme synchronique de la craie marneuse.

Cette petite espèce fossile ne pouvait pas rester parmi les Portuniens anormaux. M. Mac Coy la fit rentrer dans son genre *Reussia* (3), et dans un travail plus récent M. Reuss adopta cette manière de voir (4) ; mais tout en reconnaissant les différences qui existent entre le fossile des marnes de Bohême et le genre Podophthalme, il continua à le ranger dans la famille des Portuniens, à côté du groupe des Lupéens. Le genre *Reussia* diffère cependant beaucoup des genres qui composent cette famille, et doit se placer dans celle des Cancériens. Nous examinerons les différentes espèces qui composent le genre *Reussia*, lorsque nous traiterons des Cyclométopes marcheurs.

(1) Voy. pl. 5, fig. 5B.

(2) Reuss, *Die Versteinerungen der Böhmischen Kreideformation*, 1re part., 1845, p. 15, pl. 5, fig. 50 et 51 ; et ci-dessus, pl. 6, fig. 3 et 3A.

(3) M'Coy, *On some new Cretaceous Crustacea* (*Ann. and. Magaz. of Nat. Hist.*, 2e série, 1854, t. XIV, p. 120).

(4) Reuss, *Zur Kenntniss fossiler Krabben*, 1859, p. 8, pl. 2, fig. 4.

Avant de terminer la liste des différents représentants fossiles de la famille des Portuniens, je dois encore mentionner quelques débris qui ont été regardés comme devant se rapporter à ce groupe. Ainsi M. Wood signale la présence d'une espèce du genre *Portunus* dans le crag corallien d'Angleterre (1); M. Eug. Sismonda décrit une main de Crabe trouvée dans les couches pliocènes d'Asti (2). Le savant paléontologiste italien pense qu'elle doit se rapporter au groupe des Portuniens; en effet, la figure qu'il en a donnée justifie cette manière de voir, et je crois que c'est non-seulement à une espèce de la famille des Portuniens, mais du genre *Portunus* proprement dit qu'elle doit appartenir : la forme générale de cette main, les dentelures du bord tranchant des doigts et les ornements du poignet, qui consistent en lignes granuleuses courbes et squamiformes, rappellent ce qui s'observe sur le *Portunus corrugatus*, qui aujourd'hui habite la Méditerranée.

Enfin, dans son *Mémoire sur les Crustacés fossiles de la Haute-Saône*, M. Étallon (3) figure un débris de Crustacé trouvé dans les chailles de Calmoutiers, et qu'il pense être une des pattes postérieures d'un Portunien, auquel il donne le nom de *P. jurensis.* Je n'adopte pas cette manière de voir, et je regarde ce fragment comme une de ces pattes-mâchoires qui, chez certaines Salicoques, deviennent réellement pédiformes, et chez les Crangons, par exemple (4), présentent la plus grande analogie avec l'objet figuré par M. Étallon. Comme dans le terrain dont il provient, la faune carcinologique est composée en majeure partie de Crustacés appartenant à ce groupe zoologique, tandis qu'on n'y connaît encore aucun Brachyure normal, il est donc très probable que c'est bien une patte-mâchoire de Salicoque, et non une patte nageuse de Portunien, qui est représentée dans le mémoire dont nous venons de parler.

(1) Voy. Morris, *Catalogue*, p. 76.

(2) E. Sismonda, *Descrizione dei Pesci e dei Crustacei fossili nel Piemonte*, 1846, p. 70, pl. 3, fig. 9.

(3) Étallon, *Description des Crustacés fossiles de la Haute-Saône et du Haut-Jura* (*Bulletin de la Société géologique de France*, 1858, 2e série, t. XVI, p. 149, pl. 5, fig. 4).

(4) Voy. *Crangon vulgaris* (*Règne animal*, Crustacés, pl. 51, fig. 2c).

EXPLICATION DES FIGURES.

PLANCHE 1.

Fig. 1. Scylla serrata (vivante), grandeur naturelle, d'après un individu femelle de moyenne taille, provenant de Port-Natal. — *f*, front ; *s*, bord sourcilier; *s'*, angle sus-orbitaire interne; *s''*, angle orbitaire externe ; *s'''*, angle sous-orbitaire ; *g*, région gastrique ; *g'*, lobe urogastrique ; *g''*, ligne épigastrique ; *b*, région branchiale ; *b'*, ligne épibranchiale ; *h*, région hépatique ; *k*, région cardiaque ; *k'*, lobe cardiaque postérieur ; *e*, épaule ou hanche ; *t*, trochanter ; *c*, cuisse ou bras ; *j*, avant-bras ou jambe ; *p*, pied ou main ; *d*, doigt.

Fig. 1A. Région faciale du même, grossie. — *f*, front ; *a*, antenne externe ; *a'*, prolongement externe de l'article basilaire de cette antenne ; *a''*, sa tigelle mobile ; *m*, tubercule auditif ; *i*, antenne interne ; *i'*, cloison interantennulaire ; *n*, épistome ; *o*, endostome ; *o'*, crête endostomienne ; *o''*, bord latéral du cadre buccal ; *s*, bord sourcilier ; *s'* angle sus-orbitaire interne ; *s''*, angle orbitaire externe ; *s'''*, angle sous-orbitaire ; *s**, lobule interne de cet angle ; *q*, orbite ; *r*, œil.

Fig. 1B. Main d'un autre individu, grandeur naturelle, vue par sa face externe. — *p'*, poignet ; *p*, index ; *d*, pouce ; *j*, avant-bras.

Fig. 1C. Plastron sternal et abdomen d'une femelle adulte. — *u*, sternum ; u^1, sternite du premier anneau ; u^2, sternite du deuxième anneau ; u^3, sternite du troisième anneau ; u^4, sternite du quatrième anneau ; u^5, sternite du cinquième anneau ; u^6, sternite du sixième anneau ; u^*, épisternites ; *x*, abdomen.

Fig. 1D. Plastron sternal et abdomen d'une jeune femelle.

Fig. 1E. Abdomen d'un mâle. — x^7, septième et dernier anneau de l'abdomen ; x^6, sixième anneau ; x^5, antépénultième ou cinquième anneau soudé aux deux précédents ; x^2, second anneau.

Fig. 1F. Pied-mâchoire externe. — *e*, article basilaire correspondant à la hanche ; *t*, deuxième article de la branche interne ; *c*, troisième article de cette branche ; *d*, tigelle mobile ; *z*, branche externe.

Fig. 2. Main d'une *Scylla serrata* fossile, provenant des alluvions modernes des îles Philippines, grandeur naturelle.

Fig. 2A. Sternum et abdomen d'un mâle.

Fig. 2B. Pied-mâchoire externe du même.

PLANCHE 2.

Fig. 1. SCYLLA SERRATA fossile, individu légèrement écrasé, dont les bords sont émoussés et dont le front est brisé ; cet échantillon a été figuré en dessous par Desmarest, pl. VI, fig. 2.

Fig. 1A. Individu de la même espèce dont la forme générale est bien conservée, quoique le front soit brisé, les dents des bords latéro-antérieurs de la carapace sont pour la plupart en bon état de conservation.

Fig. 1B. Face ventrale d'une jeune femelle dont l'abdomen n'est qu'imparfaitement développé, et ressemble par sa forme à celui de l'individu vivant, représenté pl. 1, fig. 1D. La face dorsale de ce même individu a été figurée par Desmarest, pl. VI, fig. 1.

Fig. 1C. Région antennaire et épistome du même, grossis ; le front est brisé et bien que les antennes externes aient disparu, on aperçoit l'empreinte laissée par leur article basilaire. Les lettres de renvoi sont les mêmes que dans la pl. 1, fig. 1A.

Fig. 1D. Sternum et abdomen d'une femelle adulte, cette dernière partie présente la même forme élargie que chez l'individu vivant représenté pl. 1, fig. 1C.

Fig. 1E. Portion antérieure du plastron sternal d'un autre individu, montrant les deux premiers segments.

Fig. 1F. Portion du test, grossie, montrant les granulations à découvert, d'après un individu fossile.

Fig. 1G. Portion du test, grossie, sur laquelle un vernis calcaire a été déposé par la fossilisation, et modifie la forme des granulations

PLANCHE 3.

Fig. 1. NEPTUNUS GRANULATUS des marnes subapennines de Sassari en Sardaigne. Fragment de la carapace vu en dessus. (Le contour au trait représente exactement la forme de l'animal, car il a été fait d'après un très bel individu de cette espèce, que je n'ai eu qu'après l'exécution de cette planche.) Les lettres de renvoi sont les mêmes que dans les planches précédentes.

Fig. 1A. Le même, vu en dessous ; *y*, crête pectorale du plastron sternal

Fig. 1B. Main de la même espèce, vue en dedans.

Fig. 1C. La même, vue en dehors.

Fig. 2. ACHELOUS OBTUSUS, des couches nummulitiques de Salcedo (Vicentin), vu par sa face supérieure.

Fig. 3. SCYLLA MICHELINI des falunières de l'Anjou ; pince vue en dehors.

Fig. 3A. La même, vue par sa face interne.

Fig. 4. PORTUNITES INCERTA de l'argile de l'île Sheppey ; face ventrale et pinces.

Cette dernière figure est empruntée au mémoire de M. Th. Bell, pl. III, fig. 3.

PLANCHE 4.

Fig. 1. Neptunus Monspeliensis mâle, du terrain miocène des environs de Montpellier; carapace. Les lettres de renvoi sont les mêmes que pour la pl. 1.

Fig. 1A. Face ventrale du même, montrant l'abdomen et le plastron sternal qui porte sur son deuxième anneau une crête pectorale très forte (*y*).

Fig. 1B. Individu de la même espèce dont la carapace est détachée et vue en dessus, tandis que le plastron sternal et les pattes sont vus en dessous ; l'abdomen manque.

PLANCHE 5.

Fig. 1. Neptunus Monspeliensis, carapace vue en dessus. Les lettres de renvoi sont les mêmes que pour la pl. 1.

Fig. 1A. Face ventrale du même. — *y*, crête pectorale.

Fig. 1B. Neptunus Monspeliensis, carapace vue en dessus ; le front et les bords latéro-antérieurs sont brisés.

Fig. 1C. Face ventrale du même. — *y*, crête pectorale.

Fig. 1D. Main d'un individu de la même espèce.

Fig. 2. Neptunus Larteti mâle, du terrain nummulitique du Vicentin, montrant la face supérieure de la carapace. — *b''*, cornes latérales.

Fig. 2A. Le même, vu en dessous.

Fig. 2B. Portion du test grossi.

Fig. 3. Neptunus incertus, individu écrasé sur une plaque calcaire et provenant des couches nummulitiques de Salcedo dans le Vicentin.

Fig. 4. Goniosoma antiqua, vu en dessus, provenant de la même localité que l'espèce précédente.

Fig. 5. Podophthalmus Defrancei, vu en dessus.

Fig. 5A. Le même, vu en dessous.

Fig. 5B. Le même, vu de face. (Ces trois dernières figures sont copiées sur celles de Desmarest.)

PLANCHE 6.

Fig. 1. Neptunus Vicentinus mâle du terrain nummulitique du Vicentin, vu en dessus. Les lettres de renvoi de cette planche sont les mêmes que pour la pl. 1.

Fig. 1A. Le même, vu en dessous.

Fig. 1B. Région faciale, grossie, du même individu ; les antennes n'étaient plus en place.

Fig. 2. NEPTUNUS ARCUATUS, provenant du terrain nummulitique de Salcedo dans le Vicentin.

Fig. 2A. Contour du front du mêmé individu.

Fig. 2B. Dents des bords latéro-antérieurs, grossies.

Fig. 3. REUSSIA BUCHII, de la craie de Bohême, vue en dessus.

Fig. 3A. La même, montrant la disposition des régions.

PLANCHE 7.

Fig. 1. ENOPLONOTUS ARMATUS des couches nummuliques de Salcedo, vu en dessus.

Fig. 1A. Dents de la corne latérale, grossies.

Fig. 2. NEPTUNUS GRANULATUS de Sardaigne, individu femelle, vu en dessus; — *b'*, lobules internes des régions branchiales ; les autres lettres sont les mêmes que pour la pl. 1.

Fig. 2A. Le même individu, vu en dessous ; *y*, crête pectorale.

Fig. 2B. Portion du test, grossie.

PLANCHE 8.

Fig. 1. CARCINUS PERUVIANUS de l'Amérique du Sud, individu mâle, vu en dessus.

Fig. 1A. Face ventrale du même.

Fig. 1B. Front et orbite du même.

Fig. 1C. Portion du test, grossie.

Les lettres de renvoi sont les mêmes que pour la pl. 1.

PLANCHE 9.

Fig. 1. PSAMMOCARCINUS HERICARTI des sables de Beauchamp, individu reconstitué à l'aide de fragments épars trouvés dans une sablonnière au Gué-à-Tresmes. Les parties manquantes sont représentées par des lignes ponctuées.

Fig. 1A. Face ventrale du même, grossie et montrant le plastron sternal (*u*), les pièces branchiostégiques (*w*), l'endostome (*o*) et l'épistome (*n*). On aperçoit sur le plastron sternal la suture médiane qui en occupe les deux derniers segments, les autres lettres sont les mêmes que pour la pl. 1.

Fig. 1B. Épistome et endostome, grossis.

Fig. 1C. Plastron sternal d'un mâle, grossi.

Fig. 1D. Mandibule, vue par sa face externe et très grossie.

Fig, 1E. La même, vue par sa face interne.

Fig. 2. PORTUNITES INCERTA, de l'argile de l'île de Sheppey, vu en dessus ; *g*, lobe latéro-antérieur ; *g'*, lobe urogastrique confondu en avant avec le lobe mésogastrique.

Fig. 2A. Un autre individu de la même espèce, vu en dessus.

Fig. 2B. Portion du bord latéro-antérieur de la carapace, vue en dessous et grossie, pour montrer la différence qui existe entre la deuxième dent et les suivantes.

Fig. 2C. Un autre individu mâle de la même espèce, vu en dessous.

Fig. 2D. Un autre individu femelle, vu en dessous et montrant le plastron sternal. L'abdomen a disparu.

Les figures 2 et 2D sont empruntées au mémoire de M. Th. Bell, pl. 3, fig. 4 et 5.

PLANCHE 10.

Fig. 1. Psammocarcinus Hericarti des sables de Beauchamp, grandeur naturelle.

Fig. 1A. Carapace grossie. *f*, front ; *s*, bord sourcilier ; *s'*, angle sus orbitaire interne ; *s''*, angle orbitaire externe ; *s'''*, angle sous-orbitaire ; *g* lobes latéro-antérieurs de la région gastrique ; *g'*, lobe mésogastrique confondu en arrière avec le lobe urogastrique ; *h*, région hépatique ; *b*, portion antérieure des régions branchiales ; *b**, lobe postérieur des mêmes régions ; *b''*, cornes latérales ; *k*, lobe antérieur de la région cardiaque ; *k'*, lobe postérieur de la région cardiaque.

Fig. 1B. La même carapace, vue en dessous.

Fig. 1C. La même, vue de face pour montrer la disposition des orbites et du front.

Fig. 1D. Main et avant-bras, grossis.

Fig. 1E. Bras, vu en dehors, grossi.

Fig. 1F. Bras, vu en dessus, la pièce complémentaire manque ici comme d'ordinaire.

Fig. 1G. Cuisse de l'une des pattes marcheuses, grossie.

Fig. 1H. Cuisse d'une autre patte grossie.

Fig. 1I. Cuisse de la patte postérieure nageuse, grossie.

Fig. 1K. Pied ou pénultième article de cette même patte, grossi.

MONOGRAPHIE

DES DÉCAPODES MACROURES FOSSILES

DE LA

FAMILLE DES THALASSINIENS.

La famille des Thalassiniens, établie en 1837 par M. Milne Edwards (1), quoique peu nombreuse en genres, n'en forme pas moins un groupe d'une grande valeur zoologique, et les différents membres dont elle se compose, tout en ayant entre eux des affinités étroites, se distinguent par des caractères importants, des représentants des autres groupes voisins. La grande majorité des Crustacés qui composent cette famille sont des animaux dont le corps est d'une consistance très faible; leurs téguments, quelquefois cornés, sont souvent complétement membraneux, à l'exception de leurs pattes qui présentent une enveloppe rigide. Ceux dont on connaît les mœurs vivent enfouis dans le sable qu'ils creusent facilement au moyen de ces pattes. On ne doit donc pas s'attendre à rencontrer souvent à l'état fossile ces animaux tout entiers; pour que cela arrive, il faut un concours particulier de circonstances. Si, par exemple, l'animal a été empâté dans une masse calcaire, on pourra retrouver l'empreinte de l'ensemble de son corps; mais pour peu qu'après sa mort, il soit resté quelque temps exposé aux causes de destruction les plus faibles, toutes les parties molles disparaissent et les pattes seules peuvent se conserver. En effet, ce ne sont pour ainsi dire que les pattes de ces animaux qui se rencontrent dans les différentes couches du globe; elles y sont même parfois

(1) Milne Edwards, *Histoire naturelle des Crustacés*, 1837, t. II, p. 303.

remarquablement abondantes, tandis que ce n'est que par hasard et accidentellement que l'on trouve des traces du corps.

Les Thalassiniens peuvent tous se reconnaître au premier coup d'œil par l'apparence presque vermiforme qu'ils présentent. La carapace est remarquable par son peu de développement; l'abdomen au contraire est d'une longueur relative très considérable; les anneaux, dépourvus de prolongements latéraux ou *lames épimériennes*, sont presque cylindriques, quoique légèrement aplatis. Ces caractères permettent de séparer immédiatement les Thalassiniens des Salicoques et des Astaciens, dont les anneaux de l'abdomen se prolongent latéralement par de grandes lames épimériennes qui cachent et encaissent la base des fausses pattes abdominales (1).

Ce caractère est d'une grande importance paléontologique, parce qu'en général sur les Crustacés qui ont été conservés entre les plaques de certains calcaires fissiles, ceux de Solenhofen par exemple, on peut observer les détails de structure des anneaux de l'abdomen; tandis que la partie antérieure du corps où l'on pourrait étudier la région antennaire, les yeux, etc., est presque toujours plus ou moins vague et écrasée, et l'on sait ainsi de prime abord à quelle famille doit appartenir l'animal que l'on examine.

A ce caractère, viennent s'en ajouter beaucoup d'autres d'une importance au moins égale. Ainsi le premier anneau de l'abdomen des Thalassiniens est plus grêle que les articles suivants, et la taille de ceux-ci, au lieu de diminuer à mesure qu'ils s'éloignent du thorax, augmente ou du moins reste stationnaire; ce qui donne à la queue de ces Crustacés une apparence pédonculée tout à fait particulière (2).

Chez les autres Macroures, on observe une disposition complétement inverse : l'abdomen est pyriforme, mais cette forme est due au faible développement du dernier anneau; la largeur des articles suivants augmente à mesure qu'ils se rapprochent du thorax (3).

(1) Voy. *Règne animal*, CRUSTACÉS, pl. 54, fig. 1, 2, 3 et pl. 49, fig. 3.

(2) Voy. *Règne animal*, CRUSTACÉS, pl. 49, fig. 1.

(3) Voy. *Règne animal*, CRUSTACÉS, pl. 46, fig. 1, et pl. 53, fig. 2.

Parmi les Stomapodes, les Squilles se comportent à peu près comme les Thalassiniens, mais cette apparence est due aux anneaux thoraciques qui paraissent en arrière de la carapace et qui sont moins larges que ceux de l'abdomen (1) ; d'ailleurs le reste de l'organisation de ces animaux, est tellement différent qu'il serait impossible, même à l'œil le moins exercé, de les confondre un seul instant.

La carapace qui, comme je l'ai déjà dit, est très courte, ne présente pas de rostre proprement dit et se termine en général par un bord frontal dont la portion moyenne se prolonge en une petite pointe plate et ordinairement triangulaire, qui ne peut être comparée au rostre si développé des Palémoniens (2) ou même des Astaciens (3).

Les pédoncules oculaires sont grêles, quelquefois lamelleux ; les antennes internes sont terminées par deux filets ; le pédoncule des antennes externes qui quelquefois présente à sa base une écaille rudimentaire (4), est dépourvu d'appendices lamelleux analogues à ceux que l'on trouve chez les Salicoques, où ces pièces sont mobiles et assez grandes pour cacher complétement la base de l'antenne, et à ceux des Astaciens où, quoique d'une dimension moins considérable, ils sont encore assez développés pour recouvrir souvent l'article basilaire des antennes ; mais j'insiste peu sur ces caractères parce que l'on pourra rarement y avoir recours dans la détermination des représentants fossiles de cette famille.

Les pattes de la première paire sont en général inégales, l'une d'elles restant quelquefois presque rudimentaire et l'autre offrant au contraire une taille considérable ; leurs formes varient d'un genre à l'autre. Tantôt elles sont complétement didactyles ; d'autres fois elles sont analogues à celles des Crangons, c'est-à-dire que le doigt mobile seul prend un grand accroissement, tandis que le doigt

(1) Voy. *Règne animal*, CRUSTACÉS, pl. 55, fig. 1.

(2) Voy. *Règne animal*, CRUSTACÉS, pl. 48, fig. 1, 1^a, 2_a, 2 et pl. 49, fig. 1 et 1^a.

(3) Voy. *Règne animal*, CRUSTACÉS, pl. 54, fig. 1, 2, 3, et pl. 49, fig. 3 et 3^a.

(4) Ex.: *Axia Stirhynchus*. Voy. Atlas du *Règne animal*, CRUSTACÉS, pl. 48, fig. 2^b, 2^d.

immobile est réduit à un simple tubercule (1); les autres pattes se relèvent contre les côtés du corps, de façon à cacher les parties latérales de la carapace.

Chez quelques Thalassiniens, les fausses pattes abdominales portent des appendices branchiaux qui coexistent avec de véritables branchies. Cette disposition très importante au point de vue zoologique, a servi de point de départ à M. Milne Edwards pour diviser la famille des Thalassiniens en deux sections : les *Cryptobranchides* et les *Gastrobranchides*. Ce mode de classification a été suivi dans les ouvrages plus récents : ainsi, M. Dana conserve ces deux groupes en leur donnant simplement des noms différents (2); il appelle les premiers *Thalassinidea eubranchiata*, et les seconds *Anomobranchiata*. Chacune de ces divisions a été ensuite subdivisée en plusieurs genres.

M. Milne Edwards reconnaissait cinq genres parmi les Thalassiniens cryptobranchides : les genres *Glancothoé*, *Callianasse*, *Axie*, *Gébie*, *Thalassine*. Les Gastrobranchides ne comprenaient que deux genres, les Callianides et les Callianises, encore ce dernier était-il donné avec beaucoup de restriction.

Dans la classification suivie par M. Dana, le mode de groupement est legèrement modifié. Ainsi il subdivise les Cryptobranchides ou *Eubranchiata* en trois familles d'égale valeur : les *Gebidæ*, les *Callianassidæ* et les *Thalassinidæ*. De plus, le nombre des genres est considérablement accru; ainsi, au lieu de cinq, il en adopte huit; les trois nouveaux sont : 1° le genre *Calocaris* de M. Bell ; 2° le genre *Laomedia* de W. de Haan, et le genre *Trypæa*. Quant aux Thalassiniens gastro-branchides, il ne modifie en rien leur classification.

Dans son traité de paléontologie, M. Pictet rangea parmi les Thalassiniens, les *Meyeria* de M. Mac Coy; les *Orphnæa* et les *Brisa* de Munster. Ces trois derniers genres n'ont été trouvés qu'à l'état fossile.

Enfin M. Bronn proposa de créer, aux dépens des Callianasses,

(1) Ex.: les Thalassines, pl. 16, fig. 6 et les Gébies, pl. 16, fig. 4.

(2) Dana, *United States Exploring Expedition*, 1852, t. I, p. 507.

un autre genre, sous le nom de *Mesostylus*. De sorte que, dans l'état actuel de la science, la famille des Thalassiniens comprendrait les quatorze genres suivants :

1. Glaucothoé.	8. Gebia.
2. Callianassa.	9. Thalassina.
3. Trypæa.	10. Callianidea.
4. Mesostylus.	11. Callianisea.
5. Axia.	12. Meyeria.
6. Calocaris.	13. Orphnæa
7. Laomedia.	14. Brisa.

Je crois que d'un côté la division a été portée trop loin et d'un autre que plusieurs de ces genres nouveaux ne peuvent pas se ranger parmi les Thalassiniens, mais doivent prendre place dans d'autres groupes, principalement dans celui des Salicoques.

Le genre *Orphnæa*, établi en 1839 par Münster (1) et que M. Pictet place dans la famille des Thalassiniens, doit se ranger parmi les Salicoques. Chez les *Orphnæa*, la carapace très large, égale au moins en longueur l'abdomen tout entier : sa surface est garnie de tubercules squamiformes, ce qui indique toujours une consistance assez ferme. Le premier anneau de l'abdomen, au lieu d'être grêle, comme chez les Thalassiniens, est au contraire le plus large de tous, de façon que cette portion du corps, loin d'être pédonculée, est large à sa base, puis va en s'atténuant vers l'extrémité ; les bords latéraux de chaque anneau ou pièces épimériennes, se prolongent en lames, de façon à recouvrir complétement la base des fausses pattes abdominales, disposition qui, comme je l'ai déjà dit, existe chez les Salicoques et les Astaciens, mais ne se trouve pas chez les Thalassiniens. Les pédoncules oculaires paraissent assez gros ; enfin les deux pattes antérieures sont semblables entre elles. Cet ensemble de caractères suffit et au delà pour séparer les Orphnées des Thalassiniens, et leur place est marquée dans la famille des Salicoques, probablement à côté des Crangons.

Le genre *Brisa*, établi aussi par Münster (2), à la même

(1) *Beiträge zur Petrefacten-Kunde*, II, *heft.*, 1839, p. 39, et pl. pl. 14, fig. 1-7.

(2) *Loc. cit.*, pl. 45, pl. 15, fig. 3, 4, 5.

époque, et que M. Pictet range également parmi les Thalassiniens, à côté des *Orphnæa*, a beaucoup de points de ressemblance avec ces derniers et en effet, dans une classification naturelle, il ne peut en être éloigné. De même que le précédent, il est aussi remarquable par la longueur relative de la carapace que par sa largeur; l'abdomen présente les mêmes pièces épimériennes que chez les Salicoques; son premier anneau est aussi large que les suivants, ce qui enlève à cet organe le facies particulier des Thalassiniens. En un mot, les mêmes raisons qui m'ont fait séparer les Orphnées des Thalassiniens, me conduisent à en éloigner aussi les *Brisa* pour les placer parmi les Salicoques...

Le genre *Meyeria* de M. Mac Coy (1) diffère par un grand nombre de caractères bien tranchés, des divers représentants de la famille qui nous occupe. En effet, la carapace finement granuleuse, quoique comprimée latéralement, offre un développement plus considérable que les Thalassiniens ne le présentent; le front se prolonge en un rostre long et pointu; or, j'ai dit que, dans la famille qui nous occupe, quand le rostre existe, il est remarquablement court et toujours plutôt plat et lamellaire qu'ensiforme. L'abdomen non pédonculé, est remarquable par ses lames épimériennes; sa surface est couverte de fines granulations. Toutes les particularités que je viens de mentionner suffisent et au delà pour exclure les *Meyeria* de la famille des Thalassiniens, et pour les ranger plutôt à côté des genres que nous venons d'examiner.

Le genre *Calocaris*, établi par M. Th. Bell en 1853, et placé par ce savant auprès des Axies et des Gébies (2), se rapproche au contraire beaucoup plus des Salicoques : la carapace large et un peu cylindrique se termine par un rostre pointu et triangulaire, denté en dessus et légèrement recourbé en haut; une lame large et triangulaire recouvre, comme chez les Salicoques et les Astaciens, l'article basilaire de l'antenne externe; l'abdomen, au lieu

(1) Mac Coy, *One the Classification of some British Fossil Crustacea with Notices of New Forms in the University Collection at Cambridge* (*Ann. and Magaz. of Nat. History*, 2e série, t. IV, p. 330).

(2) Th. Bell, *History of the British Crustacea*, 1853, p. 233.

d'être renflé vers son extrémité postérieure, s'atténue peu à peu et se termine en pointe ; enfin il présente latéralement des lames épimériennes qui cachent la base des fausses pattes abdominales. Il est donc facile de se convaincre en examinant cet ensemble de caractères que le genre *Calocaris* ne doit pas rester dans la famille des Thalassiniens.

M. Dana, en 1853, forma à côté des Callianasses, un nouveau genre nommé *Trypæa* (1), qui, presque en tout semblable aux Callianasses, en diffère seulement par la disposition des antennes. Comme ce zoologiste éminent le dit lui-même, en le décrivant il n'avait pas l'animal entre les mains, et ce genre nouveau fut établi d'après un dessin fait pendant son voyage d'exploration et qui, à certains égards, ne lui paraissait pas mériter beaucoup de confiance. Or, la disposition de cette antenne serait ici un fait tellement anormal chez les Thalassiniens, que l'on est porté à croire que le dessin de M. Dana n'était pas parfaitement exact, ou que la Callianasse d'après laquelle il était fait pouvait être un peu mutilée. Les antennes et les pattes de ces animaux sont si faiblement fixées au corps, qu'il suffit de très peu d'efforts pour les arracher, et si l'on admet que l'individu figuré par M. Dana ait eu une antenne un peu altérée, on n'aura plus qu'une Callianasse complétement semblable comme organisation aux Callianasses connues.

Quant au genre *Mesostylus* de Bronn, j'expliquerai plus loin, en traitant du genre Callianasse, les raisons qui m'empêchent de l'admettre.

La famille des Thalassiniens ainsi réduite, ne se composerait plus que de huit genres, dont un, le genre *Callianisea*, pourrait bien n'être qu'une espèce du genre *Callianidea*.

(1) Dana, *United States Exploring Exp.*, t. I, p. 513.

§ I.

Genre CALLIANASSA.

Syn. : Cancer, Montagu, *Transactions of the Linnean Society*, t. IX.
Callianassa, Leach, *Edinb. Encycl.*; et *Malacos. Podophth. Brit.*
— Desmarest, *Considérat. sur les Crust.*, p. 205.
— Latreille, *Règne animal* de Cuvier, t, IV, p. 87, et *Cours d'entomolog.*, p. 378.
— Otto, *Nova Acta Acad. nat. Curiosorum*, t. XIV.
— Milne Edwards. *Hist. nat. des Crustacés*, t. II, p. 307.
— De Haan, *Fauna Japonica*, p. 162.
— Dana, *Exploring Expedition*, *Crustacea*, t. I, p. 512.
Mesostylus, Bronn et Rœmer, *Lethea geognostica*, t. II, p. 353.
Trypæa ? Dana, *Expl. Exped.*, t. I, p. 513.

Ce genre, établi par Leach en 1814, ne comprend aujourd'hui qu'un assez petit nombre d'espèces actuellement vivantes. Ce sont : 1° la *C. subterranea* (M. Edwards), qui habite nos côtes (1); 2° la *C. uncinata* (M. Edwards), des côtes du Chili (2); 3° la *C. gigas* (Dana) (3); 4° la *Callianassa petalura* (Stimpson), originaire du Japon (4); 5° la *Callianassa Californiensis* (Dana), trouvée sur les côtes de la Californie près de San-Francisco (5); 6° la *Callianassa longimana* (Stimpson), qui vit en assez grande abondance

(1) Voy. Atlas du *Règne animal*, Crustacés, pl. 48, fig. 3.

(2) Voy. Milne Edwards, *Hist. nat. des Crustacés*, t. II, p. 310 et pl. 25 *bis*, fig. 1, et ci-après pl. 16, fig. 1.

(3) Dana, *Exploring Expedition*, p. 512, fig. 3ᵃ.

(4) *Prodromus descriptionis animalium Invertebratorum quæ in expeditione ad oceanum Pacificum septentrionalem, a republica federata missa, observavit* W. Stimpson (*Proceedings of the Academy of Natural Sciences of Philadelphia*, 1860, p. 91).

(5) Voy. *Proceed. of the Acad. of Nat. Scien. of Philadelphia*, 1854, t. XVII, p. 175. — *Callianassa occidentalis*, Stimpson, *Proc. of Acad. nat. scien.*, t. I, p. 88. — *Callianassa Californiensis*, Stimpson, *Boston Journal of Natural History*, 1857, t. VI, p. 486, pl. XXI, fig. 4.

sur quelques points de la côte ouest de l'Amérique septentrionale (1); et 7° la *Trypæa Australiensis* (2) de M. Dana, que je pense être une Callianasse.

A ces différentes espèces, j'en ajouterai une autre, originaire du Chili et dont le Muséum d'histoire naturelle de Paris possède deux exemplaires (3).

Il est probable qu'à mesure que l'on étudiera avec plus de soin la faune des différents rivages, on découvrira de nouveaux représentants de ce genre; en effet, plus qu'aucun autre Crustacé, ils peuvent échapper aux recherches. Toutes les espèces dont on a pu observer les mœurs vivent à quelque distance du rivage, au-dessous du niveau des plus basses marées, enfouis dans le sable, et il faut se servir de la drague pour les y aller chercher. On comprend donc facilement que, sur les rivages peu explorés, il puisse exister quelques espèces de Callianasses que l'on n'ait pas encore découvertes, faute d'investigations suffisantes.

Le corps de ces animaux est d'une mollesse remarquable, tous les téguments sont membraneux, à l'exception de ceux des pattes qui au contraire présentent une grande consistance et dont ils se servent pour creuser le sable. Aussi on doit s'attendre à ne rencontrer que très rarement les carapaces conservées à l'état fossile dans les diverses formations géologiques, tandis que l'on y pourra trouver des pattes, et surtout des pattes antérieures. Quelquefois cependant, comme nous le verrons, le corps a été conservé, mais ce n'est qu'une empreinte que ce dernier a laissée sur la masse

(1) Stimpson, *On the Crustacea and Echinodermata of the Pacific Shores of North America* (*Boston Journal of Nat. Hist.*, 1857, t. VI, p. 490, pl. 21, fig. 5).

(2) Dana, *loc. cit.*, p. 513, pl. 32, fig. 4a.

(3) Cette Callianasse, que j'appellerai *C. Chilensis*, se rapproche beaucoup de la *C. uncinata*, mais elle peut s'en distinguer par la forme de ses pattes antérieures. En effet, la main ne présente pas entre l'articulation du pouce et la base de l'index, d'échancrure aussi profonde que chez la *C. uncinata*. Le pouce, au lieu d'être très recourbé comme chez cette dernière, est presque droit. Le bras est garni sur son bord inférieur d'un prolongement en forme de crochet qui, chez la *C. uncinata*, est beaucoup plus développé. Chez cette dernière, le bras est, comparativement au corps, notablement plus gros que chez l'espèce dont j'expose ici les principaux caractères. Voy. ci-après, pl. 16, fig. 2, 2A.

calcaire qui l'a englobé, et on n'y voit en général aucune trace de test. Les faits de cette nature sont très rares, car ce sont de véritables accidents.

Dans le genre Callianasse, la carapace est extrêmement petite; elle occupe moins d'un quart de la longueur totale du corps; elle se prolonge antérieurement par une pointe rostrale qui s'avance à peine entre les pédoncules oculaires (1).

La région stomacale est plus développée que dans les genres voisins; elle présente une forme elliptique, et est limitée en arrière et sur les côtés par un sillon bien accusé; la région cardiaque n'occupe qu'un très petit espace. Les régions branchiales, à cause même du développement de la région stomacale, sont assez restreintes.

L'abdomen, long et aplati, se rattache au thorax par un article grêle et court, divisé lui-même en deux parties par un petit sillon transversal.

Le deuxième anneau, quoique moins élargi, est plus long que les suivants, de telle sorte que l'abdomen paraît encore plus pédonculé que dans les genres voisins. La nageoire caudale est bien développée. Les lames latérales, triangulaires, dépassent la lame médiane dont la forme est quadrilatère.

Mais les Callianasses sont surtout remarquables par la forme de leurs pattes antérieures, qui diffère complétement de tout ce que l'on observe chez les autres Crustacés (2). La main, presque quadrilatère (3), est extrêmement comprimée latéralement, ce qui ne permet pas de la confondre avec des Paguriens, qui est au contraire remarquablement renflée (4). Ses bords inférieur et supérieur sont tranchants, et garnis d'une série de petits trous, desquels naissent des poils assez longs. Le pouce des Callianasses est aussi parfaitement caractérisé, et, trouvé même isolé, il peut être déterminé avec certitude. La surface destinée à son articulation sur la main n'est pas disposée comme dans les autres Crustacés; ainsi

(1) Voy. Atlas du *Règne animal*, CRUSTACÉS, pl. 48, fig. 3^a.

(2) Voy. pl. 16, fig. 1, 2, 2A, et pl. 11 et 12.

(3) Voy. pl. 11, fig. 1^B, 1^C, 2, 2_A, *p*.

(4) Voy. pl. 16, fig. 7, 7^A, 7^B, 7^C.

chez les Brachyures et chez les Crustacés, dont la préhension doit s'effectuer d'une manière parfaite, le pouce porte de chaque côté un condyle qui se loge dans une petite cavité du poignet, et permet au doigt mobile d'exécuter des mouvements de haut en bas, mais aucun mouvement de latéralité; ensuite le pouce s'amincit régulièrement jusqu'à son extrémité, abstraction faite des dents qu'il peut présenter. Chez les Callianasses, les condyles latéraux sont à peine indiqués, et le pouce présente à sa base une sorte de col, ce qui ne se voit jamais chez les Crustacés des autres familles, et suppose une articulation beaucoup moins parfaite (1).

Les dentelures offrent aussi des particularités remarquables; ainsi sur le bord tranchant de cet article on n'observe jamais de tubercules; ce bord est simplement coupant, et s'échancre de distance en distance, de façon à former des dents. Enfin le pouce porte toujours la trace des poils dont il était couvert; ce sont de petits trous bien mieux marqués que chez les autres Crustacés, parce que chez les Callianasses, c'est à tout un bouquet de poils qu'ils ont donné naissance, et non à un seul poil comme chez la plupart des animaux de cette classe.

L'index est pointu et dépourvu de dents (2), si ce n'est vers sa partie moyenne où il en existe quelquefois une.

Le bord postérieur de la main qui s'articule à l'avant-bras est presque droit. Chez les Pagures, avec lesquels on a quelquefois confondu les Callianasses, il est au contraire plus oblique.

L'avant-bras, qui, comme je viens de le dire, s'articule avec la main par un bord droit, affecte la même forme que cette dernière, et quand le membre est étendu, il paraît en faire partie. Très comprimé latéralement, il présente sur ses bords supérieur et inférieur une ligne de poils, et par conséquent de trous. Son bord postérieur est arrondi, et ne s'articule avec le bras que par une très petite portion de sa partie supérieure. La paroi interne de l'avant-bras n'est pas complète; elle se termine vers le quart postérieur, laissant un espace vide qui est rempli soit par une

(1) Voy. pl. 12, fig. 1^B, 1^C, 2^D, pl. 15, fig. 3, 3^A, 3^B, 3^C, 3^D, 3^E.
(2) Voy. pl. 1, fig. 1^B, 1^C, 2, 2^A, p. et pl. 12, fig. 1^A, 1^E, 1^F, 2^A et 2^F, 2^B.

membrane, ainsi que cela se voit chez la *Callianassa chilensis* (1), soit par une petite pièce complémentaire comme chez la *C. subterranea* (2) et chez la *C. macrodactyla* (3). La grandeur de cet espace peut varier suivant les espèces.

Le bras, comparé à la main et à l'avant-bras, est très grêle (4), et s'articule à l'angle supérieur et postérieur de ce dernier. Sa surface externe, légèrement bombée, présente ordinairement quelques ornements, tels que des tubercules ou des crêtes. Sa paroi interne est formée par une pièce complémentaire distincte (5) qui n'est jamais renflée, mais toujours plate, et constitue une espèce de couvercle, qui viendrait fermer le demi-cylindre formé par la pièce externe. Ce mode de structure, qui jusqu'ici avait échappé à l'attention des zoologistes, ne se retrouve caractérisé d'une manière aussi nette chez aucun autre Crustacé, et fournit un excellent caractère pour la distinction de ce genre.

Le trochanter est extrêmement long et grêle, et présente les mêmes particularités de structure que le bras, c'est-à-dire que, de même que ce dernier, il est formé de deux pièces : une externe convexe (6) et l'autre interne complémentaire plate (7).

Aucun Crustacé n'a présenté jusqu'ici ces dispositions singulières, et une patte antérieure de Callianasse, pourvu qu'elle présente la main et l'avant-bras, ne peut être rapportée à aucun autre genre. Chez les Axies (8), les Callianides, les Laomédies, l'avant-bras, au lieu d'égaler au moins la grandeur de la main, est extrêmement court et beaucoup plus globuleux. Si la main est isolée, on pourrait la confondre avec celle de l'un ou de l'autre de ces genres; mais l'erreur ne serait pas d'une très grande

(1) Voy. pl. 16, fig. 2 et pl. 11, fig. 1^C.
(2) Voy. pl. 11, fig. $2^A j'$.
(3) Voy. pl. 12, fig. $1^B j'$.
(4) Voy. pl. 11 et 12, c.
(5) Voy. pl. 11, fig. 1^C, 1_E, 1^F, 2^A, *c'*, et pl. 12, fig. 2^B, *c'*.
(6) Voy. pl. 11, *t*.
(7) Voy. pl. 11, *t'*.
(8) Voy. pl. 16, fig. 5, 5_A, 5_B.

importance, à cause de liens étroits qui existent entre ces différents animaux (1).

La patte antérieure d'un Pagure se distingue au premier coup

(1) Ne devant pas traiter ici des genres *Glaucothoé*, *Laomedie* et *Callianide*, puisqu'ils n'ont encore été signalés dans aucune formation géologique, je me bornerai à en indiquer brièvement les principaux caractères, comme terme de comparaison pour faciliter la distinction entre ces genres et les autres Thalassiniens, en insistant surtout sur le mode de conformation des pattes antérieures, parties que les paléontologistes ont surtout l'occasion d'observer.

La pince des *Glaucothoé* (voy. *Règne animal*, CRUSTACÉS, pl. 43, fig. 2) peut se distinguer au premier coup d'œil par la forme un peu globuleuse de la main : cette dernière est complétement glabre, de sorte qu'elle ne présente jamais ces petits trous si communs chez les Callianasses ; les doigts s'appliquent exactement l'un sur l'autre de façon à ne laisser aucun vide entre eux : l'avant-bras est long et grêle ; le bras est grêle, plus court que l'article précédent et ne présente pas de pièces complémentaires. L'une des pinces est plus petite que l'autre, mais conformée sur le même modèle.

Le genre *Laomédie* établi par de Haan, ressemble beaucoup aux Axies par la forme des pattes antérieures (voy. de Haan, *Fauna Japonica*, pl. 35, fig. 8), de même que ces dernières, les Laomédies ont l'avant-bras très court ce qui les sépare des Callianasses ; le bras est beaucoup plus renflé que celui des Axies et se rapproche davantage de celui du genre Callianasse ; mais le trochanter est très court. Je n'ai jamais pu examiner aucun de ces animaux, de façon que je ne saurais décrire la face interne de la patte, et par conséquent je ne puis m'appuyer sur l'existence ou l'absence des pièces complémentaires pour les séparer ou les rapprocher des genres que nous venons d'étudier. Les deux pattes antérieures ont à peu près la même grosseur.

Le genre *Callianidea*, établi par M. Milne Edwards en 1837, tout en étant constitué d'après le même plan fondamental que les autres Thalassiniens, en diffère complétement par la présence d'appendices respiratoires fixés aux fausses pattes abdominales (Milne Edwards, *Hist. nat. des Crustacés*, t. II, p. 319, pl. 25, *bis*, fig. 8) et analogues aux branchies rameuses des Squilles et des Érichthes. Mais ce caractère, d'une très grande importance zoologique, devient d'une valeur nulle en paléontologie. Ces organes, d'une délicatesse extrême, ne pourraient jamais résister aux phénomènes de la fossilisation. Les pattes antérieures qui, dans ce genre, comme dans les précédents présentent seules une enveloppe dure et rigide, diffèrent peu de celles des Axies. La main est presque semblable dans ces deux groupes, et pourra par conséquent, si elle est isolée, être confondue aussi avec celle des Callianasses et des Laomédies. L'avant-bras est court et ne s'articule avec le bras que par une surface très petite, le bras préd'œil de celle d'une Callianasse, et il n'est pas un seul de ses articles qui y soit semblable. En effet, chez ceux-ci la main est très renflée, et quelquefois presque globuleuse ; jamais les bords supérieur et inférieur ne sont tranchants; il en est de même pour l'avant-bras (1). Le bras est très épais, presque prismatique ; il présente aussi une pièce que l'on pourrait assimiler à une pièce complémentaire, mais qui est cependant toujours soudée au reste du bras. Sa présence n'est indiquée que par un sillon ; d'ailleurs elle est disposée tout autrement que chez les Callianasses; au lieu de former la partie interne du bras, elle est placée à sa partie supérieure et postérieure, et est comparativement petite. On remarque une disposition analogue sur le bras de tous les Brachyures, tandis que les Callianasses seules présentent une pièce complémentaire destinée à compléter la paroi interne du bras. Le trochanter est très court, large, au lieu d'être grêle et allongé.

Chez les Callianasses, l'une des pattes antérieures est toujours plus petite que l'autre ; mais les rapports de grandeur varient avec les espèces : ainsi, chez le *C. subterranea*, l'une des pinces est extrêmement petite; la différence entre les mains est environ dans le rapport de 1 à 4. Chez le *C. chilensis*, cette différence est beaucoup moins grande ; elle est tout au plus comme 2 : 3. Enfin chez quelques espèces fossiles, elle est encore moins considérable.

J'ai beaucoup insisté sur ces caractères tirés des pattes antérieures, d'abord parce que, jusqu'à présent, quelques-uns d'entre

sente à sa partie interne une pièce complémentaire, comme chez les Callianasses, il en est de même pour le trochanter.

La patte tout entière peut donc se distinguer de celle des Axies par la longueur du trochanter, par l'existence des pièces complémentaires, et de celles des Callianasses par la brièveté de l'avant-bras.

On voit donc qu'une main isolée peut être rapportée indifféremment aux genres *Callianasse*, *Axie*, *Laomédie* ou *Callianide*. Mais, comme jusqu'à présent chaque fois que l'on a rencontré la main attachée au reste de la patte, cette dernière présentait tous les caractères que nous avons rencontrés chez les Callianasses, on est en droit de penser que ce genre seul a existé à l'état fossile et que c'est à lui que doivent se rapporter toutes les mains isolées de cette forme que l'on trouve dans les diverses couches géologiques du globe.

(1) Voy. pl. 16, fig. 7, 7^A, 7^B, 7^C.

eux n'avaient pas été signalés, et ensuite parce que, comme j'ai déjà eu l'occasion de le dire, la pince est ordinairement la seule partie que l'on trouve conservée à l'état fossile; et aucune des particularités de structure que je viens de mentionner, ne doit être négligée pour la détermination de ce genre, dont l'existence paléontologique était à peine connue.

Les caractères tirés des autres pattes présentent moins d'importance, à cause du mauvais état de conservation ordinaire de ces parties.

Les pattes de la deuxième paire sont très grêles et terminées par une petite pince imparfaite; celles de la troisième paire sont terminées par un très petit doigt, mais leur pénultième article est très large, presque rond, et sert à ces animaux à creuser le sable.

Les pattes de la quatrième et de la cinquième paire ne présentent aucune particularité remarquable.

Jusqu'ici on n'avait signalé l'existence que de très peu de Crustacés de ce genre. Mon père a été le premier à y rapporter une espèce propre à la craie supérieure de Maestricht (1), que Desmarest avait décrite sous le nom de *Pagurus Faujasii*. Cette détermination a été généralement adoptée par les paléontologistes qui ont fait connaître plus récemment une autre espèce très voisine, appartenant également à la formation crétacée.

Les recherches dont je vais rendre compte m'ont conduit à reconnaître que les représentants fossiles de ce type sont beaucoup plus nombreux qu'on ne le croyait. Ainsi j'en connais maintenant treize espèces différentes, et il est à noter que leur distribution géologique est loin d'être aussi restreinte qu'on l'avait supposé.

Les Callianasses semblent avoir apparu sur la surface du globe, à peu près en même temps que les Brachyures, c'est-à-dire à l'époque secondaire vers le milieu de la période crétacée. En effet le premier représentant de ce type se trouve dans les grès verts du Maine, qui sont à peu de chose près contemporains de la craie de Rouen, où cependant on n'en a pas encore signalé l'existence de ces Crustacés. Ce genre se retrouve dans les assises de la craie

(1) Voy. Milne Edwards, *Hist. nat. des Crustacés*, t. II, p. 310.

marneuse, où il paraît avoir pris un développement considérable; presque partout où cette couche existe, on y voit des pattes de Callianasses, et même quand la nature de la roche change, comme à Montdragon par exemple, où le terrain devient remarquablement ferrugineux, on trouve encore les traces de ces animaux.

A l'époque de la craie supérieure, d'autres représentants du même genre se sont montrés en abondance, puis ont disparu pour être remplacés par de nouvelles espèces que l'on trouve dans le calcaire grossier. Dans les sables moyens tertiaires, on en rencontre deux espèces. Dans le terrain miocène, il y en a encore deux espèces. Le terrain tertiaire des environs de Montpellier en a fourni une espèce; enfin dans les alluvions récentes qui se font même de nos jours sur tout le littoral de l'océan Indien, on en a rencontré, associée à des coquilles actuelles, une espèce qui n'a pas encore été trouvée vivante.

D'après ce court exposé, il est facile de voir que le genre Callianasse a été très bien représenté pendant plusieurs âges géologiques, et en général, comme nous le verrons, par des individus d'une taille beaucoup plus considérable que ceux qui vivent aujourd'hui sur nos côtes.

CALLIANASSA HEBERTI, Nob.

Voy. pl. 11, fig. 1, et pl. 12, fig. 1.

Dans une note insérée aux *Comptes rendus des séances de l'Académie des sciences* en 1860 (t. LI, p. 92), j'ai déjà annoncé que l'époque des sables moyens avait été d'une certaine richesse carcinologique. On croyait, d'après Desmarest, que tous les débris de Crustacés que l'on rencontre dans ces couches, appartenaient au *Psammocarcinus Hericarti;* mais une étude attentive m'a démontré que les fragments de ce Portunien, bien que nombreux, n'existaient pas seuls et étaient mêlés à d'autres qui devaient évidemment se rapporter à des Crustacés bien différents, principalement au genre Callianasse, et même à deux espèces différentes de ce genre. Sur certains points, ces débris se trouvent en quantité considérable. Ainsi au Gué-à-Tresmes, près de Meaux, ils forment à eux seuls presque toute la masse du sable; mais on ne les trouve que très rarement en connexion, presque toujours les doigts, les mains et tous les divers fragments sont séparés; j'ai cependant eu le bonheur de rencontrer quelques articles en place, et ils sont venus confirmer ce que j'avais d'abord prédit sur la disposition de ces diverses pièces; de façon qu'il n'y a plus aucun doute, non-seulement pour l'établissement du genre, mais encore pour celui des deux espèces. Il est probable que ce point où sont ainsi réunis en si grande abondance les différents Crustacés dont je viens de parler, formait un petit golfe très tranquille, dans lequel les Callianasses pouvaient vivre et mourir sans que leurs débris fussent roulés et dispersés. Ce qui confirme cette pensée, c'est la parfaite conservation des fragments, quelque délicats qu'ils soient, et l'absence presque totale de coquilles; en effet partout où les vagues viennent battre un peu violemment un rivage, elles y accumulent toujours une certaine quantité de débris de Mollusques.

Jamais on n'a rencontré d'empreintes des parties molles de l'animal; ce qui se comprend facilement, car, dans le sable, elles ne pouvaient se conserver à cause même de leur délicatesse, et la roche n'a pu se mouler sur elles; mais les pattes y sont en profusion et elles se rapportent surtout à la *Callianassa Heberti*.

Cette espèce se reconnaît facilement à la forme des diverses pièces de la patte antérieure. La main courte et trapue est très comprimée latéralement (1); les bords supérieur et inférieur sont tranchants; ce dernier est garni en dedans d'une ligne de petits trous qui indiquaient la place d'autant de poils; il se recourbe en dedans, de façon que si l'on regarde cet article par sa face postérieure, il aura une forme qui se rapprochera un peu de celle d'un croissant (2). La face interne de la main est un peu concave; la face externe est légèrement bombée, elle présente aussi la trace de l'existence de quelques poils.

L'index est pointu et assez fortement courbé en haut (3); il est

(1) Voy. pl. 11, fig. 1^B, 1^C *p'*, et pl. 12, fig. 1^A, 1^E, 1^F.
(2) Voy. pl. 12, fig. 1_G.
(3) Voy. pl. 11, fig. 1^B, 1^C *p''*, et pl. 12, fig. 1^E, 1^I.

dépourvu de dents. Il devait être garni de poils sur sa face externe; entre son insertion et la cavité articulaire du pouce, il y a sur le poignet une échancrure peu profonde qui se voit surtout en dedans.

Le pouce est fort et trapu (1); il présente en général, outre sa pointe qui est très aiguë et recourbée en bas, deux dents : la première est tranchante, très allongée et bilobée; la seconde est conique et aiguë. Il est marqué de petits trous plus nombreux sur sa face externe que sur sa face interne; les deux bords de la face postérieure de la main sont complétement droits.

Le cadre articulaire est extrêmement allongé verticalement et présente à chacune de ses extrémités une petite fossette (2) destinée à recevoir deux petites apophyses articulaires ou condyles, qui naissent sur l'avant-bras. Celui-ci (3) est assez court, convexe sur sa face externe, plutôt concave sur sa face interne; ses bords supérieur et inférieur sont tranchants; il se termine postérieurement par un bord arrondi et présente vers son angle supérieur et postérieur une espèce de petit col servant à l'articulation du bras. A sa partie interne, l'avant-bras n'est pas fermé par une paroi complète; celle-ci manque vers le tiers postérieur (4), et l'espace ainsi laissé vide était probablement rempli par une membrane, comme chez la *Callianassa chilensis*. Je ne pense pas qu'ici il pût y avoir de pièce complémentaire solide, car sur des centaines d'avant-bras que j'ai eus entre les mains, je n'ai jamais pu constater l'existence de cette espèce d'opercule, tandis que dans d'autres cas où les circonstances extérieures étaient les mêmes, j'ai rencontré sur d'autres espèces cette pièce parfaitement en place.

Le bras, comparé aux articles que nous venons d'examiner, est grêle et petit (5). Sa face externe est bombée et présente une crête longitudinale qui la divise en deux parties à peu près égales; son bord, finement denticulé, offre vers sa partie inférieure un prolongement en forme de corne, dont le bord est garni de cinq ou

(1) Voy. pl. 12, fig. 1^C.
(2) Voy. pl. 12, fig. 1^G.
(3) Voy. pl. 11, fig. 1B, 1^C).
(4) Voy. pl. 11, fig. 1^C.
(5) Voy. pl. 11, fig. 1^B, 1c c, et 1 .

six petites dents. Le bord supérieur du bras est presque lisse, quelquefois cependant on peut y constater l'existence de fines denticulations, il se termine postérieurement par un petit tubercule pointu, qui surmonte l'articulation. La face interne est presque entièrement occupée par une petite pièce complémentaire (1) plate et réunie à la pièce externe à l'aide d'une membrane qui se détruit par la fossilisation, de telle sorte que le plus souvent on trouve à part la pièce externe ayant la forme d'un demi-cylindre (2), et la pièce complémentaire ressemblant à une petite plaque quadrilatère (3).

Le trochanter (4) est long et grêle, et de même que le précédent, il est formé de deux pièces : l'externe (5) est convexe, lisse et légèrement infléchie, suivant sa longueur; l'interne (6) est plate, allongée, plus large en avant qu'en arrière.

Quelquefois on trouve ces deux pièces en connexion, mais le plus souvent elles sont séparées.

On rencontre dans le même gisement des mains un peu plus grêles, plus allongées (7), dont l'index est pourvu vers sa partie moyenne d'un petit tubercule (8) qui manque dans la main que nous venons d'examiner. Mais c'est surtout dans la conformation du pouce qu'existent les différences. Au lieu d'être court et trapu, comme celui que nous venons de décrire (9), il est allongé et mince (10), et, au lieu de deux grosses dents, il présente une seule dent suivie d'une série de fines denticulations; de plus, son extrémité se contourne légèrement et se recourbe en dedans.

Je serais tenté de regarder cette main comme appartenant à la

(1) Voy. pl. 11, fig. 1c c'.
(2) Voy. pl. 11, fig. 1E.
(3) Voy. pl. 11, fig. 1F.
(4) Voy. pl. 11, fig. 1B, 1C t.
(5) Voy. pl. 11, fig. 1B, 1C t, et fig. 1G.
(6) Voy. pl. 11, fig. 1K.
(7) Voy. pl. 12, fig. 1A.
(8) Voy. pl. 12, fig. 1E, 1F.
(9) Voy. pl. 12, fig. 1C.
(10) Voy. pl. 12, fig. 1B.

plus petite des pattes antérieures de la *Callianassa Heberti*. En effet, elle est plus petite que l'autre et surtout beaucoup plus allongée; or, nous verrons que chez presque toutes les Callianasses fossiles, la petite main est presque aussi longue que l'autre, et que c'est principalement par la grosseur qu'elles diffèrent. Toutes les mains lorsqu'elles sont jeunes, présentent le même aspect (1); ce n'est que par les progrès du développement que les différences se dessinent.

De toutes les espèces vivantes, c'est surtout de la *C. subterranea* que se rapproche notre fossile; et il est facile de juger en comparant les figures que j'en ai données, que les différences, tout en étant suffisantes pour exiger la création d'une espèce particulière, sont cependant assez légères. La main de la *C. subterranea* est plus longue; l'index présente une dent qui manque chez la *C. Heberti;* le doigt mobile, au lieu de deux grosses dents, est finement denticulé. L'avant-bras est plus long et présente une pièce complémentaire. Le bras et le trochanter diffèrent peu de ceux de notre espèce fossile.

Notre Callianasse se rapproche de la *Callianassa chilensis* par l'absence d'une pièce complémentaire à l'avant-bras; mais elle s'en distingue par la petitesse relative de cet article qui, chez l'espèce vivante, est plus développé encore que la main.

La *C. uncinata* diffère de la *C. Heberti* par l'existence d'une échancrure profonde sous la cavité articulaire du pouce, et par la forme de ce dernier article qui est toujours remarquablement recourbé.

La *C. gigas* présente sur l'avant-bras deux pointes formées par les prolongements des angles antéro-supérieur et antéro-inférieur, pointes qui n'existent chez aucune espèce fossile.

La *C. australiensis* ne peut être confondue avec la *C. Heberti*, à cause de l'allongement extrême de l'avant-bras qui présente, à sa partie supérieure, une double rangée de petits trous.

On trouve des débris de la *Callianassa Heberti* presque partout où les sables de Beauchamp sont bien développés, c'est à raison

(1) Voy. pl. 12, fig. 1[b].

de cette abondance que l'on avait donné à cette formation le nom de sables à Pagures qui a été ensuite changé pour celui de sables à Portunes.

Il est cependant certaines localités où cette espèce est comparativement rare, bien que la *C. macrodactyla* y soit abondante, par exemple, aux environs de Mortfontaine, au Fayel, etc. Tandis qu'au contraire au Gué-à-Tresmes, à trois lieues de Meaux, sur la route de la Ferté-Millon, dans une très petite sablonnière située à droite de la route, à quelques cents mètres au delà du village, c'est surtout la *Callianassa Heberti* qui abonde, associée cependant à de nombreux débris d'autres Crustacés, tels que la *C. macrodactyla*, un Pagure que j'appellerai *P. arenarius*, le *Psammocarcinus Hericarti* et le *Psammograpsus parisiensis.*

Je propose de donner à cette espèce le nom de *C. Heberti*, en la dédiant à M. Hébert, professeur à la Faculté des sciences, dont les recherches ont tant contribué à faire avancer les connaissances relatives à la géologie des couches tertiaires du bassin parisien.

Je tiens de M. Lartet une main de Callianasse provenant du terrain nummulitique de Bagnères-de-Bigorre ; l'on n'en voit que la face externe, malheureusement le pouce manque, et elle se rapproche beaucoup par sa forme de la *C. Heberti ;* mais il m'est impossible de décider si l'on doit l'y réunir ou en former une espèce particulière ; il est à désirer que d'autres échantillons plus parfaits permettent de résoudre cette question.

CALLIANASSA MACRODACTYLA, Nob.

Pl. 12, fig. 2.

Cette espèce, d'une taille beaucoup plus considérable que la précédente, se distingue au premier coup d'œil de toutes les espèces vivantes et fossiles par l'allongement extrême du pouce qui dépasse de beaucoup l'extrémité de l'index, disposition singulière qui semble relier les Callianasses aux Thalassines et aux Gébies. Ce caractère aurait peut-être été suffisant pour nécessiter l'établissement d'un genre nouveau ; mais, comme tout le reste du membre antérieur présente la conformation spéciale des Callianasses, j'ai pensé qu'il serait plus naturel de laisser dans un même genre tous les animaux offrant cette disposition particulière des pièces internes de l'avant-bras, du bras et du trochanter. Peut-être le corps de l'animal présentait-il aussi une conformation différente de celle des Callianasses ; mais, comme jusqu'à présent on n'a jamais pu l'observer, je trouve d'un usage plus commode, je crois même qu'il est plus conforme aux lois d'une classification naturelle, de ne pas séparer la *C. macrodactyla* du genre que nous examinons en ce moment.

La main (1) de la *C. macrodactyla* est beaucoup plus longue que celle de la *C. Heberti ;* le poignet surtout est beaucoup plus allongé, et comparativement moins fort et moins trapu.

La face externe est légèrement bombée, la face interne plutôt concave ; elles se réunissent par des bords tranchants, dont l'inférieur, qui forme une arête vive, est droit (2), au lieu d'être recourbé en dedans comme chez la *C. Heberti.* Ce caractère est d'un emploi très commode ; et sur les mains un peu jeunes, où les autres particularités de structure sont moins tranchées, il existe toujours, et permet de distinguer au premier coup d'œil la *C. macrodactyla* de l'autre espèce des sables de Beauchamp. Il suffit pour cela de les regarder par leur face postérieure : si le bord inférieur est recourbé en dedans, on aura affaire à une *C. Heberti ;* s'il est droit, la main appartiendra à une *C. macrodactyla.* Ce bord est garni en dedans et en dehors de lignes de petits trous, qui donnaient naissance à autant de poils ; le bord supérieur n'en offre qu'en dedans. La conformation de la cavité articulaire destinée à recevoir le pouce offre aussi quelques particularités à noter. Au lieu de présenter en dessous une échancrure destinée à permettre au pouce de s'abaisser, de façon à agir dans le même plan que l'index et à venir s'opposer directement à celui-ci, comme on le voit chez la *C. Heberti* (3), elle offre au contraire une surface saillante (4), de sorte qu'il est évident que le pouce ne pouvait pas agir

(1) Voy. pl. 12, fig. 2A, 2B, 2C p'.

(2) Voy. pl. 12, fig. 2G.

(3) Voy. pl. 12, fig. 1F.

(4) Voy. pl. 12, fig. 2F.

à la manière de ciseau, par un mouvement de haut en bas, mais qu'il devait se plier obliquement un peu en dedans : c'est d'ailleurs ce que démontre l'examen des mains où ce doigt est resté en place. Ce mode d'articulation rappelle ce qui s'observe chez les Gébies et les Thalassines (1).

Le poignet présente en dessous de l'insertion du pouce une échancrure très profonde, surtout en dedans. Chez la *Callianassa Heberti*, cette échancrure est au contraire très peu considérable ; cette particularité se retrouve d'une manière encore plus marquée chez la *C. uncinata* des côtes du Chili.

L'index, qui n'offre jamais de dents ni de tubercules, est comparativement plus long et plus grêle que chez la *C. Heberti;* il est aussi moins recourbé.

Le pouce (2) est remarquablement long et cylindrique ; il est légèrement courbé à partir de sa partie moyenne; mais son extrémité ne se replie jamais en dedans comme celle des petites mains de la *C. Heberti*, et, au lieu de se terminer en pointe, il se renfle à son extrémité ; sur son bord inférieur il présente d'abord une grosse dent mousse et allongée, puis une autre dent pointue et conique qui est suivie d'une rangée de petites denticulations très fines ; son extrémité est arrondie. Enfin il offre la trace de poils nombreux, surtout sur sa face externe.

La face postérieure de la main est formée par deux bords droits, et le cadre articulaire, moins étroit et moins allongé que dans l'espèce précédente, présente à chacune de ses extrémités une petite cavité destinée à loger les condyles articulaires de l'avant-bras (3).

Celui-ci (4), beaucoup plus allongé que chez la *C. Heberti*, est aussi moins globuleux. Sa longueur égale celle du poignet ; il est légèrement bombé en dehors et concave en dedans. Les bords supérieur et inférieur sont très tranchants ; ils sont à peu près glabres, si ce n'est l'inférieur qui est percé de quelques petits

(1) Voy. pl. 16, fig. 6 et 6^A.

(2) Voy. pl. 12, fig. 2^D et 2^A, 2^B, *d*.

(3) Voy. pl. 12, fig. 2^C.

(4) Voy. pl. 12, fig. 2^A, 2^B, *j*.

trous. Le bord postérieur est arrondi, et légèrement échancré en haut pour l'articulation du bras. La paroi interne présente postérieurement une pièce complémentaire (1) ayant la forme d'un triangle, dont les angles seraient émoussés.

Le bras (2), relativement plus fort que dans l'espèce précédente, est aussi formé de deux pièces : l'une externe et semi-cylindrique, l'autre interne qui est complémentaire et aplatie. La première de ces pièces est marquée d'une crête longitudinale, peu saillante, qui la divise à peu près en deux parties égales. Le bord inférieur finement denticulé ne donne pas naissance à une corne comme chez la *C. Heberti;* il s'arrondit seulement d'une manière régulière, et il est garni d'une série de petites dentelures. Le bord supérieur, lisse et non denticulé, est presque droit, et ne présente pas en arrière de tubercule comme dans l'espèce précédente.

La pièce complémentaire (3) s'adapte exactement dans l'espèce de cadre que lui fait la pièce externe; elle est plate et légèrement arrondie postérieurement.

Le trochanter ressemble complétement à celui de l'espèce précédente; il est très grêle, très long, peut-être un peu moins contourné, et se compose d'une paroi externe demi-cylindrique, et d'une paroi interne complémentaire très aplatie.

Il est très rare de rencontrer aucune de ces diverses pièces en connexion les unes avec les autres. Le pouce est presque toujours isolé, et ce n'est que dans les mains très jeunes où son peu de longueur l'a mis à l'abri de diverses causes de rupture qu'on le trouve en place; je n'ai jamais rencontré un seul de ces doigts mobiles, d'une taille considérable, articulé avec la main; toujours ils étaient peu développés, tout en présentant les mêmes caractères qu'à l'état adulte. Quelquefois l'avant-bras est encore pourvu de sa pièce complémentaire; il en est de même pour le bras et le trochanter.

Jusqu'ici je n'ai rien trouvé qui me fît penser que l'une des

(1) Voy. pl. 12, fig. 2[B] *j'*.
(2) Voy. pl. 12, fig. 2[A] et 2[B] *c*.
(3) Voy. pl. 12, fig. 2[B] *c'*.

pattes fût plus développée que l'autre ; les plus grosses, qui, de même que dans l'espèce précédente, appartiennent indifféremment soit au côté droit, soit au côté gauche, sont les seules que l'on rencontre. Peut-être aussi la petite pince était-elle moins consistante, et par cela même n'aura pu résister aux causes de destruction.

Cette espèce ne peut être confondue avec aucune des Callianasses vivantes et fossiles, à cause de la forme singulière du pouce. C'est avec la *C. uncinata* qu'elle a le plus de rapport ; toutes deux en effet présentent au-dessous du pouce une échancrure profonde, et chez toutes les deux l'avant-bras égale au moins la main en grandeur ; de plus, chez cette dernière, le doigt mobile, quoique beaucoup plus court et recourbé, rappelle un peu la forme de celui que nous venons d'examiner, car, au lieu d'être pointu comme d'ordinaire, il se renfle légèrement à son extrémité.

La *Callianassa macrodactyla* se rencontre en assez grande abondance au Gué-à-Tresmes, et là ses diverses parties sont parfaitement conservées. Elle paraît avoir été très commune à l'époque des sables moyens. Ainsi on en trouve partout des débris qui indiquent son existence ; ordinairement ce ne sont que des mains et des pouces qui, en raison de leur plus grande solidité, ont mieux résisté aux différentes causes de destruction. Quelquefois cette espèce paraît avoir existé seule, car on ne trouve à côté de ses restes presque rien qui indique la présence du *Psammocarcinus Hericarti* ou de la *Callianassa Heberti*. Ainsi aux environs de Mortfontaine, à Saint-Sulpice, les mains de la *Callianassa macrodactyla* sont extrêmement communes, et se trouvent presque seules.

On en rencontre encore des débris au Guespel près de Survilliers, à Étrepilly près de Meaux ; mais à Auvers, on ne trouve que peu de Crustacés. Cette localité, riche en débris de Mollusques, en Polypiers, etc., paraît avoir été autrefois beaucoup trop battue par les vagues pour que de petits animaux aussi délicats aient pu être conservés.

CALLIANASSA AFFINIS, Nob.

Pl. 15, fig. 2, 2A, 2B.

J'ai trouvé dans les couches du calcaire grossier de Parnes une main de Callianasse privée de pouce, et présentant une assez grande analogie avec la *C. macrodactyla*. Cependant quelques caractères ne permettent pas de réunir ces deux espèces ; ainsi le fossile de Parnes, quoique très petit, présente tous ses caractères distinctifs, tandis que les mains des jeunes *C. macrodactyla* de cette taille sont mal formées, et il est très difficile de les distinguer des jeunes *C. Heberti*, avec lesquelles elles sont mêlées ; ensuite chez la *C. macrodactyla*, l'échancrure qui se trouve au-dessus de la base de l'index est très profonde, et le fond en est beaucoup plus étroit que l'ouverture, ce qui donne à l'index un aspect particulier. Au contraire, l'échancrure qui se remarque chez la *C. affinis* est régulièrement arrondie, et le fond est aussi large que l'ouverture ; mais, comme jusqu'à présent je n'ai jamais vu de cette espèce qu'une main sans doigt mobile, je ne puis la présenter ici qu'avec doute, attendant que des échantillons plus nombreux et plus parfaits me permettent d'en même étudier les caractères.

CALLIANASSA PRISCA, Nob

Pl. 13, fig. 2 et 2A.

Cette espèce a été trouvée dans les couches du calcaire grossier inférieur du département de l'Eure, près de Gisors, au Boisgeloup, par M. Eug. Chevalier, qui a bien voulu la mettre à ma disposition. Elle paraît extrêmement rare, car c'est la seule que j'aie jamais vue, et cependant les assises du calcaire grossier ont été bien des fois fouillées par les collectionneurs.

La taille de cette Callianasse, à en juger par le volume de la pince, devait surpasser de beaucoup celle des Callianasses que nous venons d'examiner et de toutes les espèces vivantes.

La main, très forte et d'une longueur considérable, est comprimée latéralement. La face externe est convexe (1), la face interne presque plate (2); elles s'unissent par des arêtes vives. Le bord inférieur, plus aigu que le supérieur, est garni en dedans d'une ligne de petites denticulations très fines qui n'existent pas sur le bord supérieur. Un peu en dehors de cette ligne, on observe une série de petits trous, d'où naissaient autant de poils. On observe encore quelques-uns de ces trous, mais très peu sur le reste de la main.

La fossette qui sert à l'articulation du pouce est très grande, à cause de la grosseur de ce dernier article; elle présente de chaque côté en dedans et en dehors un prolongement qui sert à maintenir latéralement le pouce, et à donner plus de solidité à l'articulation en empêchant les mouvements de côté. Ces prolongements sont finement dentelés, et la ligne de denticulations se prolonge de chaque côté sur la base de l'index.

Au-dessous de la cavité articulaire, il n'y a pas, comme chez la *C. macrodactyla*, d'échancrure profonde; c'est plutôt une simple dépression. L'index, peu recourbé, est lisse et dépourvu de dents; il se termine par une pointe aiguë.

Le pouce est d'une force remarquable, en rapport avec le volume et le mode de conformation de la cavité articulaire; assez court, il présente trois dents, dont la moyenne est conique et pointue, tandis que les autres sont plutôt allongées et tranchantes; enfin il se termine par une pointe aiguë et recourbée, qui vient s'opposer exactement à celle de l'index.

D'après ce que j'ai dit du mode d'articulation de cet article, il est évident qu'il devait agir dans un même plan que l'index à la manière d'une pince, et non latéralement, comme chez la *C. macrodactyla*.

Le bord postérieur de la main est complétement droit. L'avant-bras, aussi haut que la main, est beaucoup plus court; il n'a environ que la moitié de la longueur de cette dernière; sa face externe est convexe, sa face interne concave; les bords supérieur et infé-

(1) Voy. pl. 13, fig. 2.
(2) Voy. pl. 13, fig. 2A.

rieur sont tranchants : ce dernier se confond avec le postérieur par une courbure insensible ; il présente une ligne de petits trous. En avant de son point de réunion au bord supérieur, on voit une échancrure destinée à l'articulation des bras.

La paroi interne n'est pas complète en arrière ; mais comme dans l'échantillon que j'avais à ma disposition, le bras était plié de façon à cacher cette région, il m'a été impossible de constater s'il y avait ou non une pièce complémentaire.

Le bras est assez robuste et présente d'une manière très distincte la pièce complémentaire caractéristique des Callianasses ; le demi-cylindre formé par la pièce externe est lisse et ne présente ni dentelures ni ornements. La pièce complémentaire est à peu près quadrilatère et aplatie.

L'échantillon que j'avais entre les mains ne présentait pas le trochanter, car il se trouvait brisé à la partie postérieure du bras.

Cette espèce se distingue de toutes les Callianasses vivantes par sa grande taille, par la dimension relativement considérable de la main, comparée à celle de l'avant-bras, et par l'existence de trois dents sur le pouce. Elle s'éloigne de la *Callianassa Heberti* par d'autres caractères bien tranchés : ainsi elle ne présente pas d'ornements, ni de crénelures sur le bras, tandis que dans l'espèce des sables de Beauchamp on voit non-seulement des dentelures, mais encore une espèce de corne placée à sa partie inférieure.

Le bord inférieur de la main est droit et ne se recourbe pas en dedans, comme chez la *Callianassa Heberti*.

Quant à la *C. macrodactyla*, les différences sont trop considérables pour que je m'y arrête ; mais même si l'on fait abstraction du pouce qui peut manquer, les autres articles se distingueraient encore très aisément, si l'on se rappelle que chez l'espèce à grand doigt, la main présente au-dessous de l'articulation du pouce une échancrure considérable, que l'avant-bras est aussi long que la main, enfin que le bras, plus large à sa partie postérieure, a les bords finement dentelés.

On trouve souvent dans le calcaire grossier de Parnes, de Chaussy, de la ferme de l'Orme, etc., des pouces et des index détachés de Callianasses qui diffèrent un peu de l'espèce que nous venons d'examiner (1). Je ne veux cependant pas en faire une espèce particulière, attendant qu'on ait trouvé le reste de la main. Le pouce est beaucoup plus allongé que celui de la *C. prisca;* il est comparativement moins gros et les dents ne sont pas disposées tout à fait de même : ainsi après la grosse dent conique, le doigt ne présente plus jusqu'à sa pointe qu'un bord tranchant, tandis que chez la *C. prisca*, le doigt se renfle de façon à former une autre dent qui se continue jusqu'à la pointe. Mais c'est surtout l'index qui diffère, d'abord par sa longueur, et ensuite par l'existence d'espèces de crêtes garnies de trous qu'il présente sur ses bords inférieur et supérieur et sur ses faces interne et externe. Il se peut cependant que ces différences soient dues seulement à l'âge des individus; car souvent dans le genre Callianasse certaines espèces acquièrent en vieillissant quelques caractères qui ne se voyaient que peu ou point dans le jeune âge : c'est ainsi qu'il arrive souvent que des carènes qui s'apercevaient à peine se développent de plus en plus, et que les poils, qui en général garnissent la main, devenant de plus en plus gros et nombreux, les trous destinés à leur livrer passage deviennent par cela même plus serrés et plus apparents. Il est possible que les petites différences que j'ai pu observer entre les doigts de la *C. prisca* et ceux de la Callianasse de Parnes soient du même ordre, et dues au progrès du développement. Pour résoudre cette question, il faudrait observer la même espèce à différents âges, et c'est ce que je n'ai pu faire dans ce cas.

Le calcaire grossier de Gourbesville (2) et de Port-Brehé (Manche) (3) m'ont fourni des pouces que je dois rapporter à la *C. prisca.*

(1) Voy. pl. 15, fig. 3^{E} et 3^{D}.
(2) Voy. pl. 15, fig. 3^{B} et 3^{C}.
(3) Voy. pl. 15, fig. 3 et 3^{A}.

CALLIANASSA ANTIQUA, Otto.

Pl. 14, fig. 2, 2A, 2B, et pl. 16, fig. 4.

Syn. : Mesostylus Faujasi, Bronn et Rœmer, *Lethæa geognostica*, t. II, p. 253.

Cette espèce, connue depuis fort longtemps, a été trouvée dans la craie de Bohême, de Silésie, etc. M. Rœmer (1), le premier qui en fit mention, représenta les pinces et une partie de l'abdomen de l'un de ces animaux.

M. Geinitz (2) fit connaître le reste du corps presque complet; mais comme il ne trouva pas ces diverses parties dans leurs rapports naturels, la figure qu'il en donna est plutôt un peu théorique que parfaitement naturelle. Il confondit cette espèce avec la *C. Faujasii*, très abondante, dans les couches de craie supérieure de Maestricht et dont nous nous occuperons tout à l'heure.

MM. Bronn et Rœmer (3) crurent devoir créer pour cette espèce un genre nouveau, sous le nom de *Mesostylus*. Je développerai plus tard les raisons qui m'empêchent d'admettre cette innovation.

Dans la figure que M. Geinitz a donnée, la région céphalo-thoracique du corps paraît incomplète; le front est tronqué et les parties latérales manquent, elles ont été probablement brisées au niveau du sillon stomaco-branchial. Le premier segment de l'abdomen est court et grêle; le deuxième s'élargit graduellement et est très long, les autres sont larges. On voit de chaque côté la trace que les lobes épimériens ont laissée; ils devaient être très accusés. Le dernier article de l'abdomen, formant la pièce médiane de la nageoire caudale, est quadrilatère, et offre à sa surface une petite crête en forme de V; les pièces latérales de cette nageoire paraissent ne pas dépasser la médiane et sont triangulaires.

La main (4) présente une forme quadrilatère très allongée; ses bords ne semblent pas offrir de dentelures, et ses faces sont complétement lisses.

(1) Rœmer, *Kreide*, p. 186, pl. 16, fig. 15, et ci-après pl. 16, fig. 4.

(2) *Das Quadersandsteingebirge in Deutschland*, 1849, p. 96, pl. 2, fig. 2-5.

(3) Bronn et Rœmer, *Lethæa geognostica*, 2e vol., p. 353.

(4) Voy. pl. 14, fig. 2 et 2B.

L'index, peu recourbé, est également lisse et dépourvu de dents.

Le pouce, presque droit et un peu pointu, ne présente aucune trace de dents.

L'articulation de la main avec l'avant-bras se fait d'après une ligne très peu oblique.

L'avant-bras, un peu moins allongé que la main, est lisse et dépourvu de granulations; ses bords ne sont pas dentelés, et ses angles, au lieu d'être aigus, sont complétement mousses; le bord inférieur et antérieur, qui, dans les espèces que nous avons examinées, est en général bien marqué et qui quelquefois même se prolonge en une sorte de pointe, est complétement arrondi, presque autant que l'angle inféro-postérieur.

Le bras est assez globuleux; il est marqué en dehors d'une double ligne de petites granulations; son bord inférieur est dentelé. On ne connaît que la partie antérieure du trochanter; il paraît assez long et lisse.

L'autre main est environ moitié plus petite que celle que nous venons de décrire, et les doigts sont comparativement plus longs.

Sur la pièce que M. Geinitz a fait connaître, on aperçoit la patte de la deuxième paire terminée par une petite main imparfaite, et celle de la troisième paire dont le dernier segment manque, mais dont on voit le pénultième élargi en forme de palette.

C'est en comparant cette figure à celle que M. Guérin a donnée de la *Callianassa subterranea* (1), que les auteurs de la *Lethæa* ont formé pour la *Callianassa antiqua* un genre particulier; mais il se trouve que tous les caractères sur lesquels ils s'appuient pour établir cette distinction, sont insignifiants ou plus ou moins fautifs, et résultant probablement du mauvais état de conservation de l'animal que M. Guérin a représenté.

« Le bouclier céphalo-thoracique, disent MM. Bronn et Rœmer, que Geinitz n'a ajouté que d'une manière théorique, car il ne l'avait pas trouvé dans ses rapports naturels, est plus aplati et plus rétréci en arrière. »

Évidemment oui, la carapace paraît très rétrécie, mais cela est dû

(1) Guérin, *Iconogr. du Règne animal*, Crustacés, pl. 19, fig. 4.

à une cassure, et dans la figure de M. Geinitz elle vient s'articuler avec l'abdomen par une surface plus rétrécie encore ; ce qui est matériellement impossible, puisqu'au contraire elle doit engaîner le premier article abdominal (1).

« Le premier anneau de l'abdomen, continuent les auteurs du » *Lethæa*, est de beaucoup le plus petit ; le second ne s'élargit un peu » que graduellement, tandis que chez les Callianasses, il est en même » temps le segment le plus large et le plus long ; ces deux articles » unis forment à l'abdomen une base styliforme. Les quatre seg- » ments suivants sont très gros, bien plus larges que longs, offrant » des appendices latéraux semblables à des nageoires, mais d'une » nature problématique. Dans la nageoire caudale, l'article moyen » est bien quadrangulaire, mais offre en dessus une saillie en » lancette, et les deux paires de nageoires latérales, qui sont si » grandes chez les Callianasses, ne dépassent pas ici l'article » médian. »

En effet, si l'on examine la figure de la *C. subterranea* de l'*Iconographie du Règne animal*, on est frappé de ces différences ; mais si l'on établit la comparaison avec une Callianasse bien conservée ou avec une figure exacte, ces mêmes différences disparaissent en partie. Chez la *C. subterranea*, en effet, le premier article de l'abdomen est le plus court et le plus grêle ; le second, étroit en avant, se renfle graduellement ; sa longueur dépasse celle de tous les autres, ce qui donne à l'abdomen l'apparence pédonculée qui, comme nous l'avons déjà dit, est commune à toute la famille des Thalassiniens.

Les quatre articles suivants sont larges et courts, et présentent aussi de chaque côté un petit sillon indiquant la place des lobes épimériens qui, plus développés encore chez la *C. uncinata*, sont parfaitement marqués chez la *C. gigas*.

La lame médiane de la nageoire caudale est presque aussi grande chez la *C. antiqua* que les lames latérales : il est vrai que

(1) Ici je ne m'occupe que de la figure 2 de la planche 14, parce que le corps ayant été redressé par le dessinateur dans la figure 2^A, vue du dos, il est possible que les rapports de largeur aient été modifiés.

chez la *C. subterranea*, il n'en est pas de même; mais chez la *C. uncinata* la différence diminue, elle devient presque nulle chez la *C. gigas*, et plutôt en sens contraire chez la *C. chilensis*.

Quant à cette impression de forme lancéolée qui se trouve sur l'article médian, c'est probablement l'empreinte laissée par les insertions des parties musculaires du dernier segment abdominal, insertions qui ordinairement ont à peu près cette forme, et qui se voient distinctement ou paraissent même en relief chez des animaux dont les téguments sont aussi mous que les Callianasses.

Enfin le dernier argument que MM. Bronn et Rœmer donnent pour faire un genre à part de la *C. antiqua*, est tiré des différences qui existent entre les deux pattes de la première paire, dont la plus petite en effet atteint près de la moitié de la grosseur de la plus grande.

Chez la *Callianassa subterranea*, comme je l'ai déjà indiqué aux généralités, la différence est beaucoup plus considérable, mais elle varie suivant les espèces. Ainsi chez les *C. gigas*, *uncinata* et *chilensis*, elle devient beaucoup moindre. Ce n'est donc encore qu'une différence spécifique comme toutes celles que j'ai déjà signalées. Par conséquent, la nouvelle division générique proposée par MM. Bronn et Rœmer ne peut être adoptée, et c'est dans le genre Callianasse que cette espèce fossile doit prendre sa place ; elle vient très naturellement se ranger à côté des Callianasses actuellement vivantes, dont elle ne diffère que par quelques caractères insignifiants.

M. Geinitz le premier, puis MM. Bronn et Rœmer, etc., ont confondu la *C. antiqua* avec le *C. Faujasi*. M. Bosquet, au contraire, pense avec raison qu'elle doit en être distinguée (1); en effet, il me paraît impossible de réunir ces deux espèces, comme je vais d'ailleurs essayer de le démontrer.

(1) Bosquet, *Crustacés fossiles du terrain crétacé du Limbourg*, 1854.

CALLIANASSA FAUJASI, Desm.

Syn. : BERNARD L'HERMITE, Faujas, 1798, *Histoire de la montagne de Saint-Pierre*, p. 179, pl. 32, fig. 5 et 6.

PAGURUS BERNHARDUS, Krüger, 1823, *Urweltliche Naturgeschichte*, t. II, p. 129.

PAGURUS FAUJASI, Desmarest, 1822, *Hist. nat. des Crust. foss.*, p. 127, pl. 11, fig. 2.

— Mantell, 1822, *The Fossils of the South Downs, or Illustrations of the Geology of Sussex*, pl. 24, fig. 3.

— Van Schlotheim, 1823, *Die Petrefaktenkunde auf ihrem jetzigen Standpunkts*, p. 55.

— Defrance, 1825, *Dictionn. des sc. nat.*, t. XXXVII, fig. 232.

— Bronn, *Lethæa geognostica*, p. 736, pl. 27, fig. 23.

— König, *Icon. foss.*, sect. I, pl. 2, fig. 20.

— Quenstedt, 1851, *Handbuch der Petrefaktenkunde*, p. 264, pl. 20, fig. 6.

CALLIANASSA FAUJASI, Milne Edwards, 1834, *Hist. nat. des Crust.*, t. II, p. 310.

— Milne Edwards in Lamarck, 1839, *Hist. nat. des Anim. sans vert.*, t. V, p. 287.

— Rœmer, 1840, *Versteinerungen des norddeutschen Kreidegebirges*, p. 106.

— Reuss, 1845, *Versteinerungen der böhmischen Kreide formation*, pl. 5, fig. 52.

— Bronn, 1848, *Index palæontologicus oder Uebersicht der bis jetzt bekannten fossilen Organismen*. Erste Abtheilung, p. 208.

— Geinitz, 1849, *Das Quadersandsteingebirge oder Kreidegebirge in Deutschland*, p. 96.

MESOSTYLUS FAUJASI (pro parte), H. G. Rœmer, 1852, *Lethæa geognostica, oder Abbildung und Beschreibung der für die Gebirgsformationen bezeichnendsten Versteinerungen*, 4e Lieferung, p. 354, pl. 27, fig. 23.

— Bosquet, 1854, *Crustacés fossiles du terrain crétacé du Limbourg*, p. 133, pl. 10, fig. 10.

Les pattes antérieures de cette espèce sont les seules parties de l'animal que l'on ait encore rencontrées, mais elles sont extrêmement abondantes dans les couches sableuses de la montagne Saint-Pierre, près de Maestricht, qui se rapportent au terrain crétacé supérieur. On en a signalé dans diverses localités, appartenant toutes à la même formation géologique : ainsi aux environs de Maestricht, à Nedercanne, à Bemelen, à Geulhem, à Fauquemont et à Ransdal (1). MM. Van Riemsdyk et Laurent en ont trouvé à Wonck en Belgique. D'après le docteur de Bey, on rencontre cette espèce dans le Lusberger-Breccie du Louisberg, près d'Aix-la-Chapelle. Suivant M. Fr.-Ad. Rœmer, elle se rencontre en Allemagne dans la craie supérieure, près Gehrden, Quedlinbourg, Altenrode, Veckenstedt et Dulmen. Suivant Mantell, elle existe dans la craie blanche de Lewes, dans le Sussex en Angleterre. Enfin M. Bosquet signale des pattes de cette espèce provenant des couches crétacées supérieures de la Nouvelle-Jersey, aux États-Unis d'Amérique, et qu'il tenait de M. Hermann Rœmer (de Hildesheim).

Peut-être toutes ces pattes ne doivent-elles pas se rapporter à la *Callianassa Faujasi*, mais à d'autres espèces plus ou moins voisines; je n'en ai jamais vu que de la montagne Saint-Pierre, et les autres n'ont pas été figurées.

On rapporta d'abord ces pattes aux Pagures; on crut même qu'elles appartenaient à une espèce identique avec celle de nos côtes, le Bernard-l'Hermite (*Pagurus Bernhardus*). Desmarest le premier reconnut qu'on devait les en séparer, mais il les laissa toujours dans le même genre, et leur donna le nom de *Pagurus Faujasi*, sous lequel on les désigne encore quelquefois.

M. Milne Edwards reconnut que ces pattes devaient appartenir à un tout autre groupe, et il les rapporta aux Callianasses. Cette manière de voir fut adoptée par presque tous les zoologistes, si ce n'est dans ces derniers temps, où, comme je l'ai déjà dit, on a voulu créer pour cette espèce un genre nouveau appelé *Mesostylus*; mais j'ai, je crois, démontré qu'il était établi d'après des caractères trop peu importants qu'on pût le conserver.

En général, ces pinces sont dans un état de conservation remar-

(1) Bosquet, *Crustacés fossiles du Limbourg*, p. 135.

quable; le plus souvent les différents articles sont en connexion, et le test intact. Les deux pinces se trouvent ordinairement ensemble, l'une au-dessus de l'autre, et il est évident que si le corps de l'animal n'avait pas été si mou, ou si les couches dans lesquelles il vivait avaient été moins arénacées, on aurait toujours ou presque toujours trouvé le corps à côté des pattes.

Il est à remarquer que jusqu'ici on n'a jamais figuré la pince que vue du côté externe; et en effet dans tous les échantillons que j'ai vus, c'était la face externe seulement qui était à découvert, et par conséquent la face interne de la petite pince : ce qui confirme encore la pensée que ces animaux sont morts sans secousses brusques et ont été recouverts de sable en gardant à peu près leur position naturelle : la grosse pince un peu plus en avant que la petite. Afin d'examiner les pièces internes qui, comme je l'ai montré, ont une grande importance, j'ai été obligé, en les empâtant dans une couche de plâtre, de retourner quelques-unes de ces pinces, opération qui d'ailleurs se fait avec la plus grande facilité.

La main de la *C. Faujasi* est grande et forte; sa taille dépasse de beaucoup celle de nos espèces vivantes.

Vue en dehors, elle est légèrement bombée et presque lisse, si ce n'est vers sa partie inférieure, où dans les échantillons bien conservés, on peut observer de petites granulations; la face interne au contraire est complétement lisse. Les bords supérieur et inférieur sont tranchants, surtout le premier; ils sont tous deux finement crénelés et marqués en dehors d'une ligne de petits trous, traces des poils qui garnissaient cette main. L'index, presque droit et très fort, porte vers sa partie moyenne une grosse dent pointue; il est marqué en dedans et en dehors de petits trous.

Les bords de la cavité articulaire destinée à recevoir le pouce sont finement dentelés en dedans et en dehors; entre cette cavité et la base de l'index il n'y a pas d'échancrure; le pouce se recourbe seulement vers son extrémité, qui est très aiguë. Il présente vers sa moitié une dent pointue et forte qui se trouve ainsi disposée de façon à agir contre la grosse dent de l'index; le pouce offre aussi la trace de poils nombreux disposés en lignes, une sur sa face supérieure et une de chaque côté.

La main s'articule avec l'avant-bras, suivant une ligne oblique de haut en bas et d'arrière en avant, de façon à ne pas pouvoir se plier dans un même plan.

L'avant-bras est relativement moins fort que la main ; il est plus large en avant qu'en arrière. Sa face externe légèrement bombée est presque lisse, sauf quelques granulations qui existent, les unes près de l'angle antéro-supérieur, les autres à l'angle antéro-inférieur. La face interne est aussi complétement lisse, et elle s'interrompt postérieurement pour laisser vide un espace qui devait être rempli par une membrane, car je n'ai jamais vu de trace de pièce complémentaire. Les bords sont tranchants et denticulés ; ils devaient porter quelques poils beaucoup plus rares que sur la main ; le bord postérieur, au lieu de s'arrondir doucement en se continuant avec l'inférieur, se coude brusquement, de façon à former un angle bien marqué, disposition que nous n'avons pas encore vue chez les autres Callianasses. L'angle inférieur et antérieur se prolonge en forme de pointe garnie d'un côté d'une crête de granulations. Le bras, d'une force en rapport avec les autres parties, s'articule avec l'article précédent au moyen d'un condyle robuste qui vient s'appliquer contre un autre gros condyle fourni par l'avant-bras, et qui tous deux tendent à rendre l'articulation beaucoup plus parfaite. La face externe est couverte de granulations, principalement sur la ligne médiane ; les bords sont finement dentelés, surtout le bord inférieur. Enfin la pièce interne ou complémentaire est aplatie et plus large au milieu, où elle est couverte de granulations.

Le trochanter est long et grêle ; sa surface extérieure est lisse, si ce n'est sur les bords, où chez les vieux individus on aperçoit quelques rares granulations ; la pièce complémentaire, quadrilatère et allongée, ne présente aucune particularité remarquable.

Je ne connais de la petite pince que la main et l'avant-bras. La main, longue et étroite, offre environ la moitié de la largeur de l'autre ; elle est très granuleuse en dehors. Le pouce et l'index, remarquablement longs et grêles, sont marqués de lignes de petits tubercules ; en dedans la main est beaucoup plus lisse.

L'avant-bras est relativement plus court que celui de la grosse pince ; en général, il est assez mal conservé et l'on peut difficilement observer sa surface, ce qui tend à faire croire que la rigidité de ces parties commençait déjà à devenir plus faible.

Il est aussi à noter que pour cette espèce comme pour les autres, quoique la pince droite soit en général la plus grosse, c'est au contraire quelquefois la pince gauche ; il n'y a pas à cet égard de règle fixe.

La *Callianassa Faujasi* diffère de toutes les Callianasses vivantes par l'existence des granulations qui ornent la surface de différentes pièces de la patte antérieure. Par le prolongement de l'angle antéro-inférieur de l'avant-bras, par le mode d'articulation de cet article avec le bras, elle ne peut se confondre avec la *C. antiqua*. Chez cette dernière la pince est complétement lisse et sans dentelures. Les doigts n'offrent pas de dents ; l'avant-bras se termine à sa partie inférieure et antérieure, de même qu'à sa partie postérieure, par des angles arrondis, tandis que dans la *C. Faujasi* qui nous occupe ici, ces angles sont au contraire très aigus.

Je ne puis admettre avec MM. Geinitz, Brown et Rœmer, que ces deux Callianasses ne soient que des variétés d'une même espèce, car on trouve de petites *C. Faujasi* avec tous leurs caractères ; ce n'est donc pas une affaire d'âge. Si c'était au sexe que ces différences étaient dues, on devrait trouver à Maestricht, où il y a tant de *C. Faujasi*, quelques *C. antiqua*. Or, il n'y en a pas, et quant à dire que la même espèce peut présenter d'aussi grandes différences, ce n'est pas possible. Si l'on veut interroger les espèces vivantes, on voit que tous les individus reproduisent exactement la même forme, sans y rien changer : le plus petit ornement qui se rencontrera chez l'un se retrouvera chez tous les autres. Je crois donc que l'on doit regarder la *C. Faujasi* comme une espèce bien distincte de la *C. antiqua* que M. Geinitz a représentée ; car n'ayant jamais eu à ma disposition ce fossile, je n'ai pu juger que d'après les figures que l'on en a données.

CALLIANASSA ARCHIACI, Nob.

Pl. 14, fig. 1.

Cette espèce paraît jusqu'à présent être propre aux couches de la craie marneuse. En effet, on n'a jamais rencontré de traces de son existence dans la craie blanche proprement dite ou dans la craie glauconieuse. Mais pendant la période qui s'est écoulée entre ces formations, la *Callianassa Archiaci* paraît avoir vécu en grande abondance (1); on en connaît de nombreux débris dans les assises de la craie jaune de Touraine, dans celle des environs de Vendôme, de Châteaudun. Dans le département du Lot, à Gourdon, on a trouvé des pinces isolées de cette espèce, au milieu d'un calcaire sableux micacé, avec grains verts. Dans le Dauphiné, au sud de Bollène, en se dirigeant vers Saint-Arriez, M. d'Archiac recueillit quelques fragments de ces Crustacés qu'il rapporta au genre Callianasse, et je dois à l'obligeance de ce savant géologue un très bel exemplaire de cette espèce, provenant de la même localité et présentant l'empreinte de l'abdomen et de la carapace qui ont été conservés dans le calcaire, malgré le peu de consistance de ces parties (2). Enfin à Montdragon, dans le département de Vaucluse, et à Uchaux, où le terrain devient complétement ferrugineux, on retrouve encore les restes de cette Callianasse, qui peut, en raison de son abondance, servir à caractériser la grande formation de la craie marneuse.

La carapace de la *C. Archiaci* (3) est petite, très comprimée latéralement. La région stomacale est limitée par un sillon bien accusé et elle présente une forme elliptique; la région cardiaque est assez large et bien marquée; les régions hépatiques et branchiales sont au contraire bien développées. Le bouclier céphalo-

(1) Voy. D'Archiac, *Hist. des progrès de la géologie*, 1851, t. IV, p. 343, 345, 351, 405, 406.

(2) Voy. pl. 14, fig. 1.

(3) Voy. pl. 14, fig. 1 et 1[a].

thoracique parait se terminer en avant par une petite pointe triangulaire qui n'est pas indiquée sur la figure ci-jointe, parce que quand celle-ci a été faite, le front n'était pas dégagé de la roche qui l'entourait. Le premier anneau de l'abdomen est court et étroit; il présente un sillon transversal qui paraît le subdiviser en deux segments et qui se retrouve chez la *C. subterranea*. Le deuxième anneau est plus long que tous les autres; il est plus étroit en avant et s'élargit graduellement vers sa partie postérieure, ce qui donne à l'abdomen un aspect pédonculé; les deux lobes latéraux de ce segment sont fortement indiqués par une crête saillante. Les quatre anneaux suivants sont courts et larges. Les lobes latéraux ou épimériens, plus arrondis que chez la *C. antiqua*, sont nettement indiqués par un sillon.

Le quatrième article offre sur le lobe médian quatre petits points saillants qui probablement indiquaient l'insertion des muscles abdominaux. La nageoire caudale est large et bien développée; les lames latérales triangulaires sont plus grandes que la lame médiane, qui offre une forme à peu près quadrilatère.

Les pattes de la première paire sont très inégales: tantôt c'est la droite, tantôt c'est la gauche dont la taille est la plus considérable. La main de la grosse patte est très renflée pour une main de Callianasse; sa face extérieure est lisse, sans granulations (1); la face interne, moins bombée que la précédente, est lisse et présente quelques traces de poils; elle offre vers sa partie postérieure un tubercule aplati qui disparaît pour peu que la main ait été un peu roulée (2); les bords en sont tranchants, surtout l'inférieur; tous deux sont finement dentelés, et ils présentent en outre une ligne de petits trous.

L'index est presque droit et n'offre qu'une dent le plus souvent à peine marquée. Le pouce, plus recourbé que l'index, surtout près de la pointe, offre aussi une seule petite dent très obtuse. Entre ces deux doigts, le bord antérieur de la main est garni d'une ligne de très petites denticulations qui ne s'observent que

(1) Voy. pl. 14, fig., 1[B], 1[E].
(2) Voy. pl. 14, fig. 1[C], 1[F].

sur les pinces bien conservées. La main s'articule avec l'avant-bras par une ligne très peu oblique.

Ce dernier article égale à peu près la main en longueur ; il se rétrécit légèrement en arrière. Ses faces ne présentent rien de remarquable, si ce n'est un tubercule placé à la partie interne (1), comme pour la main : ce tubercule est peu proéminent et disparaît facilement; les bords sont finement dentelés; l'angle antéro-inférieur se prolonge en pointe comme chez la *C. Faujasi*. Le bras est court et renflé; la pièce externe, en forme de demi-cylindre, est complétement lisse; la pièce interne ou complémentaire s'élargit vers sa partie moyenne et supérieure, de façon à s'adapter au cadre formé par la pièce externe; elle est plate et n'offre aucune granulation.

Je n'ai jamais eu à ma disposition de trochanter appartenant à cette espèce.

La petite main (2) est longue et étroite; les doigts surtout sont remarquables par leur longueur et leur gracilité. Cet organe ne présente d'ailleurs aucune particularité de structure intéressante; son avant-bras est relativement court et assez étroit.

J'ai déjà dit que dans les grès ferrugineux de Montdragon et d'Uchaux, se trouvaient des pattes appartenant à cette espèce (3) ; jusqu'ici on n'y a, je crois, rencontré que des mains et des avant-bras à l'état de moules et complétement privés de test, mais ils sont encore parfaitement caractérisés par les formes de la main et de l'avant-bras, terminé inférieurement par une pointe qui paraît plus aiguë parce qu'elle n'est pas recouverte de test.

La *C. Archiaci* ne peut se confondre avec la *C. Faujasi*, à cause de l'absence de granulations, de la forme de ses doigts, et surtout de son avant-bras. Jamais la *C. Faujasi* ne porte de tubercule sur la face interne de la main et de l'avant-bras, et d'un autre côté jamais la *Callianassa Archiaci* ne porte de granulations.

L'espèce qui s'en rapproche le plus est la *C. antiqua*, mais certains

(1) Voy. pl. 14, fig. 1^{C}.
(2) Voy. pl. 14, fig. 1, 1^{D}, 1^{G}.
(3) Voy. pl. 14, fig. 1^{G}, 1^{E}, 1^{F}.

caractères importants les séparent. Ainsi l'angle antéro-inférieur de l'avant-bras de cette dernière est complétement arrondi, tandis que chez la *C. Archiaci* il se prolonge en pointe ; d'autre part, le bras de la *G. antiqua* porte une ligne de granulations. D'ailleurs, je le répète, jamais je n'ai eu à ma disposition de pince de cette espèce allemande, et il est possible que, si certains détails de la figure qu'on en a donnée ne sont pas exacts, on soit obligé de lui réunir une des espèces de Callianasses que j'ai décrites comme distinctes. Mais telle qu'elle est connue, elle forme bien une espèce à part de la *C. Archiaci.*

Enfin la *C. Archiaci* ne se rapproche d'aucune espèce vivante; la forme de l'avant-bras en est très différente. Aucune des Callianasses de nos mers n'a cet article aussi allongé, et offrant, ainsi que la main, un tubercule à sa face interne.

Je demanderai à M. d'Archiac la permission de lui dédier cette espèce, en le remerciant tout à la fois des conseils qu'il a bien voulu me donner dans le cours de mes recherches, et des matériaux qu'il a toujours mis à ma disposition avec une libéralité vraiment scientifique.

CALLIANASSA DESMARESTIANA.

Pl. 13, fig. 4 et 4A.

Syn.: PAGURUS DESMARESTIANUS? Marcel de Serres, *Géognosie des terrains tertiaires.*

Cette grande espèce se rencontre dans les couches du calcaire à moellons des environs de Montpellier, qui font partie de la formation tertiaire supérieure. En 1829, M. Marcel de Serres avait signalé dans ces assises la présence de pattes de Pagures (1), et les avait désignées sous le nom de *Pagurus Desmarestianus*. Malheureusement, il ne donna ni figures ni descriptions; mais, comme on confondait alors avec les Pagures toutes les Callianasses fossiles, et que le gisement est le même, il est probable que le *P. Desmarestianus* ne diffère pas de notre Callianasse.

Je n'ai jamais eu à ma disposition que des mains privées de

(1) *Géognosie des terrains tertiaires*, 1829, p. 154.

pouce, et presque toujours à l'état de moule intérieur. Cet article, d'une taille considérable, est large et relativement court; il est extrêmement comprimé latéralement et régulièrement quadrilatère, ce qui ne permet pas de le confondre avec une main de Pagure. La face externe (1) de cette main est peu bombée et presque complétement lisse, si ce n'est entre la base de l'index et le col d'articulation du pouce, où elle présente un certain nombre de granulations rapprochées.

La face interne (2), plate et un peu concave à sa partie inférieure, présente aussi entre la base de l'index et du pouce une agglomération de petits tubercules. Les bords supérieur et inférieur sont tranchants, surtout ce dernier, qui est finement denticulé, et garni en dehors d'une ligne de trous indiquant la présence des poils.

Les bords postérieurs sont régulièrement droits, de telle sorte que la main ne s'articulait pas avec l'avant-bras par une ligne oblique, comme chez la *C. Faujasi*, etc.

La cavité articulaire du pouce est très grande, ce qui indique que cet organe devait être assez gros. Au-dessous de cette cavité, on voit une échancrure située au-dessus de la base de l'index. Cet appendice est droit et court comparativement à la longueur de la main; il ne présente aucune trace de dents.

Cette main se distingue par sa forme trapue de celle de toutes les espèces que nous avons examinées jusqu'ici. L'absence de dents sur l'index, son mode d'articulation avec l'avant-bras qui se fait sur une ligne droite, la distinguent au premier abord de la *C. Faujasi*. Quant aux autres espèces, elle en diffère trop par la taille et par la forme générale, pour qu'il y ait besoin d'indiquer les caractères particuliers; il est impossible de les confondre.

La *C. Desmarestiana* présente plus de points de similitude avec la *C. orientalis*. Nous verrons, en examinant les caractères de cette espèce, quels sont ceux qui servent à la distinguer de la Callianasse de Montpellier.

(1) Voy. pl. 13, fig. 4.
(2) Voy. pl. 13, fig. 4A.

CALLIANASSA ORIENTALIS, Nob.

Pl. 13, fig. 3, 3A, 3B.

Cette grande et belle espèce se trouve dans les alluvions, probablement contemporaines, des rivages de l'océan Indien, et on l'y rencontre associée à des coquilles vivant encore dans ces mers. Ainsi sur une main de cette Callianasse se trouvait attachée une valve de la *Venus scabra* (Hanley) qui habite aujourd'hui les mêmes mers, et se trouve plus particulièrement aux îles Philippines, où elle est cependant très rare. Ce fait tendrait à faire croire que la *C. orientalis* serait une espèce actuelle plutôt encroûtée de matière calcaire que vraiment fossile ; et cependant on ne connaît pas de Callianasse vivante dont la taille approche de celle qui nous occupe. Il en est ici comme pour certains Brachyures que l'on rencontre dans les mêmes gisements : le *Macrophthalmus Latreillei*, par exemple, qui n'est pas connu vivant, mais qui cependant se rencontre associé à des coquilles actuelles. Peut-être arrivera-t-on cependant, quand on aura mieux exploré ces rivages peu connus, à trouver vivante cette même Callianasse, qui dans ce cas aurait échappé jusqu'ici aux recherches, en raison de la manière de vivre propre à ces animaux.

La main de cette espèce, qui, avec l'avant-bras, est la seule partie connue jusqu'ici, est remarquablement forte; elle est un peu plus large vers sa partie postérieure, tout en ayant toujours la forme quadrilatère spéciale au genre qui nous occupe. La face externe (1), légèrement bombée, est complétement lisse; la face interne, presque plate (2), présente cependant une convexité très légère. Le bord inférieur, très tranchant, est garni en dedans d'une ligne de trous très rapprochés; en dehors, on en voit encore quelques-uns, mais beaucoup plus espacés. Le bord supérieur, beaucoup plus arrondi, présente en dedans cinq ou six trous assez gros.

(1) Voy. pl. 13, fig. 3.

(2) Voy. pl. 13, fig. 3A.

La main se termine postérieurement par un bord complétement droit sans aucune obliquité.

En avant, le cadre articulaire du pouce est grand et très allongé (1); il s'étend jusqu'à la base de l'index, de sorte qu'il n'y a pas là d'échancrure comme chez beaucoup d'autres Callianasses; il y a au contraire en dehors un petit tubercule saillant à la base de la cavité articulaire.

L'index est gros, court et peu recourbé; il est très épais, et présente supérieurement deux crêtes. L'une forme son bord externe; elle est la plus saillante et fort aiguë; enfin elle porte vers sa partie moyenne un rudiment de dent. L'autre forme le bord interne; elle est plus arrondie, moins élevée, et se prolonge un peu sur la face interne de la main. Ces deux crêtes se réunissent vers l'extrémité de l'index et se confondent; mais en arrière elles interceptent un espace triangulaire, légèrement excavé, qui forme la face supérieure de l'index.

Le pouce est beaucoup plus recourbé que l'autre doigt; large à sa base, il s'amincit rapidement vers l'extrémité, qui est très pointue; il offre un bord très tranchant et garni de découpures peu apparentes; il est marqué en dessus d'une ligne de poils; sur les côtés, on voit encore la trace de quelques trous.

L'avant-bras, comme je l'ai dit, s'articule avec la main par un bord droit; il est à peu près de la même longueur et de la même largeur. La face externe est lisse, légèrement bombée (2); la face interne, un peu concave (3), s'interrompt postérieurement pour laisser vide un espace qui devait être rempli par une membrane. Les bords inférieur et supérieur sont tranchants : le premier est finement dentelé, et porte la trace de poils nombreux aussi bien en dedans qu'en dehors; le supérieur offre une ligne de trous, seulement en dedans. Le bord postérieur est arrondi. L'articulation avec le bras se fait à l'aide d'une sorte de col visible, surtout en dedans.

(1) Voy. pl. 13, fig. 3^{B}.
(2) Voy. pl. 13. fig. 3^{B}.
(3) Voy. pl 13, fig. 3^{C}.

Les caractères de cette espèce sont parfaitement tranchés : la forme de l'index, l'absence d'échancrure au-dessous de la cavité articulaire du pouce, permettent de la séparer nettement de la *C. Desmarestiana*, avec laquelle sa forme générale a quelques rapports ; elle a beaucoup moins d'analogies avec les espèces vivantes, dont la plus grande n'atteint pas le tiers de sa taille.

On n'a que des indications très vagues sur les localités où se rencontrent ces fossiles ; ils présentent le même aspect que les Brachyures que l'on trouve dans les mêmes gisements ; de même que ces derniers, ils ont toujours un test poli et luisant de couleur brunâtre.

CALLIANASSA CENOMANIENSIS, Nob.

Pl. 14, fig. 5 et 5A.

Cette Callianasse est plus ancienne que toutes les précédentes ; elle se rencontre en assez grande abondance dans certaines couches des grès verts du Maine, et principalement à Mézières et à Saint-Mars-sous-Ballons. Il est rare que les différentes pièces soient en place ; mais on trouve un grand nombre de mains, de bras, d'avant-bras séparés, et quelquefois même des abdomens.

Cette espèce se distingue au premier coup d'œil de toutes les autres, soit vivantes, soit fossiles, par la forme étroite et allongée de l'avant-bras et de la main ; celle-ci est presque régulièrement quadrilatère. La face externe est bombée et lisse (1), tandis que la face interne est beaucoup plus plate (2) ; elles se réunissent toutes deux par des arêtes très vives. Le bord supérieur se recourbe en dedans, de façon à dépasser la face interne, surtout dans sa moitié postérieure ; il est finement denticulé sur toute sa longueur, et, à cause même de sa direction, on ne peut apercevoir ces dentelures qu'en le regardant en dedans. Le bord inférieur est aussi finement dentelé en dehors. L'index, presque droit, est

(1) Voy. pl. 14, fig. 5.
(2) Voy. pl. 14, fig. 5A.

complétement dépourvu de dents ; il est court et assez gros. Entre sa base et l'articulation du pouce, on n'aperçoit pas d'échancrure. Le pouce, qui est court et peu recourbé, présente vers sa partie moyenne une dent mousse et allongée, qui pourrait plutôt se comparer à un élargissement du doigt. La face postérieure de la main est droite et légèrement oblique de haut en bas et d'arrière en avant, de sorte que cet organe, en se pliant sur le bras, ne devait pas former un angle droit dans le même plan, comme chez la *C. Heberti*, la *C. macrodactyla* et la *C. prisca*.

L'avant-bras présente la même forme étroite et allongée que nous avons vue pour la main. Sa longueur est la même ; et quand ces deux articles sont étendus, ils paraissent n'en former qu'un seul. La face externe de l'avant-bras est aussi légèrement bombée, et se prolonge supérieurement en se recourbant, de façon à surplomber un peu sur la face interne, surtout dans sa moitié antérieure. Le bord ainsi formé est très aigu et finement dentelé. La face interne est plate. Je n'ai pu constater s'il y avait ou non de pièces complémentaires, à cause de l'état d'empâtement des pinces que j'avais à ma disposition. L'angle antérieur et inférieur de l'avant-bras se prolonge en forme de pointe visible, surtout en dehors. Le bord inférieur ne paraît pas offrir de denticulations.

Le bras est court et d'une forme un peu elliptique.

La pièce externe, en forme de demi-cylindre, est marquée par une ligne longitudinale de petites ponctuations qui la divisent en deux parties à peu près égales, toutes deux lisses ; ses bords sont finement crénelés. La pièce interne ou complémentaire est plate et un peu renflée vers sa partie moyenne.

Le trochanter paraît assez long, mais je n'en ai pas pu examiner d'entiers ; ceux que j'avais à ma disposition étaient tous brisés vers leur partie inférieure. Cependant les tronçons qui restaient ont montré que la face externe était complétement lisse, assez grêle, et que la pièce interne était étroite et plate. D'ailleurs, jamais l'examen de cet article chez les Callianasses n'a donné de bons caractères spécifiques.

La taille de la petite pince égale presque celle de la grande ;

mais les doigts sont beaucoup plus grêles et plus allongés; enfin l'avant-bras est plus court.

L'abdomen, qui se trouve quelquefois assez bien conservé, n'offre aucune particularité remarquable à noter. Comme chez toutes les espèces du genre qui nous occupe, il présente un aspect vermiforme, et les côtés de chaque article sont marqués d'un sillon longitudinal, qui limite ainsi de petits lobes épimériens, analogues à ceux que nous avons vus chez la *Callianassa Archiaci*.

En résumé, cette espèce se distingue de toutes celles vivantes et fossiles par le grand allongement de la main et de l'avant-bras, et par la direction du bord supérieur de ces deux articles qui se replie en dedans plus que chez aucune autre Callianasse. La couleur de ces différentes pièces est ordinairement d'un vert brun foncé; elles sont plus ou moins empâtées dans une espèce de grès verdâtre très dur avec grains verts; cependant il n'est pas rare d'en rencontrer des articles parfaitement conservés.

CALLIANASSA MICHELOTTI, Nob.

Pl. 14, fig. 3 et 3A.

Cette Callianasse, qui provient de la belle collection de M. Michelotti (de Turin), se trouve assez fréquemment dans les couches miocènes de la colline de la Superga. Le test en est presque toujours bien conservé, et sa couleur est ordinairement d'un gris verdâtre. Jusqu'à présent, je n'ai eu à ma disposition que des mains privées de pouce.

Cet article est assez allongé pour sa largeur. La face externe est très légèrement bombée (1); la face interne est aplatie (2). Les bords supérieur et inférieur sont tranchants, surtout ce dernier, qui forme à la main une sorte de bordure lamelleuse; il est garni d'une ligne de poils. Le bord supérieur ne porte pas de trace de trous. L'index est presque droit, et présente vers sa partie moyenne une dent constituée par la jonction de deux crêtes: l'une qui forme son bord externe, l'autre qui part de la face interne de

(1) Voy. 14, fig. 3.
(2) Voy. 14, fig. 3A.

la main, et forme son bord interne. L'index se termine ensuite en pointe. Il présente en dehors deux crêtes qui se prolongent un peu sur la main ; on voit dans le sillon qu'elles laissent entre elles un petit tubercule percé à son centre d'un trou; puis au-dessus, dans l'intervalle qui existe entre la base de ce doigt et la cavité articulaire du pouce, on remarque aussi deux autres petits tubercules, l'un plus élevé et plus en avant que l'autre. Tous deux sont percés d'un petit trou ; cette disposition se retrouve sur toutes les mains de cette espèce. A la face interne du poignet, dans ce même espace, au-dessus de la base de l'index, on voit encore un ou deux petits tubercules qui servaient aussi de base à des poils.

La main se termine en arrière par un bord articulaire complétement droit.

Cette espèce se distingue au premier coup d'œil de toutes celles que nous venons d'examiner par les crêtes qui ornent la face externe de l'index, et par les trois petits tubercules que l'on voit au-dessus de la base de ce doigt. La *C. orientalis*, qui d'ailleurs ne présente aucune analogie de forme avec la *C. Michelotti*, offre sur la face supérieure de l'index une disposition analogue, c'est-à-dire que cette face est légèrement excavée et limitée par deux bords saillants.

Aucune espèce vivante ne présente ces caractères.

CALLIANASSA SISMONDAI, Nob.

Voy. pl. 14, fig. 4.

Cette espèce, qui, de même que la précédente, se rencontre dans les couches miocènes de la colline de Turin, n'est connue jusqu'ici que par la main. M. É. Sismonda (1) l'avait figurée, et la regardait comme appartenant au genre Grapse. Cependant ces Brachyures ont une main très trapue, très arrondie, et où les bords inférieur et supérieur sont extrêmement peu marqués. Enfin ce dernier, à cause de l'obliquité de l'articulation, est beaucoup plus court que l'inférieur.

(1) *Descrizione dei Pesci e dei Crostacei fossili nel Piemonte*. Torino, 1846, p. 69, pl. 3, fig. 7.

La main de cette Callianasse est au contraire quadrilatère ; la face externe est légèrement convexe, la face interne presque plate. Ces faces sont lisses, si ce n'est en dehors, au-dessus de la base de l'index, où l'on remarque une agglomération de petits tubercules. Les bords supérieur et inférieur sont tranchants ; ce dernier est finement crénelé, et porte la trace de poils. L'index est long, grêle, garni en dehors de nombreux petits tubercules qui se continuent avec ceux de la main ; le bord supérieur est légèrement dentelé. Au-dessus de la base de l'index, on voit une échancrure qui n'est pas assez marquée dans la figure qu'en a donnée M. Sismonda. Le pouce est fort et garni sur son bord supérieur de ponctuations nombreuses, surtout près de l'articulation ; sur ses faces extérieure et intérieure on en voit encore quelques-unes. Il présente près de sa base une petite dent, puis seulement des denticulations. Sa pointe, qui est fort aiguë, se recourbe légèrement en dedans, comme chez la petite pince de la *C. Heberti*.

L'ensemble des caractères que je viens d'énumérer indique évidemment que c'est au genre Callianasse que doit se rapporter cette pince, mais on ne peut l'identifier à aucune des espèces vivantes ou fossiles que nous connaissions. La *C. Michelotti*, qui présente avec elle le plus d'analogie, s'en distingue par les crêtes qui ornent la face externe de son index, par les trois tubercules qui se trouvent à la base de ce doigt, etc.

Notre espèce fossile est de toutes celles connues la seule dont le pouce présente des ornements, et où l'on trouve à la base de l'index un groupe de tubercules se continuant sur ce doigt. Chez la *C. Desmarestiana*, qui s'éloigne complétement de notre espèce fossile par sa forme générale, on voit aussi des tubercules à la base du doigt immobile, mais ils ne se continuent pas sur cet organe. Je donnerai à cette Callianasse le nom de M. É. Sismonda, qui le premier a signalé son existence.

Indépendamment de ces différentes espèces de Callianasses, toutes parfaitement déterminables, la collection du Muséum d'histoire naturelle de Paris en possède encore quelques-unes trop mal caractérisées pour que l'on puisse les donner comme types de nouvelles divisions spécifiques.

Ainsi, parmi les fossiles que M. Lefèvre a rapportés d'Égypte, se trouvent des mains incomplètes qui appartiennent évidemment au genre Callianasse, et, parmi les espèces que j'ai passées en revue, c'est de la *C. Desmarestiana* qu'elles se rapprochent le plus. Mais leur état de conservation laisse trop à désirer, pour que l'on puisse établir une comparaison rigoureuse de ces deux espèces.

Enfin je signalerai des mains de Callianasse recueillies dans le golfe Persique, à l'île Kharec, près Busheer, par M. Leclancher, pendant le voyage de la *Favorite*. Ces mains, d'une taille considérable, présentent une certaine analogie avec celles de la *C. orientalis*, mais elles en diffèrent cependant par quelques caractères importants. Les pièces que j'ai eues à ma disposition ne m'ont pas permis jusqu'ici de la caractériser comme espèce particulière, et n'ayant cependant pu l'identifier avec aucune autre, je l'ai cataloguée, dans la collection du Muséum sous le nom de *C. persica*.

Je crois aussi que les mains dont M. Quenstedt signale l'existence dans le terrain jurassique de Souabe (1), et qu'il rapporte au genre *Pagurus* sous le nom de *P. suprajurensis*, doivent appartenir au genre *Callianassa;* mais je ne les connais que d'après les figures de M. Quenstedt, et elles sont trop imparfaites pour qu'il me soit possible de rien avancer avec certitude (2).

J'ai réuni dans le tableau suivant quelques-uns des caractères qui peuvent d'une manière empirique faciliter la détermination des principales espèces de Callianasses dont il vient d'être question.

(1) Voy. Quenstedt, *Handbuch der Petrefaktenkunde*, 1851, pl. 20, fig. 8 et 9, et ci-après, pl. 15, fig. 5 et 5A.

(2) Au moment de mettre ce travail sous presse, j'apprends de M. Étallon qu'il a trouvé ce fossile à Porentruy, dans les couches du terrain kimmeridgien moyen, et qu'il le considère aussi comme appartenant au genre Callianasse. Dans un mémoire qu'il compte publier prochainement sur les Crustacés fossiles du Jura, ce paléontologiste fera connaître aussi une nouvelle espèce du même genre, appartenant au lias supérieur des Nans (Jura), et désignée sous le nom de *Callianassa Bonjouri*. Ces observations modifient les conclusions que j'avais tirées des faits connus jusqu'à ce jour relativement à la distribution géologique du genre Callianasse, dont l'antiquité, comme on le voit, est beaucoup plus grande qu'on ne le croyait.

- Pouce plus long que l'index. . . . . *C. macrodactyla.*
- Pouce et index égaux.
  - Avant-bras et mains lisses.
    - Angle inférieur et antérieur de l'avant-bras arrondi . . . . *C. antiqua.*
    - Angle inférieur et antérieur de l'avant-bras aigu.
      - Articulation de la main avec l'avant-bras se faisant d'après une ligne droite.
        - Index présentant un bord tranchant bicaréné. . . . . *C. orientalis.*
        - Index présentant un bord tranchant simple.
          - Main courte ; bras garni sur son bord infér. d'un prolongement en forme de crochet . . *C. Heberti.*
          - Main longue ; bras lisse. . . . . *C. prisca.*
      - Articulation de la main avec l'avant-bras se faisant d'après une ligne oblique.
        - Mains et avant-bras longs et étroits ; bord supérieur de ces deux articles se repliant en dedans. . . . . *C. cenomaniensis.*
        - Main et avant-bras robustes ; bord supérieur de ces deux articles presque droit. *C. Archiaci.*
  - Avant-bras ou main garnie de tubercules.
    - Tubercules disposés irrégulièrement sur la main ; index portant une dent aiguë. . . . . . *C. Faujasi.*
    - Tubercules groupés près de la base de l'index ; mains d'ailleurs lisses.
      - En assez grand nombre.
        - Limités au-dessus de la base de l'index ; taille considérable. . . . . *C. Desmarestiana.*
        - Se continuant sur le bord supérieur de l'index ; petite taille. . . . . *C. Sismondai.*
      - Au nombre de trois seulement sur la face externe . . . . *C. Michelotti.*

§ II.

Genre AXIA.

Leach, *Malacostracea Podophthalmata Britanniæ*, 1815.

Le genre *Axie* se rapproche beaucoup du genre Callianasse (1); cependant la carapace se termine par un petit rostre élargi, qui rappelle un peu ce qui existe chez les Gébies. La région stomacale est grande, et occupe près de la moitié de la carapace. L'abdomen, pédonculé à sa base, est terminé par une nageoire complète et bien développée. Les pattes de la première paire sont didactyles.

La main ressemble complétement à celle de quelques Callianasses, de façon qu'à l'aide de cet organe isolé, il ne serait pas possible de décider auquel de ces deux genres on devrait la rapporter. Mais chez les Axies, l'avant-bras est très petit; c'est un véritable genou, tandis que chez les Callianasses il égale presque la main. Chez les Axies, il n'offre pas de pièce complémentaire, non plus que le bras, qui ressemble par sa forme à celui des Callianasses. Le trochanter est extrêmement court, et ne sert qu'à rattacher le bras à l'épaule. Les doigts de la petite main sont comparativement beaucoup plus gros et plus grands que ceux de la grosse main (2).

Jusqu'à présent ce genre n'a pas été trouvé à l'état fossile. Robineau-Desvoidy avait signalé une main incomplète comme devant s'y rapporter, et l'avait désignée sous le nom d'*Axia cylindrica;* mais elle se distingue de celles des Gébies par sa forme beaucoup plus courte, plus renflée, l'absence de bords crénelés, etc.; d'ailleurs la figure qu'il en donne est complétement indéterminable (3).

(1) Voy. *Règne animal*, Crustacés, pl. 48, fig. 2, 2A, etc.

(2) Voy. pl. 16, fig. 5, 5A et 5B.

(3) Voy. Robineau-Desvoidy, *Mémoire sur les Crustacés du terrain néocomien de Saint-Sauveur en Puisaye (Yonne)* (*Annales de la Société entomologique*, 2e série, t. VII, p. 136, pl. 5, fig. 21, et ci-après, pl. 15, fig. 9).

§ III.

Genre THALASSINE.

Syn. : Cancer, Herbst, *Versuch einer Naturgeschichte der Krabben und Krebse.*
Thalassina, Latreille, *Genera Crustaceorum et Insectorum*, t. I, p. 51 (1806).

Le genre Thalassine, représenté dans nos mers actuelles par deux espèces (1), se distingue des autres Crustacés de la même famille par un certain nombre de caractères bien tranchés. La carapace, courte, comprimée latéralement et très étroite, se termine en avant par un petit prolongement en forme de rostre, légèrement lamelleux en dessus, et dont les bords garnis de fines dentelures se prolongent par une petite crête sur la partie antérieure de la région stomacale (2). Cette dernière est petite. La région cardiaque est extrêmement étroite et va en s'amincissant vers la base de l'abdomen. Les régions branchiales sont bien développées, surtout en hauteur; elles sont remarquables par l'existence de petites dents, quelquefois très aiguës, disposées de chaque côté : les unes, en avant, sur le prolongement du sillon stomaco-branchial ; les autres, en arrière, sur les côtés du lobe cardiaque postérieur.

L'abdomen, grêle et subcylindrique, forme à lui seul plus des deux tiers de la longueur totale du corps. Le premier segment est beaucoup plus étroit que les suivants ; il est aplati latéralement, tandis que les autres au contraire sont considérablement élargis. Les lames latérales de la nageoire caudale, au lieu d'être bien développées comme chez les autres animaux de cette famille, sont réduites à de petits prolongements filiformes.

Les pattes antérieures sont robustes et un peu inégales entre

(1) 1° La *Thalassina scorpionoides*, Latreille (voy. Milne Edwards, *Histoire naturelle des Crustacés*, t. II, p. 316 ; et Atlas du *Règne animal*, Crustacés, pl. 48, fig. 1.— 2° La *Thalassina gracilis*, Dana (*Crustacea*, t. I, p. 514, pl. 32, fig. 5).

(2) Voy. *Règne animal*, Crustacés, pl. 41, fig. 1, etc.

elles (1). La droite est généralement la plus grosse, mais ce n'est pas une règle absolue. Le pouce prend un accroissement considérable, tandis que l'index reste court et presque rudimentaire, ce qui donne à la main un aspect submonodactyle. Le pouce ne présente qu'une seule dent, disposée de façon à pouvoir rencontrer l'extrémité de l'index. Mais la pince ainsi formée n'agit pas en manière de ciseaux par un mouvement de haut en bas; le pouce se plie obliquement en dedans et en bas, de façon à se rapprocher un peu de la face interne du poignet. Dans ce mouvement, son tubercule dentiforme rencontre l'extrémité de l'index; mais la préhension ne peut ainsi s'effectuer que d'une manière très imparfaite, et ces pattes servent plutôt de crochets à l'animal. L'avant-bras est très court, et n'offre rien de remarquable. Le bras, robuste et long, présente à sa partie interne les traces de la soudure de la pièce complémentaire, qui, chez les Callianasses, est tout à fait indépendante.

Le trochanter est robuste, court, et présente aussi la trace de la soudure de la pièce interne.

Le membre antérieur des Thalassiniens ne peut être confondu avec celui d'aucun Crustacé; la main, si elle est isolée, pourrait être prise pour une main de Gébie, mais les différences qui séparent ces deux espèces sont trop légères pour que cette erreur ait une grande importance.

Les pattes de la seconde paire sont élargies, le pénultième article surtout est très développé en forme de palette; elles sont terminées par un doigt pointu, et ne sont pas chélifères. Les autres pattes sont toutes construites sur le même plan; elles sont seulement beaucoup moins fortes.

Les Thalassines sont des animaux dont le squelette tégumentaire présente assez de résistance; les pattes antérieures surtout sont d'une grande solidité. J'ai donc insisté principalement sur la forme de ces organes, laissant de côté ce qui se rapportait aux yeux, aux antennes, aux pièces de la bouche, qui peuvent fournir de bons caractères zoologiques, mais dont on est obligé de faire

(1) Voy. pl. 16, fig. 6 et 6a.

abstraction dans l'étude des fossiles. Le corps et les pattes de ces animaux sont hérissés de poils nombreux, qui, après leur chute, laissent comme traces de leur existence de petits trous ronds parfaitement visibles.

Le genre Thalassine est jusqu'à présent très mal représenté à l'état fossile.

THALASSINA EMERYI, Th. Bell.

Pl. 15, fig. 1A, 1B.

M. Thomas Bell rapporte au genre Thalassine un Crustacé fossile trouvé en Australie par le lieutenant Émery, et appartenant à M. Macleay (1). Cette Thalassine paraît se rapprocher beaucoup de la *Thalassina scorpionoides* des mers actuelles, mais devoir former une nouvelle espèce, à laquelle M. Bell donna d'abord le nom de *T. antiqua*, pour y substituer ensuite celui de *T. Emeryi*.

N'ayant jamais eu ce fossile entre les mains, je reproduirai ici la description qu'en a donnée l'éminent zoologiste anglais :

« La *Thalassina Emeryi* fossile, que je me propose de décrire après celui qui l'a découverte, a les côtés de la carapace assez bien conservés ; la partie dorsale est complétement perdue. Les quatre premiers articles de la première et de la seconde paire de pattes sont en assez bon état ; de la troisième et de la quatrième paire, il ne reste que les articles basilaires, et la cinquième paire est détruite. Tout l'abdomen est dans un état parfait de conservation, à l'exception du troisième segment. Cet organe est brusquement replié sur lui-même, et l'article terminal se trouve derrière le thorax, entre la troisième et la quatrième paire de pattes. Le rostre est aussi très complet ; il est séparé de la carapace, et il est placé verticalement entre les pattes antérieures (2). Il se prolonge en une dent cannelée et triangulaire, et de chaque côté, à peu de distance, se trouve un petit tubercule proéminent. Les lignes saillantes qui circonscrivent le rostre se continuent en

(1) Voy. *Ann. and Magaz. of Natural History*, 1844, vol. XIV, p. 455.

(2) Voy. pl. 15, fig. 1.

arrière à une petite distance, ainsi que la cannelure médiane, qui est assez profonde. Une seconde ligne saillante se prolonge aussi de chaque côté en arrière des petits tubercules ou denticules.

» La similitude entre cette espèce et l'espèce actuelle est si grande, en tant que l'état du fossile permet la comparaison, qu'il est difficile de constater quels en sont les véritables caractères distinctifs. Pourtant elles diffèrent dans les proportions des pièces épimériennes ou latérales des segments abdominaux, qui sont moins développées chez le fossile que chez l'espèce actuelle, et dans la forme du segment terminal ou lobe médian de la queue, dont la longueur est à la largeur comme 8 : 6 chez le fossile, et comme 11 : 6 chez l'espèce actuelle. Les côtés de la carapace sont chez le premier plus uniformément couverts de petits points saillants, qui, chez l'autre espèce, rendent la surface complétement rugueuse. Ce spécimen offre d'autant plus d'intérêt qu'il est le premier Crustacé fossile qui ait encore été trouvé à la Nouvelle-Hollande. »

Parmi les Crustacés des couches néocomiennes du département de l'Yonne, Robineau-Desvoidy (1) avait décrit une Thalassine sous le nom de *Thalassina grandidactylus;* il figura même (2) ce qu'il appelle la main de cette espèce. Je me suis longtemps demandé à quoi pouvait se rapporter ce fragment. Enfin le Musée de la ville d'Auxerre ayant bien voulu mettre à ma disposition les pièces qui avaient servi de base au travail de Robineau-Desvoidy, j'y ai retrouvé l'échantillon figuré, et j'ai reconnu, comme il est facile de s'en assurer, que ce qui avait été donné comme une main de Thalassine n'était que l'article basilaire avec une partie de la tige de l'antenne externe d'un Astacien. Robineau-Desvoidy avait pris le tronçon de la tige de cette antenne pour le pouce, et l'article basilaire pour la main, dont l'index aurait été brisé. Il était cependant facile de s'assurer, à la simple inspection de la pièce, que ce qu'il appelait le pouce n'aurait pas pu se plier, et par conséquent

(1) Voy. *Ann. de la Société entomologique*, 2e série, t. VII, 28 févr. 1849, p. 135.

(2) *Loc. cit.*, pl. 5, fig. 16, et ci-après, pl. 15, fig. 8 et 8a.

faire l'office de pince. Ce n'est malheureusement pas la seule erreur de ce genre qui existe dans le mémoire de Robineau-Desvoidy ; j'aurai dans le cours de cet ouvrage à en signaler un grand nombre.

§ IV.

GENRE GEBIA.

Syn. : CANCER, Montagu.

GEBIA, Leach, *op. cit. Edinburgh* (*Encyclop.*, 1814, t. VII).

Le genre Gébie, plus nombreux en espèces vivantes que le précédent, s'y rattache par quelques particularités, tandis qu'il s'en éloigne par un certain nombre de caractères assez importants pour constituer un genre.

La carapace, assez courte et comprimée, se termine par un petit rostre aplati (1) ; ses bords dentelés se prolongent sur la région stomacale ; cette dernière est peu considérable, et très étroite en avant. La région cardiaque est peu distincte ; les régions branchiales ne présentent pas de dentelures comme chez les Thalassines.

L'abdomen, très long, est attaché au thorax par un premier article grêle et allongé ; les autres sont plats et larges. Enfin cette région se termine par une nageoire bien constituée, et dont les deux paires de lames latérales sont larges et carrées, au lieu d'être styliformes comme chez les Thalassines.

Les pattes de la première paire, presque semblables entre elles, diffèrent peu de celles du genre précédent, c'est-à-dire que la main n'est qu'imparfaitement didactyle. Le pouce est très long et grêle, quelquefois garni d'une dent. L'index est rudimentaire, et n'est pour ainsi dire formé que par le prolongement de l'angle antérieur et inférieur du poignet (2).

L'avant-bras est très court ; le bras, très long et un peu courbé suivant sa longueur, ne présente à sa partie interne aucune trace de pièce complémentaire, comme il en existe toujours chez les

(1) Voy. *Règne animal*, CRUSTACÉS, pl. 49, fig. 1, etc.

(2) Voy. pl. 16, fig. 4 et 4A.

Callianasses. Le trochanter est très peu développé, ce qui éloigne encore les Gébies du genre Callianasse. La main seule ne peut se distinguer de celle des Thalassines ; mais si elle est articulée avec le reste de la patte, elle se reconnaît par la longueur du bras et par sa courbure particulière.

Jusqu'ici les Gébies n'ont été signalées à l'état fossile qu'en très petit nombre, et, comme nous allons le voir, il est probable que ce que l'on a donné comme tel doit être rapporté à d'autres groupes.

M. Herman de Meyer range à côté des Gébies, mais avec doute, un Crustacé du grès bigarré de Soulz-les-Bains, qui n'est connu que par une empreinte assez vague (1).

La carapace de ce petit Macroure est beaucoup trop développée pour appartenir à un Thalassinien ; à elle seule, elle occupe au moins la moitié de la longueur du corps, et l'abdomen ne paraît pas pédonculé. Mais n'ayant pas eu d'échantillons de ce fossile entre les mains, je ne puis décider à quel genre on doit le rapporter de préférence, et à en juger par la figure que M. H. Meyer en a donnée, il me paraît impossible de le déterminer génériquement avec certitude; je suis même disposé à croire que c'est un très jeune individu, dont les traits caractéristiques ne sont pas encore bien développés.

Robineau-Desvoidy décrit trois espèces de Gébies des terrains néocomiens de l'Yonne : la *G. Munsteri*, la *G. digitata* et la *G. Meyeri*. De ces trois espèces, les deux dernières sont établies sur des fragments brisés, et qui ne permettent de les rapporter à aucun genre, quel qu'il soit, comme on peut s'en convaincre en examinant les figures qu'il en a données, et que j'ai reproduites (2). La première, ou *G. Munsteri*, qui n'est connue que par la main, diffère du genre Gébie par des caractères bien tranchés (3). Les faces de la main sont bombées, ce qui donne à cet organe une

(1) *Paleontograph.*, t. IV, pl. 10, fig. 9.— *Museum Senckenbergianum*, 1834, t. I, p. 294. — *Neue Gattung foss. Krebse*, p. 25, et ci-après, pl. 15, fig. 6.

(2) Voy. *Ann. de la Société entomolog.*, 2ᵉ série, t. VII, p. 136, fig. 18 et 19, et ci-après, pl. 15, fig. 10 et 11.

(3) Voy. pl. 15, fig. 7, 7ᴬ, 7ᴮ.

forme renflée. Chez les Gébies, la main est au contraire comprimée latéralement; les bords, au lieu d'être tranchants et finement denticulés, sont lisses et arrondis. Le pouce, très grêle et très court, présente un petit renflement sur son bord supérieur; il s'applique exactement contre la face antérieure de la main, et c'est à peine si son extrémité vient toucher à l'index. Au contraire, chez les Gébies, le pouce, très long et toujours lisse en dessus, se plie obliquement en dedans, et dépasse toujours au moins de la moitié de sa longueur le doigt immobile. Par conséquent, ce serait plutôt à une Salicoque voisine des Crangons que l'on devrait rapporter cette main.

On voit donc que de ces trois espèces nominales de Gébies, il n'en est aucune qui puisse être conservée comme membre du groupe dont l'étude nous occupe ici.

EXPLICATION DES FIGURES.

PLANCHE 11.

Fig. 1. *Callianassa Heberti*, des sables de Beauchamp, reconstituée d'après sa forme probable. Les parties au trait n'ont jamais été trouvées.

Fig. 1^B. Patte de la première paire vue par sa face externe et considérablement grossie. *t*, trochanter; *c*, bras; *j*, avant-bras; *p'*, poignet; *p''*, index; *d*, pouce.

Fig. 1^C. La même patte, vue par la face interne. *t*, trochanter; *t*, pièce complémentaire du trochanter; *c*, bras; *c'*, pièce complémentaire du bras; *j*, avant-bras; *p'*, poignet; *p''*, index; *d*, pouce.

Fig. 1^D. Patte de la première paire, vue par sa face externe et de grandeur naturelle.

Fig. 1^E. Bras grossi, vu par sa face interne et dépourvu de pièce complémentaire, tel qu'il se rencontre le plus souvent dans les sables de Beauchamp.

Fig. 1^F. Pièce complémentaire isolée, appartenant au même bras.

Fig. 1^G. Trochanter grossi, vu par sa face interne et dépourvu de pièce comp mentaire.

Fig. 1 . Pièce complémentaire du même trochanter.

Fig. 2. Patte de la première paire de la *Callianassa subterranea*, vue par sa face externe et très grossie, pour montrer l'analogie qui existe entre cette espèce vivante et la *C. Heberti*. *t*, trochanter ; *c*, bras ; *j*, avant-bras ; *p'*, poignet ; *p''*, index ; *d*, pouce.

Fig. 2A. La même patte, vue par sa face interne. *t*, trochanter ; *t'*, pièce complémentaire du trochanter ; *c*, bras ; *c'*, pièce complémentaire du bras ; *j*, avant-bras ; *j'*, pièce complémentaire de l'avant-bras ; *p'*, poignet ; *p''*, index ; *d*, pouce.

PLANCHE 12.

Fig. 1A. Petite main? de la paire de pattes antérieures de la *Callianassa Heberti* (très grossie).

Fig. 1B. Pouce de la même main.

Fig. 1C. Pouce de la grosse main.

Fig. 1D. Main jeune et ne présentant pas encore tous ses caractères.

Fig. 1E. Main privée de pouce, vue par sa face interne.

Fig. 1F. Main montrant les détails de la cavité articulaire du pouce.

Fig. 1G. Main vue par sa face postérieure, montrant la courbure du bord inférieur.

Fig. 2. Patte antérieure de la *Callianassa macrodactyla* des sables de Beauchamp, vue par sa face externe et de grandeur naturelle.

Fig. 2A. Patte antérieure vue par sa face externe et très grossie. Les lettres de renvoi de cette planche sont ici les mêmes que pour la planche 11.

Fig. 2B. La même, vue par sa face interne.

Fig. 2C. Main isolée et privée de pouce, vue par sa face externe.

Fig. 2D. Pouce isolé.

Fig. 2F. Main vue par sa face interne et montrant les détails de la cavité articulaire du pouce.

Fig. 2G. Main vue par sa face postérieure, montrant le bord inférieur, qui est droit et ne se recourbe pas en dedans.

Toutes ces figures, à l'exception de la figure 2, sont très grossies.

PLANCHE 13.

Fig. 1. *Callianassa Faujasi*, de la craie supérieure de Maëstricht. La grosse pince est vue par sa face externe ; la petite par sa face interne.

Fig. 1A. La même retournée. La grosse pince présente sa face interne et la petite sa face externe.

Fig. 2. *Callianassa prisca*, du calcaire grossier du département de l'Eure. Pince vue par sa face externe.

Fig. 2^A. La même, vue par sa face interne.

Fig. 3. *Callianassa orientalis*. Main vue par sa face interne.

Fig. 3^A. La même, vue en dedans.

Fig. 3^B. La même, privée de pouce et vue en dessus, de façon à montrer la disposition des deux crêtes de l'index.

Fig. 3^D. Avant-bras vu en dehors.

Fig. 3^C. Le même, vu en dedans et montrant le cadre que devait occuper la pièce complémentaire.

Fig. 4. *Callianassa Desmarestiana*, du calcaire moellon des environs de Montpellier. Main privée de pouce et vue en dehors.

Fig. 4^A. La même, vue en dedans.

PLANCHE 14.

Fig. 1. *Callianassa Archiaci*, du terrain crétacé. Échantillon montrant le corps de l'animal et les deux pinces.

Fig. 1^A. Corps du même, redressé et vu par sa face supérieure.

Fig. 1^B. Pince de la même espèce, de la craie de Villedieu, vue en dehors.

Fig. 1^C. La même, vue en dedans.

Fig. 1^D. Petite main de la même espèce.

Fig. 1^E. Pince de la même provenant de Montdragon et vue en dehors.

Fig. 1^F. La même, vue en dedans.

Fig. 1^G. Petite main de la même espèce.

Fig. 2. *Callianassa antiqua*, du terrain crétacé de Silésie. Échantillon montrant le corps et la grosse pince.

Fig. 2^A. Corps du même, redressé et vu par sa face supérieure.

Fig. 2^B. Pinces de la même espèce.

Ces trois figures ont été copiées dans l'ouvrage de Geinitz.

Fig. 3. *Callianassa Michelotti*, du terrain miocène de la colline de Turin. Main vue en dehors.

Fig. 3^A. La même, vue en dedans.

Fig. 4. *Callianassa Sismondai*, du terrain miocène de la colline de Turin. Main vue par sa face externe.

Fig. 5. *Callianassa cenomaniensis*, des grès verts du Maine. Pince vue en dehors

Fig. 5^A. Pince de la même espèce vue en dedans.

PLANCHE 15.

Fig. 1. *Thalassina Emeryi*, de la Nouvelle-Hollande. Portion antérieure de la carapace, montrant le rostre.

Fig. 1^A. Le même échantillon vu de côté, montrant la carapace et l'abdomen reployé.

Fig. 1_B. Le même, vu en dessous.

Ces figures ont été copiées sur celles de M. Bell (*Quarterly Journ. of the Geolog, Soc.*, 1845, t. I, p. 93).

Fig. 2. *Callianassa affinis*, du calcaire grossier. Main privée de pouce, de grandeur naturelle et vue par sa face externe.

Fig. 2^A. La même, grossie et vue en dehors.

Fig. 2^B. La même, vue en dedans.

Fig. 3. Pouce de la *Callianassa prisca*, de Port-Brehé (Manche), vu en dehors.

Fig. 3^A. Le même, vu en dedans.

Fig. 3^B. Pouce de la même espèce de Gourbeville (Manche), vu en dehors.

Fig. 3^C. Le même, vu en dedans.

Fig. 3^D. Pouce et index de la *Callianassa prisca*, du calcaire grossier de Parnes, vus en dehors.

Fig. 3^E. Les mêmes, vus en dedans.

Fig. 4 *Callianassa antiqua*, du terrain crétacé d'Allemagne

Cette figure a été copiée dans le mémoire de M. Rœmer (*Die Versteinerungen des norddeutschen Kreidegebirges*, 184?, pl. XVI, fig. 25).

Fig. 5. *Callianassa? suprajurensis*, du Jura blanc d'Allemagne.

Fig. 5^A. La même espèce.

Ces deux figures ont été copiées dans l'ouvrage de M. Quenstedt (*Handbuch der Petrefactenkunde*, 1851, pl. 20, fig. 8 et 9).

Fig. 6. *Gebia? obscura*. Figure copiée dans l'ouvrage de M. H. de Meyer.

Fig. 7. Pince que Robineau-Desvoidy rapporte au genre Gébie, sous le nom de *Gebia Munsteri*.

Fig. 7_A. La même, vue en dehors.

Fig. 7^B. La même, grossie pour montrer les détails du pouce.

Ces figures 7^A et 7^B ont été copiées dans le mémoire de Robineau-Desvoidy (*Ann. de la Société entomol. de France*, 2e série, t. VII, pl. 5, fig. 17).

Fig. 8. Fragment d'antenne d'un *Astacus* que Robineau-Desvoidy avait pris pour une main de Thalassine.

Fig. 8^A. Le même, d'après la figure que Robineau-Desvoidy en a donnée (*loc. cit.*, pl. 5, fig. 16).

Fig. 9. Fragment de pince que Robineau-Desvoidy a rapporté au genre *Axia*, sous le nom d'*A. cylindrica*.

Fig. 10. Fragment de pince rapporté par le même auteur au genre *Gebia*, sous le nom de *G. Meyeri* (*loc. cit.*, pl. 5, fig. 19).

Fig. 11. Fragment indéterminable rapporté par le même auteur au genre *Gebia*, sous le nom de *G. digitata*.

Fig. 11^A^. Fragment de la même espèce (*loc. cit.*, pl. 5, fig. 18).

PLANCHE 16.

Pattes de divers Thalassiniens et Pagures vivants, données comme termes de comparaison pour la distinction des genres fossiles.

Fig. 1. *Callianassa uncinata*, espèce vivant sur les côtes du Chili. Pince vue en dehors.

Fig. 2. *Callianassa chilensis*, de la même localité. Face interne de la pince.

Fig. 2A. Face externe de la même.

Fig. 3. *Callianidea typa*, de la Nouvelle-Irlande. Pince vue en dehors.

Fig. 3A. La même, vue par sa face interne.

Fig. 4. *Gebia littoralis* de la Méditerranée. Pince vue en dehors.

Fig. 4A. La même, vue en dedans.

Fig. 5. *Axia stirynchus* de nos côtes. Pince vue en dehors.

Fig. 5A. La même, vue en dedans.

Fig. 5B. Petite pince de la même espèce.

Fig. 6. *Thalassina scorpionoides*, des côtes du Chili. Pince vue en dedans.

Fig. 6A. La même, vue en dehors.

Fig. 7. *Pagurus Bernhardus* de nos côtes. Pince vue en dehors.

Fig. 7A. La même, vue en dedans.

Fig. 7B. La même, vue par sa face inférieure.

Fig. 7C. La même, vue par sa face supérieure.

PUBLICATIONS NOUVELLES.

Recherches sur la faune littorale de la Belgique, par M. Van Beneden. Turbellariées. In-4°, 1860.

Dans ce mémoire, tiré du XXXII° volume du *Recueil de l'Académie de Bruxelles*, M. Van Beneden rend compte d'une série très intéressante d'observations sur la structure et la physiologie des Némertiens des côtes de la Belgique, et il établit que l'estomac de ces animaux est bien la grande cavité qui règne dans toute la longueur du corps; qu'il n'existe aucune communication entre celle-ci et la trompe; qu'il existe un orifice anal à l'extrémité postérieure de cette cavité digestive, et qu'un appareil hépatique très développé est en connexion avec ses parois; que, parmi ces animaux, il est des espèces qui sont monoïques et d'autres qui sont dioïques; enfin, que les ovaires, de même que les testicules, consistent en sacs clos logés dans l'espace périgastrique, et que c'est en partie par déhiscence que chacun de ces organes verse au dehors son contenu. Ce mémoire contient aussi beaucoup d'autres observations intéressantes, et est accompagné de sept planches coloriées.

Iconographie générale des Ophidiens, par M. le professeur Jan, directeur du musée de Milan. In-4°, première livraison.

Dans cette Iconographie, M. Jan se propose de faire connaître toutes les espèces de l'ordre des Ophidiens qui se trouvent dans le Musée de Milan et dans les nombreuses collections mises à la disposition de ce naturaliste par presque tous les grands établissements zoologiques de l'Europe et de l'Amérique. L'atlas se composera de 300 planches format in-4°, et le texte (in-8) sera publié par monographies. Dans la première livraison, comprenant 6 planches, l'auteur a représenté, avec la plus grande exactitude, non-seulement la forme générale des animaux dont il s'occupe, mais aussi, à l'aide de figures grossies, tous les caractères tirés de la disposition des écailles, du système dentaire, et même de la charpente osseuse et de la tête.

Neue wirbellose Thiere. — Nouvelles espèces d'animaux invertébrés recueillis pendant un voyage autour du monde, par M. L. Schmarda. Seconde livraison : Turbellariées, Rotateurs et Annélides.

Nous avons annoncé précédemment la publication du premier volume de cet ouvrage; dans la livraison qui vient de paraître, et qui est accompagnée de 22 planches coloriées avec beaucoup d'élégance, M. Schmarda fait connaître un grand nombre d'espèces nouvelles de la classe des Annélides, et il est à remarquer que la plupart de ces animaux, quoique recueillis généralement dans les mers d'Asie, appartiennent aux formes génériques déjà représentées dans nos systèmes de classification, ou à des types qui ne s'en éloignent que peu. Ce travail paraît avoir été fait avec beaucoup de soin, et sera certainement très utile pour l'histoire des Vers.

On the origin of Species. — Sur l'origine des espèces au moyen de l'affinité organique, par M. H. Freke, professeur de médecine à Dublin. Un volume in-8°.

Dans ce livre, l'auteur professe des idées théoriques qui ont de l'analogie avec celles de M. Darwin touchant l'origine des espèces zoologiques, mais il y arrive par des considérations d'un autre ordre. Du reste, il ne nous paraît pas avoir porté de nouvelles lumières sur la question dont il s'occupe.

RECHERCHES SUR LE MODE DE FIXATION

DES

ŒUFS AUX FAUSSES PATTES ABDOMINALES

DANS LES ÉCREVISSES,

Par M. LEREBOULLET,
Professeur à la Faculté des sciences de Strasbourg.

Parmi les faits relatifs à l'histoire naturelle des animaux que nous révèle chaque jour l'observation, il en est un très intéressant qui me paraît être resté ignoré jusqu'ici : c'est celui qui concerne la ponte des œufs chez les Écrevisses, c'est-à-dire leur arrivée sous l'abdomen, et la manière dont ils s'attachent aux appendices des segments abdominaux.

Les zoologistes qui se sont occupés de l'histoire naturelle des Crustacés sont à peu près muets sur cette question.

Latreille, dans son *Histoire des Malacostracés* (1), s'exprime ainsi en parlant de l'Écrevisse : « A la sortie de l'ovaire, les œufs sont attachés à un fil et restent un instant pendants (ce fait n'est pas exact) ; mais l'Écrevisse, à l'aide des mouvements de sa queue et de ses pattes, les fait passer sur les filets de la partie inférieure de sa queue et les y distribue également ; ils y sont fixés par les poils de ces filets et la viscosité naturelle de leur pédicule. Vue au microscope, l'enveloppe de ces œufs paraît double, et leur pédicule n'est que l'expansion de l'enveloppe extérieure, qui est ainsi une espèce de sac. » Cette dernière partie de l'observation de notre célèbre entomologiste est très exacte.

Dans l'article MALACOSTRACÉS du grand *Dictionnaire des sciences naturelles* (t. XXVIII, p. 308 ; 1823), Leach se borne à dire que « les œufs se rassemblent sous l'abdomen, et se collent, par le moyen de la matière visqueuse dont ils sont enduits, sur les filets

(1) *Buffon* Sonnini, t. V, p. 84, an XI.

ou fausses pattes qui garnissent cette partie. » Or, les œufs de l'ovaire ne sont pas enduits d'une matière visqueuse; celle-ci ne les entoure que lorsqu'ils sont arrivés sous l'abdomen. Mais comment se produit cette matière gluante? C'est ce que Leach ne dit pas.

Voici ce qu'on lit dans un très bon article du *Dictionnaire classique d'histoire naturelle*, par M. Audouin (t. VI, p. 60; 1824): « Les œufs sont fixés aux filets mobiles qui garnissent la queue à l'aide d'un pédicule, sorte de tuyau membraneux, flexible, élargi à sa base, et *qui paraît être la continuation de l'enveloppe la plus extérieure de l'œuf.* » Le fait est exact pour ce qui concerne le mode d'attache des œufs; mais la membrane qui entoure l'œuf et qui se continue avec le pédicule de celui-ci n'a rien de commun avec l'enveloppe propre de l'œuf ou chorion. Cette membrane et son pédicule se sont formés sous l'abdomen par le travail organique que nous faisons connaître plus loin.

La phrase de M. Audouin, que nous venons de rapporter, se trouve reproduite *textuellement*, comme à peu près son article tout entier, dans le *Dictionnaire* de M. d'Orbigny (t. V, p. 202; 1844), sans que l'auteur ait jugé convenable d'indiquer la source où il a puisé.

Le *Règne animal* (1) se contente de dire que « les œufs, d'abord rassemblés en tas et collés, au moyen d'une humeur visqueuse, aux fausses pattes, sont d'un rouge brun et grossissent avant d'éclore. »

M. Milne Edwards (2) pense que ce sont les parois de l'oviducte qui sécrètent la matière visqueuse dont les œufs sont entourés. « Après être parvenu dans la cavité de l'ovaire, l'œuf se dirige peu à peu vers l'orifice externe de l'un des oviductes dont les parois sécrètent, à l'époque du printemps, un liquide albumineux assez épais qui entoure cet œuf, et qui, en se concrétant après la ponte, constitue une deuxième enveloppe extérieure. » Cette explication est sans contredit la plus juste de toutes celles qui ont été propo-

(1) Dernière édition, Crustacés, p. 134.

(2) *Hist. nat. des Crustacés*, 1834, t. I, p. 177.

sés sur le phénomème en question. C'est bien en effet un liquide albumineux qui se concrète autour de chaque œuf après la ponte, mais ce n'est pas l'ovaire qui produit ce liquide.

M. Duvernoy a aussi été amené à parler du mode d'attache des œufs sous l'abdomen, mais il ignorait, comme ses prédécesseurs, le mécanisme de cette opération. Dans une communication faite à l'Académie des sciences *sur les organes extérieurs de fécondation dans les Crustacés décapodes* (1), on trouve le passage suivant : « L'incubation, qui a lieu sous l'abdomen, « a nécessité une coque particulière agglutinant les œufs, au moment de la ponte, aux fausses pattes abdominales, et se durcissant ensuite. Il est possible que le mâle aide la femelle à placer ses œufs sous l'abdomen et à les agglutiner aux fausses pattes de cette région. »

J'ai été assez heureux pour découvrir, il y a huit ans déjà, l'origine du liquide visqueux qui sert, en se solidifiant, à fixer les œufs aux fausses pattes sous-abdominales, et j'ai consigné sommairement cette découverte dans une note lue à la Société d'histoire naturelle de Strasbourg, séance du 7 décembre 1852 (2). Depuis, j'ai pu saisir un certain nombre de fois la nature sur le fait par l'observation d'Écrevisses prises au moment même de la ponte. Cette circonstance favorable m'a permis d'expliquer, d'une manière que je crois satisfaisante, un mécanisme qui avait échappé jusqu'ici aux physiologistes.

Pour éviter autant que possible toute cause d'erreur, j'ai répété les mêmes observations pendant plusieurs années consécutives sur l'Écrevisse de rivière et sur les deux autres espèces (3) de nos eaux, et cette année encore, pendant les mois de septembre, octobre et novembre, j'ai cru devoir suivre de nouveau de semaine en semaine, avant de commencer la rédaction définitive de mes notes, toutes les phases du phénomène en question. De cette manière j'espère avoir donné à mes observations toutes les garanties de certitude désirables.

(1) *Comptes rendus*, 1850, t. XXXI, p. 347.

(2) *L'Institut*, année 1853, n° 998, p. 64.

(3) *Astacus longicornis* et *A. pallipes* (voy. *Mém. de la Société d'hist. nat. de Strasbourg*, t. V, 1re livraison, 1858).

L'époque de la ponte, c'est-à-dire du passage des œufs sous l'abdomen, varie suivant les espèces. Elle a lieu vers la fin de septembre ou au commencement d'octobre pour l'Écrevisse que j'ai nommée *longicorne* (*A. longicornis*); à la fin d'octobre, pour notre Écrevisse *pallipède* (*A. pallipes*); à la fin de novembre, et en décembre, pour l'Écrevisse fluviatile.

Plusieurs semaines avant la sortie des œufs (cinq à huit semaines dans l'Écrevisse ordinaire, trois à quatre semaines dans les deux autres espèces), on voit apparaître, sous l'abdomen des femelles, des taches d'un blanc laiteux, disposées le long de l'arceau inférieur de chacun des anneaux. On remarque d'abord ces taches sur la ligne médiane, où elles font une légère saillie bilobée en avant de l'arceau; puis elles s'étendent le long du bord antérieur, et plus tard le long du bord postérieur de cette même pièce, de manière à lui former une double bordure linéaire de couleur blanche (pl. 17, fig. 1). Enfin les extrémités latérales de chaque arceau (régions épimériennes inférieures, *a*, fig. 1), la tige des fausses pattes sous-abdominales avec son appendice (fig. 2), et les pièces de la nageoire caudale, à l'exception de sa lame médiane (fig. 1), offrent la même coloration blanche.

Si l'on enlève avec des ciseaux l'arceau inférieur ou sternal, on trouve au-dessous de lui une matière blanche laiteuse, ou plutôt crémeuse, immédiatement appliquée contre l'arceau et reposant sur les faisceaux musculaires de l'abdomen. Cette matière n'est entourée d'aucune membrane particulière; elle est en contact immédiatement, d'une part, avec la lamelle molle, celluleuse, qui double partout, intérieurement, le squelette tégumentaire de l'Écrevisse (derme), de l'autre, avec les muscles et le cordon nerveux médian.

Quand on a détaché l'arceau sternal et qu'on le retourne pour examiner le dépôt blanc appliqué contre lui, on voit que ce dépôt forme sur la ligne médiane deux amas principaux rapprochés l'un de l'autre et disposés symétriquement (fig. 3 et 4). De ces deux lobes médians, la matière blanche s'étend de chaque côté sur toute la longueur de l'arceau, remplit les cavités épimériennes ainsi que la tige des fausses pattes et les lames de la nageoire caudale.

La quantité de cette substance augmente de jour en jour jusqu'à l'époque de la ponte. Il arrive quelquefois, mais très rarement et d'une manière exceptionnelle, qu'elle recouvre complétement la région inférieure de l'abdomen. Sauf ces rares exceptions, qui sont peut-être l'effet d'une maladie, elle se borne à former, en avant et en arrière de l'arceau inférieur, une bordure de 1 à 2 millimètres de largeur.

Cette matière ne se voit chez le mâle à aucune époque de l'année, et elle n'existe chez la femelle que pendant un certain temps, avant la ponte des œufs. Dès que cette ponte est terminée et que les œufs sont fixés sous l'abdomen, le dépôt blanc disparaît entièrement, sans laisser de trace, pour ne plus se montrer que l'année suivante, à la même époque.

Voilà donc un premier fait bien nettement établi :

Une substance particulière se dépose avant la ponte sous l'abdomen des femelles.

Cette substance s'accumule en quantité de plus en plus considérable jusqu'à l'époque de la ponte.

Puis elle disparaît quand les œufs ont été pondus et fixés.

Occupons-nous maintenant de la composition de cette matière, depuis le commencement de son apparition jusqu'au moment qui précède le passage des œufs sous l'abdomen.

Vu à l'œil nu, elle offre un aspect finement lobulé qui devient de plus en plus sensible à mesure qu'elle s'accumule en plus grande quantité. Les deux masses mitoyennes sont d'abord les seules qui présentent distinctement cet aspect lobulé (fig. 4); plus tard on l'observe aussi sur la matière déposée le long de l'arceau et dans les cavités épimériennes ; la substance blanche qui remplit les fausses pattes est celle dont les lobules sont le moins prononcés.

Si l'on étale sur une plaque de verre une portion de cette matière crémeuse, elle conserve sa liquidité, et l'on peut facilement séparer avec des aiguilles les petits lobules dont elle se compose. Mais dès qu'on y ajoute de l'eau, la matière change de nature instantanément : elle devient compacte, visqueuse ; les éléments dont elle est formée adhèrent fortement les uns aux autres, et il est désormais impossible de la réduire avec des aiguilles en particules assez fines pour l'examen microscopique, parce qu'elle s'attache aux aiguilles et forme de petits grumeaux qui ne se laissent plus étaler sur le porte-objet.

J'ai étudié ce produit à l'état naturel, puis délayé dans le sérum de l'Écrevisse, dans l'eau, l'alcool, l'éther, le chloroforme, l'acide nitrique, l'acide acétique et la potasse caustique.

Les seuls éléments appréciables au microscope sont des granules, des corps celluliformes et des vésicules ou des gouttelettes de graisse.

Quand on n'ajoute aucun liquide, ces éléments sont entassés les uns sur les autres ou se dessèchent promptement si on les étale en couche suffisamment amincie. Il vaut mieux délayer la matière dans une goutte de sérosité, elle y conserve sa diffluence, et l'aspect de ses éléments reste le même. On voit alors, au milieu de granules microscopiques, un certain nombre de corps sphériques, d'une transparence parfaite, sans aucun contenu appréciable ; ils sont comme enfouis dans la masse granuleuse et il est impossible de distinguer leurs contours (fig. 6). Ces corps sphériques celluliformes ont, en moyenne, $0^{mm},015$ de diamètre.

Dès qu'on laisse tomber une gouttelette d'eau sur une petite portion de matière blanche préparée pour l'examen microscopique, cette matière, de transparente qu'elle était, devient opaque, et s'étire, ainsi que nous l'avons dit, en filaments déliés, comme le ferait une substance très visqueuse. Il faut, pour l'étudier, recouvrir la préparation d'une lamelle de verre et exercer une légère compression. On voit alors très bien les corps sphériques se détacher de l'espèce de gangue dans laquelle ils étaient comme enfouis, et se montrer remplis de granules (fig. 7).

Cette action de l'eau sur le contenu des vésicules sphériques est instantanée et se produit sous les yeux de l'observateur. Si l'on couvre d'une lamelle de verre une très petite quantité de matière blanche, celle-ci se montre au microscope sous l'aspect représenté dans la figure 6. Vient-on à déposer une gouttelette d'eau sur le bord de la lamelle, on voit aussitôt les granules libres devenir plus foncés à mesure qu'ils arrivent à être en contact avec l'eau, et les vésicules sphériques, qui étaient d'une transparence parfaite et paraissaient vides, se remplissent immédiatement de granules, comme s'il s'était fait une précipitation dans leur intérieur.

L'alcool coagule faiblement la masse; celle-ci reste molle et granuleuse et ne se laisse pas étendre; aussi est-il difficile d'étudier la composition de ce dépôt sur des pièces conservées dans l'esprit-de-vin. Les corps celluliformes sont déformés et montrent distinctement un noyau plus ou moins gros, quelquefois double, faiblement coloré en rose, noyau qui m'a semblé lui-même formé par une agglomération de granules.

L'éther dissout la graisse, mais n'agit ni sur les vésicules sphériques, ni sur les granules. Il en est de même du chloroforme. Seulement, quand on traite la préparation par ces deux agents sans l'avoir préalablement imprégnée d'eau, la pièce se dessèche très rapidement.

L'acide nitrique étendu au dixième (une partie d'acide sur dix parties d'eau) déforme et dissout les cellules quand on agit sur la substance blanche sans l'avoir préalablement étendue d'eau. Si au contraire on traite d'abord la pièce par l'eau et qu'on ajoute ensuite de l'acide, même au cinquième, celui-ci ne dissout plus les cellules, mais il les rend plus foncées.

Le mode d'action de l'acide acétique est remarquable. On sait que cet agent dissout l'enveloppe de la cellule et laisse intact son noyau. Or rien de pareil n'a lieu ici. Les granules deviennent plus pâles, circonstance qui fait mieux ressortir les corps celluliformes, en dessinant parfaitement leur contour; celui-ci ne subit aucune déformation. L'acide employé presque pur rendait les corps celluliformes encore plus nets, en augmentant la transparence du reste de la préparation. Il me paraît évident, d'après cela, que les sphères en question ne sont pas des cellules, mais bien des noyaux ou des vésicules nucléaires remplies de granules.

La potasse caustique, étendue de son volume égal d'eau, dissout les granules et les corps nucléaires.

De toutes les propriétés de la matière blanche que nous venons de passer en revue, la plus remarquable est, sans contredit, celle qu'elle a de se coaguler par son contact avec l'eau. Cette propriété explique le phénomène de coagulation du liquide épanché sous l'abdomen, dont il sera question plus loin.

La composition générale de la substance déposée sous les segments abdominaux reste la même pendant toute la durée de son existence, c'est-à-dire qu'elle est toujours formée de granules libres, de corps nucléaires dispersés au milieu d'eux et de globules graisseux. Cependant il m'a semblé que la graisse devient en proportion plus abondante à mesure que la quantité du dépôt augmente ; le nombre des corps nucléaires paraît aussi s'accroître ; de plus, ces corps, qui étaient d'une transparence parfaite au commencement de la formation du dépôt, offrent plus tard un aspect granuleux, même quand on n'ajoute pas d'eau à la préparation. La grosseur de ces noyaux granuleux est, dans l'origine, assez constante ; elle ne varie guère qu'entre $0^{mm},012$ et $0^{mm},015$. A une époque plus avancée, ils augmentent de dimension, car j'en ai vu qui mesuraient $0^{mm},02$ et jusqu'à $0^{mm},3$, quand le dépôt était arrivé à son maximum.

La matière blanche est toujours riche en graisse pendant toute la durée de son existence. Qu'elle soit préparée avec des aiguilles, comprimée sous une lamelle de verre ou coagulée par des acides, toujours on voit de grosses gouttes de graisse s'accumuler au milieu des autres éléments. Souvent j'ai remarqué que l'action des acides étendus déterminait l'apparition de gouttelettes graisseuses qui se réunissaient en gouttes plus grosses ou quelquefois se montraient entourées d'une membrane pour constituer des vésicules simples ou composées (fig. 8).

La substance contenue dans l'intérieur des fausses pattes est toujours plus liquide que celle qui se trouve sous les anneaux, mais sa composition est essentiellement la même.

J'ai observé plusieurs fois une composition de la matière blanche différente de celle que je viens de décrire, et qui me paraît transitoire (fig. 9). Les granules moléculaires qui forment ordinairement la plus grande partie du dépôt sont ici en petit nombre. Ils sont remplacés par des corpuscules plus gros, d'une transparence mate, irréguliers pour la forme et pour les dimensions. Les corps nucléaires sont de grandeur inégale ; leur nombre a diminué, et beaucoup d'entre eux, surtout dans la substance des fausses pattes, renferment une ou deux vésicules brillantes ; enfin plusieurs de ces corps nucléaires ont une forme elliptique et les nucléoles vésiculeux sont espacés et disposés vers les foyers de l'ellipse. Cet état indique évidemment une transformation dans les éléments consécutifs du dépôt. L'apparition des corpuscules transparents, irréguliers, qui forment alors la plus grande partie de la matière blanche, est peut-être un acheminement à la division de ces éléments en vésicules microscopiques, dont l'existence précède immédiatement la disparition du dépôt et la formation du liquide visqueux sous-abdominal dont nous allons bientôt parler.

A mesure que le dépôt continue à s'accumuler sous les segments abdominaux, l'aspect de ce dépôt devient plus lobulé ; on voit très bien les lobules à l'œil nu, et l'on peut facilement les séparer avec des aiguilles. Cette disposition s'aperçoit même à travers la membrane cornée des segments de l'abdomen. La double bordure qui longe l'arceau présente un aspect dentelé ou festonné qui provient de la division de la matière, et qui annonce la prochaine sortie des œufs.

Ces lobules, visibles à l'œil nu, sont eux-mêmes composés d'amas plus petits, mais qu'on ne distingue qu'au microscope; après avoir étalé sur le porte-objet une quantité suffisante de matière blanche. Chacun de ces amas (fig. 10) renferme un certain nombre de corps nucléaires enfouis au milieu d'une masse granuleuse, tandis que les intervalles sont occupés par des granules vésiculeux d'une excessive ténuité, et tous remarquables par leur aspect uniforme. Ici on ne voit plus de gouttelettes graisseuses interposées au milieu des autres éléments ; la graisse cependant existe encore, mais disposée çà et là par grosses gouttes entre certains lobules : c'est ce qui donne à la préparation l'aspect uniforme qui la caractérise.

La substance laiteuse contenue dans les fausses pattes et dans leur appendice est aussi formée de petites masses granuleuses, irrégulières, composées de vésicules microscopiques agglomérées, au milieu desquelles on aperçoit les corps nucléaires. Les appendices plumeux ou soies composées qui garnissent ces fausses pattes ont leur cavité parfois remplie de granules un peu plus gros, disposés par amas de distance en distance (fig. 15). Enfin les soies qui bordent ces petites tiges sont creuses aussi et communiquent avec ces dernières, et l'on distingue quelquefois de très petites vésicules dans leur intérieur.

Ainsi le dépôt blanc s'est fractionné en éléments de plus en plus petits qui couvrent la face interne des segments abdominaux, remplissent les fausses pattes, et pénètrent jusque dans les soies les plus déliées de ces appendices.

C'est alors qu'a lieu la sortie des œufs, sortie précédée et accompagnée du phénomène remarquable que nous allons décrire.

L'abdomen se replie sur lui-même; les bords latéraux correspondants des segments ainsi repliés s'appliquent les uns contre les autres; la queue s'étale en éventail, et ferme en avant la poche qui résulte de cette disposition. Un liquide transparent et très visqueux ne tarde pas à remplir cette dernière; ce liquide enduit les soies qui garnissent les bords latéraux des segments et les lames de la queue, et les agglutine assez fortement les unes aux autres pour fermer le sac et empêcher que rien ne puisse s'en échapper.

Les œufs sortis des oviductes, et arrivés dans cette poche, plongent au milieu du liquide visqueux qui la remplit. Ils sont alors encore entièrement mous, et se déforment à la moindre pression, comme cela arrive pour les œufs pris dans l'ovaire. Ces œufs restent libres pendant un certain temps, et se réunissent sur différents points du sac abdominal, suivant les mouvements que fait l'Écrevisse. Il m'est arrivé plusieurs fois de trouver, dans les paniers qu'on apporte au marché, des Écrevisses dont la poche abdominale était remplie de liquide et d'œufs récemment pondus. Ces Écrevisses étaient mises dans un sac de filet, et portées à mon laboratoire; mais, par l'effet de la marche, un certain nombre d'œufs sortaient de la poche, et les autres se trouvaient ramassés et entassés les uns sur les autres dans un coin de celle-ci.

Une propriété que possède le liquide visqueux contenu dans la poche abdominale, c'est de se coaguler aussitôt qu'il est en contact avec l'eau; ce liquide s'épaissit, et ne tarde pas à se changer en une membrane amorphe de couleur brunâtre. Il est probable que, lorsque les œufs sont agglomérés sous l'abdomen et plongés au milieu du liquide visqueux, l'Écrevisse, en imprimant de légers mouvements à son corps, ballotte ces œufs, et fait entrer en même temps une petite quantité d'eau dans l'intérieur de la poche. Cette eau coagule lentement la matière visqueuse, et les œufs s'attachent aux fausses pattes et à leurs nombreux appendices plumeux ; toujours est-il qu'au bout de peu de temps, cette fixation a lieu. Chaque œuf est alors entouré d'une couche gluante qui, venant à se solidifier, se change en une membrane perméable à l'eau ; c'est pour cela que, vus à la lumière transmise, ces œufs sont entourés d'une zone transparente, et semblent enfermés chacun dans un sac (fig. 15, B). D'un autre côté, la matière visqueuse réunit et agglutine plusieurs des barbes qui garnissent les fausses pattes (fig. 14 et 15) ; le poids de l'œuf étire en longueur cette matière à moitié solidifiée, et détermine la formation d'un cordon aplati, large, et encore peu résistant (fig. 15). Quand on opère, à l'aide d'une pince, une traction sur l'œuf, on peut allonger considérablement le pédicule ; mais, dès qu'on cesse de tirer, celui-ci revient subitement à sa dimension primitive, ce qui montre qu'il est doué d'une grande élasticité.

Les œufs ne s'attachent pas seulement aux appendices de l'abdomen ; ils peuvent se fixer indistinctement sur tous les points de la surface sous-abdominale ; aussi est-il fréquent d'en trouver qui adhèrent à l'arceau inférieur ou à la membrane cornée qui unit les anneaux entre eux. Cependant la plupart sont portés par les fausses pattes, à cause de leurs nombreux appendices plumeux (fig. 15).

Les œufs ainsi suspendus sont d'abord très rapprochés de leur point d'attache ; plus tard, le pédicule s'allonge, par suite de la traction que détermine le poids de l'œuf, et se tord en même temps sur lui-même, sans doute par l'effet du mouvement continuel des fausses pattes, en vue de la respiration des œufs. L'enveloppe est alors immédiatement collée contre l'œuf, et le pédoncule a acquis une résistance considérable. Ces œufs, qui étaient d'une extrême mollesse en sortant de l'ovaire, sont devenus très durs, lisses, brillants, et jouissent surtout d'une grande élasticité : quand on les laisse tomber d'une certaine hauteur, ils rebondissent comme de petites balles de gomme élastique.

Il est facile de comprendre comment les phénomènes que je viens de décrire ont pu rester inconnus jusqu'à ce jour. Les Écrevisses qu'on apporte au marché sont entassées les unes sur les autres dans de grands baquets; les mouvements qu'on leur imprime, soit quand on les sort de l'eau, soit quand on les transporte ou qu'on les choisit pour la vente, produisent facilement le décollement de l'abdomen, de sorte qu'il est difficile d'en rencontrer qui aient conservé leur poche abdominale, d'autant plus que l'existence de cette dernière est sans doute de courte durée. Cependant j'ai été assez heureux pour trouver plusieurs fois des Écrevisses dont la poche abdominale était entièrement fermée et pleine d'un liquide au milieu duquel flottaient les œufs encore libres de toute adhérence : c'est cette circonstance qui m'a permis de constater la curieuse propriété que possède ce liquide de se coaguler dans l'eau.

Nous avons vu plus haut qu'avant la production du liquide glaireux sous-abdominal, la substance blanche était encore accumulée dans l'intérieur des anneaux, et se composait alors, presque en totalité, de vésicules microscopiques très petites et uniformes (fig. 10).

Dès que le liquide s'est produit, cette matière blanche n'existe plus. Dans les Écrevisses qui ont une poche transitoire formée par le reploiement de l'abdomen, on ne distingue plus à travers la membrane cornée des anneaux aucune trace du dépôt blanc ; il n'en reste plus qu'une petite quantité dans les cavités épimériennes et dans l'intérieur des fausses pattes ; ces dernières en contiennent encore, même quand la plupart des œufs sont fixés.

La matière blanche de ces fausses pattes est alors liquide, très diffluente, et se compose d'une grande quantité de noyaux qui ont tous une ou plusieurs vésicules brillantes (fig. 12). On n'y voit presque plus de granules, ces derniers s'étant sans doute liquéfiés pour produire le liquide visqueux. C'est alors qu'on rencontre çà et là de très petites vésicules éparses dans l'intérieur des tiges plumeuses (fig. 16).

D'autres fois, sans doute à des époques moins avancées, la matière des fausses pattes, comme celle qui reste encore quelquefois dans les épimères, immédiatement après la ponte, se compose de petits amas formés par des agglomérations de granules, comme ceux qui précèdent l'apparition du liquide visqueux, et que nous avons décrits plus haut (fig. 16).

En coagulant cette matière des fausses pattes à l'aide de l'acide nitrique étendu, j'ai vu les granules, plus rapprochés les uns des autres, former de très petites masses, ayant à peu près la grosseur des noyaux interposés entre elles (fig. 11). Il m'a semblé d'abord que ces petites masses, plus ou moins fondues les unes dans les autres, pouvaient provenir de corps nucléaires qui se seraient remplis de granules, et auraient laissé libres ces derniers, par suite de la dissolution de leur enveloppe ; mais, malgré de nombreuses recherches, je n'ai jamais trouvé les corps nucléaires dans l'état de réplétion qui, suivant cette hypothèse, devrait précéder la disparition de la membrane extérieure de ces noyaux.

Un autre fait dont je n'ai pu davantage me rendre compte, c'est le changement de volume des corps nucléaires vers l'époque de la disparition de la matière blanche. Tantôt ces corps avaient des dimensions plus fortes que d'ordinaire, s'élevant à $0^{mm},016$, $0^{mm},018$ et jusqu'à $0^{mm},021$ (fig. 12) ; d'autres fois, au contraire, ils étaient plus petits, et ne mesuraient que $0^{mm},008$ à $0^{mm},009$ (fig. 13). C'est au commencement de la ponte que j'ai trouvé les noyaux plus développés (fig. 11 et 12), tandis qu'ils étaient plus petits vers la fin de cette opération (fig. 13) ; ils ressemblaient alors à des noyaux ordinaires renfermant des granules, mais ne contenant plus de nucléoles transparents. Il est probable que les gros noyaux se divisent par leur milieu, et donnent naissance aux noyaux plus petits, car on en rencontre assez souvent qui sont allongés et étranglés dans leur milieu en forme de biscuit (*a*, fig. 12), forme qui indique leur division prochaine.

Quoi qu'il en soit, les petites granulations vésiculeuses ont disparu, et le dépôt n'est plus formé, pour ainsi dire, que de corps nucléaires, qui bientôt disparaîtront à leur tour.

Il résulte évidemment de tout ce qui précède, que c'est au dépôt blanc accumulé avant la ponte dans l'intérieur des anneaux de l'abdomen qu'est due la formation du liquide visqueux sous-abdominal destiné à attacher les œufs aux fausses pattes.

Nous avons vu ce dépôt se former et s'accroître avant la sortie des œufs.

Nous l'avons vu disparaître.

Nous avons constaté que sa disparition coïncide avec la formation du liquide visqueux, au milieu duquel sont plongés les œufs.

Il ne peut donc rester aucun doute sur l'origine de ce liquide ; il est évidemment produit par la fonte des éléments dont le dépôt se composait.

On aurait pu croire, par analogie avec ce qui se passe dans d'autres animaux, que c'est l'oviducte qui est le siége de la sécrétion du liquide glaireux destiné à agglutiner les œufs, hypothèse émise, comme nous l'avons dit plus haut, par M. Milne Edwards.

J'ai examiné l'oviducte avant et après la ponte, et je n'ai pas trouvé dans sa structure de différence suffisante pour expliquer une aussi abondante sécrétion.

Immédiatement ou peu de temps avant la ponte, l'ovaire forme un sac, dont les parois membraneuses excessivement minces contiennent les œufs ; ceux-ci font saillie dans l'intérieur du sac au point de remplir en apparence sa cavité, et ils ne se détachent que pour être pondus. La structure de la membrane ovarienne n'offre rien qui puisse faire croire à une sécrétion autre que celle des œufs eux-mêmes.

Il n'en est pas de même de l'oviducte. Ce tube, avant la ponte, a des parois relativement assez épaisses, et couvertes d'un riche épithélium à cellules sphériques ou ellipsoïdales. Il ne serait donc pas impossible qu'il fût le siége d'une sécrétion quelconque ; mais, en raison de son peu de développement, la quantité de matière sécrétée dans un temps donné ne pourrait être que très faible, tandis que la production du liquide qui remplit la poche sous-abdominale est abondante, et en quelque sorte instantanée.

Tout s'explique, au contraire, par le travail remarquable qui précède la ponte. Une matière granuleuse particulière s'amasse sous l'abdomen ; elle se répartit d'une manière égale sur tous les points de la région abdominale ; à un moment donné, elle se liquéfie en même temps partout, et se change ainsi en un liquide qui suinte à travers la membrane cornée des segments. Ce liquide possède la curieuse propriété de se solidifier dans l'eau ; le premier effet de son apparition est d'agglutiner les bords de l'abdomen replié sur lui-même, et de former ainsi une poche dans laquelle il s'accumule. Les œufs arrivent dans cette poche ; ils s'entourent du liquide glaireux, et bientôt, par la solidification de ce dernier, ils se trouvent suspendus aux fausses pattes.

Ce travail organique très curieux pourrait bien jeter quelque jour sur le mécanisme général de la sécrétion.

On entend, ou l'on doit entendre du moins par sécrétion, une fonction qui a pour objet de séparer du sang des principes déjà contenus dans ce liquide, ou de former à ses dépens des principes nouveaux qui ne s'y trouvaient pas encore. Toutes les sécrétions connues se font par des glandes, et c'est l'élément celluleux de la glande, c'est-à-dire son épithélium, qui est l'agent principal de la fonction.

Quel que soit le genre de la sécrétion, qu'elle consiste dans une simple séparation de substances déjà préexistantes, comme l'urée par exemple, ou dans la formation de substances nouvelles, comme la bile, le lait et tant d'autres, toujours il faut admettre que la cellule épithélienne est douée d'une action toute spéciale. Cette cellule, en effet, attire à elle, par une sorte d'élection, les principes dissous dans le sang qui doivent être excrétés, ou bien elle est le siége d'un travail chimique, dont le résultat est la formation de produits entièrement nouveaux, aux dépens des éléments du liquide nourricier.

Or, les cellules glandulaires ont toujours un gros noyau rempli de granules ; ces cellules végètent et se renouvellent sans cesse à la surface de la membrane fondamentale des vésicules ou des tubes glandulaires, et quand elles sont mûres, c'est-à-dire quand elles sont remplies de la substance nouvelle qu'elles ont élaborée, elles se détachent, et emportent avec elles ce nouveau produit qui devient bientôt libre par la dissolution de l'élément épithélial. Nous ferons remarquer que c'est le noyau qui est le siége de ce travail, et que ce noyau constitue à peu près à lui seul toute la cellule, du moins dans le fond des tubes où la sécrétion se fait avec le plus d'activité.

Dans nos Écrevisses, nous voyons s'accumuler, sous la membrane cornée des anneaux de l'abdomen, des corps celluliformes qui ressemblent aux noyaux des cellules glandulaires. Ils se forment sans organes glanduleux, c'est-à-dire sans cellules épithéliales préexistantes et sans membrane fondamentale servant de support à ces éléments sécréteurs. Cependant, comme ils apparaissent en dedans de la couche celluleuse qui constitue la membrane dermoïde de ces animaux, ils pourraient bien devoir leur origine à une végétation particulière des cellules qui composent cette couche; et celles-ci rempliraient alors, d'une manière transitoire, le rôle de cellules glandulaires. Cette hypothèse, qui ferait de la membrane dermoïde le siége momentané d'une sécrétion particulière, me semble d'autant plus rationnelle, qu'elle rappelle le travail d'évolution successive de cellules qui a lieu à la surface du derme dans l'homme et dans les animaux supérieurs, travail qui peut très bien lui-même être comparé à une sécrétion.

Mais les noyaux qui se forment en dedans du test de l'Écrevisse ne constituent qu'une faible partie du dépôt blanc; ces noyaux sont plongés au milieu d'une matière granuleuse abondante, à laquelle se trouve mêlée une assez forte proportion de graisse. Ces trois éléments, les noyaux, les granules et la graisse, subissent des changements qu'il ne m'a pas été possible de suivre, parce que la même Écrevisse ne peut pas servir à une série régulière d'observations. Tout ce que je puis dire, c'est que les derniers granules, ceux qui précèdent l'apparition du liquide visqueux, ont un autre aspect que les granules déposés au commencement du travail; ils sont plus uniformes, plus transparents, et ressemblent à de très petites vésicules.

Le résultat général de l'élaboration des matériaux déposés sous l'abdomen est donc la formation d'une matière granuleuse destinée à être dissoute, et à se changer en une substance liquide d'une nature particulière.

Ne se passerait-il pas quelque chose de semblable dans les sécrétions glandulaires? Le travail épithélial qui caractérise la sécrétion ne consisterait-il pas aussi dans une formation et une élaboration de granules? Dans cette hypothèse, les cellules glandulaires seraient les vésicules de ces éléments granuleux, et ces derniers constitueraient une sorte d'organisation transitoire du fluide nourricier; en d'autres termes, l'élaboration du sang, dans le but de la sécrétion, ne consisterait pas seulement dans un changement chimique du liquide nourricier lui-même, mais aussi dans une production de granules qui fourniraient, par leur dissolution, la matière sécrétée.

Quoi qu'il en soit, nous avons ici un exemple de sécrétion sans appareil glandulaire, et il faut admettre, pour l'expliquer, que cette sécrétion se fait directement, aux dépens du liquide sanguin, par la formation d'éléments nouveaux provenant de ce liquide; ou bien, ce qui me paraît plus probable, par le concours des cellules dont se compose la membrane tégumentaire, membrane qui remplacerait, dans cette hypothèse, comme je l'ai dit plus haut, la tunique épithéliale des glandes.

Un autre point digne de remarque, c'est la formation de l'enveloppe extérieure de l'œuf et du pédicule qui le suspend. Nous avons vu que cette enveloppe, si remarquable par son élasticité, est le résultat de la condensation du liquide sécrété et accumulé dans la poche abdominale. Je répéterai que ce liquide se change en une matière amorphe, dès qu'il est mis en contact avec l'eau, et que les œufs, d'abord tellement mous qu'ils se déforment au moindre attouchement, acquièrent une grande résistance, aussitôt qu'ils ont été entourés de la membrane qui résulte de la condensation du liquide au milieu duquel ils étaient plongés.

Il serait intéressant de répéter ces observations sur les autres Décapodes, puisque ces Crustacés portent, comme nos Écrevisses, leurs œufs fixés aux appendices abdominaux. Éloigné des côtes maritimes, je ne puis les faire moi-même; mais j'espère que les anatomistes qui habitent les bords de la mer, et qui peuvent ainsi se procurer en toute saison des Crustacés vivants, voudront bien ne pas perdre de vue ma recommandation.

Il serait aussi à désirer que l'on recherchât si ce n'est pas par un travail analogue que se forme la matière cornée des œufs des Raies et des Squales, ainsi que l'enveloppe des œufs des Céphalopodes.

EXPLICATION DES FIGURES.

PLANCHE 17.

Fig. 1. Abdomen d'une Écrevisse pallipède femelle, vu par sa face inférieure et faiblement grossi, pour montrer la matière blanche déposée sous le test. — N°s 1 à 6. Les segments abdominaux dont les extrémités latérales sont garnies de poils. — *aa*, régions épimériennes inférieures, dont la cavité est remplie de matière blanche; *bb*, arceau inférieur de chaque segment; *c*, matière blanche déposée sous ces arceaux; *d*, une fausse patte en position; *ee*, insertion des autres fausses pattes; *ff'*, lames externes de la nageoire caudale; *g g'*, lames intermédiaires; *h*, lame médiane impaire; *i*, fente anale.

Fig. 2. Une fausse patte de la figure précédente, grossie quatre fois. — *a*, tige; *b*, son appendice. On voit à travers les téguments la matière blanche qui remplit la cavité de la tige et de son appendice.

Fig. 3. Anneau détaché d'une Écrevisse fluviatile femelle, ouvert par en haut et faiblement grossi, pour montrer la matière blanche dans sa position naturelle. Le dépôt n'existait que depuis peu de temps. On a coupé l'arceau supérieur et enlevé les muscles pour mettre à découvert la masse blanche qui repose immédiatement sur la membrane cornée inférieure. La pièce a été un peu inclinée à gauche, pour faire voir l'épimère *a* dans son entier, avec les soies implantées sur son bord libre. — *a'*, épimère de gauche, vu verticalement; *b*, arceau inférieur; *c*, les deux lobes médians du corps blanc; *d d'*, ses parties latérales qui se prolongent jusque sous les épimères *a* et *a'*.

Fig. 4. Les deux lobes médians du corps blanc plus grossis, pour mieux montrer leur aspect lobulé. — *aa'*, lobes médians; *bb'*, prolongements latéraux de la matière blanche.

Fig. 5. Portion du dépôt blanc contenu dans les lames caudales de l'Écrevisse, fig. 1. La matière blanche a été coagulée et dessinée avec un grossissement de 20 diamètres, pour montrer ses lobules.

Fig. 6. Petite portion du dépôt blanc de la même Écrevisse, vue à l'état naturel, sans addition d'eau. Grossissement : 300 diam. — *a*, corps nucléiformes enchâssés au milieu de la masse granuleuse *b*. Les contours de ces corps ne se distinguent pas de la masse et l'on n'aperçoit dans leur intérieur aucune matière granuleuse ; *c*, globules de graisse.

Fig. 7. La même substance, vue après addition d'une goutte d'eau. Ici les granules contenus dans les corps nucléiformes sont rendus visibles par l'action de l'eau. Même signification des lettres.

Fig. 8. Substance blanche extraite du segment représenté fig. 3, faiblement coagulée et grossie 300 fois. Les globules graisseux sont plus nombreux que de coutume et de grosseur plus variée, ce que j'ai toujours observé quand je traitais la préparation par un acide. — *a*, vésicule graisseuse composée ; *a'a'*, divers aspects des vésicules graisseuses, d'après la position du foyer ; *b*, corps nucléiformes ; *c*, amas de granules ; *c'*, granules épars.

Fig. 9. Composition de la matière blanche lorsque le dépôt sous-abdominal est terminé. Grossissement : 300 diamètres. — *a*, corpuscules irréguliers qui forment la majeure partie du dépôt ; les granules peu nombreux se voient entre ces corpuscules ; *b*, corps nucléaires ; *b'*, un de ces corps de forme elliptique, avec deux vésicules transparentes (nucléoles) ; *c*, globules graisseux.

Fig. 10. Aspect de la matière blanche à l'époque qui précède immédiatement la ponte des œufs. Grossissement : 300 diamètres. — *a*, *a'*, *a''*, trois lobules ou amas de granules microscopiques, au milieu desquels sont enfouis les corps nucléaires ; *b*, granules vésiculeux épars dans les intervalles des amas précédents.

Fig. 11. Matière blanche extraite de l'intérieur d'une fausse patte, au commencement de la ponte et coagulée par un acide. (Le pédicule des œufs placés sous l'abdomen n'était pas encore tortillé, ce qui indique que ces œufs étaient pondus depuis peu.) Grossissement : 400 diamètres. — *a*, corps nucléaires de diverses grosseurs ; le plus gros mesure $0^{mm},02$; on remarque dans leur intérieur des granules très fins et un certain nombre de nucléoles brillants ; *b b*, amas de granules disposés par petits groupes. Quoique ces derniers soient plus ou moins fondus les uns dans les autres, on remarque qu'ils ont à peu près les mêmes dimensions que les corps nucléaires. Les granules qui composent ces amas sont aussi très fins.

Fig. 12. Matière blanche prise dans une fausse patte sur une Écrevisse un peu plus avancée que la précédente. La poche était encore agglutinée, mais les œufs étaient déjà solidement fixés aux fausses pattes. Grossissement : 300 diamètres. Les corps nucléaires *a* mesurent de $0^{mm},016$ à $0^{mm},018$; ils renferment chacun une, deux ou plusieurs vésicules brillantes. Les intervalles entre ces gros noyaux sont remplis de globules *b* d'apparence graisseuse, mais qui sont probablement de même nature que les corpuscules *a* de la fig. 9. On ne voit presque plus de granules.

Fig. 13. Matière prise sous les segments d'une Écrevisse à peu près à la même époque que la précédente; coagulée et grossie 300 fois. Ici les noyaux sont beaucoup plus petits; ils ne mesurent que $0^{mm},008$ à $0^{mm},009$, mais ils sont très nombreux, serrés les uns contre les autres, et composent la presque totalité de la substance blanche. Les granules très fins, plus nombreux que dans la pièce précédente, sont dispersés au milieu d'une gangue visqueuse.

Fig. 14. Extrémité d'une fausse patte, grossie 12 fois, montrant la forme et la disposition des tiges plumeuses dont elle est garnie; un œuf est suspendu à quelques-unes de ces tiges réunies et collées par la matière visqueuse. — *a*, terminaison de la tige de la fausse patte; *b*, tiges plumeuses; *c*, œuf récemment pondu; *d*, matière visqueuse coagulée formant le pédicule qui suspend l'œuf aux tiges plumeuses agglutinées *e*; ce pédicule est large et non encore tordu sur lui-même.

Fig. 15. A. Groupe d'œufs de l'Écrevisse de rivière pondus depuis peu et fixés à une fausse patte. Grossissement : 5 diamètres. On voit comment les poils soyeux sont réunis les uns aux autres pour donner attache au pédicule, et l'on distingue encore l'épanouissement de ce dernier autour de chaque œuf. Ces pédicules ont des longueurs inégales et présentent divers degrés de torsion. L'œuf figuré isolément en B offre un anneau transparent provenant de son séjour dans l'eau avant l'adhérence complète de la membrane enveloppante à la membrane propre de l'œuf. — *a*, tige de la fausse patte; *b*, son appendice; *c*, soies plumeuses accolées les unes aux autres, d'où partent les pédicules *d*. On voit en *e* et en *f* des pédicules secondaires se détacher du pédicule principal.

Fig. 16. Un des poils soyeux de l'extrémité d'une fausse patte d'une Écrevisse pallipède sur le point de pondre, grossi 200 fois, pour montrer les corpuscules granuleux que renferme le tube de ce poil.

FIN DU QUATORZIÈME VOLUME.

TABLE DES ARTICLES

CONTENUS DANS CE VOLUME.

ANIMAUX VERTÉBRÉS.

ANIMAUX INVERTÉBRÉS.

TABLE DES MATIÈRES

PAR NOMS D'AUTEURS.

TABLE DES PLANCHES

RELATIVES AUX MÉMOIRES CONTENUS DANS CE VOLUME.

FIN DE LA TABLE.

TABLE DES MATIÈRES

PAR NOMS D'AUTEURS.

TABLE DES PLANCHES

RELATIVES AUX MÉMOIRES CONTENUS DANS CE VOLUME.

FIN DE LA TABLE.

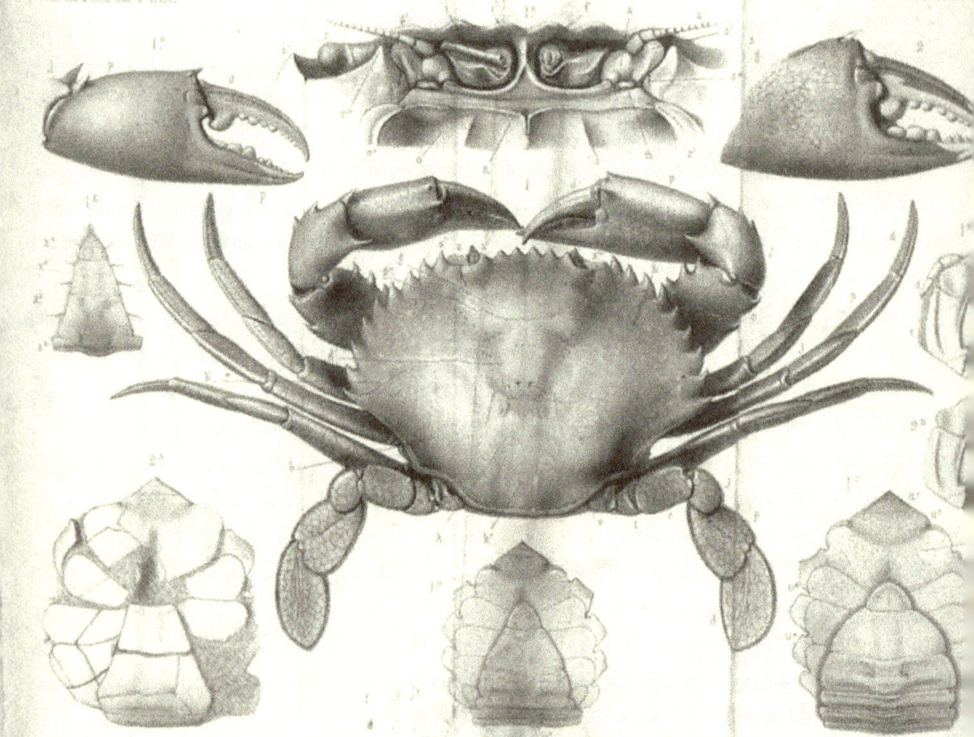

1. Scylla serrata vivante. 2. Scylla serrata fossile.

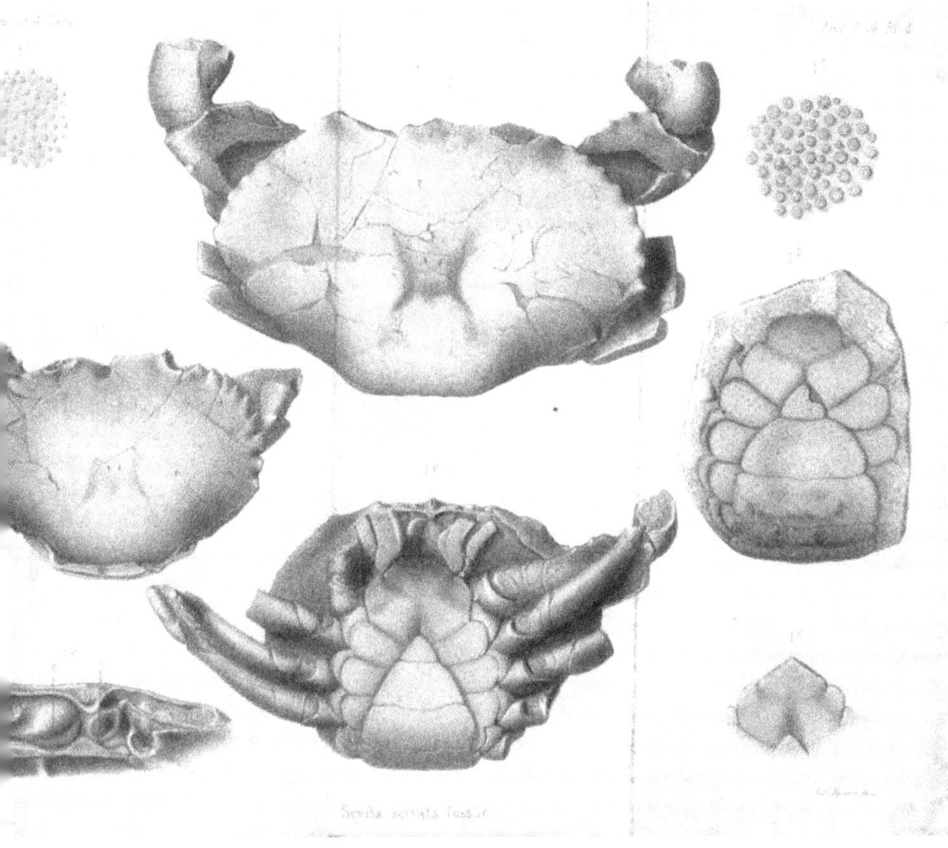

Scylla serrata fossilis.

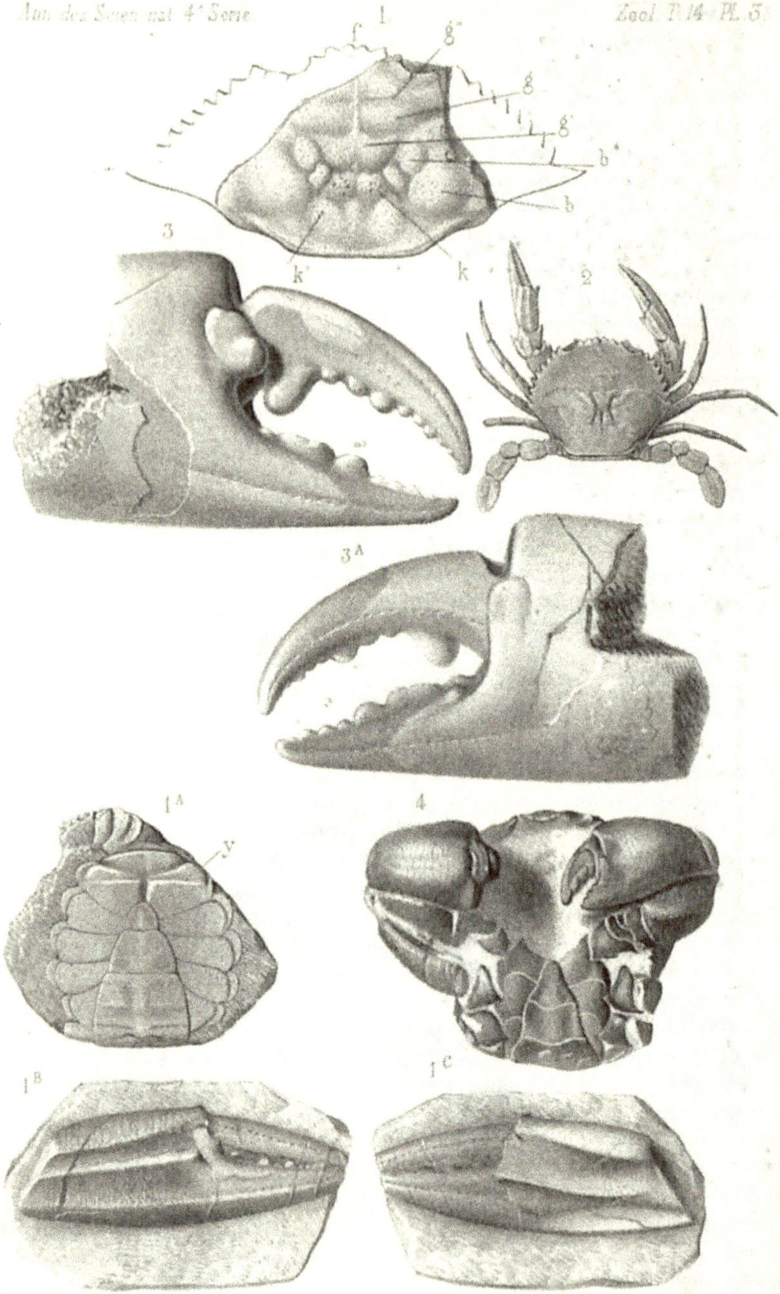

1. Neptunus granulatus.
2. Achelous obtusus.
3. Scylla Micheloti.
4. Portunites incerta.

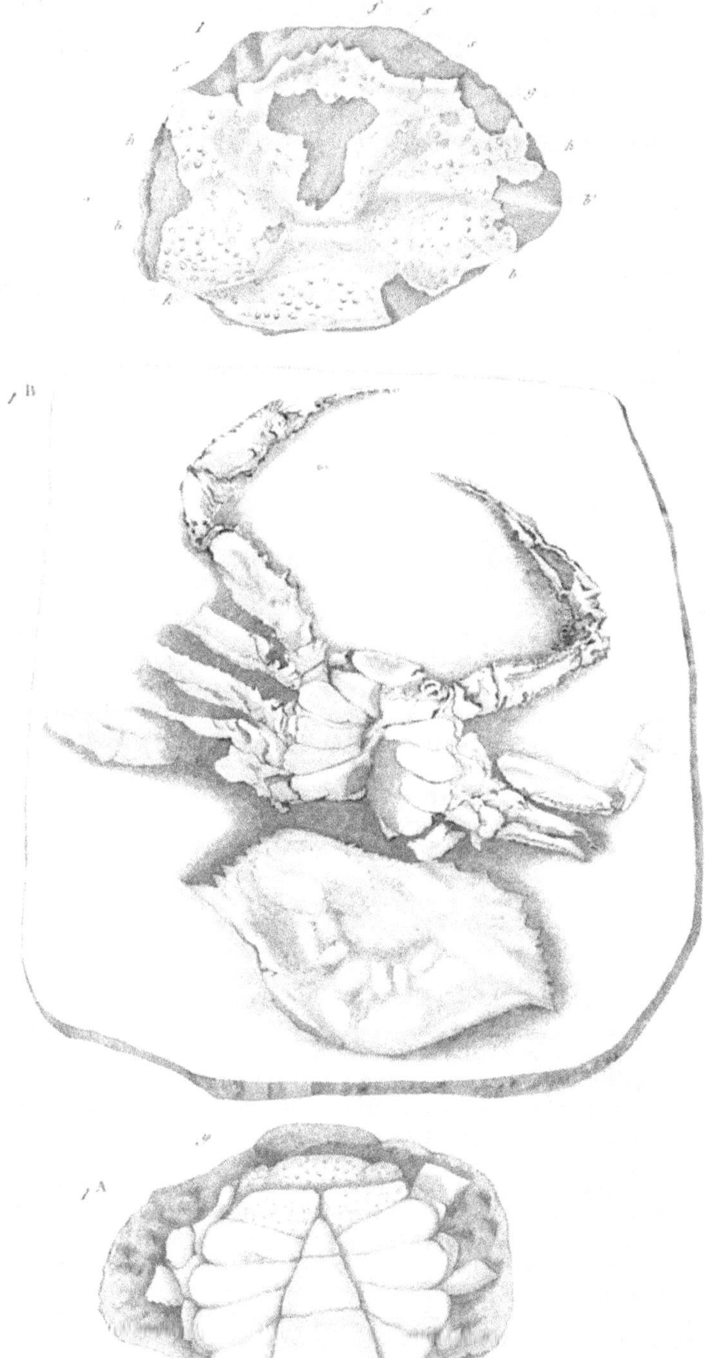

A. K. del.

Neptunus Monspelliensis.

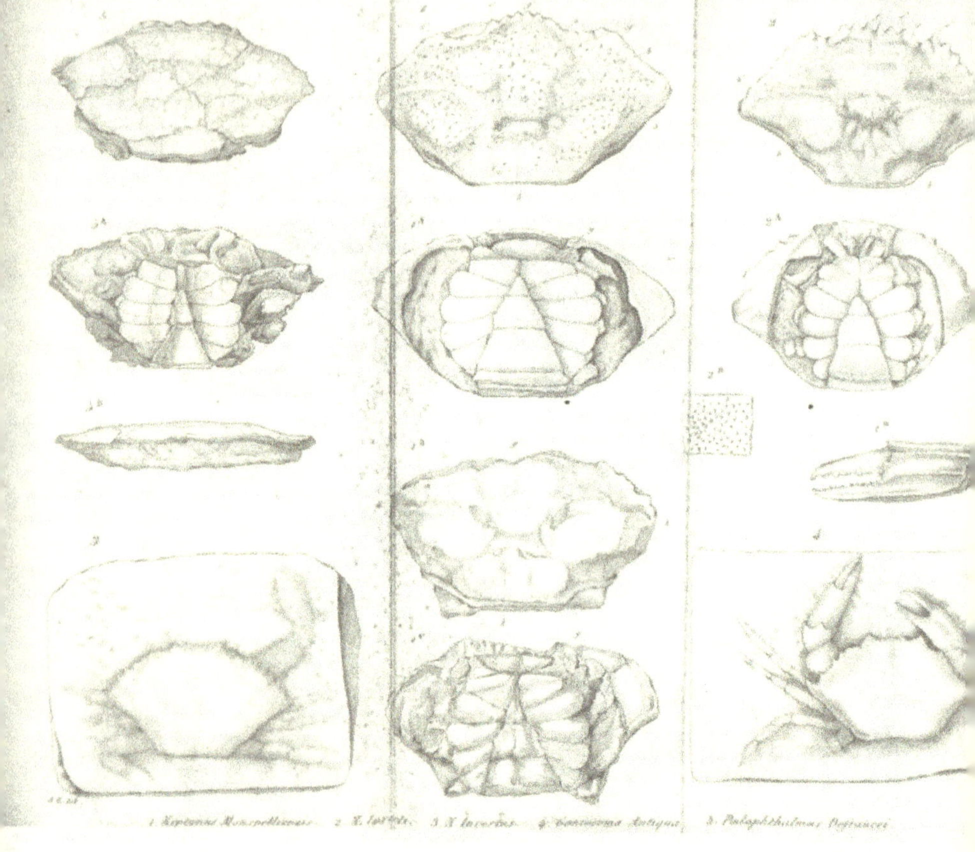

1. Xanthus Monspelliensis 2. X. lati... 3. X. incertus 4. Goniocoma antiqua 5. Palaeophthalmus Defrancei

A. E. del.

1. Neptunus Vicentinus. 2. N. Arcuatus. 3. Reussia Buchii.

1

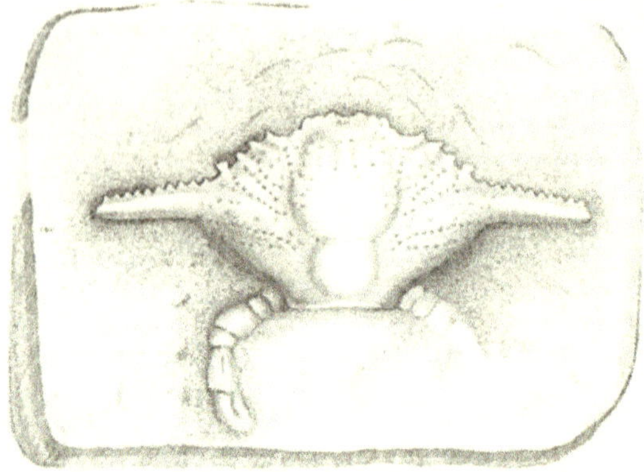

2 B

1 A

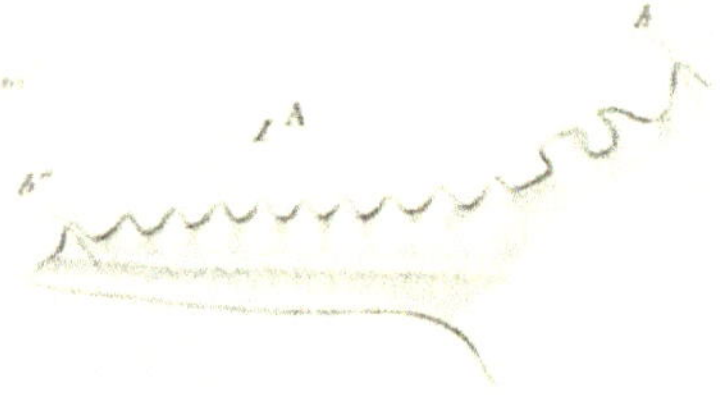

2

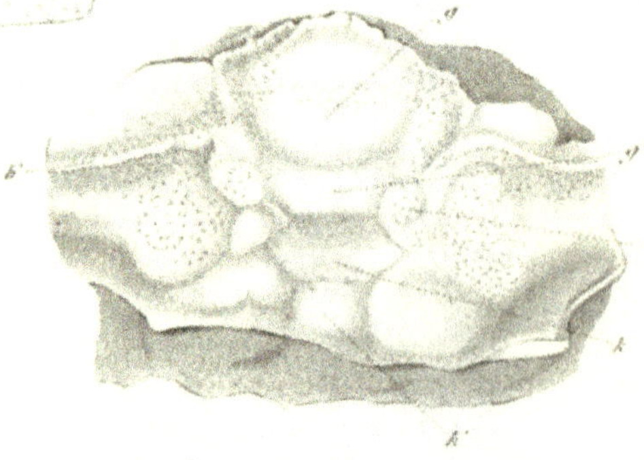

2 A

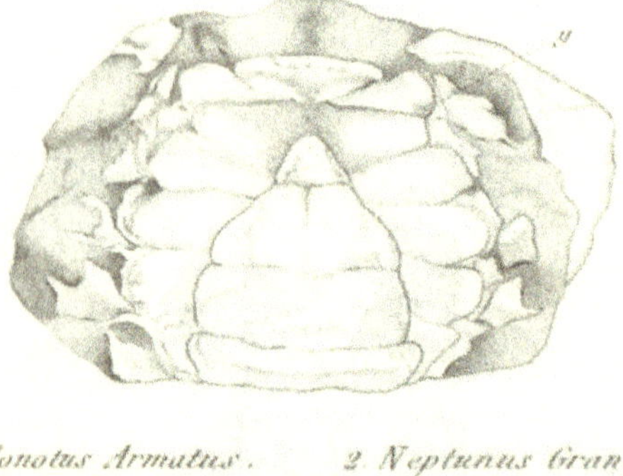

A. E. del.

1. Enoplonotus Armatus. *2. Neptunus Granulatus.*

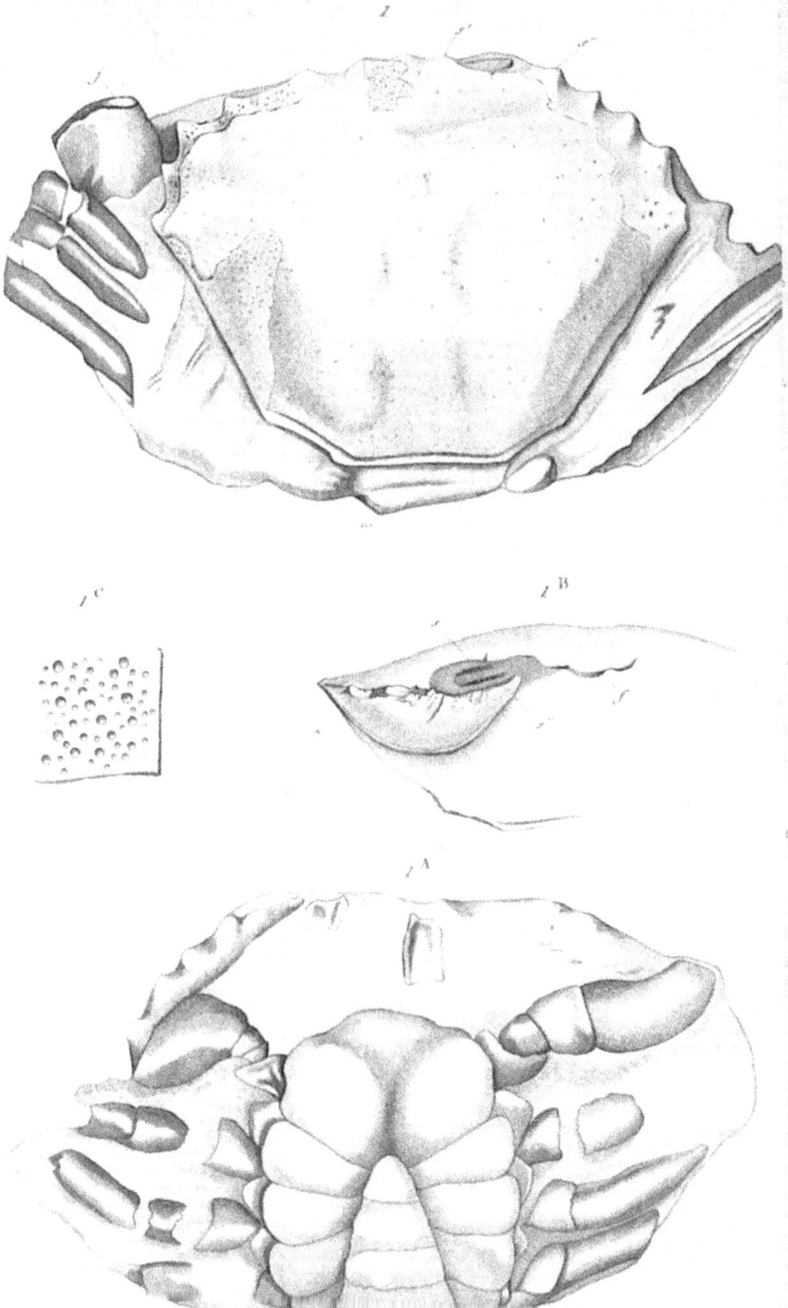

A. E. del.

Carcinus Peruvianus.

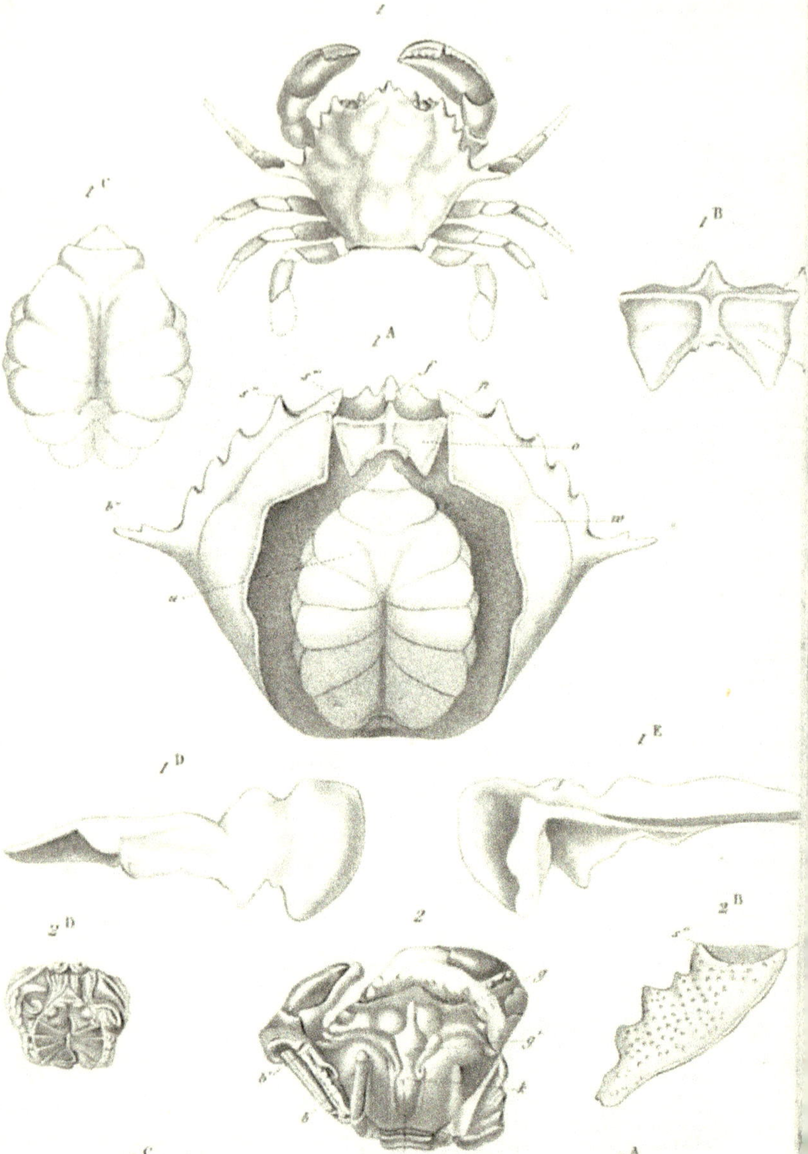

1. *Psammocarcinus Hericarti.* 2. *Portunites Incerta.*

A. M. del.

Psammocarcinus Hericarti.

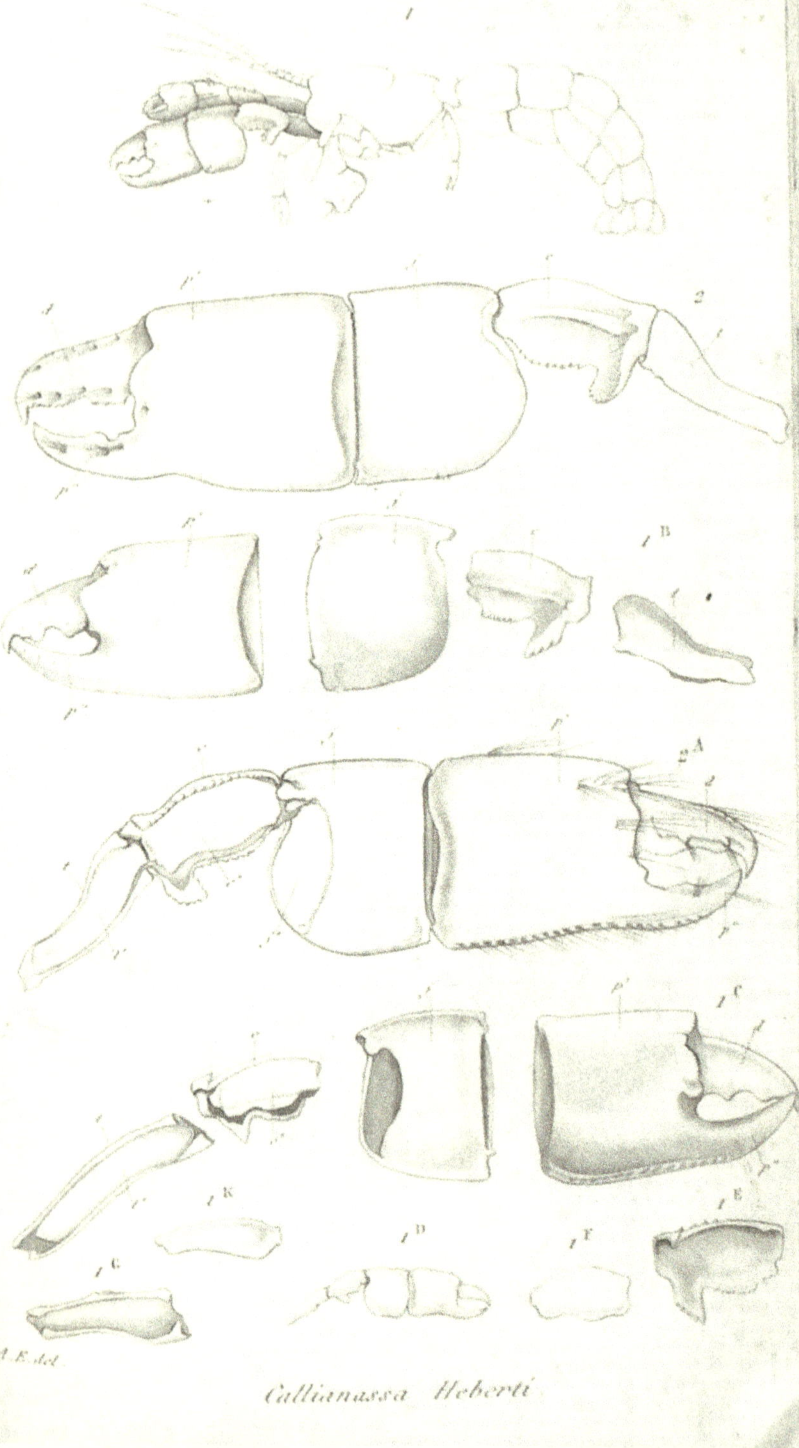

A. E. del.

Callianassa Heberti.

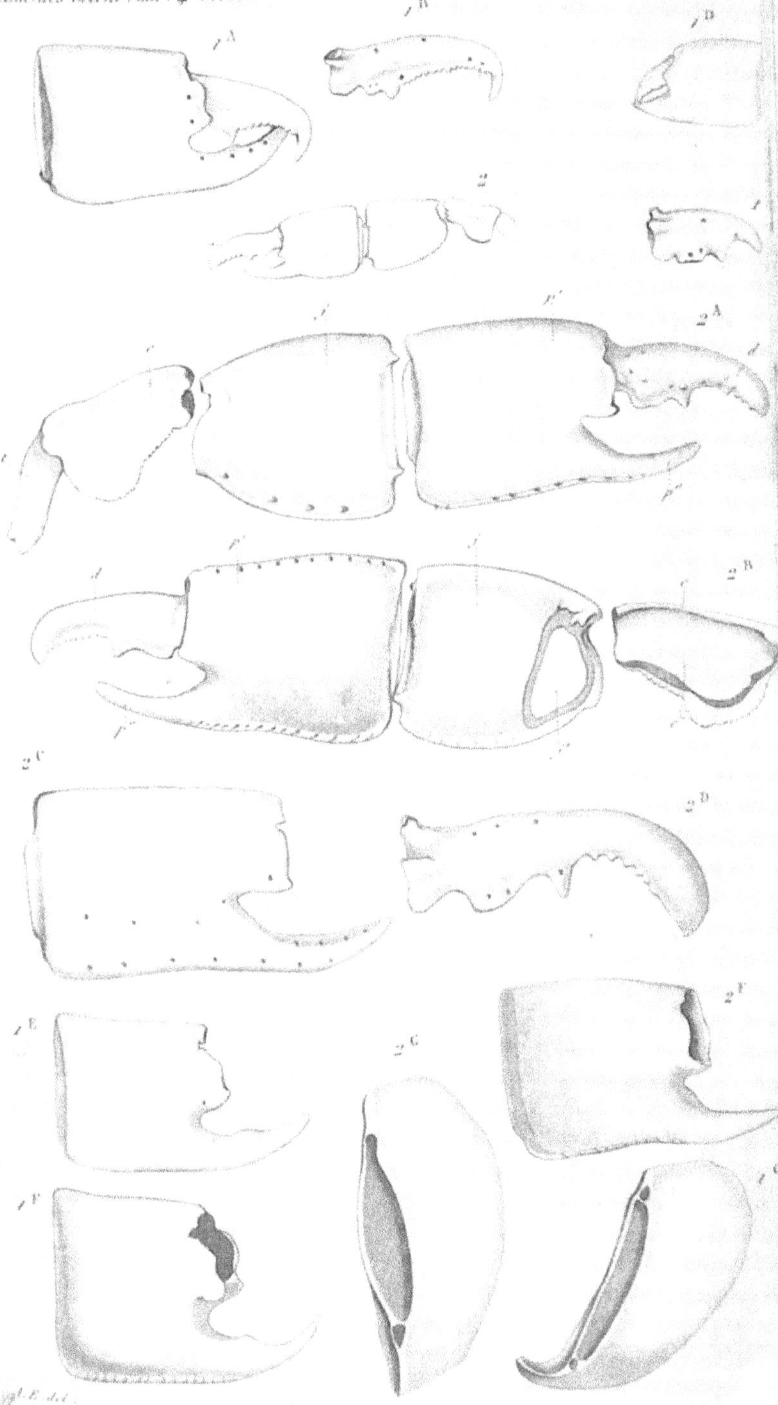

1 Callianassa Hoberti. 2 C. macrodactyla.

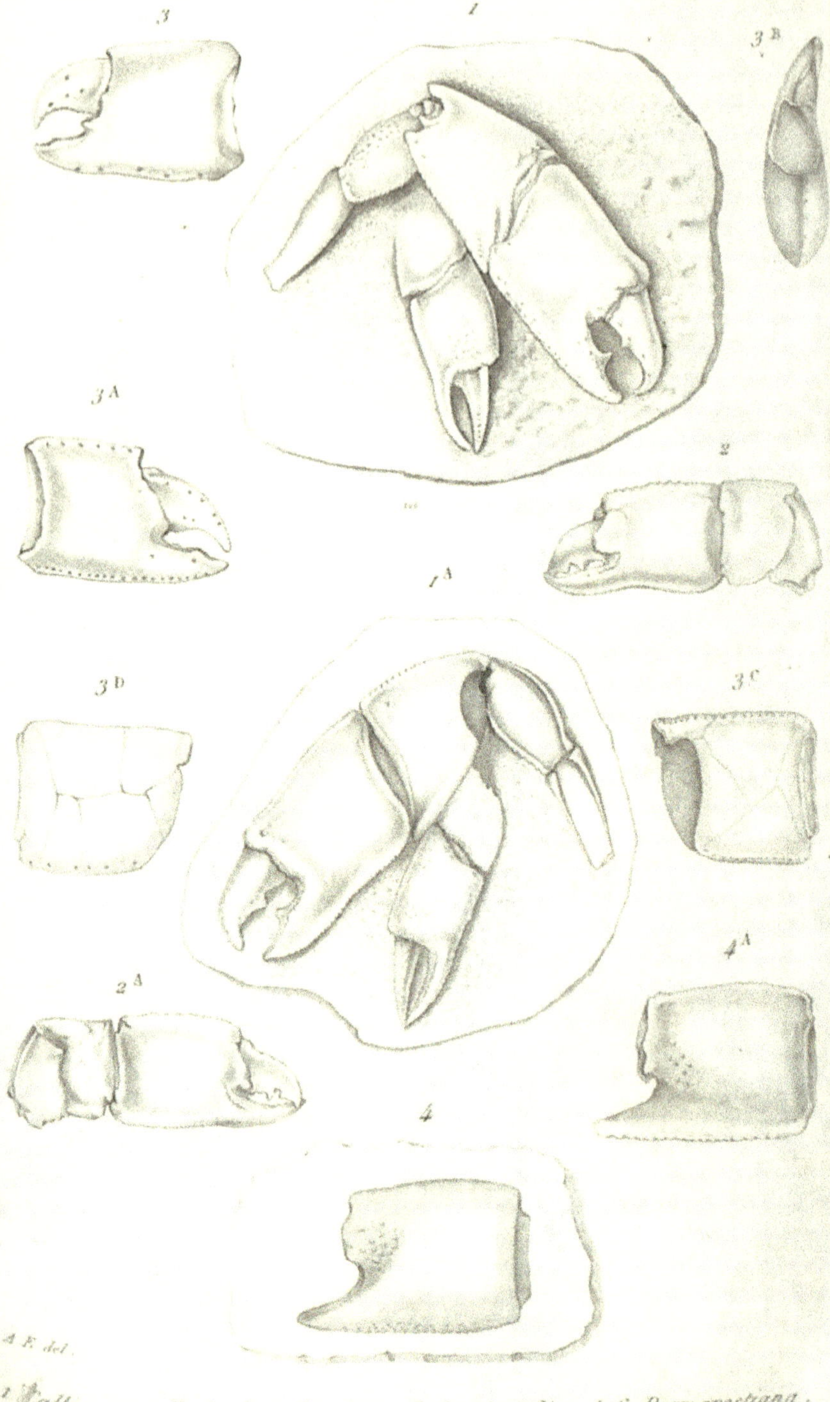

A. E. del.

1 Callianassa Faujasi. 2 C. prisca. 3 C. orientalis. 4 C. Desmarestiana.

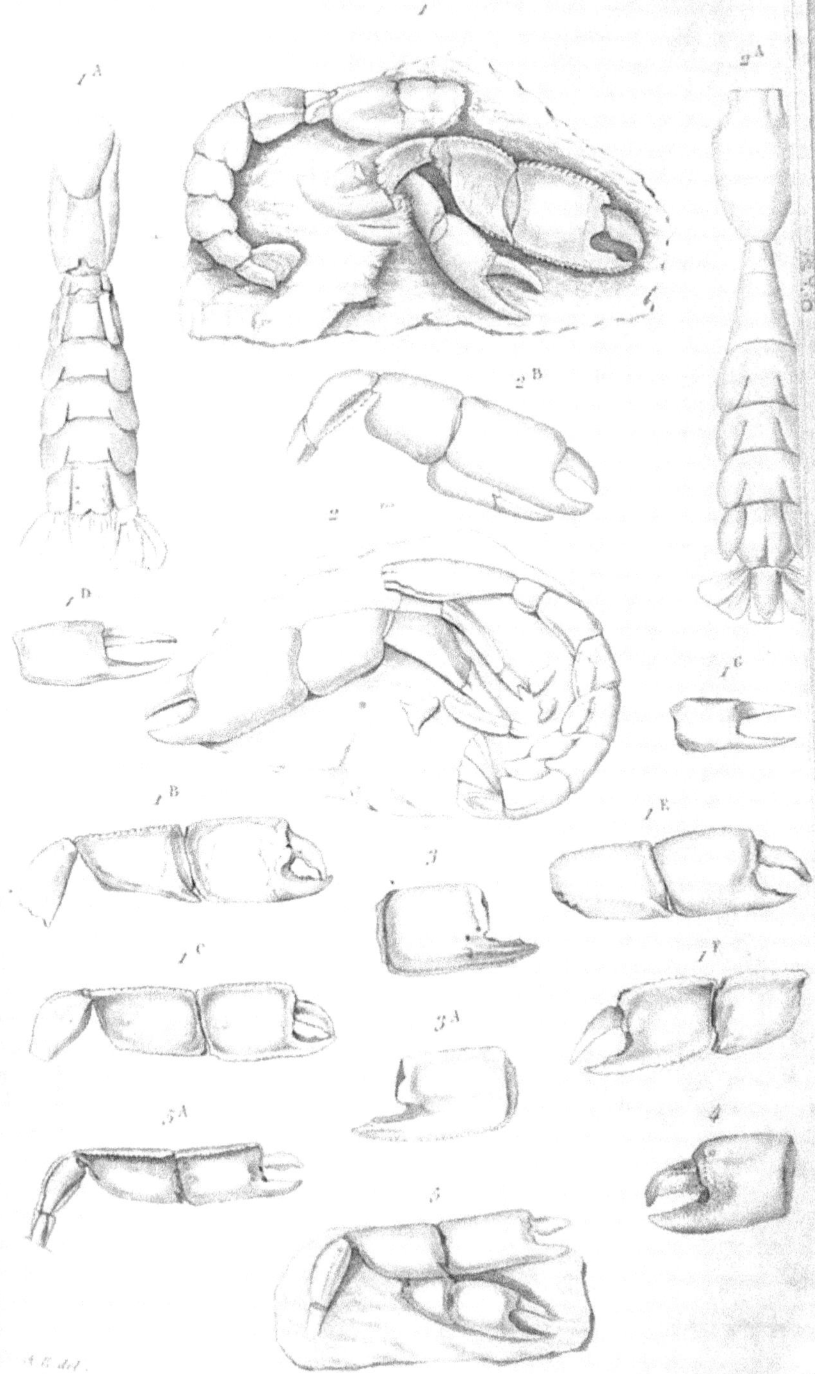

1 Callianassa Archiaci. 2 C. antiqua. 3 C. Michelotti. 4 C. Sismondai. 5 C. Cenomaniensis

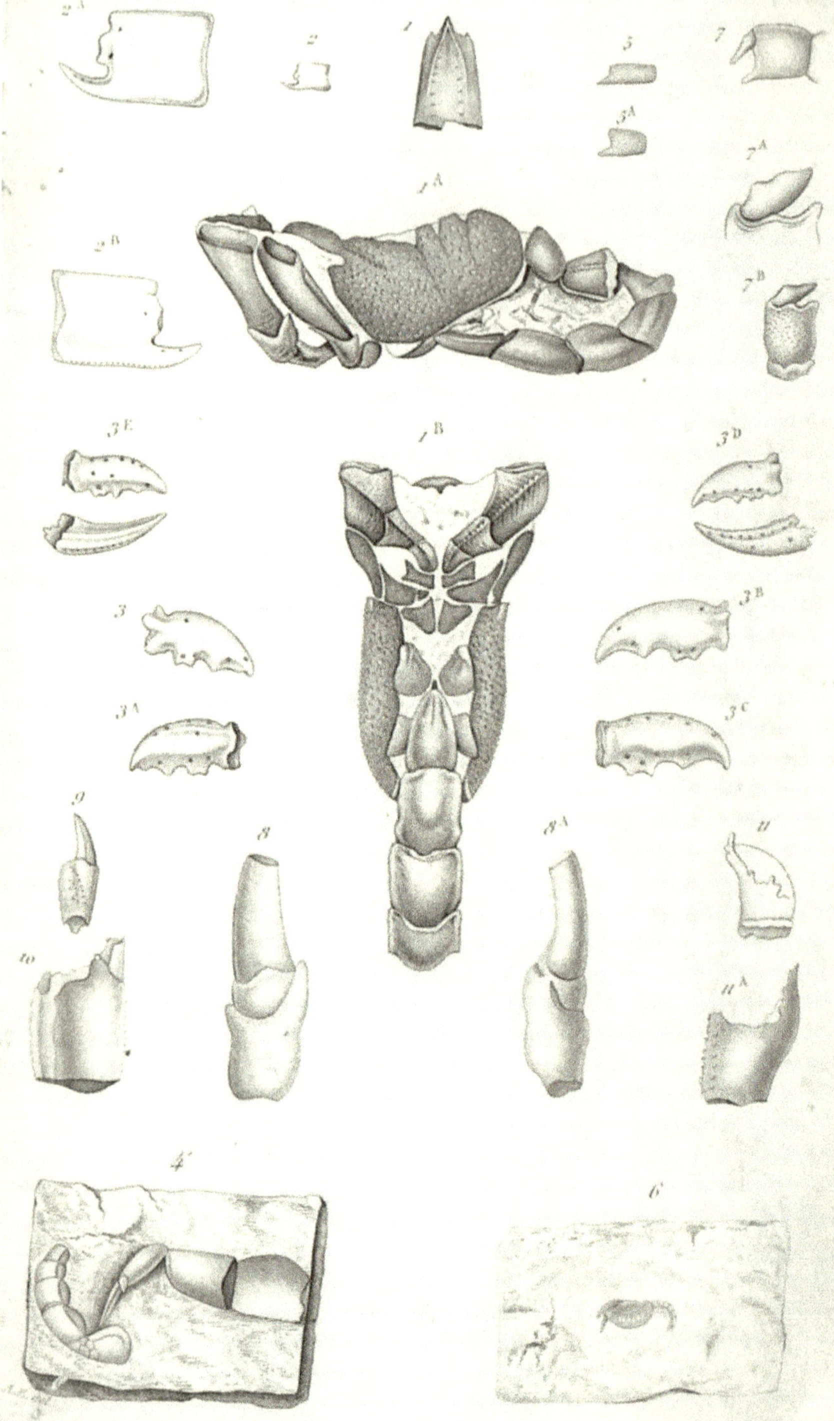

1 Thalassina Emeryi. 2 Callianassa affinis. 3 C. Prisca. 4 C. antiqua. 5 C.? suprajurensis.

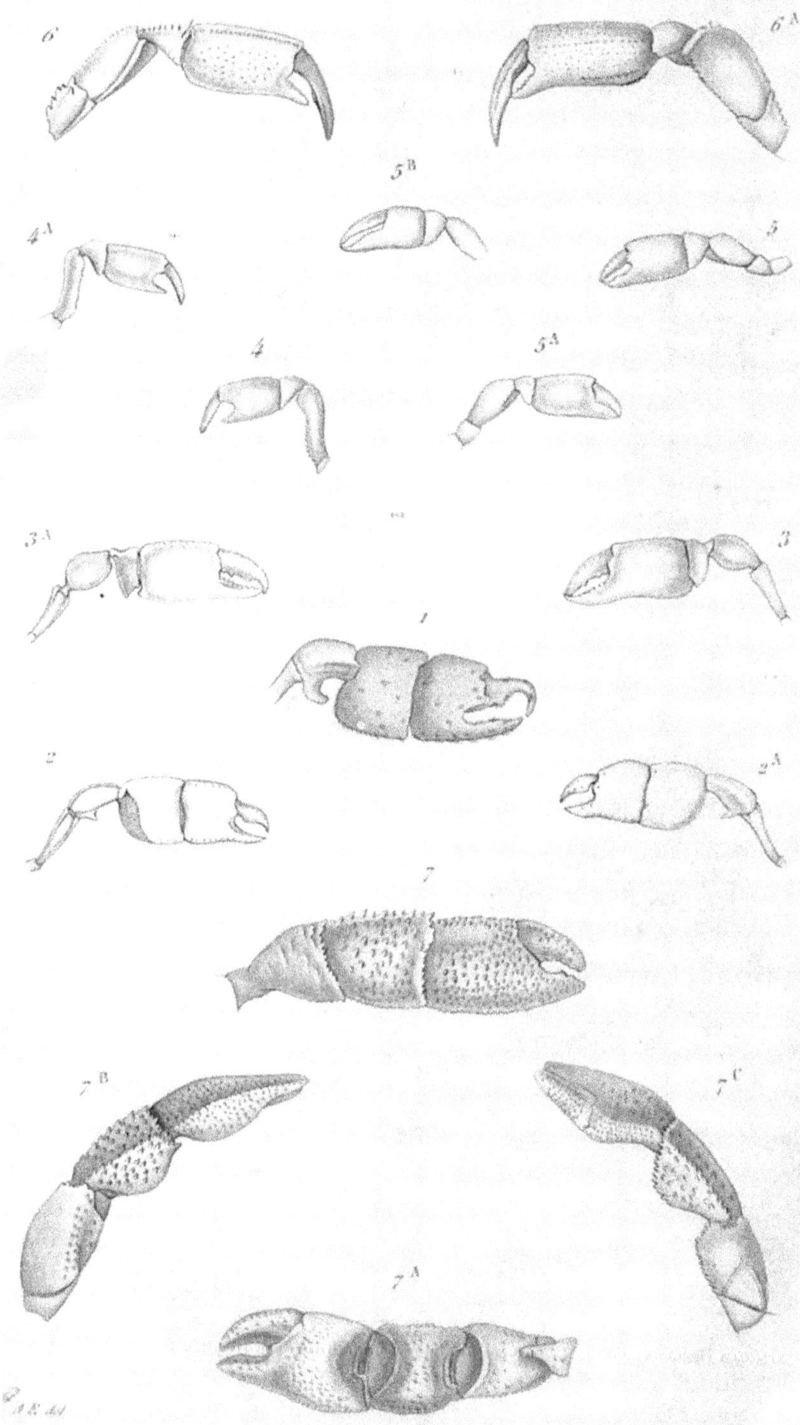

1. 2 G.re Callianasse. 3 G.re Callianide. 4 G.re Gébie. 5 G.re Axie. 6 G.re Thalassine. 7 G.re Pagure.

Mode de fixation des œufs de l'Ecrevisse.

CPSIA information can be obtained
at www.ICGtesting.com
Printed in the USA
LVHW030119210323
742063LV00002B/444

9 783382 700041